잊혀진
전쟁의
기억

미국소설로 읽는 한국전쟁

잊혀진 전쟁의 기억

정연선 지음

문예출판사

일러두기

국립국어원이 개통한 국민 참여형 국어사전인 〈우리말 샘〉에 의하면 "잊다"의 피동사로 "잊히다"와 "잊혀지다"가 둘 다 사용된다. 그러나 〈표준국어대사전〉의 규범어로는 "잊히 다"만이 옳은 어법으로 되어 있다. "한번 알았던 것이 기억에서 없어지다"라는 의미에서 두 단어는 의미가 같지만 "잊혀지다"라는 말은 외부적 이유로 어떤 사건이 "기억에서 없어지 다"라는 의미를 강하게 내포하고 있다. 따라서 이 책에서는 한국전을 잊게 한 요인이 있었 으므로 "잊혀진"이란 말이 더 적절한 것으로 판단하여 이 용어를 채택하였음을 일러둔다.

머리말

    20세기 들어 미국이 싸운 가장 참혹한 전쟁 중 하나인 한국전에 대한 미국인들의 문학적 반응은 전쟁이 끝난 후부터 오늘에 이르기까지 지속적으로 나타나고 있다. 한국전 미국소설에 등장하는 '미군 병사'[1]들은 끊임없이 "왜 여기서 싸워야 하는가?"라는 의문을 제기하지만 이 전쟁은 자신들의 세대에 닥친 자신들이 해결해야 할 문제라는 생각으로 내키지 않는 전쟁을 싸운다. 그러한 미군 병사들의 용전勇戰은 당시 미국인들의 자부심이기도 했다. 실제로 미국의 시사주간지 《타임》도 1950년도 '올해의 인물'로 역사상 처음으로 어떤 특정한 개인이 아닌 '미국 군인American Soldier'이라는 집단을 선정한 바 있다. 그것은 2차 세계대전이 끝난 지 5년도 채 안 되어 발발한 또 다른 전쟁에 투입되어 그 어려운 첫해의 전쟁을 치러야 했던 미국 군인들에 대한 미국인들의 무한한 신뢰와 존경의 뜻이었다. 소설 속의 병사들에게 정부의 공식적 전쟁 명분은 별로 중요해 보이지 않는다. 그저 국가가 보냈기 때문에 와서 싸울 뿐이라는 생각이

지배적이다. 간혹 자유와 세계 평화를 위해서라는 정부의 전쟁 목적을 지지하기는 하지만 전쟁터의 병사들에게 그러한 추상적인 이념은 그들의 전투 동기가 되지 못한다. 언제 닥쳐올지 모르는 죽음의 전쟁터에서 자신의 생존을 위한 그리고 전우와 부대의 명예를 위해 싸울 뿐이라는 생각이 병사들에게 한국에서의 극심한 전투와 혹독한 추위를 이겨내게 하는 동기가 된다.

여기서 '미국소설'은 미국 문학의 정전正典에 속하는 하나의 장르로서보다는 미국인들이 쓴 소설이라는 극히 상식적이고 일반적인 의미로 사용된다. 그러므로 '한국전 미국소설'이란 미국소설의 역사 속에서 미학적 가치를 가지고 하나의 시대적 흐름을 형성하는 소설 군이라는 뜻은 아니다. 단순히 미국의 전쟁 역사 속에서 미국이 싸운 하나의 전쟁, 즉 한국전에 대한 미국인들의 문학적 반응을 전체로서 정의한 것이다. 예를 들어 '1차 대전 미국소설' 또는 '베트남전 미국소설'과 같은 의미로 사용된다.

이 책은 제목을 "잊혀진 전쟁의 기억"이라고 했다. 망각과 기억은 서로 반대이면서도 상호적이어서 동전의 양면과도 같다. 기억은 항상 망각과 싸우지 않으면 안 된다. 망각되었다고 영원히 잊혀진 것이 아니며 반대로 기억 속에 있다고 영원히 잊혀지지 않는 것도 아니다. 잊은 것을 어떻게 기억한다는 것이며 기억하는 것을 어떻게 잊을 수가 있다는 것인가. 그런데도 사람들은 끊임없이 어떤 사건을 잊어버리고 또 그것을 기억하려고 한다. 기억과 망각은 서로 물고 물리는 영원의 개념이다. 한국전은 끝난 것 같은데 끝나지 않았고 끝나지 않은 것 같은데 끝난 전쟁이다. 좀 더 다른 맥락에서 미국 소설가 조셉 헬러 Joseph Heller의 2차 대전 소설《캐

6

치-22 Catch-22》(1961)에서 던지는 질문과 비슷하다. 즉 미치지 않고
는 전쟁에 나가 사람을 죽일 수 없다. 그러나 미친 사람이 어떻게 전
쟁에 나갈 수 있는가? 우리 인간의 인지기능 중에서 아마도 가장 중
요한 것이 잊는 일과 기억하는 일일 것이다. 한국전은 잊혀졌지만
여전히 기억되고 있다. 잊혀진 전쟁이라는 것은 역설적으로 과거에
기억된 적이 있었고 또 기억 속에서 언제든 복원되기 위해 잠재하는
그러한 전쟁이라는 뜻도 담겨 있다. 그래서 한국전은 결코 잊혀질
수 없는 기억의 대상이다.

　이 책은 70여 년 전 전혀 '들어보지도 못한' 극동의 조그마한 나라
에서 벌어진 전쟁에 왜 수많은 미국의 젊은이들이 참가하게 되었으
며 또 어떻게 싸웠는가, 그들의 눈에 비친 당시의 한국과 한국인은
어떠한 모습이었는가. 그리고 한국전쟁이 끝난 지 오랜 세월이 지나
간 지금까지도 한국전쟁에 대해서 왜 참전병사들은 물론 문단의 기
성작가들까지 끊임없이 소설 작품을 써내는가 하는 것이 늘 궁금했
고, 이것이 이 책을 쓰도록 하는 동기가 되었다. 이 책은 한국전에서
싸운 미국 젊은이들의 희생이 오늘을 사는 우리에게 어떤 의미로 다
가오는지 알게 해주는 길잡이가 될 것이다. 그러나 이 책은 그들의
희생에 대한 감상적인 회고도 아니고 또 싸울 가치도 없는 나라에
와서 헛된 죽음을 당했다는 그들의 애가哀歌를 평가한 책도 아니다.
이 책은 한국전 소설이 미국 전쟁소설의 전통 속에서 어떤 위치를
차지하고 있고 또 한국, 한국인, 한국전쟁에 대한 미군 병사들, 나아
가서 미국의 태도와 반응이 어떻게 미국 문학작품 속에 구현되고 있
는지를 객관적이고도 심도 있게 고찰해보는 책이다.

차례

서론

전쟁은 젊은이들의 영역이다. 나이 많은 사람들이 전쟁을 선포하면 싸우고 죽는 사람들은 젊은이들이다. 독일의 군사전략가 카를 폰 클라우제비츠Karl von Clausewitz는 전쟁은 "정치의 연장"이라고 했는데 노회한 정치가들과 외교관들이 정치적인 목적, 다시 말하면 국가적 이익과 이념 또는 인간의 자유와 세계 평화라는 대의를 위해서 전쟁을 벌이면 그 전쟁을 위해서 희생하고 고통받는 사람들은 젊은이들이다. 비교적 짧은 역사인데도 크고 작은 많은 전쟁을 치른 나라가 미국이다. 세대마다 수많은 미국의 젊은이들이 전쟁에 동원되었다. 그런데 전쟁을 할 때마다 누가 싸웠고 왜 싸워야 했는가에 대한 질문은 끊임없이 제기되었다. 그러나 공식적인 역사의 대답과 개인의 기억은 항상 달랐다. 미국의 주요 전쟁소설에 나오는 주인공들은 각각의 공식적인 전쟁 명분이 어떠하든 거의 대부분 무익한 전쟁에 나가 싸웠고 그들의 희생은 헛된 것이었다는 결론에 도달한다.

왜냐하면 전쟁이 끝났을 때 어느 한쪽이 정치적 목적은 이루었을

지 모르나 전쟁터에서 싸운 양쪽의 젊은이들에게 그들의 전쟁 경험은 결코 잊혀지지 않는 하나의 트라우마로 남기 때문이다. 통상 전쟁소설 속에서 전쟁에 나간 젊은이들에게 그들을 싸우게 했던 전쟁의 거창한 명분이나 슬로건은 하나의 공허한 수사일 뿐이다. 20세기 들어와서 미국이 치른 네 번의 가장 큰 전쟁이 1, 2차 세계대전, 한국전 그리고 베트남전일 것이다. 베트남전 참전 작가인 필립 카푸토Philip Caputo는 그의 유명한 수기 《전쟁의 소문 A Rumor of War》(1977)에서 "모든 세대는 그들 각각의 전쟁을 싸우게 되어 있고 똑같은 환멸을 느끼며 똑같은 교훈을 얻게 되어 있다"[1]라고 쓰고 있다. 만약 한 번의 전쟁으로 얻은 교훈이 계속적으로 유효하다면 전쟁은 다시는 일어나지 않았을 것이다. 그러나 인류 역사에서 전쟁은 계속되고 있다. 20세기 초 영국의 정치철학자인 디킨슨G. L. Dickinson과 영국 작가 웰스H. G. Wells를 비롯한 많은 사람들이 "인간이 전쟁을 끝내지 않으면 전쟁이 인간을 끝낼 것이다"라고 경고하기도 했지만 세대마다 처절한 전쟁의 교훈을 얻으면서도 여전히 전쟁은 반복되고 있다. 한국전 또한 미국이 냉전冷戰시대에 싸워야 했던 또 하나의 전쟁이었다.

한국전쟁을 주제로 한 미국 작가들이 작중인물들을 통해 그들의 소설에서 제기하는 한결같은 질문은 "왜 우리는 여기서 싸워야 하는가"이다. 물론 이 같은 질문은 비단 문학작품에서만 제기되는 문제는 아니다. 1950년 6월 25일 새벽(미국시간 6월 24일 저녁) 북한의 남침으로 전쟁이 시작된 첫날부터 미국의 참전 결정이 내려지는 과정에서 끈질기게 제기되었던 문제다. 한국전은 한마디로 "작게는 내전이었고 크게는 강대국 사이에서 벌어진 냉전의 산물이었다."[2] 즉 한국전은 미국과 소련의 양대 진영의 대결로 점철된 냉전의 구도 속에서 일어난 전쟁이고 그 전쟁은 양대 진영의 '대리전' 성격을 띠며 최초로 한반도에서 열전熱戰으로 변한 전쟁이라는 것이다. 사실 한국전은 자유세계에 대한 공산 침략을 격퇴하기 위해 국제연합군에 의해 치러진 최초의 국제전이었다. 그러나 분명한 것은 남북한 모두 강력한 민족주의로 무장되어 각각 자기의 정체政體로 통일국가를 이루겠다는 목표를 가지고 있던 차에 북한이 먼저 소련의 지원을 받아 그 목적을 이루고자 남한에 대한 군사적 공격을 감행했고, 동시에 이를 계기로 남한은 이 전쟁을 자유민주주의를 이념으로 하는 남한 주도의 통일국가로 만들 수 있는 절호의 기회로 보고 전쟁을 수행했던 것이다.

비록 당시 미 행정부가 반드시 남쪽의 북진통일 의도를 지지한 것은 아니지만 최초 전쟁을 수행한 미국의 전쟁지휘부는 한국전을 남쪽이 주도하는 통일의 기회로 보았던 것이다.[3] 즉 전쟁 초기의 방어 개념에서 그해 가을 공세로 전환하고 북진하게 되었을 때 미 행정부와 맥아더 사령부는 이를 남한 주도의 통일국가를 형성할 기회로 보았고, 동시에 소련과 중공으로 대표되는 세계 공산주의의 확장을 저지하는 기회라고 판단했다. 그렇기 때문에 미 행정부는 미군 병사들에게 한국전은 공산주의에 대한 민주주의의 싸움이며 남한의 승리가 곧 민주주의의 승리이고 미국 이념의 승리이며 자유세계의 승리라는 것을 분명히 했다. 그러나 그로부터 3년 후인 1953년 7월 27일 휴전으로 전쟁이 막을 내리자 한 미군 병사는 "비기기 위해 죽었군"이라는 자조 섞인 말로 고작 휴전으로 끝날 전쟁을 위해 목숨 바쳐 싸운 자신들의 억울함을 토로했다.[4] 물론 미국 입장에서는 '원상회복(전쟁

이전의 상태로 돌아가는 것)'이라는 당초의 목적을 달성한 전쟁이었다. 그동안 승리의 수사修辭는 수없이 반복되었지만 2013년 7월 27일 워싱턴의 한국전 참전기념비 앞에서 거행된 휴전 60주년 기념식에서 버락 오바마 미국 대통령은 마치 60년 전의 그날 그 병사의 냉소에 때늦은 대답이라도 하려는 듯 "그 전쟁은 비긴 것이 아니라 승리한 전쟁"이라고 분명한 어조로 말했다.[5] 그러나 비긴 전쟁이든 승리한 전쟁이든 한국전은 여전히 종결되지 않은 전쟁이며 미국인들의 기억 속에는 역설적으로 '잊혀진 전쟁'으로 남아 있다.

미국은 3년간의 전쟁 기간 동안 한국군보다도 더 많은 총 178만 명 이상의 병력을 한국에 보냈고 3만 3,600여 명의 전사자와 10만 명 이상의 부상자, 7,000명 이상의 실종자가 발생되는 엄청난 피해를 입었다. 심지어 1953년 봄에는 최대 44만 명의 미군이 한국에 주둔하기도 했다.[6] 그런데도 왜 한국전쟁은 미국인들에게 '잊혀진 전쟁'이 되었는가? 또한 왜 그런 참혹한 전쟁이 미국의 참전병사 또는 기성작가들의 글쓰기의 소재가 되지 못했는가? 한국전 참전군인 작가인 제임스 히키James Hickey의 소설《눈 속에 핀 국화Chrysanthemum in the Snow》(1990) 서문에서도 작가는 미국이 싸운 역대 어느 전쟁보다도 가혹했던 한국전이 많은 참전군인들의 문학적 소재가 되지 못한 것에 대해 의문을 제기한다: "그런데 이상하게도 한국전에 관한 문학작품이 별로 나오지 않았다. 왜일까? 참전군인들이 말하기를 원치 않아서인가 아니면 아무도 그 전쟁에 대해 듣고 싶어 하지 않았기 때문인가?"[7]

사실 대부분의 비평가들은 왜 한국전이 다른 전쟁에 비해 문학작품을 양산하지 못했는가에 대해 명확한 대답을 제시하지 못한다. 특히 한국전에 관한 시가 쓰이지 않은 이유를 분석하는 가운데 베트남전 참전 시인 에르하르트 W. D. Ehrhart는 한국전쟁은 2차 세계대전이 끝난 직후에 그리고 베트남전쟁이 시작되기 15년 전에 벌어진 샌드위치 전쟁으로 전쟁의 규모와 중요성 면에서 '정의의 전쟁'이라는 2차 대전과 '잘못된 전쟁'이라는 베트남전에 비해 크게 주목을 받지 못했다는 것이다. 다시 말하면 한국전이 문학 소재가 되는 데 소위 '타이밍'이 좋지 않았고 더구나 한국전은 '경찰행동'이었을 뿐 전쟁으로 간주하지 않으려는 분위기가 있었기 때문에 작가들의 주목을 덜 받았다는 것이다. 이 말은 한국전이 다른 전쟁에 비해 매력적인 전쟁이 아니었으며 작가들이 보기에 "빈약한 냉전 논리를 위해 일어난 먼 극동의 분쟁 conflict"이었고 "인종 청소를 목적으로 하는 사악한 세력에 맞서 싸운 2차 대전과 같은 정의의 전쟁이라는 도덕적 공명을 얻지 못한 전쟁"이기 때문이라는 것이다.

에르하르트는 "거의 반세기가 지난 지금에도 한국전은 대체로 '잊혀진 전쟁'으로 남아 있으며 그 전쟁의 문학은 대체로 알려지지 않고 읽히지도 않으며 발굴되지도 않고 있다"라고 결론짓는다. 심지어 그는 "전쟁이 잊혀지자 그 문학도 사라졌다"라고 단언해버린다.[8] 그러면서도 에르하르트는 한국전에 관한 또 다른 책에서 "한국전쟁 문학이라는 작품군이 있고 그것은 오늘날 우리가 살아온 세계의 냉전시대라는 미국 역사의 중요한 시대적 경험에 대해 우리에게 많은 것을 가르쳐줄 수 있는 자료들이다. 만약 우리가 이 문학을 계속적으로 무시하려고 한다면 그래도 좋겠지만 위험을 각오해야 할 것이다"라고 경고한다.[9] 물론 이 말이 무엇을 의미하는지 분명치 않지만 적어도 한국전쟁 문학작품들이 존재하며 미국 역사의 한 페이지를 장식했던 냉전시대를 조망할 수 있는 훌륭한 역사적 자료가 될 수 있으며, 이를 무시한다면 이 중요한 시대를 규정했던 한국전에 대한 미국인들의 문학적 상상력을 잊게 되는 결과를 초래할 수도 있다는 뜻일 것이다.

  사실 미국 문학사에서 정전에 포함될 정도의 문학성을 평가받는 그런 한국전 작품들이 쓰이지 않았을 뿐 시, 소설, 수기 등 특히 소설 분야에서 많은 작품이 생산되었고, 21세기에도 계속적으로 한국전쟁 소설들은 '발굴'되고 있고 또한 여전히 생존하는 참전용사는 물론 기성작가들에 의해 쓰이고 있다. 한국전 소설은 전쟁 중이거나 끝난 후부터 지금까지 총 100여 권 정도가 쓰인 것으로 조사되고 있다.[10] 이들 소설들 중 그 어떤 작품도 미국 전쟁소설의 고전이라 할 수 있는 스티븐 크레인Stephen Crane의 남북전쟁 소설《붉은 무공훈장The Red Badge of Courage》(1895), 어니스트 헤밍웨이Ernest Hemingway의 1차 대전 소설《무기여 잘 있거라A Farewell to Arms》(1929), 노먼 메일러Norman Mailer의 2차 대전 소설《나자와 사자The Naked and the Dead》(1948) 그리고 필립 카푸토의 베트남전 수기《전쟁의 소문》과 같은 책들이 누리는 독자의 인기와 문학적 지속성을 획득하지 못했다.[11] 이는 한국전쟁이 끝난 후인 1950~1960년대에도 여전히 2차 대전의 전쟁 경험이 미국 문단과 할리우드를 휩쓸었고, 또한 1970~1980년대는 과거 어느 전쟁보다도 논쟁의 대상이 되었던 베트남전이 문학작품과 영화로 엄청난 조명을 받던 시기여서 상대적으로 한국전은 미국인들의 기억 속에서 사라졌다. 그러나 1990년대 이후 오늘에 이르기까지 한국전 소설은 꾸준히 쓰이고 있다. 그것은 베트남전에 대한 소재가 거의 소진되었고 동시에 북한의 핵실험으로 한반도에 긴장이 고조되면서 형식적으로는 여전히 휴전 중인 한반도에 대한 관심이 높아진 것이 글쓰기로 나타난 것이라 생각된다.

게다가 참전 노병들이 자신들이 목숨 바쳐 지킨 나라가 오늘과 같이 번영한 것에 대한 놀람과 고령으로 차츰 세상을 떠나면서 한국전 경험에 대한 향수와 또 그에 대한 기억을 남기려는 욕구가 그 전쟁에 관한 글쓰기로 나타났다고 볼 수 있다. 다른 한 가지는 한국 이민자들에 의한 한국전 관련 소설들이 쓰였는데 자신들이 직접 또는 간접적으로 겪은 전쟁 경험을 재조명해보려는 욕구가 소설을 써내는 동기가 되었다. 특히 1960년대 이후 주로 한국전의 여파로 미국으로 이주한 한국인들에게 그들의 전쟁 경험은 좋은 문학적 소재가 되었다. 김은국, 박태영, 최숙렬 등 이민 1세대 작가들은 그들이 직접 겪은 전쟁 경험을 자신들의 모국어가 아닌 영어로 소설로 써냈는가 하면 수산 최, 이창래, 폴 윤, 에드워드 재석 리 같은 이민 2세들은 부모에게서 전해 들은 이야기를 자신들의 모국어가 된 영어로 훌륭하게 써냈던 것이다.

이 책은 그 '잊혀진 전쟁'에 대한 기억을 형상화한 미국소설들에 대한 연구서다. "모든 전쟁은 두 번씩을 싸우는 것이니 한 번은 전쟁터에서 그리고 또 한 번은 기억 속에서 싸운다"[12]라고 하는데 전쟁소설은 바로 두 번째 싸우는 전쟁 기억의 산물이다. 참전군인 작가들은 그들의 글쓰기를 통해서 한 번 더 한국전을 싸운다. 한국전 소설들은 참전병사 자신들의 공명심을 드높이거나 미국의 참전을 비판 또는 옹호하기 위해 쓴 것이 아니다. 작가들은 기억과 상상을 통해 미국 젊은이들이 왜 이 '인기 없는 전쟁'에서 싸웠고 어떻게 그지옥 같은 전쟁터에서 살아 돌아왔으며, 그들의 전쟁 경험이 전후 그들의 삶을 어떤 식으로 변화시켰는지, 생환자나 전사자의 가족과 친지들 모두 어떻게 전쟁의 후유증을 견디며 살고 있는지, 그리고 한국전이 미국 사회에 어떤 영향을 끼쳤는지 하는 것을 살펴보기 위해 쓴 것이다. 그러니까 한국전 소설들은 대부분 참전한 군인들이 자신들의 경험을 근거로 한 일종의 수기手記와 같은 작품들이다. 수산 루빈 술레이만Susan Rubin Suleiman 교수는 "사람은 누구나 한 권의 책을 가지고 있는데 그것이 바로 자서전이다"[13]라고 말했다. 누구든 자신이 살아왔고 살고 있는 삶에 대한 이야기가 있다. 적어도 전쟁의 트라우마를 겪은 사람들에겐 글쓰기를 통해서 그 경험을 정리하고 싶은 욕망이 있다. 전쟁소설은 그러한 욕구의 문학적 산물이다.

전쟁소설은 "허구를 가장한 일종의 수기"[14]라고 말하기도 한다. 그만큼 전쟁소설은 작가 자신의 전쟁 경험에 기초하고 있다. 그러나 전쟁소설은 수기와는 다르다. 수기는 개인의 역사이고 자신에 관한 직접적인 기록이므로 자신의 과거 행위에 대해 무엇을 포함시킬 것인지 하는 것을 취사선택할 수가 있다. 즉 어떤 이야기는 일부러 말하고 싶지 않을 수도 있다. 다른 말로 바꾸면 수기에서 작가는 죽은 전우에 대해서는 동정을, 살아남은 자신에 대해서는 분노를 표현하지만 그의 이야기는 결국 전쟁터에서 일어난 자신의 행동에 대한 일종의 변명이 될 수도 있다는 뜻이다. 그것은 진정한 전쟁 경험의 기술이 아니다. 기억에만 의존해야 하는 수기가 전쟁 경험을 진실되게 그려낼 수 없다고 지적한 어떤 역사학자의 말처럼 "전쟁 경험을 후일에 재구성하려고 하다 보면 기억의 왜곡에 직면할 수 있고 당시의 전쟁 경험뿐 아니라 또한 집필 당시의 생각을 반영하게 될 수도 있다."[15] 더구나 기억은 종종 불완전한 존재이기 때문에 때로는 잘못

보거나 사실을 다르게 이해할 수 있다. 수기는 주로 자신의 위치에서 본 것에 기초해 이야기하기 때문에 좀 더 포괄적이지 못할 수 있다.

그러나 소설은 기억과 상상의 합작품이다. 기억은 원자재이고 상상은 문학적 형상화 또는 창조 과정이다. 더구나 소설은 허구이므로 어떠한 행위도 숨길 이유가 없다. 어떤 사실과 일치해도 그것은 허구라는 것을 전제하고 있기 때문에 사실이 아니다. 그래서 거의 모든 책들, 특히 전쟁소설들의 첫머리에는 이런 제사題詞가 쓰여 있다: "이 책 속의 모든 인물은 가공의 인물들이다. 살아 있건 사망했건 실제 인물들과 유사하다면 그것은 아주 우연이다. 실제 조직의 명칭이나 역사적 사실들이 사용되는 것은 순전히 책의 여실성如實性을 높이기 위한 목적이며 소설 속의 인물들과 그런 조직과는 아무런 연관성도 없다"[16]라고 쓰고 있다. 참전군인은 허구적 소설이라는 도구를 빌려서 그동안 말하지 못했거나 할 수 없었던 이야기 그리고 아무도 듣고 싶어 하지 않았던 이야기를 하는 것이다.

그런 이유로 "소설과 수기는 경험을 전달하려는 수단으로서 효율성 면에서 거의 같다고 볼 수 있지만 그러나 진실을 전달한다는 측면에서 우열을 따진다면 소설로 쓰인 기억이 전쟁 경험을 진실하게 표현하는 데 더 가까워 보인다."[17] 전쟁소설의 진실 추구라는 문제는 본문에서 좀 더 상세하게 다루어질 것이다. 사실 전쟁소설들은 허구이면서도 문학성보다는 역사성에 더 중점을 두며 전쟁 당시의 상황을 진실하게 재현하려고 한다. 다시 말하면 전쟁에 관한 글쓰기의 일차적인 목적은 문학작품을 써내려는 것보다는 혼란스런 전쟁 경험에 질서를 부여하고 그 경험이 내포하고 있는 역사적·도덕적 의미를 제시하려는 데 있다. 그래서 전쟁소설에서는 항상 문학성과 역사성이 긴장관계에 있다. 홀로코스트의 비극을 간접 체험한 수산 루빈 술레이만 교수도 전쟁의 글쓰기에서 '문학성'은 부차적인 문제라고 말한 바 있다.[18] 그럼에도 전쟁소설은 끊임없이 훌륭한 문학성을 지닌 작품을 지향했다. 헤밍웨이는 훌륭한 전쟁소설은 사실적 경험을 기억 속에서 오랜 저장 과정을 통해 숙성시킨 후 문학으로 탄생되는 것이기 때문에 전쟁이 끝난 지 최소한 10여 년은 지나야 된다고 했다. 그 이유는 전쟁이 끝난 후 바로 나온 소설은 엊그제의 기억에만 의존하는 수기에 가까운 작품이 될 수 있기 때문이다. 사실 한국전 소설들은 10년이 지나 쓰인 것이 많다. 심지어 30~40년이 지난 지금도 참전군인들에 의해 간헐적으로 쓰이고 있다. 그렇다면 전쟁 경험에 대한 기억의 숙성 기간의 길이가 훌륭한 전쟁소설의 생산에 반드시 중요한 것은 아닌 듯하다.

이 책에서는 한국전 전체 소설군 속에서 역사적 가치가 있다고 판단되는 70권의 소설을 선택해 한국전에 관한 미국인들의 문학적 반응을 살펴보았다. 전쟁 직후인 1950년대 중반에 쓰였거나 21세기 들어와 쓰인 것이건 모두 전쟁 당시를 배경으로 한국전쟁의 모습을 그리고 있으나 시대의 흐름에 따른 정치적·문화적·역사적 인식의 변화로 과거와 오늘의 소설 분위기가 달라지는 것을 느낄 수 있다. 예컨대 전쟁 직후에 나온 소설들이 대개 치열한 전투를 겪고 살아나온 자신의 일종의 무용담, 즉 '내가 그곳에 갔었다'를 강조하는 좀 더 경험적 사실에 바탕을 둔 이야기라면 베트남전이 한창인 1960년대 후반에 나온 소설들은 미국의 안방극장에 생생하게 전달된 베트남전의 비극적 양상들이 한국전 글쓰기에 상당히 반영되어 좀 더 전쟁에 대한 비판적 요소가 가미되어 있음을 볼 수 있다. 이는 많은 전쟁사학자들의 해석의 흐름과도 관련이 있다고 본다.

전쟁사학자들의 주장에 의하면 대체로 국제적인 전쟁에 대한 해석은 처음에는 '영웅적' 단계를 거치고 그다음에 '학문적' 단계로 들어간다. 다시 말하면 처음의 '영웅적' 단계에서는 공식적 역사의 정립 단계로 적은 불의이며 아군은 정의라는 이분법적 논리로 해석이 이루어지다가 두 번째 '학문적' 단계가 되면 '영웅적' 단계의 논리를 문제시하고 그 주장에 대한 수정된 논리를 제시한다. 그래서 전쟁에 대한 연구는 "멜로드라마에서 비극으로" 해석이 바뀐다.[19] 이같은 현상은 한국전에 대한 1950년대 흑백논리의 냉전적 사고가 1960~1970년대 이후 수정주의적 시각으로 변한 것과 궤를 같이한다. 소설의 주제도 공식적인 미국의 참전 명분을 지지하고 대의를 위해 싸우는 병사들의 용기와 희생을 다루는 것이 많지만 후에는 점점 전쟁 목적에 대한 회의적 시각을 드러내는 소설이 많다. 그러나 1990년대 이후에 나온 소설들은 작가들이 그동안 발표된 한국전에 대한 역사 자료를 충분히 읽고 연구한 기초 위에서 쓴 것으로 좀 더 균형 감각을 가진 양가적 작품들이라는 느낌을 준다.

이 책은 총 5장으로 구성되었다. I장에서는 한국전에 관한 미국인들의 기억을 주로 역사적인 관점에서 살펴보고 있다. 물론 소설 속에 나오는 병사들의 기억도 포함되지만 주로 한국전이 왜 잊혀진 전쟁이고 그러면서도 왜 잊혀진 전쟁이 아닌 기억되는 전쟁인지와 한국과 한국인 및 한국전에 관한 태도를 미국 정부의 전쟁 목적, 미국의 당시 여론, 미군 병사들의 인식을 역사서 및 소설 등을 통해 살펴보고 있다. 무엇보다도 여기서는 한국과 같은 극동의 조그만 나라를 위해서 왜 미국이 와서 싸웠는가 하는 것을 살펴보는 데 초점을 맞추고 있다.

II장에서는 한국전 소설이 미국 전쟁소설의 전통 속에서 하나의 작품군으로서 어떤 위치를 차지하고 있는가, 그리고 미국 전쟁소설의 전통적인 주제와 토픽들이 한국전 소설 속에서도 계속 다루어지고 있는지 하는 것을 고찰하고 있다. 즉 미국 전쟁소설의 일반적인 스토리텔링의 구조와 패턴, 전쟁과 군대에 대한 태도, 진실 재현의 문제, 죽음의 공포를 극복하는 기제 등에 관한 토픽들이 한국전의 특수한 양상과 결부해 어떻게 묘사되고 있는지를 살펴본다. 또한 참전 미군 병사들의 전쟁 동기와 실제 그들의 전쟁 경험이 과거의 전쟁에 나갔던 그들의 선배들과 어떻게 같고 다른지 하는 것도 주목의 대상이다.

III장에서는 이 책에서 채택된 한국전 소설들을 전통적인 미국 전쟁소설의 주제 및 한국전 특유의 전쟁 양상을 나타내는 주제별로 분류해 각 소설별로 1~3페이지 정도의 분량으로 요약, 분석하고 있다. 이 책의 가장 많은 지면을 차지하게 될 이 부분이 한국전에 대한 미국의 문학적 반응을 집중적으로 논하는 자리가 될 것이다. 또한 한국전 특유의 양상을 보여준 소설에도 주목하는데 가령 포로나 피난민 문제 등이 그것이다. 한국전은 다른 어떤 전쟁보다도 포로의 세뇌교육 문제가 크게 이슈화되었던 전쟁이고 또한 공산주의 체제를 벗어나거나 전쟁으로 폐허가 된 고향을 떠나야 하는 피난민의 문제가 극명하게 대두된 전쟁이었다.

IV장에서 다루어지는 한국계 미국인 작가의 이야기는 다른 미국의 전쟁에서는 흔히 볼 수 없는 토픽들로 미국 전쟁소설의 하나의 특이한 양상이다. 전쟁을 직접 경험한 1세대로부터 전쟁을 간접 체험한 2세대 작가들의 소설이 주목 대상인데 김은국, 박태영, 수산 최, 이창래, 최숙렬 등의 작품이 다루어진다. 이들은 모두 전쟁이 끝 난 후 미국으로 이주한 사람들로서 분단과 전쟁과 이산으로 인한 트 라우마와 속죄 그리고 새로운 세계에서 정체성을 추구해가는 과정 에서 나타나는 좌절과 희망 등이 그들의 소설 속에서 어떻게 서술되 는지를 살펴본다.

V장에서는 한국전으로 인한 미국 가정의 해체와 귀환병들의 적 응 문제 그리고 미국 사회에 대한 한국전의 영향을 다루는 소설들로 여전히 한국전은 미국인들에게 결코 잊혀지지 않는 또 끝나지 않은 전쟁이라는 관점에 주목한다. 지금도 참전자 유족들은 한국의 전쟁 터에서 전사하거나 실종되어 돌아오지 못한 그들의 사랑하는 가족 을 기다리며 한국전을 기억하고 있다. 참전군인 작가들의 작품을 주 로 다루지만 1950년대를 회고하면서 오늘날 미국 사회의 거울로서 당시의 한국전쟁을 돌아보려는 토니 모리슨, 필립 로스, 제인 앤 필 립스와 같은 기성작가들의 소설도 논의의 대상이다.

전편에 걸쳐 70권에 달하는 거의 모든 소설이 인용되고 언급되지 만 특히 III, IV, V장에서 30권 이상의 소설을 집중적으로 분석한다. 이 책은 한마디로 미군 병사 및 미국인들이 한국, 한국인, 한국전에 대해 어떠한 태도와 인식을 가지고 있었는지, 어떤 동기를 가지고 한국전을 싸웠으며 그동안 어떻게 '잊혀진 전쟁'이라는 한국전을 기 억하는지, 그리고 한국전의 경험이 그들의 삶에 어떤 영향을 미쳤는 지 하는 것을 소설을 통해 고찰하는 데 목적이 있다. 또한 한국전 소 설이 하나의 작품군으로서 미국 전쟁소설이라는 맥락 속에서 어떻 게 그 전통을 이어가고 있는지도 이 책의 관심사다. 전쟁소설은 일

반적으로 독자들에게 전달할 도덕적 메시지를 가지고 있는데 한국
전 소설들은 과연 우리에게 어떤 메시지를 던지고 있는지 전편에 걸
쳐 살펴볼 것이다.

I.

한국전과
미국의 기억

1. 미국의 한국전 참전과 전쟁의 성격

어떤 전쟁이든 국가의 집단기억 속에 새겨진 그 전쟁을 특징짓는 이미지가 있다. 1차 대전은 서부전선의 무인지대에서 벌어지는 참호전, 기관총, 엄청난 포병 화력으로 나뭇가지만 앙상하게 남은 벌거숭이 들판, 그리고 가스 마스크를 쓰고 독가스전을 수행하는 독일군의 모습 등이 특징이라면 진주만 공습, 광활한 태평양의 제 군도에서 벌어지는 섬 뛰기 작전, B-29 편대의 물결, 패튼 전차군단, 노르망디 상륙과 레마겐 철교를 건너 독일의 심장부로 진격하는 연합군, 이오지마 스리바치산에 성조기 게양, 히로시마의 버섯구름 등이 2차 대전의 이미지를 형성한다. 반면에 인천상륙작전 중 마운트 맥킨리호 함상에서 작전을 지휘하는 맥아더 장군, 독고리 철교를 폭파하는 제트기 편대들, 전선의 이동외과병원에서 분주히 움직이는 군의관과 간호장교들, 혹한의 장진호에서 철수하며 사투를 벌이는 미

1950년 9월 17일 인천상륙작전을 성공시킨 후 해안 고지 위에서 미 해병 1사단 1연대의 작전을 지켜보고 있는 맥아더 장군과 휘하 지휘관들: 맥아더를 중심으로 좌측은 해병 1연대장 체스터 풀러 대령, 우측은 해병 1사단장 올리버 스미스 소장과 미 7함대 사령관이며 인천 상륙기동함대 총사령관인 아서 스트러블 해군 중장. (출처: U.S. National Archives)

해병대원들, 중부전선 고지와 무인지대에서 벌어지는 혹독한 참호전, 포로수용소에서 세뇌교육을 받는 미군 포로들, 판문점에서의 지루한 휴전회담 등은 오랫동안 미국인들의 기억 속에 남아 있는 한국전을 특징짓는 이미지들이다. 페렌바크T. R. Fehrenbach에 따르면 한국전은 2차 대전과 비교해 미국인들에게 "인기 없고 정의롭지 못한 전쟁"이었지만 오직 그들이 원하는 세계 평화와 질서를 수호한다는 명분으로 미국의 젊은이들을 죽음의 '장기판'으로 내보내야 했던 전쟁이었다.[1]

1950년 6월 25일 한국전이 발발하자 미국은 그날 바로 유엔안전보장이사회를 소집하고 공산군의 즉각적인 적대행위 중지와 38선

이북으로 병력의 원상복귀를 결의하는 조치를 취했다. 그러나 북한 군의 공격이 계속되자 이틀 후인 6월 27일 안전보장이사회를 다시 열어 전 회원국들에게 한국에 파병해 무력으로 공산군을 격퇴시킬 것을 결의한다. 사상 최초로 국제연합군이 결성되고 동시에 미국은 바로 해·공군을 투입하고 이어서 전쟁 발발 일주일도 안 되어 지상 군을 파병하는 신속한 조치를 단행했다. 당시 워런 오스틴 주유엔 미 국대사는 미국이 취한 행동은 6월 25일과 27일 안보리가 행한 결의 안에 따른 행동이라는 것을 전 세계에 천명했다. 이후 미군은 3년간 총 178만여 명을 동원하고 엄청난 사상자를 냈으며 과거 미국 역사 의 어떤 전쟁보다도 혹독한 희생을 치렀다.[2] 미국이 자국의 전쟁 역 사에서 침략을 받은 한 특정 국가를 위해서 엄청난 군대를 파견하고 군비를 쓴 전쟁은 아마도 한국전이 처음일 것이다. 1, 2차 세계대전 도 어느 특정 국가를 위해서 미국이 전쟁을 수행했던 것은 아니다.

  그렇다면 왜 미국은 그렇게 인기 없고 '신이 저버린' 극동의 조그 만 나라의 '내전'에 집착하고 신속히 반응했을까? 한국이 전략적으 로 중요하기 때문이었을까? 아니면 미국의 우방이 속수무책 당하고 있는 데 대한 동정심 때문이었을까? 아니면 미국 국내 정치의 한 결 과물이었을까? 아니면 무슨 조치가 취해지지 않는 한 아시아와 유 럽의 우방들에게 미국의 신뢰가 손상될 것이기 때문이었을까? 위 의 질문은 동시에 답이 될 수 있는 질문들이다. 그러나 북한의 남침 은 지구 반대쪽의 한 조그마한 반도의 단순한 내전이 아니라 전 세 계를 공산화하기 위한 공산주의자들의 첫 시도라는 것이 미국의 인 식이었다. 한국전이 발발하자 트루먼 행정부의 각료들은 미국이 어 떤 조치를 취해야 한다고 생각했다. 그 이유는 "한국이 전략적으로 가치가 있기 때문이 아니라 무도하게 공격당한 한국의 '상징적 중요성' 때문이었다. 또한 행정부 내에서 거의 본능적으로 무슨 조치가 이루어져야 하며 그렇지 못할 경우 아시아와 유럽의 우방들에게 미국은 신뢰를 잃을 수 있다는 우려가 있었기 때문이었다."[3] 사실 전쟁 발발 두 달 전인 4월 〈국가안전보장회의 68호〉 보고서에서 미국은 군사력을 사용해 세계 어느 곳에서든 "그곳이 가지는 전략적 또는 경제적인 가치에 관계없이" 공산주의의 팽창이 예상된다면 그것을 '억제'해야 한다는 것을 건의하고 있었다.[4] 당시 백악관의 일차적인 성명도 북한 공산군의 불법적 행동에 대한 우려와 한국 국민들에 대한 동정과 지원이 주된 내용이었다. 트루먼도 만약 미국이 한국을 지키지 못한다면 소련은 계속 전진해 하나씩 삼킬 것이라고 경고했었다. 그러면서 트루먼은 한국에서의 싸움이 결국은 미국 수호에 있다는 것을 숨기지 않았다. 1950년 11월 30일 한 연설에서 트루먼은 "우리는 우리 자신의 안보와 생존을 위해서 한국에서 싸우고 있다"[5]라고 말했다.

당시 트루먼의 민주당 행정부는 아시아에서 너무 유화적인 정책을 쓰고 있으며 동시에 아시아를 등한시하고 있다는 공화당의 거센 비판을 받고 있었는데 이참에 행정부의 단호한 대응을 보여줄 필요도 있었다. 그러면서도 민주당 행정부의 한국전에 대한 기본적인 인식은 미국의 개입으로 소련의 참전을 불러오고 더 큰 세계대전으로 확대되어서는 안 된다는 것이었다. 어떠한 일이 있어도 소련과의 교전은 없어야 한다. 트루먼은 전쟁 발발 다음 날 해군과 공군을 지원하자는 딘 애치슨 국무장관의 건의를 받고 승인하면서도 그것은 38선 이남으로 제한되어야 한다는 단서를 달았다. 이러한 제한전쟁은 미국의 전쟁 개념을 상당히 변화시키는 결과를 가져왔다. 사실 한국 전에서 시작해 그 이후 미국은 외국과의 전쟁에서 결코 선전포고를 한 적이 없다. 한국전의 제한전쟁 수행으로 미국은 역사상 처음으로 선전포고라는 행위 없이도 외국 전쟁에 군사 개입을 할 수 있다는 선례를 남긴 것이다. 즉 한국전 참전은 미국 의회가 승인한 것이 아니라 유엔에 의한 승인이었기 때문이다. 거부권을 행사할 수 있는 소련의 안보리 보이콧으로 미국은 쉽사리 유엔의 승인을 획득하고 전쟁을 수행할 수 있었다. 이 대목에서 한 가지 생각할 수 있는 것은 사실 소련이 한국전에 개입할 것이라는 미 행정부의 염려는 기우였다는 것이다. 당시 소련은 자유중국을 안보리에서 축출하고 중공을 대신 상임이사국으로 가입시키려는 시도가 받아들여지지 않자 안보리를 보이콧했는데, 만약 미국의 참전을 막을 요량이었다면 안보리에 적극 참석해 거부권을 행사했을 것이다.

또한 지금까지 우리가 통상 알고 있는 미국과 유엔이 한국전을 제한전쟁으로 수행하기 위해 트루먼 행정부가 사용한 '경찰행동'이라는 말도 트루먼이 결정한 것으로 알고 있지만 사실은 공식적으로 대통령이 직접 그 말을 한 적은 없다. 다만 한 기자회견에서 기자들이 미국과 유엔의 한국전 수행을 '경찰행동'이냐고 물었고 대통령은 그 말에 동의했을 뿐이다.[6] 그러나 그것이 전면전이든 경찰행동이든 북한 입장에서 보면 공식적인 미국의 참전이었다. 개전 3일 만에 수도 서울을 점령한 북한군이지만 사실 미군이 그렇게 빨리 한국전쟁에 개입할 것이라곤 미처 생각지 못했다. 개전 3일도 지나지 않아 벌써 공중과 해상은 미군의 지배하에 들어갔고 지상군도 일부이긴 하지만 개전 일주일 만인 7월 1일 부산에 도착했다. 많은 전쟁 연구서들과 소설에서 말하듯 명목상 유엔에 의한 군사적 대응이었지 실질적으로는 미군에 의한 "한국에서의 미국 전쟁"의 시작이었다.[7] 전쟁 발발 불과 6개월 전인 1950년 1월 딘 애치슨 국무장관이 내셔널프레스클럽에서 행한 연설에서 미국의 방어선은 "알류산 열도에서 일본을 거쳐 류큐 열도에 이르는 선이다"[8]라고 말하면서 한국은 미국의 아시아 방어선 밖에 있다는 것을 묵시적으로 천명했지만 공산주의 확산 억제라는 대의명분 앞에 미국은 또다시 전쟁에 휘말리게 된 것이다. 역사는 애치슨의 내셔널프레스클럽 연설이 소련과 북한에게 잘못된 신호를 보냄으로써 그들로 하여금 한국전쟁을 일으키는 빌미를 제공했다고 하지만 증거는 발견할 수 없다. 다만 당시의 한국 주재 미국대사인 존 무초가 한국이 미국의 이해관계와 상관이 없다는 것을 공공연히 말하는 것은 위험한 일이라고 경고했는데 이는 적어도 그러한 이야기가 행정부 내에서 있었다는 것을 암시하는 것이기도 했다. 게다가 해방 이후 한국에 주둔했던 미군이 1949년 철수했는데 이는 한국 정부에 대한 미국의 공공연한 무관심을 보여주는 것으로 이런 일련의 조치가 애치슨의 성명과 더불어 한국에 대한 북한의 오판을 불러일으킨 결과로 이어졌다는 것은 분명하다.[9]

한국전쟁은 참으로 희한한 전쟁이었다. 한국전쟁은 한반도의 운명을 놓고 싸움을 벌인 남북한 당사자들보다 실제로 동원된 병력의 수나 전쟁 역량 면에서 미국과 중공은 서로가 지원한 남북한 병력보다 훨씬 더 많은 병력을 파견했다. 그러니까 어떤 면에서 남한에 대한 북한의 침공으로 시작된 전쟁이 첫해에는 주로 북한과 한국군 간의 싸움이었지만 첫해 후반부터 휴전 때까지의 전쟁은 미군과 중공군 간의 전쟁으로 바뀌었다고 해도 지나친 말이 아니다. 물론 이것은 미국의 견해이기는 하지만 대부분의 한국전 소설들은 주로 미군과 중공군 간의 싸움을 소설의 주된 배경으로 하고 있다. 소설 속의 적이라고 하면 거의 모두 중공군을 지칭한다. 미군 포로들을 수용한 적 포로수용소도 모두 중공군의 수용소이고 세뇌교육 담당자도 거의 모두 중공군들이다. 또한 위에서도 언급했지만 한국전은 제한전쟁이었다. 적을 완전히 제거할 수 있는 수단이 있었지만 처음부터 한계를 정해놓고 싸운 전쟁이었다. 냉전의 반대쪽인 소련과 중공의 개입으로 3차 대전으로 확전될 것을 우려해 중·소의 국경을 넘지 않도록 극도로 조심하며 싸운 전쟁이었다.

다시 말해 한국전쟁은 핵무기를 가진 미국이 싸운 재래식 전쟁으로 미국이 주도하는 세계 질서와 안정을 유지하기 위해 싸운 전쟁이었다. 그 과정에서 핵무기라는 가공할 무기로 문명을 말살시킬 수도 있었던 전쟁이었다. 원래 "전쟁은 지옥"이란 말이 시사하듯 목적을 위해 어떠한 수단도 전쟁이라는 이름으로 용인되는 상황논리가 지배하는 곳이 전쟁이지만 한국전은 목적을 위해 고도로 통제된 수단을 사용해 싸운 전쟁이었다. 제한전쟁은 전쟁 그 자체의 전면적 승리보다는 어떤 정치적·군사적 목적을 달성하면 그것으로 군사행동이 만료되는 전쟁이라는 의미가 내포된 말이었다. 그러나 이러한 전쟁관은 미국인들에겐 낯선 개념이었다. 왜냐하면 20세기에 미국이 참전한 모든 전쟁은 미국의 특정한 국가적 이익을 위해 싸운 것이 아닌 자유와 민주주의라는 보편적 원칙을 위해 싸운 성전이었고 이러한 성전 개념은 미국인들로 하여금 모든 전쟁을 악에 대항하는 선의 전쟁이라는 이분법적 흑백논리로 구분하게 했다.

그러한 성전에서는 일방적인 미국의 군사적 승리가 아니면 그것은 승리가 아니었다. 일찍이 새뮤얼 헌팅턴Samuel Huntington 교수가 지적하듯 제한전쟁으로 싸운 "한국전은 미국 역사에서 성전이 아닌 최초의 전쟁"이었다. "미군 병사들이 역사상 처음으로 주요 전쟁을 순전히 국가가 싸우라고 해서 싸운 전쟁이고 그리고 그 전쟁의 정치적 목표에 동의하지 않았던 그런 전쟁"이었다.[10] 반세기 후에 나온 폴 에드워즈Paul Edwards 교수의 책에서도 "대부분의 사람들에게 한국전은 악에 대항한 성전이 아니었으며 심지어 공산주의에 대항한 전쟁도 아니었다. 단순히 처리해야 할 하나의 사건이었을 뿐이다. 참전용사들은 그저 최선을 다했을 뿐 성취감은 별로 없었다." 왜냐하면 "점령한 땅도 없었고 거대한 목표도 이룬 것이 없으며 명확한 승리를 거둔 승자도 없었다. 전쟁이 끝났다는 것을 말하는 적의 항복도 없었다. 병사들은 그저 전투가 끝나서 안도했을 뿐이었다."[11]

이와 같은 미국인들의 전쟁관은 2차 대전의 종결과도 관련이 있다. 왜냐하면 2차 대전은 핵무기의 가공한 위력을 사상 처음으로 목격한 전쟁이고 핵무기의 사용은 곧바로 상대국의 '무조건적인 항복'으로 전쟁을 종결시킬 수 있는 중요한 수단이 된다는 것을 보여준 전쟁이었다. 따라서 전쟁의 종결은 핵무기 사용밖에 없다는 것을 인식시키는 계기가 되었다고 본다. 그러나 동시에 그러한 항복에 대한 대가는 너무도 엄청난 재앙으로 나타나는 것을 보았다. 따라서 가공할 인명 피해를 야기하는 핵무기가 사용되는 전쟁은 없어야 한다는 것이 미국 행정부의 생각이었다. 특히 2차 대전을 승리로 이끈 미국의 민주당 정부는 향후의 전쟁이 핵전쟁으로 전개되지 않는 전쟁이어야 한다는 것을 처음부터 인식했다.

사실 핵무기 사용의 반대는 여러 관련 당사국들의 견해가 일치했다. 미 행정부는 3차 대전을 우려했고 유럽의 맹방들이 또한 반대했으며 한국 측에서도 양가적인 태도를 취했는데 핵무기는 공산주의자들을 전멸시킬 수 있는 방법이기는 하지만 다른 하나는 한반도가 핵무기로 파괴되는 것을 우려하지 않을 수 없었다.[12] 다시 말하면 핵무기 사용이 배제된 제한된 시간과 공간과 수단과 목적을 가진 전쟁이 되어야 한다는 것이었다. 한국에 지상군을 파견하기로 한 트루먼의 결정에 대한 상원 청문회에서도 미국의 유일한 목적은 북한군을 분계선 이북으로 몰아내고 전전戰前 상태 *status quo antebellum*로 환원하는 것이라는 것을 누누이 반복적으로 천명했다. 상원의원들의 의견도 38선 이북으로 넘어가 북한군을 추격하는 권한은 대통령에겐 없다는 것을 분명히 했다.

그러나 이것은 맥아더가 인천상륙작전을 성공한 후 38선을 넘을 때까지만 유지되었던 미국의 전쟁 목표였다. 미국이 처음에는 제한된 목적을 가지고 전쟁을 수행했지만 전쟁이 경과되면서 자신들의 엄청난 군사적 우위를 확인하게 되자 생각이 달라졌다. 즉 제한된 목표를 수정함으로써 38선을 넘어 북진하게 되었고 결과적으로 중공의 개입을 불러왔다. 그렇다면 중공은 한국전을 어떻게 생각했는가? 중공군 총사령관 팽더후이彭德懷는 예하 사단장들에게 "우리의 군사행동은 미국에 대한 선전포고가 아니고 북한의 혁명전쟁을 돕기 위해서 단지 인민의용군이라는 이름으로 전쟁에 들어가는 것"이라고 말하며 인민의용군의 1차적 임무는 북한을 방어하는 데 있다는 것을 명백히 한다. 그러니까 미국의 전쟁 목적은 경찰행동으로 원상회복이었다는 것이고 중공은 북한 방어가 목적이었다는 점에서 이 전쟁은 남과 북 당사자들이 각각 마음속에 가졌던 통일이라는 목적과는

1950년 10월 19일 중공군 제150야전군 119사단 334연대 병사들이 최초로 만주 안동에서 압록강을 건너 한반도로 들어오고 있다. (출처: Public domain via Creative Commons)

달리 처음부터 휴전으로 가게 되어 있었다는 주장이 제기되기도 했다.[13] 역사학자 맥스 해스팅스도 미국은 한국의 전쟁 양상에 대한 군사적 대응이 처음부터 서툴렀으며 "김일성의 남침을 전면전의 구실로 삼으려는 의지가 처음부터 없었다"[14]라고까지 말했다.

제한전쟁과 경찰행동이라는 미국의 전쟁 목적은 정치 쟁점화가 되어 있었지만 동시에 전쟁을 직접 싸우는 미군 병사들에게도 불만 요소가 되었다. 그들의 불만은 여러 가지 형태로 나타나는데 우선 미국이 싸운 전쟁에서는 적의 무조건적인 항복을 받아낸다는 2차 대전의 승리 방식에 익숙한 그들에게 제한전쟁은 그들의 정서에 맞지 않는 전쟁이었다. 그러면서도 제한전쟁이라는 것을 잘 알고 있는 병사들은 목적과 다르게 자신들을 불필요한 전투에 계속 투입시키는 것에 불만을 표시했다. 또한 병사들은 자신들이 싸우는 전쟁이 이전의 어떤 전쟁보다도 더 치열하고 참혹한 전쟁인데도 이 전쟁을 '경찰행동'이니 '분쟁'이니 하여 자신들이 싸우는 전쟁을 제한전쟁이라는 이름으로 격하시키는 것도 받아들이기 어려웠다. 제한전쟁은 어느 면으로 보나 병사들의 전투 동기를 약화시키는 담론이었다.

아마도 세계 전쟁사를 통해서 한국전만큼 좁다란 전역에서 뚜렷한 전선을 가지고 남북으로 오르내리는 싸움을 전개한 전쟁도 없을 것이다. 그래서 한국전은 일진일퇴의 '아코디언 전쟁'이니 '요요 전쟁'이라는 이름으로 불리기도 했다. 좁다란 한반도의 정중앙을 가로지르는 북위 38도선을 경계로 오르내리며 싸운 전쟁이다. 이념이 다른 두 개의 정치 체제가 벌인 전쟁이며 '내전'이었다. 또한 2차 대전과 같은 전 지구적 지역에서 벌어진 전쟁이 아닌 '작은 전쟁'이라는 의미에서 처음부터 경찰에 의한 순찰 정도로 마무리될 수 있는 "공식적으로 전쟁이 아닌 싸움"이라는 뜻에서 '한국 분쟁Korean Conflict'이라는 말로 지칭되기도 했다. 그래서 아주 초기에 맥아더 사령부는 지상군 1개 대대 규모 정도만을 보내 공산군을 막아보고자 했다. 바로 그것이 일본에서 급조되어 한국전에 최초로 투입된 스미스 기동부대였다. 왜냐하면 미군을 보기만 하면 북한 공산군은 물러갈 것으로 예상했기 때문이다. 소위 이것은 미국이 한국전에 대해서 얼마나 무지했던가 하는 것을 단적으로 보여주는 예이기도 하다.

트루먼과 맥아더는 전쟁 첫해 여름이 끝나갈 즈음에 낙동강 방어선을 지켜냈고 인천상륙작전을 성공적으로 끝내자 새로운 전쟁 목표를 세워야겠다고 생각했다. 즉 방어에서 공세적인 전쟁으로 전환하고 북한을 공산주의자들에게서 해방시킨다는 것으로 목표를 수정했다. 그래서 한국군 3사단으로 하여금 1950년 10월 1일 38선을 돌파하게 하고 유엔군은 동서로 파죽지세로 북진하여 평양을 점령했고 "크리스마스는 고향에서"라는 목표로 중국과 국경을 마주한 압록강을 향해 진군했다. 물론 이때도 전쟁은 한반도로 국한시키고 국경을 넘어 중국 영토인 만주에 대한 공격은 절대 불허하는 제한전쟁의 개념은 유지되었다.

많은 미국의 역사학자들이 한국전을 공식적으로 "전쟁이 아닌 전쟁", "내전"이며 "분쟁"이라고 했다. 특히 1970년대 이후 브루스 커밍스Bruce Cummings를 비롯한 수정주의 역사학자들은 전통적인 한국전관을 전복시킨다. 물론 커밍스 자신은 자기가 수정주의자라는 것을 인정하기를 거부했지만 이들 역사학자들은 해방 이후 서로의 정부를 구성하는 1948년까지는 좌·우의 첨예한 대립이 있었고 이것이 결국 1950년의 대규모 분쟁으로 나타났다고 주장한다. 브루스 커밍스는 스탈린의 지원을 받은 김일성에 의해 야기되었다는 기존의 냉전적 사고의 한국전관을 독단적 주장으로 보며 한국전을 미국과 소련의 식민주의와 외세가 개입해 생긴 분단으로 초래된 내전이라고 본다. 즉 소련의 사주만을 강조하는 기존의 한국전관을 커밍스는 미국에게도 똑같이 적용해야 한다는 것이다. 커밍스는 미국의 남북전쟁과 비교한 한 영국 장관의 말을 빌려 1945년의 38선은 미국이 일방적으로 그은 선이고 그것이 사실상 한국전을 야기한 원인이라고 말하면서 한국전은 미국의 남북전쟁과 같이 남북 간의 '분쟁'이고 두 개의 상충하는 경제제도(공산주의와 자본주의) 때문에 초래된 싸움이라는 주장이다. 그러면서 한국전은 "내전이고 서로 상충하는 사회제도에서 야기된 일차적으로 한국인들 간에 싸운 전쟁"이었다는 것이다.[15]

그러나 한국전이 내전이라는 것은 한국이 한반도의 정통성을 가진 유일국가라는 관점에서 볼 때 북한의 남침은 합법정부를 전복시키려는 반정부군의 공격이었다는 점에서 그렇게 말할 수 있다. 엄밀한 의미에서 한국전은 유엔이 승인한 주권국가 대 비주권국가 간의 싸움이었다. 왜냐하면 대한민국의 헌법에는 한국의 영토는 "한반도와 그 부속도서로 정한다"라고 되어 있기 때문에 38선 이북의 북한 집단은 한국 정부에 대한 반정부 불법체제이고 그의 침공은 이념을 달리하는 김일성을 수괴로 하는 일종의 불법적인 범죄 집단의 반란이라고 볼 수 있다. 심지어 트루먼은 북한 공산군을 "일단의 무장 강도들a bunch of bandits"이라고 규정하기까지 했다.[16] 바로 이러한 이유에서 유엔군의 한국전 파견도 범죄자를 추적 단죄한다는 의미에서 '경찰행동'이라고 명명했던 것이다. 위에서 언급한 것처럼 한국전을 미국의 남북전쟁과 부분적으로 유사하다는 것은 미국 역사에서 남부연합이 연방에 반기를 든 것은 '반란rebellion'이고 그 군대를 '반군rebel'이라고 규정한 것과 같다. 그러나 한국전에서는 어디에서도 북한의 침공을 반란이라고 쓴 곳은 없다. 전쟁 초기 맥아더 사령부는 언론에 배포한 성명에서 미국이 "한국 내전Korean civil war에 적극적으로 개입하고 있다"고 발표했고 기자들도 자주 그 말을 인용하여 사용했지만 미 국무성에서는 '내전'이라는 말을 절대로 공식적으로 사용하지 말 것을 강조하기도 했다.[17]

그러나 중국은 처음부터 한국전을 내전으로 보았다. 그래서 마오쩌둥毛澤東은 유엔군의 군사 개입이 결정되자 조선에서 일어난 전쟁은 내전이므로 외부세력이 개입하는 것을 반대하며 유엔이나 미국 그 누구도 여기에 개입하지 말라는 성명을 냈다. 더구나 유엔군이 38선을 넘자 총리였던 저우언라이周恩來는 성명을 내고 이 전쟁은 내전이므로 남조선군이 38선을 넘는 것은 무방하나 유엔군이 넘는 것은 중국에 대한 위협으로 간주한다는 성명을 발표했다. 중국이 이 전쟁을 내전으로 보는 이유는 한국전이 북한에 의한 '혁명전쟁'이라는 이유에서였다. 그들이 생각하기에 혁명전쟁은 항상 정의의 전쟁이기 때문이다. 유엔군이 '경찰행동'이라는 제한전쟁으로 목표를 정하자 중국도 북한 방어에 중점을 둔다. 그리고 막강한 기술과 군사력을 가진 미국과 대항하는 데 마오쩌둥은 소위 기술보다는 인간에 대한 믿음으로 병력을 사용한다는 소위 '군사적 낭만주의'의 태도를 견지했다. 즉 "무기는 전쟁에서 중요한 요소지만 결정적인 요소가 아니다. 결정적인 것은 물건이 아니라 사람이다"[18]라는 신념을 가지고 한국전에 임했다.

그러나 윌리엄 스투엑 교수가 주장하는 대로 한국전쟁은 국제전이었다. 그는 특히 커밍스의 저서《한국전쟁: 하나의 역사 The Korean War: A History》(2010)의 서평에서 한국전을 내전이라고 해석하는 커밍스 교수의 수정주의적 시각에 반대한다.[19] 비록 해방과 국가 건설 과정에서 충돌했던 내부의 좌우익의 문제를 무시할 수는 없지만 내전으로 해석하는 것은 너무 편협한 생각이라는 것이다. 한국전을 전쟁 기간 이전부터 원인을 찾는 커밍스의 주장에 반대하며 스투엑은 한국전의 성격을 전쟁이 진행된 3년의 과정에 더 중점을 두고 해석하는 것이 옳다고 주장한다. 한국전쟁의 국제전적 성격을 강화해준 것은 미국이나 중국 또는 소련의 역할과 함께 유엔의 역할 때문이었다는 것이다. 북한의 남침을 저지한 유엔군의 90% 이상은 미국과 남한의 병력이었으나, 16개국에 달하는 유엔 회원국이 공식적으로 군대를 보내 싸운 전쟁이었기 때문이다.

사실 앞에서도 언급했지만 미군 당국이 공식적으로 언급한 한국 전은 "작게는 내전이요 크게는 강대국 사이에서 벌어진 냉전의 산물"이며 국제전이었다고 보는 것이 타당할 것이다. 그런 의미에서 앨런 밀레트 교수나 수산 브루어 교수의 주장대로 한국전은 "국제화된 내전" 또는 "국제적 내전"이라는 것이 올바른 정의이다.[20] 즉 한국전은 20세기에 강대국들이 조그만 나라를 전쟁터로 만든 많은 전쟁 중 하나라는 것이다. 특히 밀레트에 따르면 "한국전이 국제전이냐 내전이냐 하는 것은 의미 없는 구분이다. 왜냐하면 어떤 내전이든 국제적인 공백 상태에서 싸우지 않는다. 체제나 반체제나 자신들의 약점을 보완하기 위해 외부의 지원을 구하기 때문이다."[21] 비록 밀레트 교수는 커밍스와 같은 수정주의 학자들의 견해에 전적으로 동조하지는 않지만 적어도 "한국전쟁이 1950년 6월 25일에 발발했다는 것은 잊어야 하며 2차 대전 동안 시작된 아시아의 탈식민 전쟁의 하나로 다루어져야 한다"는 주장에는 동의하는 것으로 나타난다.[22] 그런 면에서 한국전의 기원과 성격을 규정하는데 밀레트 교수는 소위 '포스트수정주의 종합파'에 속하는 학자라고 할 수 있다. 수정주의 학자들의 연구가 단점을 가지고 있기는 하지만 적어도 한국전쟁의 기원에 대한 그들의 많은 연구가 좀 더 균형 잡힌 종합적 이론을 만들어내는 자양분을 제공했기 때문이다.[23]

한국전에 참전한 미국은 전쟁 참여 명분으로 전쟁이라는 말을 쓰기를 억제하고 '경찰행동'이라는 말을 사용했다. 물론 공식적으로 미 행정부가 이 말을 사용한 것은 아니지만 '전쟁'이라는 말을 사용함으로써 또다시 세계대전에 휩싸일지도 모른다는 우려가 있었기 때문이다. 더구나 한국전쟁이라는 말보다 '한국 분쟁'이라는 말을 사용했다. 그러나 이 말은 전쟁에 직접 참전해 싸운 참전군인들에게는 큰 모욕으로 간주되었다. 베트남전 참전 시인 에르하르트는 "한국에서 일어난 일을 '경찰행동'이니 '분쟁'이니 하고 부르는 것은 과거에도 그렇고 지금도 현실을 외면한 말장난이다. 그것은 엄연히 전쟁이었다"라고 말하면서 전쟁 지속기간이 베트남전의 3분의 1밖에 안 되지만 전사자는 거의 비슷한 엄청난 전쟁이었는데 그러한 전쟁을 그렇게 부르는 것은 참전자들의 자존심을 상하게 하는 "모욕"이라는 것을 분명히 한다.[24] 실제로 1951년 5월 애리조나 주의 한 보훈병원에서 한국전이 '전쟁'이 아니라는 이유로 귀국한 부상 병사에게 입원을 허락하지 않으려 한 경우도 있었다.[25]

'경찰행동'은 전쟁이 발발하기 전부터 트루먼 행정부의 소극적인 전쟁 수행 정책을 공격하던 공화당이 사용하던 말이다. 그러나 이 말은 한국전의 발발로 그 전쟁의 성격상 민주당의 트루먼 행정부의 전쟁 수행 정책이 되었다. 한국전에 대한 '경찰행동'이라는 미국의 정책은 자가당착에 빠지는 결과를 가져왔다고 지적하는 학자도 있다.《정당전쟁론》을 쓴 마이클 월저 교수는 북한의 남침을 무력에 의한 통일 시도로 보고 이를 공산주의 확산과 국제 평화를 깨뜨리는 '범죄행위'로 규정한 미국이 자신도 인천상륙 후 38선을 넘어 북한 지역을 점령하고 남한 주도의 통일국가를 세우려 했던 것으로 원상회복을 주장했던 전쟁 초기 미국의 주장은 무엇이었단 말인가. 미국의 행동은 모순이었으며 일관된 목적을 가지고 전쟁을 수행했어야 한다는 것이다. 그러니까 경찰행동과 같은 제한전쟁에서 맥아더가 말하는 "전쟁에서 승리를 대신할 것은 아무것도 없다"는 논리는 아주 어리석은 주장이었을 뿐이라는 것이다. 왜냐하면 전쟁 목표가 제한되어 있는데 어떻게 "승리"가 있을 수 있겠는가? 물론 제한된 승리는 가능할 것이나 진정한 의미의 "절대적" 승리 같은 것은 있을 수 없다는 뜻이다.[26] 한국전 성격에 대한 정부의 공식적 정의와 그 수행 과정에서 크나큰 괴리가 있었다는 말이다.

2. 한국전에 대한 당시의 미국 여론

한국전이 발발하고 트루먼 대통령이 한국 지원을 발표하자 댈러스의 한 시민이 그 지역신문사에 전화를 걸어서 "도대체 한국이란 나라는 어디에 있는가? 그 사람들은 인디언들인가 아니면 일본인들인가? 또 지금 시간으로 그곳은 몇 시인가?"라고 물어왔다고 시사주간지《타임》은 전하고 있다.[27] 이 말은 1950년 6월 당시 한국에 대한 미국인들의 무지를 잘 반영하고 있는 말이다. 그 당시 대부분의 미국인에게 한국은 그들과는 아무런 상관도 없는 미지의 나라였다. 심지어 행정부의 정책입안자들도 2차 대전의 전후 처리 및 소련의 서진西進정책과 관련해 정책의 우선을 유럽에 두었기 때문에 한국이 미국에게 중요한 나라는 아니라는 견해를 유지했다. 전후 처리와 일본군의 무장해제를 위해 1945년 9월 미군이 한국에 진주하여 군정을 실시하는 동안인 1947년 미 합동참모본부는 한국은 미국의 안보에 중요하지 않다는 결정을 내렸고 미 의회는 한국을 위해 예산을 배정할 필요를 느끼지 않았으며 맥아더도 공개적으로 한국을 미국의 방어선에서 제외시켰다.[28]

그러나 1950년 6월 25일 새벽 한국전쟁이 발발하자 트루먼은 북한의 침략은 공산주의의 확장을 위한 소련의 세계 전략의 일환으로 보고 신속하고도 단호하게 공산군의 공격을 저지하려고 미국의 전면적인 지원을 결정했다. 앞에서도 언급했지만 우선 트루먼은 북한 공산군을 "일단의 무장 강도"로 규정하고 이들이 유엔이 승인한 정부를 공격했다는 것이다. 이러한 인식의 기반 위에서 미국의 한국전 참전은 명목상 '강도'를 잡기 위한 '경찰행동'이 된다. '강도'를 잡는데 어떻게 정규군을 투입할 수 있겠는가. 그러면서도 그는 미국의 참전은 세계의 "자유와 평화를 위해서 행동했을 뿐 다른 이유는 없다"는 것이었다.[29] 그러니까 '경찰행동'이라는 실질적 대처와 세계의 '자유와 평화'의 수호라는 추상적 전제는 서로 상충되는 개념이다. 이러한 논리적 모순은 사실 전쟁 초기에는 논의의 대상이 되지 못했다. 워낙 공산주의에 대한 미국인들의 공포가 컸기 때문이다. 따라서 단순히 미국의 한국전 참전이 과연 옳은 것인가가 주된 논의의 쟁점이었다. 즉 공산주의 침략을 막는다는 명분으로 미국 군대를 보낸 것이 옳은 일인지, 그리고 한국전은 과연 싸울 만한 가치가 있는 전쟁인지 하는 문제들이었다.

1950년 7월 2일자 《뉴욕타임스》는 미국의 한국전 참전에 대한 국민들의 반응을 보도한다: "미국은 지난주 한국전에 대한 트루먼 대통령의 결정을 압도적으로 지지했다. 동부 해안에서 서부 해안까지 전국 곳곳에 주재하는 기자들의 보고서들은 '99 대 1의 만장일치, 반대 목소리 전무'라는 글로 꽉 차 있었다."[30] 그다음 주 7월 10일자 《뉴스위크》도 〈트루먼의 행동이 온 나라를 경악시키다〉라는 제목으로 미국이 보여주는 유례없는 일체감을 보도했다. 그 내용을 보면 "미국인들은 대통령을 만장일치로 지원하는 만큼 미국의 군사적 개

1950년 6월 27일 전쟁 발발 이틀 만에 트루먼 대통령이 미 의회의 승인 없이 유엔안전보장이사회의 승인 하에 한국전에 해군과 공군의 파견을 명령했다는 《뉴욕타임스》의 헤드라인 기사. (출처: RIAS Library)

입이 평화를 가져올 것으로 확신하는 듯했다."[31] 그리고 그 일주일 후인 7월 17일 《뉴스위크》는 계속해서 "더 많은 젊은이를 모집하려고 대통령의 권한을 사용하려는 결정이 당연한 과정으로 받아들여졌고 젊은이들은 열광적으로 자신들의 징집영장을 접수했다"고 보도했다.[32]

대통령의 결정에 대한 의회의 지지 또한 전폭적이었다. "지난주 의회는 완전히 다른 사람들의 집합체였다." 1950년 7월 10일자 《타임》은 이렇게 보도했다. "얼굴은 같은 사람들이었는데 말들이 달라졌다."[33] 의회의 일체감은 미국의 세계적 역할에 영향을 미치는 두 개의 법안에 대한 활동에서 두드러졌다. 하나는 젊은이들의 병역 신고를 연장하는 법안이었는데 하원은 315 대 4, 상원은 76 대 0으로 통과시켰다. 다른 하나는 공산주의와 대결하고 있는 한국을 비롯한 국가에 대해 12억 달러의 군사원조를 제공하자는 법안이었는데 상원에서 66 대 0으로 가결되었고 의원들은 "지금이야말로 단결할 때"

라고 거의 일치된 목소리를 냈다.[34]

그러나 양당의 협조 분위기 속에서도 첫 번째 다른 목소리가 로버트 태프트Robert A. Taft 상원의원에게서 나왔고 공화당 의원들이 곧바로 그를 지지했다. 태프트 의원은 대통령이 한국전 참전 결정을 한 직후인 1950년 6월 28일 상원에서 한 연설에서 "현재의 위기는 행정부의 서투르고 일관성 없는 정책 때문이었다"라고 비난하고 만약 1950년에 발표한 일련의 공식적인 성명에서 미국이 한국을 미국의 방어선에서 제외한다는 인상을 주지 않았더라면 한국의 "무익한 전쟁"은 피할 수 있었을 것이라고 강조했다.[35] 그러나 《뉴스위크》는 "태프트의 타이밍이 나빴다. 통합된 국가의 지도자로서 대통령의 인기가 고공행진을 하고 있는데 저 오하이오 사람은 [행정부]를 비난하는 데 최악의 순간을 선택했다"고 꼬집었다.[36]

확실히 한국전에 미군을 보내기로 한 대통령의 신속한 결정은 대부분의 미국인들에게 놀람이었고 당시 대부분의 국내 문제는 순식간에 묻혀버렸다. 더욱 중요한 것은 트루먼의 결정에 즉각적이고도 광범위한 지지를 보냈다는 것이다. 세계 문제에서 미국 역사의 한 페이지를 장식했던 고립주의는 한국전 참전으로 사라져버린 듯 보였다. 미국인은 그들에게 맹약으로 짐 지워졌던 국제적 역할을 피할 수 없다는 것을 다시 한 번 인식한 듯 보였다. 새로운 징병제가 시행된 이후 군대에 들어갈 예정인 한 청년은 "우리는 저 러시아 놈들과 싸우기 위해 이 모든 것을 두고 떠나야 한다"[37]라고 말하며 한국전이 남북한의 문제가 아니고 미국 대 러시아, 민주주의 대 공산주의 이념의 대결이라는 것을 분명히 했다. 이러한 사고는 전쟁 발발 처음 몇 달간의 여론조사에서 잘 나타나 있다.

1950년 7월의 한 여론조사에서 "당신은 미국이 한국에서 공산주의자들의 침략을 막아내기 위해 미군을 한국에 보낸 것이 옳다고 생각하는가 아니면 잘못되었다고 생각하는가?"라는 질문에 대해서 81%의 응답자들이 한국을 지원하기로 한 미국 결정을 지지한다고 대답했다.[38] 한 달 후인 8월에 실시한 다른 여론조사에서도 75%의 응답자들이 "대통령이 한국 국민을 돕기 위해 미군을 보내기로 한 행동은 옳았다"[39]는 의사를 밝혔다. 이러한 조사로써 알 수 있는 것은 전쟁 발발 초기에 대다수의 미국 국민들은 정부 결정을 적극적으로 지지했음을 알 수 있다. 그러나 그들은 단순히 한국과 한국 국민을 돕는다는 것보다는 당시는 냉전시대로서 미국 내 반공이라는 이념적 사회 분위기가 지배적이었기 때문에 소련으로 대표되는 공산주의 세력의 확산을 억제한다는 미국의 세계 전략을 지지한 결과이기도 했다. 한국전에 군대를 파견한다는 트루먼 대통령의 결정을 지지하는 이유를 구체적으로 물은 결과 첫 번째는 응답자의 과반수가 러시아 공산주의자들을 저지하기 위한 것이었고, 두 번째는 미국의 이익을 위해서, 즉 적들이 미 본토에 오지 못하게 하려고, 세 번째가 고통받는 국민을 돕기 위해서라고 대답했다. 반면에 대통령의 결정을 지지하지 않는 이유로 첫째가 우리의 일이 아니기 때문에 그들끼리 싸우게 놔두라는 것이었다.[40] 다시 말하면 미국의 한국전 참전은 동서의 냉전구도 속에서 미국이 취한 세계 전략의 일환이었고 동시에 미국의 국익이 우선이었음을 부인할 수 없다.

　　그 당시 미국에서 얼마나 '빨갱이 공포Red Scare'가 심했는지 이러한 여론조사를 통해 짐작케 한다. 적어도 70%가 어떤 대가를 치르더라도 소련 공산주의자들을 막아내야 한다는 것은 심지어 한 신문에 실린 독자 투고만으로도 알 수 있다. 즉 "만약 핵전쟁으로 문명의 절멸을 가져온다고 가정할 때 인간에게 닥칠 이보다 더 불행한 운명을 상상할 수 있다면 그것은 바로 러시아 공산주의자들의 무기와 문화로 세계가 지배를 받게 되는 일"이라고 말할 정도로 러시아는 미국인에게 핵무기보다도 더한 공포와 증오의 대상이었다.[41] 한 정치학자는 당시의 사회에 팽배한 반공정신에 대해 "일종의 전쟁 열풍을 불러일으키기 위해서는 그저 '공산주의자들의 침략'이란 말을 던지기만 하면 되었다"[42]라고 말할 정도였다. 한국전 참전에 대한 높은 지지율은 이와 같은 1950년대 순응의 시대와 완전히 일치한 결과이기도 했다. 1950년대 초기 공산주의자들에 대한 공포의 극단적 표현이라 할 수 있는 매카시즘도 이때 등장했다. 한국전이 매카시 열풍과 더불어 이미 미국 사회 속에 잠재한 빨갱이 공포를 더욱 부채질하는 심리적 환경을 제공했다고 본다. 특히 미국 국민은 자신들의 눈으로 극동에서 공산주의자들이 성공하는 것을 직접 보았다. 즉 미국인들은 1949년 장제스蔣介石 국민당 정부가 공산주의자들에게 넘어가는 것을 보면서 한국에서 더 이상 또 다른 '중국'이 생겨나서는 안 된다는 생각을 했을 것이다. 이러한 당시 미국 내의 지배적인 반공 분위기 외에 한국전은 쉽게 끝날 것이라는 것이 미국인들의 일반적인 생각이었다. 전쟁 발발 직후 7월의 한 여론조사에서는 응답자의 14%만이 한국전이 1년 이상 계속될 것이라고 예상했을 뿐 거의 대부분은 1년 이내로 전쟁이 끝날 것으로 내다보았다.[43]

그러나 4년여에 걸친 여론조사를 보면 한국전에 대한 미국 여론은 실제 전쟁의 경과에 따라 변화하는 것을 볼 수 있다. 초기의 높은 지지율은 1950년 말 중공의 개입으로 급속히 떨어진다. 1951년 2월의 갤럽조사에서 응답자의 50%는 미국이 "한국을 방어하기로 결정한 것은 실수"라고 했으며 39%만이 여전히 그 결정을 지지한다고 대답했다.[44] 국가여론조사연구소가 발표한 자료에 따르면 특히 1952년 10월 이후 약 57%의 국민들이 "한국의 전쟁은 싸울 가치가 없었다"라는 의견을 제시했고 33%만이 여전히 전쟁을 지지했다.[45] 이 같은 현상은 전쟁이 길어지면서 2차 대전 후 바로 일어난 전쟁에 대한 피로 현상이라고 보아야 하겠지만 아마도 초기의 전폭적인 지지의 여론을 반전시킨 가장 결정적인 요인은 중공의 개입과 이로 말미암아 야기된 미국의 전쟁 전략에 대한 트루먼과 맥아더로 대변되는 두 진영 간의 논쟁 때문이었다. 전쟁 초기부터 한국전은 3차 대전으로 가는 도화선이 될지도 모른다는 우려가 제기되었는데 미국인들에게 중공의 개입은 마치 이러한 우려가 현실화되는 결과를 가져온 것으로 간주되었다. 1951년 1월의 갤럽 조사에서 "중공군이 압도적인 병력으로 한국전에 들어왔는데 미군과 유엔군은 어떻게 해야 되겠는가"라고 물은 결과 응답자의 66%가 "당장 한국에서 미군을 철수시켜야 한다"고 대답했고 반대는 25%밖에 되지 않았다.[46] 이러한 여론은 트루먼의 직무 수행 평가에도 반영되어 그에 대한 긍정적 평가는 26% 이하로 떨어졌고 재임 기간 내내 이 최저치를 회복하지 못했다.[47]

그러나 이러한 한국전 반대 의견은 일시적인 현상이었고 유엔군이 반격하여 중공군을 38선으로 밀어붙이자 비록 낮기는 했지만 전쟁 지지율이 일정한 수준을 유지했다. 중공군 참전에 대한 최초의 충격이 가시면서 1951년 내내 한국에서 철수해야 된다는 입장은 소수였고 오히려 국가여론조사연구소 조사에서 60% 정도의 응답자가 미 공군기들이 한국 국경을 넘어 중국 내의 보급기지를 폭격해야 된다고까지 했다. 더구나 1951년도 말경에는 39%의 미국인들이 원 자탄을 사용해야 한다는 주장을 승인하기까지 했다.[48] 어느 모로 보나 1951년 전반부는 양측이 38선을 사이에 두고 밀고 밀리는 가장 치열한 싸움을 벌였던 시기였다. 더구나 유일한 염원이 통일이었던 한국인에게는 실망스러운 일이었지만 당시 미 국방장관이던 조지 마셜George Marshall 장군은 그해 3월 유엔군이 38선을 다시 넘어 북한에 대한 전면적인 반격을 가하는 것을 허락하지 않았다. 사실 이때부터 한국전은 미국인에게는 "점점 더 인기 없는 전쟁"이 되었고 "전쟁 수행에서 끝없이 계속되는 제한된 목표를 가진 전쟁"으로 간주되었다.[49]

한국전에서 야기된 큰 사건 중 하나가 1951년 4월 트루먼 대통령이 유엔군 총사령관 맥아더를 해임시킨 사건이었는데 이것은 국민적인 분노를 야기했다. 강력한 반공주의자인 맥아더는 압록강을 넘어 중공을 폭격해야 한다고 주장하고 허락해줄 것을 줄기차게 워싱턴에 요청했다. 그러나 대통령은 중공군이 참전한 이후에는 한국전을 제한된 목적을 가진 제한전쟁으로 수행해야 한다는 생각이 확고했다. 왜냐하면 트루먼 행정부는 중공이 한국전에 전면적으로 개입하게 되면 아무리 통일된 한국이 되더라도 엄청난 대가를 치르게 될 것으로 판단했기 때문이다. 다시 말하면 전면전은 아닐지라도 공산주의 중국이라는 "잘못된 적과 잘못된 전쟁"을 치러야 한다고 생각했다.[50] 합참의장 오마르 브래들리Omar Bradley 장군도 대륙의 중공군과의 전쟁은 "잘못된 적과 잘못된 시간과 장소에서 잘못된 전쟁"[51]을 벌이는 것이라 생각하고 이것만은 막아야 한다는 확고한 신념을 가지고 있었다. 어떠한 일이 있어도 3차 대전으로 확전되는 것은 막아야 한다는 것이었다. 그러나 맥아더는 "전쟁에서 승리를 대신할 것은 아무것도 없다"고 주장하며 정부의 전쟁 수행 정책을 강력히 비판하는 편지를 보내오자 대통령은 더 이상 그의 불복종을 묵과할 수 없었고 해임이라는 극단적인 조치를 단행할 수밖에 없었다.

이에 대한 국민의 분노는 이루 말할 수 없었다. 전국적으로 트루먼과 애치슨의 화형식이 거행되었고 7만 8,000개의 항의 전문이 백악관에 답지했으며 의회 의원들에게도 각 지역구에서 트루먼의 해임 결정을 비난하는 메시지가 홍수를 이루었다. 심지어 몇 개 주는 그의 해임을 반대하는 법안을 통과시키기도 했다. 조셉 매카시 상원의원은 행정부가 한국에서 적과 공모했으며 '빨갱이' 애치슨과 아시아 담당자들이 바로 중국을 "잃은" 책임자들이라고 몰아붙였다.[52] 갤럽 조사에서 응답자의 불과 20%만이 대통령의 결정을 찬성할 뿐이었다.[53] 의회의 반응은 더욱 격렬했다. 윌리엄 제너 상원의원은 "오늘 이 나라는 소련의 스파이들에 의해 조종당하는 비밀 내부 조직의 손에 넘어갔다. 우리는 즉각 우리 정부로부터 이러한 암적인 음모의 전반을 잘라내야 한다. 우리의 유일한 길은 트루먼을 탄핵하는 것이다"라고 강력하게 비난했다. 심지어 하원에서는 트루먼의 행동은 장제스의 "중국이 함락당한 이후 공산주의자들이 거둔 가장 큰 승리"라고 규정하기도 했다.[54]

전국적인 방송 및 신문 매체들도 제한전쟁, 맥아더의 해임, 미국의 전략적 계획과 능력에 대한 비판을 쏟아냈다. "적의 무조건적인 항복으로 끝나는 승리를 위한 전면적인 공세에 익숙해 있던" 미국인에게 전쟁을 제한적으로 싸운다는 것은 생소할 뿐 아니라 받아들이기 어려운 일이었다.[55] 한 비평가는 〈용기에 대해 경의를 표하며〉라는 제목의 사설에서 "한 사람의 위대한 군인이 한 정치인에 의해 사령관직에서 해임되었다"고 강력히 비판하며 "민간인의 우둔함"을 한탄하기까지 했다.[56] 그러나 이러한 맥아더에 대한 열광적인 지지가 한국전 자체에 대한 지지를 의미하는 것은 아니었다. 아마도 이것은 두 사람이 저마다 내세우는 주장보다는 대통령과 미국이 자랑하는 유명한 장군 사이의 싸움이라는 그 자체에 대중들이 더 큰 반응을 보인 것으로 여겨진다. 맥아더 해임에 대한 의회 청문회가 끝나갈 무렵에는 많은 사람들과 대중매체는 궁극적으로 대통령의 결정을 지지해 "군이 문민우위 개념에 도전해서는 안 된다"는 데 합의가 이루어진다.[57]

전쟁이 휴전으로 끝나자 미 행정부는 "유엔에게는 승리이며 공산 침략자에게는 참담한 실패"라고 환호했고 국민들도 대체적으로 만족하는 결말로 받아들였다.[58] 휴전 두 달 후 실시된 국가여론조사연구소 조사에서도 75%의 응답자들이 휴전협정에 사인한 것은 잘한 일이라고 보았고 15%만이 계속 싸웠어야 한다고 말했다.[59] 이 조사에서 나타난 것을 보면 공산 침략을 저지해야 한다는 초기의 군사적 행동에 대한 지지보다도 평화적인 협상을 통한 전쟁 종식을 더 선호한 것으로 보인다. 사실 이러한 종전은 한국 측에서 볼 때는 크나큰 실망이었으며 심지어 이승만 대통령은 1953년 휴전협정을 파기하고 한국군 단독으로 북진을 계속하겠다고 위협하기까지 했다. 그러나 한국군 단독의 작전권이 없는 상태에서 결국 제한전쟁이라는 불가피한 결말인 휴전을 받아들일 수밖에 없었다.

한국전에 대한 당시 신문 매체들의 반응은 대개 과연 한국전쟁이 싸울 가치가 있는 전쟁인가 그리고 미국 개입이 정당한 것인가에 대한 것이었다. 그래서 많은 신문 사설들은 〈우리는 왜 한국을 위해서 싸우고 있는가?〉, 〈한국전은 쓸모없는 전쟁이었나?〉 또는 〈죽음에는 정당한 이유가 있다〉 등의 제목으로 많은 글이 쓰였다. 신문의 최초 반응은 1950년 7월 1일자 《뉴욕타임스》 사설에 나타났는데 〈한국인들을 위해서〉라는 제하에서 미국의 참전 결정을 유엔 정신에 따라 자유와 평화라는 명분으로 정당화한다. 한국전을 "유엔이 존속할 수 있는가에 대한 시금석"이라고 보면서 "현재 싸우는 것은 단순히 추상적인 정의의 원칙을 위해서만이 아니다. 그것은 자신들이 직접 선택한 정부에서 자유롭게 살려는 한국인이라는 인간 개인의 권리를 위해서"라고 쓰고 있다.[60] 미국과 유엔의 참전 결정이 이루어진 전쟁 발발 초기에는 이러한 분위기가 지배적이었다. 《뉴 리퍼블릭》은 〈한국: 유엔의 마지막 시험〉이라는 제하의 사설에서 "다른 나라 사람들이 우리가 공산주의를 싫어한다는 것에 무조건 동의한다고 생각한다면 그것은 큰 잘못"이라며 "미국이 어떠한 일을 하든지 그것은 유엔의 권위를 인정하는 차원에서 이루어져야 한다"는 것을 강조했다.[61] 이와 같이 한국은 유엔과 미국의 성공을 위한 시험대 역할을 했다.

그러나 중공의 개입으로 한국전이 '제한전쟁'이 되자 신문의 논조도 전쟁 초기의 전폭적인 지지에서 변화를 보이기 시작했다. 유엔군이 중공군에 밀려 후퇴를 거듭하고 수세에 몰릴 때 《뉴 리퍼블릭》은 미국은 한국에서 잔류할 것인가 철수할 것인가 선택의 기로에 서 있으며 둘 사이에서 결정해야 한다고 촉구했다.[62] 이 시기에 이미 많은 비평가들은 한국을 지키기 위한 대가를 더 이상 지불할 가치가 없기 때문에 미국은 이 전쟁을 실패한 것으로 간주하여 더는 엄청난 생명의 손실을 방지하기 위해서라도 당장 떠나야 한다고 주장했다. 전쟁 반대의 목소리가 점점 높아지는 가운데 국무성 극동 담당 차관인 딘 러스크Dean Rusk는 1951년 1월 NBC 텔레비전에 나와서 "왜 우리가 한국에 있는가?"라는 이유에 대해 답하는 형식으로 "우리가 한국에 있는 이유는 세계대전을 사전에 예방하기 위함이며, 베이징의 무력이 너무 강하다는 인상을 그들에게 주어서는 안 되기 때문이며, 2,000만의 용감한 한국인들을 공산주의자들의 손에 넘어가도록 놓아둘 수 없기 때문이며, 필리핀과 일본의 친구들에게 우리가 우방에 대한 공약을 심중하게 생각하지 않는다는 인상을 주면 안 되기 때문"[63]이라고 역설했다.

《유에스 뉴스 앤드 월드리포트》는 개인 차원에서 한국전을 어떻게 보고 있는지를 게재한 적이 있다. 한국에서 싸우고 있는 한 병사는 〈죽음에는 이유가 있어야 한다〉라는 글을 통해서 본국 사람들의 무관심을 지적했다. 즉 그는 자신과 자신의 동료들이 한국에서 희생하고 있는 이유로 "뚜렷하게 명시된 전쟁 명분이 있고 그것을 위해 고귀한 희생이 치러지고 있는데 공로를 인정받지는 못할망정 왜 위로를 받을 수 없는지"라고 그 이유를 묻는다.[64] 그러면서 자신들의 희생이 응당한 위로를 받지 못하는 현실을 아주 비극으로 받아들인다. 그런가 하면 한국전에 참전한 아들이 두 번이나 부상을 당하는 아픔을 겪은 한 엄마의 〈왜 내 아들이 한국에 있는가?〉라는 제목의 글에 대한 한 논객의 대답은 명쾌하다. 즉 미국의 아들들이 한국에서 싸우는 이유는 "그들의 희생으로 현재 본국에 있는 수백만의 젊은이들을 구할 수 있기 때문이며, 과거 수많은 용감한 젊은이들이 미국의 전통을 위해서 죽었는데 그 전통을 지킬 책임이 그들에게 있기 때문이며, 한국전에서 미국은 전 세계의 자유에 대한 도전을 보고 있기 때문이며, 어떤 곳에서든지 자유인에 대한 공격은 민주주의에 대한 위협이기 때문이고, 미국은 어떤 침략자도 바다나 공중이나 육지로 미국 해안에 도달하도록 해서는 안 되기 때문이며, 물에 빠진 사람이 물가로 나오려고 몸부림치는 것을 보면 본능적으로 그를 구하러 달려가기 때문"이라는 것이다.[65] 머리말에서 언급한 바와 같이 올해의 인물로 '미국의 군인'을 선정한《타임》의 기사도 두 아들을 이미 2차 대전에서 잃고 이제 남은 아들 하나를 한국전에 보낸 엄마와 그 아들의 대화를 싣고 있는데 엄마는 아들을 빨리 한국에서 귀국시켜 달라고 정부에 애원하지만 아들은 "공산군들을 이곳에서 막지 못하면 미국의 우리 집 앞마당에서 우리의 사랑하는 가족들이 죽는 것을 보아야 할지도 모르기 때문에 싸워야 한다"라고 말하며 귀국을 거부한다.[66] 이것은 미국의 정책입안자들이 한국전이 발발한 이후 주장하고 정의한 미국의 전쟁 목적에 대한 일목요연한 정리라고 볼 수 있지만 여기서도 참전의 주된 이유로 한국과 한국인을 구하기 위해서라는 명분이 우선이라는 것은 읽혀지지 않는다.

종합하면 미국의 참전 결정은 정책입안자들이 전쟁 전에 발표한 성명들을 생각할 때 완전히 예상치 못한 결정이었다. 그러나 일단 미국의 참전 결정이 내려진 다음에 대다수의 국민들은 정부의 정책을 압도적으로 지지했고 전쟁 기간 동안 지속적인 지지를 보냈다. 비록 중공의 개입, 맥아더의 해임, 지루한 휴전협상에 의한 전쟁 상황의 변화로 지지율의 부침이 있기는 했지만 적어도 전쟁을 반대하지는 않았다. 한국전은 대부분의 미국인들에게 민주주의와 공산주의 대결의 일환이었고 한국전의 패배는 곧 미국의 민주주의 패배로 받아들여졌다. 비록 《뉴욕타임스》는 한국전을 "작은 전쟁, 아무도 사랑하지 않았던 멀고 먼 나라에서 벌어진 전쟁"[67]이라고 평가했지만 한국전은 공산주의의 팽창을 막고자 하는 자유세계의 의지를 공고히 했으며 공산주의의 냉혹함을 세계인에게 일깨우는 계기를 제공한 전쟁이었다는 것은 분명했다.

3. 우리는 왜 싸우나?

1) 미군 병사, 그들은 누구인가?

한국전에 참전한 미군 병사들의 한결같은 질문은 "왜 우리는 여기에서 싸우고 있는가"라는 것이었다. 대부분의 소설과 수기에서 병사들은 극동의 한구석에 있는 이름을 들어보지도 못한 나라, "전혀 알지 못하는 먼 나라"를 위해서 싸우는 이유를 알지 못한다. 미국은 2차 대전이 끝난 지 채 5년도 지나지 않아 또다시 전쟁에 휘말렸기 때문이다. 왜 또 싸워야 하는가? 아직도 미국이 싸워야 할 나라가 있는가? 미국인들은 2차 대전의 승리로 국가에 대한 무한한 자부심으로 이제 찾아온 평화를 구가하려던 참이었다. 이미 수많은 참전군인들이 고향으로 돌아갔고 부대는 축소되고 국방 예산은 삭감되었으며 장비는 녹이 쓴 상태로 차후 전쟁을 별로 걱정하지 않아도 될 때였다. 2차 대전 중 89개 사단이었던 미 육군은 한국전 발발 당시는 10개 전투사단 및 본토의 4개 훈련사단으로 줄어들었다. 그것도 전후 처리를 위해 일본과 유럽에 주둔한 사단들을 제외하면 극히 일부의 전투사단과 훈련사단이 본토에 있을 뿐이었다.

향후 한국전에 우선적으로 투입될 일본에 주둔한 3개 사단도 각 연대마다 1개 대대가 감소된 편제로 운용되었고 그나마 정상적인 대대도 60~70%선의 병력과 장비로 유지되고 있었다. 병사들은 군사훈련을 별로 받지 않았고 일본의 치안을 담당하는 미미한 수준의 역할만 하고 있었다. 북한의 전면 남침으로 한국전이 발발하자 미 행정부는 미 극동군 사령관 맥아더에게 해군과 공군을 우선 한국에 지원하고 곧이어 지상군을 투입할 것을 명령했지만 그의 요청대로 적을 저지할 대규모 병력을 마련할 방법이 쉽지 않았다. 더구나 미국의 동원 계획은 원래 전면전에 맞춰 있었기 때문에 한국전쟁과 같은 제한전쟁을 위한 계획은 없었다. 그것도 본국에서 멀리 떨어져 있는 극동의 소국에서 제한전쟁을 하려고 정당한 이유도 없이 수많은 젊은이를 징집한다는 것은 국민들의 대대적인 불만을 초래할 수가 있었다. 따라서 당시 미국 정부의 목적은 한국에서의 제한전쟁을 위해서는 필수적인 전력만을 동원하면서 유럽을 비롯한 전 세계에서 소련 공산주의의 공세를 저지할 군대를 유지하는 것이었다.

미국은 징병제와 자원입대를 통한 모병으로 병력을 충원하고 한국전을 수행해야 했지만 파죽지세로 남하해오는 북한 공산군을 막기엔 절대적으로 시간이 부족했다. 따라서 미 행정부는 현역병을 늘리는 작업을 계속하면서 시간을 벌기 위해서 즉각적인 소집이 가능한 예비군과 국가방위군을 통해 필요한 수요를 충당하려고 했다. 그것이 당시로서는 기존의 감소 운용되던 부대와 전투로 손실되는 부대의 병력을 보충할 수 있는 유일한 길이었다. 결국 병력 증강을 위해 정규군의 모집을 늘리고 기존의 징병제를 연장하는 동시에 예비군과 국가방위군을 부대 단위로 또는 개인별로 소집하는 조치를 단행했다. 개전 초기인 1950년 7월 바로 2만 명의 병력이 필요했는데 이를 예비군에서 차출하기 위해서 지원을 받았으나 지원자가 적어서 정부는 임의 소집으로 바꾸고 사회에 복귀한 예비군들을 소집해 병력을 충원했다. 또한 국가방위군 차출은 1950년 9월에 시작되었는데 4개 사단이 편성되어 한국전에 급파되었다. 예비군에서 한국전에 참전한 전체 숫자는 정확히 나와 있지는 않지만 한국전쟁에 총 24만 5,000명의 예비군이 현역으로 재소집된 것으로 되어 있다. 한국전쟁 중 육군은 증원되어 총 20개의 보병사단을 보유했는데 이 중 8개 사단이 한국전에 투입되었다. 1951년 〈군사훈련근무법안〉에 근거해 징병제를 1955년까지 연장하고 징집 연령을 19세에서 18세로 낮추며 복무 기간을 21개월에서 24개월로 연장했다. 그러나 한국전으로 재소집된 예비군들 중 2차 대전에 참전했던 군인들은 17개월의 의무 복무가 끝나면 소집 해제를 시켜야 한다는 규정 때문에 전쟁 후반부에는 상당한 병력의 예비군과 국가방위군이 고향으로 돌아갔다.[68]

  한국전 초기 몇 달간 미 행정부가 얼마나 절박한 상황에서 부족한 병력을 동원하고 전투에 임했는지를 처음부터 진행된 과정을 살펴보면 짐작할 수 있다. 최초로 지상전투에 투입된 스미스 기동부대(미 24사단 21연대 1대대)는 일본에서 급조되어 한국에 파견된 부대로 한국에 대한 기초적인 지식도 없이 수송기로 1950년 7월 1일 부산에 도착하고 열차로 북상해 7월 5일 오산에서 북한군과 첫 교전을 벌였다. 그러나 수적 및 무기의 열세로 수십 명의 병사를 잃은 후 후퇴하고 말았는데 병사들은 자신들이 싸운 적이 누구인지도 몰랐

1950년 7월 1일 한국전에 파견될 미 지상군 최초 부대인 스미스 기동부대 장병들이 일본의 이타주케 공군 기지에서 수송기에 탑승하고 있다. (출처: U.S. National Archives)

다. 얼마 후에 가서야 적은 북한 인민군이고 남한의 군대는 한국군이라는 것을 알게 되었다고 할 정도였다.[69] 뒤이어 달려온 같은 사단의 34연대 1대대는 평택에서 처음으로 적과 교전을 벌였는데 일본에서 출발 전에 순진하게도 북한군은 자신들을 보면 바로 북으로 도망갈 것이라고 생각했다는 것이다. 그뿐 아니라 한국전에 임하는 병사들의 훈련 상태는 미군이 얼마나 한국전을 쉽게 생각했는지를 적나라하게 보여준다. 심지어 어떤 병사들은 한국에 올 때 소총을 분해하거나 결합할 줄도 몰랐는데 이는 한국전에 대한 미 행정부의 초기 대처가 얼마나 허술했는지를 짐작하게 하는 대목이다.[70]

한국전은 주로 정규군과 의무복무를 위해 군에 징집된 병사들 또는 자원입대한 사람들 등으로 싸운 전쟁이지만 무엇보다도 두 번의 전쟁을 해야 했던 2차 대전 참전 예비군들의 목소리가 크게 들리는 전쟁이었다. 비록 전체 참전자의 3분의 1을 차지하는 병력이지만 대부분의 한국전 소설의 극적 긴장을 야기하는 작중인물들은 예비군들이다. 이들이 주요 작중인물이 되는 것은 이미 '큰 전쟁'을 싸웠고 사회로 복귀해 이제 새로운 삶을 구가하려던 찰나에 또다시 터진 전쟁에 나가야 했던 사람들이기 때문이다. 이들은 국가를 위해 자신들이 해야 할 몫을 이미 수행했다고 생각하는 사람들이었고 그래서 한국전은 그들의 사회적 진로를 가로막은 '원치 않는 사건'이었다. 그렇기 때문에 예비군들의 불만의 목소리가 부대 내에서 다른 병사들과 갈등으로 나타나기도 했다.

그런가 하면 여러 가지 이유로 자원입대한 병사들, 의무복무를 위해 징집된 병사들, 또한 육군보병을 피하기 위해 해병대나 타군에 입대한 병사들, 또는 간부후보생 교육을 받고 임관한 장교들, 사관학교를 나온 정규장교들, 그리고 전 세계에서 온 이민자들로 이루어진 나라답게 온갖 인종으로 구성된 용광로 부대의 구성원들, 이런 모습들이 한국전을 싸운 미군의 모습이었다. 베트남전 당시 1년간의 순환근무를 마치고 본국으로 돌아감으로써 전쟁의 시작과 끝을 개인적 차원으로 수행했던 베트남전의 병사들과 달리 한국전 병사들은 부대 단위로 한국에 오고 갔기 때문에 대다수는 본인의 의사와 관계없이 명령에 따라 한국에 온 것으로 되어 있다. 그러나 소설 속에서는 군 입대와 한국전에 오게 된 개인적인 동기가 분명히 있고 이것이 소설 전개에 하나의 중요한 모티프로 작용한다. 한국전에 참전한 미국의 젊은이들은 다양한 가정적·사회적 배경을 가진 사람들로 그들이 한국에 오게 된 동기도 다양하다. 그렇다면 과연 그들은 어떤 사람들이었고 어떤 생각을 가지고 한국전에서 싸웠는가? 실제와 소설 속에서 묘사된 미국의 젊은이들은 누구인가?

미국의 젊은이들은 세대마다 자신들의 전쟁에 나가 싸웠다. 그러나 그들이 싸운 전쟁은 각각 그 전쟁의 목적과 명분이 다르고 전쟁의 양상도 달랐다. 1차 대전은 벨기에 연안에서 스위스 국경까지 장장 500km에 이르는 서부전선에서 주로 참호전으로 전개되었는데 기관총과 대포가 동원된 최초의 현대전으로서 참전 미군 병사들은 전례 없는 엄청난 희생을 치러야 했다. 그들은 "모든 전쟁을 끝내기 위한 전쟁"이라는 명분으로 유럽 전선에 뛰어들었지만 전쟁은 자신들의 기대와는 달랐고 서부전선은 이상적인 성전의 장소가 아니었으며 오히려 수많은 사람들이 문명이라는 이름으로 죽어가는 환멸의 장소임을 발견했다. 반면에 나치즘과 파시즘이라는 사악한 제도가 만들어낸 2차 대전에서 미군 병사들은 어느 전쟁보다도 뚜렷한 명분이 있었고 싸울 가치가 있는 성전을 위해 싸운다는 자부심도 있었다. 미국의 참전은 당연한 행동이고 병사들은 정의의 전쟁에서 싸운다는 신념을 가졌다.

2차 대전에서 가졌던 이러한 미군 병사들의 생각은 한국전에서도 그대로 이어졌다고 본다. 미국인들은 공산주의를 겨우 몇 년 전에 소멸된 나치즘과 동일시했고 한국 방어의 대의는 정당하다는 논리를 받아들였다. 그러면서도 미국인들은 한국전이 지난 1, 2차 세계대전에서 병사들의 참전을 자극했던 부패한 문화나 사악한 이념과 제도의 산물이라는 개념에는 동의하지 않았다. 한국전에 참전한 미국의 젊은이들은 전쟁은 계속적으로 이어지는 인간 사회의 하나의 현상이라는 생각이 지배적이다. 그것은 2차 대전이 끝난 지 얼마 되지 않아 또다시 일어난 전쟁이기도 하지만 이미 두 번의 세계대전을 거치면서 그들의 마음속에 전쟁을 인간의 보편적 현상으로 내면화했기 때문이다. 따라서 한국전 소설들은 이전 전쟁소설들에서 보인 것과 같은 전쟁에 대한 극심한 허무감이나 군대 조직에 대한 실망은 거의 찾아볼 수 없다. 단지 아무도 관심 없는 지구 반대편의 외딴 곳에 있는 남의 나라 전쟁에 보내져 버려진 존재가 된 것 같다고 생각할 뿐이다.

미국의 전쟁 동원은 1차적으로 징병제에 의해 시행되었다. 의무 복무 연령은 각 전쟁마다 달랐지만 한국전 때 만 18세부터 26세까지의 남성은 병역의 의무가 있었고 남성은 18세가 되는 해에 반드시 병무청에 등록하게 되어 있었다. 이러한 징병제가 전쟁이 일어날 때마다 많은 미국인들에게 논의의 대상이 되었지만 한국전 때는 별로 국민적인 저항을 받지 않았다. 그러나 미국인들의 눈에 비친 한국전의 위상이 2차 대전과 같지 않았고 제한전쟁을 싸우기 위한 제한적인 전쟁 동원이 이루어졌기 때문에 일반 국민들이 피부로 느끼는 한국전쟁의 여파는 그리 크지 않았다. 이러한 이유로 한국전에 대한 일반 미국인들의 관심은 2차 대전에 비해 상대적으로 약했다. 이러한 국민적 무관심은 한국전 참전병사들의 분노를 야기했고 그러한 분노가 대부분의 한국전 소설에서 언급되고 있다. 한국전쟁은 징집되어 싸우는 사람들만의 전쟁일 뿐이었다. 피터 아이칭거 Peter Aichinger 교수가 지적하듯 "한국전은 전쟁에 관한 미국인들의 태도를 바꾸는 하나의 전환점이 되었다. 한국전 이후 개인은 자기 자신을 먼저 생각하며 애국심이나 어떤 이념의 호소에는 면역이 되었다. 왜냐하면 전쟁은 인간사에서 끊임없이 계속되는 현상이고 국가가 벌이는 전쟁은 결코 그 목표를 달성할 수 없을 것 같았기 때문이다."[71]

한국전은 전면적인 전쟁 동원이 이루어지지 않은 전쟁으로 병사들의 불만이 많았다. 1953년 3월 한국에 와서 서부전선 판문점 인근의 폭 찹 힐 고지에서 벌어진 전투를 참관한 후 그 전투에 참가한 병사들을 직접 면담하고 집필한 책《폭 찹 힐 Pork Chop Hill》(1956)에서 마셜 장군은 면담한 73명의 미군 병사들 가운데 대학에 보낼 여유가 있는 가정 출신의 병사는 한 사람도 없었다고 말한다.[72] 고등학교 졸업 후 대학에 갈 등록금이 없어서 군대에 들어온 사람이 많았다는 것이다. 일반적으로 한국전은 사회적 약자들이 많이 동원된 전쟁이었다. 실제로 2차 대전 때 육군은 군에 입대하는 모든 병사들에게 '일반 분류 테스트'라는 시험을 치르고 여기서 나온 점수를 기준으로 군별로 배치했는데 점수가 낮은 사람들이 주로 지상 전투부대로 보내졌다. 이런 시험이나 프로그램들은 운 없고 실력이 모자란 실패자들만이 최전선으로 보내진다는 인상을 주었고 이러한 인식이 젊은이들의 불평을 사기도 했는데 특히 한국전에서 그 정도가 심했으며 차후 베트남전에서는 '계급전쟁'이라는 비난으로 이어지기도 했다. 한국전은 베트남전과 더불어 제한된 징집이 이루어진 전쟁이고 인기가 없는 전쟁으로 인식되었기 때문에 많은 젊은이들이 '대학생 병역연기원'을 통해 징집을 연기하거나 면제를 받으려 했다.

군대 복무를 주저하는 것은 1952년 징집 연령 대학생들의 조사에서도 명백하게 나타났다. 약 82%의 대학생들이 군대 복무는 자신들의 생활을 망가뜨릴 수 있기 때문에 징집을 원치 않는다고 답했다. 그리고 대학생의 병역연기제도는 '공정'하다고 생각했다. 왜냐하면 그것은 군복무를 연기할 뿐이지 회피하는 것은 아니기 때문이었다.

1948년 징병제 법안은 부칙으로 대학생 병역연기제도를 규정하고 있는데 특히 두 번의 아시아 전쟁에서 적용되었다.[73] 그러나 이 제도는 교육을 받지 못한 가난한 사회적 약자 계층의 사람들만이 전쟁에 동원되는 결과로 이어졌다. 찰스 브레이스린 플러드Charles Bracelen Flood의 소설《대의를 위한 삶More Lives Than One》(1967)에서 주인공 해리는 하버드대 재학 중 참전한 병사로 본국의 친구들에게서 온 편지를 보면서 "모두가 아무 일도 없다는 듯 대학과 대학원에 진학해 공부하고 있는데 오직 교육받지 못한 가난한 사람들만이 이 전쟁에 와서 싸우고 있는 것"을 알고 분통을 터뜨린다.[74]

실제로 1955년 발간된 디트로이트 지역의 한 조사보고서에서 고등교육을 받지 못한 사람들은 주로 전투원으로 배치되었고 전사하거나 포로가 되거나 실종된 자들은 주로 저소득층의 비백인 출신에서 많았다. 그래서 많은 사람들이 한국전을 "가난한 자의 전쟁"이라고 비난했다고 쓰고 있다.[75] 전우를 위한 고귀한 죽음을 다룬 노먼 블랙Norman Black의《얼음과 불과 피Ice, Fire and Blood》(2012)에서 소대 선임하사 앤드류 스미스는 2차 대전 참전용사로 자신은 지금까지 의회 의원의 아들들과 그 친구들이 전쟁에 나온 것을 본 적이 없다고 말하고 자신이 군에서 나가면 의원들과 신문사에 이런 사실을 알리는 편지를 보내겠다고 말하는가 하면 중공군에게 밀려 임진강을 건너 집결한 곳에서 대대는 이미 65% 이상의 병력 손실을 입었고 새로 보충된 신병들이 80% 이상 되었는데 모두들 가난한 집안의 사람들이었을 뿐만 아니라 교육 기회도 갖지 못했던 사람들이었다고 말하는 것에서 한국전에서 징집의 불평등에 대한 병사들의 불만이 어떠했는가를 짐작할 수 있다.[76]

한국전은 미국이 2차 대전을 끝내고 군 조직의 대대적인 해체와 개편이 이루어지는 과도기에 발발한 전쟁으로 군을 슬림화하고 좀 더 '민주적'인 군대로 만들려는 시도가 이루어진 시기였다. 더구나 사회생활에 젖어 있던 자유분방한 젊은이들이 한국전의 발발로 대거 동원되어 군으로 밀려들어오자 군대 조직의 변화와 맞물려 혼란이 가중되었다. 과거의 군대가 가졌던 엄정한 군기를 강조하면서도 '민주적'인 군대가 되어야 한다는 시대정신 사이에서 보이지 않는 괴리가 발생했다. 특히 고교 졸업 후 바로 동원된 젊은이들에게 군대 조직의 엄격한 통제는 참을 수 없는 고통이었고 왜 군대에 와야 하고 왜 전쟁에 나가야 하는지에 대한 확고한 신념을 가질 시간도 없었다. 정신적으로 준비가 되지 않은 이들 젊은이들이 바로 한국전쟁에 투입되었고 특히 적의 포로가 되었을 때 적의 세뇌교육에 쉽사리 굴복한 것도 이러한 당시 미국 사회의 자유로운 분위기와 군대의 민주화 등이 원인이었다고 보기도 한다.[77]

더구나 이러한 신세대 병사들에 대한 교육이 사회 활동가들과 부모들 때문에 제대로 이루어지지 못했다는 것이 또 하나의 문제로 대두되었다. 두안 토린Duane Thorin의 소설《판문점으로 가는 길A Road to Panmunjom》(1956)에서 작가는 신병들에게 강인한 훈련을 시키려 해도 항의하는 엄마들 때문에 병사들을 아기 다루듯 해야 했고 그들에게 무엇을 하라고 명령하기가 조심스러웠다면서 심지어 다음과 같은 식으로 명령을 내리곤 했다는 다소 우스꽝스러운 이야기를 하기도 한다: "존즈 이병, 미안하지만 수류탄을 던지려는 저 적에게 총을 좀 쏘아주시겠습니까?"[78] 물론 이것은 과장이지만 젊은 병사들을 훈련에 데리고 나가 포복을 시키거나 제한된 식량으로 며칠을 버티며 전선 참호에서 잠을 자라고 한다면 바로 엄마의 지역구 의원에게서 지휘관에게 전화나 편지가 오고 엄마로부터는 훈련조교에게 직접적인 항의 전화가 간다고 했다. 병사들은 비가 오면 발이 젖을까 걱정하고 잠자기 전에 샤워를 해야 했으며 고지에서 비에 젖지 않을 참호를 파는 방법을 교육하려 해도 전혀 관심이 없었다.

한국전에 대한 당시의 미국인들의 인식은 우선 정부가 발표하는 공식적인 전쟁 명분을 믿는 것이었다. 더구나 들어보지도 못한 한국이라는 조그만 나라에서 벌어진 '분쟁'은 "결코 별것 아닌 것"으로 보았다.[79] 또한 국가의 공식적인 참전 명분은 '경찰행동'으로 전쟁하러 가는 것이 아니라 지역을 '순찰'하고 범죄자를 체포하기 위해서 가는 것이다. 그러니까 태평양에서 치열한 전투에 참가했다가 귀향한 병사들은 지난 전쟁에서 세우지 못한 전공을 세울 수 있는 또 하나의 기회가 되었고 2차 대전에서 열광적인 환영을 받으며 영웅으로 돌아오는 귀환병들을 바라보았던 순진한 젊은이들에게는 자신도 그들처럼 전쟁에서 공을 세워 영웅이 되고 싶은 욕구를 갖게 했다. 더구나 별로 위험하지도 않을 것 같은 '작은 전쟁'이라 남자로서 한번 시도해볼 만한 가치가 있는 모험이기도 했다. 또한 2차 대전을 통해서 유럽과 태평양에서 전쟁을 수행한 미국의 젊은이들은 극동의 한국이라는 또 다른 미지의 세계를 보고 싶어 하는 낭만적인 동경심도 있었다. 또한 2차 대전이 끝나고 찾아온 평화 속에서 너무 안일한 생활에 싫증을 느낀 젊은이들에게 한국전은 그러한 권태에서 탈피할 수 있는 좋은 기회가 되기도 했다. 반면에 사회 저변에서 잡다한 직업에 종사하던 사람들, 고교를 중퇴하고 거리에서 떠돌이 생활을 하던 사람들, 등록금이 없어 대학을 갈 수 없었던 사람들, 군대를 직업으로 선택해 안정된 삶을 추구하려던 사람들 등 다양한 젊은이들이 한국전을 하나의 신분 상승의 기회로 보았다.

2) 참전 동기

"우리는 왜 싸우나?"는 소설과 수기에 나타난 당시 미국의 젊은이들이 던진 한결같은 질문이다. 아마도 한국전 참전 동기를 몇 가지로 구분한다면, 징집제도에 따른 의무 이행을 위해서, 그리고 징집을 회피하는 것은 사회적으로 겁쟁이라는 비난을 받을 것이 두려웠기 때문에, 국가의 전쟁 명분을 인정하며 전쟁 참여를 애국심의 발로로 보기 때문에, 부대에 대한 자부심과 옆에 있는 전우를 위해서, 그리고 모험을 좇아서 등으로 나누어볼 수 있다.

사회적 압박과 의무감

첫째 한국전쟁이 발발했을 때 미국은 제한적인 동원을 실시했고 의무 징병법에 의해 19세 이상 젊은이들은 군대에 나가게 되어 있었다. 문제는 이들 젊은이들이 참전을 전제로 한 징병에 응하기가 쉽지 않았다는 것이다. 전쟁 참여는 죽음을 전제로 하기 때문에 젊은이들에게 엄청난 심적 갈등을 유발시켰다. 물론 2차 대전과 같은 정당한 전쟁에서도 미국의 젊은이들은 그와 같은 갈등을 겪었지만 그들이 보기에 참전할 가치가 없다고 생각되는 작은 전쟁인 한국전에서는 더할 수 없는 심적 혼란을 겪어야 했다. 특히 베트남전과 같은 '잘못된 전쟁'에 대한 징집은 많은 젊은이에게 극심한 갈등을 야기했다. 당시 상당수의 대학생들은 대학생 징집연기제도를 이용해 전쟁을 피했고, 그리고 어떤 사람은 캐나다로 도망치거나 그저 징집을 회피하고 감옥에 갇히는 방법을 택하기도 했다. 그러나 그렇게 하기엔 사회적 압력이 너무도 컸기 때문에 궁극적으로 징집에 응하지 않을 수가 없었다.

베트남전 참전 작가인 팀 오브라이언Tim O'Brien의 참전 수기인 《내가 만약 전쟁터에서 죽으면 관에 넣어 고향으로 보내주오If I Die in a Combat Zone, Box Me Up and Ship Me Home》(1973)이란 책에서도 자신의 베트남 참전 결심은 "신념에서 나온 것도 아니고 이념에서 나온 것도 아니다. 그보다는 사회적 비난이 두려워 내린 것이다"라고 말한다.[80] 후에 나온 그의 또 다른 소설《그들이 가져간 것들The Things They Carried》(1990)의 주인공도 자신이 전쟁에 나온 것은 애국심에서도 아니고 영광을 추구해서도 아니다. 단지 다른 사람들이 자신을 어떻게 생각할까 하는 데 대한 두려움이었다고 말한다.[81] 다시 말하면 이미 징집되었거나 자원해 베트남을 다녀온 친구들이 두렵고 시내를 걸어 다닐 때 자신을 보는 시선이 두렵고 교회에 나가서 만나는 지역사회의 사람들이 두려웠고 그리고 부모에게도 떳떳하지 못한 자신의 모습을 보이는 것이 괴로웠다고 쓰고 있다. 그러나 한국전에 관한 소설이나 수기에서는 팀 오브라이언과 같은 깊은 갈등과 고민을 하는 젊은이를 찾기 힘들다. 그것은 무엇보다도 한국전쟁이 세계 평화와 미국의 안전에 위협이 되는 공산주의의 확산을 억제하기 위한 전쟁이라는 당시 미국의 국민적 합의가 이루어진 때문이라고 본다.

그렇다고 해도 죽음에 대한 공포는 어떠한 명분보다도 강하다. 그런 이유로 전쟁을 피하려고 했지만 징집명령을 거부했을 때 다가올 처벌이 두려웠다. 한국전을 다녀온 한 병사의 다음과 같은 이야기는 당시의 젊은이들의 마음이 어떠했는지를 말해준다.

　　나는 속으로는 도망가서 가명을 쓰고 이 큰 나라 어디에 파묻혀 지내
고 싶었다. 그러나 모두들 소집되어 전쟁터로 떠나고 있는데 나만 그렇
게 도망가 산다는 것은 있을 수가 없는 일이었다. 더구나 군대는 앞으
로 오랫동안 나를 추적하지 않겠는가. 난 비겁한 겁쟁이가 되도록 자라
지 않았다. 또한 캔사스주의 포트 레븐워스의 철창 속에서 지내고 싶지
도 않았다.[82]

　자신이 도망을 간다는 것은 가족의 명예를 실추시키는 것이 될 것
이고 그렇게 되면 장차 고향에도 돌아갈 수 없는 신세가 된다는 생각
이 그로 하여금 한국으로 가게 했다는 것이다. 제임스 설터James Salter
의 공군소설인《사냥꾼들The Hunters》(1956)에서도 한 전투기 조종사
는 정말로 한국전에 가기 싫었지만 만약 가지 않았을 때 이미 한국에
아들들을 보낸 엄마들과 사회의 모든 사람들이 가만히 있겠는가. 결
국 그러한 사회적 비난 때문에 갈 수밖에 없었다고 고백한다.[83]
　아마도 거의 모든 징집된 병사들은 그저 한국으로 가라는 국가
의 명령에 따라 왔을 뿐이며 손에 총을 쥐어주고 싸우라고 했기 때
문에 싸웠던 것이고 그저 자신에게 부여된 임무를 수행할 뿐이며
영웅이 되기보다는 살아서 고국으로 돌아가는 것을 최대의 희망
으로 삼았던 사람들이다. 프랜시스 폴리니Francis Pollini의 포로소설
《밤Night》(1961)에서 투린 병사는 한국전에 온 것은 원해서 온 것이
아니며 국가의 명령에 따라 왔을 뿐임을 명확히 한다. 자신은 그저
징집되어 보병으로 배에 실려 이곳에 보내졌고 싸우다 포로가 되었

을 뿐이다. 그렇기 때문에 살아서 이곳을 빠져나가는 것이 자신의 유일한 목표이다. 그는 자신을 이곳에 보내달라고 한 적도 없고 군대에 가게 해달라고 한 적도 없다고 포로가 된 자신의 처지를 한탄스럽게 말한다.[84]

전통적인 미국 전쟁소설들에서와 마찬가지로 한국전 소설 또한 전쟁터에서 싸우는 병사들에게 전쟁 그 자체는 증오의 대상이다. 국가는 그 전쟁의 대의명분을 위해서 희생할 것을 요구한다. 그러나 전장에 나간 병사들에게 국가의 전쟁 명분은 대체로 하나의 공허한 수사일 뿐이다. 그들은 국가가 표방하는 대의를 위해서 싸우는 것이 아니다. 데이비드 와츠David Watts, Jr.의《희망의 흥남부두Hope in Hungnam》(2012)의 주인공 잭 스타일즈 일병은 이곳에서 싸워야 하는 이유를 모른다. 한국인들의 전쟁에서 왜 우리가 죽어야 하나? 우리가 한국에서 싸우는 것은 공산주의를 물리치기 위함도 아니요, 한국인들을 구하기 위함도 아니다. 그저 싸우라고 보냈기 때문에 의무감에서 싸울 뿐이라는 것이다.[85]

애국심

미군 병사들이 전쟁 명분에 전혀 관심 없이 단순히 의무감에서만 싸우는 것은 아니다. 물론 미군 병사들이 누구와 무엇 때문에 싸우는지도 모르며 그저 명령에 따라 움직이는 징집병들이기는 하지만 그래도 왜 싸워야 하는가에 대한 이유를 찾고 그것이 미국의 전쟁 목적임을 받아들이는 병사들도 많다. 퀜틴 레이놀즈Quentin Reynolds의《신만이 알리라Known But to God》(1960)라는 소설에서 한국전쟁의 동기에 대한 대화를 나누는 가운데 한 병사는 왜 우리가 이곳에서 싸우고 있는지, 심지어 앞에 있는 적이 누구인지도 모르겠다는 말에 또 다른 병사가 동조하며 1, 2차 대전과 한국전을 비교하면서 다음과 같이 대답한다.

"난 이 더러운 전쟁에서 싸우려고 지원했다는 해병은 한 명도 본 적이 없어. 우리 아버지는 1차 대전에서 싸웠고 형은 2차 대전에서 빅 레드 1사단 소속으로 싸웠지. 그는 북아프리카의 캐서린 계곡에서 부상을 당했지만 두 분 다 왜 싸우는지 알고 싸우셨대. 그런데 이 싸움에서는 아무도 뭣 때문에 싸우는지 몰라."[86]

그러나 이 소설의 주제는 미군 병사의 한국전 참전이 순전히 강요된 행동의 발로라는 것을 말하려는 것은 아니다. 비록 전쟁에 대한 병사들의 일상적인 불평이 있기는 하지만 소설의 주인공 제퍼슨 레이의 행로를 통해서 미군 병사의 한국전 참전이 반드시 수동적인 것만은 아니라는 것을 작가는 말하려고 한다. 제퍼슨은 과거의 전쟁에서 젊은이들의 희생이 필요할 때 전쟁에 나가지 않은 할아버지와 아버지에 대한 죄책감으로 존스 홉킨스 의대 2학년을 중퇴하고 한국전에 의무병으로 지원해 해병 1사단과 함께 인천상륙작전에 참가하고 서울을 거쳐 38선 부근에 도달한다. 한 농가 오두막집에서 부상당한 병사를 치료하던 중 날아온 아군기의 오폭으로 소대원 전원과 함께 전사하는 병사이다. 나중에 유해가 발굴되어 무명용사의 신분으로 알링턴 묘지에 묻힌다는 이야기이지만 이 소설의 핵심은 한 병사가 가문의 불명예를 속죄하기 위해 국가의 부름에 참전하는 애국자의 모습을 그리는 데 있다. 그리고 미국이 하나의 민주주의의 보루로서 그 가치를 유지하고 있는 것은 바로 이러한 희생과 용기의 상징인 무명용사와 같은 애국자들이 있기 때문이라고 작가는 말한다.

사실 많은 미군 병사들은 자신들이 한국에서 싸우는 이유가 공산주의의 확산을 억제하고 거의 전멸당할 위기의 한 국가를 구하기 위한 것이라는 데 동의한다. 아마도 한국전에서의 죽음이 전쟁 초기 트루먼 행정부가 선포한 대로 "공산주의의 침략을 저지하고 세계평화와 자유를 위해서"라는 대의명분을 위한 희생이라는 것을 가장 잘 기록한 책이 1949년 미 육사 졸업생들의 한국전 참전 수기인 해리 매이하퍼Harry Maihafer《허드슨강에서 압록강까지 From the Hudson to the Yalu》(1993)일 것이다. 한국전 발발 1년 전인 1949년 6월에 미 육사를 졸업한 신임장교들은 1년간 각 병과학교에서 보수교육을 받고 1950년 6월에 이제 막 야전부대에 배치되어 야심찬 군생활의 첫발을 내딛을 참이었다. 그때 바로 한국전이 발발했고 애국심에 불타는 신임장교들은 이 전쟁을 자신들의 의지와 리더십을 시험해볼 절호의 기회로 보았다. 1949년도 졸업생은 574명이었고 이 중 253명이 참전했으며 28명이 전사하고 4명이 포로가 되었다.[87]

매이하퍼는 한국전의 전개 과정을 따라가면서 각 부대에서 동기생들의 활동을 추적하고 있는데 어느 한곳에서 동기생 사무엘 코슨 소위의 장렬한 죽음과 그의 갓 결혼한 미망인의 편지를 소개한다. 5기갑연대 찰리중대 소대장으로 서부전선 한 고지에서 부하 병사를 살리기 위해 적의 벙커로 돌진해 적 1개 분대와 백병전을 벌이다 부하는 구출하지만 결국 힘에 부쳐 전사하는 코슨 소위의 이야기는 많은 사람의 심금을 울린다. 당시 8군사령관 매튜 리지웨이Matthew Ridgway 장군은 코슨 소위의 숭고한 희생은 지금까지 미국이 치른 모든 전쟁에서 보여준 가장 위대한 군인의 희생으로 기억될 것이라고 애도했다. 코슨은 졸업 후 결혼하고 곧바로 한국전에 참전한 장교였는데 그의 미망인은 역시 한국전에서 전사한 동기생 톰의 미망인에게 다음과 같은 편지를 보낸다.

> 만약 한국전이 평화를 가져온다면, 그렇게 되리라 기도합니다만, 코슨과 톰 그리고 다른 많은 군인들이 치러야만 했던 희생이 세계를 위해 가치 있는 일이 될 거라고 믿어요. 만약 그렇게 되지 않는다면 난 몹시 실망할 거예요.[88]

그들은 갓 결혼한 남편들을 잃은 극도의 슬픔을 숭고한 희생으로 승화시키고 있다. 한국전은 세계 평화를 위해 싸워야 할 전쟁, 그리고 경우에 따라서는 희생해야 할 전쟁이라는 것을 군인과 가족 모두가 실천하고 다짐하는 전쟁이었다.

미군 병사들의 한국전 참전은 어둠의 세력에 대한 정의의 십자군이라는 순수한 생각이었다. 물론 이러한 생각은 한국에 와서 잔혹한 전투를 경험하고 난 후에도 지속되기는 힘들었지만 많은 병사들이 견지했던 태도이기도 했다. 밴 필포트 Van B. Philpot, Jr.의 소설《대대 군의관 Battalion Medics》(1955)에서 군의관 헨드릭스와 군목의 대화에서도 본국에서 정치인들은 한국전이 싸울 가치가 있는지 없는지 갑론을박하고 있지만 이곳의 병사들은 어떤 의문도 제기하지 않고 그저 용기와 열정을 가지고 자신들의 임무를 수행할 뿐이라는 데 의견이 일치한다. 비록 정부에서 가라고 해서 왔지만 전쟁 목적에는 관계없이 결국 국가가 필요로 할 때 싸우는 것은 자신들의 의무이기 때문에 싸운다는 것이 한국전에 참가한 병사들 대부분이 가졌던 전쟁 동기로 보인다. 윌버트 워커 Wilbert L. Walker의 《정체된 판문점 Stalemate at Panmunjom》(1980)에서 흑인 소대장 찰리 브룩스는 아무도 원치 않았고 가치 있다고 생각지도 않은 전쟁을 위해 7,000마일 떨어진 곳에 와 있지만 그래도 국가에 대한 충성과 애국심으로 싸우는 것이 자신들의 의무이기 때문에 싸우는 것이라는 입장이다.[89]

부대에 대한 자부심과 전우애

미군 병사들이 국가의 부름에 부응해 한국에 왔고 애국심과 또한 의무감에서 싸웠다면 전쟁에서 그들을 지탱시키고 싸우게 했던 또 하나의 동기는 자신이 속한 부대에 대한 자부심과 동료에 대한 전우애였다. 남자들은 여러 가지 이유로 전쟁에 나간다. 이미 앞에서 논의했지만 자신의 의사와 관계없이 징집되는 경우, 또는 국가에 대한 의무를 다하기 위해서, 또는 개인적인 명예나 영광을 위해서 전쟁에 나간다. 그러나 실제 전쟁터에서 병사들을 지탱시키는 가장 큰 힘은 부대에 대한 소속감과 자부심 그리고 동료에 대한 믿음과 사랑이다. 특히 한국전은 어떤 전쟁보다도 전쟁에 나간 병사들이 머나먼 험지에 고립되어 아무도 관심 없는 전쟁터에서 싸운다는 생각을 갖게 한 전쟁이었다. 그렇기 때문에 이들이 유일하게 기댈 수 있는 곳은 자신이 속한 부대였고 옆에 있는 동료였다. 그 어떤 거창한 애국적인 구호도 참호 속의 병사들을 지탱해주지 못한다. 오직 전장에서 적의 총알을 맞아보고 함께 피 흘리며 슬픔과 환희를 함께한 전우들만이 서로를 지탱해주는 힘이 된다. 소대장은 소대원들을 자랑스러워하고 소대원들은 소대장에게 신뢰를 보낸다. 소대원들은 소대장의 리더십이 자신들을 죽음에서 구해줄 수 있을 것이라 믿기 때문이다.

커트 앤더스Curt Anders의 소설《용기의 대가The Price of Courage》(1957)는 중부전선의 한 고지를 공격하는 보병 소대의 이야기로 전쟁터에서 함께 피 흘리며 싸운 전우들 사이에서 생겨나는 무한한 애정과 신뢰와 자긍심을 묘사한다. 어떤 사람은 배경이 좋아서 후방이나 본국에서 근무하지만 그렇지 않은 사람은 최전선 지역에서 생명을 담보로 싸워야 한다. 그러나 병사들은 정말로 어떤 정치적 명분이나 목적에는 관심 없이 오직 소속 부대원으로서 의무를 다할 뿐이다. 중대장 에릭 중위는 그들이야말로 본국의 무관심 속에서도 묵묵히 자신의 할 일을 다하며 국가를 위해 희생하는 진정한 애국자이고 영웅이라 생각한다. 그들은 사실 사회에서 별로 인정받지 못한 사람들이었다. 그들의 친구들은 용케 징집을 피했지만 그들은 이곳 한국의 참호 속에서 긴 시간을 보내며 그들의 마지막이 다가오고 있는 것을 시시각각 느끼면서도 불굴의 의지로 고통의 시간을 버티는 병사들이다. 그런 그들에게 에릭은 한없는 고마움과 애정을 느낀다. 바로 이런 유대감이 전쟁을 승리로 이끄는 요인이 된다는 것을 에릭은 깨닫는다. 그들은 왜 싸우고 어떻게 그런 초인적인 힘을 발휘하며 극도의 공포를 이겨내고 있는가? 바로 그것은 자신이 속한 부대와 지휘관에 대한 신뢰이고 옆에서 함께 싸우는 전우에 대한 믿음이고 사랑이라고 작가는 말한다.[90]

전쟁에서 전우애는 극심한 죽음의 공포를 이겨내는 극복의 기제이기도 하지만 동기부여의 기제이기도 하다. 병사들은 전우를 위해 싸운다. 전투 동기의 한 요소로서 부대에 대한 자부심과 자신의 전투 동기를 분리할 수는 없다. 그리고 소부대 내에서 병사들 사이에 형성된 결속력은 서로에게 위안이 되고 그들을 지지해주는 강력한 힘이 된다. 병사들은 자신의 친한 전우에게 육체적, 정신적으로 의존하기 때문이다. 그래서 부대정신과 전우애가 미군 병사들의 전투 동기를 결정하는 중요한 요소가 된다. 전쟁터에서 병사들은 동료의 죽음을 받아들이는 법을 배워야 한다. 전우의 죽음은 전쟁의 불가피한 일부이기 때문이다. 비록 상실의 고통은 이루 말할 수 없지만 그것에 머무를 수는 없다. 사실 한국전에서 아군의 오인사격이나 공중 폭격에 의해 오히려 많은 병사가 희생되었다. 한 사회학자는 한국전에서 병사들의 '친우관계buddy relations'라는 동료들 간의 상호의존관계를 조사한 적이 있는데 병사들은 자신들이 분대나 소대의 일부분이라 생각했고 또 그것을 넘어 한두 명의 특별히 친한 친구들이 있고 이런 친구들이 서로에게 크게 의지가 된다는 것을 발견했다. "이런 친구들이 서로에게 치료사가 되었다"[91]라고 말한다.

모험심

　전쟁은 남성들에게 묘한 매력이 있다. 미군 병사들이 한국전에 간 또 하나의 이유는 바로 전쟁을 경험해보고 싶은 모험심을 들 수 있다. 이러한 참전 동기는 미국 전쟁소설의 가장 전형적인 주제이기도 하다. 무엇보다도 순진무구한 젊은이가 전쟁에 대한 낭만적인 환상을 품고 전쟁에 나가지만 참혹한 현실을 발견하고 환멸을 느끼거나 반대로 삶의 진실을 깨닫고 성장하거나 하는 과정을 경험하게 된다. 이러한 모험 탐구는 여러 가지의 형태로 나타난다. 우선 자신의 구태의연한 생활에서 벗어나 좀 더 이국적인 미지의 세계에 도전해보고 싶은 마음에서 또는 남자로서 전쟁이라는 시련 속에서 자신을 시험해보고 자신의 정체성을 발견하며 생의 의미를 찾고자 하는 마음에서 전쟁에 나간다. 그뿐만 아니라 사회적 약자에게 전쟁과 군대는 영웅이 되고 신분 상승을 도모할 수 있는 기회가 된다. 한국전과 같은 작고 '쉬운' 전쟁에서 찰과상 하나 입지 않고 영웅이 되어 돌아오는 것이 젊은이들의 꿈이 된다.

한국전에 참전하는 젊은이들은 상당수가 존 웨인의 서부영화와 태평양 전쟁영화를 보고 영웅이 되는 꿈을 꾼 사람들이다. 특히 1949년에 나온 영화 〈유황도의 모래 Sands of Iwo Jima〉에서 뜨거운 태양이 내리쪼는 남태평양의 섬, 모래 해변에 상륙하는 존 웨인과 그의 병사들의 영웅적인 모습은 당시의 젊은이들에게 미지의 세계에 대한 꿈과 낭만을 갖게 했다. 거기에 죽음은 없다. 주인공은 죽지 않

1951년 2월 7일 미 187공정연대 3대대 병사들이 낙하산으로 투하된 후 원주 북방 40Km 지점의 팔봉리 근처에서 도로를 따라 전선으로 이동하고 있다. (출처: U.S. National Archives)

는다. 오직 강인하고 멋진 불사조의 남성만이 있을 뿐이다. 바로 자신을 그 영웅에 대입한다. 한국전 참전용사이고 후에 시인으로 성장한 윌리엄 차일드리스William Childress는 한국전이 발발하자 시골에서 농사일 하던 19세 청년만이 느낄 수 있는 어떤 흥분을 느꼈고 이 전쟁이야말로 해 뜨는 아침부터 저녁까지 말의 먹이를 주며 하루 종일 일해야 했던 사람에게 그곳을 벗어날 수 있는 유일한 도피처가 되었다고 말한다. 그리고 전쟁 경험이 자신을 변화시켰으며 그러한 변화가 자신에게 인생을 사는 데 필요한 인간에 대한 통찰력을 제공해주었다고 말한다.[92] 그에게 한국전은 그가 성장하는 데 필요한 하나의 시련 과정이었고 통과의례의 장소였다.

래리 크란츠Larry Krantz의 충정소설인 《사단들 Divisions》(2013)에서 주인공 스콧 코나인은 네브래스카 농촌이 고향으로 그가 한국에 오게 된 것은 순전히 "군인의 길을 가기 위해서였고 또한 미지의 세계에 대한 모험 때문이었다."[93] 그런가 하면 흑인 장교 모제스 필즈는 UCLA 출신의 학군장교로 임관한 후 처음으로 맞이한 한국전에서 자신을 시험해보고 전쟁터에서 병사들을 지휘해봄으로써 자신의 능력과 정체성을 확인하고 싶었다. 로버트 크레인Robert Crane의 소설 《전쟁터에서 태어나다 Born of Battle》(1962)에서 전쟁은 인간 생활을 파괴하고 인간을 죽음으로 몰아넣는 최대의 비극이지만 또한 인간이 삶에 대한 새로운 가능성을 발견할 수 있는 현장이기도 하다. 제이 찰스 치크J. Charles Cheek의 소설 《조심하게 친구야Stay Safe Buddy》(2003)는 주인공은 아니지만 소설의 정신적 주체라고 할 수 있는 뮤만 상병의 이야기이다. 그는 고아원에서 살다 도망을 나와 나이를 속이고 군대에서 자신의 삶을 영위하고자 입대한 병사이다. 존 웨인의 서부영화와 2차 대전 영화를 보고 자란 세대로서 전투를 좋아해서 전쟁터에서는 자신이 마치 존 웨인이라도 된 듯 행동한다. 그는 전쟁과 군대에서 꿈을 키우고 삶의 의미를 찾기 위해 극동의 "전혀 의미 없는 전쟁"[94]으로 달려왔지만 결국 뜻을 이루지 못하고 전사한다. 12년을 군대에 있었는데도 전사했을 때 나이는 스물일곱이었다. 한국전은 아무도 관심 없었던 사회적 약자들이 싸운 전쟁이었지만 그곳엔 끈끈한 우정이 있었고 서로를 위하는 참다운 믿음이 있었다. 어떤 이념이나 국가보다도 우선하는 전우에 대한 사랑이 있었고 전우를 위해 자신의 목숨을 버릴 수 있다는 숭고한 희생이 있었다.

종합적으로 한국전 소설들에서 미군 병사들은 막연한 이념을 위해 싸우지는 않는다. 비록 국가의 전쟁 목적을 위하여 한국전에 참전했지만 실제 전쟁터에서 그러한 이념이나 목적은 그들의 전투 수행과는 전혀 관계가 없다. 군인이기 때문에 싸울 뿐이다. 그리고 자신의 희생은 거대한 추상적 담론을 위한 것이 아니다. 부여받은 임무와 자신의 소우주인 가족을 위해서 부대와 전우를 위해서 싸울 뿐이다. 물론 그것이 의무감이고 애국심이고 전우애이며 모험심이라고 말할 수 있다. 이는 장군에서부터 병사에 이르기까지 한결같다. 제임스 미치너James Michenor의 《독고리의 철교 The Bridges at Toko-ri》(1953)에서 직업군인 타란트 제독은 2차 대전 소설에 나오는 파쇼적인 장군들과 동일시되는 인물이다. 그러나 자신의 항모에서 출격하는 폭격기 조종사 해리 브루베이커 대위가 그의 아내와 두 딸을 만나는 것을 지켜보면서 전쟁이란 이념의 대결이나 어떤 커다란 정치적 목적을 이루기 위해서 싸우는 것이 아니고 그저 가족과 그들이 속한 작은 사회를 지키기 위해서 싸우는 것이라는 소박한 생각을 한다. 해리는 결국 임무를 완수한 후 적 지역에 추락해 고향과 가족을 그리는 가운데 다가오는 적들에게 비참한 최후를 맞이하지만 그의 죽음으로 가족과 그들이 속해 있는 사회를 지키는 목적은 달성하는 셈이다.[95] 롤란도 히노조사Rolando Hinojosa의《무익한 종들The Useless Servants》(1993)의 주인공 라페 일병과 동료들도 전쟁은 싫어하지만 그러나 자신들에게 주어진 임무를 완수해야 한다고 생각하는데 그러한 생각을 전쟁이 끝날 때까지 일관되게 유지한다. 한국전 병사들이 전쟁 명분에 대한 적극적인 지지를 표현하지는 않지만 적어도 미국이 싸우는 목적에 대한 잠재적 동의는 병사들의 마음속에서 작동하고 있었다고 본다.

4. 미군 병사들에게 비친 한국전, 한국, 한국인, 한국군

1) 한국전에 대한 태도

한국전은 한마디로 참전 미군 병사들에게는 '원치 않은 전쟁'이었다. 심지어 병사들은 한국전이 공산주의의 침공에 대한 싸움이라고 하는데 만약 공산주의와 싸워야 한다면 서구문화와 문명의 요람인 유럽에서 싸울 것이지 왜 잔인한 야만인들과 가치도 없는 동양의 황폐한 땅에서 싸워야 하는가라는 것이 병사들과 그들의 부모들의 주장이었다.[96] 더구나 한국전은 '작은 전쟁' 또는 '50전짜리 전쟁', 즉 '반쪽짜리 전쟁'이라는 것이 미군 병사들의 일반적인 생각이었다. 제임스 설터의 공군소설인《사냥꾼들》에서 2차 대전에 폭격기 조종사로 참전했던 애보트 소령은 자신이 '진짜 전쟁'을 하던 때에 지

1951년 1월 미 공군 B-29 폭격기들이 북한 지역의 전략 목표에 대해 폭탄을 투하하고 있다. 미군은 북한 지역의 22개 주요 도시들을 초토화시켰는데 투하된 폭탄의 양은 2차 대전 때 일본에 투하된 폭탄의 양과 비슷했다. 1952년쯤에는 더는 북한 지역에 타격할 목표가 없었다. 미군은 한국전 기간 동안 3만 2,500톤의 네이팜탄을 포함해 총 63만 5,000톤의 폭탄을 주로 북한 지역에 투하했다. (출처: U.S. National Archives)

금의 젊은 조종사들은 초등학교 다니면서 글자 익히기에 바쁜 애들이었는데 그까짓 '반쪽짜리 전쟁'을 하면서 으스대는 꼴이 우습다고 비아냥댄다.[97]

그러나 '작은 전쟁' 또는 '반쪽짜리 전쟁'이라고 해서 그 전쟁이 쉽게 끝난 전쟁이었다는 뜻은 아니다. 미국의 전쟁사학자인 S. L. A. 마셜 장군은 한국전이 작은 전쟁이었다는 것은 인정하면서도 미국이 "20세기 들어와 싸운 전쟁 중 가장 끔찍한 작은 전쟁"이었다고 말한다.[98] 이것은 정치적으로 가장 복잡한 문제를 야기한 전쟁이고 동시에 명확하게 끝난 전쟁이 아니라 지루하지만 치열했던 고지전과 지지부진하게 계속된 휴전회담으로 이어진 전쟁이었다는 의미를 내포하는 말이다. 사실 미국이 싸운 모든 전쟁은 싸울 가치가 있었던 '성전'이고, 특히 2차 대전은 유럽과 일본에게서 무조건적인 항복을 받아낸 명확하게 끝난 전쟁이었다. 그리고 전후 미군 병사들은 전 국민의 환호 속에 영웅의 귀환을 경험했던 그런 전쟁이었다.

그러나 한국전은 초기의 분명한 경계선을 사이에 두고 밀고 밀리는 전쟁을 치렀음에도 처음 6개월을 제외하고는 대규모의 전투가 거의 없었다. 전쟁이 끝날 때까지 주로 38선을 경계로 중부전선에서 지루한 참호전으로 전투가 계속된 전쟁이었다. 더구나 다른 어떤 전쟁보다도 민간인의 피해가 극심했던 전쟁이다. 비록 제한전쟁이었지만 미국은 엄청난 물량작전을 수행해 북한 전 지역을 초토화시켰다. 약 300만의 한국인들이 희생되었는데(남한 100만, 북한 200만 정도로 추산), 이 중 특히 북한 지역은 미군의 네이팜탄 등에 의한 공중폭격으로 북한인 사망자의 70%가 민간인이라는 통계가 나와 있다. 이는 미군의 북폭이 극심했다는 베트남전에서도 북베트남 전사자의 40%가 민간인이었다는 것을 감안하면 한국전이 얼마나 참혹한 전쟁이었나를 짐작할 수 있다.[99]

또한 한국전이 작은 전쟁이고 정규군보다는 동원예비군 정도로 싸워도 충분히 해결할 수 있는 전쟁이라는 태도는 전쟁 초기의 지배적인 생각이었던 듯하다. 이는 앞에서 인용한 1949년도 미 육사 졸업생들의 한국전 참전 경험을 수집 기록한 해리 매이하퍼의 수기에서도 잘 나타난다. 한국전이 발발하자 많은 신임 소위들이 일종의 사명감에서 한국전에 가겠다고 지원했다. 매이하퍼의 경우 일본 주둔군에 발령을 받은지라 마침 한국전에 갈 수 있는 가장 좋은 기회였기 때문에 한국행을 지원하자 예비군 중령 한 사람이 말린다. 이

제 갓 육사를 나온 소위를 소대장으로 한국에 보내는 것은 바보 같은 짓이며 자신과 같은 사람들이 가야 할 곳이라는 것이다.[100] 이 말은 한국전이 그렇게 앞길이 창창한 엘리트 장교를 보내서 죽여야 할 만큼 대단한 가치가 있는 전쟁은 아니라는 의미로서 한국전에 대한 당시의 미국인들의 태도를 엿볼 수 있는 대목이다. 미 7사단 소속으로 인천상륙작전에 참가했던 한 졸업생이 작전 중 동기생의 죽음을 목격하고 그를 애도하며 집에 보낸 편지에서 "과연 이 냄새나는 나라 한국을 위해서 그가 목숨을 바칠 가치가 있었는지 도저히 이해가 되질 않는다"[101]라며 슬퍼하는 대목은 한국전에 대한 당시의 미군 병사들의 태도가 어떠했는지를 짐작할 수 있다. 또한 미국 최초의 여성 종군기자로 퓰리처상을 수상한 마거리트 히긴스Marguerite Higgins도 한국전쟁 첫해인 1950년 8월 19일 낙동강 전선으로 후퇴하는 병사들에게서 자신들을 이러한 "희망도 없는 전쟁"에 내보낸 정부를 저주하면서 죽는 것을 두려워하지 않는 무자비한 공산군들과 "정말로 쓸모없는 이 전쟁"을 왜 싸워야 하는지를 미국 국민에게 알려달라는 호소를 듣는다. 비록 그녀는 그들의 불평을 본국에 그대로 타전하지는 않았지만 한국전에서 싸우는 미군 병사들의 태도가 어떠한가를 분명하게 깨닫는다.[102]

2) 한국에 대한 태도

미군 병사들에게 한국은 과연 어떤 나라인가? 대부분의 소설에서 한국은 인간이 살 수 없는 폐허의 땅으로 묘사된다. 그러나 전쟁의 폐허 속에서 어느 한곳 눈을 돌릴 만한 곳이 없는 나라에도 봄이 오고 중공군의 춘계 공세가 이어지는 가운데서도 봄이 온 한국은 아름다운 곳으로 묘사되기도 한다. 글렌 로스Glen Ross는 그의 소설《마지막 출정 The Last Campaign》(1962)에서 봄이 온 한국의 아름다운 모습을 이렇게 묘사한다: "이 나라에 자비의 천사처럼 봄이 찾아왔다. 비가 그치고 햇살이 따뜻해지자 푸르른 연무가 텅 빈 들판과 산야에 피어올랐다. 헌터 중사는 매일 저녁 한 농가 초가집 주위의 포플러 나무가 해 질 녘에 서산으로 넘어가는 햇빛을 받아 금빛 녹색으로 빛나는 넓은 들판 저 너머가 아름답다는 것을 깨달았다. 저 멀리 높은 산에는 목탄으로 피우는 모닥불 빛이 밤에 찰랑거리고 있었고 나무 연기의 희미한 냄새가 흘러나왔다. 그는 전에 이렇게 아름다운 세계가 있는 것을 본 적이 없고 햇볕이 이렇게 즐거운 것이라는 것을 깨달은 적이 없었다."[103] 만약 전쟁이 없었다면 이 모습은 평화스럽고 고요한 농촌의 아름다운 정경이었을 것이다.

그러나 이러한 한국 묘사는 혹한 속에서 대규모 전투를 치르며 죽음의 고비를 수없이 넘겨온 한 병사가 전투가 끝난 후 어느 한 농가의 고요한 풍경 속에서 느낀 순간적인 봄의 감흥을 표현한 것이었을 뿐 대부분의 한국전 소설에서 이러한 긍정적인 묘사는 발견하기 어렵다. 대부분의 소설에서 한국은 부정적으로 묘사된다. 다시 말하면 한국은 온갖 질병과 혼란이 만연하는 곳이다. 제임스 히키의 소설《눈 속에 핀 국화》에서 한 병사가 한국을 성병과 질병에 비유하는 것을 볼 수 있다. "난 고노리아(Gonorrhea, 임질)에 걸렸고 다이어리아(diarrhea, 설사)에도 걸렸었는데 지금은 코리아(Korea, 한국)에 걸려 있다"[104]라고 말하는 언어적 유희를 통해서 한국전 참전을 하나의 몹쓸 병에 걸린 것으로 비유하는 것을 볼 수 있다. 실제로 한국전이 발발하기 전 서태평양 지역에 점령군으로 가는 미군 장병들이 피해야 할 것이 세 가지가 있었는데 그것이 바로 "고노리아, 다이어리아 그리고 코리아"라는 것으로 병사들 사이에 널리 퍼져 있던 농담이었다.[105] 리처드 셀저Richard Selzer의 소설 《칼의 노래 한국Knife Song Korea》(2009)의 주인공인 군의관 슬로안도 '코리아' 하면 '코리어Chorea'라는 의지와 상관없이 온몸이 떨리는 무도병舞蹈病 생각이 난다고 말한다.[106]

한국전이 발발하고 미군을 비롯한 유엔군이 한국에 처음 도착했을 때 그들이 본 한국은 어떤 모습이었을까? 우선 한마디로 한국은 "신이 저버린 나라"이다.[107] 병사들은 두 가지 측면에서 한국을 바라본다. 하나는 한국의 외관상의 모습이고 다른 하나는 남북한을 포함한 한국인에 대한 인상이다. 그들에게 비친 한국은 40여 년간 일본의 식민지배하에서 피폐해진 나라이고 북한 공산군의 침략으로 온 국토가 망가진 나라, 더럽고 냄새가 진동하는 나라이고, 국민들은 식량 부족으로 굶주리고 삶의 희망을 완전히 상실한 사람들의 모습이다. 전쟁 초기에 많은 미군들은 수송기나 배로 일본 기지에서 오기도 하고 미국의 서부 해안에서 수송선을 타고 오기도 했다. 그들에게 비친 한국은 "대부분이 산악이고 가파르고 좁다란 계곡과 끝없는 산과 구불구불한 산골길, 열악한 비포장도로, 여름엔 폭우, 겨울엔 폭설, 그리고 들판은 전부가 논이었고 흙으로 지어진 토담집 마을들, 이러한 모습이 한국에 대한 인상이었다. 한국은 자연의 아름다움이나 매력이 없었고 이국적인 모습도 없고 전원의 풍치도 없는 그런 나라였다."[108]

'고요한 아침의 나라'라는 이미지는 그 어디에서도 찾아볼 수 없다. 온 국민이 전쟁으로 난민이 돼 가난과 질병으로 고통받는 나라,

어딜 가도 생기 없는 죽음의 땅으로 비쳐진다. 리처드 셀저의《칼의 노래 한국》의 주인공인 예일대 의대를 나온 군의관 슬로안은 한국에 도착 후 전임자인 래리 올슨에게서 듣는 한국의 모습은 그가 생각했던 것과는 완전히 달랐다. 올슨에 의하면 이곳은 "빗물이 새지 않는 지붕이 없고 쥐들은 겁 없이 돌아다니며 파리들이 온 나라를 지배하는 곳, 모든 사람이 도둑이고, 어디를 가나 고아와 북쪽에서 내려오는 피난민으로 들끓고 있는 곳"이다.[109] 그러나 아마도 미이도어D. J. Meador 소설《잊지 않으리》에 나오는 한 구절보다 한국의 참혹한 이미지를 가장 잘 나타내는 말은 없을 것이다. 독실한 기독교 신자인 이 소설의 주인공 존 윈스턴은 시편 139편에 나오는 성경 구절을 인용하면서 "주에게는 흑암과 빛이 같기 때문에" 이 땅 위에 어느 곳도 신이 저버린 곳은 있을 수 없는데 "만약 그런 곳이 있다면 아시아의 황량한 이 구석은 그 후보지가 될 것이다"[110]라고 말한다. 그 어떤 험한 곳도 신이 함께하지 않는 곳은 없는데 만약 신이 함께하지 않고 버릴 곳이 있다면 그곳은 바로 한국이라는 것이다. 이보다 더 암담하고 비참한 비유가 또 있을 수 있을까?

한국에 대한 소설과 수기 속에서 공통적으로 언급되는 것은 냄새다. 거의 모든 책에서 언급되고 있는데 그것은 당시 들판과 논에 내다버려 거름으로 사용했던 인분에서 나오는 냄새였다. 전쟁 초기 낙동강 전선에서부터 북진하여 청천강에 이를 때까지 한반도 전역에서 풍기는 그 냄새는 전에 그런 경험을 해보지 못한 미군 병사들에게 극심한 고통으로 나타난다. 마이클 린치Michael Lynch의 소설《한 사람의 미국 군인An American Soldier》(1969)에서 웅덩이에 고인 인분을 퍼 나르는 한국인들을 보면서 한 병사는 이렇게 빈정댄다. 한국인들은 쓰레기를 좋아하니 던져주라고 말하며 C-레이션[전투 식량]을 먹고 남은 쓰레기는 모두 트럭 밖으로 던진다. 그러고는 "저들은 인분으로 거름 준 쌀을 먹지, 정말 멋있는 방법이야. 아주 개화된 사람들이지"[111]라고 비꼰다. 그런가 하면 웹 비치 Webb Beech의 소설《광기의 전쟁 Make War in Madness》(1965)에서 휴가를 마치고 수송기로 한국에 도착한 크레이머 장군을 비행장에 마중 나온 한 장교가 여행이 어떠했느냐고 묻자 "인분 냄새를 피할 수 있는 유일한 장소가 비행기 속이지"라고 대답하는 장면에서 작가가 얼마나 한국을 미개한 나라로 생각하는지 알 수 있다.[112] 냄새는 인분만이 아니다. 한국인의 냄새를 일본인과 중국인과도 다른 특유한 냄새로 정의하는 것도 볼 수 있다.《잊지 않으리》에서 주인공 존 윈스턴은 부산항에 내려서 본 한국의 첫인상을 이렇게 묘사한다: "흰옷을 입은 남자 여자들, 일본인과 중국인들과는 다른 아시아인, 특이하면서도 무언가 설명할 수 없는 냄새—불쾌하면서도 끊임없이 은근하게 풍겨오는 냄새, 음식 냄새, 사람의 배설물, 그리고 꼭 꼬집어 말할 수 없는 것들에서 나오는 복합적인 냄새가 나고 있었다."[113]

이러한 냄새, 특히 인분 냄새는 전투하는 병사들에게 적군 못지않은 혐오감을 준다. 심지어 작전에 나갔다가 돌아오는 병사들은 온몸에 냄새가 배어 한 달간이나 코 속에서 냄새가 났고 목욕하고 새 옷을 갈아입고 나서야 냄새가 없어졌다고까지 말한다. "그런데도 한국인들은 그 냄새를 맡으며 자라서 그런지 거기에 익숙하고 마치 고향 냄새와 같다고 생각한다."[114] 조지 시드니 George Sidney의 소설《죽음의 향연 For the Love of Dying》(1969)에서는 직설적으로 냄새 문제를 말하며 한국인을 비하한다. 병사 레이놀즈는 미국인들이 한국인을 우습게 본다고 비판하는 한국인 통역관 안에게 "왜 당신들은 문화인처럼 깨끗하게 살지 못하는가? 온 나라가 화장실 같은 냄새로 꽉차 있다. 왜 당신들은 인분을 비료로 사용하는가? 목욕도 잘 안 하고 밭에서 무를 바로 뽑아 먹는데 인분을 도로 먹는 것 아니냐. 아이들을 마치 동물처럼 키워. 더럽고 온갖 부스럼이 난 채 뛰노는 애들 봐라. 거리에서나 아무 곳에서 똥 싸고. 몇 천 년 역사라고 하는데 배운 것이 뭐냐"라고 빈정댄다.[115]

　한국은 그들이 보기에 괴이한 나라다. 정상적인 사람이 살고 있는 나라가 아닌 듯 보인다. 찰스 브레이스린 플러드의《대의를 위한 삶》에서 주인공 해리는 부산에 도착해서 본 한국의 첫인상은 자신이 지금까지 보아왔던 도시 중에서 가장 더러운 도시였으며 사람들도 냄새를 풍기는 누더기 옷을 입고 구부리고 둥글게 앉아서 하는 일 없이 시간만 보내는 사람들이고 식사 때가 되면 양철통 속에 차갑고 희끄무레한 초라한 밥에 생선 대가리로 보이는 반찬 한 가지를 젓가락으로 먹고 있는 것을 본다. 그는 도대체 저런 사람과 저 사람들의 나라를 내가 왜 지켜야 하는지 이해가 되지 않는다. 그가 생각하기엔 그들 또한 우리 미군들이 이곳에 온 것을 별로 고마워하지 않는 것 같다고 여긴다. 그들은 우리가 마치 '화성'에서 온 사람들처럼 보일 것이라고 추측한다. 왜냐하면 통신병이 안테나가 달린 무전기에 말을 하고 있기 때문이다. 그에게 "한국인들은 인간 이하의 생활을 하는 존재들"[116]이며 문명과는 동떨어진 인간세계 저쪽 끝 어디에 사는 토인들쯤으로 보인다. 멜빈 보리스Melvin Voorhees의 소설《내게 영웅을 보여다오 Show Me a Hero》(1954)에서 미국에서 공부한 한국 여인인 도로시아 리킴은 "백인들의 관점에서 우리는 사람이 아니었다. 대신

1951년 초 한 호주군 병사가 북한군이 물러간 마을에 와서 밖에 나와 놀고 있는 동네 어린이들을 보면서 신기한 듯 말을 걸고 있다. (출처: Public Domain, Australian War Memorial Collection)

우리는 신기한 존재였고 저 멀리 땅 끝 어느 곳에 사는 이상하고도 묘한 인간 족속의 하나였을 뿐, 사람이 아니었다"[117]라고 한국인을 보는 미군들의 태도를 비판한다.

한국인들은 무슨 언어를 쓰는지 전혀 알지 못한다. 한국전 참전 소식을 듣고 미국인들이 알아낸 것이 한국인들의 언어는 세종대왕이라는 사람이 만든 '한글'이라는 것이었지만 전혀 감이 없다. 그러나 막상 한국에 와서 그들이 듣는 한국어는 사람의 소리가 아니다. 미국인들이 듣기에 한국인들이 하는 말들은 대체로 "새가 지저귀는 것 같은 소리"[118], "무엇이 목에 걸려 이상한 소리가 나는 말"[119]로 들릴 뿐이다. 마치 망망대해 한가운데 있는 섬이나 오지의 어떤 곳에 사는 원주민들이 하는 말로 들릴 뿐이다. 심지어 커트 앤더스의 소설 《용기의 대가》에서는 전쟁터가 한국이라는 말은 전혀 없고 적도 중공군이나 북한군이 아닌 그저 적일 뿐이고 한국인들을 가리킬 때는 항상 '원주민'이란 용어를 쓰고 있어서 마치 문명과는 멀리 떨어진 지구의 반대쪽 어느 곳에 사는 미개한 원시부족을 지칭하는 듯하다. 마틴 러스Martin Russ의 《마지막 국경선 The Last Parallel》(1957)에서도 한국인들은 수수께끼 같은 얼굴을 한 괴이한 사람들이다. 비록 사납다고 생각하지는 않았지만 미군 병사들을 이상하게 생긴 괴물을 보듯 세밀히 '관찰'한다고 묘사한다. 그들에게 한국인들은 마치 배가 좌초되어 미상의 섬에 도착한 백인들을 외계에서 온 존재들로 보고 신기해하는 토인들로 보인다.[120]

3) 한국인에 대한 태도

한국인에 대한 당시의 미국인들의 생각은 동양인에 대한 서양인의 고정관념의 반영으로 보인다. 우선 서양인들에게 비친 동양인은 어니스트 프란켈Ernest Frankel의 소설 《형제들 Band of Brothers》(1958)에서 통역관 최원국을 통해 묘사하듯 "항상 웃고 인사하고 겸손한 영화 속의 순종적인 동양인"이고 또 그러한 사람들이기를 기대한다.[121] 그리고 동양인은 서양인을 보면 그들의 외모에 경외감을 가지고 자신들보다 우월한 민족으로 여길 것이라고 생각한다. 노라 옥자 켈러Nora Okja Keller의 《종군위안부 Comfort Woman》(1997)에서도 일본군 위안부로 있다가 탈출해 한국전쟁을 맞이하게 된 한국 여인 순효와 결혼한 미국인 선교사는 귀국 후 미국의 여러 교회를 다니며 "미지의 동양에서의 경험"을 이야기할 때 그녀에게 고운 한복을 입히고 그가 설교하는 동안 옆에 서 있게 함으로써 신비스럽고도 순종적인 동양인의 이미지를 만들어 자신의 강연의 설득력을 높이려고 한다.[122] 서양인의 의식 속에 자리한 순종적인 동양인이다. 미군 병사들이 보기에 한국은 신비하고도 낭만적인 곳이다. 한국은 정말로 이상한 사람들이 사는 곳, 문명의 저 반대편에 사는 때 묻지 않은 순수한 사람들이 사는 곳이다. 이국적이고 서양과 반대되는 사고와 생활방식을 가지고 살아가는 한국인들을 땅 끝 오지에 사는 호기심 많은 토인들과 비슷한 사람으로 서양인의 마음속에 관념화된 동양인의 이미지로 묘사된다.

그러나 이러한 아시아인 특히 여기서 한국인에 대한 미국인의 내면화된 이미지는 부정적이다. 대부분의 한국전 소설 속에 등장하는 한국인들은 부정적으로 묘사된다. 동양의 신비하고 순진해야 하는 사람들이 아닌 전쟁 속에 휘말려 생존의 사투를 벌이는 인간들일 뿐이다. 전쟁으로 피폐해진 사회에서 굶주린 아이들과 몸을 팔지 않으면 연명할 수 없는 극한의 상황 속에 내몰린 여인들이 주로 미국 소설에 등장하는 한국인의 모습이다. 사실 이들에게 미군들은 여러 가지 면에서 구세주가 된다. 먹을 것을 구하는 어린이들이 미군들에게 달려들고 먹을 것을 위해서라면 무엇이든지 바꾸려고 하는 것이 한국인의 모습이다. 비단 이러한 현상은 한국인에게만 해당되지 않는다. 일본 여인들에게도 적용된다. 맥킨리 캔터MacKinlay Kantor의 공군소설《날 건드리지 마라Don't Touch Me》(1951)에서 일본 여성들은 "켁켁거리는 갈색의 추녀들"이며 침팬지에 비유된다. 또 다른 공군소설 프레드 스콤라Fred Skomra의《죽의 장막 뒤에서 Behind the Bamboo Curtain》(1957)에서 일본 여자들은 하룻밤에 100명을 처리하는 '섹스 기계'로 비하되기도 한다.

이러한 일본 및 아시아인에 대한 경멸은 한국인에 대해서도 마

찬가지로 적용된다. 제임스 드로트James Drought의 소설《비밀 The
Secret》(1963)에 나오는 주인공 화자는 "오물과 피로 얼룩진 이상하게
째진 눈을 가진 얼굴들이 앞에서는 우리를 죽이려 달려들고 있고 뒤
에서는 우리에게 구걸하며 돈을 벌려고 여자와 술을 권하는 이 말도
안 되는 악몽이 한국전이었다"[123]라고 말한다. 조지 시드니의《죽음
의 향연》에서는 아들에게 미군을 데려오게 하고 아기를 옆에 놓고
그를 맞는 한 여인이 나온다. 살기 위해서 몸을 팔아야 하는 젊은 여
인들의 비참한 모습이 한국인의 모습이다. 마이클 린치의《한 사람의
미국 군인》에서는 남편이 안내해 자신의 부인을 매춘시키는 비극적
모습이 묘사되기도 한다. 그러나 근본적으로 한국인의 심성을 부정하
지는 않는다. 전쟁에 내몰린 고통받는 사람들의 처절한 모습을 이야
기할 뿐이다. 아마도 어떤 민족도 전쟁 앞에서 당당한 민족은 없을 것
이다.

　그러나 미군 병사들이 한국인들에 대해 가지는 불만 가운데 하나
가 그들을 돕기 위해 와서 싸우는 자신들에게 감사한 마음을 갖지
않는다는 것이다. 이러한 현상은 많은 소설 속에서 병사들의 실망
으로 표현된다. 찰스 하우Charles Howe의 소설《화염의 계곡Valley of
Fire》(1964)에서 중공군에게 포로가 된 프랭크 그리브스 해병 소위는
그들에게 끌려가면서 배를 발로 차이는 등 온갖 수난을 당한다. 그
는 적에게 제네바 협정에 따른 전쟁포로로서 공정한 대우를 요구하
지만 중공군들은 그와 같은 협정은 인정하지 않는다면서 오직 자신
들이 정해놓은 '관용정책'만을 준수할 것이라고 말한다. 여기서 그
리브스가 말하려고 하는 것은 중공군에 의한 수난보다는 자신에게
모욕을 주는 한국인들에 대한 분노이다. 그는 한 마을에 도착했을

때 길가에 서 있던 한국인들로부터 흙덩이와 돌의 세례를 받는다. 놀라 나동그라진 자신을 향해 그들은 웃기까지 한다. 너무나 억울하고 분한 그는 눈물을 흘리며 "우리가 당신들을 도우러 온 것인데 이것이 우리가 받는 감사로군요"[124]라고 혼자 중얼거린다.

한편 한국인의 입장에서 보면 자신들을 업신여기고 무시하며 우월적인 자세를 취하는 미군들의 자세, 한국인에 대한 무관심, 한국 여자들만 보면 일단 성적 대상으로 삼는 미군 병사들의 행태, 비록 전쟁의 참화 속에 휘말려 있지만 과거 역사에서 찬란한 문화의 꽃을 피웠던 문화민족으로서 한국인의 자긍심에 대한 미국인의 무지 및 무시 등은 한국인에게 참을 수 없는 모멸감과 적대감을 심어주었다. 《눈 속에 핀 국화》에서 한국인 카투사 최민수는 동료 미군 병사들에게 퉁구스어족인 한국인이 금속활자와 음성문자를 서양인보다 훨씬 전에 만들었고 천문기기와 조교弔橋와 나침반과 철갑선도 처음 발명한 민족인데 야만인이라고 부른다고 비판한다. 더구나 서양인의 조상이 동굴 속에서 살고 있을 때 한국인은 온돌을 발명했다고 말하는 것에서 오히려 자신들의 자부심을 자극한 미군들이 불만의 대상이 된다.[125]

한국인과 미국인들 사이의 이러한 불편한 감정은 이미 한국전 이전부터 대두되었던 문제이다. 해방 후 1945년 9월 한국에 약 7만 7,000명의 미군이 진주한 이후 1949년 6월 일부 군사고문단만 남겨놓고 철수할 때는 8,000명까지 감소했다. 이는 상당한 미군 병력이 이미 한국전 이전에 남쪽에 진주해 일본군의 무장해제와 남한의 정부수립 전후로 미군정을 실시해 남쪽의 치안을 담당하고 있었다는 이야기다. 이들 미군 병사들은 많은 경우에 일종의 점령군으로서 한국인을 마구 대했으며 거리의 여자는 말할 것도 없고 정숙한 부인들까지 범하는 부도덕한 행동을 보였다. 이는 많은 한국인의 분노를 샀다. 미군 병사들도 한국에 오면서 낭만적이고도 신비스런 동양을 막연하게나마 기대했으나 그들이 발견한 한국은 가난하고 비참하고 혼란으로 가득한 나라였을 뿐이다.

사실 미군들은 점령군으로서 독일과 일본에서도 이와 비슷한 행동을 했다. 그러나 그들 나라는 패전국으로서 어느 정도는 수모를 받아들일 준비를 하고 있었지만 한국은 달랐다. 당시 존 하지John Hodge 미군정청장은 문제의 심각성을 인지하고 1947년 1월에는 미군 장병들에게 한국인의 원성을 사는 어떠한 행동도 하지 말 것을 경고하는 10개 항의 강력한 행동지침을 발표했다. 특히 한국은 오랜 역사를 지닌 나라로 비록 그들이 지금은 다소 굴종적인 태도를 취한다 해도 자부심이 대단한 민족임을 인식하라는 것이었다. 그래서 한국인에게 인종적으로 비하하는 용어를 쓰거나 공연한 웃음을 짓지 말며 한국인을 점령국의 국민처럼 대하지 말 것이며 여자들에게 절대 손을 대지 말 것 등등의 지침을 발표했다. 물론 이러한 경고에도 미군 장병들의 행동이 크게 개선되지 않았던 것으로 보인다. 한국에 주둔한 병사들의 처우와 보급 지원이 워낙 나쁘고 세계 어느 점령 지역에서보다도 병사들의 사기가 최저로 떨어져 있었기 때문에 지휘부의 경고에도 한계가 있었다.[126]

많은 한국전 소설과 수기에서 미군 병사들은 한국인을 '국gook'이라고 부른다. 사실 이 말은 베트남전에서 베트콩이나 북베트남군을 지칭할 때 사용되었지만 사실은 한국전에서 유래되었다.[127] 처음에는 북한 인민군과 중공군에게만 적용되었지만 모든 한국인에게로 확대되었다.[128] 때로는 '국'과 '깜둥이', '갈보' 등이 혼용되어 불리기도 했다. 그만큼 한국인은 인종적 멸시의 대상이었다. 물론 이 같은 취급을 받는 것은 전쟁하는 나라 국민이 받는 숙명일 수도 있다. 이것은 전쟁에서 적을 자신과 다른 인간 이하의 존재로 격하시키기 위한 하나의 언어적 수단이기도 하다. 즉 적에 대해서는 죽여야 할 대상이고, 그리고 한국인에 대해서는 자신들의 도움을 받는 가난하고 피폐한 나라의 국민이라는 인식이 미군 병사들의 무의식 속에 존재했을 것이다. 이것은 후에 베트남에서도 아시아인들에 대해 병사들이 보이게 될 경멸적 태도의 전조이기도 했다. 베트남에서 미군 병사들은 한국전에서 그랬듯이 '그저 국일 뿐인 법칙MGR: Mere Gook Rule'이란 말을 종종 사용했다. 즉 베트남전에서 미군 병사들이 잘못해 민간인을 죽였을 때 그 민간인이 적이 아닌 것으로 판명되었다고 해도 범행을 저지른 병사는 크게 처벌을 받지 않고 관대하게 다루어진다는 법칙이다. 이것은 베트남전이 게릴라전으로 양민과 전투원을 구분하기가 어려운 상황이 자주 발생했기 때문에 사고를 일으킨 미군에게 면죄부를 주기 위한 하나의 방편이었다.

베트남전에서 민간인을 비롯한 비전투원에 대한 살인은 군법으로 철저히 금지되었지만 전투 현장에서는 상황논리가 작용했다. 특히 이러한 '국 법칙'은 전쟁에서 인간 생명을 경시하는 일종의 허가받은 행위로서 베트남인의 생사에 대해서는 완전히 무시해버린다는 인식을 병사들에게 불어넣었을 것으로 보인다. 사실 이러한 현상에는 반아시아인 정서가 작용했고 동시에 내전 양상의 전쟁에서 흔한 일이었다. '국 법칙'은 이미 한국전에서도 병사들 사이에서 묵인되었던 것으로 보인다. 토마스 앤더슨Thomas Anderson의 소설《그대의 사랑스런 아들들Your Own Beloved Sons》(1956)에서 올슨이란 병사는 작전지역에서 한국인 양민을 발견하고 양민에 대한 사격을 금지한다는 규칙을 들어 사격을 반대하지만 덱커 상병은 "저들은 사람이 아니고 '국'이라고 생각하면 돼. 곧 너도 알게 될 거야. 우리는 사람들과 싸우는 게 아니고 '국'들과 싸운다는 것을. 마치 개미들을 밟아 죽이거나 파리들을 손으로 때려잡는 것과 같다고 보면 되지"[129]라고 말한다. 덱커의 이러한 태도는 일차적으로 극도의 공포가 엄습하는 전쟁 상황 속에서 자신도 모르게 나타나는 비인간적 모습일 수도 있지만 인종차별적 의식의 발로라고도 보인다. 덱커 자신도 이미 앞에서 두 사람의 포로를 직접 쏘아 죽이며 "두 명의 국일 뿐인데 어때?"라고 말하는가 하면 또 다른 병사가 한국인 양민을 그저 재미로 쏘아 죽이는 것을 보면서 이를 당연시하는 것에서 전쟁터에서 한국인에 대한 미군 병사들의 태도가 어떠했는가를 유추해볼 수 있다.[130]

미군 병사들의 한국인에 대한 인종차별적 태도는 흑인 병사들의 문제와도 결부되는데 한국전은 미국 사회를 다시 돌아보게 하는 거울이 되기도 한다. 윌버트 워커의 소설《정체된 판문점》에서 한 젊은 흑인 장교가 '국'으로 비하되는 한국인들이 유색인종이기 때문에 자신들과 같은 차별을 받는다고 생각한다. 그는 소위 한국인 "지게부대"[131] 요원들이 미군을 위해 마치 '하인'처럼 취급받으며 온갖 허드렛일을 하는 것을 보면서 미국에서 흑인이기 때문에 인종차별의 고통을 받고 있는 자신들과 비교하며 씁쓸해 한다. 민주주의를 구하고 핍박받는 한국인을 위해서 이곳에 온 것인데 원래의 목적과는 완전히 반대되는 행동을 하는 자신들의 모습을 보면서 미국에서 백인이 아니기 때문에 당하는 자신들의 처지와 비교한다. 소위 자유와 평등이라는 민주주의의 이상을 지키기 위해서 한국에서 싸우고 있는데 실제로 현장에서 미국을 대표하는 병사들은 그 이상을 실천하지 못하고 있는 것이다.

미군 병사들은 한국인을 잔인한 사람들로 보는데 이는 남북한 사람들 모두에게 해당되는 태도이다. 개전 초기에 미군들에게 비친 북한 공산군은 무자비한 사람들이다. 당시의 미군 장병들을 위한《한국 안내서Korea Handbook》에 따르면 "북한군은 사람의 생명을 하찮게 여기는 동양적 사고를 가진 자들"[132]이라고 쓰여 있다. 이들의 모습을 처음 접한 미군들은 그 두려움과 공포를 한국 사람 전체로 확대한다. 소설《얼음과 불과 피》에서는 미군들이 보는 앞에서 한 한국군 장교가 카투사 한 명을 끌고 가 구덩이를 파게 하고 머리를 총으로 쏘아 죽이고 자신이 판 구덩이에 밀어 넣는다. 사실 전쟁에 나간 한국인의 잔인성에 대한 미군 병사들의 언급은 한국전에서만 있는 것이 아니다. 필립 카푸토는 베트남전 참전 수기《전쟁의 소문》에서 베트콩이나 북베트남군이 자신의 동족에게 저지른 만행은 이루 말할 수 없지만 "아마도 베트남에서 가장 잔인한 한국군 사단에 비하면 이는 아무것도 아니다"[133]라고 말할 정도였다.

4) 한국군에 대한 태도

한국군에 대한 미군 병사들의 태도는 어떠했는가? 미군이 한국전에 투입된 후 미국의 신문들은 주로 미군의 전투 상황만을 보도할 뿐 한국군의 전과나 상황에 대해서는 전혀 주목하지 않았기 때문에 마치 한국전이 '미국의 전쟁'으로 오인될 정도였다. 오히려 자기 나라의 전쟁인데도 한국군은 아무런 일도 하지 않는 것처럼 비쳐지고 있었다. 사실 개전 첫 6주간 미군 사상자는 6,000명을 넘었고 한국군은 7만 명으로 10배 이상의 차이가 났다. 전쟁 초기 준비 부족으로 한국군은 패퇴를 거듭했지만 8월 초 낙동강 방어선에서 북한군에게 3만 명 이상의 사상자를 내는 피해를 입혔다고 미군 정보당국은 평가했다. 그러나 사실은 6만 명에 가까웠고 이들 대부분은 한국군에 의해 입은 피해였다.[134] 한국군은 용맹한 전사들로 미군에 비해 열악한 무기를 가지고도 자신들이 가진 모든 자원을 총동원해서 정말로 훌륭하게 싸웠고 1950년 후반 전쟁이 점점 더 유엔군에게 유리하게 전개되기 시작한 것도 한국군의 분전 때문이었다는 것이 미군들의 평가이기도 했다.

한국전 초기에는 남쪽으로 도망하기 바빴던 한국군의 행동이 미국 종군기자들에게 포착되어 아주 나쁜 인상을 주었던 것은 사실이다. 그러나 그것은 인원과 장비가 부족했던 개전 초의 이야기이고 유엔군이 참전하고 훈련을 통해 한국군이 조련되고 재무장되면서 한국군의 전투력은 완전히 달라졌다. 루디 토메디Rudy Tomedi의 수기《나팔도 없이 북도 없이No Bugles No Drums》(1993)에 등장하는 사단의 한 공보장교에 따르면 서울에 있는 종군기자들은 미8군 사령부의 브리핑에만 의존했기 때문에 전방 사정을 잘 몰랐는데 자신들이 직접 전선지역을 취재하면서 한국군의 용맹성을 목격할 수 있었고 그들을 존경하기 시작했다고 말했다.[135] 한 예로 1952년의 백마고지 전투는 한국군과 중공군 간의 전투로 스물여섯 번이나 그 고지의 주인이 바뀌는 백병전으로 치러진 치열한 전투였고 중공군이 하룻저녁에 쏜 포탄만도 2만 발이 넘었을 정도의 포격전이 전개되었는

데 한국군은 어느 군대보다도 용감하게 싸워 그 고지를 사수했다고 기록하고 있다.[136]

한국군부대에서 군사고문단KMAG: Korean Military Advisory Group 요원으로 근무하면서 한국군의 훈련 및 작전에 관해 조언하고 지도했던 한 병사는 한국군이 워낙 형편없다는 부정적인 평가를 받아서 미군들은 한국군부대로 배치되는 것을 꺼려했다고 한다. 즉 한국군은 적이 오면 도망가는 형편없는 군대이며 믿을 수 없는 군대라서 심지어 한국군부대에 배치되는 군사고문단은 아주 위험한 보직으로 간주되었다. 그래서 한국군부대에 군사고문단 요원으로 발령받는 병사들에게 KMAG를 "Kiss My Ass Goodbye(너 이제 죽었다)"라는 웃지 못할 별명을 붙여주었다. 그러나 이 수기의 필자 루디 토메디는 그것은 전쟁 초기의 이야기이고 훈련과 정비가 부족한 상태에서 나온 평가일 뿐 일단 조련이 끝난 한국군은 어떤 미군부대보다도 용맹한 군인들이었으며 대전차무기가 없는 병사들이 몸에다 폭탄을 두르고 적 탱크에 뛰어든 예를 수없이 보았다고 했다. 왜냐하면 그것이 탱크를 막을 수 있는 유일한 방법이었기 때문이다.

더구나 미군이 보는 한국군은 뚜렷한 전쟁 목적을 가지고 있었다는 것이다. 딕 세이어즈Dick Sayers의 소설 《승리도 없고 아픔도 없는No Victory No Sting》(1992)에서 주인공 탐 니콜스 병사는 참전용사인 작가의 분신으로 한국군을 긍정적으로 묘사한다. 즉 한국군은 그들의 대통령 이승만이 가졌던 통일되고 자유로운 나라가 될 것이라는 꿈을 가졌으며, 더는 일본도 중국도 미국의 점령군도 없는 나라가 될 것이라는 희망을 가지고 이 전쟁을 싸우고 있다는 것이다. 비록 전쟁 초기에는 무기도 없고 훈련도 안 된 군대였지만 공산주의자로 변한 북쪽의 동포들과 중공군을 증오하는 강력한 애국자들로 평가하고 있다.[137] 심지어 전쟁 당시 미국의 시사주간지 《타임》에서 "한국군은 미국 이외의 나라 군대 중에서 최고의 군대"라는 평가를 받은 바 있다.[138]

그러나 한국군에 대한 이러한 미군의 긍정적인 평가도 있지만 대부분의 소설과 수기에서 부정적으로 나타난다. 한국군에 대한 태도는 한국군 일반에 대한 것과 미군부대에 소속되어 함께 싸우는 카투사의 행동을 직접 옆에서 보면서 받은 인상을 통해 형성된 것이다. 미군들이 보는 한국군은 대체로 몇 가지의 유형으로 나뉜다. 하나는 한국군은 무질서하고 적의 공격 앞에 힘없이 무너져 비겁하게 도망가기 바쁜 형편없는 군대라는 것이고, 또 북한군과 마찬가지로 무자비한 사람들이라는 것이며, 마지막으로 한국군은 신뢰할 수 없는 군대라는 것이다. 물론 이 같은 평가는 자기 나라의 전쟁을 싸우는데 왜 희생적이며 역동적인 모습을 보이지 않는가에 대한 실망으로 미군의 기대치에 못 미친다는 것이고, 또 하나는 자신들의 이익과는 아무런 직접적인 관계가 없는 한국을 위해 이역만리에까지 와서 싸우는 자신들을 은연중에 돋보이게 하려는 의도가 작용하고 있는 것도 사실이다. 이런 태도는 앞에서도 언급했지만 자신들의 지원이 없으면 움직일 수 없는 한국군에 대한 우월적 인식의 발로에서 비롯된 것으로 보인다.

사실 한국군에 대한 이런 부정적인 평가는 상당 부분 근거가 없는 것이었지만 미군 병사들은 자신들의 전쟁인데도 자신들의 몫을 다하지 못하는 한국인을 위해 죽어가고 있다는 것에 불만을 나타나는 현상이기도 하다. 《미국 군인American Soldiers》(2003)이란 한 연구서에서 한 미군 병사가 자신의 부대가 도망간 한국군부대로 인해 생긴 공백을 메우기 위해 전선으로 달려가면서 하는 불평이 아마도 한국군에 대한 미군 병사들의 태도를 잘 집약하고 있다고 본다: "난 한국군들이 달아나는 것을 보고 깜짝 놀랐다. 우리는 그들의 자유를 위해 그들 나라에 와서 싸우고 있는데 저놈들은 놀란 토끼처럼 줄행랑을 놓다니. 우리 중에서 누군가는 죽겠지만 무엇 때문에 이런 바보 같은 놈들을 위해서 죽어야 하나?"[139]

미군에서 해병대와 육군 간에는 알력이 심하다. 물론 그것은 군인으로서의 상무정신과 저마다의 부대에 대한 자부심에서 나온 경쟁심의 발로이기는 하나 육군에 대한 해병대의 혐오감은 놀라울 정도다. 그런데 한 해병 소위는 그렇게 육군 보병들을 싫어하면서도 한국군에 비하면 훨씬 낫다는 태도를 취한다. 즉 "미 육군들은 해병들을 프리마돈나라고 생각하고 우리는 그들을 전사戰士들로 과대평가한다. 사실은 그렇지 않은데 말이다. 그런데 그런 때조차도 육군 보병에 대한 우리의 존경은 한국군보다 500%는 더 큰 것이었다."[140] 제임스 브래디James Brady의 소설《가을의 해병 The Marines of Autumn》(2000)에서도 해병 사단장은 미 육군을 형편없는 오합지졸의 무리라고 비하하는데 그런 무리도 한국군보다는 낫다고 말한다. 즉 "한국군 장교들은 병사들보다 먼저 도망가고 그러면서도 가다 말고 서서 병사들을 제지하면 병사들은 그 장교에게 달려들어 때려 죽이기까지 한다. 한국군은 총을 가진 사람도 많지 않다. 버린 것이지. 그러니 저주받을 나라 아닌가?"[141] 월턴 워커 장군의 뒤를 이어 8군사령관이 된 매튜 리지웨이 장군은 그의 회고록《한국전쟁 The Korean War》(1967)에서 1·4후퇴 때 중공군의 공격으로 후퇴하는 한국군들을 이렇게 묘사한다: "난 서울 북쪽으로 나가 보았다. 한국군들은 질서도 없이 무기도 없이 지휘관도 없이 남쪽으로 밀려 내려오고 있었다. 그들은 그저 한 가지 목적밖에 없었으니, 중공군으로부터 그저 가능한 한 멀리 떨어지는 것이었다. 그들은 소총과 권총과 박격포와 대포와 기관총 등 공용화기 모두를 포기해버렸다."[142] 물론 그는 전선 총사령관으로서 한국군을 폄훼할 의도는 없어 보인다.

소설 작가들은 한국군에 대해 비판 일색이다. 노먼 블랙의 소설《얼음과 불과 피》에서 북한의 청천강 북쪽까지 진군한 한국군이 중공군의 개입으로 후퇴하는 것을 보고 작가는 이렇게 표현한다: "두세 개의 한국군 사단들이 공격을 받자 지리멸렬 흩어졌다는 보고가 있다. 그들이 후방으로 이동하는 것은 철수가 아니라 어떻게 하면 중공군으로부터 멀리 떨어질까 하고 도망가는 오합지졸의 무리들이었다. 그들은 신발 외에는 다 버렸다"[143]라고 쓰고 있다. 그런가 하면 진 쿤Gene Coon의 소설《한편 전선에선Meanwhile, Back at the Front》(1961)에서 중공군은 역사상 가장 형편없는 군인이고 전투에 나갈 때는 상황이 어떻게 전개되는지 전혀 모르며, 심지어는 현재 어느 나라하고 싸우는지도 모르는 군대로 묘사된다. 그러나 작가는 한 병사의 입을 빌려서 그렇게 세계에서 그 유례를 찾아볼 수 없는 형편없는 군인들인데도 그런 중공군이 버리는 군대가 바로 한국군이라는 것이다.[144] 아마도 한국군을 폄훼하는 말 중에서 이보다 더한 모욕은 없을 것이다. 원조를 받아 나라를 지켜야 하는 국가의 군대가 감내해야 했던 수모라고 여겨진다.

5. 한국전은 잊혀진 전쟁인가?

미국의 젊은이들은 국가의 부름에 따라 어디에 있는지 알지도 못하고 들어보지도 못한 나라에 와서 3년에 걸친 참혹한 전쟁을 싸웠다. 그러나 그들이 그렇게 피 흘려 싸운 전쟁은 미국인들의 기억 속에서 사라져버린 듯하다. 한국전은 왜 잊혀진 전쟁이 되었나? 정말로 한국전은 잊혀져버린 전쟁인가? 아마도 그것은 한국전이 미국이 20세기 들어와 싸운 전쟁들 중에서 가장 기억하고 싶지 않은 그런 전쟁으로 미국인들에게 인식된 그런 전쟁이었기 때문이라는 것이 일차적인 의미일 것이다. 사실 한국전은 무조건적인 승리를 거둔 2차 대전 후에 바로 발발한 전쟁으로 결정적인 승리가 아닌 휴전으로 끝난 전쟁이었기 때문에 상대적으로 미국인들의 관심을 덜 받았다고 본다. 더구나 한국전은 제한전쟁으로 총동원령도 내려지지 않았기 때문에 미국인들이 피부로 느낄 만한 그런 전쟁이 아니었다. 한국전이 잊혀진 전쟁이라는 것은 당연한 귀결인지도 모른다.

그러나 어떤 사건이든지 시간이 지나면 잊혀지게 되어 있다. 미국 역사상 가장 많은 60만 명의 희생자를 냈던 미국의 동족상잔의 비극인 남북전쟁도, 12만의 희생자가 난 1차 대전도, 40만의 전사자가 난 정의의 전쟁이라는 2차 대전도, 10년이라는 미 역사상 가장 장기간에 걸쳐 싸웠던 베트남전도 시간이 지남에 따라 모두 잊혀졌다. 그런데 유독 한국전쟁만은 '잊혀진 전쟁'이라는 꼬리표가 항상 붙어 다닌다. 한국전 당시 미8군사령관이었던 매튜 리지웨이 장군도 "미국이 참전한 전쟁 중에서 잊혀진 전쟁이라고 부를 수 있는 전쟁이 있다면 그것은 바로 한국전쟁이었다"[145]라고 말한다. 학자들도 이미

1950~1960년대에 한국전은 이미 잊혀진 전쟁이라고 결론을 지었는데 "한국전은 제한전쟁이라는 그 특성 때문에 기본적으로 선전하기가 불가능했던 그런 전쟁"이었다는 것이다.[146]

  '잊혀진 전쟁'이라는 말은 전쟁이 중부전선에 고착되어 양측이 지루한 참호전을 계속하고 있을 때인 1951년 10월 5일자《유에스 뉴스 앤드 월드 리포트》에 실린 〈한국: 잊혀진 전쟁 Korea: The Forgotten War〉이라는 제목의 기사에서 처음으로 언급되었다. 그러니까 사실 한국전은 이미 전쟁이 끝나기도 전에 잊혀졌다는 이야기다. 이 기사는 당시의 전투 상황을 설명하면서 "본국에서는 완전 잊혀진 것 같은 전쟁인데 지난주 한국에서는 2,200명의 미국 젊은이들이 죽거나 다쳤다. 한국전은 거의 잊혀진 전쟁으로 하나의 실험적인 전쟁, 즉 사람과 무기와 장비와 방법들을 주기적으로 실험할 목적으로 남북을 오르내리면서 벌인 전쟁으로 많은 미국인들의 마음속에서 사라지고 있다"[147]라고 했다. 전쟁 첫해에는 38선을 사이에 두고 부산 방어선과 압록강까지 오르내리는 기동전을 실시해서 전쟁의 승패가 쉽사리 끝날 것 같은 양상으로 전개되었지만 다음해 중반쯤 되면서부터 전쟁은 소강상태로 접어들었고 중부전선에서 소규모 고지들을 차지하기 위해 지루한 소모전으로 전개되었다. 이러한 전쟁 양상의 전개는 한국전쟁을 사람들의 관심 밖으로 돌려버리게 하는 하나의 요인이 되었다.

  위의 인용에서 "주기적으로"란 말이 의미하는 것은 전쟁이란 인간 사회의 보편적인 현상으로 일정한 기간을 두고 전쟁에 휘말리게 된다는 것으로 전쟁의 계속성을 내포한다. 1, 2차 대전을 통해서 이미 전쟁을 내면화한 미국인들에게 곧바로 나타난 한국전은 그저 하나의 인간의 사변일 뿐이었다. 다시 말해서 한국전을 통해서 전쟁이란 끝이 안 보이는 일상적인 하나의 사건일 뿐이라는 생각이 미국인들의 마음속에 자리했고 그것이 한국전을 잊게 하는 한 요인이 되지 않았나 생각된다. 또 하나 한국전이 "실험적인 전쟁"이라는 것은 지금까지 미국이 한 번도 싸워보지 않은 특이한 양상의 전쟁이라는 의미를 내포한 말이다. 전통적인 미국의 전쟁 개념은 항상 승리하는 전쟁이었고 분명한 전쟁 목적과 명분을 가지고 싸운 정의의 성전이었다. 그러나 "실험적인" 한국전은 제한된 목적을 가진 '작은 전쟁'이었다. 공식적으로 선전포고도 없었던 인기 없는 전쟁, 좁은 반도 내에서 같은 민족끼리 싸운 '내전', 더구나 지금까지 들어보지도 못했던 전쟁이 아닌 '경찰행동'이라고 명명된 싸움이었다. 처음에는 '전쟁'이 아닌 일종의 국경 '분쟁'과 같은 소규모 싸움으로 간주되었다. 후에 학자들과 참전자들의 연구서 및 수기의 제목이 된 전쟁, 즉 "우리가 패한 최초의 전쟁", "잘못된 전쟁", "특이한 전쟁", "평화 시의 전쟁" 등에서 보듯이 한국전은 처음부터 이미 미국인들의 국가적 호응을 이끌어내고 기억 속에 깊이 자리할 전쟁이라는 이미지가 상실된 그런 '종류'의 전쟁이었다. 심지어 브루스 커밍스 교수는 한국전은 '잊혀진 전쟁'이라기보다는 미국에서 전혀 "알려지지 않았던 전쟁"이라고까지 말한다.[148]

한국전이 끝난 후 미국인들이 그 전쟁을 얼마나 빨리 잊고 싶어했나 하는 것을 저널리스트이며 소설가인 데이비드 홀버스탬은 그의 책 《50년대 The Fifties》(1993)에서 다음과 같이 한마디로 요약하고 있다: "미국인들은 한국전쟁이 진행되는 동안 참았지만 일단 전쟁이 끝나자 그것을 잊는 데 시간이 얼마 걸리지 않았다."[149] 더 나아가 그의 또 다른 저서《가장 추운 겨울: 미국과 한국전쟁》(2007)에서는 한국전은 대부분의 미국인 참전자와 그의 가족들 외에는 가능한 한 알기를 원치 않았던 전쟁으로 "한국전은 어떻게 보면 역사의 고아가 된 것처럼 보이는 그런 전쟁이었다"[150]라고까지 말한다. 스탠리 샌들러 Stanley Sandler 교수의《한국전: 승자도 없고 패자도 없는The Korean War: No Victors, No Vanquished》(1999)이란 책에서 한국전을 수행하고 있는 당시의 미국 상황을 설명하면서 아마도 1951년 말에 누가 미국을 방문했다면 과연 이 나라가 미 역사상 네 번째로 가장 참혹한 전쟁을 치르고 있는 나라인지 믿기 어려웠을 정도로 온 나라가 평온했다. 배급도 시행되지 않았고 소비재 생산 및 판매도 줄지 않았으며 생산을 독려하고 소비를 줄이라는 광고판도 없었고 "스미스 기동부대를 기억하라"라는 외침도 없었다. 심지어 군대 모집 포스터도 군에 입대하면 받게 될 혜택 같은 것을 선전하기에 바빴을 뿐 공산주의의 공포를 이용하는 것은 찾아볼 수 없었다고 기록하고 있다.[151]

한국전이 미국의 문화적 기억 속에서 사라진 예는 1972년부터 1983년까지 미국 사회에서 선풍적인 인기를 끌었던 한국전을 배경으로 한 텔레비전 시리즈〈매쉬 M*A*S*H〉에 대한 반응에서 찾을 수 있다. W. D. 에르하르트는 이 시리즈에서 주인공 군의관 호크아이 대위와 그가 속한 4077 육군이동외과병원이 어떤 전쟁에서 싸운 것이었나를 미국인들에게 물으면 아마도 한국전쟁이라는 대답이 거의 나오지 않았을 것이라고 예상하기도 했다.[152] 사실 한국전이 끝난 후 1950~1960년대는 아직 2차 대전의 여운이 강하게 남아 있었던 때이고 또한 1970~1980년대는 베트남전의 여파가 미국 사회의 주된 이슈들을 만들어내던 시기였기 때문에 한국전쟁은 대중들의 기억 속에서 거의 사라져버렸다.

그러나 한국전이 잊혀진 전쟁이라고 하는 것은 이미 처음부터 잊혀질 요인이 만들어지고 있었다. 트루먼 행정부는 한국전의 발발 소식을 듣고 대처하는 과정에서 공개적인 성명을 자제하며 비밀과 냉정을 유지함으로써 한국전을 미국인들에게 크게 '선전宣傳'하지 않았다. 냉전의 산물인 이 전쟁이 혹시나 소련과 더 큰 전쟁으로 확대될지도 모른다는 우려를 갖고 있었기 때문에 미 행정부는 극도로 조심했고, 발발 며칠 후 기자회견에서도 대통령은 그 과정에서 간접적으로 '전쟁'이란 말 대신에 '경찰행동'이란 말에 수긍했을 뿐이다. 바로 5년 전에 큰 전쟁을 치른 국민들에게 또 다른 전쟁에 미국이 참전하게 되었다는 것을 말하기가 쉽지 않았다. 행정부는 국민 여론이 너무 과열되는 것을 원치 않았고 동시에 행정부의 전쟁 노력에 쉽사리 피로감을 느끼게 하는 것도 원치 않았다. 대통령의 동원 명령도 총동원령으로 전국을 떠들썩하게 하는 것이 아니라 예비군들만을 우선 소집했다. 그러면서 의회에는 비상시국은 아니기 때문에 총동원은 필요치 않다는 것을 알리기도 했다. 트루먼 행정부가 가장 역점을 두었던 것은 미 국민들 사이에 또 다른 전쟁 공포를 야기하지 않는 것이었다. 그래서 의회에서도 대통령이 요구하는 동원병력이 한국에서 순환근무를 하거나 또는 손실된 병력만을 보충하는 것일 뿐이며, 궁극적으로 미국의 전체 국방력을 개선하기 위한 목적이라는 것을 강조했다. 그러니까 한국전에 대한 미 행정부의 정책은 외부적으로는 강력한 대응을 실시하면서도 기본적으로 전쟁의 존재 여부를 축소시킴으로써 국민들의 마음을 안정시키려 했고 그러한 정책으로 말미암아 역설적으로 한국전은 처음부터 국민들의 무관심 속에서 진행된 '작은 전쟁'이 되고 말았다.[153]

이러한 한국전에 대한 미 행정부의 조심스런 행보와 국민들의 무관심이 한국에서 근무를 마치고 귀국하는 참전병사들을 제대로 환영하지 못하는 결과를 낳았다. 2차 세계대전 때 유럽과 태평양에서 승리하고 영웅적인 환영을 받으며 돌아오는 군인들과 달리 또한 잘못된 전쟁에서 헛된 희생만 당했다고 목소리를 높였던 베트남전 귀환병들과 달리 한국전 병사들의 귀국은 조용했다. 순환근무제에 따라 귀국 일정도 개인에 따라 달랐기 때문에 단체보다는 개인적인 귀향이 이루어졌다. 당연히 거창한 환영식도 없었고 작은 전쟁에서 돌아온 그들에게 영웅적인 대접이 있을 리 없었다. 아무도 한국전쟁에서의 그들의 경험담을 듣고 싶어 하지 않았다. 친구나 가족 중에 누가 직접 참가하지 않았다면 "그 전쟁은 그저 화성의 어느 사막에서 일어났을 법한 그런 전쟁"이었다.[154] 더구나 한국전은 미국의 국가적 생존이나 "명백한 운명"을 위해서 싸우지 않았던 최초의 전쟁이었다. 그래서 쉽사리 한국전은 싸울 가치가 없었던 전쟁, 잊혀진 전쟁이 되었다.

더구나 본국에 돌아온 귀환병들이 본 고향 사람들은 그저 평소와 다름없이 2차 대전 후에 찾아온 경제적 번영을 누리며 자신들의 생활에 바쁠 뿐 한국에서 돌아온 귀환병들에게는 관심이 없었다. 귀환병들은 사람들의 무관심과 전쟁터에서 갑자기 사회로 복귀하면서 찾아온 공허함과 무기력 그리고 가정과 지역사회의 보이지 않는 괴리감을 느끼지 않을 수 없었다. 고향 신문의 1면 헤드라인은 생필품의 부족이나 정부 관료의 뇌물 스캔들, UFO의 출현, 일상적인 노동자 파업, 그리고 자동차시장의 전망 등과 같은 국내의 사건들에 관한 기사로 채워졌을 뿐 전쟁 초기에 그렇게 주목을 받았던 미군의 영웅적인 한국전의 전투 이야기 같은 것은 뉴스거리가 되지 못했다. 신문의 만화가 빌 몰딘Bill Mauldin이 귀국한 한국전 참전병사 한 명에 주목해 그린 그림의 내용은 한국전에 대한 당시의 미국 사회의 태도가 어떠했는지를 단적으로 보여준다. 그림 속의 병사는 "한국의 전쟁터에서 죽어가는 전우들의 이야기를 고향 마을의 신문에 실으려고 한다면 아마도 그 기사는 맨 뒤 17페이지의 화장품 광고 밑에나 실리겠지"라고 빈정대고 있다.[155] 루디 토메디도 《나팔도 없이 북도 없이》에서 "한국전을 무승부로 끝낸 그 사람들은 국민들의 마음속에서 수치스런 존재로 잊혀졌다"라고 쓰고 있다.[156]

1953년 7월 한국전이 끝났을 때 미국인들은 이미 한반도에서 일어났던 전쟁을 잊어버린 듯했다. 사실 2차 대전 이후 전쟁으로 인한 각종 산업의 활성화로 경제가 부흥되고 엄청난 숫자의 귀환병들이 군대장학금GI Bill으로 대학을 나와 취업했으며 사람들은 생활이 윤택해지자 베이비붐이 일어나고 문명의 이기인 각종 가전제품들과 자동차를 구입하고 대저택들을 지어 교외로 나가면서 도시 외곽의 대형 쇼핑센터가 속속 지어지는 등 풍요로운 삶을 구가하게 된다. 또한 미국의 꿈을 좇아 미 대륙으로 왔던 수많은 이민자들은 경제적 호황 속에서 꿈의 실현을 보게 되는데 이런 상황에서 미국인들의 일상생활을 중단시키는 원치 않은 전쟁이었던 한국전쟁은 그들의 기억 속에서 이미 먼 옛날의 사건이 되어버렸다.

한국전에 대해 본국의 사람들이 나타내는 무관심과 그 전쟁을 싸우고 돌아온 병사들이 환영받지 못한 것에 대한 실망감의 표현은 한국전에 관한 모든 수기와 소설에서 발견된다. 한국전 참전용사이고 시인인 윌리엄 차일드리스는 〈한 사람의 시인, 한국을 기억하다〉라는 글에서 2차 대전 후 귀환하는 군인들에게 도넛을 나눠주던 그 흔한 적십자사의 구호차량도 한국전 귀환병들에게는 나타나지 않았는데 "그 잊혀진 전쟁은 병사들이 고향에 돌아오기도 전에 이미 잊혀져 버렸다"라고 술회한다.[157] 그런가 하면 S. L. A. 마셜 장군은 중부전선의 폭 찹 힐 전투에서 전사한 73명의 장병을 위한 장례식이 거행되는 장면을 기록하면서 아무런 관심을 받지 못하는 그 전사자들의 주검에 대해 그저 다음과 같은 말로 울분을 토로할 뿐이다: "그들은 승리했지만 국가로부터 어떤 명예스런 대우도 받지 못했다. 그 승리는 신문의 헤드라인도 차지하지 못했고 국영방송 어디에서도 그들의 희생에 대한 언급을 들어볼 수가 없었다."[158] 아이러니하게도 그레고리 펙이 주연한 동명의 영화 〈폭 찹 힐〉(1959)이 약간의 인기를 끌었으나 한국전에 관한 영화는 다른 전쟁에 비해 주목할 만한 것이 없었다. 잊혀진 전쟁은 영화 속에서도 잊혀졌는데 어떤 이유에서였는지 할리우드는 존 웨인식의 영웅을 그린 한국전 영화를 만들어내지 않았다.

그뿐만 아니라 본국으로 귀환한 병사들은 특히 부상을 당해 귀국한 병사들은 사람들이 비록 기분을 상하게 하는 일은 없었지만 자신들에 대해 전혀 관심이 없는 것을 발견하며 심한 배신감을 느끼기도 한다. 한국전은 인기가 없었고 아무도 그 전쟁에 대해 알고 싶어 하지 않는다. 한국전에서 싸우고 있던 한 해병장교가 본국의 무관심에 대해 다음과 같은 말로 불만을 나타낸다: "본국에서 오는 편지를 보면 우리는 잊혀진 존재들이라는 것이 확실했다. 본국의 사람들은 여기에서 전쟁이 벌어지고 있는 것조차도 아는 사람이 거의 없었다. 결과적으로 우리 대부분은 잊혀진 전쟁의 희생자들이었다."[159] 본국의 무관심 속에 한국전에 투입되는 병사들은 그저 영웅이 된다거나 성전을 수행하는 정의의 전사라는 열정은 찾을 수 없었고 전쟁이 어서 빨리 끝나기만을 기다리는 잊혀진 존재들로 그저 의무기간을 무사히 마치고 떠날 날만을 기다리는 존재가 되었다. 본국의 무관심에 대한 한국전 귀환병들의 이러한 불만은 후에 더 나쁜 취급을 당한 베트남전 귀환병들과 대비되기도 했다. 즉 한국전 귀환병들은 그저 무시되기는 했어도 후에 벌어진 베트남전 병사들이 귀환할 때 '아기 살인자'라는 비난을 듣는 수모는 당하지 않았다.

아마도 한국전이 잊혀진 전쟁이고 그 전쟁에서 싸운 참전군인들은 잊혀진 존재라는 것을 극명하게 나타내는 곳은 바로 소설들이다. 한국전의 거의 모든 소설에서 주요 등장인물들은 자신들이 잊혀진 전쟁의 버려진 존재들이라는 것에 불만을 토로하곤 한다. 사실 전쟁터에 나가 있는 병사들은 어떤 전쟁이든지 자신들이 본국의 무관심 속에 내던져진 존재들로 생각한다. 그러나 특히 한국은 미국의 정반대쪽에 있는 극동의 조그만 나라이고 한국전은 자신들과는 아무런 상관도 없는 곳에서 벌어진 전쟁으로 병사들이 볼 때는 싸울 가치가 없는 전쟁이었다. 그래서 멜빈 보리스의 소설《내게 영웅을 보여다오》에서 주인공인 미군 총사령관조차도 "병사들은 우리 대다수의 국민들과 정부와 세계가 생각하기에 인기 없는 싸움을 이곳에서 하고 있다는 느낌을 갖는다"라고 말한다.[160] 본국의 무관심에 대한 병사들의 불만은 여러 가지의 형태로 표출된다. 심지어 롤란도 히노조사 같은 작가는 마치 본국인들이 딴 세상의 사람들인 양 소설 전편을 통해서 특별히 따옴표 속에 넣어서 의미를 부여한다. 즉 "본국의 사람들"이라고 그의 소설《무익한 종들》에서 표기하고 있는데 이는 자신들과 본국의 사람들이 얼마나 서로 다른 세상에 격리되어 있는 가를 단적으로 나타내는 상징적 제스처라고 본다. 심지어 또 다른 소설에서는 "한국전은 저 멀리 별나라 어디에서 벌어진 전쟁"[161]일 것이라고 생각하는 병사의 말을 인용하면서 본국의 무관심에 불만을 나타낸다.

　더구나 이 전쟁은 곧 잊혀질 것이라는 병사들의 우려와 불만은 특히 다음 소설들에서 더욱 분명하게 나타난다. 커트 앤더스의 소설《용기의 대가》에서 작가는 단장의 능선 전투에서 묵묵히 헌신한 무명의 병사들에게 무한한 존경을 표하면서 "그들의 고귀한 희생은 그들 자신의 가슴속으로 사라질 것이다. 왜냐하면 아무도 듣고 싶어 하지 않고 관심도 갖지 않으려 할 것이기 때문"[162]이라는 말로 소설을 끝내는데 이는 결국 한국전 병사들의 이야기는 오직 병사들의 기억 속에만 있을 뿐 곧 잊혀질 것이라는 것을 예고한다. 웹 비치의《광기의 전쟁》은 휴전을 앞둔 1953년 5월의 한국전 상황을 묘사하는데 한 지휘관은 벌써 이 전쟁이 잊혀진 것을 이렇게 말한다: "1953년 봄에 한국에서 전쟁이 있었다는 것을 아는 사람은 보병연대의 일부 사람들이었다. 왜냐하면 그들만이 싸우고 있었기 때문이다. 그리고 군의관들만이 알고 있었는데 그들은 밀려드는 부상병들을 수술하고 있었기 때문이다. 그러나 미국이 전쟁터에 내보낸 가장 훌륭한 미국의 군대 대다수는 전투에 임하지 않고 있었다. 그저 갈보들과 놀면서 간단한 훈련이나 하고 있을 뿐이었다."[163] 이미 본국의 사람들은 물론 한국에 나와 있는 병사들조차도 대부분 전쟁은 저

만치 물러가 있는 것으로 생각한다. 휴전회담이 조인된 시점에 판문점 인근의 한 부대를 배경으로 한 소설인 마이클 린치의《한 사람의 미국 군인》에서 한 장교가 전사자를 위한 장례식에서 열변을 토한다: "승리도 없는 휴전이 무슨 말이냐? 너의 죽은 전우들, 우리의 형제들, 죽은 젊은이들이 승리를 외친다. 누가 답을 해주어야 할 것 아니냐. 누가 이 죽은 자들을 위해 말을 해주겠나? 그들은 이미 잊혀져버렸지, 그렇게 빨리 말이다."[164] 이는 미국의 고귀한 젊은이들을 '가치 없는 전쟁'에 내보내 헛된 죽음을 당하게 했음에도 아무런 일도 없었다는 듯 곧 잊혀질 그들을 생각하며 워싱턴의 전쟁 수행자들을 향해 울분을 토로한다.

아마도 전 한국전 소설 중에서 본국의 무관심과 잊혀진 전쟁에 대한 강력한 질타는 제임스 미치너의 소설《독고리의 철교》에 나오는 대목일 것이다. 이 소설에서 주인공 해리 브루베이커 해군 전투기 조종사는 북쪽의 독고리의 철교를 폭파하는 임무를 완수하지만 적의 대공포를 맞고 적 지역에 추락해 다가오는 적에 의한 죽음의 순간을 기다리는데 그때 고향과 본국의 모습이 머릿속에 떠오른다.

이 순간 그의 고향에서는 콜로라도대학이 덴버대학과 해마다 열리는 농구 경기의 라이벌 대결을 벌이고 있었다. 관중석에는 8,000명 이상이 운집해 있었지만 어느 한 사람도 한국에 대해 관심이 없었다. 샌프란시스코에서는 일단의 사람들이 저녁을 마치고 있었고 이들은 한국전이 토론하기 좋은 화제였기 때문에 온 나라의 방방곡곡까지 그 전쟁을 성토할 계획을 세웠다. 하지만 실제로는 아무도 그 전쟁에 대해 관심이 없었고 알려고 하지도 않았다. 그리고 뉴욕에서는 수많은 시민들이 맛있는 음식과 비싼 와인으로 풍성한 나이트클럽으로 모여들고 있었다. 그러나 남자들이 해외에 간 몇몇 가정을 제외하곤 도시의 어느 곳에서도 한국의 메아리조차 들리지 않았다.[165]

과연 한국전쟁은 무엇을 위해서 싸워단 말인가?《잊지 않으리》에서 주인공 존 윈스턴은 자신이 귀국한 직후 발효된 휴전을 보면서 전쟁이 끝나고 나도 귀환병에 대한 환영이나 부상자들을 걱정하는 곳은 어디에서도 찾아볼 수 없고 수많은 실종자에 대한 어떤 조치도 취해지지 않는 것을 보면서 분노한다. 한국은 공산주의에게서 지켜졌지만 여전히 북한의 존재는 그대로다. 양쪽을 갈라놓았던 분계선은 원래의 위치에 그대로 있다. 그러나 전쟁은 끝났고 그래서 병사들은 안도의 숨을 내쉬지만 그들이 싸우고 죽어간 그 전쟁은 또 그렇게 곧 잊혀질 것이라고 생각하며 도대체 왜 난 그곳에 갔었는지 회한에 잠긴다.[166] 작가가 소설의 제목 자체를 '잊혀진 전쟁'과는 반대로 "잊지 않으리"라고 정한 것은 지금까지의 한국전에 대한 사회적인 무관심을 상기시키려는 것으로 보인다. 작가는 우리가 한국전을 기억하지 않는다면 그것은 그곳에서 싸우고 전사한 미국의 젊은 이들을 욕되게 하는 것이라고 말하면서 소설의 마지막에서 "이 잊혀진 역사의 장章이 잊혀져서는 안 된다"[167]라고 결론을 맺는다.

한국전이 잊혀진 전쟁이라는 것은 오히려 더욱 생각나는 전쟁이고 잊지 못할 전쟁이라는 말과 다르지 않다. 조디 김Jodi Kim이 올바르게 지적하듯이 "어떤 전쟁을 '잊혀진 전쟁'이라는 딱지를 붙이는 것은 역설적으로 지금까지 잊혀져왔던 것을 복원하려는 시도"라고 볼 수 있다.[168] 사실 잊혀진다는 것은 처음에는 기억되었다는 것을 전제하고 있기 때문이다. 한국전에 관한 소설들의 존재는 한국전은 잊혀지지 않는 전쟁이라는 것을 증명하는 기록이다. 미국인들에게 한국전은 그 전쟁터에서 싸운 사람들의 희생에 빚을 지고 있다. 도 널드 낙스는 한국전 참전군인들을 일일이 인터뷰하고 그들의 전쟁 경험을 기술한 두 권의 방대한 책에서 "국가는 [한국전]에서 싸운 사람들에게 어떤 빚을 지고 있는가? 대답은 간단하다. 즉 존경과 기억의 빚을 지고 있다"라고 말하면서 어느 전쟁보다도 많은 사상자를 낸 한국전을 기억해야 된다고 주장한다. 그러면서 이 두 권의 책은 "미국 최초의 제한전쟁을 위해 싸우고 피를 흘리며 오랫동안 침묵한 사람들에게 말할 기회를 주려는 것"이라고 말한다. 그는 한국전이나 베트남전은 정의의 전쟁이라고 하는 2차 대전과 비교해 "싸울 가치가 없는 전쟁"이었다는 말을 부정하며 "싸울 가치가 없는 전쟁은 하나도 없다. 그러나 싸워야 할 전쟁은 있는 법이니 한국전이바로 그런 전쟁이었다"라고 주장한다.[169]

한국전 소설들은 바로 그 잊혀진 전쟁을 기억하려는 노력이다. 일반적으로 전쟁소설은 혼란스런 전쟁 경험에 질서를 부여하려는 노력의 결과이다. 왜 전쟁의 글쓰기인가? 전쟁의 생존자들이 자신들만 살아남았다는 죄책감에서 죽은 자들을 기억하려는 노력이 글쓰기로 나타난 것이고, 또 그러한 노력이 죽은 자들을 위로할 수 있는 유일한 방법이기도 하기 때문이다. 그러한 글쓰기는 또한 전쟁터에서의 행동에 대한 말할 수 없는 비밀을 허구라는 형식을 빌려 고백하고 용서를 구할 수 있는 방법이기도 하기 때문이다. 한국전의 소설들은 대부분 책의 서두에서 이 책을 한국전에서 함께 싸우고 전사한 전우들에게 헌정한다는 글귀를 써넣고 있다. 물론 죽은 자들도 누군가는 자신들의 이야기를 써주기를 바랄 것이다. 자신들의 희생이 헛되지 않았다는 것을 알리고 싶기 때문이고 동시에 본국의 무관심 속에서도 자신들은 할 일을 했다는 것을 말하고 위로받고 싶고 명예로운 죽음이었다는 것을 인정받고 싶기 때문이다.

한국전 소설인 하진Ha Jin의 포로소설《전쟁 쓰레기War Trash》(2004)에서도 미군 포로수용소의 중공군 포로들의 우두머리인 페이는 본국으로 송환된 후 정부 당국에 의해 버림받고 암으로 죽어가면서 "부디 우리의 이야기를 글로 써달라"는 유언을 남긴다. 결국 이 소설은 주인공 유안이 페이의 유언을 실현한다는 형식으로 쓰인 소설이다. 페이의 경우는 포로가 되어서도 국가를 위해 최선을 다했지만 그러한 노력이 오히려 배신으로 돌아오는 것을 보면서 누군가가 자신의 억울함을 글로 써주기를 바랐던 것이다. 베트남전 소설인 제임스 웹James Webb의《포화의 들판Fields of Fire》(1978)도 베트남의 정글 속에서 싸워보지 않은 사람은 그곳의 현실을 모른다고 말하며 누군가가 자신들의 이야기를 써주기를 바란다. 결국 한 참전용사가 이소설을 읽는다. 그러고는 "제기랄, 마침내 누군가가 얘기했군"[170]이라는 말로 베트남 정글 속 자신들의 참혹했던 경험을 대신 써준 사람에게 경의를 표한다. 누구든지 전쟁에 나갔던 사람은 그것이 개인의 기억이건 국가적 기억이건 자신들의 참전 경험을 기억해주기를 바란다. 개인의 기억은 문학작품이나 수기로, 국가적 기억은 참전기념비나 전쟁박물관의 건립 그리고 공식적 역사 기록으로 기억된다. 한국전은 참전 미국인들의 가슴속에서 잊혀지지 않는 기억으로 남아 있다. 2012년《고향Home》이라는 한국전 소설을 쓴 토니 모리슨Toni Morrison은 전쟁이 끝난 지 반세기 이상이 지나간 현 시점에

워싱턴 D.C.에 세워진 한국전 참전 기념비로 좌측의 검은 벽에는 약 3만 5,000여 명의 전사자 및 실종자들의 이름이 새겨져 있다. 1995년 7월 27일 한국전 휴전 42주년을 기념하여 완성했고 당시 빌 클린턴 대통령이 참석해 헌정식을 거행했다. 19명의 병사들이 빗속에서 판초 우의를 입고 수색 정찰하는 모습을 형상화하고 있다. 기념비 벽에는 "자유는 그냥 주어지는 것이 아니다Freedom is Not Free"라는 글귀가 새겨져 오늘의 자유가 고귀한 희생의 대가임을 말하고 있다. (출처: American Battle Monuments Commision)

서 한국전 소설을 쓰는 이유가 무엇인가 묻자 "한국에서 경찰행동으로 불리는 전쟁이라 부를 수 없는 전쟁이 있었다는 것을 잊었다"면서 반공이념이 가져온 매카시즘의 공포와 흑인들에게 시련의 시대인 1950년대를 기억하기 위함이라고 말한 바 있다.[171]

미국 정부는 한국전을 기억하기 위한 공식적인 작업을 진행해왔다. 1988년 7월 26일 미 의회는 한국전 휴전 35주년을 맞이해 "한국전 참전용사들을 기억하는 국가적 주간"을 지정하면서 이미 그 2년 전에 한국전 참전용사를 기리는 기념비를 세우기로 의결(〈공공법안〉 1986. 10. 28)한 후에 몇 번의 수정을 거쳐 상하 양원 합동으로

〈공공법안〉(100-375)을 통과시켰다. 상기의 공공법안에 포함된 몇 가지만 요약하면 우선 한국 국민의 자유를 수호하기 위해 역사상 처음이자 유일하게 미국 주도의 국제연합군이 창설되어 미국과 한국 외에 20개국 회원국가가 군대를 파견했으며 3년간의 전쟁이 끝난 후 대한민국의 영토와 주권은 회복되었다는 것, "비록 한국전쟁은 미국의 '잊혀진 전쟁'으로 알려져 있지만 미국은 숭고한 자유와 정당한 대의를 위해 한국에서 싸우고 죽어간 사람들에 의한 궁극적인 희생을 결코 잊지 않을 것"이라는 것, 그리고 미 의회가 한국 분쟁Korean Conflict을 공식적으로 '한국전쟁Korean War'으로 성문화했으며 "현대 전쟁 역사에서 가장 긴 군사적 정전停戰을 시작한 이 휴전에 즈음해 어려운 상황 속에서도 혹독한 전투와 극단적 기후를 이겨낸 사람들의 헌신과 희생을 인정하고 기억하는 것은 합당한 일"이라는 내용이다.[172] 참전 기념비 건립이 의회에 상정된 1986년부터 9년이 지난 1995년 7월 27일 기념비가 워싱턴 D.C.에 세워졌다. 그리고 참전용사들은 한국전에서 자신들의 경험을 공유하기 위한 단체를 구성해 한국전을 잊지 않기 위한 노력을 기울이고 있다.

6. 한국전과 순환근무제

2차 세계대전과 같은 전면전에서 총동원령이 내려져 모든 젊은이들이 전쟁에 나가야 했던 것과 달리 한국전은 예비군들과 제한된 동원으로 소집된 병력으로 싸워야 했기 때문에 동원된 병사들은 왜 나만 가야 하는가에 대한 불만이 많았다. 바로 이러한 개인적 불만이 한국전을 싸우는 병사들의 당면한 문제였고 이를 해결하기 위한 대책으로 도입한 제도가 순환근무제 Rotation policy였다. 1951년 초부터 시행되었는데 그전에는 1, 2차 대전을 비롯해 미군 병사들이 외국 전쟁에 나갈 때는 전쟁이 지속되는 기간 동안 계속 그곳에 있어야 했다. 한국전에서 처음으로 도입된 순환근무제도는 점수제로 운영되었는데 야전 전투부대에서 한 달간 근무하면 4점이었다. 이것도 보병 및 지원부대에만 해당되었다. 포병과 연대급 이상에서는 한 달에 3점이었다. 즉 전선 후방은 3점, 그리고 완전 후방 비전투지역 근무는 2점을 받았다. 전투 중 부상당해 일본으로 후송되어 치료받는 병사는 다시 귀대할 때까지 4점을 받았다. 총 36점에 도달한 병사는 본국으로 귀환되는 자격을 얻을 수 있었다. 다시 말하면 9개월간 전선에 있는 전투부대에서 근무했다면 바로 한국을 떠날 수 있었고, 후방에서 계속 근무했던 자는 약 2년 정도 되어야 목표 점수에 도달할 수 있었다.

순환근무제는 한국전에 이어서 베트남전에서도 실시되었다. 한국전에서는 점수제였지만 베트남에서는 정확히 1년간의 베트남 체류일 수만 채우면 되는 기간제였다. 병사들은 1년 365일을 베트남에서 근무하면 되기 때문에 비행기를 내리는 순간 자신이 베트남에서 떠나는 날, 즉 '예정된 귀국일'을 이미 알고 있었다. 순환근무제는 병사들에게 죽음의 공포를 극복하는 극복의 기제로서 순기능을 했다. 일정 기간만 지나면 돌아갈 수 있다는 희망을 줌으로써 병사들에게 근무 기간 동안 최선을 다하게 하는 동기가 되었다. 베트남전 병사들은 12개월만 지나면 돌아갈 수 있다는 희망이 있었다. 그래서 그들은 시간에 구속된 사람이 되었고 일종의 일별 달력을 만들어

하루하루를 지워나가며 자신들의 근무 기간을 보냈다. 그러나 베트남에서 시행된 이 제도는 전투 동기부여 면에서는 한국의 점수제보다는 훨씬 약했다. 왜냐하면 한국전에서는 후방보다는 전방의 전투지역에서의 근무에 더 많은 점수를 부여했기 때문에 조기 귀국을 원하는 병사들은 가급적 전투지역에 근무하면 되었다.

한국에서의 순환근무제도는 1951년 초 전면적으로 시행되었지만 그 이전부터 소문이 돌았고 병사들은 단번에 고향으로 돌아갈 수 있다는 꿈이 현실이 되자 모두 즐거워했다. 한국전에 관한 소설과 수기를 쓴 참전용사인 제임스 브래디는 순환근무제의 도입을 적극적으로 옹호하면서 2차 대전의 선배들과 달리 한국전 병사들은 희망이 있었다고 술회한다. "해병대 병사들에게 귀국 문제는 아주 민감한 사안이었다. 누구도 한국에서 필요한 만큼을 넘어서 더 있지 않아도 되었다. 지난 전쟁에서는 전쟁이 끝나거나 심한 부상을 입어야 귀국할 수 있었는데 귀국의 희망도 없이 36개월 내지는 40개월을 태평양에서 보내야 하는 것은 엄청난 고통이었다."[173] 사실 한국의 전쟁터를 떠나는 방법은 몇 가지가 있었다. 일정한 점수를 획득해 순환되거나 심한 부상을 당하거나 전사하는 경우다. 물론 사고나 질병으로 전투 수행이 불가능한 병사도 전쟁을 벗어날 수 있었다. 이 순환근무제도가 시행된 이후 인력 소요가 엄청나서 추가로 120만 명의 병사를 징집하지 않을 수 없었고 매월 거의 1만 5,000명에서 2만 명 정도가 순환되었다. 이 제도의 시행 이후 미군 병사들에게 한국전은 개인적인 전쟁이 되었고 자신의 근무 기간 동안 살아 있으면 되는 그런 전쟁이 되었다.

문제는 순환근무제가 순기능을 했는데도 단점이 많이 노출되었다는 것이다. 우선 전투 효율 면에서 역설적으로 비생산적이었다. 병사에게 돌아갈 시간이 다가오면 그는 살아서 전쟁터를 빠져나갈 궁리만 할 뿐 자신의 임무에 충실하지 않았다. 오직 시간만 채우려고 했다. 따라서 군이 요구하는 전투에서의 승리에 대한 개인적인 동기가 떨어졌다는 것이다. 또한 이 제도는 부대의 응집력을 떨어뜨렸다. 다시 말하면 전투에 숙달된 병사는 보내고 미경험자를 받아야 하는 결과가 되었다. 전사자 중에는 아직 전투에 익숙하지 못한 신병들이 특히 많았는데 대개 이등병으로 있던 첫 6개월에 많은 사상자가 발생했다. 부대의 구심점들이 사라지자 소속감과 단결력이 약화됐다. 많은 소설과 수기에서 이 제도의 문제점을 거론한다. 마이클 린치의 소설 《한 사람의 미국 군인》에서 사단 보충대 대장인 소령은 미군과 중공군을 비교하면서 저들은 죽거나 전쟁이 끝날 때까지 싸우지만 우리는 순환근무제를 채택하니까 귀국을 앞둔 병사들은 그저 시간만 보낼 뿐 위험한 일에 나서지 않으려 했다고 불평한다. 주인공 흑인 상병 프랜시스는 귀국을 한 달 앞두고 그저 시간만 보내고자 한다. "날짜만 세어라. 우리는 단기병들인데 적당히 시간만 보내면 되잖아"[174]라고 말할 뿐이다.

이 제도는 '단기병 증후군'이라는 신조어까지 만들어내기도 했다. 사실 전쟁터의 병사들에게 자신이 알고 있는 예상 귀국일자는 최대의 희망이었다. 그래서 병사들은 자신의 귀국일까지 아무 일 없이 무사히 지나가기를 바랐고 모험을 자제하고 위험한 임무에 나가려고 하지 않았다. 전쟁은 우연이 지배하는 곳이기 때문에 귀국 날짜를 받아놓고 혹시 잘못될 수도 있다는 생각에 병사들은 움츠려들게 마련이었다. 한국전의 한 장교는 이 단기병 증후군의 증상을 이

런 식으로 표현했다: "벙커 속에서 지내는 시간이 늘었다. 참호 밖으로 나와 식사하러 가지 않고 벙커에서 C-레이션을 먹는 시간이 늘었다. 위험이 따르는 임무에 자원하는 경우가 거의 없었다. 단기병들은 가능하면 보초 서는 것과 수색 정찰 나가는 임무를 서로 교환했다. 단기병들은 종종 화를 내기도 하고 조그마한 일에 과민반응을 보이기도 했다. 그들과 대화하다 보면 근무 마지막 주나 마지막 수색 임무 시에 우연하게 날아온 산탄에 맞지 않을까 심히 두려워했다. 고참들은 귀국을 앞두고 그런 일을 당한 가엾은 친구들에 대한 얘기를 가끔 하곤 했다."[175]

이 제도에 대해서 S. L. A. 마셜 장군은 그의 책 《폭 찹 힐》에서 순환근무제가 전선에서 일반 병사들의 전투 의지를 떨어뜨린다고 결론을 내린 바 있다. 적과 아군을 비교할 때 적은 오래 있으므로 더 숙달된 전투병이 되어가는데 미군들은 너무 순환이 빠르기 때문에 마치 컨베이어벨트 위에서 계속 밀려가는 물건 같다는 의견을 내기도 했다. 미군 병사들은 오래 있지 않다 보니까 아무도 적을 기만할 수 있는 기술을 익힐 수가 없었다고 지적한다.[176] 또한 소설 《승리도 없고 아픔도 없는》에서 작가 딕 세이어즈는 이 제도를 마음 편한 미국인들만이 생각해낼 수 있는 한국전 특유의 혁신 정책이었다고 비꼬면서 이 제도는 야전지휘관들에게 한국에 처음 배치되어 일선 부대에서 전투 훈련할 시간도 전혀 없는 신병들을 책임지고 잘 데리고 근무하라는 제도였다고 말하면서 어느 정도 훈련이 되어 싸울 만하면 귀국시켜 사회로 돌아가게 하는 그런 제도였다고 비판한다.[177]

또 한 가지 이 제도는 병사들에게 한국전쟁을 개인적인 관점에서 보게 하는 결과를 가져왔다고 위에서 언급했는데 사실 전쟁 초기에

1951년 5월 5일 한국에서의 전투 임무를 마친 1,500명의 미 육군 병사들이 시애틀 항구에 도착했다. 이들은 순환근무제도 시행에 따른 1차 귀국 병력으로 미 해군 제너럴 르로이 엘틴지호를 타고 긴 항해 끝에 미국에 도착해 가족, 친지 그리고 많은 군중의 환영을 받았다. (출처: U.S. National Archives)

배에서 내린 미 제1기갑사단 소속의 해리 리스터 육군 상사가 아내와 어린 아들을 안고 전쟁터에서 생환한 기쁨을 누리고 있다. (출처: U.S. National Archives)

는 부대 단위로 한국에 투입되었지만 순환근무제가 도입된 이후는 개인별로 입/출국하는 경우가 많았다. 그래서 인천항이나 김포비행장에서 배나 비행기로 한국을 떠나는 고참 병사들에게 새로 도착하는 신병들은 몹시 안돼 보였다. 마틴 러스는 그의 수기《마지막 국경선》에서 자신이 인천항을 떠날 때 자신들과 교대하기 위해서 입항하는 신병들을 보면서 '한심한 친구들'이란 생각이 들었다고 회고한다. "우리는 그래도 저 무인지대라고 하는 넓은 운동장에서 대학스포츠 대표선수가 되어 뛰고 놀았는데 저 신병들은 고지의 참호 속에 갇혀 싸울 것이니 얼마나 불행할까. 그러나 그들도 곧 저 아름다운 사람들이 살고 높은 산이 있는 이 불행한 나라의 맛을 느끼게 되겠지. 그리고 그것을 그들도 잊지 못할 거야. 나도 그렇겠지만 말이다."[178]

베트남전에서도 순환근무로 귀국하는 병사들이 사이공의 탄손누트 공항에서 점보기 '자유의 새 Freedom Bird'를 타고 떠날 때 활주로에 내리는 신병들과 정글에 남겨놓고 온 전우들을 생각하면서 한숨짓던 것처럼 귀국하는 병사들은 살았다는 안도의 한숨을 내쉬었지만 그들은 남아 있는 전우들을 생각하며 자신들만 떠난다는 죄책감에 사로잡히기도 했다. 귀국해 사람들과 섞이게 되면 그들에게 전쟁은 끝난 것이지만 그러나 그들의 마음속에서 전쟁은 계속되었다. 도널드 낙스는 한국전 병사들의 인터뷰를 기록한 책에서 샌디에이고 집으로 돌아온 한 해병 용사의 고백을 다음과 같이 기록하고 있다: "내 마음은 아직도 한국에 있는 전우들에게로 향하고 있었다. 그리고 이 순간 그들은 무엇을 하고 있을까 생각했다. 난 돌아와 이렇게 안전한데 그들은 여전히 그곳에 있으니 말이다. 난 가슴이 복받쳐

울고 말았다. 엄마는 내게 실컷 울라고 했고 이해한다고 하셨다. 그러나 난 대답했다. "'아니, 엄마, 그곳에 가보지 않은 사람은 아무도 그곳이 어떠했는지 몰라요.' 난 전우들 생각에 첫날밤 잠을 이룰 수 없었다. 난 정말 그들이 보고 싶었다."[179] 어떤 사람들에게는 전쟁이 끝난 것이지만 또 다른 사람들에게 전쟁은 이제 막 시작이었다. 사실 모두를 만족시킬 수 있는 제도는 있을 수 없다. 한국전 병사들은 그들의 참호 속에서 순환근무제도의 도입을 환호했으나 그 제도 역시 역기능을 가지고 있었고 전투 동기를 부여하는 최상의 제도는 아니었다.

II.

미국 전쟁소설의
전통과
한국전 소설

1. 한국전: 인간의 보편적 현상으로서의 전쟁

한국 전쟁소설에서 나타난 전쟁은 어떤 특정한 전쟁이 아니라 인간사에서 끊임없이 계속되는 하나의 현상이다. 다시 말하면 전쟁은 인간의 보편적 현상이라는 것이다. 이러한 전쟁관은 20세기에 1, 2차 대전을 치르면서 오랜 전쟁의 내면화 과정을 통해 미국인의 의식 속에 형성된 전쟁에 대한 태도이다. 즉 한국전이 인간의 보편적 현상으로 간주되는 것은 1차 대전 이후 미국인의 의식 속에서 전쟁에 대한 태도가 어떻게 변해왔는가를 살펴보면 좀 더 명확해진다. 1945년에 출간된 1차 대전에 관한 《최초의 조우 First Encounter》라는 소설을 쓴 존 도스 패소스 John Dos Passos는 서문에서 전쟁의 충격에 대한 1, 2차 대전 세대들의 반응을 다음과 같이 비교한다.

1914년부터 1918년까지의 유럽 전쟁은 정말로 소름끼치는 일이었다. 마치 황열병이란 말을 전혀 들어본 적이 없는 곳에서 번지는 전염병처럼 정상적인 질서의 세계 바깥에서 일어난 사건 같았다. [그러나] 오늘날의 젊은이들에게 이러한 사건들은 인간의 근본적인 결함에서 유래되는 것처럼 생각한다. 만약 내반족內反足의 다리를 가지고 있다면 그 상태로 사는 법을 배울 뿐이다.[1]

위의 인용문에서 도스 패소스가 말하고자 하는 것은 1차 대전의 작가들에게 전쟁은 "소름끼치는 일"로서 그러한 악의 근원을 제거하기만 하면 적어도 치유될 수 있는 것으로 간주되었지만 2차 대전에 와서는 인간 사회와는 뗄 수 없는 하나의 현상으로 인식되었다는 것이다. 이와 비슷한 맥락에서 제임스 볼드윈James Baldwin은 2차 대전에서 자행된 잔학상을 다루는 한 책의 서평에서 "2차 대전쯤에 악은 미국의 에덴동산에 들어와 그곳에 계속 머물렀다"[2]라는 말로 미국 사회에서 전쟁을 보편적인 현상으로 받아들이게 된 과정을 설명한다. 심지어 문학비평가 맬컴 카울리Malcolm Cowley는 2차 대전의 작가들은 "마치 전쟁에 푹 빠져 있는 것처럼 글을 쓰고 있으며 바깥 세계의 어떤 사건으로 전쟁을 기술하는 것이 아니라 마치 우리 삶의 하나의 내적인 부분이 되어버린 것처럼 글을 쓰고 있다"[3]라고까지 했다.

이러한 전쟁의 내면화 과정은 한국전쟁에서도 계속된다. 특히 주목할 것은 한국전쟁은 미국인들에게 2차 대전이 끝나고 5년 후에 발발한 사건으로 하나의 전쟁이 끝나고 또 하나의 전쟁이 너무 빨리 왔다는 사실이다. 바로 이러한 사실이 미국인들에게 당혹감을 가

저다주었다. 다시 말하면 2차 대전의 승전의 기쁨과 평화를 즐기려는 순간에 또 다른 전쟁에 휘말려야 한다는 사실을 미국인들은 받아들이기 쉽지 않았다. 그러나 한편 한국전 참가를 위해 재소집된 동원예비군 병사들은 또다시 발발한 이 전쟁을 마치 지진이나 허리케인과 같은 자연적인 재앙으로 받아들이는 듯했다. 전쟁은 그저 끊임없이 계속되는 인간의 사건이라는 것이 미국인들의 의식 속에 자리 잡았다. 바로 이러한 이유에서 제임스 미치너는 한국전 소설《독고리의 철교》에서 타란트 제독의 입을 통해 미국은 "세대마다 끝없는 전쟁"에 휘말리지 않을 수 없으며 차라리 "그 우둔한 전쟁을 다루는 방법을 배우는 편이 훨씬 낫다"[4]라고 말하며 전쟁을 인간의 보편적인 현상으로 받아들인다.

아마도 이전의 소설들과 비교해 한국전 소설에서 가장 현저한 변화를 보이는 것은 군대 조직에 대한 작가들의 태도이다. 일부를 제외하고는 거의 어느 소설에서도 군대 조직에 대해 비판하는 것을 발견하기 힘들다. 1차 대전의 작가들에게 전쟁은 그 자체가 미증유의 충격이었다면 2차 대전의 작가들에게는 군대 조직이 그와 비슷한 충격이었다. 에드먼드 볼프Edmund Volpe는 노먼 메일러나 제임스 존스와 같은 작가들의 2차 대전 소설 속에 나타난 개인의 몰개성에 관해 논하면서 "나의 세대에게 이러한 몰개성의 문제는 커다란 충격이었다. 우리는 명예나 영광 같은 것에 대한 환상은 없었지만 그렇다고 군대와 같은 거대 조직에 파묻혀버린다는 생각은 해보지 못했다"[5]라고 자신의 군대 경험을 회상한 적이 있다. 그러나 2차 대전 소설에 자주 등장하는 전쟁이라는 명분으로 개인의 권리를 짓밟는다는 군대 조직의 이미지는 한국전 소설에서는 거의 나타나지 않는다.

오히려 자긍심과 인간적 연대감을 맛볼 수 있는 곳이 바로 군대라는 조직이다. 그들에게 한국전은 영광의 추구가 아닌 누군가가 해야 할 일이다. 심지어 《한 사람의 미국 군인》에서 군대는 가장 효율적인 집단으로 찬양되기까지 한다.[6]

한국전 소설에서 군대 조직이 왜 그렇게 인식되었는지 그 이유는 여러 가지로 생각할 수 있다. 가장 중요한 것은 전쟁이 하나의 보편적 현상으로 미국인의 의식 속에 자리 잡았듯이 2차 대전 후 군대라는 개념이 사회적 조직으로서 미국인의 마음속에 정착되었기 때문이다. 2차 대전 때 총동원령과 대량 징집으로 미국인들은 누구나 자신의 존재를 군대와 결부시키지 않을 수 없었다. 2차 대전의 전쟁 기간 동안 미국이 동원한 총병력은 1,600만 명에 달했다. 이 같은 엄청난 시민들의 군대 복무 경험은 미국인들에게 미국 사회에서 군대를 떼어놓고 생각할 수 없게 만들었다. 또한 한국전 참전 작가들은 많은 사람이 이미 2차 대전에 참전해 군복무를 경험한 사람들이었다. 군대 조직의 비인간성을 소설의 주된 소재로 삼았던 군인 작가들에게 이제 그러한 주제는 한국전에서는 더는 관심을 끌지 못했던 것으로 보인다. 또 다른 관점에서 볼 때 피터 아이칭거 교수도 지적하듯 세계의 주요 전쟁에 주도적인 국가로 참전하는 미국 군대의 위상에 대한 미국인의 신뢰감 같은 것도 그러한 의식을 갖게 하는 데 이바지했다고 볼 수 있다.[7] 또한 한국전쟁쯤에는 군대는 평생직장으로서 추구해야 할 직업으로서 사회의 보편적 조직의 하나라는 의식이 일반 미국인들 사이에 정착되었다는 점도 군대에 대한 긍정적인 태도를 갖게 한 요인으로 볼 수 있다.

이와 결부해 한국전 소설에서 또 하나의 중요한 변화는 직업군인에 대한 소설작가들의 태도 변화이다. 2차 대전 소설에서 묘사된 파쇼 조직으로서의 미국 군대와 파시스트로서의 직업군인의 모습은 한국전 소설에서는 거의 나타나지 않는다. 제임스 설터의《사냥꾼들》에서 과정과 수단보다는 오로지 미그기의 격추만이 전부이고 인간적인 면은 찾아볼 수 없는 비행단장 더치 이밀 대령과 오직 적을 찾아 죽이는 것이 임무라고 생각하는 월트 셸던 Walt Sheldon 의 소설《별자리 하나의 고뇌 Troubling of a Star》(1953)의 비행단장 빌 스트레이커 대령, 조지 시드니의 반전소설《죽음의 향연》에서 복수의 화신인 냉혈한 육사 출신 대대장 키트리지 중령, 에드워드 프랭클린 Edward Franklin의《봉고리의 추위 It's Cold in Pongo-ni》(1965) 에 나오는 오직 결과만을 중시하는 거짓 신화의 주인공으로 이름이 밝혀지지 않는 정규군 장교 대대장, 잭 린 Jack Lynn의《변절자 The Turncoat》(1976)에 나오는 육사 출신 장교 롤란드 포세트 대령 등의 장교들이 파쇼적인 직업군인들로 묘사되기는 하지만 대부분의 직업군인은 아주 공정하고 객관적인 시각을 가진 것으로 묘사된다.

그들은 거대한 권력을 휘두르거나 초인적인 모습을 나타내는 인물들이 아니다. 그들은 이전 소설에 나오는 권위주의적이고 무정한 군인들과는 달리 인간적이고 사려 깊은 사람들이다.《독고리의 철교》에 나오는 해군 타란트 제독과《내게 영웅을 보여다오》의 주인공 육군 로간 장군은 모두 2차 대전의 소설들 특히《나자와 사자》의 커밍스 장군과《지상에서 영원으로 From Here To Eternity》(1951) 의 샘 슬레이터 장군들과는 다른 아주 헌신적이며 이성적이고 인간의 존엄성을 인정하는 사람들이다. 부하들을 전쟁에 내보낼 때 그들의 생사를 염려하며 고뇌하는 사람들이다. 한국전 소설에 나오는 인물 가

운데 36마일의 죽음의 행군을 강요하는 가장 혹독한 인물로 그려진
《장거리 행군The Long March》(1952)의 직업군인 템플턴 중령조차도
아주 객관적으로 묘사되고 있다. 작가 윌리엄 스타이론William Styron
도 비록 중령이 대변하고 있는 군대 조직을 비판하기는 하지만 그를
악한으로 만들지는 않는다. 전쟁과 군대에 대한 이러한 내면화된 인
식이 한국전 소설을 1, 2차 대전의 극심한 반전소설들과 같은 소설
로 만들지 않는 이유이다.

2. 한국전 소설의 패턴: 전쟁소설의 삼분구조

미국 전쟁소설은 기본적으로 모험의 이야기이다. 전쟁을 하기 위
해서 병사들은 고향을 떠나야 하고 전쟁터에서 생과 사의 극적인 순
간을 경험하게 되며 궁극적으로 그 둘 중 하나의 결과로 이어진다.
그리고 그들의 전쟁은 종결된다. 그래서 전쟁은 시작과 중간과 끝
이 있는 사건이다. 바로 이러한 이유로 전쟁소설의 입문 과정은 성
배聖杯를 찾아 떠나는 중세 기사의 탐험을 그린 로맨스Romance의 구
조와 비슷하다. 노스롭 프라이Northrop Fry는 《비평의 해부Anatomy of
Criticism》(1957)에서 로맨스의 3단계 탐험 과정을 다음과 같이 정의
하고 있다.

로맨스의 완전한 형식은 분명 성공적인 탐험이며 그러한 형식은 3단
계의 주된 모험으로 구성된다. 위험한 여행과 사전에 만나는 사소한 모
험들의 단계, 통상 영웅이나 적 또는 둘 다 죽어야 하는 결정적인 전투

의 단계, 그리고 영웅의 환희의 단계가 그것이다.[8]

    로맨스는 소원 성취의 꿈을 문학작품 속에 표현하는 하나의 문학 형태로서 어느 시대나 그 시대의 지배계급의 이상을 투사시키는 도구가 되었다. 근본적으로 로맨스의 주인공은 선으로 대변되는 낭만적 이상주의자로서 그 주인공이 살고 있는 사회를 위협하는 악의 세력의 도전을 받는다. 전쟁소설이 로맨스의 구조를 따르고 있는 것은 폴 퍼슬Paul Fussell 교수의 지적대로 "모든 전쟁 경험은 엄밀한 의미에서 볼 때 낭만적"이기 때문이다.[9] 다시 말하면 전쟁소설에서 주인공들은 대부분 전쟁을 낭만과 모험의 대상으로 생각하는 이상주의자로서 프라이의 3단계 과정을 거치는 로맨스의 주인공과 흡사하다. 퍼슬은 그 삼분구조를 "준비, 시행, 평가"라고 했다.[10] 그러나 로맨스와 전쟁소설이 다른 점은 로맨스에서는 주인공의 시련과 경험이 자아 발견이나 삶의 의미를 깨닫는 수단이 되지 않는다. 그는 성인으로서 미지의 악한 또는 괴물을 찾아 그를 무찌르고 자신의 용기와 영웅심을 과시하면 그만이다. 그러나 전쟁소설의 주인공은 전쟁이라는 시련을 통해서 세상에 대한 깨달음을 얻는다. 물론 그러기 전에 죽음을 맞이하기도 한다. 그러나 그의 죽음은 작가가 독자들에게 도덕적 메시지를 전달하는 수단이 되며 독자는 그 메시지를 통해 교훈을 얻기도 한다.

    전쟁은 젊은이들에게 사실적인 시련의 장소가 될 뿐만 아니라 그들의 사회적·문화적·철학적 사고의 변화를 야기하는 세계의 상징이 된다. 왜냐하면 젊은이들은 다양한 사회적 배경을 가진 사람들로서 국가와 사회가 지닌 신화나 사회적 통념 그리고 전 세대의 전쟁

이야기들로 형성된 지식을 가지고 전쟁에 들어오지만 전쟁의 현실은 자신들이 가졌던 그 가치와 다른 것을 발견하게 되기 때문이다. "모든 전쟁은 예상했던 것보다 더 나쁘기 때문에 아이러니하다"[1]라는 폴 퍼슬 교수의 말대로 결코 전쟁의 모습은 전쟁에 들어오기 전에 생각했던 것과는 완전히 다르다는 것을 병사들은 발견한다. 결국 이러한 괴리의 발견으로 젊은이들은 전쟁에 대한 자신들의 낭만적인 생각이 실제와는 완전히 다르다는 것을 알게 되고 인간의 본성과 전쟁에 대한 중요한 통찰력을 얻게 되는 계기가 된다. 이러한 시대를 관통하는 전쟁 이야기의 유사성 때문에 모든 전쟁 이야기는 서사의 패턴, 인물, 주제, 내적 갈등 그리고 아이러니 등 많은 공통적인 문학적 요소를 가지고 있다.

한국전 소설 또한 이러한 미국의 전통적인 전쟁소설의 패턴에서 벗어나지 않는다. 비록 한국전에 참전한 미군 병사들의 상당수는 2차 대전에 참전해서 이미 전쟁의 참혹함을 경험했던 동원예비군들이어서 지금까지 전쟁을 경험하지 않았던 순진한 젊은이들의 통과의례를 다루는 소설의 주인공들과는 다를 수 있다. 그러나 많은 미국의 젊은이들은 앞 장의 "우리는 왜 싸우나"에서 본 것처럼 징집되거나 자신들의 세대에 닥친 전쟁을 경험하고자 자원해 한국전에 참전한 사람들이다. 이들의 한국전 참전 여정은 미국의 전통적인 전쟁소설의 주인공들의 여정과 다르지 않다. 즉 고향을 떠나 탐험의 여정을 나서고 미지의 세계에서 적을 만나 싸움을 벌이고 귀환한다는 전쟁소설의 기본적인 삼분구조를 따르고 있기 때문이다.

당시 미국의 젊은이들에게 한국이라는 나라는 극동의 조그마한 미지의 나라로서 전혀 들어본 적도 없고 알지도 못하는 나라였다.

그러한 세계로의 출정은 중세의 로맨스 문학에서 기사가 험지에 산다는 미상의 괴물을 찾아 떠나는 탐험의 여정과 흡사한 것이었다. 미군의 첫 지상군으로 한국전에 투입된 스미스 기동부대원들은 자신들과는 전혀 다른 모습의 초라한 사람들이 사는 생소한 지형과 인분 냄새가 진동하는 나라, 심지어 적이 누구인지도 모르는 상태로 한국에 도착한 것이다. 첫 전투에서 잔인한 괴물 같은 적들에게 패한 미군은 많은 병사가 전사하거나 포로로 잡혀 비참한 최후를 맞이한다. 미지의 세계에서 미상의 괴물과의 싸움에서 처참한 패배를 맞이한 것이다.

한국은 미국인들에게 미지의 나라였다. 한국이라는 미지의 세계로의 탐험은 다른 어떤 전쟁소설보다도 명확한 삼분구조를 나타낸다. 토비 허작Tobey Herzog 교수는 프라이의 3단계와 폴 퍼슬의 삼분구조를 인용하며 '순진-경험-평가'라는 구조로 베트남전 소설을 분석했는데[12] 이는 한국전 소설에도 정확히 적용되는 분석이다. 한국에 참전한 미군 병사들이 동원예비군이건 징집병이건 자원한 병사들이건 그들은 한국에 대한 지식이 전혀 없었다. 스무 살 전후의 젊은이들이 지루한 일상생활에서 탈피해 다른 세상에 대한 경험, 미지의 세계에 대한 동경, 자신들의 남성성을 시험해보고자 하는 존 웨인식의 열정, 사회적 신분 상승 등의 순진한 목적을 가지고 한국전에 뛰어든다. 더구나 그들은 정부의 '경찰행동'이라는 전쟁 목적을 믿었고 '경찰'들인 자신들만 보면 '도둑'들이 도망갈 것으로 판단한 순진함으로 한국전에 들어온다. 그러나 그들이 만난 적들은 과거 1, 2차 대전에서 싸웠던 적들이 아니었다. 초기의 낙동강 전선에서 싸웠던 북한군이나 장진호에서 싸웠던 중공군은 정말로 죽기를 두려워하지 않는 짐승

1951년 1월 14일 중공군의 개입으로 인해 미 24사단 19연대 병사들이 서울 북쪽 16km 지점의 눈 덮인 고지들을 따라 철수하고 있다. (출처: U.S. National Archives)

과 같은 존재들이었다. 또한 그들이 만난 한국의 더위와 추위는 그들을 괴롭히는 또 다른 적이었다. 심지어 한 비평가는 "한국의 혹독한 겨울 추위는 마치 적이 병사들을 죽이는 것과 같이 치명적이어서 소설의 또 하나의 인물이 되고 있다"[13]라고까지 했다.

미국의 젊은이들은 험난한 지형과 기후 그리고 잔인한 적들과의 전투를 통해서 이전 세대의 선배들이 경험하지 못했던 전쟁을 경험한다. 비록 그들은 이전 세대들의 전쟁 경험을 통해서 전쟁의 실상을 알고 있었지만 한국에서 그들이 경험한 전쟁은 상상을 초월하는 훨씬 혹독한 전쟁이었다. 한국전 소설의 특징은 포로소설이 많다는 것이다. 전쟁의 참상을 묘사하는 수단의 하나가 포로생활이기도 하지만 실제 수많은 전쟁포로가 피아간에 발생했고, 특히 적에 의한 세뇌교육에 노출된 미군 병사들의 시련과 고통이 다른 어느 전쟁에서보다도 많이 소설의 소재가 되었다. 그런가 하면 미국 전쟁소설의 특징은 전방에 있는 외부의 적과의 싸움을 묘사하는 것이 아니라 내부의 적과의 싸움이 주제가 되는 경우가 많다. 이는 한국전 소설에서도 나타나는 현상이다. 사실 많은 한국전 소설에서도 적은 잔혹한 자들로 묘사되기는 하지만 실제 보이지 않는다. 대신 그러한 적들과 싸우는 과정에서 발생하는 수단에 대한 군대 내의 지휘체계 간의 갈등이 주제가 되기도 하고, 때로는 그러한 갈등이 미국 사회의 병리적 현상으로 확대되기도 한다.

전쟁소설의 삼분구조의 마지막 단계가 '평가'인데 이 단계에서 병사들은 도덕적 판단을 내린다. 물론 한국전에서 겪은 온갖 시련이 후일에 하나의 추억으로 남을 수도 있다. 그래서 어떤 한국전 참전 시인은 참혹한 전쟁을 치르고 귀국한 후 그 전쟁에 대한 회고에서 "고요한 아침의 나라에서 내가 보낸 시간은 그리 나쁘지 않았다"[14] 라고 말하기도 한다. 그러나 일반적으로 병사들은 전쟁 수행 과정에서 발생한 사건에 대해 평가하고 그에 따른 차후의 행동에 착수한다. 1, 2차 대전을 다룬 소설에서 전쟁에 대한 기대와 현실 사이의 괴리를 경험한 병사들이 체념하고 그러한 괴리를 받아들이는가 하면 어떤 병사들은 그것에 반발해 전쟁을 이탈하기도 한다. 그러나 한국전 소설에서는 그러한 전쟁 이탈은 별로 보이지 않는다. 무엇보다도 3면이 바다인 한국을 떠나 도망갈 곳이 없다는 지리적 문제가 있다. 어떤 병사들은 본국으로 귀환하지 못하고 전쟁터에서 전사하거나 전쟁 중에 경험했던 비극적인 사건의 후유증으로 평생 불행한 삶을 살기도 한다. 또한 설령 온전한 몸으로 돌아왔다 하더라도 참혹했던 전쟁의 기억으로 정상적인 생활을 하지 못하고 사회의 낙오자가 되거나 결국은 스스로 죽음을 택하는 귀환병들을 보게 된다.

한국전 소설인 프랜시스 폴리니의《밤》에서 주인공 랜디도 전쟁 중 자신의 행적에 대한 죄책감으로 귀국 후 스스로 목숨을 끊는다. 또한 미이도어의《잊지 않으리》의 주인공 존 윈스턴, 그리고 에드워드 재석 리Edward Jae-Suk Lee의《선한 사람The Good Man》(2004)에 나오는 주인공 가브리엘 거트만은 모두 60대의 노인으로 한국전에서 귀국 후 전쟁의 트라우마를 극복하지 못하고 평생을 방황하는 삶을 사는 사람들이다. 기존 문단의 작가로 한국전 귀환병을 다룬 토니 모리슨의《고향》에서 주인공 흑인 병사 프랭크 머니도 전쟁의 후유증인 외상 후 스트레스 증후군으로 정신병원에 입원했다가 남부의 고향으로 돌아오지만 전쟁에서 겪었던 흑백차별을 또다시 경험하며 좌절하는 모습을 보여준다. 그러나《대의를 위한 삶》,《모든 젊은이들》,《눈 속에 핀 국화》 등 많은 소설에서는 피부색이 다른 병사들 사이에서 서로 희생을 통한 사랑을 보여줌으로써 전쟁은 비록 서로를 죽여야 하는 비극의 현장이지만 전쟁이라는 극한 상황 속에서 나타날 수 있는 인간의 또 다른 긍정적인 모습을 작가들은 전달한다. 비록 이러한 전쟁 묘사는 감상적인 전쟁 묘사로 치부할 수도 있지만 전쟁의 어느 한쪽의 비극적 모습만이 아닌 '총체적 진실'을 묘사해야 한다는 휴머니스트들의 주장을 따르는 듯 보인다. 결론적으로 미국 전쟁소설의 삼분구조는 한국전 소설에서도 계속된다.

3. 한국전 소설의 주제적 특징: 성장소설 및 사회비평소설

미국 전쟁소설은 전쟁 경험을 통해 문화와 사회에 대해 새로운 깨달음을 얻는 주인공 병사의 여정을 주제로 하고 있다. 전쟁소설이 이러한 주제를 다루는 것은 전쟁에 대한 이상과 현실, 기대와 실제 사이에 존재하는 괴리의 인식 때문이다. 즉 미국 사회에서 전쟁과 군대 복무는 개인의 자유라는 미국의 진보주의적 전통과 상치되어 왔지만 그러나 전쟁과 군대 경험 그 자체는 또 미국 문화 속에서 항상 값진 하나의 통과의례의 경험으로 받아들여졌기 때문이다. 전쟁과 군대에 대한 이러한 미국인들의 양가적 의식구조가 미국 전쟁소설의 기본적인 주제를 형성하고 있다. 사실 고금을 관통하는 전쟁소설의 공통된 주제는 젊은이의 전쟁에 대한 낭만적 환상과 순진성의 상실이다. 미국 전쟁소설 역시 이러한 주제를 벗어나지 않는다. 일반적으로 미국 전쟁소설은 순진한 젊은이가 낭만적인 이상을 가지고 전쟁에 나갔다가 온갖 시련을 겪은 후에 전쟁의 진실을 발견하고 깨달음을 얻는 한 사람의 성인이 되어 돌아온다는 내용을 주제로 하고 있다. 이는 한마디로 개인의 사회화를 통한 자아의 발견 과정을 그리는 성장소설의 주제와 흡사하다.[15] 전쟁소설이 성장소설의 형태를 취하게 되는 것은 무엇보다도 전쟁이라는 세계 속으로의 탐험이기 때문이다. 일종의 피카레스크 소설의 주인공 피카로에게 그가 탐험하는 세상이 삶의 의미를 발견하는 장소가 되듯이 전쟁이 생의 의미를 발견하는 자각의 현장이 되기 때문이다.

전쟁에서 젊은이들은 사악한 힘 앞에서 자신의 도덕성을 시험해 보며 결국 어른이 되는 최초의 시험을 당하게 된다. 이러한 시험 후에 그는 순진함을 벗고 사회의 일원이 된다. 바로 전쟁은 그 현실 세계의 반영이자 상징이다. 그런가 하면 또 다른 작가들에게 전쟁소설은 사회 비평의 수단이 되고 있는데 이것은 전쟁과 군대가 사회적 병리현상을 발견하고 이를 고발하는 현장이 되기 때문이다. 이들 작가들에게 전쟁과 군대는 미국 사회의 반영이고 미국의 민주 이상과 그 실제적 실천 사이의 괴리가 발견되는 장소이다. 위에서 언급한 대로 미국 전쟁소설은 전쟁에 대한 기대와 실제, 이상과 현실, 들은 것과 본 것 사이의 괴리를 포착하고 이에 대한 도덕적·윤리적 판단을 내리는 소설이라고 말할 수 있다.

1차 대전 소설에서 전쟁은 문화적 현상으로 부패한 문화와 문명의 산물로 간주된다. 주인공 병사는 전쟁을 악으로 보고 그 악으로 상징되는 전쟁을 끝내기 위해 전쟁에 참여한다. 그러나 문명이라는 이름으로 자행되는 엄청난 살육을 보면서 깊은 허무와 환멸을 느끼고 전쟁터에서 이탈한다. 또한 2차 대전 소설에서는 전쟁은 사악한 제도가 만들어낸 사회적 현상으로 간주된다. 병사들은 나치즘과 파시즘이 사악한 제도라는 데 이의를 제기하지 않으며 그것을 물리치기 위한 정당한 전쟁에 참전한다. 그러나 주인공 병사는 그곳에서 정당한 전쟁을 수행한다는 명분으로 인권을 유린하는 군대의 모습을 발견한다. 그는 그 조직에 맞서 싸우거나 아니면 외부의 적을 무찌르기 위해 군대 내부의 '적'을 묵인한다.

이러한 미국 전쟁소설의 전통적인 주제는 한국전 소설에서도 계속된다. 한국전 병사들도 마찬가지로 한국전에서 전쟁의 모순과 사회적 병리현상을 발견하고 그에 맞서 싸우거나 순응하며 자신과 사회에 대한 깊은 깨달음을 얻는다. 하지만 1, 2차 대전의 소설들과는 문화와 사회에 대한 비판의 강도가 심하지 않다. 오히려 2차 대전이 끝나고 바로 발생한 전쟁을 겪으면서 마치 전쟁이 인간의 하나의 보편적 현상인 것으로 받아들인다. 그래서 그 전쟁은 인간이 적절하게 다루어야 할 하나의 사건으로 간주된다. 미군 병사들에게 한국전 참전은 그저 국가의 명령에 따른 것이었고 자신들의 세대에 닥친 하나의 사건으로서 자신들이 책임지고 끝내야 할 일일 뿐이다. 그런 이유로 이전의 전쟁소설에서 보이는 전쟁에 대한 극단적인 허무감이나 군대조직의 무자비함에 대한 극심한 비판은 전혀 나타나지 않는다. 전쟁은 그저 원하지는 않지만 끝내야 하는 인간사 속에 끼어든 하나의 사건일 뿐이다. 동시에 군대는 하나의 전문적인 조직이며 군생활도 하나의 직업으로서 추구해야 할 대상이 된다.

한국전쟁 소설의 특징은 무엇보다도 "내가 그곳에 갔었다"라는 것을 주제로 하는 소설들이 대부분이다. 물론 이러한 주제는 어떤 전쟁에서 나온 소설이라도 그러한 경험을 전제로 한다. 왜냐하면 대부분의 전쟁소설은 참전군인들에 의해 쓰였는데 자신들의 혹독한 전쟁 경험을 바탕으로 그 전쟁에서 어떻게 살아나왔는가 하는 것을 말하고 싶은 욕구가 있기 때문이다. 한국전은 특히 극동의 미지의 세계에서 벌어진 야만적인 전쟁이고 문명 세계의 젊은이들이 자신들과는 상대도 되지 않는 미개국의 초라한 군대와 싸운 전쟁이었다. 그러나 극심한 기후 조건과 엄청난 수적 열세 속에서 미군 병사들은 이전의 전쟁에서 겪어보지 못한 참혹함을 경험했던 전쟁이다. 한국전 소설들은 바로 이러한 극한적인 상황을 이겨내고 살아 돌아온 것을 말하고자 하는 자전적 소설들이 대부분이라는 것이다. 문제는 미국 전쟁소설 장르의 전통적인 주제와 일치함에도 한국전쟁 소설에 나타난 작가들의 태도와 분위기는 이전의 전쟁소설들과는 크게 다르다. 앞선 두 번의 전쟁에서 나온 소설들보다 주로 표피적 경험의 묘사가 한국전 소설들의 주된 현상이다. 한국전 소설이 미국 전쟁소설의 주제인 성장소설과 사회비평소설의 전통을 따르면서도 오랫동안 지속되는 문학성을 지닌 훌륭한 전쟁 작품을 많이 생산하지 못한 이유이기도 하다. 모든 전쟁소설은 기본적으로 긍정이든 부정이든 전쟁에 대한 도덕적 판단을 내리는데 성장소설인가 사회비평소설인가에 따라 친전과 반전으로 구분되기도 한다.

4. 한국전: 말의 전쟁

1) 전쟁의 이념과 선전전

제임스 히키의 소설《눈 속에 핀 국화》에서 작가는 미국과 중공을 한국전의 주경기자들로 보면서 이들이 원하는 것은 영토가 아니고 자신들의 이념의 우월성을 서로에게 강조하기 위해 싸우는 전쟁으로 "한국전은 진정으로 이념전쟁"이었다고 정의한다.[16] 민주주의와 공산주의 간의 대결이며 자본주의와 사회주의 간의 대결이다. 위 소설의 한 장교가 "우리는 왜 여기서 싸워야 합니까?"라는 병사의 질문에 "우리는 마르크스Marx와 밀Mill 사이의 싸움에 휘말려 있는 것"[17]이라고 대답한다. 다시 말하면 한국전을 카를 마르크스의 공산주의와 존 스튜어트 밀의 자본주의 간의 이념 대결로 본다는 것이다. 이미 한국전은 민주주의와 공산주의라는 냉전 이데올로기의 대결의 산물이고 그 각각의 이념을 대표하는 미국과 소련의 대리전이라는 것은 앞에서 설명한 바 있다. 이러한 이분법적 대립은 다양한 형태의 주의주장으로 나타난다. 우선 적의 입장에서는 미국의 한국전 개입을 민주주의의 가치를 지키는 것이 아니라 제국주의적 침략이고 자본주의자의 경제적 지배를 위한 목적의 일환이다. 한국에서 벌이는 미국 전쟁은 월가의 전쟁광들이 거대 자본으로 약소국을 끊임없이 지배하고자 하는 욕망에서 비롯된 것이며 반면에 자신들은 이러한 식민주의적이며 제국주의적 침략에 맞서 조선인민의 독립과 해방을 위한 정의의 전쟁을 싸우는 것이라는 주장이다. 제국주의적 식민통치에서 벗어나려는 혁명전쟁과 해방전쟁은 항상 정의의 전쟁이라는 것이 그들의 주장이다.

중공군이 한국전에 개입하면서 병사들에게 서약하게 한 그들의 참전 목적을 보면 그들의 주장은 분명하다. "우리는 중국인민지원군이다. 미제국주의자들의 잔인한 공격을 저지하고 조선 형제들의 민족해방운동을 돕고 중국인과 조선인과 아시아인들의 이익을 지키기 위해서 우리는 우리 스스로 공동의 적에 대항하고 공동의 승리를 위해 조선인민들과 어깨를 나란히 하며 싸우기 위해서 한국전에 들어간다. 이러한 위대하고도 영광스러운 임무를 완수하기 위해서 우리는 확고한 신념으로 불굴의 투쟁을 전개할 것이다. 우리는 조선인민 및 조선인민군들과 연합해 단호한 의지로 미제국주의자들의 공격을 분쇄할 것이다."[18] 또한 동시에 중공군은 미군에 대한 분노와 증오심을 야기하는 선전전을 전개했다. 즉 미국은 역사적으로 항상 중국을 정복하려는 침략자였다는 것이다. 1858년 천진조약을 체결했고, 1900년 중국의 의화단 사건을 일으켰으며 국공내전 때는 장제스를 지원했고 일본처럼 한국을 먼저 점령한 후 나중에 중국 점령을 시도할 것이라는 것이다. 또한 이미 대만을 정복한 미국은 중국 인민에게 가장 위험한 존재가 될 것이라고 선전했다.

어떤 전쟁이든 그곳에는 서로의 전쟁 명분을 정당화하기 위한 이념이 존재하고 그 이념을 기초로 선전전을 전개한다. 제임스 도스 James Dawes는 그의 책《전쟁의 언어 The Language of War》(2002)에서 "전쟁은 대의명분을 위하는 것, 적을 죽이는 것, 그리고 명예롭게 죽는 것이 무엇을 의미하는지에 대한 언어의 강 속에서 태어나고 유지된다"[19]라고 말한 바 있다. 즉 전쟁을 수행하는 주체가 수많은 젊은 이들을 전쟁에 동원하고 국가를 위한 희생을 요구할 때 얼마나 많

중공군은 정규군이 아닌 '항미원조 抗美援朝', 즉 미국에 대항하고 조선을 돕는다는 지원군의 자격으로 한국전에 참전했기 때문에 북한 민간인을 돕는 것도 당연한 일로 여겼다. 사진은 중공군 전사들이 휴식기간에 한 여인의 봄갈이를 돕고 있다. 남자들은 모두 군대에 나갔기 때문에 남북한 어느 쪽이나 농사는 여인들의 몫이었다. (출처: ⓒNB아카이브, 사진제공 눈빛출판사)

은 수사가 동원되는가를 우회적으로 표현한 말이다. 수산 브루어는 그녀의 책《미국은 왜 싸우는가》에서 "정부 지도자들은 전쟁의 목적을 국민들에게 설명하기 위해서 그것을 선전 이념으로 바꾼다. 즉 사실과 이념을 의도적으로 조작한다는 것이다. 그러고는 복잡한 외교 정책을 단순한 메시지로 응축시킨다. 예를 들어 '민주주의를 위한 안전한 세계를 만들기 위하여'와 같은 사람들이 쉽게 이해할 수 있는 말을 만들어낸다."[20] 이미 수차례 언급했지만 1차 대전은 미국, 영국 및 프랑스로 대표되는 민주주의와 문명, 그리고 독일로 대표되는 군국주의와 야만의 이념적 대결이었다면 2차 대전은 민주주의와 이를 파괴하려는 파시즘, 나치즘, 제국주의와의 대결이 주된 이념이었다. 한국전도 1951년 5월 맥아더가 상원 청문회에서 "공산주의가 우리의 주적이다"[21]라고 말했듯이 이념의 대결임을 분명히 했다. 이러한 이념의 대결에서 미국은 항상 선이고 그 반대쪽은 악이 된다.

아이러니하게도 2차 대전 때 일본에게 붙여졌던 제국주의라는 딱지가 한국전에 와서는 오히려 미국에게 붙여진다. 제국주의라는 것이 원래는 19세기 열강들에 의한 전 세계 약소국을 침략하고 식민지화했던 상황을 일컫는 말로 사용되었기 때문에 미국의 한국전 개입도 아시아 지역의 약소국에 대한 식민지화의 일환이라고 본 것이다. 사실 미국은 '동산 위의 도시'라든가 '명백한 운명'이라는 건국 신화가 미국에 맞서 싸우는 적들에게는 제국주의적 팽창정책을 정당화하는 이념들로 간주되어 공격의 빌미를 제공했다. 문제는 어떤 이념이 진리이고 정의인가는 서로가 자신의 주장과 논리를 세워 정당화하기 때문에 객관적인 판단이 쉽지 않다. 그러나 서로는 자신들의 이념이 정당하다고 주장하고 그 이념에 바탕을 두고 상대방을 공격하고 회유한다. 바로 그것이 선전전이다. 그런데 선전의 대상은 적뿐만이 아니라 아군에게도 해당된다. 적에게는 아군의 전쟁 수행과 개입의 정당성을 선전하고 아군에게는 적의 전쟁 명분이 허구라는 것을 강조함으로써 적으로 하여금 헛된 죽음을 맞이할 것이라는 공포심을 자극한다. 반면 아군에게는 정당한 대의를 위해 스스로 희생할 것을 요구하는 수단이 된다.

중공군도 미국에 대해선 제국주의적 침략이라는 선전을 되풀이하지만 자신들의 군대를 위해서는 영웅적인 죽음을 미화하고 병사들의 정신을 무장시키려는 여러 가지 방법을 사용했다. 예를 들어 장진호 전투에서 전사한 중공군 50사단 중대장이었던 양겐시의 이야기는 유명하다. 그들의 선전에 의하면 양겐시는 국공내전 때부터 영웅적인 행동으로 칭송을 받았던 장교로서 장진호에서 미군에게 자살공격을 감행한 사람이다. 1950년 11월 29일 아침 미 해병 1사단과 대치한 유담리에서 1개 소대의 병력만으로 고지에서 방어진지를 구축하고 미 해병대의 아홉 번의 공격을 막아냈고 열 번째의 공격에는 단 두 명의 병사만이 남았는데 그것도 둘 다 심각한 부상을 입은 상태였다. 더는 지원병이 올 수 없다는 것을 알고 있는 중대장 양겐시는 40명 이상의 미군이 자신들의 방어진지를 향해 다가오는 것을 보고 폭탄을 들고 자살공격을 감행한 것이다. 이를 본 두 명의 부상병도 중대장의 죽음을 복수하고자 자살공격으로 맞섰고 이들의 자살공격에 놀란 미군들이 후퇴하고 그 전투를 승리로 이끌었다는 이야기이다. 중공군 본부는 그들의 용기와 희생을 롤 모델로 삼고 "양겐시에게서 배워라"라는 홍보물을 만들어 전군에 배포하여 중공군의 정신 교재로 사용했다. 그뿐만 아니라 마오쩌둥의 아들 마오안잉도

중공군 본부에서 근무했지만 1950년 11월 25일 미군의 폭격으로 전
사한다. 중공군 지휘부는 그의 시신을 중국 본토로 운구하려고 했지
만 선전 효과를 위해 북한 땅에 묻기로 했으며 조선을 돕고 조국을
방어하며 미제를 물리치기 위해 죽은 많은 중국의용군의 하나일 뿐
이라는 것을 전군에 알려 희생의 귀감으로 삼았다.[22]

전쟁에서 왜 선전이 필요한가? 샘 킨Sam Keen은《적의 얼굴Faces
of the Enemy》(1986)에서 "선전의 목적은 생각을 마비시키고 차이를
구분하지 못하게 하며 개인을 하나의 집단으로 행동하도록 하기 위
함이다"[23]라고 말한다. 1차 대전에서 미국의 참전을 촉발시킨 것은
독일군의 무자비한 잔학 행위에 대한 선전이 한몫했다. 즉 벨기에
처녀들을 겁탈하는 독일군의 잔인함과 비무장 민간 여객선에 대한
무차별 잠수함전, 특히 '루시타니아호'의 격침은 미국인의 분노를
야기하고 이성을 마비시켰다. 물론 독일의 무제한 잠수함작전은
영국이 독일 해안을 봉쇄한 데서 나온 대응작전이었고 루시타니아
호의 격침은 수차례 무기가 실린 여객선은 안전을 보장할 수 없다
는 독일 경고의 결과이기도 했다. 사실 당시 루시타니아호에는 수
백만 발의 총탄이 실려 있었던 것으로 알려져 있다. 실제 한국전에
서도 중공군은 미군들이 한국 여인을 겁탈하는 모습과 옆에서 아
기가 울고 있는 장면을 그린 삐라(전단)를 많이 만들어 미군들의 만
행을 선전하는 도구로 사용했다. 또한 한국에서 미군이 공습으로
한 가족을 죽인 일, 여인들을 강간한 일들을 자국의 국민들에게 주
입함으로써 미국이 중국을 침략하면 똑같은 일이 벌어질 것으로
인식하게 했다.《형제들》에서 한 중공군 포로가 털어놓은 미군에
대한 당국의 교육 내용이 이를 증명한다. 즉 미 해병들은 감옥이나

한국전쟁을 월가 전쟁광들의 배만 불리는 것이라고 비난하는 중공군의 선전 삐라. 한 백만장자가 대포의 총구로부터 나오는 수표 뭉치를 들고 있는 모습을 그리고 있다. 그리고 이런 글이 쓰여 있다. "왜 미국의 지도층은 무기를 만들면서 사람들의 고통과 불행을 외면하고 있는가? 그들의 유일한 관심은 평화와 평화의 도모가 아닌 오직 전쟁과 전쟁에서 나오는 이익뿐이기 때문이다."
(Herbert A. Friedman 제공)

정신병원에서 차출된 사람들이고 엄마들을 강간하고 아버지를 죽인 살인자들이다. 그저 즐기기 위해 사람을 죽이는 자들이란 교육을 받았다고 털어놓는다.[24] 그러니까 적은 짐승만도 못한 존재들이며 죽여야 할 대상이 되어야 한다.

한국전은 그 어느 전쟁보다도 이념전쟁이었고 중공군의 이념 공세가 심했던 선전전이었다. 한 영국군 참전자가 쓴 수기에서 중공군은 유엔군 내의 결속을 와해시키려고 수행한 선전의 일례를 다음과 같이 쓰고 있다. "영국군들이여, 그대들은 왜 월가의 배부른 자본주의자들의 탐욕스런 이득을 위해 싸우는가? 총을 내려놓고 자유로운 중국의 거대한 민주 장정에 동참하라. 이 전단은 그대를 보호해 줄 것이고 안전한 곳으로 안내할 통행증이 될 것이다. 계속 싸우면 그대들은 파멸하리라."²⁵《형제들》에서도 작가는 장진호 주변 산악의 살을 에는 추위 속에서 들려오는 중공군의 확성기를 통한 선전을 언급한다. 내용은 상투적이다. 즉 미군 병사들은 월가의 호전광 자본가들의 배만 불리기 위해 수만 리 떨어진 험지에 내팽개쳐진 불쌍한 사람들이니 공연히 쓸모없는 전쟁에서 헛된 죽음을 당하거나 평생 불구로 살지 말고 항복하라는 것이고 중국의용군과 조선인민군들은 '관용정책'으로 포로를 잘 대우해줄 것이라는 내용이다. 더구나 미군 병사들은 아무런 죄가 없는 순진무구한 자들로서 제국주의적이며 식민주의적 야심을 가진 기만적인 지도자들 때문에 죽음 직전에 놓여 있다고 말하고 이미 수천 명이 항복했으니 살아서 고향으로 돌아가기를 원한다면 무기를 내려놓고 항복하라고 선전한다.

한국전이 이념전쟁이고 극심한 선전전이었다는 것은 포로소설에서 주로 미군 포로에 대한 중공군 포로 심문자의 세뇌교육 과정에서 분명하게 나타난다. 프리맨 폴라드Freeman Pollard의 소설《혼란의 씨앗 Seeds of Turmoil》(1959)에서 포로 심문자 이치토와의 세뇌 교육은 다른 많은 한국전 소설들에서 보이는 세뇌 작업과 다르지 않다. 우선 그가 주장하는 논리는 미국의 전쟁 목적이 한국인들의 문제를 해결하기 위함보다는 동양에 대한 미국 지배를 유지하기 위한 제국주의적 침략이라는 관점이다. 다른 나라의 내전을 돕는다는 명분으로 참전한 나라치고 성공한 사례가 없다는 것, 그리고 미국도 남북전쟁이라는 내전에서 자체적으로 해결이 되었을 뿐 외부의 간섭이 없었다는 논리를 편다. 그리고 미국의 사회적·경제적 제도의 약점, 특히 인종차별 문제를 집중적으로 파고든다. 이치토와는 포로로 잡혀 있는 흑인 병사 힐튼에게 미국의 위정자들의 위선과 민주주의라는 이름으로 행해지는 사회적 차별을 지적하면서 반면에 그러한 인종과 출신의 차별이 없는 완전한 자유를 보장하는 중국의 사회질서의 장점을 강조한다.

　이같이 미국의 흑백 간의 인종 문제가 또한 중국의 집요한 공격의 대상이 된다. 존 윌리엄스John A. Williams의 《캡틴 블랙만Captain Blackman》(1972)에서 주인공 블랙만 대위는 그의 부대가 38선을 넘어 평양으로 진격하는 과정에서 삐라를 하나 줍는다. 거기엔 핍박받는 흑인을 강조하고 백인과의 사이를 이간질하는 적의 선전 문구가 쓰여 있다: "미 흑인 병사들이여, 그대들은 38선을 넘었다. 이제 그대들은 북조선에 대한 침략자가 되었다. 그대들은 중화인민공화국의 경계에 다다르고 있다. 침략자를 쳐부수기 위한 방어 작전이 곧 시작될 것이다. 우리가 벌이는 싸움은 착취당하고 노예로 잡혀 있는 미국의 흑인 병사들을 대상으로 하는 것이 아니고 아시아를 위협하는 제국주의 정부에 대항하기 위한 것이다. 무기를 내려놓아라. 우리는 자유를 추구하는 형제로서 그대들을 환영할 것이다. 이 삐라를 가져오라."[26] 래리 크란츠의 소설 《사단들》에서도 흑인 중대장 필즈 대위와 포로가 된 인민군 대좌 간에 논쟁이 벌어진다. 그 포로에 의하면 한국전은 공산주의에 의한 침략전쟁이 아니라 독립전쟁이라는 것이고 필즈 같은 흑인들이 여기에 와서 싸우는 목적이 월가의 자본가들을 위하는 것이니 흑인들은 그저 그들을 위해 이용만 당하고 있다는 입장이다. 투표권도 없는 흑인들이 무엇을 위해 싸우는가. 미국에게 한국은 아무것도 아니지 않은가. 당신들이 싸우는 목적은 계속해서 한반도를 둘로 나누어놓고 어떤 이득을 보려고 하는 것 아닌가라고 반문한다.

사실 미군들이 중공군의 이념적 공격과 선전의 대상이었다면 그들은 한국인들에 의해서도 공격의 대상이 되기도 했다. 중공군과 비교해 미군의 전쟁 동기가 허약하고 엄청난 기술과 장비의 우위에도 불구하고 주로 농민군 출신 적에게 당하는 미군들을 비판하는 사람들은 미군과 함께 싸우는 한국인 통역관들이나 카투사 병사들이다. 《형제들》의 통역병 최원국, 조지 시드니의 소설《죽음의 향연》의 통역병 안과 같은 사람들이 그들이다. 최원국은 미군과 중공군의 전투 동기의 차이는 미군은 그저 싸우라고 하니까 싸울 뿐이고 중공군은 해방전쟁을 수행한다는 명백한 대의를 위해 싸운다는 것이다. 더구나 최는 학교에서 배운 미국인들과 현장에서 만나본 미국인들이 다르다는 것을 발견하면서 이곳에서 싸우는 미국인들은 아무도 왜 싸우는지에 대한 목적의식이 없다고 말한다. 그가 보기에 미군들은 아무도 고향에 돌아가는 것 말고는 바라는 것이 없는 사람들이다. 그들로부터는 미국이 천명한 이상, 즉 평화, 자유, 원칙 등 자신이 생의 가치라고 여겼던 그 어떤 것도 발견할 수 없는 그런 사람들이다.[27] 조지 시드니의 소설에서도 한국인 통역병 안은 여인들만 탐하는 미군들의 모습에 실망하면서 비록 미군들은 한국의 열악한 환경을 비난하고 조롱하지만 사실 한국은 찬란한 문화의 꽃을 피웠던 유서 깊은 나라였다는 것을 자랑한다.

미국에 대한 중공군의 이념적 공격과 선전이 주로 미국의 정치, 경제, 사회적 체제에 중점을 두었다면 반대로 중국에 대한 미국의 선전 전략은 열악한 조건 속에서 싸우는 적군에게 위정자들의 허위선전에 속지 말고 미국의 엄청난 물량작전의 희생자가 되지 말라는 것이었다. 하진의 《전쟁 쓰레기》에서 미군들은 비행기를 사용해서 적들에게 항복을 권유하는 방송을 한 것으로 나타난다. 그 방송에 의하면 "당신의 지도자들은 당신들이 자원해서 왔다고 하지만 당신들은 마음속으로 그렇지 않다는 것을 안다. 당신의 지도자들은 당신들을 스탈린과 김일성을 위한 대포 밥으로 여기에 보냈다. 먹을 것도 입을 옷도 없고 고향에 편지도 쓸 수 없다. 그런데도 여러분들은 아직도 지원군으로 생각하는가?"[28]라고 그들의 역린을 건드린다. 사실 한국전에서 중공군은 현대적인 무기로 장비된 미군과 맨손으로 싸워야 했다. 너무나 엄청난 격차를 실감한 중공군은 불리한 입장에서 전투를 수행해야 했기 때문에 미군들의 이러한 회유는 상당한 효과를 보았다.

중국학자 장수광은 《마오의 군사적 낭만주의》에서 중공군이 열악한 상황에서 거대 국가 미국을 상대로 '인민의 전쟁'을 할 수밖에 없었음을 인정한다: "한쪽은 집에서 6,000마일을 떠나왔고 다른 한쪽은 바로 자신의 뒷마당에 있었다. 한쪽은 활기찬 기운으로 매일 전 세계를 상대로 일일 성명을 발표하고, 다른 한쪽은 아무 말도 없었다. 한쪽은 기갑과 포병과 공중 지원을 받았지만 다른 한쪽은 사람만 있었다. 한쪽은 온갖 종류의 군용트럭을 가졌고 다른 한쪽은 등에 짊어질 수 있는 것만을 지고 갔다. 한쪽은 넓은 도로를 앞 다투어 달렸지만 다른 한쪽은 계곡과 계곡으로 산꼭대기에서 산꼭대기로 험로를 넘어 걸어갔다. 한쪽은 지나가는 곳곳마다 자국을 남겼지만 다른 한쪽은 아무런 자국도 남기지 않았다."[29] 이를 통해 중공군이 얼마나 열악한 상황에서 전쟁을 치렀는가를 알 수 있고 또 미군이 이를 이용한 선전전을 전개했음을 알 수 있다.

2) 전쟁의 수사학

전쟁은 언어의 성찬이 벌어지는 곳이다. 어떤 전쟁이든 전쟁을 수행하는 국가는 애국심과 상무정신을 고취하고 전쟁 목적과 대의명분을 정당화하기 위해서 온갖 고상한 수사를 동원한다. 대부분의 전쟁에서 언어의 인플레이션 현상이 일어나는 이유이다. 또한 전쟁에서 희생당한 병사들을 위해서도 최대의 수사가 동원된다. 적의 주검은 비하되지만 아군의 주검은 미화된다. 사람들은 일반적으로 전쟁영웅을 원하고 그의 업적을 전설로 만들고 싶어 하는 경향이 있다. 미국 전쟁소설들이 전통적으로 전쟁의 허황된 수사에 식상해 그 허구성을 질타하는 반전소설이 되는 것도 전쟁과 영웅을 미화하는 그러한 사회적 분위기에 대한 반발이다.

1차 대전은 다른 어느 전쟁보다도 말의 전쟁이었다. 전쟁에 대한 화려한 수사는 애국심에 불타는 많은 미국의 젊은이들을 유럽 전선으로 불러냈는데 이는 유럽 국가들에서도 마찬가지였다. 이들 젊은이들을 전쟁터로 불러내는 데 고대 로마시대의 시인인 호라티우스의 "조국을 위해 죽는 것은 아름다운 일이다"라는 시구가 하나의 효과적인 수사로 이용되었다. 1차 대전 초 영국의 여류 시인인 제시 포프Jessie Pope는 전쟁을 운동경기에 비유하거나 영웅적 행위에 대한 상징을 통해서 전쟁을 찬양하고 고무시키는 시를 많이 써서 전쟁 기간 동안 큰 인기를 얻었다. 특히 젊은이들에게 국가와 민족을 위한 전쟁에 나갈 것을 권유하는 시였다. 그 후에 그녀의 시는 서부전선에 직접 참가해 싸웠고 전쟁의 참상을 목격한 윌프레드 오웬Wilfred Owen이나 지그프리드 새순Siegfried Sassoon 등 많은 젊은 영국의 시인들에게 너무나 역겨운 거짓으로 받아들여졌다. 심지어 서부전선에서 전사한 윌프레드 오웬은 죽기 전 반전시를 써서 〈제시 포프에게〉라는 제목을 붙이기까지 했다.[30] 이 시에서 오웬은 전쟁의 허무를 강력히 고발하며 호라티우스 시인의 그 시구를 "오랜 거짓말"로 규정한다. 최초의 현대전이라 할 수 있는 1차 대전은 인류의 평화와 발전이라는 19세기의 낙관적 세계관을 송두리째 앗아가버린 전쟁이었다. 그 전쟁은 그때까지 전례가 없는 미증유의 대전으로 대량살상무기인 기관총과 박격포와 같은 당시로서는 엄청난 무기가 등장했고 그 파괴력은 상상을 초월했으며 참전병사들은 자신들이 생각했던 것과 너무나 다른 전쟁의 모습에 좌절했다. 이러한 전쟁에 대한 허무와 절망이 1차 대전의 많은 소설의 주제를 형성했다.

미국의 전쟁소설 가운데서 국가의 참전 명분에 대한 전쟁의 수사와 전쟁의 실제 사이의 괴리를 깨닫고 이에 대한 실망과 좌절을 가장 극적으로 표현함으로써 반전적 전쟁소설의 하나의 전형을 이루고 있는 소설이 헤밍웨이의《무기여 잘 있거라》일 것이다. 이 소설은 서구문명과 민주주의를 수호한다는 명분 아래 전쟁에 참전한 주인공 프레드릭 헨리가 그 명분과는 달리 전쟁의 참혹함과 전쟁과 문명의 이름으로 용인되는 전쟁의 모순을 경험하고 전쟁에서 도피한다는 이야기이다. 헨리가 도피하기 전 한 동료와 나누는 대화는 전쟁의 수사가 얼마나 허황된 것인가를 잘 나타낸다. 그 동료는 지금까지 싸워온 모든 전투는 서구문명과 민주주의를 위한 숭고한 싸움이었고 그 대의를 위한 희생은 값진 것이었다고 말하는데 이 말에 헨리는 심한 역겨움을 느낀다.

나는 성스럽다느니 영광스럽다느니 하는 말들과 희생이니 하는 허

황된 표현들을 들으면 항상 당황스러웠다. 난 이제 성스러운 것은 아무
것도 없다는 것, 한때 영광스러웠던 것들도 더 이상 영광스럽지 않았으
며 희생이라는 것도 파묻는 것 말고는 그 고기를 가지고 아무것도 할
수 없는 시카고의 임시 도축장의 고기와도 같다는 것을 알았다. 영광,
명예, 용기 또는 신성과 같은 그런 추상적인 단어들은 구체적인 마을
이름, 도로의 번호, 강의 이름, 연대의 숫자 그리고 날짜 옆에서 추해 보
였다.[31]

전쟁 참여를 독려하기 위한 거창한 슬로건과 구호들은 위에서 언
급한 윌프레드 오웬의 말처럼 "오랜 거짓말"이 된다. 그 과장된 수
사는 전쟁을 미화하는 데는 성공했지만 그러나 전후 많은 젊은 작가
들에 의해 강력한 저주의 대상이 되었다. 이는 베트남전 작가 팀 오
브라이언도 공감하는 것으로 전쟁에서 명예, 영광, 조국과 같은 도
덕적 이상을 위해 희생을 강조하는 것에 경고를 보낸다. 그에 따르
면 "진정한 전쟁 이야기는 결코 도덕적인 이야기가 아니다. 만약 전
쟁 이야기가 교훈적이라고 생각되면 그 이야기는 믿을 것이 못 된
다. 전쟁 이야기를 다 읽고 감동을 받거나 조금이라도 마음의 동요
를 느끼면 벌써 당신은 그 '오랜 거짓말'의 희생자가 된 것이다."[32]
전쟁 수사의 허황됨을 단적으로 드러내는 말이다.

또 다른 1차 대전 소설 윌리엄 마치 William March의 《케이 중대
Company K》(1933)에서 작가는 당시의 과장된 수사가 얼마나 허구인
가를 전사자의 가족에게 보내는 지휘관의 편지를 통해 비판하고 있
다. 중대장을 위해 전사자의 가족에게 편지를 써야 했던 중대 행정
병은 매번 아주 감상적이며 거짓된 편지를 써야 하는 것에 식상한

나머지 어느 한 편지에서 진실을 밝히기로 결심한다.

　　친애하는 부모님께

　　당신의 아들 프랜시스는 벨로 우드에서 헛된 죽음을 당했습니다. 그
는 죽을 당시 세균에 감염되어 심한 고통을 받았고 설사로 극히 쇠약해
져 있었다는 것을 아셨으면 합니다. 그의 발은 퉁퉁 부어 썩어서 악취
를 뿜고 있었습니다. 그는 추위와 굶주림에 지쳐 공포에 질린 동물처럼
살았습니다. 그러다 6월 6일 포탄의 파편 조각에 맞아 고통 속에서 천
천히 죽어갔습니다. 그가 세 시간을 살 수 있었다고는 결코 믿지 않으
시겠지만 그는 세 시간 동안 살아 있었습니다. 그는 명예니 용기니 애
국심이니 하는 말들은 모두 거짓이라는 것을 오래전에 알았으니까요.[33]

　　비록 나중에 그 행정병은 자신이 쓴 편지를 찢어버리지만 그 편
지는 전쟁 목적에 대한 감상적인 모든 환상과 과장된 수사의 허구
를 질타하는 어떤 전쟁작가의 묘사보다도 가장 강력한 고발이다. 전
후의 젊은 작가들은 고귀한 이상을 나타내는 과장된 단어의 사용을
기피하는 경향이 있었다. 1차 대전 후 문학에 나타난 이러한 현상에
대한 연구에서 프레더릭 호프만Frederick Hoffman은 "우리의 언어 습
관 가운데서 가장 피해를 본 것은 추상명사와 대문자로 쓰인 명사였
다. 어떤 단어는 바보스럽거나 잔인하다고 판명된 사람들이 그들의
연설이나 성명서 또는 도덕적 이상을 찬양하는 글에서 자주 사용했
기 때문에 일부러 회피되었다"[34]라고까지 말한다. 바로 전쟁이 낳은
언어의 디플레이션 현상이었다.
　　한국전에서는 1차 대전과 같은 극심한 허무감이나 허황된 수사

에 대한 실망이나 좌절감이 나타나지 않는다. 그러나 거창한 수사에 대한 거부감은 어느 전쟁에서나 마찬가지다. 왜냐하면 어떤 전쟁이 든 공식적인 참전 명분을 위해서는 거창한 수사가 동원되지만 실제 전쟁터에서 적과 마주하며 처절한 싸움을 벌이는 병사들에게는 그 러한 수사가 의미가 없기 때문이고 기대와 실제, 이상과 현실 사이 에 존재하는 괴리는 어느 전쟁에서나 느껴지는 현상이기 때문이다. 아무리 한국전이 정당한 전쟁이고 미군 병사들의 참전 동기가 긍정 적이라고 해도 동료의 죽음 앞에서 행해지는 의식과 허황된 수사에 분노와 좌절감을 느끼지 않는 병사는 없다.《형제들》에서 장진호의 극한 추위 속에서 압도적인 중공군의 포위를 뚫고 철수하는 해병들 에게 적에 의한 죽음이나 추위에 의한 동사凍死는 일상이 된다. 이들 의 사투는 오직 생존의 투쟁일 뿐 거기에 어떤 이념이나 구호, 심지 어 국가를 위한 희생이 있을 수 없다. 중대장 패트릭 대위는 전사자 들을 앞에 놓고 생각에 잠긴다. 그는 국가를 위해 죽거나 그들의 모 든 것을 바쳤다는 그 흔한 상투적인 언어들을 사용해서 일장 연설을 하거나 심지어 어떤 말이라도 입에 올린다는 것은 죽은 자들에 대한 모독이라고 생각한다. 특히 그의 분노는 너무 순진한 그 젊은이들을 이런 곳으로 오게 한 세상으로 향한다. 그러면서도 그는 국가의 어 떤 전쟁 수사에도 아랑곳하지 않고 극심한 고통 속에서도 삶에 대한 깊은 애착과 그 삶의 끈을 놓지 않으려는 병사들의 초인적인 인내와 끈기에 깊은 감명을 받는다.[35]

로버트 크레인의《전쟁터에서 태어나다》에서 작가는 전쟁의 영 웅담을 씀으로써 전쟁을 미화하는 것을 조심해야 된다고 경고한다. 소설 속의 한 인물인 종군기자 지미 색슨은 주인공인 폴란드계 스탄 코백스 소위의 영웅적인 이야기를 본국에 타전한다. 사실 코백스의 전투 행위는 그렇게 영웅적이지 않았지만 그의 전투 이야기를 과장함으로써 그와 동일시하고 싶어 하는 병사들에게 동기를 부여하고 또한 본국의 매스컴에 홍보함으로써 한국전에 관심이 없는 본국의 사람들에게 이 전쟁을 환기시키려고 했다. 이를 본 당사자 코백스 소위는 다음과 같이 말한다: "그것은 아주 훌륭한 이야기다. 이 전쟁은 본국에선 인기가 없지. 그러나 아마 그 이야기를 읽고 사람들이 관심을 갖게 되겠지. 군은 머지않아 아이들을 필요로 할 텐데. 아무렴, 아마 훈련도 대충하고, 항상 그러듯이, 그 애들을 이곳으로 보내겠지. 모두들 죽을 준비를 시켜서 말이야."[36] 물론 이 소설은 반전소설은 아니고 그렇다고 종군기자 지미 색슨도 전쟁의 아름다운 면을 강조하지 않는다. 오히려 그는 자신이 보고 들은 것을 사실대로 쓸 뿐만 아니라 어떤 이야기를 과장하지도 않는다. 자신의 이야기를 읽을 미지의 독자들을 생각하며 전쟁의 진실을 느끼게 하려고 노력할 뿐이다.

전쟁 수사는 국가의 목적을 위해서 때로는 필요한 것이지만 실제로 전쟁터에 나와 있는 병사들에게는 한낱 허황된 언어의 유희로 들릴 뿐이다. 전쟁터에서의 죽음은 어떤 경우에도 항상 비참한 것이며 영광스럽고 아름다운 죽음은 어디에도 없다.

3) 전쟁에서 인간들이 서로 죽이는 행동은 왜 가능할까?

전쟁에서 상대방을 죽이기 위해서는 우선 적을 자신들과는 다른 비인간 또는 동물들로 격하시켜야 한다. 그래서 인민군은 '국gook'이며 중공군은 '되놈Chink'이 된다. 전쟁에서 죽여야 할 대상이 자신들과 같은 인간이 되어서는 안 되기 때문이다. 이것은 또한 아시아 인들은 인간 이하의 열등한 민족이라는 인종적 우월감이 미군 병사들에게 무의식적으로 작용한 결과이기도 하다. 전쟁에서 정상적인 사고방식을 가지고 자신과 같은 인간을 죽이기란 쉽지 않다. 그렇기 때문에 적은 자신과 다른 존재일 뿐이며 제거해야 할 대상이다. 그뿐만 아니라 전쟁터에서는 오직 '우리' 아니면 '그들'만 있을 뿐이지 중간지대는 없다. 적에겐 우리의 이념과 가치에 반대되는 모든 것을 적용한다. '전쟁은 지옥'이고 어떠한 행위도 전쟁이라는 이름으로 용인되는 곳이 전쟁이다. 그러므로 근본적으로 비인도적인 전쟁을 인도적인 전쟁으로 만들려는 어떤 시도도 전쟁에서는 실패하게 되어 있다.

샘 킨은 전쟁에서 적을 인간이 아닌 존재로 격하시키는 것은 흔한 일로 "한국전에서 미군들은 중공군들을 '황토색 무리들' 즉 얼굴 없는 대규모의 노란색 파도, 잔혹하고 냉정한 하등 인간들, 이해할 수 없고 불가사의한 존재들이라고 비하했다. 그리고 한 세대도 지나지 않아 베트남에서 미국인들은 '국', '딩크', '슬로프'라고 불리는 적들을 만나야 했다"[37]라고 말하고 있다. 심지어 샘 킨은 역사 이래로 인간은 수없는 전쟁을 벌여왔는데 그 상상 속에 일정한 형태의 "적이라는 존재에 대한 원형"[38]을 만들고 이 원형들을 자신들이 싸우는 적에게 적용해왔다고 말한다. 예를 들어 미국이 싸운 전쟁에서 적은 무조건 무신론자이고 사악하고 야만적이며 정복욕에 불타는 포악한 짐승이 된다.

전쟁은 사람들 사이에서 벌어지는 죽고 죽이는 생존 싸움이다. 적을 죽이지 않으면 내가 죽기 때문에 적을 죽이지 않으면 안 된다. 그

1952년 11월에 살포된 미군의 선전 삐라. 북한의 인민군이 농민들의 고혈을 짜낸다는 내용으로 북한 공산당을 뱀으로 그린 것이 특이하다. (Herbert A. Friedman 제공)

런데 사람이 사람을 죽이는 것은 살인이고 절대 있어서는 안 되는 일이지만 전쟁터에서는 서로를 죽이는 일은 합법적이고 또한 많이 죽이면 죽일수록 영웅으로 간주된다. 그러나 평소에 인간이 인간의 생명을 뺏는다는 것은 극한적인 심리상태가 되거나 정신에 이상이 생기지 않는 한 쉽사리 이루어질 수 없는 일이다. 사실 전쟁터에서도 상당한 시간의 포탄 세례를 받거나 동료들의 죽음을 목격하고서야 적을 향한 분노가 느껴지고 복수 감정이 생겨서 적을 죽이는 행동이 가능하게 된다. 일반적으로 사람은 다른 사람을 죽이지 않는다. 그래서 통상 전쟁이나 인종 청소에 들어가기 전에 우선 제거해야 할 사람들을 탈인간화시킨다. 일본군들은 2차 대전 때 특히 만주에서 생체실험을 하기 위해서 실험 대상이 되는 사람들을 사람이 아닌 마루타(maruta, 丸太), 즉 나무 등걸, 통나무라고 명명했다. 적에 대한 적의를 갖게 하고 물리쳐야 할 죽임의 대상으로 상상력을 마비시켜 증오와 선전의 목적을 이루도록 하기 위함이었다.

중국계 미국 작가 하진의 한국전 소설《전쟁 쓰레기》에서 거제 포로수용소의 수용소장 납치 소동 후 중공군 포로들의 극렬한 저항과 미군의 무자비한 진압을 통해서 많은 포로들이 죽는다. 이 광경을 본 주인공 유안은 어떻게 인간이 다른 인간을 저렇게 참혹하게 죽일 수 있는지 그저 경악할 뿐이다. 중공군 병사들에게 미군은 악마이고 또 미군들에게 중공군은 빨갱이다. 서로에게 상대방은 인간이 아니다. 만약 인간이라는 특성을 지우지 않는 한 어떻게 서로를 무자비하게 죽일 수 있겠는가. 전쟁에서 지휘관의 능력도 전투에서 많은 적을 죽였는가에 따라 평가된다. 유안은 후에 "승리가 크면 클수록 더 많은 사람들이 숫자로 변했다. 이것은 전쟁 범죄다. 전쟁은 인간을 추상적인 숫자로 격하시켰다"[39]라고 회고한다. '시체 세기'가 중요한 것은 워커 장군의 후임으로 8군사령관에 부임한 리지웨이 장군의 전략에서도 나타난다. 지역의 점령을 승리 요건으로 삼았던 전임자의 전략이 리지웨이에 와서는 소위 부동산에는 관심이 없었고 오직 적의 죽은 시체들의 숫자만이 중요했다. 사실 이것은 참담한 전략이었지만 전 전선에 걸쳐 그러한 전략은 먹혀들었다.

2차 대전에서 독일도 같은 기독교 국가이고 문명화된 국가이지만 예외는 없었다. 심지어 미군 병사들 중에는 많은 사람들이 독일에서 이민한 독일계 병사들이었지만 자신들은 문명인들이고 모국인 독일군은 야만인들이고 오랑캐일 뿐이었다. 냉전시대의 흑백논리로 미군과 소련군을 대비시키는 선전 포스터에서도 "미국 시민에겐 권리가 있지만 공산주의자에게는 없다. 우리는 우리의 권리를 지켜야 한다. 그렇지 않으면 잃어야 한다. 미군은 시민이지만 소련군은 사람이 아닌 무기이다. 철의 장막은 감옥의 벽이다"[40]라고 쓰곤 했다. 서구인들이 아시아인들과 전쟁을 할 때 통상 아시아인들은 다른 사람들의 생명에 대해서는 개의치 않는 그런 미개한 사람들로 묘사한다. 칭기즈칸과 몽골의 무리들의 옛날 이미지가 여전히 서구인들의 뇌리 속에 남아 있어서 필요할 때에 끄집어내어 서구인들의 목적에 부합하는 이미지를 형성해주곤 했다.

중공군은 미국인들의 상상 속에 동물같이 교활하고 스태미나가 넘치는 초인간 내지는 죽음을 두려워하지 않는 비인간적인 모습의 존재로 공포의 대상이 된다. 중공군이 처음 한국전에 개입하고 미군이 전면적인 후퇴를 거듭할 때 그들은 도저히 막을 수 없는 이리 떼가 된다. S. L. A. 마셜 장군은 언론이 그들의 상상 속의 괴물로 중공군을 과장되게 묘사함으로써 미군의 사기를 떨어뜨리는 것을 비난하면서도 "마치 마약을 먹고 취한 듯 광란의 소리를 지르며 도저히 막을 수 없는 파도로 우리의 전선을 돌파해 들어오는 광적인 떼거리"[41]라고 묘사했다. 실제로 중공군은 무기도 갖지 않고 공격해오는 사람들이 많았다고 한다. 아군의 철조망을 향해 물밀듯이 밀려드는데 뒤에서 계속 밀고 있기 때문에 앞으로 전진을 안 할 수도 없었다. 그들은 야간에 피리, 나팔, 북, 꽹과리 등을 불면서 공격함으로써 미군들에게 극도의 공포심을 자아냈다. 진 쿤은 그의 소설《한편 전선에선》에서 중공군의 모습을 이렇게 묘사한다: "중공군은 개인으로서는 역사상 가장 형편없는 군인으로 전투에 나갈 때는 상황이 어떻게 전개되는지도 모르고 심지어 자신들이 어느 나라 군대하고 싸우는지도 모르는 자들이다. 그러나 엄청난 숫자로 나올 때는 아주 위험하다. 멀리 못 던진 수류탄 한 개는 별거 아니지만 천 개가 던져지면 얘기는 다르다. 놀라서 달아나는 한 마리의 양은 위험하지 않지만 천 마리가 뛰어 달리면 사람들도 밟힐 수 있다. 한국에서는 이것이 현실이다."[42]

그런가 하면 팻 프랭크 Pat Frank의《밤을 사수하라 Hold Back the Night》(1952)에서 나오는 중공군들은 통상적인 군대가 아니다. 어디서 나타나는지도 모르게 나타나는데 마치 땅 속에서 막 솟아오른 것 같이 나타나 뒤통수를 친다. 죽이려고 해도 "마치 해파리 목을 조르는 것 같았다"라고 묘사한다.[43] 하임 포톡 Haim Potok의 소설《나는 진흙이오니 I am the Clay》(1992)에서 중공군은 '메뚜기 떼'가 된다. 피난민 노인은 집에 남겨놓고 온 자신의 황소를 생각하며 지금쯤 죽어서 "중공군 메뚜기 떼의 뱃속에 있겠지"라고 생각한다.[44] 그러나 적을 탈인간화시키는 것은 양가적인 의미를 가진다. 즉 적은 무서운 이리 떼로 공포의 대상이 되기도 하지만 동시에 막강한 화력 앞에 무력한 동물로서 얼마든지 사살해도 되는 나약한 존재가 된다는 것이다. 폴리니의 포로소설《밤》에서 주인공은 자신들을 포로로 잡은 중공군을 원숭이에 비유한다. "그들은 원숭이처럼 몸짓을 하고 재잘거리고 있다. 바보같이 낄낄거리며 히죽히죽 웃는다. 저들을 보라. 저렇게 천박한 몸을 본 적이 있는가? 한 무리의 원숭이 떼 같구먼."[45]

전쟁에 나간 병사들은 카푸토가《전쟁의 소문》에서 말하듯 폭력적 행동과 정상적인 행위 사이에서 내적 갈등을 겪게 되지만 상황논리에 따라 순간적으로 어둡고 파괴적인 인간의 본성에 굴복하게 되고 살상 행위를 저지른다. 카푸토에 따르면 그러한 살상 행위를 가능하게 하는 것은 인간의 마음속 깊이 잠재해 있는 뭔가 살육을 저지르게 하는 "어둡고 악의에 찬 힘"인데 전쟁이 바로 그러한 '힘'을 일깨우기 때문이라는 것이다.[46] 순진한 병사에서 포악한 군인으로 변하는 것은 순간적이다. 그 두 존재 사이의 경계는 마치 베니어판과 같이 얇다. 2차 대전 소설《얇은 적색 전선 The Thin Red Line》(1962)의 제사題詞에서 작가 제임스 존스 James Jones는 "정상인과 광인 사이에는 오직 얇은 적색 전선만이 존재할 뿐이다"라고 말한다. 마찬가지로 존 델베키오 John M. Delvecchio의 베트남전 소설《제13계곡 The 13th Valley》(1982)에서 작가는 "인간과 짐승을 가르는 경계선은 아주 가늘다"라고 쓰고 있다.[47] 여기서 작가는 존스와 같은 많은 전쟁소설 작가들처럼 '어둠의 심연'으로의 여행을 통해 짐승으로 변한 인간의 모습을 말한다. 델베키오의 주인공 제임스 빈센트 첼리니가 제임스 존스 소설의 파이프 상병처럼 순진한 신병에서 동물로 변하는데 이러한 그의 변화를 고참들은 경이적인 눈으로 바라보지만 마음 한편으로 씁쓸해한다. "저 신참 말이야. 그놈은 머리가 돌아버렸어. 그놈은 미쳤어. 그의 눈에서 볼 수 있잖아. 쟤는 한 마리 동물이 돼가고 있어."[48]

그러니까 전쟁소설에서 적을 탈인간화시키기 위해서는 자신도 그렇게 변하지 않으면 안 된다. 한국전 소설《한편 전선에선》에서 병사들이 보는 라일리 중사는 인간이 아닌 괴물이다. "이 파란 지프

차를 타고 다니는 괴물, 지금까지 해병대가 200년 동안 만들어놓았던 모든 규정을 우습게 만들어버린 물건, 이 간교한 악마는 무정부주의자이며 교활한 범죄인으로 우리 부대의 한 병사였다."[49] 결국 전쟁에 나간 병사들은 적을 죽이기 위해서는 적의 얼굴을 여러 가지의 형태로 바꾸어야 하며 자신도 동물로 변해야 한다. 그렇지 않고 정상적인 모습으로는 적을 죽일 수 없다. 그래서 미국 전쟁소설에서 미군 병사들은 스스로 동물이 된다.

그런가 하면 중공군에게 한국군은 어떤 사람들인가? 당시 중공군은 한국군을 '괴뢰군puppet forces'이라고 불렀다(마찬가지로 한국군도 북한인민군을 괴뢰군이라고 했다). 물론 동물 이름은 아니지만 자부심과 긍지가 없이 그저 남의 명령에 따라 움직이는 꼭두각시라는 의미였다. 예를 들어 한국군 6사단은 '괴뢰군 6사단'이 된다.[50] 한국군과 북한군들이 서로를 이렇게 부른 것은 자신들의 의지가 아닌 그저 미국과 소련이라는 강대국의 명령에 따라 움직이는 존재들이라는 의미에서 그랬다. 전쟁에서 서로에게 적은 괴물이 되기도 하지만 때로는 하찮은 물건이나 동물이 되기도 한다. 사람들의 전쟁인데 어디에서도 사람들은 보이지 않는다.

5. 전쟁의 진실과 재현의 어려움: "전쟁의 첫 희생자는 진실이다"

미국의 전쟁소설은 항상 전쟁의 진실을 재현하고자 한다. 훌륭한 전쟁소설은 얼마나 전쟁의 진실을 재현할 수 있는가에 달려 있다.

그래서 항상 전쟁 작가들은 전쟁의 진실을 묘사하기 위해 노력하며 자신들의 이야기가 사실이고 진실이라는 것을 강조한다. 베트남전 작가 팀 오브라이언의 소설《그들이 가져간 것들》의 화자는 틈만 나면 "이것은 사실이다"라는 말을 반복한다.[51] 허구인 소설의 이야기가 사실이라는 것은 모순이다. 어디까지나 소설은 허구이고 작가의 상상력의 산물이기 때문이다. 그러나 독자들은 그 허구를 사실이라고 믿으려고 하고 작가는 그러한 독자들의 욕구를 충족시키려 허구를 사실인 것처럼 가장한다. 팀 오브라이언은 위 소설의 한 단편에서 계속적으로 그 이야기가 사실이냐고 묻는 독자에게 더는 버티지 못하고 결국은 꾸며낸 이야기라고 고백한다. 그러면서 그는 많은 경우 진정한 전쟁 이야기는 믿을 것이 못 된다. "왜냐하면 정상적인 전쟁 이야기는 정말로 믿을 수 없는 것을 믿게 하기 위해 꾸며낸 이야기이기 때문이다"라고 결론짓는다.[52]

전쟁의 진실을 말하기 어렵다는 팀 오브라이언의 고백은 세 가지 측면에서 설명이 가능할 것이다. 첫째는 전쟁에서는 사실과 허구 사이의 경계가 모호하다는 것이다. 실제 일어난 사건과 일어난 것 같은 사건 사이의 구분이 쉽지 않다. 즉 어느 쪽이 진실인지 구분하기가 어렵다는 것이다. 둘째는 전쟁은 모든 가치가 굴절되고 전복되는 도덕적 황무지이다. 전쟁은 기존의 가치체계가 더 이상의 구속력을 갖지 못하는 곳이다. 기존의 진실이 거짓이 되며 정의가 불의가 되고 문명이 야만이 되는 곳이다. 그러니까 어느 쪽도 진실이 되기 어렵다는 것이다. 세 번째는 사람들은 자라온 배경과 문화 때문에 자신이 믿고 싶은 것만 믿으려 한다. 그러니까 실제 일어났거나 일어나지 않았거나 하는 것하고는 상관이 없다. 왜냐하면 진정한 전쟁

이야기는 아주 참혹하고 때로는 비겁한 이야기인데 사람들은 그런 이야기는 들으려고 하지 않기 때문이다. 그래서 작가는 독자의 구미에 맞추기 위해 진실을 말하려고 하지 않을 수 있다.

팀 오브라이언의 진정한 전쟁 이야기의 어려움은 이미 오래전에 월트 휘트먼Walt Whitman에 의해 천명된 바가 있다. 남북전쟁이 끝난 후 발표한 자전적 산문집《표본이 되는 날들Specimen Days》(1882)에서 휘트먼은 "전쟁의 진실은 결코 책 속에 들어오지 못할 것이다"[53]라고 말한 바 있다. 그는 남북전쟁이 발발하던 때 이미 40대에 접어든 나이 때문에 전쟁에 참전할 수는 없었지만 한 병원에서 양쪽의 부상자들을 치료하며 간접적으로 전쟁을 체험하면서 그 참상을 목격할 수 있었다. 그의 말이 의미하는 것은 무엇보다도 전쟁의 근본적인 모습은 항상 인간의 언어 표현의 한계를 넘기 때문에 그 참상을 글로 표현하기 어렵다는 것이다. 예를 들어 남북전쟁에 관한 앰브로스 비어스Ambrose Bierce의 단편 〈치카모가Chickamauga〉[54]는 남북전쟁 중 가장 치열했던 전투로 기록될 만큼 엄청난 사상자를 낸 동명의 전투에 관한 이야기이다. 이 소설은 전투가 끝난 후 어린아이의 눈으로 본 전투 결과를 상술한 단편이다. 들판에 비참하게 널브러진 수많은 시체들 사이에서 유일하게 살아 있는 사람은 이상하게도 말 못하는 어린아이와 턱이 날아간 병사 한 사람뿐이다. 실로 형언할 수 없는 이 참혹한 전쟁의 모습에 둘은 그저 말을 잃었을 뿐이다. 그 둘은 오로지 일련의 꿀꿀거리는 소리와 쉿 소리만 낼 뿐이다. 작가 비어스는 이 상황을 이렇게 묘사한다: "아이는 조그마한 손으로 알 수 없는 제스처를 취하며 막 흔들고 있었다. 뭐라고 말은 하는데 도저히 무슨 뜻인지 알 수 없는 소리를 지르고 있었다. 원숭이가 캑캑거리는 소리와 칠면조의 골골거리는 소리의 중간쯤 되는 소리로, 놀라고 혼이 나간 이상한 소리로 귀신의 언어 같은 소리를 내고 있었다."[55]

2차 대전 작가인 커트 보니것Kurt Vonnegut은 《제5도살장Slaughterhouse-Five》(1969)에서 연합군의 무차별 공습으로 완전 폐허가 된 독일의 드레스덴의 참상을 묘사하면서 이것은 도저히 인간의 언어로는 재현이 불가능하고 오직 '쩍-쩍-쩍Poo-tee-weet'이라는 뜻 모를 새소리로밖에는 표현할 수 없었다고 말한다.[56] 제임스 도스 교수가 올바르게 지적하듯 "폭력[전쟁]과 언어는 다른 차원에 존재하기 때문에 예술가로서 할 수 있는 최선은 그저 언어를 통해 폭력을 흉내 내는 것이며 마치 화가가 파란 색깔을 사용해 추위에 대한 몸의 반응을 나타내려고 하듯이 폭력도 그저 짐작해서 접근할 수밖에 없다."[57] 전쟁은 의미론의 위기를 가져온다. 전쟁의 진실을 나타낼 수 있는 언어 능력에 한계가 드러나기 때문이다. 바꾸어 말하면 전쟁 이야기는 오히려 참혹한 진실은 호도하는 하나의 수단이 될 수도 있다는 것이다. 헤밍웨이의 증오의 대상이 되는 추상적인 언어도 실질적인 것을 지칭하지 못하는 선전 도구일 뿐이다. 1차 대전을 그린 독일 작가 레마르크의 《서부전선 이상 없다》에서도 참상을 목격한 주인공은 도저히 언어로 그 광경을 표현할 길이 없어 그저 다음과 같이 외칠 뿐이다. "말, 말, 말. 그 말들이 생각나지 않는구나."[58]

또 다른 맥락에서 설령 언어로 전쟁의 참상을 전달할 수 있다 하더라도 만약 사실대로 말하면 사람들은 전쟁을 끝내야 한다고 주장할 것이다. 가령 전쟁에 패한 이야기나 전쟁의 추악한 단면에 대한 이야기는 사람들이 결코 듣고 싶어 하지 않는다. 종군기자들이 진실을 쓸 수 없는 이유이기도 하다. 우선 진실을 얘기하려고 하면 검열에 걸릴 수 있다. 또한 군의 보도 검열이라는 통제수단 외에도 전쟁에서 공식적인 전쟁 명분을 선전할 때 거창한 추상명사를 사용하는 것은 전쟁 수행자들의 완곡어법의 일환이다. 폴 퍼슬은《대전과 현대의 기억》에서 영국의 예를 든다. 영국은 자신들의 전쟁 수행을 좀 더 영광스런 행동으로 보이고 싶어 하고 전쟁을 성스러운 국가적 대사로 보이게 하고 싶어 하는 경향이 있다는 것이다. 미국인들에게 '무명용사the unknown soldier'는 영국인들에게는 '무명전사the unknown warrior'가 된다. 미국의 역사학자 바바라 터치만 Barbara Tuchman은 2차 대전 때 버마에서 영국군이 수행한 군사행동을 평가하면서 다음과 같이 말한다.

> 어떤 나라도 영국만큼 고상한 언어를 사용해 전쟁 수행을 장엄하게 만드는 나라도 없다. 후퇴나 진군, 승리나 패배, 실수나 용기, 치명적인 과오나 불굴의 결단력 등 모든 것이 고귀한 위엄의 옷을 입고 영광으로 채색되어 나타난다. 모든 사람이 다 장엄하다. 병사들은 확고하고 지휘관들은 냉철하며 전투는 장렬하다. 어떤 재앙이 닥쳐도 평정을 잃지 않는다. 실수, 실패, 우둔함, 기타 참사의 원인들은 신기하게도 모두 사라진다. 다른 나라들도 그렇게 해보려고 노력하지만 결코 그들과 똑같이 되지는 못한다.[59]

또 다른 관점에서 진정한 전쟁 이야기를 하기 힘든 이유로 인간의 기억의 문제를 지적할 수 있다. 즉 인간의 기억은 하나의 필터로 작용한다. 그런데 그 필터의 기능은 종종 경험한 것 중에서도 가장 최악의 경험을 걸러내고 오직 좋았던 것, 또는 덜 고통스러웠던 것, 심지어는 자기에게 유리한 것만을 남겨놓는다. 이것이 바로 근본적으로 참혹하고 잔인한 전쟁을 경험한 참전병사도 나중에는 자신이 겪은 그 경험이 자신의 생애 가운데 가장 행복했던 시간으로 회상할 수 있게 해주는 이유가 된다. 그러니까 기억은 온전히 전체를 포괄하지 못하고 필요한 것만을 취사선택하는 한계를 가진다. 그래서 기억은 불안정해 믿을 수 없다. 사람은 과거를 분해하는 경향이 있기 때문에 전투 기억을 파편적이며 뒤죽박죽인 것으로 기억할 수밖에 없다. 문제는 그 기억들이 얼마나 왜곡되어 있는지 알 길이 없다는 것이다. 사실 이러한 관찰은 한국전에도 잘 맞는 이야기이다. 예를 들어 공식적인 역사는 인천상륙을 아주 순조롭게 진행된 것으로 기록하지만 작전에 참가한 병사는 나중에 아주 다르게 묘사한다. 이것은 전쟁 중의 기억과 전후의 기억이 다를 수 있기 때문이다. 그래서 1차 대전에 관한 연구서 《상상 속의 전쟁 A War Imagined》(1990)을 쓴 새뮤얼 하인스 Samuel Hynes는 "기억하는 것은 변화된 자아다"라고까지 말한다. 전후에 기억하는 사람은 전쟁 중의 그 사람과는 다른 사람이라는 의미다. 이러한 이유로 진정한 전쟁의 글쓰기는 사실상 어렵다는 것을 또다시 인정할 수밖에 없다.[60]

한국전 수기 《마지막 국경선》에서 필자인 마틴 러스는 진정한 전쟁 이야기를 쓸 수 없는 이유로 기억의 한계를 말하고 자기 수기의 모든 사건들이 반드시 사실이 아닐 수도 있다는 것을 고백한다. 다시 말하면 부정확한 정보도 있을 수 있고 말할 수 없는 수치스런 행동을 숨길 수도 있으며 어떤 사건들은 사실대로 쓰지 않은 것도 있다는 것을 암시한다. "난 이 글을 쓰는 동안 몇 번이고 스스로 멈추곤 했다. 이 책 속에 나온 모든 사건들을 난 과장하지 않으려고 조심했다. 난 내가 쓰고자 하는 주제에 대해 잘못 알고 있는 것도 있었다. 그러나 난 내가 사실이라고 생각하는 것만 썼다. 문제는 여기에 있다. 나는 여러 번 사실들의 강도를 좀 낮추려 했다. 왜냐하면 나중에 이 책을 읽는 독자들이 그 진실은 믿을 수 없다고 생각할 것 같았기 때문이다. 예를 들어 서울에서의 자유로운 생활을 글로 쓰면서 마치 난 갈보집에는 얼씬도 하지 않은 사람으로 보이게 했지만 사실 난 그곳에 갔었다. 또 내가 지금은 기억하지 못하겠지만 [이와 비슷한] 많은 사건들이 있었다"[61]라고 고백한다.

마이클 린치의 소설《한 사람의 미국 군인》에서 흑인 상병 프랜시스는 주인공 콘디트 일병의 멘토 역할을 하는 병사로 설정되어 있는데 그의 눈을 통해서 전쟁이 묘사된다. 그는 보충대 대장 로빈스 소령의 진실이 결여된 연설을 기억하며 전쟁에서 언급되는 거창한 수사나 미사여구는 모든 것이 거짓이라는 입장이다. 그에 의하면 전쟁에는 진실이 존재하지 않는다고 생각한다. 냉소적인 프랜시스는 모든 것이 허구인 이곳 전쟁터에서는 그저 적당히 시간을 보내면서 살아 돌아가면 되는 것이라는 신념을 가지고 있다. 그러면서 진실을 찾으려는 주인공 콘디트에게 충고한다. "병사들에게 진실을 얘기하지 마라. 아름다운 거짓말을 만들어내라"[62]라고 말한다. 왜냐하면 이곳의 진실은 우리 모두가 전쟁에서 패해 죽는다는 것이다. 그러나 그런 이야기는 우리의 문화 속에서 아무도 듣고 싶어 하지 않는 얘기일뿐더러 전쟁에서 승리만을 믿는 미국인에게 패배란 있을 수 없기 때문이다.

전쟁의 진실은 책 속에 들어올 수 없다는 휘트먼의 주장을 가장 잘 나타내주는 소설은 롤란도 히노조사의 《무익한 종들》이다. 작가는 횡성 전투에서 죽어 있는 아군의 비참한 광경을 보면서 전쟁의 공포를 도저히 필설로 다할 수 없음을 고백한다. 휘트먼이 미래 세대들은 실제 어떤 일이 일어났는지를 모를 것이며 알지 않는 것이 최선이라고 말했듯이 히노조사도 그 비참한 모습에 "내가 여기에서 일어난 일을 쓰려면 얼마나 오랫동안을 기다려야 할지 모르겠다"[63]라고 말하면서 당장 엄청난 전쟁의 참상을 표현할 길이 없음을 고백한다. 그런가 하면 지상의 아군부대들이 공군과의 협조가 잘 이루어지지 않아 아군기에 의한 오인 폭격으로 수많은 사상자가 발생하는 사건이 벌어지지만 이것은 보도가 이루어지지 않는다. 물론 횡성 전투의 비참한 광경은 민간인 종군기자에게는 보도통제가 이루어졌는지 취재하려는 기자는 한 사람도 보이지 않는다. 이 같은 광경들을 목격하면서 결국 전쟁의 진실은 덮여질 수밖에 없는 구조라는 것을 작가는 주장하는 듯하다.

그러나 무엇보다도 히노조사가 진실이 은폐될 수밖에 없는 전쟁의 성격을 설명하는 하나의 사건이 자해 사건이다. 한국전에서도 다른 전쟁과 마찬가지로 자해나 자살 사건이 많았다. 이 소설에서 브로드키 중위의 권총 자살에 대해서도 여러 사람이 그 이유를 얘기하지만 아무도 정확한 이유는 알지 못한다. 주인공 병사는 그 사건을 "미친 짓"이라고 평하지만 고참들은 "전쟁 그 자체가 미친 짓인데 도대체 자살하지 않는 것이 기적"이라고 말한다. 그만큼 전쟁은 참혹한 것이고 미치지 않고는 사람을 죽일 수 없다는 2차 대전 소설 《캐치-22》의 작가 조셉 헬러의 고백을 듣는 것 같다. 문제는 중위의 죽음을 본국의 부모에게 알려야 되는데 자살했다고 쓸 수는 없

176

는 일, 결국 거짓말을 해야 되는데, 즉 국가를 위해서 최선을 다하다 전사했다고 쓸 수밖에 없다. 진정한 전쟁 이야기를 할 수 없는 이유이다.[64] 베트남전 소설인 찰스 더든Charles Durden의 《나팔도 없이 북도 없이 No Bugles No Drums》(1976)에서 전사한 전우의 시체를 본국으로 후송하게 된 병사의 이야기와 비슷하다. 그는 관 속의 시체는 버리고 대신 그 속에 마약을 가득 채워가지고 미국으로 돌아와 마약을 팔아 큰돈을 번다. 그리고 부모에게는 아들은 캄보디아의 밀림지대에서 열심히 작전 중이라고 거짓말을 한다. 병사는 돈을 벌어서 좋고 부모는 여전히 아들이 살아 있다는 것을 믿게 함으로써 좋다는 전쟁의 부조리와 모순을 이야기하는 것이지만 과연 전쟁에 진실은 있는 것인가에 대한 극도의 불신을 자아내게 한다.

아마도 전쟁의 진실을 이야기할 수 없는 이유를 가장 극명하게 제시하고 있는 사람은 베트남전 참전 종군기자인 마이클 허Michael Herr일 것이다. 베트남전에 대해 쓴 책 중에서 가장 훌륭한 책으로 평가받는 그의 유명한 수기 《특파원 보고 Dispatches》(1978)의 첫 문장은 이렇게 시작한다. "수색대가 산으로 올라갔다. 한 사람만 살아 돌아왔다. 그는 무슨 일이 일어났는지 말하기도 전에 죽고 말았다."[65] 베트남에 처음 온 신병이 호기심에 이 말을 하는 화자에게 무슨 일이 있었는가라고 용기를 내서 묻지만 화자는 오직 경멸하는 듯한 표정만 짓는다. 신병은 전쟁에서 어떤 일이 일어나는가가 관심이지만 화자는 단도직입적으로 항상 전쟁에서 발생한 결과는 죽음밖에 더 있겠는가라고 말할 뿐이다. 오직 죽은 자만이 전쟁의 끝을 보았고 직접 경험한 전쟁에 관한 완전한 이야기를 할 수 있다는 것이다. 그런데 베트남전에는 5만 8,000명의 자격 있는 이야기꾼들이 있지만 그 누구도 그 이야기를 할 수 없다. 모두 죽었기 때문이다. 즉 죽은 자만이 완전한 이야기를 할 수 있는데 죽은 사람이 어떻게 말을 할 수 있겠는가? 결국 진실 재현에 대한《캐치-22》의 극단적인 논리가 성립될 수밖에 없다.

팀 오브라이언의 소설《그들이 가져간 것들》에 나오는 한 이야기인〈용기에 대해 말하기〉에서 베트남전 참전용사 노만 바우커는 전쟁에서 살아 돌아와 용기를 발휘한 영웅으로 칭송을 받는다. 그런데 그는 말할 수 없는 하나의 비밀을 간직하고 있다. 어느 캄캄한 밤 작전 중 동료병사 카이오와가 급류에 휩쓸려 떠내려갈 지경에 이르렀는데 바우커가 그의 손을 꽉 붙잡고 있었다. 그러나 그를 지키기 위해서는 자기의 목숨도 걸어야 할 판이었다. 결국 그는 카이오와의 손을 의식적으로 놓고 만다. 자신의 비겁으로 전우가 죽음을 당하지만 귀국 후 그는 용기를 발휘한 영웅으로 대접을 받는다. 그러나 바우커는 자신의 비겁을 용서하지 못하고 깊은 죄책감에 빠져 물속으로 뛰어들어 생을 마감한다. 폴리니의 한국전 소설《밤》의 주인공 랜디도 포로수용소에서 자신의 밀고로 살해당한 전우의 죽음에 대한 죄책감으로 귀국 후 자살하지만 그 진실은 영원히 묻히고 만다. 과연 전쟁에 진실은 있는가?

이에 대한 답은 프랭크 슬로터 Frank Slaughter의 한국전 포로소설《칼과 메스 Sword and Scalpel》(1957)에서 내리는 듯하다. 작가는 애초에 전쟁에는 진실이 존재하지 않는다는 극단적인 논리까지 펴고 있다. 이 소설은 주인공인 군의관 폴 스콧 대위와 그가 속한 보병 대대의 육사 출신 대대장 재스퍼 하딘 중령 간의 갈등을 그리고 있다. 악한으로 등장하는 하딘과 그의 비리를 참지 못하는 군의관은 사사건건 부딪친다. 대대는 전투에서 패하고 포로가 된 두 사람은 적의 포로수용소에서까지 갈등을 이어가는데 중령은 군의관이 포로수용소에서 아군이 세균전을 수행했다는 것을 거짓 자백했고 적의 수용소장을 치료하는 등 적에게 협조했다는 누명을 씌우고 포로 송환 후 군의관을 군사재판에 회부한다. 사실 군의관은 함께 포로가 된 두 명의 동료를 살리기 위해 거짓 자백을 한 것이다. 여기서 대위를 변호하는 사람은 진실이 결국은 승자를 가려낼 것이라고 말하지만 군의관은 "전쟁의 최초의 희생자는 진실이다"[66]라는 오랜 경구를 말하며 전쟁에서 과연 진실이 존재할 수 있겠는가라는 부정적인 입장을 나타낸다.

물론 이 소설은 포로수용소에서의 군의관의 행동이 변절자란 누명을 쓰면서까지 동료들을 위해 자신을 희생하는 행동을 보여주는 것으로 끝나지만 군의관의 진정한 이유에 대한 확고한 진실은 끝까지 유보된다. 마치 리처드 김의 《순교자 The Martyred》(1964)에서 비겁하게 죽은 열두 명의 목사들을 순교자로 만들어야 했고 또 그들이 순교자로 죽었기를 의심하지 않는 교인들을 실망시키고 싶지 않아서 오히려 자신이 비겁한 자였다고 교인들 앞에서 고백하며 끝까지 진실을 함구하는 신 목사의 행동과도 유사하다.《칼과 메스》소설 초반에 군의관은 배를 타고 한국으로 출발할 때 환송 플래카드를 보면서 사람들은 미국이 모든 전쟁에서 항상 이길 것이며 병사들은 영웅이 되어 돌아올 것이라고 생각하지만 결국 자신들은 영웅은 고사하고 포로가 되어 송환되고 오히려 군사재판에 회부되는 패자로 기록되는 불명예를 당하고 있지 않는가. 전쟁에서 영웅은 패자가 되고 거짓은 진실이 되고 진실은 유보된다. 전쟁이 도덕적 황무지인 이유이다.

《대전과 현대의 기억》에서 폴 퍼슬 교수는 사실을 증언할 때 나타나는 문제점으로 어떤 사건과 사건을 묘사하기 위한 가용한 언어 사이의 충돌을 말한다. 어떤 사건을 묘사하기 위한 언어의 한계를 설명하면서도 그가 주장하는 진정한 이유는 언어 문제도 있지만 무엇보다도 병사들이 아무도 자신들이 보고해야 할 나쁜 소식에는 관심이 없다는 것을 발견하는 데서 오는 것이라고 주장한다.[67] 사람들은 그럴 필요가 없는데 누가 일부러 슬픈 이야기를 듣고 가슴이 찢어지는 고통을 당하려 하겠는가? 미국인들은 자신들이 듣고 싶어 하는 것만 듣기를 원하는 문화 속에서 살아왔기 때문에 듣기에 거북한 것은 일부러 피하는 경향이 있다. 그렇기 때문에 팀 오브라이언은 듣기에 거북한 이야기, 우리를 당황시키는 이야기, 외설적인 이야기, 그리고 심지어는 "결코 전쟁에 관한 것이 아닌 이야기가 진정한 전쟁 이야기"[68]라고 말하지 않았던가? 그런데 "전쟁에 관한 것이 아닌 이야기"가 어떻게 전쟁소설이 될 수 있다는 말인가? 결국 전쟁에 대한 묘사는 추상만이 가능할 뿐 진실의 '재현'은 어렵다는 것, 과연 진정한 전쟁 이야기를 쓸 수 있다는 말인가 하는 깊은 회의에 빠지지 않을 수 없다.

6. 남자는 왜 전쟁을 좋아하는가?

미국의 전쟁소설은 순진한 젊은이의 전쟁 경험을 통한 순진의 상실을 주제로 하고 있다. 베트남전 참전용사인 필립 카푸토는 그의 수기

《전쟁의 소문》에서 이러한 순진의 상실이라는 통과의례를 가장 빨리 경험할 수 있는 곳이 전쟁터라는 것을 이렇게 설명한다. 즉 "모든 사람들은 언젠가는 환상을 잃어버린다. 군대 오기 전 사회에 있을 때는 그러한 환상이 사라지는 데 몇 년이 걸린다. 그러나 베트남에서 우리는 한 번에, 그것도 몇 개월도 안 되어 환상을 잃어버렸고 소년에서 청년을 거쳐 조숙한 중년으로 변해버렸다."[69] 이러한 순진의 상실을 젊은이들은 여러 가지로 받아들인다. 대부분의 전쟁소설에서 이것은 인간의 성장 과정에서 거쳐야 할 하나의 필연적인 과정이라고 본다. 제임스 웹의 베트남전 소설《포화의 들판》에서 하지스 소위는 "인간의 가장 고귀한 순간은 전쟁터에서 보낸 시간"이라는 신념을 가지고 베트남에 참전한다.[70] 그는 온갖 시련을 겪게 되고 그러한 과정에서 순진함을 벗고 전쟁의 환상에서 깨어 나온다. 비록 전쟁은 비정하고 참혹하지만 그러한 비인간적인 전쟁에서 인간적인 사랑을 발견할 수 있다는 확신을 갖게 되고 한 사람의 리더로 다시 태어난다. 그는 자신의 변화를 인간으로 성장하는 하나의 과정으로 받아들인다. 비록 하지스는 전쟁에서 살아남지 못하지만 독자들은 죽음으로의 여정인 전쟁을 통해 인간 성장을 이룬다는 작가의 메시지를 읽을 수 있다.

많은 한국전 참전자들을 면담하고 그 결과를 두 권의 방대한 수기로 써낸 도널드 낙스는 《한국전: 불확실한 승리》에서 해병1연대 플로이드 백스터 일병의 일화를 소개한다. 그는 한국전을 마치고 귀국 후 고교 동창들과의 만남에서 자신에 비해 너무나 미숙한 그들을 발견하고 놀랐던 경험을 술회한다: "이상하게도 난 그들과 더 이상 공통점이 하나도 없다는 것을 느꼈다. 난 그들에게 설명할 수가 없었다. 우리는 나이는 같았지만 그들은 나보다 훨씬 어려 보였다."[71] 분명 전쟁에는 인간을 성장시키는 무엇인가가 있다. 그래서 남자들은 전쟁을 좋아하는 것인가?

전쟁은 때로는 젊은이들에게 극한의 상황 속에서 자신을 시험해보고 싶은 매력적인 장소가 되기도 한다. 많은 젊은이들은 그곳에서 남성적인 한계에 도전해보고 싶고 그래서 전쟁에 나가고 싶어 한다. 전쟁은 참혹하지만 반드시 부정적인 것만은 아니다. 전쟁은 사람을 죽이기도 하지만 사람을 사람답게 만들기도 한다. 전쟁은 비인간적이지만 또한 인간적이기도 하다. 그래서 전쟁은 남성들에게 묘한 매력이 있는 모양이다. 팀 오브라이언은 《그들이 가져간 것들》에서 전쟁이 가지는 양면성을 다음과 같이 말한다: "전쟁은 지옥이다. 그러나 그것은 전쟁에 관한 한 반도 안 되는 이야기다. 왜냐하면 전쟁은 또한 신비이고 공포이며, 모험이고 용기이며, 발견이고 신성이며, 동정이고 절망이며, 동경이고 사랑이다. 전쟁은 괴로움이기도 하지만 또한 전쟁은 즐거움이기도 하다. 전쟁은 스릴이 넘치지만 고통스럽기도 하다. 전쟁은 사람을 사람답게 만들기도 하지만 사람을 죽이기도 한다."[72]

사실 전쟁이 가지는 양면성에 대해서 이미 1930년대 작가 로렌스 스톨링스Laurence Stallings의 1차 대전 화보집인 《1차 세계대전 The First World War》(1933)에 대한 서평에서 시인 아키볼드 매클리시 Archibald MacLeish와 문학비평가인 맬컴 카울리가 논쟁을 벌인 바 있다. 매클리시는 1차 대전의 참담한 사진들만을 수록한 그 화보집에서 스톨링스는 두 가지 측면에서 실패했다고 말한다. 하나는 전쟁 그 자체를 전체로서 표현하지 못하고 전쟁의 한 단면만을 묘사했다는 것이다. 그에 의하면 스톨링스가 묘사한 전쟁은 아주 비인간적이고 처절한 전쟁이며 영웅도 없는 전쟁이다. 그가 묘사한 전쟁은 인간들의 전쟁이 아니고 오직 기계와 군대의 전쟁일 뿐이며 그 전쟁의 끝은 승리나 종전이 아닌 정신적 파괴의 세계이며 인간 생활이 송두리째 뽑힌 미완의 종말일 뿐인 전쟁이라는 것이다. 그러면서 매클리시는 스톨링스가 보지 못한 또 다른 전쟁이 있었다고 주장한다.

> 그 전쟁에는 행진, 연설, 취주악대와 술집이 있는 전쟁이었고 권태, 공포, 격정, 영웅, 인내, 유머와 죽음이 있는 전쟁이었다. 그 전쟁에는 참혹한 전투를 이겨낸 용기가 있었다. 그 전쟁에는 아름다운 장면도 있었고 이루 말로 다할 수 없는 슬픈 장면도 있었다. 그것은 사람들의 전쟁이었다. 그 전쟁을 싸운 양쪽 진영은 모두 사람들이었고 그 전쟁의 이야기는 사람들의 이야기였다.[73]

매클리시의 이 말은 전쟁을 미화하는 것이고 미래의 많은 젊은이에게 전쟁 참여 동기를 유발시킴으로써 결과적으로 많은 희생을 초래할 수밖에 없다는 카울리의 반박을 받지만 전쟁의 양면성을 강조한다는 점에서 오브라이언과 의견을 같이한다.

전쟁은 역설적이게도 분명 남녀 모두에게 매력적이다. 물론 전쟁은 남성의 영역임에도 여성들에게는 자신의 남자는 전쟁에 나가 찰과상 하나 입지 않고 전장을 종횡무진 뛰어다니며 적을 무찌른다는 환상을 가지고 있다. 스티븐 크레인은 일찍이 그의 남북전쟁소설 《붉은 무공훈장》에서 그러한 여자들의 환상을 "여성의 공식feminine formula"[74]이라고 명명한 바 있다. 그러나 고향 여자들의 그러한 환상과는 반대로 그 '남자'는 사실 생사의 갈림길에서 온갖 고통과 시련을 겪고 있다. 〈남자는 왜 전쟁을 좋아하는가? Why Men Love War?〉라는 글에서 베트남 참전용사인 윌리엄 브로일스William Broyles, Jr.는 그 이유를 설명한다. 즉 남자들은 전쟁에서 평소에 알지 못했던 우정과 전우애와 연대감을 발견한다는 것이다. 전쟁은 끊임없는 긴장과 시련이기도 하지만 어느 때보다도 생에 대한 애착을 갖게 하는 곳이다. 병사들은 전쟁이 회복과 치유의 특성이 있음을 발견한다. 전우애를 소중하게 간직하며 새로운 광경을 즐기며 전쟁의 장관에 경외감을 가지며 무사로서의 성취감에 뿌듯해하며 심지어 극심한 살상행위를 벌이면서 쾌감을 맛보기도 한다. 사실 보통 사람은 군대를 싫어하거나 싸움하는 것을 좋아하지도 않으며 바깥세상이 그리워 빨리 군을 나가고 싶어 한다. 그럼에도 그는 군인의 경험이 그렇게 부정적인 것만은 아님을 발견한다. 예를 들어 병사는 자신의 목숨을 구해주고, 조그만 것도 나누며, 사기를 북돋으며 어려움을 들어주던 전우를 행복하게 기억한다. "모든 것이 사라진 후에도 지속적으로 남아 있는 전쟁의 감정은 바로 전우애다"라고 브로일스는 말한다. 그러나 그가 말하는 남자가 전쟁을 좋아하는 진짜 이유는 따로 있다.

  [남자들이] 전쟁을 좋아하는 것은 우리 마음 깊숙이 혼재되어 있는
  성性과 파괴, 아름다움과 공포, 사랑과 죽음의 속성들로부터 나오는 것
  이다. 전쟁 참여야말로 대부분의 남성들이 영혼 속 깊은 곳에 있는 신
  비의 영역과 접해 볼 수 있는 유일한 길이기 때문이다. 여자들이 아이
  를 낳을 때 갖는 경험을 남자들은 전쟁의 고통 속에서 가장 가깝게 경

험할 수 있다. 남녀 모두에게 출산과 전쟁의 경험은 똑같이 생과 사의
세계로의 입문이기 때문이다. 전쟁은 우주의 한구석으로 올라가 밑을
내려다보는 것과 같다. 전쟁을 본다는 것은 삼라만상의 깊은 심연을,
다시 말하면 생과 사의 무인지대를, 아니 그 너머를 들여다보는 것과
같다.[75]

바로 이것은 전투에서 승리하는 것보다 더 큰 즐거움이 없다는 베
트남전 소설《포화의 들판》에서 하지스 소위가 자신의 모습은 비정
한 폭력의 화신으로 전락해버렸는데도 전쟁을 생애 최고의 짜릿한
경험으로 생각하는 것에 대한 해답이 될 것이다. 미군 병사들에 관
한 훌륭한 연구서《미국 군인》에서 저자 피터 카인즈배터는 한국전
쟁 초기 낙동강 전선에서 북한군과의 극심한 야간 전투를 치르고 난
후 그 참혹한 전투가 가져온 짜릿함과 흥분을 얘기하는 찰스 부시
대위의 경험을 다음과 같이 기술하고 있다: "비록 난 마지못해 전투
에 참가했지만 실제로는 엄청난 스릴과 불확실성에 대한 총체적 불
안, 치명적인 전투가 만들어내는 아드레날린을 자극하는 묘미를 즐
겼다."[76] 이러한 감정은 결코 평화 시에는 맛볼 수 없는 강렬한 감정
이다. 전쟁의 장관은 무서울 만큼 사람의 마음을 자극하는 광경을
연출한다. 병사들은 공중전, 함포사격, 포병의 대대적인 공격준비
사격, 야간에 화려한 궤적을 그리며 날아가는 예광탄들, 먼 거리 전
투가 보여주는 생과 사의 드라마에 매료된다. 제시 글렌 그레이 Jesse
Glenn Gray는 이러한 현상을 "눈의 욕정"이라고 말한다. 즉 "전쟁이
초래하는 무질서, 왜곡, 자연의 장애물 등은 비교 불가능할 정도로
추한 것이지만 동시에 그 속에는 화려함과 움직임, 변화, 장엄한 파

1950년 7월 15일 금강 전투에서 미군 포병이 보병부대를 지원하기 위한 105미리 포사격을 준비하고 있다. (출처: U.S. Army Signal Corps, Public Domain)

노라마, 그리고 심지어 때로는 순간적인 조화와 균형이 있다. 우리가 어떤 도덕적 선입견 없이 일상적인 아름다움과 추함을 생각한다면 전투에서 엄청난 인원 및 무기가 집중된 광경을 보면서 가끔은 기괴하다고 생각하지만 그러면서도 그 광경에서 묘한 아름다움을 느낀다."[77]

실제로 병사들은 파괴를 통해서 쾌감을 느낀다고 고백한다. 이것을 파괴의 희열이라고 할 수도 있을 것이다. 통상 사람들은 자신이 직접적인 목표가 되지 않는 한 전투 광경을 보면서 그 아름다운 모습에 매료될 때가 있다. 한국의 한 고지에서 자신의 유도로 엄청난 화력전을 전개한 한 포병 관측장교는 아름다운 궤적을 그리며 밤을 뒤덮고 있는 야간의 포사격 광경을 이렇게 표현한다. "서로 간에 쏘아대는 포병 사격은 엄청난 장관이었고 특히 야간의 그 광경은 현란하기까지 했다. 반대편 능선의 적진지에 대한 포격은 아름다움이었지만 물론 그것이 우리에게 떨어지지 않는 한 말이다."[78] 제임스 브래디는 그의 한국전 참전 수기 《가장 추운 전쟁: 한국전 수기 The Coldest War: A Memoir of Korea》(1991)에서 비슷한 결론에 도달한다. 그는 비록 왜 그런지 정확히 이해할 수 없었지만 전투는 그에게 공포심을 갖게 하면서도 동시에 희열을 느끼게 했다고 회상한다. "난 무엇이든 무서웠고 그렇다고 무서운 척할 수도 없었다. 그럼에도 전투란 여전히 대단한 신비였다. 공포와 피로, 정신적 죄책감에 의해 상쇄될 성취감, 근접 전투를 이겨낸 쾌감, 메스꺼움을 자아내는 공포 등으로 뒤범벅이 된 그런 신비였다. 전투를 피해 도망가고 싶었지만 동시에 그 엄청난 싸움의 한가운데로 끌려들어가고 있었다. 전투에 참가해보지 않았던 사람은 누구도 그 전쟁이 지니는 모순이나 분위기를 상상할 수 없다."[79]

전쟁은 남성들에게 또 다른 매력이 있다. 그것은 남성성을 자극해 미지의 세계에 대한 도전을 부추기기 때문이다. 그 도전은 인간의 한계에 대한 시험도 되지만 때로는 맹목적인 정복욕이 되기도 한다. 2차 대전 소설인 노먼 메일러의 《나자와 사자》는 태평양상의 가상의 아노포페이섬을 공격하는 미군들의 전투를 그리고 있는데 그 섬 중앙에 신비스럽게 우뚝 솟아 있는 아나카산을 정복하려는 수색 분대장 크로프트 중사의 야심이 집중 조명된 소설이다. 사실 그 산을 정복할 때쯤엔 이미 전투는 끝나고 미군은 승리를 거두었지만 크로프트는 불필요하게도 그 산을 향해 대원들을 몰아친다. 왜냐하면 그 산은 크로프트가 마음속에 품은 정복의 대상이고 그것을 정복했을 때의 성취감과 쾌감을 맛보려 하기 때문이다. 베트남전 소설인 델베키오의《제13계곡》에서도 미군 알파 중대가 점령하려는 케 타 라오 계곡은 도전과 정복의 상징적 대상이다. 저자의 묘사로는 이 계곡은 침투 불가능한 자연이자 베트남, 그 자체의 상징이다. 태고의 계곡으로 침투해 들어가는 것은 베트남 땅 자체에 대한 공격이다. 그러나 땅 자체에 대한 공격은 결코 이길 수 없는 싸움이라는 것이다. 그 계곡은 미국이 결코 이길 수 없는 전쟁을 싸우고 있다는 것을 암시하는 상징이다. 그럼에도 흑인 중대장 루퍼스 브룩스는 75명의 중대원들을 이끌고 '지옥'의 계곡으로 들어간다. 물론 처절한 패배를 맛보게 된다.

한국전은 특히 미군 병사들에게 더욱 이러한 도전을 부추기는 미지의 세계였다. 소설 속에서 한국전은 미국의 많은 젊은이들에게 자신의 세대에 닥친 전쟁이고 또 자신들이 성장하는 데 거쳐야 할 하나의 과정으로 간주된다. 한국전의 아나카산이나 케 타 라오 계곡은 소설에서 몇 가지의 모습으로 나타난다. 제임스 미치너의《독고리의 철교》에서 폭파해야 할 철교는 단순한 다리가 아니다. 험준한 산악과 험로 사이의 강 위에 놓인 그 다리는 수많은 적의 대공포가 밀집해 있는 곳으로 중동부로 향하는 적의 모든 보급품의 집적소이다. 미치너는 이 철교를 둘러싸고 있는 지역과 엄청난 규모의 방어시설을 신비의 상징으로 묘사한다. 작가는 이 철교를 남자로서 거쳐야 할 용기의 상징적 시험대로 설정해놓은 듯하다. 전투기 조종사 해리 브루베이커 대위에게 사실 철교 폭파를 위한 출격은 자신의 선택 사항이었지만 그것의 폭파는 자신의 인생에서 거쳐야 할 어떤 의무라고 생각한다. 그래서 결국 그는 출격을 자원한다. 대위는 자신의 임무는 모두 완수하지만 결국 적의 대공포를 피하지 못한다. 그는 적 지역에 추락하고 적에 의해 비참한 최후를 맞이한다. 다소 감상적인 이야기이지만 전쟁에는 남자들이 인생을 걸어야 할 목표가 존재하는 듯하다.

제임스 설터의 공군소설《사냥꾼들》에서 적의 수풍댐 폭파의 임무를 띠고 감행한 출격에서 주인공 클리브 샤빌 대위는 돌아오지 못한다. '행방불명'으로 보고되지만 그는 압록강 상공에서 '케이시 존스'라는 별명이 붙은 적군의 에이스를 격추시키고 강으로 추락하고 만다. 여기서 케이시 존스는 수풍댐 상공의 미그 앨리를 지배하는 신출귀몰한 적 전투기로서 많은 아군의 전투기를 희생시킨 장본인이다. 그것은 정복되어야 할 대상이다. 마찬가지 커트 앤더스의《용기의 대가》에서 중대장 에릭은 목표 고지 옥토퍼스산을 향해 부대를 돌격시키는데 그것은 대대의 전술 목표이기도 하지만 "정복해야 할 자신의 산"이기도 하다.[80] 에릭에게 그 고지 정복은 자신의 능력을 시험할 시험대가 되기도 한다. 그래서 그는 그것을 포기할 수가 없다. 마찬가지로 글렌 로스의 소설《마지막 출정》에서도 분대장 헌터 중사에게 '590고지'는《나자와 사자》의 아나카산이다. 헌터는 그 산을 쳐다보며 불굴의 전의를 불태운다. 그 고지는 정복의 대상이고 그의 남성성을 시험하는 시험대가 된다. 그는 지금까지 전투하며 이렇게 자신의 욕망을 자극한 대상이 없었다고 생각한다. 그 산을 정복하는 것과 전쟁의 승패와는 아무런 관계가 없다. 그저 정복하는 그 자체로서 가치가 있는 그런 산이다. 헌터에 대한 작가의 묘사는 은연중에《나자와 사자》의 크로프트 중사를 연상시킨다. "헌터는 운명적으로 그 산이 점점 자신의 앞길을 가로막고 있고 그의 인생은 바로 그곳에서 결정될 것 같다는 생각에 사로잡혔다. 그는 황혼녘에 계곡 넘어 가파른 경사가 진 높이 솟은 산을 보았을 때 전혀 두려움을 느끼지 않았다. 다만 그리움과 말할 수 없는 욕구가 용솟음쳤다. 그 산은 아름다운 산이었고 그 자체만으로 오를 가치가 있는 산이었다." [81]

전쟁에 나갔던 사람들은 전쟁의 참혹성을 경험하고 전쟁을 증오하며 다시는 전쟁이 있어서는 안 된다고 말하지만 아이러니하게도 전쟁 참여자들에게 전쟁은 후일에 야릇한 향수를 불러일으키기도 한다. 물론 전투에 참여한 병사는 죽음의 공포를 수없이 경험하지만 살아 있는 사람으로 죽어본 사람이 없다. 인간은 죽기 전까지는 죽는 순간까지도 자신은 죽지 않는다고 생각한다. 프로이트도 전투 심리를 분석한 글에서 전투에서 병사들이 죽음을 두려워하지 않고 쏟아지는 총탄을 뚫고 적진으로 돌진하는 이유는 "자신에겐 아무런 일도 일어나지 않을 것이다"라는 심리가 작용하기 때문이라고 주장한다. [82] 물론 이런 이야기는 국가를 위해서 생명을 바친다는 공식적인 전쟁 수사와는 동떨어진 이야기이지만 실제 전투에 임한 병사들의 경험담이기도 하다. 오히려 국가가 천명한 전쟁의 대의명분보다는 함께 싸우는 동료와 지휘관을 위해서 싸운다는 병사들의 이야기가 더 설득력 있게 들린다.

사실 전투에서 죽지 않고 살아 돌아온 병사들은 말로 표현할 수 없는 쾌감과 안도감을 느낀다. 한국전 소설에서 보이는 여러 가지 모습들, 즉 항공모함 갑판을 박차고 굉음을 내며 창공으로 솟아오르는 전투기 편대, 무한한 하늘 높이에서 희열을 느끼는 조종사들의 쾌감, 평소 같으면 전혀 느끼지 못할 전쟁터에서의 남자들 간의 진한 우정,

1951년 6월 9일 중부전선의 한 고지에서 미 31연대 전투단 병사들이 적진을 향해 전진하는 보병들을 지원하여 57미리 무반동총 사격을 가하고 있다. (출처: DoD/media credit)

백만 불짜리 부상을 얻어 전쟁을 떠나고 싶어 하는 사람들과 달리 중상을 입고도 귀국을 거부하고 다시 전선의 부대로 복귀하는 병사들, 이런 것들은 모두 전장이라는 특수한 상황 속에서만 발견되고 만들어지는 현상으로 이런 것 때문에 남자들은 아무리 가혹한 전쟁이라도 그 전쟁을 쉽사리 잊지 못한다. 비록 트라우마로 기억되는 전쟁이지만 이런 모습들이 있어서 참전병사들에게 자신이 싸운 전쟁을 기억하고 향수에 젖게 한다. 전쟁이라는 참혹한 현상에 대한 아이러니한 이런 매력과 향수를 조셉 콘래드는 "혐오스러움이 뿜어내는 매력"이라고 했다.[83] 그래서 남자들은 전쟁을 좋아한다.

7. 전쟁의 공포를 이겨내는 방어기제

1) 완곡어법과 블랙유머

전쟁에서 병사들은 자신들의 행위를 정당화하고 죽음의 공포를 극복하기 위한 방법을 고안해낸다. 전쟁터에서의 이러한 방어기제는 여러 가지의 형태로 나타난다. 죽음과 치명적인 부상과 극심한 고통과 두려움을 부드러운 말로 순화시켜 마치 일상의 일인 것으로 치부해버리기도 하고 사랑하는 전우의 치명적인 부상이나 죽음을 인정하지 않으려고도 한다. 그런가 하면 상상할 수 없는 엄청난 사건 앞에서 할말을 잊은 병사들은 그저 웃음과 농담으로 넘겨버리기도 한다. 또한 병사들은 자신들의 잔인한 행위를 정당화하거나 살상 행위에 대한 죄책감을 느끼지 않기 위한 수단으로 하나씩의 별명을 만든다. 정상적인 이름을 가진 사람으로서 도저히 비이성적이고도 비인간적인 자신의 행위를 견디거나 용납할 수 없기 때문이다. 사실 이러한 행위는 현실을 왜곡하는 것으로, 원하는 행동을 하지 못했거나 원하는 결과를 얻지 못했을 때 그럴듯한 이유를 찾아내 자아가 상처받는 것을 방지하기 위함이다. 전쟁소설에서 묘사되는 완곡어법 Euphemism과 블랙유머 Black Humor, 패러디 Parody와 슬랭 Slang 그리고 은어 Jargon들이 만들어지고 사용되는 것은 모두 이런 이유들 때문이다. 이것은 또한 언제 닥쳐올지 모르는 죽음의 공포 앞에 놓인 병사들 사이에서 동병상련의 감정이 만들어내는 방어기제이기도 하다. 피터 아이칭거 교수도 병사들이 전쟁터에서 사용하는 유머는 블랙유머로서 전쟁과 같은 극심한 환경에 처한 사람들 사이에서만 통할 수 있는 그런 언어로서 "잠시나마 트라우마를 경감시켜주

며 전쟁의 공포를 이겨낼 수 있게 하는 수단"이라고 말한다.[84]

프랭크 슬로터의 소설《칼과 메스》에서 야간에 아군의 고지에 퍼부어지는 중공군의 포격은 하나의 "콘서트"가 되고 아군의 대구경 포들의 합동 사격은 "화음이 안 맞는 교향악"이 되는가 하면 적을 전멸시킬 때는 "아침상을 위해 국gook들을 프라이한 것"이 된다.[85] 커트 앤더스의《용기의 대가》에서 적진지에 대한 아군의 밤샘 포격은 "포병이 밤새도록 알을 낳은 것"이 되고 아군의 포사격 요청을 "과자를 달라는 것"으로 표현하는가 하면 적에게 처참한 비극을 가져올 포격은 "아름다운 고전음악"이 된다.[86] 그런가 하면 노먼 블랙의《얼음과 불과 피》에서 한 병사는 "우리 모두 햄버거 고기가 되기 전에 총공격을 감행하자"라고 말한다.[87]

한국전 병사들은 소위 1, 2차 대전을 경험한 그들의 선배들과 달리 전투가 개시되었을 때 극심한 공포를 느끼고 자신의 위치를 버리고 전선 후방으로 도망치는 것은 흔한 일이었다. 병사들뿐만이 아니라 부대 전체가 후방으로 도망가는 일도 많았다. 여기서 나온 말이 '꽁무니 빼기bugging-out'이다. 이 말은 한국전 초기에 생겨난 말로, 주로 총을 집어던지고 일시적인 안전을 위해 뒤로 도망치는 것을 의미한다.《허드슨강에서 압록강까지》라는 수기에서 필자는 전쟁 초기 처음으로 한국전에 도착한 스미스 기동부대가 오산에서 적과 조우한 후 제대로 된 전투 한 번 못 해보고 후방으로 도망가자 '꽁무기 빼기'란 말이 미군 병사들의 어휘에 들어왔다고 기술한다. 그 후 이 말은 한국전에서 병사들 사이에서 하나의 군대 속어가 되었고 '낙오자straggler'라는 말과 함께 '적전 도망병'을 일컫는 말이 되었다.[88]

딕 세이어즈의 소설《승리도 없고 아픔도 없는》에서 작가는 미군

의 완곡어법을 은근히 비꼰다. 서부전선의 올드 볼디 고지에서 중공
군과 치열한 전투를 벌였던 한 미군부대는 거의 전멸당하고 후퇴했
지만 그것은 "자발적인 철수"였다고 《성조》지에 실린다. 주인공 병
사는 그것이 무슨 뜻인지 몰랐는데 패배를 인정하지 않고 승리만을
믿고 싶어 하는 미국의 독자들을 위해서 불가피한 언어의 선택이었
다는 것을 늦게야 깨닫는다.[89] 미군에서 후퇴란 있을 수 없다. 마치
장진호에서 후퇴하는 미 해병 1사단의 행동을 보고 한 기자가 사단
장 올리버 스미스Oliver Smith 장군에게 "지금 사단은 후퇴하고 있는
것이냐"고 묻자 장군은 "후퇴는 무슨, 우리는 지금 다른 방향으로
공격하는 것이다"라고 말해서 미국 해병대 역사에 후퇴란 없다는
해병대의 신화를 만든 것과도 같은 맥락이다.

"참호 속에서는 무신론자가 없다"라는 말은 많은 소설 속에서 공
통적으로 등장하는 말이다. 전쟁은 우연이 지배하는 곳으로 누구도
적의 총탄을 피할 수 없다. 그래서 병사들은 자신들의 안전을 초자
연적인 힘이나 신에게 의지하려고 한다. 특히 미군 병사들은 성경
구절을 많이 인용하는 것을 볼 수 있는데 시편 23편("내가 사망의 음
침한 골짜기로 다닐지라도 해를 두려워하지 않을 것은 주께서 나와 함께하심이
라")은 미군 병사들이 가장 많이 애용하는 구절이다. 전쟁이라는 "사
망의 음침한 골짜기"에서 헤매는 병사들에게 그 구절은 가장 큰 위
로가 된다. 그래서 병사들은 그 구절을 자신의 철모나 다른 장비에
부적처럼 써가지고 다닌다. 심지어 《독고리의 철교》에서는 항공모
함 갑판 위에서 자신들의 전투기의 이착륙을 유도하는 '맥주통Beer
Barrel'이라는 별명으로 불리는 한 장교가 '여호와'가 되기도 한다.[90]
바로 그가 조종사들의 '안위'를 유도하는 자이기 때문이다. 그래서

1950년 10월 동해상에 떠 있는 항공모함 필리핀 시 호 위에서 수병이 출격할 항공기를 유도로로 이끌고 있다. (출처: ⓒNB아카이브, 사진제공 눈빛출판사)

조종사들은 그를 패러디하는 노래를 지어 부르기도 한다.

비어 배럴은 나의 목자시니
나는 추락하지 않으리로다.
그는 나를 평평한 갑판 위로 인도하시며
나를 거친 바다에서 건져 올리시는도다.
그가 나의 자신감을 회복시키시니.
비록 내가 60노트로 하강하다 갑판 위 홈에 걸리게 되더라도
해를 두려워하지 않을 것은 그가 나와 함께하심이라.
그의 팔과 신호 막대가 나를 안위하시는도다.
그는 나의 적들의 목전에서 내 앞에 갑판을 준비하시고
나의 갈고리를 전선에 걸리게 하시니

나의 갑판 활주로는 넘치나이다.[91]

　전쟁과 군대에서 개인은 집단 속에 함몰되고 하찮은 존재로 전락한다. 많은 반전소설에서 작가들은 개인이 하나의 '소모품'으로 전쟁에 내몰리는 것에 심한 분노를 표출한다. 자신들은 거대한 전쟁을 싸우고 있다고 생각하지만 지휘부에서 볼 때는 그저 하나의 병졸일 뿐이고 소모되는 물건일 뿐이다. 이러한 전쟁과 군대에서의 몰개성의 문제는 비록 한국전에서만의 문제는 아니다. 미군 병사들은 전통적으로 여러 가지 이름으로 불려왔다. 육군 보병들은 "돼지 소리로 투덜댄다"는 뜻에서 '그런트grunts' 또는 '개 얼굴dogfaces'로 불렸는가 하면 해병들은 불룩한 항아리처럼 속이 비었다고 해서 백치를 뜻하는 '자헤드jarheads' 또는 경멸조로 '자이어린gyrenes', 공군들은 개가 집에서 아래위로 마구 뛰어다닌다는 뜻이 내포된 '주미스zoomies'나 '날으는 아이들flyboys'로 불렸고, 해군은 '오징어squids'나 '고기머리fishheads'로 불려 애칭으로 또는 경멸 또는 군 간의 경쟁 대상의 조롱이나 비꼬는 말로 사용되었다. 그러나 미군 병사들 모두는 2차 대전 이후 '지아이GI: Government Issue' 즉 '정부 지급품'으로 불렸는데 이는 그들이 좋아하는 용어는 아니었다. 이는 물론 한국전에서도 계속되었다. 한 병사는 "난 특히 누가 날보고 '지아이'라고 부르면 화가 났다. 그 말은 항상 품위를 떨어뜨리고 업신여기는 말이었기 때문이다."[92] 지아이는 소모성의 별 가치가 없는 물건이라는 뜻이 내포된 말로 병사들은 그저 전쟁에 사용되는 하나의 소모품에 지나지 않는다는 의미로 받아들여져 군대에서 개인의 몰개성을 비판하는 상징어가 되기도 했고 그래서 병사들은 그 말을 싫어했다.

한국전에서 한 연대의 소대장으로 갓 부임한 매티아스 소위는 자신이 지휘하게 될 소대가 작전지도에서 많은 기호들 중 하나로 표시되는 것을 보면서 다음과 같이 생각한다: "나는 커다란 그림 속에서 하나의 점이 되고 있었다. 사람으로서 '나'라는 존재가 없어지고 하나의 숫자로 재분류되고 있었다. 이 숫자는 앞으로 지도와 차트와 전술 투명지에서 나를 표시하는 것으로 사용될 것이었다. 사실 난 나의 정체성을 잃게 된다는 것을 받아들이기 힘들었다. 전선에 나가 싸우는 해병들이 종종 사람이 아니고 조종을 당하는 존재라고 느끼곤 한다는 얘기를 들었는데 난 그 이유를 알 수 있을 것 같았다."[93]

이러한 군대의 몰개성 문제는 비단 한국전에서만의 문제는 아니었지만 자신들이 'GI'라고 불리는 것에 대해 불만을 가지고 있었다는 것을 알 수 있다. 그러나 다른 측면에서 본다면 인격체인 개인이 아닌 집단 속에 함몰된 개인으로 볼 때만이 그들을 전쟁에 내보낼 수 있다는 뜻이 된다. 그래서 많은 병사들이 자신의 이름 대신 별명을 지어 부르기도 했다. 앞에서도 항모 갑판의 전투기 이착륙을 유도하는 장교의 별명이 '비어 배럴(맥주통)'이라는 것도 하나의 인격을 갖춘 개인으로 보기보다는 전쟁 상황에서만 통할 수 있는 하나의 몰개성의 애칭이라고 보아야 할 것이다. 사실 병사들이 자신의 정체성을 별명으로 대치한 예는 베트남전에서 특히 두드러졌는데, 제임스 웹의 《포화의 들판》이 대표적인 예가 될 것이다. 소설 속에서 병사들의 본래 이름은 끝까지 밝혀지지 않는다. 병사들은 거의 모두 별명으로 불린다. 예를 들면 '뱀', '대포알', '물소', '사기꾼', '살인자', '미치광이', '옥수수빵' 등이다 정상적인 사람으로는 전쟁에서 행해진 그 많은 잔학 행위들을 감당할 수 없었을 것이다. 병사들의 별명은 자신들의 행위를 정당화하고 또한 그러한 행위를 감추기 위한 하나의 방어수단이 되었다.

또한 전쟁 용어는 일상적인 용어와는 다르다. 대부분의 죽음은 치열한 전투 속에서 또는 우연히 날아온 소총탄이나 포탄에 의해서 발생하거나 또는 백병전에서 적에 의해 강제적인 죽임을 당한다. 그래서 일반적인 주검과는 다르다. 많은 전쟁소설에서 전사자들의 모습이 처참하거나 기괴한 모습으로 그려지는데 병사들은 바로 옆에 있던 전우의 그러한 참혹한 죽음을 인정하기가 힘들다. 그래서 전우들의 죽음을 죽음으로 표현하지 않고 좀 더 순화된 언어로 표현한다. 예를 들어 팀 오브라이언의 소설《그들이 가져간 것들》에서 죽음은 여러 가지 부드러운 말로 표현된다. "죽었다killed"라는 말 대신에 "그을렸다greased"나 "갔다offed"라는 말을 사용한다. 또 "소변을 보다 우연히 날아온 총에 맞아 죽었다" 또는 "우연한 죽음을 당했다"라는 뜻으로 "지퍼를 올리다가 당했다zapped while zipping"라고 쓰는가 하면 "야간에 조명탄이 터지는 가운데 포사격을 받았다"는 뜻으로 "밝아졌다lit up"라는 말을 사용한다. 다시 말하면 죽음의 처참한 모습을 순화시키려는 의도에서 비롯된 언어적 유희였다. 죽은 병사들은 그저 연극무대의 배우일 뿐, 결국은 연극이 끝나면 다시 일어날 사람들이다. 그래서 죽음의 현실을 부정하려고 한다.[94] 그뿐만 아니라 정글 소로에서 적의 매복에 걸린 한 미군 병사 레몬이 처참한 죽임을 당해 사지가 찢겨진 모습으로 나무에 걸려 있는 것을 발견한 대원들은 너무나 깊은 충격을 받는다. 그의 시신을 끌어내리라는 명령을 받은 한 동료 병사는 도저히 그 상황을 받아들일 수 없다. 전우의 시체를 수거하면서 그가 할 수 있는 일이라고는 그저 비틀즈의 〈레몬트리Lemon Tree)를 부를 수밖에 없었다고 묘사한다.[95] 그저 "나무에 걸린 레몬"이라는 글자 그대로의 해석이다. 전쟁에서 완곡어와 블랙유머는 전쟁의 공포를 잊으려는 가장 유용한 방어기제가 된다.

2) 고향 생각과 꿈

전쟁에 나간 병사들은 자신들이 본국의 정부나 사람들에게 잊혀지는 것을 제일 두려워한다. 그들은 항상 본국의 무관심을 제일 걱정하고 또 때로는 분노하기도 한다. 그래서 종종 병사들은 자신들에게 본국이 관심을 갖도록 하기 위한 노력의 일환으로 종군기자들에게 자신들의 활약상을 써서 본국에 송고해 달라고 한다. 더구나 추운 밤을 보내면서 의기소침해지고 죽은 전우들을 생각하거나 자신들의 행운이 언제까지 지속될까 생각하며 공포 속에서 긴긴 밤을 보낸다. 그들은 고향과 집을 생각하면서 공포의 순간을 잊으려 한다. 추운 겨울 밤 전선의 고지 위에서 그리고 죽음을 앞둔 그 짧은 시간에도 고향의 사랑하는 사람들을 떠올린다. 특히 한국전에서 병사들의 이런 광경이 많이 나오는 것은 그들이 보기에 미국에 어떤 이익도 없는 지구의 반대쪽에 있는 조그만 나라의 전쟁에서 헛된 죽음을 당해야 한다는 억울한 생각이 마음속에 떠오르기 때문이다.

제임스 미치너의 《독고리의 철교》에서 주인공 조종사 브루베이커는 적의 대공포에 맞아 추락해 논바닥에 불시착한다. 고립무원이 된 그는 자신에게 다가오는 적을 발견하면서 잠시 후면 죽을 그 짧은 시간에 고향의 아내와 두 딸을 생각하며 사무치게 그리워한다. 그는 마음속으로 "아내와 아이들이 너무도 그리워 한 번이라도 보고 싶었다"[96]라고 생각하지만 곧이어 적이 던진 수류탄에 죽고 만다. 데이비드 와츠의 소설《희망의 흥남부두》에서 주인공 잭 스타일스는 장진호에서 철수하는 해병 중대의 한 병사이다. 그는 극심한 추위 속에서 끊임없이 출몰하는 중공군에 쫓기며 흥남을 향해 죽음의 행군을 계속할 때 고향집에 있는 사람들을 생각한다. "그는 엄마와 고향집이 너무도 그리웠다. 그는 갑자기 자신이 어릴 때 엄마가 머리를 감겨주던 일, 셔츠를 똑바로 입혀주고 밤에 침대로 날 밀어넣던 그 부드러운 손길이 생각났다. 고향 마을에서는 유명한 엄마의 일요일 점심 밥상, 일요일 아침 예배 후에 한 상 그득히 차려진 농촌 식탁의 냄새가 몹시 그리웠다"[97]라고 회상한다.

이것은 전쟁에서 공포를 극복하기 위해 꿈을 꾼다는 것과 일맥상통하는 방법이다. 그러나 실제 꿈이란 꾸려고 한다고 해서 꾸어지는 것이 아니다. 그러니까 꿈을 꾼다기보다는 극심한 위험에 처한 이 상황을 다른 곳이나 시간으로 전위轉位시킨다는 말이다. 팀 오브라이언의《내가 전쟁터에서 죽으면》이란 수기에서 "병사들은 꿈꾸는 자들이다"[98]라고 말하는데 극심한 스트레스와 위험 속에 처한 병사들이 이전에 좋았던 장소와 시간을 상상하며 그곳의 그 시간으로 돌아간다는 뜻이다. 다시 말하면 전쟁 전의 먼 과거와 전쟁이 끝난 후 먼 훗날을 기억하고 상상하는 일종의 백일몽을 꾼다는 뜻이다. 병사들은 고향의 사랑하는 사람들, 이전에 좋았던 기억들, 자신의 복무 기간이 끝나고 본국으로 돌아가게 될 때에 할 일 등을 생각하며 잠시 동안이지만 현재의 고통을 잊으려 한다. 사실 오브라이언의 "병사들은 꿈꾸는 자들"이라는 구절은 1차 대전 영국 시인인 지그프리드 새순의 시 〈꿈Dreams〉(1917)에서 따온 것이다. 시인 새순은 병사들이 자신들의 육체적·정신적 고통을 잊고 그것으로부터 도피하는 방법으로 꿈을 사용한다는 것이다. 2연으로 구성된 그의 시는 1연 마지막에서 "병사들은 꿈꾸는 자들이다; 대포가 떨어지기 시작하면 그들은 불이 켜진 고향집, 깨끗한 침대와 아내들을 생각한다"[99]라고 읊고 있다. 마찬가지로 1차 대전의 서부전선에서 전사한 영국 시인 윌프레드 오웬도 〈병사의 꿈Soldier's Dream〉(1917)에서 "난 친절하신 예수께서 대포의 장치들을 못 쓰게 만드는 꿈을 꾸었다. 그리고 모든 볼트와 나사를 영원히 멈추게 하는 그런 꿈을 꾸었다"[100]라고 읊고 있다. 사실 이런 모든 생각과 행위는 현재의 고통에서 도피하고자 하는 전위의 방법이다.

먼 외국의 전쟁터에 나와 있는 병사들의 마음속에 잠재하는 하나의 생각은 본국에 두고 온 여자 친구이다. 그들은 때때로 본국의 여자 친구에게서 '절교 편지Dear John Letter'가 오지 않을까 노심초사한다. 여자 친구의 편지는 하루하루를 죽음의 공포 속에서 사는 병사들에게 위안과 자신감을 주는 하나의 방어기제가 되기도 하지만 반대로 절교 편지는 오히려 죽음의 공포와 더불어 병사들을 더 깊은 절망으로 빠지게 하기도 한다. 사실 전쟁의 현실을 직접 이해할 수 없는 고향에 있는 여자들은 자신들의 애인이나 남편은 찰과상 하나 입지 않고 용감하게 싸우는 줄 안다. 그리고 영웅이 되어 돌아올 것으로 기대한다. 그러나 사실은 그렇지 못하다. 앰브로스 비어스는 남북전쟁에 관한 〈레사카에서의 죽음Killed at Resaca〉이라는 한 단편에서 자신의 남자 친구는 전쟁터에서 절대로 비겁한 행동을 하지 않을 것으로 생각하는 한 여자 친구의 편지 때문에 죽음을 당한다는 한 장교의 이야기를 쓰고 있다. 즉 전투가 벌어지자 공포에 질린 나머지 나무 뒤에 숨어서 비겁하게도 전투를 피했던 한 장교가 자신의

"*Darling, I will dream that you are coming back to me this Christmas. I can't think of a Christmas without you.*"

왼쪽 전쟁에 나간 미군 병사들이 고향에 두고 온 아내나 여자친구를 그리워한다는 심리를 이용하여 병사들의 사기를 떨어뜨릴 목적으로 제작된 중공군의 선전 삐라. "여보 이번 크리스마스에는 돌아오리란 꿈을 꾸겠어요. 당신 없는 크리스마스를 어떻게 생각할 수 있겠어요"라는 글이 쓰여 있다. (Herbert A. Friedman 제공)
오른쪽 멀리 중국의 고향에 두고 온 처자를 생각나게 하여 사기를 떨어뜨릴 목적으로 미 8군 심리전단이 만든 삐라. 중국의 전통적인 복장을 한 여인을 그린 그림으로 "어떤 남자도 아내와 자식이 없으면 그 인생에 무슨 행복이 있겠는가"라는 글이 쓰여 있다. (Herbert A. Friedman 제공)

행동에 대해 듣고 그 비겁함을 질타하는 애인의 편지를 받고 너무나 큰 충격을 받는다. 결국 그는 자신의 수치스런 행동을 만회하기 위해 적들이 보는 앞에서 만용을 부리지만 결국 자신뿐만 아니라 많은 동료 부대원들까지 죽음으로 몰아넣고 만다.[101]

한국전 수기나 소설에 보면 그런 절교 편지를 받고 상심해 탈영하는 병사들에 대한 묘사를 종종 볼 수 있다. 미이도어의 한국전 소설 《잊지 않으리》에서 주인공 존 윈스턴은 애인에게서 절교 편지를 받는다는 이야기는 수없이 들어서 남의 이야기인 줄 알았는데 자신에게 닥칠 줄은 몰랐다고 크게 상심한다. 그런가 하면 래리 크란츠의 소설《사단들》에서 주인공 스콧 코나인은 2차 대전 후 고향에 돌아오지만 그동안 애인이 자신에게 편지를 쓰지 않았던 이유를 알게 된다. 다른 남자와 결혼했기 때문이다. 그런가 하면 이 소설의 다른 한 장교는 계속 한국전에 나가 있는 한 결혼은 없다는 여자 친구의 편지를 받고 절망한다. 전쟁에 나가 있는 병사들에게 고향과 꿈과 편지는 희망이 되지만 때로 절망이 되기도 한다.

3) 자해와 백만 불짜리 부상

전쟁터의 병사들이 가장 원하는 것은 바로 전쟁에서 벗어나는 일이다. 미군 병사들에게 한국에서의 전쟁을 벗어나는 방법은 여러 가지가 있다. 순환근무 날짜가 될 때까지 살아남아서 본국으로 돌아가는 것과 부상을 당해 후송되는 것, 그리고 전사해 관에 넣어져 돌아가는 방법이다. 그러나 병사들이 순환근무일까지 살아남을 수 있다는 보장은 없다. 그래서 어떤 병사는 자해를 하기도 한다. 그러나 모든 병사들의 한결같은 소원은 '백만 불짜리 부상'이다. 이것은 미국 전쟁소설 전체를 관통하는 전쟁에 나간 병사들의 공통된 생각이다. 그런 '부상'을 입으면 돌아가더라도 전투에서 비겁한 행동을 했다는 비난을 받지 않아도 되기 때문이다. 그러나 그것은 적이 부상을 입혀주도록 기다려야 하는데 과연 적이 그렇게 해줄 것이라는 보장은 없다. 한국전에서 존 새딕이라는 해병은 동굴 속에서 떨어져 일부러 손을 부러뜨려 볼까 생각한다. 또 그렇게 생각한 것을 조금도 부끄러워하지 않는다. 왜냐하면 전투에 참가한 사람은 누구나 그런 생각을 하기 때문이다. 그러나 한두 번 그런 생각을 해보지만 실행에 옮기지는 않는다. 그런데 자신의 부대에 새로 전입해온 한 신임소위가 자신의 발을 45구경 권총으로 쏘았고 결국 그는 본국으로 후송되어 갔다고 말하며 부러워한다. 《미국 군인》에 나오는 이야기이다.[102]

이와 비슷한 이야기가 노먼 블랙의 소설 《얼음과 불과 피》에서도 나온다. 공격명령을 받은 소대장이 중대장에게 그것은 자살공격이라고 반발하며 자신의 안경을 일부러 부러뜨린다. 그러고는 앞을 볼 수 없다는 이유로 공격하지 못하겠다고 버틴다. 그뿐만 아니라 부대에 새로 온 소대장이 공격명령을 받고 공포에 질려 자신의 텐트로 가서 자신의 발가락을 쏴 자해한다. 그런가 하면 새로 전입한 징집병 그린스판이라는 병사는 도저히 공격할 용기가 없어서 울면서 군목을 만나 상담하는데 결국 전투 부적합 병사로 판정을 받고 보병에서 사단 의장대로 전출된다. 임무를 피하는 것이 비겁한 짓이 아닌가라는 질문에 "난 죽은 영웅이 되기보다는 살아 있는 겁쟁이가 되고 싶어"라고 거침없이 말한다.[103] 이들 병사들에게는 명예로운 죽음보다는 현실적인 생존이 더 중요하다.

《눈 속에 핀 국화》에서 주인공 로버트슨 중위는 진지가 적에 유린당하자 자신의 진지로 아군의 포사격을 요청한다. 군사 용어로 '진내사격'인데 이것은 자신의 안전에는 아랑곳없이 아군의 진지에 올라온 적들을 물리친다는 고육지책이다. 이 요청은 결국 크게 성공하는 작전이 되고 로버트슨은 적군의 시체를 엄폐물로 이용해 목숨은 구하지만 어깨에 부상을 당한다. 자신의 안전보다는 부하들을 구출하고자 하는 그의 희생정신은 미군 전체에서 용기의 상징으로 그에 관한 기사가 《성조》지에 실리는 등 크나큰 반향을 일으킨다. 그는 결국 병원으로 후송되고 귀국할 수 있는 요건이 되지만 부대로 다시 복귀하고자 한다. 그러자 군의관이 "그대는 백만 불짜리 부상을 당했고 집과 연금이 생기는데 왜 전선으로 가려고 하는가?"라고 묻는다.[104] 사실 로버트슨은 이번 부상으로 퍼플하트 훈장을 받을 수 있고 그것은 귀국의 보증수표가 되는 부상이었지만 결국 부대로 돌아가고 궁극적으로는 살아남지 못하고 전쟁의 막바지에 전사함으로써 비로소 한국전을 벗어날 수 있게 된다. 《허드슨강에서 압록강까지》에서도 소대장 해리 매이하퍼는 낙동강 전선의 다부동 전투에서 다리에 가벼운 총상을 입는다. 그러자 그의 소대 선임하사로부터 "소대장님은 백만 불짜리 상처를 입었군요. 지난 전쟁에서 제가 모셨던 세 명의 소대장님들처럼"[105]이란 부러움 섞인 말을 듣는다. 전쟁터에서 죽음의 공포를 벗어나려는 병사들의 소망이 얼마나 간절한가를 엿볼 수 있는 대목이다.

4) 휴식과 회복

한국전에 참전한 미군 병사들은 일정 기간 한국에 근무하면 5일간의 휴가를 받고 일본을 다녀온다. 중공군이 개입한 후 1951년 초부터 시행된 프로그램이다. 이 같은 프로그램은 전쟁 중의 병사들에게 죽음의 공포가 상존하는 전쟁 환경에서 휴식을 주고 사기를 올리는 데 효과적이었다. 1, 2차 대전 때도 시행되었는데 1차 대전 때는 프랑스의 특정 휴가 지역에서 YMCA가 주관하는 일주일간의 휴식을 가졌고 2차 대전 때도 벨기에, 로마, 파리 등의 여러 도시에 휴식 캠프가 설치되어 운영되었다. 사실 한국전의 발발로 일본은 미군이 전개되는 전진기지의 역할을 했고 모든 미군의 전쟁물자가 일본을 통해 들어왔으며 전쟁 기간 동안 수많은 미군 병사들이 휴가를 지내는 목적지였다. 물론 여기서 한국전이 전후 일본의 경제 부흥에 큰 역할을 했다는 것을 논하려는 것은 아니지만 많은 한국전 소설들에서 언급되고 있는 부분이다. 마이클 린치의 소설《한 사람의 미국 군인》에서는 장진호 전투가 끝나고 2,000~3,000명이 동시에 일본으로 휴가 간 이야기가 나온다. 병사들은 주로 술과 여자로 시간을 보내지만 동시에 호텔에 머무르며 일본의 각종 물품을 구매해 미국으로 보냈고 이러한 행동이 궁극적으로 일본 경제를 살리는 역할을 했다고 쓰고 있다. 심지어 조디 김은 한국전쟁은 일본에게 "신의 선물"이었다고까지 말한다.[106] 실제로 당시 일본의 요시다 시게루 수상이 한국전을 "신들의 선물"이라고 말한 적이 있는데 아마도 이 말을 인용한 것으로 보인다.[107]

사실 전선 고지의 참호 속에서 전쟁에 찌든 병사들에게 도쿄나 일본의 다른 도시들의 아름다운 밤 풍경은 경이로움 그 자체였다. 병사들은 '휴식과 회복R&R: Rest and Recuperation'이라는 말을 바로 '성교와 술 취함I&I: Intercourse and Intoxication', 심지어는 '엉덩이와 술 A&A: Ass and Alcohol'로 바꿔 불렀다. 그만큼 병사들에게 여자와 술은 휴가를 즐기는 데 필수조건이었다.

왜 전쟁과 여자는 떼려야 뗄 수 없는 관계일까? 웹 비치의 소설 《광기의 전쟁》에서 전쟁과 사랑은 상호 불가분의 관계를 가진다고 쓰여 있다. 전쟁에 나가는 남자는 항상 여자를 취하려고 한다. 이것은 자연적인 현상으로 원래 인간이나 미물이나 종족은 죽음으로 소멸되지 않는다는 것을 확신시켜주기를 원하기 때문이라는 것이다.[108] 일본에 간 미군 병사들은 휴가 기간 중 거의 대부분을 여자와 술로 시간을 보냈는데 특히 일본 여자들의 공손한 태도와 깨끗한 이

한국전쟁 중 미군 병사들은 주둔 기간 중 1회에 한하여 5일씩 일본으로의 휴가(R&R: Rest and Recuperation)가 주어졌다. 휴가 중 병사들은 주로 술과 여자들과 함께 시간을 보냈다. 사진은 일본에서 휴가 중인 GI들이 일본 여인들과 데이트하는 영화의 한 장면. (출처: 단편영화 ⟨Fall Seven Times Get Up Eight: The Japanese War Brides⟩)

미지에 매료되었다. 일본은 한국전 당시 공식적으로 홍등가를 운영했으며 저급한 여자에서 아주 세련된 여자까지 일본식으로 미군 병사들의 구미에 맞는 서비스를 제공했다. 실제로 일본 정부가 운영한 '위무협회'라고 하여 미군 및 연합군 병사들에게 성을 제공하는 프로그램이 있었고, 또한 게이샤나 '판 판 소녀들Pan-pan Girls' 즉 '일본 소녀들'이라고 하여 위의 공식적 협회 밖에서 사적으로 미군을 상대하던 여자들이 있었다.[109] 위의 두 부류들은 물론 자신의 의지에 따라 행동했다. 그러나 미군 병사들은 홍등가를 가기보다는 주로 휴가 중인 자신들의 모습에 매료된 일본의 직장 여성들의 수줍어하는 모습을 더 좋아했고 그들에게서 위안을 구하려고 했다.[110]

당시 일본에는 한국전에 파견된 미군 간부의 부인들이 많이 거주하고 있었고 미군부대 시설에서 일하는 민간인 여자들도 많았다. 이런 민간인 미국 여자들을 '군속'이라고 불렀는데 그러나 그들은 전쟁의 고통을 잠시만이라도 잊고 싶고 위로받고 싶어 하는 휴가 온 병사들에게 별로 관심이 없었다. 당연히 병사들은 자신들에게 무조건 관심을 갖는 일본 여인들을 더 좋아했다. 아이러니하게도 일본인들은 자신들을 정복한 미군들에게 더 큰 매력을 느꼈다. "2차 대전으로 형성된 일본에 대한 적대감정을 애정으로 변화시킨 것은 바로 한국전이었으며 잠시 동안이지만 수십만 명의 미군 병사들이 일본을 방문해 술집과 호텔과 거리에서 일본인들을 만나고 돈을 쓰게 한 계기를 마련한 것도 바로 한국전이었다."[111]

《눈 속에 핀 국화》에서 일본에서 보낸 휴가는 낭만의 시간이 된다. 소설 속의 한 병사는 도쿄로 가지 않고 오사카 인근의 나라라는 소도시로 간다. 그곳을 작가는 "1952년 일본의 가장 큰 군수사업의 하나인 여자와 술"[112]로 유명한 도시라고 칭하는데 병사는 그곳에서 요시코라는 일본인과 시간을 보내면서 그녀의 동명이인인 일본의 배우 겸 가수인 야마구치 요시코가 주연한 1940년 영화인 〈차이나의 밤 Sina no yoru〉의 주제가를 들으며 향수에 젖기도 한다. 이 노래는 여러 소설에서 언급된다. 존 색 John Sack의 소설 《지상에서 심바시로 From Here to Shimbashi》(1955)의 주인공 병사도 이 영화를 보며 이국의 낭만을 즐긴다. 요시코의 노래는 1930년대 중국 상하이의 아름다운 밤을 노래해 중국에 주둔한 일본군들에게 향수를 자극하던 노래로 한국전 당시 미군 병사들 사이에서 상당히 인기가 있었던 노래로 보인다. 그래서인지 요시코의 노래는 한국의 중부전선 고지에서도 중공군이 고향에 대한 미군들의 향수를 자극하기 위한 선무공작의 일환으로 계속 들려준다. 루디 토메디의 수기《나팔도 없이 북도 없이》에서 중공군은 요시코의 노래 〈차이나의 밤〉을 틀어주면서 먼 이국의 전쟁터에서 외로운 싸움을 하고 있는 미군 병사들의 마음을 어지럽혀 사기를 떨어뜨리려 했다고 쓰고 있다.

일본에서 보내는 휴가제도는 전쟁에 지친 병사들에게 휴가를 주어 그간의 노고를 보상한다는 순기능이 있었지만 또한 부정적인 면도 있었다. 일본으로의 R&R은 한국전 참전 기간 중 1회에 한해서 실시되었는데 글렌 로스의 소설《마지막 출정》에서 작가는 그 휴가제도는 결국 병사들에게 이곳에 더 머물며 중공군과 싸워야 한다는 것을 확인시켜주는 하나의 미끼라는 개념으로 본다. 왜냐하면 일주일에 두 명꼴로 휴가를 떠났는데 한 중대의 모든 병사들이 한 번씩의 기회를 갖기 위해서는 1년이 걸리는데 이는 결국 일본으로 휴가한 번 가기 위해서 1년의 시간을 한국의 전쟁터에서 보내야 한다는 계산이 나오기 때문이다. 더구나 휴가 가는 사람들은 모두 신체검사를 받는데 성병이나 한국의 벼룩이나 이 같은 해충을 가진 자는 제외되었다. 그래서 병사들은 이러한 휴가제도에 대해서 편치 않은 마음을 가졌다고 작가는 말한다. 이 소설의 주인공 병사 헌터는 일본으로 휴가를 떠나 도쿄에서 여자와 술 그리고 평화를 즐기지만 끝내는 그곳의 환경에 오염된 자신을 발견하고 "이곳은 진정으로 자신이 원하는 땅이 아니었다"[113]라는 결론에 도달한다. 그러나 전체적으로 R&R은 전쟁에 지친 미군 병사들에게 임시나마 탈출구를 제공해주었다는 측면에서 사기 진작에 큰 역할을 했다.

III.

한국전 소설의
특징 및
주제별 분석

1. 참전 경험의 형상화: "내가 그곳에 갔었네"

미국의 전쟁소설은 기본적으로 병사들의 참전 경험을 기록하고 전쟁에 참가하지 않은 사람들에게 전쟁의 진정한 모습을 전달하는 동시에 자신들이 겪었던 고통과 행위의 당위성을 말하려고 한다. 한국전 소설도 예외는 아니다. 사실 대부분의 한국전 소설은 감상적인 대중소설로서 치열한 전투를 그린 전쟁 스릴러이며 동시에 전쟁과 사랑을 그린 정형화된 일종의 포퓰러 스토리라고 볼 수 있다. 대부분의 한국전 소설은 참전용사들에 의해 쓰인 것으로 광의의 의미에서는 거의 모든 소설이 "내가 그곳에 갔었네"라는 것을 말하고 있는 소설들이라고 볼 수 있다. 극동의 조그마한 '신이 저버린 나라'에서 기후와 풍토와 문화가 자신들의 세계와는 완전히 다른 환경 속에서 무자비한 적과 싸우며 온갖 죽을 고비를 넘기고 살아나온 자신들의 무용담을 사실대로 때로는 과장하기도 하면서 써

내려간 자전적 소설들이 대부분이다. 그러나 참전군인 작가들은 자신들의 이야기를 그저 독자들이 단순히 감탄하며 읽어주기만을 바라고 소설을 쓴 것은 아니다. 어떠한 동기로 한국전에 참전했든 간에 자신들의 전쟁 경험에 질서를 부여하고 그 경험을 통해 발견하고 깨달은 삶의 의미를 글쓰기로써 스스로 정리해보고자 한다. 그래서 이들 소설들은 대부분 성장소설이나 통과의례소설의 형식을 취한다.

　대부분의 소설에서 병사들은 자신들이 왜 이 전쟁을 싸워야 하는가라는 문제를 끊임없이 제기하며 자신들을 이런 죽음의 땅으로 내보낸 정부 당국자들에 대해 불만을 쏟아내지만 한국전은 자신들의 세대에 닥친 자신들이 싸워야 할 전쟁이라는 생각으로 참혹한 전투를 이겨낸다. 이들 소설들에 나오는 병사들에게 전쟁은 비록 비극적이기는 하지만 인간 성장의 하나의 시험대가 되며 삶의 의미를 터득하는 상징적 장소가 된다. 병사들에게 전쟁은 추상적 이념이 대결하는 실제적인 장소이고 이념에 경도된 인간이 어떻게 변할 수 있는가를 확인하는 장소가 되기도 한다. 한국전 소설들은 다른 어느 전쟁에서 쓰인 소설들보다도 전우들 사이에서 피어나는 사나이들의 진한 우정과 유대를 주제로 하면서도 당시의 냉전적 시대 상황과 사고를 반영하는 소설들이 많다. 이 소설들은 전쟁이 비극적이기는 하나 삶의 과정에서 부딪치는 시련의 무대이며 이념을 위해 희생할 가치가 있는 인간의 사건으로 본다. 이러한 소설들은 대개 친전소설, 반공이념소설, 충정소설, 휴머니즘소설[1] 등으로 구분할 수 있다.

1) 친전소설

기본적으로 전쟁을 미화하는 소설은 없다. 물론 국가가 수행하고 있는 전쟁에 젊은이들을 동원하기 위해서 애국심과 상무정신을 고취시키는 글들은 많이 있다. 전쟁에 나가 국가를 위해 목숨을 바치는 것은 아름다운 일이라는 고대 로마 시인 호라티우스의 시 구절처럼 전쟁에서 국가를 위한 희생을 지고의 가치로 보고 이를 강조하는 소설을 '친전소설Pro-war Novel'이라고 말할 수 있다. 특히 1차 대전 미국소설들을 보면 서구 문명을 지켜야 한다는 사명감으로 많은 미국의 젊은이들이 서부전선으로 달려간다. 그들은 문명의 수호라는 거창한 명분을 위해 전쟁에 참여하고 그 명분을 위해 목숨을 바친다. 윌라 캐더Willa Cather의 1차 대전 소설《우리들의 하나One of Ours》(1921)에서 성전이라는 대의를 위해서 목숨을 바친다는 신념으로 중서부 농촌의 단조로운 생활을 뒤로하고 유럽 전선에 뛰어든 클로드 휠러나 이디스 워튼Edith Wharton의《전선의 아들A Son at the Front》(1923)에서 문명 수호를 위한 희생은 가치 있는 일이라는 생각으로 유럽에 참전한 조지 캠튼 같은 인물들은 그들이 수호하고자 하는 대의를 위해 모두 장렬히 전사한다. 작가들은 그들의 희생을 아름다운 것으로 찬양한다.

그런가 하면 전쟁 그 자체를 즐기는 사람들이 있다. 전쟁은 그들에게 생애 최고의 짜릿한 경험을 제공해주며 인간의 한계를 시험하며 삶의 의미를 깨닫게 해주는 상징적 장소가 된다. 존 허시John Hersey의 2차 대전 소설《전쟁광The War Lover》(1959)에서 전쟁과 군복무는 영광스러운 것으로 전쟁이 비록 참혹하기는 하지만 그 자체를 즐기는 사람들이 있기 때문에 전쟁은 존재한다고 생각하는 폭격기 조종사 버즈 모로우, 제임스 웹의 베트남전 소설《포화의 들판》에서 오직 전쟁터에서만 인간의 고귀한 우정과 사랑을 발견하며 삶의 의미를 찾는 하지스 소위 같은 인물들은 모두 친전소설의 주인공들이다. 친전소설은 주로 전쟁의 대의명분에 동의하는 소설이고 전쟁에는 목숨을 바쳐 자신을 희생할 만한 가치가 있다는 것을 강조하는 소설이다.

한국전의 친전소설들도 이들 소설들의 주제에서 크게 벗어나지 않는다. 그러나 한국전 소설의 주인공들은 어떤 이념이나 명분을 위해서 희생해야 된다는 생각을 가지고 한국전에 뛰어들지는 않는다는 것이다. 물론 공산주의를 사악한 이념으로 간주하는 반공이념 소설들이 있지만 한국의 친전소설들에서 전쟁은 남성성을 확인할 수 있는 곳이며, 성장을 위한 시험대이고, 전쟁 그 자체를 해결해야 할 하나의 임무로 생각하는 사람들의 싸움터가 된다. 이들 작가들에게 비록 전쟁은 혹독하고 비참한 것이지만 전쟁 참여는 도덕적 성장을 위해 필요한 것이고 전쟁터는 평소에 볼 수 없는 인간의 긍정적 참모습을 발견하는 장소가 된다. 그런 의미에서 한국전의 친전소설이란 특히 서구 문명의 수호를 위한 천편일률적인 성전을 강조하는 1차 대전의 소설들이나 전쟁을 오직 개인의 폭력적 본능의 발로로서 즐기는 존 허시의 소설과 달리 전쟁의 비극성을 묘사하면서도 전쟁이 인간에게 가져다주는 긍정적인 영향을 중요한 가치로 강조하는 소설이라는 의미다. 어떠한 역경 속에서도 전쟁을 부정하지 않는다. 오히려 참혹한 전쟁을 더 나은 삶을 위한 하나의 경험으로 승화시킨다.

전쟁 스릴러가 주를 이루는 많은 한국전 소설들이 친전소설에 해당되지만 로버트 크레인의 《전쟁터에서 태어나다》와 제임스 설터의 《사냥꾼들》이 대표적인 친전소설들이다.

로버트 크레인의 《전쟁터에서 태어나다》는 전쟁이 인간 성장에 미치는 순기능을 말하려는 소설이다. 크레인에 따르면 전쟁은 인간 생활을 파괴하고 죽음으로 몰아넣는 인간 최대의 비극이지만 그러나 전쟁이 반드시 부정적인 것만은 아니다. 전쟁은 인간이 삶에 대한 새로운 가능성을 발견할 수 있는 세계의 상징이 된다. 이 소설의 주인공은 전투 종군기자로 한국전에 참전해 사단 공보과에 소속되어 전투 현장을 쫓아다니는 지미 색슨 중사이다. 색슨은 이미 2차 대전 참전 경험을 가진 사람으로 전쟁이 처음인 젊은이들처럼 전쟁을 낭만적으로 보는 순진무구한 청년은 아니다. 2차 대전에서 귀향한 후 방황하다가 한국전에 다시 참전하게 되고 한국에서 한 거리의 여인과 만나 사랑을 나누면서 생의 보람을 찾게 되는 사람이다. 그는 전쟁을 통해 진실한 사람으로 거듭난다. 또한 색슨은 폴란드계 이민자인 스탄 코백스 하사, 흑인 병사 로버트 멜빈과의 관계를 통해서 인종 간의 차이를 뛰어넘는 진정한 우정과 사랑을 경험한다. 이러한 우정은 전쟁터에서나 나타나는 사나이들 간의 가치임을 작가는 분명히 한다.

코백스 하사 또한 많은 한국전 소설에 나오는 젊은이들처럼 사회적 약자의 한 사람으로 방황하는 삶을 살다가 전쟁에 참여해 자신의 가치를 발견하는 사람이다. 그는 용맹하지만 때로는 비정하며 잔인하기까지 해 부하들의 증오심을 불러일으키기도 한다. 그러나 남쪽의 낙동강에서 북쪽의 압록강에 이르고 다시 중공군에 밀려 중부전선으로 후퇴하는 전 과정에 참여해 엄청난 전공을 세운다. 그래서 그는 자신의 연대는 물론 사단 전체에서 하나의 전설이 된다. 그 결과 그는 소위로 현지 임관되지만 중부전선의 한 고지에서 수색 정찰 도중 중상을 입고 후송된다. 그는 부상이 심하고 또한 복무기간도 만료되어 귀국이 허락되지만 거부하고 또다시 중동부전선의 단장의 능선으로 떠난다. 이처럼 그는 전쟁을 통해서 자신의 남성성을 발견하고 전쟁터에서 다시 태어나는 사람이다.

유일한 흑인 병사인 멜빈은 치열한 전투 후 중상을 입고 후송되지만 백인 군의관의 극진한 치료로 정상으로 회복한다. 이런 경험을 통해 그는 군에 오기 전 사회에서 받았던 인종차별의 수모에서 벗어나 세상이 그렇게 절망적인 것만은 아니라는 것을 발견한다. 전쟁에서 그는 백인이나 흑인이나 몸속에는 같은 붉은색의 피가 흐른다는 것을 확인하면서 전쟁은 비록 피부색이 다른 사람들도 서로 인정하고 받아들일 수 있다는 것을 보여주는 하나의 사건이라는 깨달음을 얻는다. 그러면서 정말 거리의 여자로 험한 삶을 살고 있는 유색인종인 김순애라는 한국 여인을 받아들이는 지미 색슨에게 진정으로 축하를 보낸다. 전쟁터에서만 자신의 정체성을 찾는 스탄 코백스가 다시 전선으로 돌아가고 색슨이 순애와 함께 귀국행 비행기에 오르는 것으로 소설은 끝난다. 작가는 이 소설에서 비록 전쟁이 삶을 파괴하는 인간 최대의 비극이기는 하지만 그러한 비극적 전쟁에서도 인간들 사이에 사랑을 맺어주고 그 사랑을 통해 다시 태어날 수 있다는 것을 말함으로써 전쟁은 인간에게 어떤 가르침을 주는 또 다른 삶의 현장이라는 것을 말하고 있다. 이 소설의 인물들은 단순히 이념이나 이상에 경도되어 전쟁터로 향하는 호전주의자가 아닌 전쟁을 통해 진정으로 인간의 참모습을 발견하는 사람들이다.

사실 소설은 순수한 백인인 색슨(앵글로색슨), 동구권 이민자 코백스, 흑인 멜빈, 동양의 여인 순애 등 서로 다른 인종을 소설의 주된 인물들로 등장시키면서 이들이 엮어내는 서로 간의 역동적 관계에 중점을 두고 있는데 이러한 인위적인 설정을 통해서 작가는 전쟁은 인종차별의 벽을 허물고 인간적 유대를 만들어내는 사랑이 존재하는 곳이라는 것을 말하고 있다. 그리고 한국의 전쟁터가 바로 그런 곳이라는 메시지를 전달하고자 한다. 그런 면에서 이 소설은 전쟁의 부정적 영향보다는 긍정적 순기능을 강조하는 친전소설이다.

제임스 셜터의 《사냥꾼들》은 지금까지 나온 공군소설 가운데 가장 훌륭하다고 평가를 받는 소설로서 작가는 한국전에 공군 조종사로 참전한 현역 장교이다. 작가는 웨스트포인트 육사를 졸업하고 전투기 조종 훈련을 받은 장교로 1952년 2월부터 8월까지 F-86 세이버 전투기 조종사로 한국의 김포공군기지에서 근무하며 100회 이상 출격을 감행했던 참전용사이다. 이 소설은 그의 나이 31세인 1956년에 출판된 것으로 자신과 같은 31세의 클리브 샤빌 대위를 주인공으로 설정했다. 참전 작가들에 의해 쓰인 전쟁소설들이 그러하듯 이 소설도 순전히 내가 그곳에 갔고 실제로 본 것을 쓴다는 스토리텔링의 기본을 잘 지킨 소설이다.

이 소설은 순전히 주인공 클리브 샤빌 대위의 눈을 통해서 비쳐지는 전쟁의 모습을 묘사하고 있다. 그는 극동의 조그마한 나라에서 벌어진 전쟁이 어떤 정치적 의미를 가지고 싸움이 벌어지고 있는지에 대해서는 별로 관심이 없다. 전쟁은 야만이고 평화는 문명이라는 이분법적인 사고를 가진 그는 공군 조종사로서 야만의 전쟁에서 많은 적기를 격추시켜 에이스가 되는 것이 목표이다. 그래서 '문명'의 세계인 일본에서 죽음과 고통의 땅인 한국으로 올 때 비행기에서 보이는 황폐한 한국의 산야나 더러운 거리에서 누더기 옷을 입고 미군들을 따라다니며 구걸하는 아이들의 모습을 보지만 이러한 참혹함에 대해서는 별로 의견이 없다. 그의 참전은 비록 사회적인 분위기 때문이었지만 현재는 군인으로서 오직 명령을 수행할 뿐이며 그러면서도 부대의 에이스가 되고 싶고 전쟁에서 자신의 능력을 시험해 보고자 하는 욕구로 충만해 있다.

이 소설은 순진한 병사의 참여-조우-귀환이라는 미국의 전통적인 전쟁소설의 삼분구조 형식을 따른다. 비록 31세의 클리브 대위는 신병은 아니지만 전쟁 참여는 이번이 처음이다. 비록 타고난 조종사로서 에어쇼 부대의 일원으로 근무한 적은 있지만 한국에 처음 도착해 실전에 참전했던 고참들의 무용담을 들으며 자신이 과연 이 전쟁에서 성공할 수 있을까 걱정하는 사람이다. 계속되는 전투 출격과 미그기의 격추가 이어졌지만 자신과는 거리가 먼 일이라 여긴다. 자신의 편대에 소속된 신참 펠 소위가 오히려 계속적으로 미그기를 격추하며 전공을 세우자 비행단장으로부터 비교를 당하기도 한다. 사람들의 수군거림이 시작되고 자신에 대한 기대가 점점 사라짐을 느낀다. 그래서 그는 점점 고독에 빠져들지만 승리만으로 능력을 인정하는 냉정한 현실 속에서 중간지대는 없다. 오직 적기를 격추시켜 거둔 승리만이 우수조종사의 평가 기준이 될 뿐이다. 누구든지 다섯 대의 미그기를 격추시키면 에이스가 되는데 이것이 모두의 꿈이다. 그래서 조종사들은 적기 격추에 목숨을 건다. 이들에게 이념이나 다른 어떤 전쟁 명분은 의미가 없다.

클리브를 비롯한 모든 조종사들에게서 전쟁에 대한 회의와 불만은 발견되지 않는다. 클리브는 무사 가문에서 태어났지만 아무도 전쟁에 참가한 적이 없다. 그래서 자신은 가문의 희망으로 한국전에서 가문의 명예를 빛내야 한다는 사명감을 가진다. 클리브에게 전쟁은 하나의 스포츠이다. 하나의 '희열'이고 '피난처'가 된다. 소설의 마지막에서 압록강의 수풍댐을 공격하려고 '영원의 바다'인 하늘로 솟구쳐 오르는 전투기들을 보면서 클리브는 한없는 희열을 느낀다. 한국전은 자신들이 맡아 싸워야 할 임무이고 그러한 임무를 수행하기 위해서 부대 내의 갈등과 도전 속에서도 죽음과 마주하며 영웅이 되려 했던 조종사들의 이야기는 결국 주인공의 죽음으로 감상적인 결말을 맺는다. 비록 이 소설에서 주인공의 생환은 이루어지지 않지만 그는 많은 전투 경험을 통해서 죽음에 도전하는 인간의 불굴의 의지의 중요성에 대한 깨달음과 실패로부터 성공이 이루어질 수 있다는 인간적인 확신을 얻고 죽음을 맞이한다. 일반적으로 미국 전쟁소설에서 군대와 개인은 긴장과 갈등의 대척점에 있다. 그러나 이 소설에서 군대는 인간이 삶을 살고 성장하는 데 거쳐야 할 시련의 대상일 뿐이다. 클리브는 스스로 생각한다. "처음 입대할 때 넌 아무것도 모르는 어린애였어. 그곳에서는 끝없는 기회가 있었고 모든 것이 새로웠지. 그런데 너도 모르는 사이에 그 고통스런 배움과 환희가 끝나버리고 넌 성숙을 얻었지."[2] 수풍댐 폭파의 임무를 띤 마지막 출격에서 클리브는 돌아오지 못한다. '행방불명'으로 보고되지만 그는 압록강 상공에서 아군의 최대의 목표였던 '케이시 존스'라는 별칭이 붙은 적군의 에이스를 격추시키고 강으로 추락하고 만다. 비록 자신이 살아갈 사회로 '귀환'은 못하지만 그는 자신의 임무를 완수함으로써 전우들의 찬사와 존경을 받는다.

이 소설은 미 공군의 필독서가 될 만한 작품이라 생각된다. 전쟁이 꼭 한국전쟁일 필요는 없다. 사실 이 소설에서 적이 북한군인지 중공군인지 알 수 없다. 압록강이나 만주의 안동이라는 지명과 미그기라는 것을 통해 한국전이라는 것을 알 뿐이다. 이 소설은 무엇보다도 전쟁에서 죽음을 무릅쓰고 싸운 미 공군 장병들의 용기와 희생 그리고 군인으로서의 임무를 완수하고자 하는 사명감을 부각시키는 데 중점을 둔 친전소설이다.

2) 반공이념소설

한국전에 참전한 미국의 공식적인 명분이 공산주의의 확장을 저지하기 위한 것이고 세계 평화와 민주주의를 수호하기 위함이었다. 한국전은 두 개의 체제가 확실한 이념으로 갈라져 싸운 전쟁이었다. 많은 한국전 소설들은 거의 미국의 공식적인 전쟁 명분에 대해 긍정적인 반응을 보인다. 설령 그러한 전쟁 목적에 반하는 의견을 보이는 작가들도 궁극적으로는 반공이념을 인정하며 한국에서 벌인 미국의 전쟁이 헛되지 않았다는 것으로 결론을 맺는다. 반공이념소설 또한 친전소설이다. 그러나 한 가지 차이가 있다면 전자에서는 전쟁의 대의명분인 반공이념을 위한 싸움이라는 것을 분명히 한다는 점이다. 앞에서 설명한 제임스 설터의《사냥꾼들》에서 보는 것처럼 전쟁이 꼭 한국전쟁일 필요는 없다. 또한 전쟁이 한국전임이 분명한 로버트 크레인의《전쟁터에서 태어나다》에서도 이념의 대결이라는 점에 대해서는 전혀 언급이 없다. 두 소설 어디에서도 반공이념을 강조하지 않는다. 그러나 반공이념소설에서는 공산주의를 물리쳐야 할 적대적 이념이라는 것을 분명히 한다. 이러한 반공이념소설은 양극단의 냉전 이념의 대결인 한국전에 대한 소설에서만 등장하는 특이한 현상으로 보인다. 두안 토린의 《판문점으로 가는 길》이 대표적인 반공이념소설이다.

《판문점으로 가는 길》은 확고한 신념으로 한국전을 공산 침략에 대항해 한국의 민주주의와 세계 평화를 위해 싸운 전쟁이라는 것을 분명히 한다. 이 소설에서 공산주의는 악이고 민주주의는 선이다. 당연히 북한 공산 집단의 남침과 중공군의 참전은 자유세계에 대한 도전이고 평화에 대한 위협이다. 소설은 북한의 적 포로수용소에 갇힌 미군 포로들에 대한 이야기로 적에 의한 세뇌교육과 그 과정에서 적의 위협과 회유에 굴복하는 포로들과 끝까지 그것을 이겨내고 군과 국가를 배반하지 않고 자신의 신념을 지켜내는 포로들과의 대비를 통해서 미국의 참전 목적과 명분의 정당성을 강조한다.

이 소설의 작가는 해군 중사로 1952년 초에 포로가 되어 북한의 포로수용소에 수용되었다가 1953년 8월 포로 교환 시 송환된 사람으로 여러 포로수용소의 실상을 직접 경험하고 그것을 근거로 수용소의 모습을 생생하게 잘 담아내고 있다. 소설은 주로 압록강 부근에 실제로 존재했던 악명 높은 벽동 포로수용소의 미군 포로들을 대상으로 하는데 소설의 주된 인물들은 해병대 폭격기 조종사들이다. 그러나 이들 각각의 행동을 관찰하며 그들에 대한 도덕적 평가를 내리면서 소설의 메시지를 전달하는 전지적 화자는 울프 육군 중사이다. 그가 바로 작가 두안 토린의 목소리를 대변한다.

작가는 미군 포로들이 수용소 생활에서 어떤 행태를 보이는가를

1951년 2월 10일 중공군의 포로가 되었다가 풀려난 미군 포로들이 미 24사단 응급구호소에서 휴식을 취하고 있다. 이들은 중공군의 고문과 자백의 강요 그리고 세뇌교육을 받은 것에 대해 털어놓았다.
(출처: U.S. National Archives)

잘 묘사하고 있다. 포로가 된 미국의 젊은이들은 다양한 계층의 사람들이지만 포로가 된 이후 일련의 상황을 겪으면서 공통된 위기에 직면하고 그래서 동병상련의 마음을 갖게 된 사람들이다. 그런데 어떤 사람은 적에게 쉽사리 굴복하는가 하면 어떤 사람은 끝까지 굴복하지 않는다. 무엇이 사람들을 이렇게 다른 길을 가게 만드는가. 이것이 작가가 가지는 의문이다. 작가는 이에 대해 구체적으로 명확한 해답을 제시하지는 않지만 몇몇 인물들의 행동을 통해서 그 해답을 유추하게 한다.

대표적 협조자로 모든 포로의 질시의 대상이 되는 조월 상병은 지금은 적에게 협조해 편안한 수용소 생활을 하고 송환되면 변호사를 사서 죄를 면할 수 있도록 하면 된다고 생각하는 사람이다. 설령 귀국 후 감옥을 간다고 해도 이곳 수용소 생활보다는 나을 것이기 때문에 스스로 적에게 협조하고 반역의 길을 택한다. 벤더 중위는 적의 위협에 죽음의 공포를 느끼며 미국이 세균전을 수행하고 있다는 적의 강요된 문서에 서명하지만 동료들은 자기만 살기 위한 이기심 때문에 굴복한 비겁한 겁쟁이라고 비난한다. 그런가 하면 웬던 중령의 경우는 적 심문자와 오랜 토론을 거친다. 문제는 웬던이 스스로에게 질문을 던지고 해답을 찾고자 한다는 것이다. 우선 그는 왜 이곳에서 싸우며, 왜 꼭 하지 않아도 될 출격을 지원했는가 자문한다. 그리고 답을 찾는다. 즉 그는 한국에 오지 않아도 되었다. 이 전쟁은 '작은 전쟁'이기 때문에 모두 다 갈 필요는 없었다. 그러나 전투 참가는 진급에 도움이 되기 때문에 오지 않아도 될 전쟁에 참가했고 필요 없는 출격을 감행해 적에게 격추당하고 포로가 된 것이다. 결국 자백서에 서명함으로써 그는 국가와 군을 저버린 장교가 된다.

그런가 하면 하아먼 커트 중위는 한국전을 '쓸모없는 전쟁', '의미 없는 전쟁'으로 본다. 그런 전쟁에서 구태여 하지 않아도 될 일을 하다가 포로가 되었다. 즉 자신에게 할당된 출격 횟수를 채우려고 했고 전공을 세워 훈장도 타려고 했다. 공명심이 그를 망친 것이다. 조명탄을 쏘고 적 트럭을 공격하다가 그 환한 불빛 때문에 오히려 자신의 비행기가 적에게 노출되어 적 고사포에 의해 격추당한다. 그러나 적의 자백서의 서명 강요는 절대로 받아들일 수 없다. 만약 서명한다면 그것은 군과 국가에 대한 반역이 되기 때문이다. 해병대 조종사 갠트 대위의 심문에는 독방의 격리, 미인계, 위협, 회유 등 온갖 수단이 동원된다. 중공군의 심문은 사실이 중요한 것이 아니다. 그저 자신들이 원하는 것에 서명만 하면 되는 것이다. 그러나 갠트는 서명할 수 없다. 왜냐하면 자신을 믿는 부모형제들과 동료 포로들 때문이다.

결국 휴전이 조인되고 포로가 교환될 때 작가의 분신인 울프 중사가 등장한다. 판문점에 도착해 교환의 순간을 기다리는 동안 울프는 오랫동안 자신들을 고통 속에 몰아넣었던 중공군 간수들을 측은한 마음으로 바라본다. 그들이 주장하는 '새로운 중국'이 만들어낸 기계적인 인간들이 바로 그들이기 때문이다. 공산주의의 교육을 통해 부모와 자식을 떼어놓는 반인륜적 이념의 도구가 된 그들을 바라본다. 울프는 2차 대전이 끝나고 바로 중국에서 일본군의 무장해제를 위해서 근무한 적이 있어서 중국 역사 속에 존재하는 찬란한 중국 문명에 대해 잘 알고 있다. 그러나 오랜 세월에 걸쳐 형성된 그들의 문화가 공산주의의 거짓된 이념 속에 함몰되어 지속되지 못하고 증오와 경멸의 사상만을 그들에게 심어주었다고 본다. 이 소설은 문학성과는 거리가 멀다. 작가의 자전적 수기이고 역사이다. 또한 철저한 반공서적으로 공산주의 운동의 허구성을 고발하는 데 중점을 둔 소설이라고 볼 수 있다.

3) 충정소설: 장진호 전투와 해병대 전설

미 해병대원들은 주로 미국의 사우스캐롤라이나주의 패리스 아일랜드에서 신병훈련을 받는다. 신병훈련이 혹독하기로 유명해 그 훈련은 미 해병대원들에게 고통이며 동시에 자부심이기도 하다. 전쟁에 나가서도 그들은 국가의 전쟁 명분보다도 해병대의 명예를 위해서 그리고 해병대에 대한 자부심 때문에 싸운다고 공공연히 말한다. 그래서 미군 전체에서도 해병대는 어느 군보다도 전투의지가 강하고 용맹하다는 자부심을 가진 것으로 유명하다. 제임스 케린은 그의 논문에서 한국전에서 특히 해병대에 대한 과도한 관심의 집중을 지적한다. 즉 한국전쟁 동안 해병대 역할이 크게 부각되었던 것은 틀림없다. 인천상륙작전, 장진호에서의 영웅적인 전투 등은 해병대의 전투력을 높이 평가하게 했지만 육군의 불만이 컸다. 한국에서 유일한 해병 1사단은 항상 신문의 헤드라인을 장식했다. "때때로 해병들이 말하는 것을 듣노라면 펀치 볼과 단장의 능선, 그리고 한국전쟁 전체가 순전히 해병대의 싸움이었던 것처럼 생각하게 하지만 사실은 그렇지 않다"[3]

그렇다면 무엇이 그들을 그토록 단결시키고 해병대에 충성하도록 하는가? 해병대의 모토가 라틴어인 '셈퍼 피델리스Semper Fidelis: Always Faithful or Always Loyal'로서 "항상 성실하라" 또는 "항상 충성하라"라는 의미인데 무엇보다도 조직에 대한 충성을 강조한다. 해병대원들은 신병훈련 때부터 해병대의 자부심을 배운다. 해병대는 전쟁에 임해 절대로 한 사람도 버리지 않는다. 그리고 남겨진 사람은 한 사람이라도 끝까지 찾아서 데려온다는 신념을 가지고 있다. 해병대원들은 '궁호gung-ho'라는 말을 즐겨 쓴다. 이 말은 원래 중국어의 '공합工合'이란 말로 "함께 일한다work together"라는 뜻이다. 그러니까 사실 이 말은 미 해병대의 어떤 강인한 이미지와는 관계가 없는 말이지만 해병대의 비공식적인 구호가 되고 패리스 아일랜드의 신병훈련소에서 그 말의 참뜻도 모르면서 신병들에게 충성이라는 이미지를 각인시키는 용어가 되었다. 그리고 한국전의 해병소설들을 비평가들은 종종 '궁호소설 gung-ho novel'이라고 하는데 여기서 그 단어가 나타내는 정확한 뜻보다는 전체적인 이미지를 고려해 '충정忠情소설'이라고 명명했다. 그것은 충성을 다하여 조직과 국가에 헌신하는 해병대의 소설을 특별히 지칭해 그렇게 필자가 의역한 말이다.

해병들은 군인이 아니라 해병이기를 원한다. 그들은 '해병'이라고 불리기를 원하고 그것이 전쟁에서 그들을 지탱해주는 긍지이며 자부심이 된다. 에드윈 시몬스 Edwin Howard Simmons의 소설《도그 중대장 Dog Company Six》(2000)에서 부상당해 흥남에서 철수해 부산의 한 병원선에 도착한 중대장 베이야드는 해군 간호장교가 "군인"이라고 부르자 자기는 "군인"이 아니라 "해병"이라고[4] 바로 정정해준다. 해병들이 얼마나 자신들을 육군이나 타 군과 차별화하며 자부심과 긍지를 가지고 있는지를 단적으로 보여주는 일화가 루디 토메디의 수기《나팔도 없이 북도 없이》에 나온다. 여기에서 해병 리처드 수아레즈 일병은 자신들이 장진호에서 철수 6일째가 되는 날 큰 흰 별이 그려진 일단의 군용트럭들이 자신들에게로 다가오는 것을 본다. 그는 트럭들이 자신들을 태우러 오는 것으로 알고 이제 고통스런 도보 철수를 끝내겠거니 생각한다. 그러나 동료 해병들이 트럭을 타지 않으려 한다. 왜냐하면 육군의 트럭들이었기 때문이다. 정말 타고 싶은 마음이 굴뚝같았지만 그 차를 타지 말아야 한다는 것이 우리들의 공통된 심정이었다고 술회한다.[5]

한국전에서 미 해병대는 전쟁 초기 낙동강 전선에서부터 인천상륙과 장진호 전투 그리고 중부전선의 고지에 이르기까지 수많은 전투를 치르면서 명성을 날렸다. 특히 전쟁 첫해인 1950년 11월 26일부터 12월 13일까지 미 해병 1사단과 중공군 사이에 벌어진 장진호 전투는 미 역사에 길이 남을 전설적인 전투로 미 해병대의 신화를 창조하는 하나의 역사가 되었다. 이 전투는 미 해병 1사단이 함경남도 개마고원의 장진호에서 북한의 임시 수도인 강계를 점령하려다 오히려 은밀히 압록강을 건너 장진호 근처의 산속 곳곳에 잠복해 있던 중공군 약 12만 명에 포위되어 전멸 위기를 맞았지만 끝내 이겨내고 성공한 후퇴 작전이다. 그러나 1950년도 당시 미국의《뉴스위크》는 진주만 피습 이후 미군 역사상 최악의 패전이라고 혹평했는가 하면 미군의 전사에 역사상 가장 고전했던 전투로 기록되어 있다. 도널드 낙스는 장진호의 전투에 대해 다음과 같이 참전 해병들의 회고담을 종합한다: "2만 5,000의 병력이 이 세상에서 가장 오지인 이곳에, 도저히 인간의 기억으로는 상상이 안 되는 추운 밤에 도로라고 불리기에는 너무나 좁은 길을 따라 길게 늘어서 있었다. 아마도 중공군이 없었더라면 역사는 전혀 관심도 두지 않았을 그런 곳이었다. 적은 정예 12만 병력을 한반도 북부의 광활한 산악지대에 배치시켜 몇 주간을 기다렸는데, 특히 해병 1사단을 잡을 함정을 파놓고 대기하고 있었다."[6]

　홍남과 장진호를 잇는 126km 길이의 도로는 모두 산악 지형을 뚫고 만들어졌으며 가파른 경사와 골짜기로 이루어졌다. 유담리와 신흥리는 장진호 서쪽과 동쪽에 위치했고 여기서부터 하갈우리로 이어지고 고토리를 거쳐 진흥리 그리고 동부 해안의 홍남으로 이어지는 길은 단일로였는데 이 길을 따라 곳곳에 매복한 중공군의 공격을 받으며 철수하는 해병대는 엄청난 희생을 감수해야 했다. 주로 해발 750m에서 1,200m의 산골길인 황초령과 덕동고개와 같은 주요 고지에서 도로 전체를 감제하고 있었는데 해병대는 적에게 완전 노출된 상태로 철수하지 않으면 안 되었다. 더구나 1950년 11월은 시베리아의 한랭전선이 장진호 전체를 뒤덮었고 기온이 섭씨 영하 37도까지 내려갔다. 동상자가 속출하고 얼어붙은 무기는 오작동이 되기 일쑤였으며 모르핀은 얼어서 사용이 불가능했다. 그러나 악전고투 끝에 결국 흥남으로 성공적인 철수를 감행한 해병 1사단은 4,418명의 사상자와 7,313명의 비전투 부상자를 발생시켰는데 부상자는 주로 동상 환자였다. 물론 중공군도 열악한 장비와 익숙지 못한 지형과 추위 그리고 미 해병대의 강력한 저항으로 극심한 인명 손실을 보았는데 이 전투에서 중공군은 2만 5,000명의 전사자와 1만 2,500명 이상의 부상자가 발생한 것으로 파악되었다.[7] 그러나 이 후퇴작전을 통해서 미 해병 1사단은 자신의 열 배에 달하는 12만의 중공군 남하를 지연시켰으며, 그들의 포위를 뚫고 장진호에서 흥남에 도착, 남쪽으로 탈출하는 데 성공함으로써 미 해병대의 신화를 만들어냈다.

장진호 전투는 많은 어록을 남겼는데 그중에서도 극심한 상황 속에서 인간의 한계까지 내몰린 병사들의 상황을 요약한 말로 이후 많은 소설과 수기의 제목이 된 "내게 내일을 주시오Give me tomorrow"가 바로 여기에서 유래된 말이다. 이 말은 부대를 따라가던《라이프》지의 데이비드 더글라스 던컨 종군기자와 한 해병과의 대화에서 비롯된 말이다. 영하 30~40도를 넘나드는 추위와 중공군의 인해전술로 이중의 고통을 당하던 조지 중대의 한 병사는 새벽녘에 허기를 채우기 위해 스푼으로 콩 통조림을 열고 속에 있는 콩을 먹으려하지만 꽝꽝 얼어버린 콩을 깰 수가 없었다. 간신히 콩 한 조각을 입속에 넣었지만 너무 단단하게 얼어서 입속에서 녹기를 기다리고 있을 때 던컨 기자가 다가가 물었다. "만약 당신이 지금 소원이 있다면 무엇을 원하겠는가?" 그러자 그 병사는 짤막하게 "내게 내일을 주시오"라고 대답했다. 병사는 시시각각 죽음이 다가오는데 무슨 소원이 있겠는가. 그저 내일까지만 살아 있어도 행운이라는 의미로 말한 것이다. 던컨 기자는 후에 그 병사의 대답과 사진을 본국으로 전송하며 "이 사진은 그곳에 갔었던 우리 모두를 대변한다"라고 주註를 달았다. 당시 강추위로 모든 무기와 장비는 물론 윤활유 등 기름들도 얼어서 작동이 불가능했으며 심지어 수혈용 혈장도 얼어서 살릴 수 있는 부상자들도 살릴 수가 없었고 진통제를 투여하기 위한 주사기도 병사들이 입속에 넣고 녹여야 했다고 전해진다.

이러한 장진호 전투를 배경으로 한 해병대 소설과 수기는 상당히 많다. 팻 프랭크의 《밤을 사수하라》, 어니스트 프란켈의 《형제들》, 윌리엄 크로포드 William Crawford의 《내게 내일을 주시오 Give Me Tomorrow》, 제임스 브래디의 《가을의 해병》, 데이비드 와츠의 《희망의 흥남부두》, 에드윈 시몬스의 《도그 중대장》, 래리 크란츠의 《사단들》, 로버트 옴스테드 Robert Olmstead의 《가장 추운 밤 The Coldest Night》, 제프 샤아라 Jeff Shaara의 《얼어버린 시간들 The Frozen Hours》(2017) 등의 소설들이 대표적이다. 모두 해병대의 장진호 전투와 중부전선 고지전을 배경으로 하면서 오직 해병대에 대한 자부심과 긍지를 가지고 싸우는 불굴의 해병들의 모습을 묘사하고 있다. 여기에서는 프란켈과 크로포드의 소설을 대표적으로 논의해본다.

어니스트 프란켈의 《형제들》은 한국전쟁을 소재로 한 소설 가운데서 해병대에 대한 무한한 자부심과 사랑을 그린 가장 교범적인 소설로 평가받고 있다. 그래서 한때 이 소설은 해병대원들의 필독서로 추천되기도 했다. 미학적 가치보다는 미 해병의 전설이 된 한국전의 장진호 전투가 소부대 차원에서 실제로 어떻게 싸워졌는지를 고찰해봄으로써 극한 상황을 헤쳐 나가는 해병들의 초인적인 모습을 엿볼 수 있게 하는 좋은 역사적 다큐멘터리로서 가치가 있다고 보았기 때문이다. 특히 소설 초의 제사題詞로 인용한 셰익스피어의《헨리 5세》에 나오는 애진코트 전투에서 프랑스군에 비해 수적으로 절대 열세인 잉글랜드군에게 헨리 5세가 행하는 연설의 한 대목이 바로 소설 제목이 되었고 또한 전체의 주제를 집약한다고 본다. 즉 "소수 인원 우리들, 다행히도 소수 인원인 우리들은 모두 형제들band of brothers인 것이요. 왜냐하면 오늘 나와 같이 피를 흘리는 사람은 앞으로도 나의 형제가 되는 것이니 말이요."[8]

소설의 줄거리는 상부에서 장진호 부근의 한 고지를 점령 사수하라는 명령을 받은 미 해병 1사단의 에이블 중대가 중대장 빌 패트릭 대위를 중심으로 임무를 완수하는 과정과 후에 사단에 합류해 12만여 명의 중공군의 포위망을 뚫고 장진호에서 흥남으로 처절한 철수를 단행하는 모습을 그리고 있다. 전쟁을 주제로 하는 모든 소설의 핵심은 과연 적이 누구인가인데 이 소설에서는 두 개의 적을 상정하고 있다. 하나는 아군과 대치하면서 살상무기로 아군의 생명을 위협하는 실제적인 적이고 다른 하나는 영하 40도를 넘나드는 극심한 추위이다. 그래서 소설은 처음부터 추위에 노출된 병사들의 모습에서 시작해 전편에서 눈보라와 살을 에는 추위로 동상에 걸리거나 얼어 죽는 해병들의 모습과 얼어붙어 사용할 수 없는 장비들을 그리고 있다.

주인공 패트릭 대위는 태평양전쟁에 참전했던 작가의 분신이다.

1950년 12월 8일 미 해병 1사단 7연대 병사들이 장진호 전투에서 극심한 추위와 강풍 속에서도 중공군의 포위망을 뚫고 고토리를 지나 흥남으로 철수하고 있다. (출처: ©NB아카이브, 사진제공 눈빛출판사)

1950년 12월 초 장진호의 하갈우리에서 미 해병 1사단 7연대 병사들이 해병 F4U 코세어 전투기들이 중공군 진지에 네이팜탄 공격을 가하는 광경을 바라보고 있다. (출처: U.S. National Archives)

패트릭은 이오지마 전투에 참전했고 전후 일본 점령군의 일원으로 근무하다 제대 후 사회로 복귀했으나 한국전 발발로 다시 동원된 예비군이다. 소대장 이상을 경험해보지 않은 순진하고 연약하며 실전보다는 교범적인 지식에만 의존하는 패트릭 대위가 자신보다 연상이며 백전노장인 부중대장 앤디의 도전을 받으며 다양한 인종으로 구성된 중대원들을 단합시켜서 임무를 완수하는 군센 해병으로 거듭나는 과정이 소설의 핵심 줄거리이다. 이 소설에서는 미국의 전통적인 소설에 등장하는 반영웅들의 모습은 찾아보기 힘들다. 특히 미국의 모든 전쟁소설이 거의 예외 없이 제기하는 문제는 첫째 "우리는 왜 여기에 와서 싸우고 있는가?" 그리고 둘째 "무엇이 병사들에게 죽음을 두려워하지 않고 앞으로 돌진하게 하는가?" 하는 것인데 이 소설은 두 질문에 대한 답을 제시한다. 어니스트 프랑켈의 진정한 의도는 중대장 패트릭 대위와 부중대장 앤디 중위의 생각과 행동을 통해서 나타난다.

패트릭 대위는 한국전 발발 소식을 들었을 때만 해도 아직 민간인 신분이었고 그 전쟁은 자신과는 아무런 상관이 없는 전쟁이었고 "쓸모없는 전쟁"이며 "실제적으로 아무런 목적도 없는 전쟁"[9]일 뿐이라고 생각했다. 비록 미국의 참전 목적에 대한 대의명분을 어느 정도 인정하지만 그가 여기서 싸우는 것은 그러한 추상적인 이념과는 무관하다는 생각이다. 비록 부중대장 앤디와 지휘 문제로 갈등을 빚기도 하지만 "그 말도 안 되는 허튼소리를 위해 싸우는 것이 아니라 해병이기 때문에 싸운다"[10]라는 앤디의 말에 패트릭은 수긍하지 않을 수 없다. 이 소설 전편을 통해서 "언제나 충성"이라든가 "한번 해병은 영원한 해병Once a marine, always a marine"이라는 미 해병대의 모토가 이 소설의 분위기를 지배한다. 에이블 중대가 처음 부여받았던 2,000피트 정상에 있는 뱃 걸 리지를 사수하기 위한 전투에서 중대장은 모두가 극한의 추위와 육체적으로 탈진한 상태에서 항복할 것을 생각해보지만 분연히 맞서 싸우는 병사들을 보면서 중대장은 이 모든 것이 결국 패리스 아일랜드의 모기가 들끓는 백사장, 캠프 레준의 늪지대, 콴티코 해병기지, 캠프 펜들톤의 고지들에서 흘린 땀의 결과라는 것을 깨닫고, 결국 고지를 사수하는 전과를 올린다. 비록 앤디가 불평하는 대로 이 전쟁에 대해 본국의 국민들은 아무런 관심도 없지만 누군가 이 일을 해야 하기 때문에 중대장을 비롯한 병사들은 자신들의 목숨을 거는 것이다.

아마도 공식적인 참전 논리와 거창한 수사가 전쟁터에서 싸우는 병사들에게 얼마나 허황된 것인가 하는 것은 유담리에서 하갈우리로 험준한 산악 철수 중 벌어진 전투에서 죽은 병사들, 그리고 극심한 추위 속에서 얼어 죽은 병사들의 시신을 앞에 놓고 느끼는 패트릭의 분노에서 발견할 수 있다. 죽은 자의 매장도 거부하는 꽁꽁 언 땅 위에 노출되어 있는 전사자들 앞에서 패트릭은 "국가를 위해서 죽었다느니 모든 것을 바쳤다느니 '용기', '명예', '희생'과 같은 그러한 상투적인 거창한 말들을 입에 올리는 것이 얼마나 죽은 자들을 모독하는 것인가"라고 생각한다. 중대장이 분노를 느끼는 것은 바로 앞에서 아군을 괴롭히는 적에게보다는 자신들을 이런 곳으로 오게 한 본국의 사람들, 즉 위정자들에게다. 그러나 그는 아무리 고통이 심해도 삶에 대한 병사들의 서로에 대한 깊은 사랑과 강렬한 끈기를 보았기 때문에 그들에게 무한한 애정과 해병대에 대한 자부심을 느낀다.

아마도 이 소설의 가장 극적인 반전은 무엇보다도 중대장 패트릭

이 팔에 부상을 입고 하갈우리에서 후송되는 비행기에 탑승해 전장을 떠나려는 순간 다시 내려와 중대에 합류해 끝까지 중대와 함께하는 장면이다. 이 순간은 바로 미 해병대가 승리하는 순간이고 작가의 숨겨진 의도가 드러나는 순간이다. 누구나 원하는 '백만 불짜리 부상'으로 전쟁을 떠날 수 있었지만 순간 그의 머릿속에서는 그간 격전을 치르면서 말없이 헌신한 대원들의 모습이 떠오른다. 비행기 창밖으로 보이는 무거운 군장을 짊어지고 그 무게를 견디며 묵묵히 추위 속에서 고통스런 발걸음을 옮기고 있는 병사들의 모습에서 그는 깊은 감동을 받는다. 너무 소심하고 항상 현실과 동떨어진 교과서적인 문제만을 제기하는 자신에게 끈질긴 의지와 투혼으로 자신을 강하게 만들어주었던 대원들에게 그는 한없는 자부심과 애정을 느낀다. 모든 것이 얼어붙은 극한의 추위 속에서 중대는 공격해오는 적과 최후의 일전을 벌인다. 소설 마지막에서 벌어지는 이 백병전에서의 승리는 바로 이러한 전우애에서 비롯된다. 자신의 부하들을 죽게 한 적에 대한 분노가 그에게 적진으로 돌진하게 했고 승리의 원동력이 되게 만든다.

소설의 마지막에서 한 종군기자와의 대담에서 중대장은 "무적 해병에 대한 믿음, 대원들 서로에 대한 믿음"[12]이 시련을 극복한 원동력이며 또한 참전 목적과는 관계없이 이 전쟁은 바로 자신들의 세대에 닥친 전쟁이고 "누군가는 해야 하는 일"이라고 말한다. 그동안 그렇게도 미국인들의 전쟁 참여 동기의 나약함을 비판하고 전투 중간 중간 벌어진 토론 시간에 참전 미군 병사들의 이념과 신념의 부족을 꼬집던 한국인 통역 최원국도 미 해병들의 투혼을 인정하지 않을 수 없다. 최를 통해 작가는 장진호에서 미군의 영웅적인 전투를 나폴레옹의 모스크바 철수, 남북전쟁의 치카모가 전투, 1차 대전의 벨로 우드 전투, 2차 대전의 발지 전투, 그리고 태평양에서의 타라와 전투에 비유하며 이 전투에서 보여준 미 해병들의 투혼과 불굴의 의지를 높이 평가하고 미 해병대 역사의 한 전설적인 전투로 인정한다.

윌리엄 크로포드의 《내게 내일을 주시오》[13]는 앞의 소설과 마찬가지로 처음부터 끝까지 일관된 해병대의 찬가이다. 이 소설은 전쟁이 시작된 지 이미 일 년여가 지나가는 즈음 중부전선에서 고지전을 수행하고 있는 미 해병 1사단의 1개 보병중대의 활동을 배경으로 하고 있다. 바로 이 시기에 해병 1사단 보병중대의 소총병으로 한국전에 참전했던 작가 크로포드 자신의 경험을 형상화한 소설로서 한국전에서 나온 다른 어떤 소설보다도 해병대를 찬양하는 충정소설로 평가할 수 있다. 이는 소설의 헌사에서 "찬미와 존경의 마음으로 이 책을 미 해병대 신구세대의 프로 해병들에게 바친다"라고 쓴 것에서도 볼 수 있듯이 작가는 미 해병대에 대한 무한한 긍지와 자부심을 나타내고 있다. 소설의 구조 또한 '독수리', '지구의', '닻'이라는 제목의 3부로 구성되어 있는데 이는 바로 미 해병대의 엠블럼이기도 하다. 이 상징은 해병대는 공군으로부터 독수리를, 해군으로부터 닻을, 육군으로부터 땅을 빼앗아 만든 부대라는 것을 뜻한다고도 말한다. 소설의 곳곳에서 전통과 역사에 빛나는 해병대에 대한 자부심과 긍지를 고취시키는 작가의 표현들을 수없이 볼 수 있다.

소설의 주인공은 소대장 데이비드 마틴 소위로 그의 소대 선임하사 존 에반스 중사와의 전우애가 주된 메시지를 형성하고 있다. 텍사스 엘파소가 고향인 마틴은 엄마가 멕시코계로 까만 머리와 가무잡잡한 피부를 물려받은 반쪽 미국인이지만 해병대를 통해서 진정한 미국인으로서의 정체성을 확립하는 사람이다. 대학 3년을 수료하고 해병대에 입대한 마틴은 샌디에이고의 펜들턴 해병기지에서 신병훈련을 마치고 바로 소총병으로 장진호 전투에 참가했던 사람이다. 그 후 현지 임관되어 중부전선의 화천저수지 부근의 고지에서 소대장으로 46일간의 작전을 펼치고 곧 후방으로 교대될 예정으로 있다. 그는 수색작전 도중 다리를 다쳐 부산의 병원선으로 후송되었지만 본국으로 귀환을 권고하는 군의관의 말을 거부하고 다시 중대로 돌아온다. 그러나 중공군 포로 한 명을 생포해오라는 사단의 명령을 수행하고자 대원들을 이끌고 다시 수색을 나갔다가 임무는 완수했지만 부상을 입고 후송 도중 사망함으로써 결국 영원한 해병으로 남은 사람이다.

그의 소대 선임하사 존 에반스 중사는 마틴이 가장 믿고 의지하는 사람으로 육군이나 해군, 심지어는 후방에 근무하는 해병까지도 멸시하며 오직 최전선의 말단 소총병만이 진정한 해병이라고 생각하는 철저한 전문 직업군인이다. 이미 해병대에 입대한 지 3년이 지난 베테랑으로 작전 중 부상한 병사를 적진에 결코 남겨두지 않는다는 해병의 신조를 실천하는 에반스는 희생정신과 용감함으로 은성 무공 훈장을 받기도 하는 해병대원의 귀감이다. 장교가 되면 증오할 대상이 없어서 장교가 되는 것은 싫다고 말할 정도로 막강한 미군 전력의 핵심을 이루는 유능한 부사관의 전형이다. 마틴 소대장과 함께 부상당해 후송 치료 중 병원선을 탈출해 부대로 복귀하면서 마틴에게도 중대로 꼭 돌아올 것을 권하고 마틴이 그 약속을 지켜 중대로 복귀했다가 결국 죽음을 당하게 되자 이를 자신의 잘못으로 생긴 일이라 생각하며 심히 자책하는 사람이다. 소설의 마지막은 38선 부근의 한 의무대 연병장에서 마틴의 영결식이 거행되는 것으로 끝이 난다.

이 소설은 어느 한곳에서도 전쟁 목적이나 전쟁 지휘부나 죽음으로 내모는 상관들에 대한 부정적인 비판은 찾아볼 수 없다. 또한 미 해병들은 한국이라는 나라엔 별로 관심이 없다. 그저 싸우라고 하니까 해병대의 명예를 걸고 싸울 뿐이다. 적이 누구든 개의치 않는다. 이 소설에서 작가는 해병대를 심지어 하나의 신앙으로까지 격상시킨다. 영국 소설작가 포스터 E. M. Forster는 등장인물을 대개 "평면적 인물"과 "입체적 인물"[14]로 구분하는데 이 소설의 인물들은 모두 평면적 인물들로서 천편일률적이고 오직 하나의 신조만을 따르는 사람들이다. 그래서 독자들에게 피로감을 주고 소설의 문학성은 훼손되지만 해병대 조직의 고양이라는 작가의 충정소설로서의 목적은 달성하고 있다고 본다.

4) 휴머니즘소설

무엇보다도 전쟁은 비인간적이다. 그러나 인간들은 비인간적인 전쟁을 인간적으로 만들기 위해 온갖 노력을 한다. 소위 교전원칙이니 제네바협정이니 화학무기를 비롯한 대량살상무기의 사용 금지니 하는 제약과 규정을 만들어놓고 그것을 지키라고 한다. 그러나 근본적으로 전쟁은 생존을 위한 도덕적 황무지에서 전개되는 싸움이기 때문에 법과 규칙이 지켜지기 어렵다. 서로 죽이라고 해놓고 정당하게 조심해서 죽이라는 논리는 말이 안 된다. 소위 '아둔한 윤리 asinine ethics'이다. 이 말은 중국의 고사에서 유래된 말이다. 기원전 638년경 춘추전국시대 송나라와 초나라가 중국의 중부 홍강에서 전투를 벌일 때의 이야기다. 수적으로 우세한 초나라의 군대가 강을 건너올 때 반대편 쪽에 포진해서 이들을 기다리던 송나라의 군주 송양공은 초나라의 군대가 강 한가운데 있을 때 지금이 공격의 적기라는 신하의 제청을 뿌리치고 다 건너올 때까지 기다린다. 그는 말하기를 "군자는 적이 준비가 되지 않았을 때는 공격하는 것이 아니다"라는 것이다. 결국 강을 무사히 건너 전열을 정비한 초나라 군대는 열세의 송나라 군대를 물리치고 승리를 거둔다. 송양공 자신도 부상을 입고 도망을 친다. 나중에 백성들이 전투의 패배를 비난하자 그는 말하기를 "군자는 적에게 두 번의 상처를 입히지 않으며 머리가 흰 적은 포로로 잡지 아니한다. 옛날 성현들은 전쟁터에 나가서 적이 준비가 안 된 채로 있을 때는 공격하지 않았다. 나는 비록 패장이지만 차후로도 준비되지 않은 군대를 공격하라고 북을 치지는 않을 것이다"[15]라고 대답했다는 것이다. 아무리 서로를 죽여야 하는 전쟁터이지만 지켜야 할 도리가 있다는 고사이다.

그러나 그러한 '군자'의 윤리가 패배와 죽음 앞에서 무슨 의미가 있겠는가? 송양공의 고사는 교전원칙을 강조하는 현대전에서도 하나의 '아둔한 윤리'의 예가 될 것이다. 실제 전쟁터의 병사들은 승리라는 전쟁의 목적과 정당한 수단 사이의 갈등을 겪으며 그 괴리에 엄청난 불만을 표출한다. 베트남 참전 작가 필립 카푸토는 그의 수기 《전쟁의 소문》에서 베트남전을 법과 규칙도 없는 황무지에서 자신의 생명과 자신의 옆에서 싸우고 있는 전우의 생명을 위해서 싸운 전쟁이었다고 정의한다. 그런데 그러한 전쟁에서 "누구를 죽이는지 얼마나 많은 적을 어떻게 죽이는지 전혀 관심도 없이 오직 야만스런 전쟁에 문명사회의 전쟁 원칙을 강요하려 했던 자들, 다시 말하면 근본적으로 비인간적인 전쟁을 인간적으로 만들려는 전쟁 윤리 규범을 강요했던 자들을 경멸하면서 싸운 그런 전쟁이었다"[16]라고 말한다. 다시 말하면 전쟁에서 무조건 이기라고 해놓고 정당한 수단을 사용해 이기라고 강요하는 데 대한 비판이다. 인간은 비록 서로를 죽여야 하는 전쟁터에서도 지켜야 할 도리가 있다는 것을 강조하지만 실제로 신사도의 원칙이 전쟁터에서 지켜질 수가 없다.

죽음이 상존하는 전쟁이라는 무법천지에서는 계급의 높고 낮음이나 피부 색깔이나 태생의 귀천이나 그 어떤 인간적인 차이도 의미가 없기 때문이다. 총알이 사람을 가려서 날아오지 않는다. 전쟁은 죽음의 공포를 함께 공유하는 젊은이들의 영역이다. 바로 위에서 카푸토가 말하듯 전쟁터에서 오직 병사들이 기댈 곳은 자신들의 안위를 위하는 조직과 옆에서 싸우는 전우들뿐이다. 전쟁이라고 하는 특수한 환경에서 평소에 볼 수 없는 인간성을 발견하게 되는 것은 바로 전쟁의 특수성 때문이다. 1차 대전의 반전일색의 소설 작품들에 대한 휴머니스트들의 비판도 바로 전쟁의 비극적인 한쪽만을 묘사하는 데 대한 것으로 전쟁 묘사에서 균형적인 접근을 강조하는데 그런 면에서 한국전의 휴머니즘소설들은 참혹한 전쟁의 또 다른 단면을 보여주는 소설들이라고 할 수 있다.[17]

한국전은 특히 다른 어느 전쟁보다도 서로에 대한 갈등과 증오가 뚜렷한 전쟁이었다. 소설 작가들은 특히 이러한 전쟁 상황 속에서 발견되는 인간들은 어떤 모습일까에 주목한다. 미국 사회에서 첨예하게 대립되는 인종 간의 갈등, 특히 흑백 간의 갈등도 한국의 전쟁터에서는 서로를 위해 희생하는 하나의 가슴 뭉클한 인간적인 이야기로 승화된다. 아마도 한국전 소설들 가운데 이러한 이야기들을 주된 줄거리로 하거나 하나의 에피소드로 다루지 않은 소설들은 거의 없다. 사실 대부분의 참전군인들이 쓴 소설들은 휴먼스토리들이고 전우를 위해 희생한다는 감상적인 이야기들이라고 보아도 무방할 것이다. 여기서는 대표적으로 프리맨 폴라드의《혼란의 씨앗》과 제임스 히키의《눈 속에 핀 국화》를 살펴보기로 한다.

프리맨 폴라드의《혼란의 씨앗》은 전쟁 속에서 전우인 백인 병사를 위해 희생한 한 흑인 병사의 인간적 사랑과 이로 인해 양심의 가책으로 혼란을 겪고 있는 백인 병사의 이야기이다. 소설 속의 백인 병사는 애틀랜타 출신의 케네스 타이슨이고 흑인 병사는 앨라배마 모빌 출신의 존 힐튼이다. 힐튼은 일찍 부모를 잃고 여동생을 데리고 어려운 어린 시절을 보냈으며 2차 대전이 발발하자 해병대에 입대해 싸웠고 전후 GI 장학금으로 자신과 여동생 모두 대학을 졸업했을 뿐만 아니라 자신은 사회학 석사학위까지 받는 엘리트 병사이다. 한국전이 발발하자 다시 현역으로 소집되어 한국으로 오게 된다. 반면 타이슨은 아버지가 애틀랜타의 섬유공장과 목재 벌목업을 운영하는 유복한 집안의 아들로 가업을 이어받으라는 아버지와의 갈등으로 고교 졸업 후 하나의 도피처로 해병대를 선택한 어린 병사이다. 아버지는 철저한 인종차별주의자였지만 케네스는 어린 시절 미국의 건국이념 속에 명시된 평등의 이념을 내면화한 사람으로 흑인을 차별하는 남부사회의 현실을 이해할 수 없었고 이로 말미암아 아버지와 갈등을 겪는다.

두 사람은 결국 같은 부대 소속으로 한국전에 보내지지만 둘 다 중공군의 포로가 된다. 포로수용소에서 미군 포로들은 다른 많은 한국전 포로소설들에서 보이는 것과 같이 적에게 동료 병사들의 정보를 제공하며 협조하는 자들과 적의 강압과 고문에도 굴하지 않는 사람들로 나누어진다. 전자는 '핑키' 또는 '진보파'라고 하고, 후자는 '교정 불가자'라고 하여 별도의 막사에 수용된다. 중공군 장교의 심문과 세뇌교육은 주로 후자에 집중된다. 케네스는 미국의 가장 비참한 생활을 하는 최하층보다도 더 못 사는 사람들의 포로가 된 미군 병사들이 어떻게 그런 적에게 좀 더 편하기 위해 협조할 수 있는가에 의문을 품는다. 이 소설에서 중공군 포로 심문자는 이치토와[18] 대위로 영어에 능통하고 미국과 서구문화에 대한 조예가 깊은 지식인으로 논리적인 설득으로 상대방을 무너뜨리는 능력을 가진 자이다.

이 소설의 포로 심문자 이치토와의 세뇌작업은 다른 많은 한국전 소설들에서 보이는 이념적 세뇌와 다르지 않다. 우선 그가 주장하는 논리는 미국의 전쟁 목적이 한국인의 문제를 해결하기 위함보다는 동양에 대한 미국의 지배를 유지하기 위한 침략이라는 관점이다. 다른 나라의 내전을 돕는다는 명분으로 참전한 나라치고 성공한 사례가 없다는 것, 그리고 미국도 남북전쟁이라는 내전에서 자체적으로 해결되었을 뿐 외부 간섭이 없었다는 논리를 편다. 그리고 미국의 사회적·경제적 제도의 약점, 특히 인종차별 문제를 집중적으로 파고든다. 이치토와는 케네스와 힐튼 사이의 관계를 알기 때문에 그들의 전우애를 시험하며 동시에 그들 사이를 이간시키려 한다. 과연 전쟁터에서 맺어진 두 사람의 흑백 간의 우정이 남부사회로 돌아갔을 때도 지속될 것인가, 그리고 흑인 힐튼을 진정한 친구로 받아들일 수 있는가라는 질문을 던지지만 케네스는 남부사회의 현실을 알기 때문에 확실한 대답을 하지 못한다. 그것이 힐튼에게 충격을 준

것을 자책하며 앞으로는 절대로 백인의 편견으로 자신의 결정을 그르치는 일이 없을 것이라고 힐튼에게 다짐한다.

소설의 마지막은 포로들이 아군의 공중폭격의 틈을 타서 수용소를 탈출해 서해바다에 이르게 되고 미군 함정에 구조되어 미국으로 돌아가는 과정을 그린다. 이들 중 케네스와 힐튼은 적의 추격을 받고 천신만고 끝에 구조될 순간을 맞이하지만 뒤따라온 이치토와에 의해 케네스가 총을 맞고 쓰러진다. 막 구명정을 타려던 힐튼은 다시 달려와 케네스를 안전한 곳으로 피신시켰으나 자신은 피하지 못하고 적의 총에 맞아 죽는다. 이 소설이 하나의 감상적인 소설이 되게 하는 것은 갓 결혼하고 한국에 온 힐튼이 아내가 기다리는 고향 집으로 돌아가지 못하고 한국의 이름 모를 고지에서 차가운 주검으로 남게 된다는 것이다. 작가의 메시지는 백인 병사 케네스와 생사고락을 함께하며 우정을 키워온 힐튼이 희생과 사랑을 보여주듯이 장차 남부사회를 수많은 힐튼과 케네스로 채워 인종차별이 없는 세상을 만들 수 있을지도 모른다는 희망을 갖게 한다.

그러한 희망은 귀국 후 남부의 애틀랜타 고향으로 가지 못하고 정신병원에 입원하는 케네스를 통해서 다시 한 번 조명된다. 심신성 장애로 진단을 받은 케네스는 자신을 구하다 죽은 힐튼에게 한없는 죄책감을 느낀다. 그는 모든 인간에 대한 사랑이 지고의 가치라는 어린 시절 주일학교에서 배운 것이 모두 거짓임을 깨닫는다. 이 사회에는 하나님의 사랑이 미치지 못하는 '껌둥이'나 '더러운 유태인'과 같은 존재들이 있다는 것을 발견했기 때문이다. 그러나 케네스는 힐튼에게서 자신보다 더 나은 장점과 인간적인 훌륭한 성품을 발견하면서 혼란에 빠진다. 힐튼의 죽음은 자신이 지금까지 배워온 모든 가치체계를 전복시키는 숭고한 희생이다. 비록 케네스가 겪는 '혼란의 씨앗'은 정신병원 의사가 진단하듯 인종적 갈등이었지만 전쟁이라는 극한 상황이 인종과 출신에 관계없이 인간과 인간 사이의 유대를 강화시킬 수 있는 시험대가 되고 있다는 것이 작가가 말하고자 하는 메시지이다.

제임스 히키의《눈 속에 핀 국화》는 죽음이 일상인 전쟁터에서도 병사들 간의 마음에서 우러나오는 전우애와 서로에 대한 인간적 배려와 사랑이 피어날 수 있는 곳이라는 것을 보여주는 인간의 이야기이다. 이 소설은 휴전회담이 시작된 1951년 중반부터 1952년 하순까지 중부전선에서 주저항선을 강화해 영토를 한 치라도 더 확보하고 휴전회담에서 유리한 고지를 차지하고자 수많은 이름 모를 고지

1951년 9월 5일 미 2사단 9연대 병사들이 피의 능선의 가파른 산길을 오르고 있다. 이 연대는 이곳을 비롯해 다음에 벌어질 단장의 능선 전투에서 큰 손실을 입었다. (출처: U.S. National Archives)

에서 전투가 벌어지지만 그중에서도 철의 삼각지대에 있는 오성산 근처의 저격능선과 양구 쪽의 단장의 능선과 피의 능선에서 벌어지는 전투들이 주된 배경이 된다.

이 소설은 하나의 보병소총중대를 중심으로 하지만 실제로는 소대장 도날드 로버트슨 소위를 주인공으로 그의 소대 병사들 사이의 전투 모습과 인간적 유대를 그리고 있다. 그의 소대는 미국 전쟁소설에서 흔히 보이는 다양한 이민자 출신으로 구성된 용광로 소대이다. 유태계인 솔로몬 주커만 일병, 성미 급한 남부 출신 브랙스톤 포크스 중사, 흑인 하사 톰 카버, 뉴욕 출신의 아일리시계 다혈질인 샘 도어티 일병, 독일계 클라인 슈미트 일병, 노르웨이 이민자 올슨 일병, 태평양 전쟁에서 일본군 대위였던 한국인 카튜사 최민수 등이 이 소설을 엮어내는 인물들이다. 특히 소설은 이들 상호간의 끈끈하고도 훈훈한 인간관계는 물론 한국전쟁이 가지는 제한전쟁과 민군관계의 문제, 이념문제, 인종문제, 동서의 문화적 차이 문제, 극동의 조그만 나라에서 벌어진 전쟁에 대한 본국의 무관심 등의 문제를 적절히 다루면서도 미국 전쟁소설을 관통하는 주제, 즉 입문과 시련을 통한 내적 성장의 주제를 혼합시킨다는 점에서 이 소설의 날개 글에서도 언급된 대로 《붉은 무공훈장》, 《무기여 잘 있거라》, 《나자와 사자》로 이어지는 미국 전쟁소설의 전통 속에서 한국전을 대표하는 소설로 자리매김할 수 있는 훌륭한 전쟁소설이라고 말할 수 있다.

로버트슨은 사실 미국 전쟁소설의 많은 주인공 병사들과 마찬가지로 전쟁의 이상과 실제 사이의 괴리를 깨달은 사람이다. 처음 수송선을 타고 바다를 건너 한국에 올 때는 마치 《붉은 무공훈장》의 주인공 헨리 플레밍처럼 함성을 지르며 돌진하여 '국'으로 알려진 보잘것

없는 적의 무리들에 대해 일방적인 승리를 거두는 자신과 병사들의 모습을 상상해본다. 그러나 실제 한국 전쟁터의 모습은 자신의 상상과는 완전히 다르다. 아무것도 보이지 않는 캄캄한 밤에 뼛속까지 파고드는 추위나 아니면 찌는 더위에 숨을 몰아쉬며 고지를 오르내리는 중대급 규모 이하 소수의 대원들이 벌이는 고지전일 뿐이다.

그러나 로버트슨은 이런 한국전의 환경에 곧 익숙해진다. 그는 전투에서는 용감한 군인이지만 성품이 온화하고 인간적인 사람이다. 한국인들을 언제나 자신과 동등한 인간으로 대하는가 하면 대학 출신인 흑인 병사 카버를 높이 평가하면서 부대에서 '껌둥이'란 말을 쓰지 못하도록 한다. 진정성을 가지고 부대를 지휘하는 로버트슨은 병사들의 롤 모델이 된다. 한번은 수색 도중 마을의 오두막에서 한 인민군 부상병을 숨겨서 간호하고 있는 노인을 발견하는데 로버트슨은 오히려 적 부상병을 위해 땔감과 입고 있던 외투와 먹을 것을 주기도 한다. 로버트슨은 "전 세계가 이 모습을 보았으면, 그리고 그런 모습을 유리병속에 담아 영원히 간직할 수 있으면 얼마나 좋을지"라고 말한다.[19] 비록 상대방을 죽이지 않으면 내가 죽어야 하는 혹독한 전쟁터이지만 그런 곳에서도 이런 인간적인 사랑이 있을 수 있다는 것을 로버트슨을 통해 작가는 보여준다.

로버트슨은 소설 초의 저격능선 전투에서 입은 치명상으로 후송되어 치료 후 귀국을 권고 받지만 거절하고 부대로 다시 복귀한다. 시간이 흐른 후 근무 기간이 만료되어 귀국을 명령받고 그동안 함께 싸워온 한국군 전우 최민수에게 마지막 작별인사를 하기 위해 그의 부대를 찾았다가 갑작스런 적의 공격을 받게 되고 용감히 적과 맞서 싸우다가 최민수와 함께 장렬하게 전사한다. 바로 휴전회담이 조인

된 날 오후에 일어난 일이다. 마치《서부전선 이상 없다》에서 전쟁이
끝나기 직전 우연히 날아온 총탄에 전사하는 주인공 폴 보이머의 운
명과도 같다. 여기서 우리가 주목하는 것은 왜 로버트슨이 군단장 이
하 군의관 등 모든 사람들의 귀국 제안을 뿌리치고 한국에 남으려고
했던가 하는 것이다. 우리는 그것이 참전 초기 춘천에서 발생한 치명
적인 사건 때문임을 알게 된다.

  소설의 끝부분에 가서야 이유가 밝혀지는 이 사건은 자신이 춘천
에서 순이라는 이름을 가진 한 순진한 소녀에게 섹스를 시도하는 과
정에서 우연히 그녀를 죽게 만든 사건이다. 이 사건이 로버트슨을
깊은 죄책감에 빠트리고 한국을 떠날 수 없게 만드는 요인이 된다.
그에게 사랑을 고백하는 간호장교 밀드레드는 죽은 아이는 "그저
국Gook이었을 뿐"[20]이라는 말로 그를 위로하려고 하지만 로버트슨
의 마음을 돌릴 수는 없다. 결국 자신의 죄에 대한 속죄는 한국을 위
해 자신을 희생하는 것뿐이라고 생각한다. 그것이 그가 한국을 떠나
기 직전 자신의 한국인 전우 최민수를 찾고 중공군과의 전투에 함께
하는 이유이다. 거기서 로버트슨과 최민수는 적과 용감히 싸우지만
결국 둘 다 전사하고 만다. 로버트슨의 죽음은 결국 자신이 저지른
행동에 대한 속죄라고 볼 수 있다.

  우리는 여기서 작가가 왜 최민수라는 인물을 상정했는가를 살펴
볼 필요가 있다. 그는 카튜사 중의 한 사람이지만 사실은 일제 시대
에 일본 육사를 나오고 만주와 태평양 전선에서 미군과 싸운 제국 일
본군 대위 출신이다. 아이러니하게도 과거의 적이 현재는 우군이 되
어 함께 싸우는 처지가 된다. 그는 현재는 비록 한국인 병사의 신분
으로 미군과 함께 싸우고 있지만 과거에는 장교였기 때문에 누구보

다도 로버트슨을 이해하며 그에게 한국의 우수한 문화와 의식구조, 미국의 조야한 문화에 대한 한국인의 태도, 그리고 전쟁에서 죽음의 의미, 극한 상황에 처한 인간의 발가벗겨진 모습이 어떤 것인가를 설명해주는 로버트슨의 일종의 철학적 멘토 내지는 소설에서 작가가 말하고자 하는 메시지의 대변자 역할을 한다. 로버트슨이 자신의 소대원들의 죽음을 괴로워하며 자책할 때 최는 자신도 부하를 죽여 인육을 먹던 오키나와에서의 전쟁 경험과 만주에서 자기 부대의 식량을 훔치던 한 중국 여인을 때려 죽게 한 일들을 이야기하며 그를 위로해준다.

최민수는 로버트슨에게 사무라이의 징표인 머리띠 하치마키에 일본의 단시短詩 하이쿠를 하나 써준다. 즉 〈차가운 포옹 속에 홀로, 눈 속에 핀 국화〉[21]라는 시다. 이 후로 로버트슨은 모든 전투에서 철모를 벗고 하치마키를 이마에 두르고 전투를 한다. 이 소설의 제목이기도 한 단시는 무엇을 의미하는가? 몇 년 전 태평양 전쟁에서 집에 돌아온 최민수는 눈이 내린 어느 날 앞마당의 눈 속에 파묻혀 있는 갓 피어난 국화 한 송이를 보았던 기억을 떠올린다. 즉 차가운 눈 속에서 오래가지 못할 것 같아 꺾어가지고 강으로 가지고 나가 멀리 떠내려 보냈던 기억이다. 최민수는 이러한 눈 속에서 홀로 외롭게 피어난 국화를 단장의 능선 전투에서 죽어가는 포크스를 껴안고 돌아오던 로버트슨과 연결시킨다. 그것은 정말로 아름다운 모습이었다. 마치 강물에 떠내려가는 국화의 향기가 쉽사리 없어지지 않듯이 전우를 껴안은 로버트슨의 아름다운 모습은 쉽사리 마음속에서 사라지지 않는다. 소설의 마지막 전투에서 자신을 구하려고 싸우다 죽어가는 로버트슨을 껴안고 최민수도 죽기 전 마지막으로 "그대는 나의 두 번째

1950년 8월 28일 낙동강 전선에서 죽은 전우를 애도하며 서로 어깨를 감싸고 흐느끼고 있는 두 사람의 미군 병사. 옆에서 의무병이 사상자의 목록을 작성하고 있다. (출처: U.S. National Archives)

국화였네"[22]라고 말하며 숨을 거둔다. 결국 로버트슨은 "눈 속에 핀 국화"이다. 비록 눈 속에 오래 있지는 못하겠지만 그의 향기는 오래오래 지속될 것이다. 전우를 위한 로버트슨의 아름다운 희생은 오랫동안 간직될 것이라는 것을 암시한다.

결국 작가는 마지막 에필로그에서 그의 메시지를 전달한다. 전쟁에서 살아남아 미국으로 귀환한 주커만은 텍사스의 한 기지에서 제대를 앞두고 한국의 클라인슈미트로부터 온 편지를 통해 로버트슨과 최민수의 전사 소식을 듣게 된다. 자신의 롤 모델이었던 로버트슨의 죽음은 그에게 큰 충격이었지만 그러나 그의 희생은 아무런 이유도 묻지 않고 먼 극동의 한 조그만 나라에 가서 싸운 미국의 젊은이들의 상징이라는 것으로 받아들인다. 더구나 최민수와 서로 껴안고 죽어간 모습은 한국과 미국의 젊은이가 대의를 위해 함께 목숨을 바쳤다는 하나의 상징적 제스처이며 동시에 전쟁이라는 극한 상황 속에서 전우를 버리지 않고 생사를 같이하는 인종을 초월한 사랑의 표현이다. 또한 작가는 미국의 젊은이들과 마찬가지로 자신들과는 아무런 이해관계도 없는 이 전쟁에 끌려와 초라한 모습으로 가련한 죽음을 당한 수많은 중공의 젊은이들에 대해서도 위로를 보낸다. 특히 로버트슨은 자신이 한 고지에서 중공군 병사에게 죽임을 당할 뻔한 순간에 손을 흔들며 빨리 안전한 곳으로 피하라고 하던 그 적군 병사를 잊지 못한다. 서로 죽여야 하는 전쟁터이지만 때로는 곤경에 처한 적이 인간으로 보일 때가 있다. 전쟁소설이 종종 가슴 뭉클한 휴먼스토리가 되는 이유이기도 하다.

로버트슨은 한국전 경험이 헛된 것이 아니었으며 그 전쟁을 통해서 '어린 아기'였던 자신이 성숙해졌다고 생각한다. 결국 그를 통해 작가는 한국전에 참전한 미국의 순진한 젊은이들이 참혹한 전쟁터에서 오직 명령을 따라 싸웠을 뿐이지만 그러나 서로에 대한 믿음과 사랑의 중요성을 터득한 것이 가장 값진 소득이며 바로 "그것이 우리의 기념물이 되리라"[23]라는 말로 끝을 맺는다. 전쟁은 인간들의 이야기이고 전쟁소설은 인간들의 이야기를 써야 한다는 어느 비평가의 말처럼 작가 제임스 히키는 이 소설에서 전쟁이라는 황무지 속에 내던져진 피아간의 인간들이 어떻게 비인간적인 전쟁을 인간적인 전쟁으로 만들려고 했는지를 보여주려고 했다고 본다.

2. 전쟁과 부조리

1) 반전소설

전통적으로 미국의 훌륭한 전쟁소설은 반전소설이다. 헤밍웨이의 《무기여 잘 있거라》, 존 도스 패소스의 《3인의 병사》, 노먼 메일러의 《나자와 사자》 또는 조셉 헬러의 《캐치-22》와 같은 반전소설들이 시대와 장소를 뛰어넘어 명작으로 남는 것은 전쟁이 단순한 삶과 죽음의 현장이 아닌 인간의 제반 문제가 의미를 가지는 그러한 세계의 상징으로 묘사되기 때문이다. 앞에서 설명했듯이 미국의 전쟁소설작가들에게 전쟁은 생의 의미를 발견하는 깨달음의 현장이고 또 다른 작가들에게는 사회의 병리 현상을 발견하는 장소가 된다. 이들 작가들에게 전쟁과 군대는 미국 사회의 축도이며 민주 이상과 그 실제적 실현 사이의 괴리가 발견되는 장소이다. 문학비평가 맬컴 카울리가 《문학의 상황 The Literary Situation》(1954)에서 지적하듯 전쟁소설작가들은 사회학자나 역사학자가 아니며 전쟁과 군대를 형상화할 수 있는 특별한 재능을 가지고 특별한 훈련을 쌓은 사람들이다. 이들은 기질적으로 비판적이어서 남다른 감수성을 가지고 전쟁과 군대에서 행해지는 부조리에 대해서 도덕적·윤리적 비판을 가한다.[24] 요컨대 1, 2차 대전의 반전소설은 대부분 사회비평소설이 주를 이룬다. 즉 개인윤리와 집단윤리 사이의 갈등, 전쟁의 궁극적 승리를 위해 정당화되는 목적과 수단 사이의 갈등, 전쟁이라는 이름으로 용인되는 행동의 적법성, 또는 편의를 위해서 허용되는 불의의 문제 등이 주된 관심사이고 비판의 대상이다.[25] 그렇다면 한국전 소설들이 이와 비견

될 만한 훌륭한 반전 작품들이 있는가? 사실 1, 2차 대전의 전쟁소설들에 비해 많지 않다.

한국전 소설에서는 전쟁이 이러한 미국 사회의 병리적 현상을 발견하는 상징적 세계라는 묘사는 이전 전쟁소설에서만큼 많지 않다. 또한 전쟁을 낭만적으로 생각하거나 전쟁 목적과 대의명분을 위해서 참전했지만 환상이 깨지고 좌절한다는 내용도 거의 없다. 벌써 그러한 환상과 자각은 1차 대전의 서부전선과 2차 대전의 태평양에서 소멸된 듯하다. 그리고 미국의 민주 이상과 군대라는 현실 사이에서 생겨나는 갈등도 거의 찾아볼 수 없다. 한국전 병사들은 그러한 경험들을 선배들의 행동과 이야기를 통해서 상당히 내면화한 듯하다. 왜냐하면 한국전은 상당 부분 2차 대전에 참전했던 동원예비군들에 의해 치른 전쟁이기 때문이다. 그러나 전쟁은 전쟁이다. 한국전에서 싸운 병사들도 선배들의 경험을 통해 이미 전쟁의 진실을 알았으면서도 그들의 전쟁을 싸우며 똑같은 교훈을 얻는다. 이는 서론에서도 인용한 베트남전 참전 작가인 필립 카푸토의 유명한 수기 《전쟁의 소문》에서 "모든 세대는 그들 각각의 전쟁을 싸우게 되어 있고 똑같은 환멸을 느끼며 똑같은 교훈을 얻게 되어 있다"[26]라고 말한 것과도 일치한다. 비록 전쟁과 군대에 대한 기대와 실제 사이의 괴리에 대한 한국전 참전군인 작가들의 인식이 그들의 선배들보다 심각하지는 않다 하더라도 여전히 그들의 소설 속에 반영되는 것은 사실이다.

한국전 작가들이 주로 묘사하는 모순과 부조리는 미국의 전쟁 목적과 대의명분과 배치되는 전쟁터에서 행해지는 현실에 대한 비판이다. 그것은 비극적이기도 하고 때로는 코믹하게 묘사되기도 한다.

흑백 문제, 지휘 문제, 목적과 수단 사이의 문제 등 전쟁에서 흔히 제기되는 문제들을 비롯해 제한전쟁, 순환근무제 등 한국전 특유의 양상들에 비판을 가한다. 예를 들면 한국을 구하기 위해서 싸우는 미국의 대의가 오히려 한국을 황폐화시키고 있는 현실을 비판하는 가 하면 모든 죽음은 적과의 전투에서 발생하는 것이 아니라 자신들이 지키고자 하는 한국인들과의 관계에서 그리고 아군 부대 내에서 일어난다. 또한 공산주의자들을 물리치고 자유세계를 지킨다는 대의명분을 위해 참전한 대가가 의미 없는 죽음으로 나타나기도 한다.

밀턴 베이츠Milton Bates 교수는《우리가 베트남에 가져간 전쟁들 The Wars We Took to Vietnam》(1996)이라는 책에서 미국은 베트남전쟁을 싸우면서 1960년대 미국 사회의 극심한 갈등, 즉 계급간, 인종간, 남녀 간, 세대 간의 싸움을 베트남의 전쟁터로 가져갔다고 말한다. 다시 말하면 베트남의 전쟁터는 미국 사회의 근본적인 제반 문제점들이 노출되고 갈등하는 현장이 되었다는 것이다.[27] 그러나 이러한 문제는 한국전에서는 별로 등장하지 않는다. 물론 흑백 문제, 제한전쟁의 수행과 전쟁터의 현실, 민주 이상과 실제 사이의 괴리, 정규군과 예비군 간의 갈등, 전쟁이 가져온 가정의 해체, 냉전이념의 허구성 등이 한국전 소설들에서 여전히 등장하지만 이전의 전쟁소설에서 보이는 것만큼 심각하지 않다. 물론 조지 시드니의《죽음의 향연》과 제임스 드로트의《비밀》은 아마도 한국전쟁을 소재로 한 소설 가운데 가장 강력한 반전적인 고발 작품이지만《봉고리의 추위》,《한편 전선에선》,《한 사람의 미국 군인》,《매쉬》,《칼의 노래 한국》,《지상에서 심바시로》 등의 작품들은 반전소설군에 속하기는 하지만 그렇게 강도 높은 반전소설은 아니다. 이들 소설들은 전쟁과 군대의 모순과 부조리를 때로는 코믹하게 때로는 진지하게 그려내고 있지만 이전의 작품들에서 보이는 만큼의 전쟁에 대한 환멸과 분노는 보이지 않는다.

리처드 셀저의 《칼의 노래 한국》에서 주인공은 예일대 의대를 나온 군의관 슬로안 중위이다. 이 소설은 저자의 한국전 참전 경험을 바탕으로 한 소설이다. 슬로안은 한국전 참가를 하나의 성인이 되는 성장 과정 내지는 죽음에 이르는 하나의 시련으로 본다. 이전에 그가 의사가 되기로 결심하고 의대에 진학해 수술 훈련을 받겠다고 결심했던 것은 한낱 유치원 어린아이의 생각과 같은 순진한 생각이었다. 이제 한국전쟁에서 제대로 된 전쟁을 경험할 참이었다. 그는 서울 북쪽의 한 의무대에서 부상병은 말할 것도 없고 일대의 민간인들의 진료까지 책임진다. 그러나 그는 결국 밀고 밀리는 전쟁의 소용돌이 속에서 자신을 위해 일하던 모든 동료와 심지어 자신의 아이까지 낳은 사랑하는 한국 여인까지 잃는다. 더구나 포로가 되어 만주에 있는 적의 수용소로 끌려가 온갖 고초를 겪기도 한다. 전쟁은 그에게 상실의 현장이 된다. 소설의 마지막에서 본국으로 송환되기 직전 자신의 아내에게 쓴 편지에서 자신을 군대와 전쟁터로 이끌려온 '개'에 비유한다. 징집영장이 나왔을 때 거기에 응하지 않았어야 했다. 그래서 그는 고백한다. "사실 난 그 당시엔 알 수 없었지. 이제 난 그 비밀을 알게 되었어. 어떤 메일이 오더라도 열지 말아야 한다는 것을……. 혹시 열었더라도 군에서 온 편지로 어디로 가라고 써져 있으면 그 반대쪽으로 가면 돼."[28] 전쟁은 낭만적인 모험이 아니며 인간 성장을 경험하는 시련의 장소도 아니다. 슬로안은 전쟁을 통해서 군대와 전쟁은 인간의 삶을 파괴하고 죽음에 이르게 하는 악이라는 깨달음을 얻는다.

　조지 시드니의 《죽음의 향연》은 1951년 중부전선 화천댐 인근의 한 고지에서 벌어지는 미 해병 중대의 전투가 배경이지만 실제 적과의 전투는 주변부로 밀려나고 부대 내에서 부대원 상호간 또는 부대 밖의 촌락에서 마을 주민들과의 사이에서 벌어지는 사건들이 이야기의 중심을 이루고 있다. 한국전에 해병으로 참전했던 작가의 경험을 바탕으로 쓰였는데 아마도 한국전에서 나온 미 소설 중에서 가장 반전적이고 비판적이며 비극적인 소설로 보인다. 액셀손이 지적하듯이 "문체상으로 볼 때 작가 시드니는 분명 어니스트 헤밍웨이를 모델로 하고 있으며 실제 많은 문장들이 헤밍웨이의 [반전적인] 훌륭한 문장들과 견줄 수 있는 그런 문장들이다."[29]

　소설이 해병 중대의 작전 활동을 선형적으로 서술하고 있다기보다는 주된 인물들과 그들이 관련된 사건을 중심으로 전개된다. 아주 짧은 소설이지만 시드니는 이 소설에서 한국전쟁이 제기하는 몇 가지 특징적인 주제와 미국 전쟁문학의 전통 속에서 보이는 일반적인 주제들을 잘 조화시켜 보여준다. 대대장 키트리지와 중대장 미첼을 통한 상하 간의 긴장 관계, 그리고 피터슨, 버델, 크레인, 레이놀즈 등 병사들의 전쟁관과 참전 동기, 전쟁하는 국가의 국민이 처하는 비극적 상황, 무고한 죽음, 위선적인 종교 문제, 들은 것과 본 것 사이의 괴리, 모순된 전쟁의 모습, 아군의 사격에 죽음을 당한다는 혼란스런 전쟁 상황 등이 적절하게 혼합되어 반전적인 전쟁소설이 가질 수 있는 전쟁의 비극적 모습을 모두 보여준다. 그런 면에서 이 소설은 지금까지 미국에서 나온 어떤 전쟁소설보다도 전쟁의 부조리와 참상에 대한 통렬한 비판을 가하는 소설이라 생각된다.

작가 시드니가 묘사하는 인물들은 사실 많은 다른 전쟁소설에 등장하는 인물들과 큰 차이가 없다. 예를 들어 피터슨 중사는 태평양 전쟁, 중국, 및 한국전을 거치며 13년간의 군 생활과 전투를 경험한 사람으로 네 번이나 강등되었다가 현 계급으로 복귀한 사람이지만 여전히 영웅이 되어 무공훈장을 받고 귀국하는 것이 꿈인 인물이다. 그는 몇 번의 전쟁터에서 큰 공을 세워 최고의 훈장을 받고자 했지만 고작 은성무공훈장밖에 받지 못한다. 일곱 개의 퍼플 하트도 받았다. 그런 훈장을 가지고는 영웅이 되지 못한다. 많은 사람이 그런 훈장을 받았기 때문이다. 미국 최고의 훈장인 '명예훈장'을 받는 것이 그의 꿈이다. 그래서 항상 적극적으로 전투에 임하지만 무리수를 두면서 결국 아군에게 피해를 가져오는 인물이다. 그는 항상 빈정대는 크레인 상병과 부딪친다.

그런가 하면 대대장 키트리지 중령은 직업군인으로 부하들의 생존에는 아랑곳하지 않는 가학적 성격의 소유자이다. 부하들의 의지와 상관없이 자신이 원하는 대로 행동하기를 원하는 전미全美 최고의 해병대원이다. 전쟁에서 잔뼈가 굵었고 어떤 명령이든 절대 복종을 강조하는 사람이다. 어떠한 희생을 감수하고라도 명령을 수행해야 한다는 직업군인의 윤리를 신봉한다. 반면에 중대장 미첼은 태평양 전쟁에서 4년간이나 싸웠고 두 번의 훈장을 받았으며 1년 전 장진호 전투에도 참가했던 장교이다. 사실 그는 지난 전쟁에 참전했었기 때문에 한국전에는 가지 않아도 될 것으로 생각했다. 그러나 미첼은 참전했고 결국 귀국 하루 전 마지막 고지 전투에서 전사한다.

키트리지와 미첼, 두 사람 간의 대결은 부대 주변 마을에 나가서

1951년경 미군의 주둔지 한곳에 세워진 성병 방지 경고 게시판. 왼쪽에는 세 사람의 모습이 그려진 게시판이 있는데 왼쪽에 여자, 가운데는 미군 병사, 우측에는 한 소년이 여자를 가리키고 있다. 오른쪽 게시판의 글은 다음과 같다: "왜 넘어가는가? 그 아이는 바보를 유혹하는 미끼다. 그대가 바로 그런 바보인가? 현실은 이렇다: 1. 성병에 걸린 자는 순환 귀국 불가 2. 장애를 가진 아이 생산 3. 영구 불임 4. 쓸모없는 짐이 된다." (출처: U.S. National Archives)

자신과 아이의 생존을 위해 할 수 없이 몸을 파는 한 여인과 관계하다가 동네 사람들에 의해 비참한 죽임을 당한 중대원 버델 일병을 위한 복수를 논하면서 첨예화된다. 미군 당국의 공식적인 훈령은 병사들에게 매춘 행위를 하는 것을 군기 위반과 성 군기 문란으로 보고 철저히 감시했지만 전쟁터 남성들의 욕구와 전쟁의 참화 속에 내동댕이쳐진 여인들의 생존을 위한 필요에 따라 성행했다. 소설에서 작가는 "부산에서 압록강까지 미군이 있는 곳이면 여자들과 아이들이 따라 다닌다"라고 얘기한다. 사실 버델의 죽음은 중대장이 볼 때는 잘못된 행동을 하다가 죽임을 당한 것이기는 하나 전쟁이 가져온 불가피한 하나의 사건이고 전선에서 죽는 수많은 죽음 중 하나일 뿐이기 때문에 신병 하나 채우면 될 일인데 그렇게도 대대장이 복수에 집착하는지 이해가 안 된다. 적어도 무고한 양민을 죽여서는 안 되고 아무리 비인간적인 전쟁이라도 도덕과 윤리가 지배하는 전쟁이 되어야 한다는 것이 그의 생각이다. 그러나 대대장 키트리지는 복수를 명하고 일단의 대원들을 시켜 마을로 들어가 모든 주민을 학살하고 마을을 완전히 초토화시킨다.[30] 이 사건이 의미하는 것은 우선 버델의 죽음이 아무런 의미도 없는 헛된 죽음이었고 그것을 빌미로 수많은 양민이 미군에 의해 무참히 보복을 당해야 한다는 전쟁의 비극을 작가는 질타하고 있다. 버델은 소설 초에서 자신의 우발적인 오인 사격으로 동료 병사 고든을 죽이는 사건의 장본이지만 아이러니하게도 자신도 비전투 상황에서 비참한 최후를 맞이한다.

무엇보다도 이 소설을 지배하는 전체적인 기조는 크레인 상병의 생각과 행동이다. 왜냐하면 그의 말과 행동을 통해서 전쟁의 참상과 부조리가 통렬하게 파헤쳐지기 때문이다. 크레인이야말로 미국 전쟁소설의 전통 속에 등장하는 반영웅의 전형이다. 크레인의 말과 행동이 아마도 작가 시드니의 의도로 보인다. 그는 많은 동료의 죽음을 본다. 특히 죽음은 영웅이나 겁쟁이나 가리지 않는다. 소설 초에서 그의 중대는 93명이 전사한 것으로 나온다. 크레인을 비롯한 일부를 제외하면 모두가 신병들이란 얘기다. 그러나 크레인은 2차 대전의 반전소설들에 나오는 말만 앞세우는 자유주의 지식인 병사들과는 다르다. 소설 초에서 적과의 치열한 전투가 벌어졌을 때 누구보다도 열심히 싸우며 위험을 무릅쓰고 부상당한 동료를 구한다. 한국을 떠나게 되면 제일 먼저 하고 싶은 일이 일본 도쿄에서 즐기는 것이라는 피터슨과 달리 펜타곤과 백악관을 폭파시키는 것이고 장군들과 의회 의원들, 대통령 등 모두를 제거하는 일이라는 독설을 서슴없이 토로한다.

이 소설의 극적인 클라이맥스는 크레인이 대대장 키트리지를 죽여서 강물 속으로 던져버리는 하극상이다. 사실 이 같은 극적인 설정은 미국의 전쟁소설에서 자주 나오는 사건은 아니다. 물론 현장에서 온갖 인권을 유린하는 초급장교와 병사 간, 아니면 부사관과 병사 간에 하극상이 벌어지기는 하지만 크레인 상병과 키트리지 중령 간의 계급 차이를 고려하면 사실 있음직한 사건은 아니다. 다만 한 민간인 촌락의 파괴와 학살에 대한 상징적 응징이요 부조리한 전쟁에 대한 통렬한 비판을 가하기 위함이라는 측면에서는 이해가 된다. 이 사건을 통해서 작가는 전쟁에서의 죽음은 적에 의해서만이 오는 것이 아니라 아군에 의해서도 온다는 것을 보여준다. 이를 반증이라도 하듯 소설의 마지막에서 고지 전투를 벌이는 중대를 지원하기 위해 출격한 아군기에 의해 오히려 중대장 미첼을 비롯한 여러 명의 중대원들이 전사한다.

이 소설에서 영예로운 죽음은 거의 없다. 고든, 버넬, 키트리지, 엡스, 딕슨, 미첼 등 모두 적이 아닌 아군이나 마을 사람들에 의해 죽임을 당한다. 문제는 그들의 죽음에 아무도 관심이 없다는 것이다. 공산주의에 대한 민주주의, 무신론의 야만에 대한 서구 기독교의 문명 간의 싸움이라는 거창한 전쟁 명분을 내세웠지만 결국 전쟁은 무명의 고지에서 산병전으로 전개되는 동네 싸움일 뿐이고 죽음은 국가를 위한 희생이 아닌 헛된 죽음일 뿐이다. 싸워야 할 적은 어디에도 보이지 않는다. 시드니가 이 소설에서 던지는 메시지는 너무도

260

강렬하다.

　조지 시드니의 소설 못지않은 강력한 반전소설이 제임스 드로트의《비밀》이다. 작가의 자전적 소설로 볼 수 있는 이 소설은 작가 자신처럼 시카고 출생으로 1940년대에 성장했지만 2차 대전 시에는 나이가 어려 전쟁에 참전할 수 없었던 한 미군 병사가 주인공이다. 한국전에 참전하지 않은 작가와는 달리 소설 속의 주인공 화자는 한국전에 징집되어 참전한 병사로 그 전쟁과 전쟁의 결과를 신랄하게 비판한다. 흥미로운 것은 한국전이 그동안 주인공이 끈질기게 추구하던 '비밀'을 발견하는 계기가 된다는 사실이다. 소설 전편을 통해서 이름이 알려지지 않는 주인공 화자는 마치 J. D. 샐린저의《호밀밭의 파수꾼 The Catcher in the Rye》(1951)의 주인공 홀든 콜필드나《나자와 사자》의 진보파 지식인 허언 소위, 영화 〈이유 없는 반항 Rebel Without a Cause〉(1955)의 짐 스타크와 같은 시대의 반항아로 나타난다. 한 젊은이가 성장하면서 세상의 공허함과, 부르주아 도덕관, 종교, 학교, 군대 등에 환멸을 느낀다는 이야기이다. 사실 미국의 1950년대는 2차 대전의 특수로 사상 유례가 없는 호황을 누리고 있었지만 소설의 주인공에게는 모든 것이 자본가들과 권력을 가진 자들의 배만 불리는 경제적 착취와 인권유린의 시대로 보인다. 비록 소설에서 한국전 부분은 총 26개 챕터 중 마지막 세 개 챕터로 국한되지만 주인공이 끈질기게 파헤쳐온 사회의 이중성과 본질적 병폐의 '비밀'을 한국전 경험을 통해서 발견한다는 점에서 한국전이 이 소설의 핵심적 모티프로 작용하고 있다고 볼 수 있다.

　주인공 집안의 모든 남자 형제들은 거의 다 2차 대전에서 전사한다. 그도 전문대를 졸업하고 금융회사의 직원으로 일하다가 한국전이 발발하자 징집되어 보병으로 한국에 오게 된 것이다. 우선 전쟁에 대한 그의 태도는 부정적이다. 자본가와 권력을 가진 자들은 평소에 힘없는 자들을 착취하는 데 그치지 않고 그들이 일으킨 전쟁에 그들의 영광을 위해서 싸우라고 강요한다고 생각한다. 전쟁은 어떤 전쟁이든 "신이 저버린 이 세계"에서 일어나게 되어 있는데, 특히 한국전은 자신들과는 아무 관계가 없는 "쓸모없는 작은 전쟁"일 뿐이라고 생각한다. 정치, 경제, 사회적으로 권력이 있거나 영향력이 있는 자들은 모두 제외시키고 오직 25세 이하의 힘없는 젊은이들만을 한국전에 내보내 남한을 방어하기로 한 전쟁이고 미국은 한국전을 통해 이득을 보려고 하며 만약 한국전이 일어나지 않았다면 미국은 또 한 번의 경제공황 속에 빠질 뻔했다는 것이 화자의 생각이다. 동시에 한국전은 여러 부류의 미국인들에게 시험적인 무대가 되었는데 젊은이들에게는 남성성을 시험할 기회이고 군 지휘관들에게는 전쟁 기술 및 각종 심리전과 신무기의 시험장이며 군대 신병들에게는 훈련장이 되었다.

주인공은 한국전을 '트루먼의 전쟁'이라고 생각하며, 특히 그의 제한전쟁 개념을 비판한다. 그도 미국이 치른 전쟁은 항상 절대적인 승리로 끝난다는 승리의 신화 속에서 자라온 사람이기 때문에 제한전쟁으로 수행되는 한국전은 비판의 대상이 될 수밖에 없다. 즉 한국전쟁은 끊임없이 계속되는 전쟁으로 마치 승리도 패배도 가능하지 않은 것 같은 그런 전쟁이었다. "그저 전쟁을 위한 전쟁이었고 한나라가 다른 나라를 굴복시켜 승리하기 위한 전쟁이 아니었으며, 여기를 폭격할 수 있으나 저기는 안 되고 이길 수는 있으나 이길 수 없고 여기는 갈 수 있으나 저기는 가선 안 되는" 그런 전쟁이었다. 워싱턴의 관리들은 오직 경기장을 한국으로 국한한다는 원칙을 세웠는데 그래야 중국이나 러시아의 심기를 건드리지 않고 '본국의 사람들'을 안전하게 지킬 수 있었기 때문이다. 이는 마치 "15라운드의 복싱 경기에서 이기라는 말은 듣고 있지만 이미 비긴 것으로 사전에 결정되어 있는 그런 전쟁"이었다.[31]

화자는 함께 한국전에 참전한 두 명의 동료 병사를 특히 주목한다. 엘머라는 병사는 취사병이 되는 것이 싫어서 도망갔다가 잡혀왔으나 결국 그 때문에 자살하게 되는 병사이고 프랭크 놀란이라는 병사는 택시기사의 아들로 군대를 하나의 신분 상승의 기회로 삼고 군에 입대해 한국전에 참전한 사람이다. 그는 모범적인 병사로 분대장까지 진급되었지만 전선을 시찰하러 온 의회 의원들에게 보이기 위한 불필요한 작전에 참가하는데 거기서 많은 사람이 전사하고 자신은 한쪽 다리를 잃고 본국으로 후송되는 병사이다. 군에 대한 열망도 생에 대한 희망도 없어진 놀란은 완전히 무감각하고 감정도 없는 투명인간이 된다. 이러한 두 사람의 비운의 병사들을 예로 들면서 화자는 오직 권력자의 욕구만 충족시키려는 무의미한 전쟁에 대한 강력한 비판을 가한다. 화자는 무사히 살아서 귀국하고 본국의 한 공정사단에 소속되어 군 생활을 이어가고 있다. 그러나 그는 전후 미국 사회에서 일어나는 모순과 부조리의 사건들에 대해 또다시 분노를 쏟아낸다.

그러한 분노가 송환되어 돌아온 미군 포로들에 대한 이야기를 통해서 분출된다. 미국 사회는 한국전에서 승리하지 못한 것에 대한 희생양을 찾아야 했다. 바로 포로가 그 희생양이 된다. 미국의 신화는 포로들의 비겁한 행동을 받아들일 수 없다. 사실 한국전에서 적의 수용소에 감금된 미군 포로들이 쉽게 적에게 세뇌되고 협조했는가에 대해서는 전후에 많은 논의가 이루어졌지만 이 소설에서는 그렇게 하지 않으면 안 되었던 포로들의 사정과 그것을 수용하지 못하는 미국 사회의 인식을 대비시키면서 맹목적인 애국심을 요구하는 미국적 신화에 대해 비판을 가한다. 우선 미국 사회가 인정할 수 없는 것은 왜 수용소를 탈출하지 않았는가 하는 것, 진정한 미국인이라면 명예를 더럽히지 말고 죽음을 택했어야 했다는 것, 자신의 생명을 위해서 왜 국가를 버렸는가 하는 것, 왜 영웅이 되어야지 인간이 되려고 했느냐 하는 것, 사실이 아닌 줄 알면서 왜 미국이 세균전을 수행했다는 문서에 서명했는가 하는 것 등 한마디로 "진정한 미국의 정신"을 훼손했다는 것이다. 문제는 포로들의 그런 행동을 반역으로 보아야 하는가에 의문을 제기하는 화자는 그렇지 않다고 말한다. 포로 개인들의 문제이기보다는 그 "쓸모없는 작은 전쟁"을 이기기 위해서 또 핵전쟁의 모험보다는 현상 유지가 더 중요하다는 결정을 국가가 내리면서 '제한적인' 전쟁을 수행했기 때문에 병사들도 그것을 따라 한 것일 뿐이라는 것이 화자의 주장이다. 또한 국가는 포로들을 제네바협약에 따른 적절한 대우를 하지 않고 그런 야만적인 고문을 가한 적에게는 어떤 비난도 하지 않으면서 고문에 굴복한 병사들에게만 가혹한 비난을 퍼붓는 것에 분노를 표출한다.

그런가 하면 본국에서 공정사단 근무 시 미군은 항상 전투 준비가 되어 있다는 것을 신문에 보여주기 위해 기자들을 불러 공수 낙하 시범을 보인다. 그러나 한 대의 비행기가 고도를 잘못 맞추어 많은 기자들이 보는 앞에서 수많은 공수대원들이 지상으로 추락해 숨지는 사건이 발생한다. 그들의 참혹한 죽음은 아랑곳없이 기자들은 사진 찍기에 바쁘다. 결국 주인공 화자는 이 세상은 오직 자신을 죽이려는 사악한 존재들로 꽉 차 있을 뿐이라고 주장한다. 그래서 그가 발견한 가장 중요한 '비밀'은 전쟁이든 어디에서든 죽음을 피하기 위해 노력할 것이며 적과 싸우기보다는 당신을 전쟁에 내보낸 사람들과 싸우라는 것이다. 어떤 이념이나 명분에 목숨을 거는 것만큼 바보 같은 일은 없다. 살아 있는 것이 성공일 뿐, 무엇을 위해 죽는다면 그것은 패배한 것이다. 미국의 신화, 정신, 애국심, 명예라는 것은 모두가 개인의 목숨을 요구하는 허구일 뿐이다. 절대 전쟁에 나가라는 말을 들어서는 안 된다. 그대가 국가의 부름에 의해 전쟁에 나간다면 그 순간 그대는 이미 전투에서 패한 것이다. 아마도 한국전뿐만이 아니라 어떤 전쟁이든 전쟁은 죽음만이 있을 뿐이라는 강력한 반전 메시지를 작가는 소설에서 전하고 있다.

2) 블랙코미디

대부분의 한국전 소설은 사실적인 전쟁 묘사를 통해서 전쟁의 총체적인 모습을 전달한다. 그러나 그런 사실적인 묘사만으로는 전쟁의 참모습을 전달할 수 없다는 한계를 인식하고 좀 더 형식과 기법 면에서 종래의 소설과는 다른 혁신적인 방법을 도입한 소설들이 있다. 이들 소설들은 전쟁 묘사에서 덜 사실적이고 스타일 면에서 풍자와 패러디, 그리고 블랙코미디와 같은 비현실적인 수사적 기법을 사용한다. 진 쿤의《한편 전선에선》, 에드워드 프랭클린의《봉고리의 추위》, 리처드 후커의《매쉬》등이 이에 해당한다. 사실 이런 식의 전쟁 이야기는 사실적인 전쟁소설에 익숙한 독자들에게 그 진실성을 의심받지 않을 수 없다. 그러나 앞에서도 설명했지만 전쟁의 진실을 재현한다는 것이 미국 전쟁소설의 한결같은 희망이지만 전쟁의 참혹성은 언어 표현의 한계를 넘는다. 마치 조셉 헬러의 2차 대전 소설인 《캐치-22》나 커트 보니것의 《제5도살장》, 베트남전 소설인 찰스 더든의 《나팔도 없이 북도 없이》와 팀 오브라이언의 《카치아토를 쫓아서》, 그리고 마이클 허의 수기 《특파원 보고》에서처럼 작가들이 비극적인 전쟁 상황을 사실적인 언어로는 도저히 그려낼 수 없기 때문에 그 전쟁 이야기를 유머러스하게 또는 판타지 형식으로 완곡하게 표현하는 것과 같다. 코믹한 묘사 기법을 통해서 웃어넘기고자 한다. 그러나 그 웃음 속에 들어 있는 메시지는 어떤 사실적인 언어 표현보다도 강렬하고 심각하다. 이러한 블랙유머의 묘사 기법은 사실 미국 전쟁소설의 또 하나의 전통이 되었는데 이는 사실적인 전쟁 묘사보다 전쟁의 비극성을 표현하는 데 오히려 더 효과적이기 때문이다.

에드워드 프랭클린의 《봉고리의 추위》는 전쟁의 모순을 질타하기 위해 사실적인 묘사로 그 목적을 직접적으로 달성하려는 시드니나 드로트의 소설들과 달리 해병들의 모습을 코믹하게 그림으로써 간접적으로 전쟁의 모순을 풍자한 대표적인 소설이다. 이 소설은 장진호 전투가 오래전에 끝났고 전선이 38선 부근으로 고착되면서 이미 휴전회담이 시작된 1951년 11월 판문점 인근의 정체된 전선에서 참호전으로 전투가 계속되고 있던 때를 배경으로 한다. 이 소설은 리처드라는 이름으로만 알려진 해병 중위를 주인공으로 하고 있다. 성은 끝까지 밝혀지지 않지만 아마도 저자인 프랭클린일 수도 있다. 이 소설은 '평화장교'로 임명되어 휴식 중인 리처드에게 일부 대원들을 선발해서 특공대를 편성하고 전방에 대치하고 있는 중공군 진지를 급습해 몇 명의 포로를 생포해오라는 명령이 떨어지고 이를 수행하는 과정을 중심으로 전개되는 이야기이다.

문제는 작가가 의도적으로 특공대를 편성하고 작전하는 과정을 우스꽝스럽게 만들고 있다는 것이다. 이는 우선 특공대원들의 구성에서부터 나타난다. 특공대장은 비전투요원인 '평화장교'이고 대원들은 모두 취사병들이라는 것이다. 부대의 중요한 작전을 위해 특정 목표를 파괴할 특공대를 편성해야 한다면 아마도 소총부대의 소수 정예 병사들을 선발했어야 하지만 리더는 평화장교이고 대원들은 전투와는 관계없는 취사병이라는 것, 그런데 아이러니하게도 이들만이 부대의 유일한 전투 유경험자들이라는 것, 그것도 모두가 훌륭한 병사들이기 때문에 뽑힌 인물들이라는 것이다. 한 예로 이들을 이끌 분대장인 포드 상병은 소총소대에 더 이상 맞지 않아 소대장에 의해 취사병으로 좌천된 사람으로 책임감이 없는 인물이다. 더구나 이 임무를 부여한 부대의 최고 지휘관인 대령(끝까지 이름이 밝혀지지 않는다)도 태평양전쟁 때 대위로 펠레리우 상륙작전에서 중대를 지휘했던 사람이고 한국전의 피의 능선 전투에서도 전공을 세워 그의 용맹성이 하급 장교들 사이에서 회자되는 인물이지만 사실은 많은 부분이 거짓이거나 과장되었을 것으로 추정되는 사람이다. 문제는 대령의 명령이 우스꽝스럽다는 것이다.

대령은 전쟁을 마치 운동경기로 생각하는 듯하다. 그는 이번 특공작전에서 중공군 포로 한 명을 생포해오는 사람에게는 위스키 한 상자와 일본으로 10일간 휴가를 보내주겠다는 포상 조건을 내건다. 마치 운동경기에서 승리하면 주어지는 포상을 연상케 한다. 작전의 심각성에 비해 그것을 수행하려는 대원들의 모습 또한 너무 우스꽝스럽다. 대령과 중위가 대원들을 점검하기 위해 처음 만날 때의 묘사이다: "취사병들은 서서히 일어나 대열을 갖춘다. 모두가 속에 방탄조끼가 달린 야전 상의를 입고 있다. 그들은 헬멧이나 병기도 가지고 있지 않았다. 그들의 작업복 바지는 식당일의 흔적으로 얼룩져 있었다."[32] 현대전에 임하는 정예 해병들의 모습이라곤 찾아볼 수가 없다. 그들은 마치 야유회 가듯 커피포트를 가지고 나가 무인지대에서 시간을 보낸다. 더구나 대원들은 자신들의 적이 누구인지 임무가 무엇인지도 확실하게 알고 있지 않은 듯하다. 수색 도중 두 병사의 대화에서 한 병사가 '저 더러운 황색 빨갱이'들이 우릴 기다리겠지라고 얘기하자 다른 병사가 난 '국들goonies'이란 말은 들었어도 '빨갱이들'이란 말은 못 들었다고 말한다. 다시 말하면 한국전의 적이 누구인지도 모르고 전쟁에 참가했고 작전에 나간다는 뜻이다. 정예 병사로 이루어져야 할 특공대가 이러한 우스꽝스러운 병사들로 구성되었다는 것이다. 그러나 이 작전에서 보여주는 모순의 극치는 바로 그들이 점령하려는 적진지가 이미 적이 철수한 뒤라 아무도 없는 텅 빈 참호만 있을 뿐이라는 사실이다.《나자와 사자》에서 이미 전투는 미군의 승리로 끝났는데 여전히 대원들을 이끌고 아나카산을 올라가는 크로프트 중사의 이야기와 흡사하다. 전쟁은 모순의 극치이다.

참호 속에는 부상당해 낙오한 적 소년 병사 한 사람만이 남았는데 이를 아군은 일제사격을 가해 사살한다. 전혀 위협적이지 않은 적 부상병을 향해서 말이다. 말하자면 정보장교의 그릇된 정보로 죽음을 무릅쓴 헛된 작전을 수행한 것이 된다. 문제는 이어진 철수 도중 적의 사격으로 분대장을 비롯해 두 명의 대원이 전사한다는 것이다. 비록 대원들은 대령을 만족시키기 위해서 적을 생포해야 되었지만 오히려 아군의 피해만 발생한다. 그들은 사살된 적 시체 한 구만을 가지고 돌아온다. 문제는 작전 결과에 대령은 관심이 없다는 것이다. 전체 대원들의 안위에도 관심이 없다. 적의 정보를 얻기 위해 적 포로도 생포하지 못하고 오히려 아군의 피해만 본 이번 작전은 결국 전쟁의 무의미함만을 확인하는 작전이 된다.

작가는 소설 속 전쟁이 꼭 한국전쟁일 필요는 없는 듯 보인다. 비록 판문점이나 중공군이라는 명칭이 나오기 때문에 한국전쟁임을 알 수 있지만 작가는 어느 전쟁에서도 일어날 수 있는 전쟁의 부조리를 고발하는 데 목적을 둔 듯하다. 죽은 적의 시체는 "오그라든 죽은 풍뎅이"[33]가 되고 뚜렷한 목적도 없이 내몰린 병사들의 헛된 희생은 아무런 관심도 받지 못하는 일회용 물건에 지나지 않는다는 것을 간접적으로 보여준다. 작가는 자신의 전쟁 경험을 미화하지 않는다. 오직 전쟁에서 벌어지는 많은 모순과 부조리들을 블랙유머의 기법으로 묘사하고 있을 뿐이다.

리처드 후커의 《매쉬》는 작가 자신의 한국전 경험을 근거로 쓴 자전적 소설이다. 작가가 코넬대 의대를 마친 후 한국전쟁에 참전해 제8055육군이동외과병원의 의사로 근무한 경험을 바탕으로 쓴 소설이다. 이 소설은 나중에 영화와 TV시리즈로 선풍적인 인기를 끌었고 이로 말미암아 오히려 원작소설의 명성이 퇴색되기도 했다. 그러나 "《매쉬》가 없었다면 한국전은 지금쯤 정말로 대부분의 사람들에게서 잊혀졌을 것이다"[34]라고까지 말할 정도로 한국전을 다시 한 번 상기시킨 시리즈이다. TV 속에 등장하는 이동외과병원의 군의관

1974년 CBS TV로 방영된 〈M*A*S*H〉의 시즌 개봉 홍보 사진. 좌로부터 시계방향으로 출연 배우들의 이름. 괄호 속은 극중 인물의 이름: Loretta Swit (Major Margaret Houlihan), Larry Linville (Major Frank Burns), Wayne Rogers (Capt. John Mcintyre), Gary Burghoff (Corporal O'Reilly), Alan Alda (Capt. Hawkeye Pierce), McLean Stevenson (Lt. Col. Henry Blake).

과 간호장교들의 분주한 모습은 한국전에 대한 특징적인 인상을 미국인들의 뇌리에 각인시키는 데 이바지했다. 그러나 사실 〈매쉬〉 시리즈는 원작소설과는 전쟁에 대한 묘사가 차이가 난다. 비록 한국전을 배경으로 하기는 하지만 TV시리즈는 베트남전이 한창일 때 방영을 시작한 것으로 당시 안방극장으로 생중계된 베트남전의 참상과 전후 미국 사회에서 제기되었던 베트남전 패배에 대한 후유증으로 전쟁과 군대에 대한 미국의 여론이 지극히 나쁜 시기에 반전적인 사회적 분위기가 시리즈에 반영되었다고 본다.

《매쉬》는 현대전이 초래한 부조리에 대한 인식에서 비롯되었다. 《봉고리의 추위》와《한편 전선에선》등과 같이 모두 블랙유머소설들로서 말로 표현할 수 없는 전쟁의 비극적 참상을 간접적으로 표현함으로써 오히려 그 참상을 더욱 심화시키는 효과를 나타낸다. 사실 이 소설의 이야기들은 모두 엉뚱하지만 인물들과 플롯이 아주 생동감 있고 사실 같은 인상을 준다. 더욱이나 치명상을 입은 부상병들을 수술해야 하는 극도로 위험한 상황 속에서는 생명을 살리려는 군의관들의 처절한 노력이 사실적으로 묘사되기도 한다. 그러면서도 대부분의 에피소드는 전쟁보다는 주로 전쟁이라는 특유의 상황이 만들어내는 사건들, 즉 갈보집 드나들기, 술, 미친 짓 하기, 상급자 골리기, 무능력자 골탕 먹이기 등을 비롯해 전쟁과는 전혀 상관없을 것 같은 골프나 풋볼 등과 관련된 사건들에 집중되어 있다. 이 소설을 읽다 보면 마치 마크 트웨인의 현대판 소설을 읽는 것과 같다. 《허클베리 핀의 모험》에서 해학과 기지로 사람들을 속여 넘기는 주인공 허크의 모습을 보면서 독자는 일종의 카타르시스를 느낀다.

소설의 배경은 한국의 의정부 북방 38선 부근에 위치한 제4077 육군이동외과병원으로 1951년 11월부터 1953년 4월까지 18개월 간 여러 명의 군의관들 및 간호장교들이 엮어내는 15개의 에피소드로 구성된 단편소설 모음집과 같은 책이다. 물론 시작과 중간과 끝은 있으나 각각의 에피소드가 선형적으로 연결된 이야기는 아니다. 이 병원은 실제 전투지역과는 상당히 떨어져 있는 안전지대이다. 그렇기 때문에 이 병원은 기이한 성격의 인물들이 만들어내는 장난과 해학으로 가득 찬 평화 시기의 병영 같기도 하지만 끊임없이 밀려들어오는 부상병들로 말미암아 한시도 마음을 놓을 수 없는 전쟁의 공포와 고통을 실감할 수 있는 전선의 야전병원이다. 시간을 다투는 응급수술과 절단이 밤낮없이 시행되는 긴박한 상황 속에서도 도저히 상식적으로는 이해할 수 없는 장난과 난센스 놀이들이 전편에 펼쳐지는데 이런 행동을 하지 않고는 전쟁이 초래하는 극도의 공포와 광기를 이겨낼 수 없기 때문이다.

시작부터 이 소설은 코믹한 분위기를 자아낸다. 병원이 있는 곳은 초라한 초가집이 도로 양옆으로 늘어서 있는 볼품없는 마을인데 '도로 옆의 유명한 갈보집'이란 간판이 붙은 건물이 유일하게 눈에 띄는 곳이다. 서울에서 전방을 잇는 중요 거점으로 트럭 운전사들이 들르는 곳이고 미육군 의무대가 고민하는 성병을 해결해주는 유일한 곳이며 "베이징 가기 전 마지막 기회"라는 팻말이 붙어 있는 곳이다. 병원장 헨리 블레이크 중령의 요청으로 이 병원에 부임한 호크아이와 듀크는 한국전 발발로 급히 징집된 군의관들로서 외과 분야의 최고 전문가들이지만 군대 예절이나 규정에는 전혀 관심이 없는 사람들이다. 또한 후에 부임한 흉부외과 전문의 '트래퍼 존'이라는 별명을 가진 존 매킨타이어 등 세 사람의 삼총사는 소위 '늪지대'라고 호크아이가 명명한 그들의 텐트에서 함께 기거하며 온갖 유머러스하고도 파격적인 행동을 벌인다.

당시는 전쟁이 소강상태로 접어들었으나 중부전선에서 벌어진 고지전은 더욱 치열하게 전개되던 때이다. 중서부전선의 연천 북방 266 고지전은 나중에 '올드 볼디 전투Battle of Old Baldy'로 알려진 전투였는데 워낙 많은 포탄이 떨어져 온 산이 민둥산이 되었다고 해서 붙여진 이름이다. 이 전투는 미군 외에 에티오피아, 캐나다. 터키, 호주, 네덜란드 등 유엔군들도 함께 싸운 전투로 수많은 사상자가 발생했는데 그들은 모두 그곳에서 가장 가까운 4077외과병원으로 후송되었다. 여기서 군의관들은 하루 12시간에서 20시간 동안

쉴 새 없이 수술과 치료를 수행해야 했다. 치명상을 입은 한 흑인 병사는 머리를 크게 다쳐 신경외과의사의 치료가 요구되었지만 해당 군의관이 없기 때문에 뇌의 문제에 전혀 문외한인 외과 군의관 듀크가 망치와 끌로 두개골에 구멍을 내서 치료한다는 익살을 부리는가 하면 후송헬기로 실려 오는 많은 사상자를 보면서 중공군들은 분명 "골드스타엄마회원"[35] 만드는 대대적인 캠페인을 벌이고 있는 모양이라고 웃어넘겨버린다.

　호크아이와 듀크는 한국에서 근무를 마치고 귀국선을 타게 되는데 작가의 해학은 이것으로 끝나지 않는다. 귀국선의 장병들에게 음경검사가 필수적이다. 전쟁터에서 걸린 성병이 혹시 본국으로 전염될까 봐 우려하는 당국의 조치이다. 문제는 검사를 위해 귀국선에 승선한 군의관들이 동원되어야 한다는 것이다. 호크아이와 듀크가 유일한 군의관이었는데 배에 승선한 3,000명이나 되는 장병들의 음경검사는 보통 문제가 아니었다. 지난 1년간 야전병원에서 험한 일들을 겪었는데 귀국하는 마당에서까지 또 이런 일을 해야 한다는 것을 생각하니 한심하기 짝이 없다. 결국 두 사람은 신분을 숨기고 군목 행세를 하기로 한다. 그러나 자신들이 4077병원의 군의관이었다는 것이 발각된다. 결국 정체가 탄로 난 두 사람은 자초지종을 이야기하고 장교 두 사람을 건당 2센트에 고용해 의무병과 배지를 달아주고 자신들을 대신해 음경검사를 하게 한다. 그리고 자신들은 군복에 군목 표시를 그대로 유지한다. 문제는 성병에 걸린 장병은 페니실린 주사를 맞은 후 군목에게 가서 상담을 받도록 되어 있었기 때문에 호크아이와 듀크는 덫에 걸린 듯 또다시 곤경에 빠진다. 도저히 그 많은 인원의 상담을 감당할 수 없었기 때문이다. 결국 다시 군의관으로 복귀하고 시애틀에 도착하는 것으로 소설은 끝난다.

이 소설은 전쟁터의 육군이동외과병원에서 벌어지는 군의관, 간호장교, 병사들 사이의 코믹하면서도 긴장과 갈등을 야기하는 이야기로 일종의 비극적 코미디라고 할 수 있다. 그들은 말로 표현할 수 없는 엄청난 비극의 현장에서 살아남기 위해 온갖 해학을 동원한다. 그들의 악의 없는 장난과 행동을 독자들은 웃음으로 넘기지만 작가는 그러한 상황을 초래한 전쟁의 폭력에 대해 무언의 비판을 가하고 있다고 본다.

3) 흑백통합부대의 문제를 다루는 소설

한국전쟁은 미국 역사상 최초로 흑백통합부대가 편성되어 싸운 첫 번째 전쟁으로 기록될 것이다. 1, 2차 세계대전과 한국전 초기만 해도 군대에서 흑백통합이 이루어지지 않았다. 사실 미국은 독립전쟁 기간에도 몇 개 흑백혼성부대가 편성되어 함께 싸운 적은 있지만 2차 대전이 끝날 때까지도 통합은 이루어지지 않았다. 이 시기의 단독 흑인부대는 전투에 참가하지 못했고 주로 후방지역에서 취사 및 보급 등 하찮은 일들만 수행했다. 흑인 병사들의 애국심과 용맹함은 이미 증명되었는데도 쉽사리 통합은 이루어지지 않았다. 군에서 두 인종이 통합되는 데는 시간과 여건이 조성되어야 했다. 트루먼 행정부는 1948년 7월 26일 행정명령 9981호로 모든 미군부대의 흑백통합 편성을 지시하게 된다. 그러나 한국전쟁 초기에도 흑백통합은 이루어지지 않았고 군에서도 통합에 대한 반발이 상당했다. 실제로 흑백통합이 이루어지기 시작한 것은 한국전 발발 다음 해인 1951년 가을부터였고 그로부터 3년이 지난 1954년에 가서야 육군에서 흑

274

백의 완전한 통합이 이루어졌다.

사실 전후 냉전시대에 군에서의 흑백통합은 국제적 이슈에 비해 그리·큰 문제는 아니었지만 당시에는 이미 흑인이 미국 인구의 10%를 차지하고 있었고 엄청난 수의 흑인들이 군대에 들어와 있었기 때문에 국가 방위를 위한 흑인들의 역할을 무시할 수 없었다. 더구나 한국전과 같은 이념전쟁에서는 흑백차별이라는 시대착오적인 행위가 공산주의자들에게 비난의 빌미를 제공할 것이라는 인식이 크게 작용했다. 한국전에서 실제로 적군은 흑인들을 향해 선전전을 전개했다. 존 윌리엄스의 소설《캡틴 블랙맨》에서 부대가 38선을 넘어 평양으로 진격하는 과정에서 삐라 한 장을 줍는데 거기엔 억압받는 흑인과 백인 사이를 이간질하려는 적의 선전 문구가 쓰여 있다: "미국의 흑인 병사들이여. 그대들은 38선을 넘었다. 그대들은 조선민주주의 인민공화국의 침략자들이다. 그대들은 또한 지금 중화인민공화국의 국경에도 접근하고 있다. 우리는 침략군에 대한 방어행동에 즉각 돌입할 것이다. 우리의 전투는 착취당하고 있는 미국의 포로가 되어 있는 흑인들에 대해서가 아니고 아시아의 평화를 위협하는 백인제국주의 정부에 대한 싸움이다. 무기를 내려놓아라. 절대 다치게 하지 않을 것이다. 우리는 자유를 추구하는 형제로서 그대들을 환영한다. 이 삐라를 가지고 오라."[36]

위에서 설명한 대로 트루먼의 행정명령 이후에도 통합은 쉽사리 이행되지 않았다. 한국전에 참전한 미 육군 사단 중에서 2사단, 3사단, 25사단이 전쟁 초기 분리된 일부 흑인부대를 독립적으로 편성하고 있었는데 특히 25사단 24연대는 장교단을 제외하고는 흑인으로만 편성된 가장 큰 부대였고 3개 대대가 완전히 편제되어 있는 유일한 부대였다. 그런데 이 흑인연대는 전투에서 도망가는 부대로 평판이 아주 나빴다. 한때는 1개 중대 전체가 전장에서 도망갔는가 하면 1개 대대 전체가 전장을 방황한 적도 있었다. 사실 이것은 과장된 소문으로 전쟁 초기 한국군과 미군도 일방적으로 전쟁에 패해 후퇴했던 때로 흑인부대이기 때문에 그러한 일이 발생한 것이라는 주장은 설득력이 없었다. 아이러니하게도 통합을 앞당긴 것은 흑인부대의 형편없는 전투력 때문이었다. 당시 미25사단장 윌리엄 킨 소장은 24연대를 최악의 연대로 규정하고 자신의 사단뿐만 아니라 한국에서 싸우는 전 유엔군의 작전에 위협이 되는 부대로 평가했다. 따라서 그의 해결책은 흑인들을 전투에서 배제하는 것이 아니고 각 전투부대로 분산시키는 것이었다. 1950년 가을 전투 손실 등으로 많은 인원 부족을 겪고 있던 백인부대들이 보충병이 부족하자 흑인 병사들도 전투부대에 배치해줄 것을 요청하기에 이른다. 결국 1951년 10월, 보병 24 흑인연대는 해체되어 모든 미군 부대에 분산 배치된다.

그러나 흑백통합부대에서 백인 병사들의 반발이 만만치 않았다. 식당에서 식사할 때 흑인들이 사용하던 그릇을 어떻게 사용하겠는가? 보급품 창고에 보관된 흑인들이 사용하던 시트 등 침구류를 누가 다시 사용하겠는가? 사실 이런 생각은 1950년의 미국 사회에서는 그리 우스꽝스러운 생각이 아니었는데 군부대에서도 마찬가지였다. 《나팔도 없이 북도 없이》의 한 백인 부사관은 흑백통합 편성 후 새로 전입한 한 흑인 병사에게 커피를 타주었더니 그는 커피를 마시지 않으면서 만약 이것을 흑인이 사용했다는 것을 알게 되면 누가 그 잔을 사용하겠는가라는 이유를 들었다. 그 부사관의 회고다: "그자는 우리 부대로 전입한 최초의 흑인 신병이었다. 난 큰 충격을 받았다. 우리가 우리 자신과 우리 사회에 얼마나 사악한 짓을 한 것인가. 그런 생각을 가지고 우리에게 올 것이라곤 상상조차 못했다."[37] 피부 색깔로 인간을 차별한다는 것이 얼마나 '사악한 짓'인가를 알면서도 차별하는 백인들과 또 그러한 차별을 당연한 것으로 내면화하고 있는 흑인들 사이의 간극이 얼마나 큰 것인가를 그 두 사람의 대화를 통해서 분명하게 알 수 있다. 또 그러한 인종간 차별이 미국 사회의 어두운 그림자라는 것을 다시 한 번 일깨운 전쟁이 한국전임을 느끼게 한다.

많은 한국전 소설들은 이러한 흑백통합부대에서 일어나는 흑백갈등에 주목한다. 웹 비치의 소설《광기의 전쟁》에서 미8군사령부를 방문하는 한 사단장을 마중 나가는 부관에게 사령관은 명령한다. 그 사단장은 꽤 까다로운 사람이니 공연히 '지저분한 껌둥이'를 운전병으로 보내지 말라고 한다. 그래서 부관은 블론드 머리에 키는 183cm, 몸무게는 91kg로 머리를 단정하게 깎은 백인 상병을 보냈더니 사단장은 만족해하며 "요사이는 주위에 누가 좌파인지 불평분자인지 잘 모르겠지만 확실한 것은 너무나 많은 껌둥이들과 푸에르토리칸 등 기준 이하의 인간들이 군대에 들어와 있단 말이야"[38]라고 말한다. 그런가 하면 래리 크란츠의 소설《사단들》에서 흑인 소대장 필즈 중위는 처음으로 경험하는 전쟁에서 병사들을 지휘하며 자신을 시험해보고 싶어 한다. 흑인부대인 24연대에 부임했는데 백인인 부연대장은 흑인들이 싫어서 꾀병을 부리며 전투에 나서지 않자 필즈는 너무나 실망하며 이렇게 말한다: "2차 대전 때는 피부색이 전혀 문제가 안 되었어. 자신의 맡은 바 임무를 다하면 그것으로 족했지. 포탄은 모든 사람을 똑같이 재로 만들어버렸으니까."[39] 그는 자신이 아무리 잘해도 그저 '껌둥이 장교'가 한 대수롭지 않은 일로 치부되는 것을 알게 된다. 한번은 낙동강 방어전투에서 기관총으로 200명 이상의 적을 사살하고 포로로 잡은 것으로 '명예훈장'이 상신되는데 그 엄청난 전과를 올린 자신에게 "흑인들이 한 것치고는 나쁘지 않았어"[40]라고 말하는 대대장의 말에 중위는 몹시 마음이 상한다. 평소에 흑인들에 대한 백인 대대장의 인식이 어떠했는지를 단적으로 보여주는 예이다.

미국의 흑인들이 겪는 고통을 가장 절실하게 표현하고 있는 것이 윌버트 워커의 소설《정체된 판문점》에서 흑인 소대장 찰스 브룩스 소위와 동료 백인 소대장 마크 차이데스터와의 대화일 것이다. 찰스는 그를 전형적인 WASP White Anglo-Saxon Protestant (백인의 영국계 기독교도)라고 생각하지만 실은 마크의 아버지는 폴란드 사람으로 열여덟 살 때 미국으로 이민 와 뉴욕주 버팔로의 공장지대에서 노동자로 일한 사람으로 "더러운 폴란드 놈"이라고 놀려대는 것에 질려 폴란드인 이름을 현재의 이름으로 바꾸고 캘리포니아로 이사한 사람이라는 것을 마크의 고백을 통해 알게 된다. 그리고 만약 그의 아버지가 이름을 바꾸지 않았더라면 자기가 이름을 바꾸었을 것이라고 얘기하면서 찰스를 위로하지만 그것이 찰스의 해결책이 될 수 없다는 것은 찰스의 고백에서 나타난다: "그러나 마크. 난 내 피부 색깔을 바꿀 수는 없잖아. 그러니 자네 아버지의 해결책이 내게 무슨 도움이 되겠어."[41] 마크의 아버지는 단순히 이름만 바꾸었는데도 미국의 주류 속에 들어갔지만 자신은 결코 미국의 진정한 시민이 되기는 어려운 일이었다. 이는 미국의 건국이념과 헌법이 담고 있는 어떤 수사로도 결코 해결할 수 없는 근본적인 장벽임을 찰스는 깨닫는다.

그러나 많은 소설에서 흑백 간의 갈등을 이야기하면서 그것을 미국 사회의 연장선상에서 보기도 하지만 궁극적으로 화합이 이루어지는 과정을 다루고 있다는 측면에서 한국전이 미국 사회의 인종문제를 긍정적으로 다시 짚어보게 하는 계기가 되었다고 본다. 통합부대에서 의무병으로 나오는 흑인 병사들은 오히려 백인 병사들보다 지적으로 우수한 병사로 묘사되는 경우가 많다. 《형제들》의 허커비, 《대대 군의관》의 헤스터와 데이비스, 《희망의 흥남부두》의 보비 몬로 등은 모두 용감하고 유능한 의무병들로 부상당한 백인 병사들이 오히려 그들의 치료를 받기를 원할 정도이다. 그뿐만 아니라 흑인 장교들도 아주 긍정적으로 묘사된다. 《무익한 종들》에 나오는 흑인 소대장은 아주 유머가 넘치는 훌륭한 장교이며 《사단들》의 필즈 소대장 역시 유능한 소대장으로 바로 위에서 언급한 것처럼 전장에서 용감한 장교로 큰 전공을 세우는 장교이다. 딕 세이어스의 소설 《승리도 없고 아픔도 없는》에 나오는 흑인 소대장 조지 워커 중위는 상관의 명령을 충실히 수행하며 부하들의 존경을 받는 장교로 칭송을 받는다. 그는 작전 중 다리가 잘리는 중상을 입고 후송되지만 병원으로 위문 온 백인 부하병사들을 보고 감격의 눈물을 흘리기까지 한다.

전쟁이 가져오는 긍정적 모습의 하나로 전쟁에서 피어나는 인간애를 다루는 휴머니즘소설에서 한국전 작가들은 통합부대에서의 특히 흑백 간의 전우애를 주제로 삼는 것을 많이 볼 수 있다. 한 가지 주목할 것은 《혼란의 씨앗》, 《모든 젊은이들 All the Young Men》, 《대대 군의관》 등과 같이 흑백 간의 우정과 희생을 다루는 소설에서 거의 모두가 백인을 위해 희생하는 쪽은 흑인이고 백인이 흑인을 위해 희생하는 것은 거의 발견할 수가 없다는 점이다. 차별받는 흑인을 위해 백인이 희생하는 것이 토픽이 되어야 할 텐데 그 반대가 되는 것은 여전히 인종차별적 인식이 미국인들 의식의 기저에 깔려 있는 증거라고 볼 수 있다.

미국 군대 내에서 일어나는 인종차별 문제는 비단 흑백 간의 문제만이 아니고 유태계나 히스패닉계의 병사들에게도 공공연한 차별이 이루어졌다. 심지어 반유태주의 경향은 한국전에서도 뚜렷했다. 한 유태계 병사는 한국전에서 큰 전공을 세워 미군 최고 훈장인 '명예훈장'을 받도록 추천되었으나 유태인이라는 이유로 그보다 한 등급이 낮은 '수훈십자훈장Distinguished Service Cross'을 받게 된다. 그러나 전후 가족과 친구들의 끈질긴 투쟁으로 의회에서 재심을 통과해 결국 명예훈장을 받게 된 경우가 있다. 이를 계기로 한국전쟁 중 수훈십자훈장을 받은 유태계와 히스패닉계 병사들은 모두 재심을 거쳐 복원되기도 했다.[42]

한국전을 계기로 이루어진 군대의 흑백통합 문제를 긍정적으로 다루면서 국가를 위한 흑인 병사들의 헌신적인 노력을 찬양하는 소설이 주로 많이 쓰였지만 작가들은 미국 사회로 눈을 돌리면 그러한 노력이 허무하게 끝나고 여전히 흑백통합은 불가능하다는 결론을 내린다. 대표적인 소설이 밴 필포트의《대대 군의관》이다. 이 소설은 1952년 봄 휴전회담이 진행되는 시기에 중부전선 철의 삼각지대에 주둔한 흑백이 혼합 편성되어 있는 미군 야전관측대대를 배경으로 한다. 주인공은 대대의 구호소를 책임지고 있는 28세의 백인 군의관 클라이드 헨드릭스 대위이다. 대대 구호소의 의무병들은 대부분이 흑인들로 구성되어 있다. 작가는 이 소설에서 한국전쟁에 참전

1950년 11월 20일 북한의 청천강 부근에서 중공군과 교전을 벌이고 있는 미 2사단 병사들. 흑백통합 부대 병사들의 모습이다. (출처: U.S. National Archives photo by Pfc. James Cox, U.S. Army)

한 흑인들의 국가에 대한 헌신적인 노력과 희생을 찬양하고 전쟁에서 보여준 흑인들의 역할이 인정받지 못하는 것을 보여주면서 본국에서 행해지는 인종차별이 얼마나 잘못된 것인가를 강력하게 비판하고 있다.

헨드릭스는 남부 미시시피주에서 유복한 가문의 아들로 태어나 의학을 공부했다. 한국전쟁이 발발하자 육군 군의관 대위로 임관되어 한국에 오게 된다. 한국에 도착한 헨드릭스는 부산에서부터 한국의 거리와 사람들에게서 보이는 참담한 광경을 목격하지만 그것이 그의 주된 관심의 대상은 아니다. 현재 포로 송환 문제만 남은 휴전회담이 끝나간다는 것을 알고 자신의 용기를 증명할 기회가 없어지는 것은 아닌지 걱정할 뿐이다. 8명으로 구성된 구호소의 의무병들은 미 정부의 흑백통합정책을 현장에서 구현하려는 듯 흑인과 백인 병사를 각각 4명씩으로 한다. 이 중에서 특히 주목받는 사람은 소설의 마지막에서 고지의 부상병을 후송하라는 헨드릭스 대위의 명령을 받고 올라갔다가 적의 박격포 사격에 전사하는 헤스터 일병 이다. 귀국을 하루 앞둔 헤스터의 전사는 소설을 다소 감상적으로 만드는 요소가 되기는 하지만 흑인 병사의 희생정신을 강조하기 위한 작가의 설정으로 보인다. 이 소설에서 흑백 병사들 상호 간에 불화라곤 전혀 없으며 피부색이 아닌 능력으로 각각의 병사들을 평가 한다.

이 소설 제목에서 보듯 주인공이 군의관 헨드릭스 대위라면 인간적이고 용기의 표상이 되는 사람은 흑인 의무병인 헤스터 일병이다. 헤스터는 스물한 살의 앨라배마 출신으로 피부가 새까만 전형적인 남부의 흑인이다. 그를 보면서 헨드릭스는 자신이 어릴 때 함께 놀던 흑인 친구들을 생각한다. 그는 장교에 대해 철저한 예우를 갖추며 자신이 세운 공을 내세우지 않고 오히려 그 공을 남에게 돌린다. 그는 가지 않아도 될 보병의 수색 정찰에 헨드릭스와 함께 몰래 지원했다가 포탄이 낙하하고 적의 직사화기의 사격이 집중되는 상황에서 부상병을 찾아 돌아다니며 치료하는 영웅적인 행동을 함으로써 부대의 사기를 올리고 결국 전투를 승리로 이끄는 데 이바지한다. 작가는 소설에서 "그의 생애 처음으로 미시시피 출신의 젊은 의사로부터 한 흑인에게 존경과 명예와 용기라는 말이 언급되는 것을 들었다"[43]라고 쓰고 있다. 헤스터에게 거창한 전쟁 명분은 의미가 없다. 누가 적의 사격을 받고 부상을 당하면 달려가 치료해주는 것이 자신의 임무일 뿐이다. 헤스터에 관해 묻는 헨드릭스의 질문에 포대장 방코 대위는 다음과 같이 말한다: "그는 제가 아는 한 가장 용감한 병사입니다. 그는 항상 사기가 넘치고 사람들은 그를 좋아합니다. 난 그가 흑인이라는 것은 상관없습니다. 내가 만약 전투에서 다쳤을 때 치료받기 원하는 사람이 있다면 그는 바로 헤스터일 것입니다."[44] 아마도 헤스터의 인간성과 군인으로서의 사명감과 전문성에 대한 칭찬이 이것보다 더 클 수는 없을 것이다.

아마도 이 소설의 클라이맥스는 오히려 소설의 마지막에서 귀국한 헨드릭스가 자신의 가족과 흑인 소녀 루시와 함께 멤피스 극장 구경을 갈 때 발생하는 사건이다. 흑인은 입장이 불가하다는 극장 주인의 말에 헨드릭스의 분노는 이루 말할 수 없다. 한국의 전쟁터에서 국가를 위한 흑인 병사들의 희생을 직접 경험한 그는 백인 극장 주인의 비열한 행위를 묵과할 수가 없다. 결국 흑인에게 강요된 잘못과 그들에게 주는 수치를 바로잡기 위해서 법원에 고소까지 하려고 마음먹지만 동네 어른들의 부정적인 태도에 또다시 좌절감을 맛본다. 동네 사람들의 이야기는 당시의 미국 사회의 분위기를 집약한 것으로 보인다. "이곳의 어떤 사람도 껌둥이들이 한국에서 무슨 일을 했는지 듣고자 하는 사람은 없네. 아무도 군대의 흑백통합을 원하지 않았지. 그것은 트루먼과 그의 일당들이 밀어붙인 거지."[45] 그러니까 한국전에 처음 도입된 군에서의 흑백통합부대 편성은 미국인 모두가 바라는 것은 아니라는 입장이다. 오히려 그런 정책으로 흑인들이 더 기고만장해졌다는 것이다. 또 하나의 문제는 루시가 그 극장 주인의 행동에 개의치 않는다는 사실이다. 백인도 문제지만 지금까지 당해왔던 수모를 당연한 것으로 받아들이고 그것을 정상적이라고 생각하는 흑인들이 있는 한 인종차별의 철폐는 요원한 일임을 절감한다.

사실 인종차별의 철폐는 영원한 숙제이다. 그저 이 소설은 달성할 수 없는 궁극적 목표에 대한 하나의 조그마한 반항의 제스처일 뿐이다. 한국전쟁이 미국 사회를 들여다보는 하나의 거울이라면 흑백통합부대를 통해 제기된 인종 문제가 한 예가 될 수 있을 것이다. 미국 남부의 전통적인 백인사회에서 태어나고 자란 보수적인 클라이드 헨드릭스 대위가 전쟁 속에서 흑인들의 참모습을 발견하게 되고 귀국한 후 인종차별이 없는 평등사회를 구현하려는 시도를 해보지만 실패하고 만다. 작가는 소설에서 미군 조직의 합리성과 군인들의 헌신적인 태도를 일관되게 찬양하기는 하지만 민주주의의 수호라는 명분으로 참전한 전쟁에서 인종차별이라는 미국의 사회적 병리 현상을 재발견하고 좌절하는 주인공의 모습에 더 중점을 둔다.

4) 제한전쟁 문제를 다루는 소설

한국전 소설의 주된 주제의 하나가 극심한 전쟁을 치르고 있는 자신들이 제한전쟁을 싸우는 '경찰'로 불리는 것에 대한 불만의 표출이다. 제한전쟁이라는 이름으로 싸운다고 하지만 어떤 전쟁과도 비교될 수 없는 참혹한 전쟁터에서 싸우고 있는 병사들에게 이런 딱지가 붙여지는 것을 그들은 이해할 수 없다. 래리 크란츠의 소설《사단들》에서도 저자는 북한의 군우리에서 북진 중인 2사단 병사들의 입을 통해서 "비록 워싱턴에서는 한국의 전투가 '경찰행동'으로 불렸지만 이것이 전쟁이라고 하는 데는 아무도 반론의 여지가 없었다. 누가 뭐라고 부르던 이 전쟁은 죽고 죽이는 전쟁임에는 틀림없었다"[46]라고 말한다. 그런가 하면 미이도어의 소설《잊지 않으리》의 주인공 존 윈스턴도 사람들이 가서 죽는 전쟁인데 경찰행동이라는 것이 무슨 차이가 있는지를 반문하며 자신이 직접 참전해 그 차이를 확인하겠다고 말한다.[47] 미국의 한국전쟁 참전이 '경찰행동'이라는 것을 당시 한국인들도 잘 알고 있는 듯했다. 왜냐하면 에드윈 시몬스의 소설《도그 중대장》에서 미군 병사들은 인천상륙작전 후 수도에 입성하는 자신들을 환영하는 한국인들의 팻말에 "환영, 미국 해병대. 유엔 경찰"이라는 글귀가 쓰인 것을 보았기 때문이다. 병사들은 그 팻말을 보면서 실소를 금치 못한다. 한 병사가 "저 사람들은 글도 제대로 못 쓰나. 우리를 그렇게 부르게. 하지만 우리를 기분 나쁘게 할 의도는 없겠지. 하기야 틀린 말은 아니지. 그게 바로 우리니까—무서운 '해리'의 경찰들."[48] 수만 리 떨어진 곳에 와서 사상 유례가 없는 상륙작전을 감행하고 수도를 탈환한 용사들을 경찰이라고 부르게 만든 해리 트루먼의 처사에 대한 원망과 동시에 자신들의 처지에 대한 자조적인 목소리라고 보인다.

같은 맥락에서 많은 소설이 제한전쟁만 아니었다면 쉽사리 끝낼 수 있었던 전쟁을 어렵게 만들고 있다고 불평을 토로하는 주인공들을 상정하고 있다. 한국전 미군 병사들은 이미 2차 대전의 참전 경험을 가진 예비군들이 많았는데 예를 들어 유럽 전선에서 패튼 전차군단의 일원으로 싸웠던 병사들은 그때를 그리워한다. 특히 장교들은 한국전이 중부전선의 고지전으로 고착될 때 많은 시간을 참호 속에 처박혀 있는 것에 불만을 느끼며 질풍같이 대륙의 심장부로 쳐들어가던 미군 부대들의 용맹한 모습을 상기한다. 또한 중공군의 개입으로 후퇴하는 한 병사는 맥아더가 원자탄을 사용하도록 허가했다면 그의 말대로 "크리스마스는 고향에서"라는 구호를 실천할 수 있었을 텐데 원자탄을 못 쓰게 해서 이렇게 고생한다고 말하며 "이기지 말라는 전쟁을 싸우고 있으니 이런 이상한 전쟁도 있는가"라는 불평을 쏟아낸다. 《전쟁의 광기》에서 한 장교는 너무 의욕적으로 고지 점령을 시도한다고 해임된 직후 "아니 싸우지 말라는 전쟁도 있나? 그래 조그마한 고지 하나 점령하려 했다고 해임이라니"[49]라 며 어처구니없어 한다. 전투폭격기 조종사들에게 압록강을 넘어 만 주를 폭격하지 말라는 명령이 떨어져 있기 때문에 바로 압록강 너머 의 중공군 밀집 지역을 보면서도 폭격을 하지 못하는 그들의 불만이 많은 소설에서 묘사되고 있다.

스티븐 미더Stephen Meader의 《세이버 조종사Sabre Pilot》(1956)에서 도 만주의 목표를 폭격하지 못하는 조종사의 불만을 토로하는가 하 면 찰스 브레이스린 플러드의 《대의를 위한 삶》에서는 압록강 너머 만주 땅에 있는 포로수용소에 갇힌 한 미군 병사가 강 건너 북한 상 공에 떠 있는 미군 전투기를 보면서 그 조종사에게 지금 이곳에 수 백 명의 중공군들이 있는데 왜 폭격을 하지 않느냐고 중얼거린다. 그것을 보고 중공군 간수가 다가와 그들은 이곳 국경을 넘지 못하 게 되어 있다고 비아냥대자 몹시 기분이 상한다. 결국 많은 작가들 은 한국전에서 미국이 실패한 이유는 바로 제한전쟁 개념 때문이었 다고 생각한다. 《한 사람의 미국 군인》에서 로빈스 소령은 전쟁을 그릇된 방향으로 이끌고 있는 정치인들에 대한 분노를 다음과 같이 표출한다: "이보게, 약 4만여 명의 미국의 젊은이들이 여기서 죽었 는데도 우리는 전쟁을 이기지 못했네. 우리는 이길 수 있는 수단도 있었는데 못 이겼어. 무기가 있었는데도 사용하지도 않았단 말이야. 왜냐하면 정치인들이 그렇게 하지 말라고 했기 때문이지."[50] 전쟁에 서 싸우는 현장의 군인들과 정부의 전쟁 수행은 다르다는 것을 극명하게 보여주는 대목이다. 전쟁의 정치적 목표가 무엇이든지 소령은 직업군인으로서 자신의 본분을 잘 알고 국가의 전쟁 목표와는 상관없이 오직 자신들의 전쟁을 싸울 뿐이다.

이러한 태도는 예비군이나 징집병들도 마찬가지다. 대표적으로 어니스트 프란켈의 《형제들》에서 자신의 중대원들을 장진호에서 성공적으로 이끌어내는 데 성공하는 해병대 예비군 패트릭 대위, 또한 출격 임무 시 그리고 격추된 후 포로생활을 통해 불굴의 용기와 인내심을 보여주는 프렛 스컴라의 《죽의 장막 뒤에서》에 나오는 예비군 해군 조종사 퓨리 중위, 그리고 단지 해병이라는 이유 하나 때문에 싸운다는 팻 프랭크의 《밤을 사수하라》에 나오는 하인저링 일병 등이 그들이다. 이들 장병들은 군인은 항상 싸운다는 그런 태도를 취한다. 이러한 태도는 한국에서 싸운 병사들의 태도에 대한 페렌바크의 "군인의 진정한 임무는 싸우는 것이고 군인의 운명은 그저 고통받는 것이며 필요하다면 죽는 것"[51]이라는 주장에서 분명하게 요약되고 있음을 볼 수 있다.

제한전쟁과 관련된 또 하나의 중요한 이슈가 민군 관계였다. 미국은 전통적으로 문민우위의 정치체제를 가지고 있다. 대통령은 군의 통수권자로서 군의 최고사령관이다. 그러나 국가의 안보정책의 수행 과정에서 정책을 입안하는 민간지도자들과 그 정책을 현장에서 시행하는 군사지도자들의 관계에서 때때로 갈등이 발생한다. 한국전은 민군 관계에서 가장 첨예한 대립을 발생한 전쟁으로 문민 갈등의 하나의 고전적인 전형을 보여준 전쟁으로 기록되어 있다. 바로 전쟁 수행에 관한 트루먼 대통령과 전선 최고 사령관인 맥아더 장군 사이의 갈등이었다. 중공군의 개입으로 유엔군이 압록강에서 남쪽으로 후퇴하게 되자 맥아더는 공개적으로 전쟁을 이길 전략을 발표한다. 즉 자유중국이 본토를 침공하게 하고 중국에 대한 원자탄의 사용을 비롯한 전략적 폭격을 감행할 것을 제안한다. 트루먼은 전쟁이 시작된 그 원위치로 미국의 군대가 가까이 간 이상 최초의 목적을 달성했기 때문에 이 위치에서 평화를 논의하자는 주장이고 맥아더는 트루먼의 제한전쟁 개념을 공개적으로 비판하면서 한국에서의 정전, 즉 어떠한 '어설픈 타협'은 중공을 군사적으로 패한 적이 없는 무패의 국가로 남겨둘 것이기 때문에 이는 미국에게 앞으로 크나큰 재앙이 될 것이라는 주장이었다.[52]

사실 한국전 당시 많은 미국인을 비롯한 공화당 인사들은 한국전에서 미국의 강력한 기술적 우위를 바탕으로 미국의 국익을 위해 싸워야 하며 직간접적으로 핵무기의 사용을 배제하지 말아야 한다는 주장을 펴고 있었다. 그러나 국방장관과 합동참모회의의 건의를 받아들인 대통령은 결국 맥아더를 해임하고 1951년 4월 11일 워싱턴으로 소환한다. 당시 미 정가에서는 미국은 두 개의 외교정책이 있는데 하나는 맥아더이고 다른 하나는 트루먼의 정책이라는 말까지 나왔을 정도로 두 사람의 주장은 미국 외교정책에서 대척적인 관계에 있었다. 맥아더는 전쟁을 상징하고 트루먼은 평화를 상징하는 것으로 간주되었다. 한 여론조사에 따르면 국민의 62%가 맥아더를 해임한 트루먼의 결정은 잘못된 것이며 54%의 국민들이 한국전을 끝내기 위해 전면전을 전개해야 한다고 했다.[53] 후일에 역사는 한국전을 한국 내로 제한하고 맥아더를 해임시킨 트루먼의 정치적 용단을 더 높이 평가하지만 여전히 전쟁 수행에 대한 군부의 의견을 받아들였어야 한다는 의견도 상당했다. 왜냐하면 미국인들에게 원자탄은

1950년 10월 15일 웨이크섬에서 트루먼과 맥아더가 만나 한국전의 전쟁 목적에 대해 전적으로 뜻을 같이하며 맥아더에게 최고 수훈십자훈장을 달아주고 있다. 그러나 중공군의 개입으로 한국전이 새로운 양상으로 전개되자 전쟁 수행에 대한 의견 차이로 다음 해 4월 11일 트루먼 대통령은 맥아더를 유엔군 총사령관직에서 해임한다. 위 사진은 웨이크섬에서 만난 두 사람의 모습. (출처: US Navy Signal Corps, Wikimedia Commons)

절대적인 군사적 승리를 위해 미국이 사용할 수 있는 하나의 합법적 무기로 그것이 가지는 정치적 의미에 대해서는 별로 관심이 없었기 때문이다. 즉 군사적 승리를 이룩하는 것이 우선이었다. 그리고 후에도 미국의 많은 참전 고위급 장교들은 중공군을 완전히 물리치기 위해서는 원자탄을 사용했어야 된다는 입장을 견지하고 있었다. 대부분의 한국전 소설들은 제한전쟁으로 정의된 전쟁을 수행하는 방법에 대한 민군 관계의 갈등을 다루는 데 대체로 맥아더의 관점을 반영한다.

《광기의 전쟁》에서 작가 웹 비이치는 한국전을 기획한 민간 정치 지도자들에 대한 미8군사령관의 불만을 묘사하고 있다. 사령관의 불만은 물론 제한전쟁과 미국인들의 무관심에 대한 것이다: "그는 17만 7,000명의 병력을 보유하고 있었지만 그들을 싸우는 데 투입하지 못하도록 금지했다. 국무성은 우리가 너무 열심히 싸워 러시아인들을 화나게 해서는 안 된다는 것을 대통령에게 확신시켰다. 그는 자신의 의견을 결코 밖으로 나타내지 못했다. 그는 군인이었고 명령을 받아 책임을 회피하지 않고 그 명령을 수행했을 뿐이다."[54] 그래서 휴전회담이 진행되는 동안 고지전을 치러야 하는 지휘관들에게 하나의 불문율이 있다면 그것은 "생명을 아껴라. 납세자들의 아이들을 죽이지 마라. 전쟁은 곧 끝날 것이니까"라는 것이었고 "소대급 이상의 공격을 하려면 사단의 승인을 받아야 했고 500야드 이상 나가는 작전은 군사령부의 승인이 있어야 했다." 그래서 작가는 "사령관의 임무는 그저 국무성의 정책을 수행하는 것이었고 그 정책이란 가능하면 빨리 전쟁에서 손을 떼는 것이었다"[55]라고 사령관이 처한 곤혹스런 상황을 말한다. 한국전 소설들은 대부분 전쟁터의 군인들의 이러한 좌절감을 언급하고 있다. 많은 소설들은 "한국에서의 군사작전은 인기 있는 성전이 아니었으며 미국은 항상 결정적인 승리를 얻기 위해 싸운다는 개념은 맞지 않았다"라고 말한 한 사회학자의 주장을 상기시켜준다.[56]

멜빈 보리스의 《내게 영웅을 보여다오》는 제한전쟁을 수행하는 과정에서 나타난 민군 관계의 복잡한 문제를 다룬 가장 대표적인 소설이다.[57] 이 소설의 주인공은 한국에 주둔한 미 육군의 총사령관인 로간 중장이다. 그러나 이야기는 로간 장군뿐만 아니라 새로운 전쟁을 싸우고 있는 현대적인 군대를 따라가면서 전쟁 속에 처한 병사들의 고통과 시련을 묘사한다. 이 소설의 세 사람의 주요 인물은 라크 로간 장군, 제롬 모간 일등병, 민간인 종군기자 피터 토서이다. 3인의 전쟁 경험을 다룬 존 도스 패소스의 1차 대전 소설《3인의 병사》처럼 작가 멜빈 보리스도 이들 세 사람의 전쟁 경험을 각각 추적한다. 그러나 세 사람의 병사들이 소설의 진행 과정에서 한 번도 만나지 못하는 패소스의 소설과 달리 이 소설의 세 사람은 서로 밀접하게 연관되어 있다.

로간 장군은 권위적인 장군이 아니다. 용감하고 아주 애국적이며 직업군인으로서 능력 있고 아주 인간적이며 사려 깊은 사람으로 묘사된다. 로간은 전쟁을 수행하는 데 목적과 수단이 똑같이 중요하다는 것을 강조한다. 어떤 임무를 달성하기 위해서 부하들을 괴롭히고 수치심을 유발케 하는 것은 잘못이며 그렇게 할 필요도 없다고 생각하는 사람이다. 이 소설은 제한전쟁을 수행하는 로간 장군의 좌절과 그의 비극적인 가정생활이라는 두 가지의 줄거리를 중심으로 전개된다. 로간은 한국에서 지금까지의 전쟁과는 완전히 다른 전쟁, 즉 싸워서 이겨야 하는 전쟁이 아니라 제한된 전쟁을 싸우도록 강요받고 있는 자신의 위치 때문에 심한 좌절감을 느낀다. 더구나 군에 대한 자신의 헌신적인 노력을 이해하지 못하는 가족들 때문에 개인적으로는 비극적인 삶을 살고 있는 사람이다.

로간은 한국전이 끝나갈 무렵 정전 협상이 진행되는 동안 8군사령관으로 한국에 온다. 수많은 전투에 참가했던 로간은 전쟁도 예상과 실제는 다르다는 것을 알고 있었지만 한국에서는 정말 자신이 생각했던 지금까지의 전쟁과는 다른 방식으로 싸우는 것을 발견한다. 즉 자신이 사령관인데도 "상부의 승인 없이는 대대급 이상의 전투를 전혀 할 수 없는 희한한 전쟁"[58]이라는 것을 알게 된다. 2차 대전을 승리로 이끌었던 세계 최고의 군대가 전쟁터에서 무용지물이 되고 있는 것이다. 더구나 미국에서는 아무도 관심을 두지 않는 것 같다. 소설의 한 곳에서 장군은 사령관으로서의 무력감을 다음과 같이 표현한다: "정말 못해먹겠군! 어떻게 내게 이런 일을 시키나. 여러분 용감히 싸우되 무리하지 마라. 열심히 싸워라. 그러나 너무 열심히는 말고."[59] 더구나 전쟁 발발 2년 차에 도입된 순환근무제도는 야전지휘관들의 입장에서는 또 하나의 불평 요인이었다. 로간의 전임자인 렉스 장군은 임무 인계 시 장병들의 정신 상태를 다음과 같이 알려준다: "누구나 왔다가 간다. 아무도 전쟁 기간 내내 이곳에 있지 않는다. 그들은 곧 떠날 사람들의 환호를 받으며 도착한다. 그리고 무사히 명예스럽게 자신들의 근무 기간을 마치기를 바라며 임무를 수행한다. 결과적으로 모든 병사들은 본국이라는 아주 조그마한 군사적 목표를 품게 된다."[60]

전쟁 수행에 대한 군인들의 이러한 좌절감과 결부해 한국전쟁은 미국 정치에서는 민군 관계에서 문민통제의 원칙을 보여준 최초의 전쟁이었다. 맥아더 장군을 연상시키는 일화에서 로간 장군은 정치에서의 자신의 역할에 대해 한국군 장성과 이야기하는 가운데 문민우위에 대한 자신의 불편한 심기를 다음과 같이 냉소적으로 표현한다: "난 정치적 문제에서는 전혀 힘이 없습니다. 위대한 우리 공화국의 군인들은 아무것도 아는 것이 없는 척해야 합니다. 그렇지 않으면 문민우위라는 아주 신성불가침을 훼손하고 있다는 비난을 면치 못할 것이니까요."[61]

로간을 더욱 괴롭히는 것은 군에 대한 자신의 헌신적인 노력을 이해하지 못하는 가족의 문제이다. 그의 아들은 미 육사 중퇴생으로 어디론가 사라졌다가 어느 날 갑자기 한국에서 피의자가 되어 군사재판에 나타난다. 아내는 알코올중독자가 되어 가정을 등한시하면서도 오히려 가정을 돌보지 않는다고 남편을 들볶는다. 소설은 군사재판 피의자가 패트릭 상사라는 가명을 쓰고 있지만 사실은 로간의 아들이라는 사실이 판명될 때 절정에 달한다. 죄명은 그가 범죄수사대에 근무하면서 포로를 죽인 혐의이다. 군사재판에서 그는 직무유기, 불복종 등의 혐의로 유죄판결을 받는다. 문제는 그러한 판결의 최종 결재권자가 바로 사령관 자신이라는 것이다. 비록 자신의 아들이라는 것을 알지만 그는 그 판결을 승인하고 만다. 그러나 패트릭의 상관인 중위가 포로를 살해했다고 자백함으로써 패트릭은 무죄 방면되는 극중 해결을 통해 작가는 소설을 극적으로 반전시킨다.

《내게 영웅을 보여다오》는 한국전을 병사의 관점에서 묘사하기도 한다. 장군급 장교들과 달리 병사들은 전쟁 명분에 대해서는 관심이 없다. 왜 한국에서 싸우느냐고 물으면 그들은 한결같이 징집되었기 때문이라고 대답한다. 그들은 그저 싸우도록 명을 받았기 때문에 싸울 뿐이라는 것이다. 그럼에도 한국전의 병사들은 자신들의 전쟁 참여는 그들 세대에 닥친 '그들의 전쟁'이었기 때문이라는 입장을 견지한다. 어떤 병사는 치명적인 부상을 입고 본국으로 후송되어야 하면서도 자신의 한국전 경험을 값진 경험으로 회고한다. 제롬 모간 일등병도 그런 젊은이들 중 하나다. 코카콜라 회사의 트럭 운전사로 근무하다 징집된 모간은 한국에서 수많은 전투를 치르고 상사로 진급하는 기쁨을 맛보지만 그러나 자신의 여자 친구에게서 '절교 편지'를 받는다. 비록 전쟁이라는 시련을 통해 성인으로 성장하지만 그 또한 전쟁의 피해자가 된다.

한국에서의 전쟁은 소설의 모든 등장인물들을 피해자로 만든다. 종군기자인 피터 토서는 한국전쟁이 지니는 이념적 중요성을 너무 잘 알고 있다. 그는 38선을 "인간을 갈라놓은 가장 사악한 경계선의 상징"으로 본다.[62] 그는 공인으로서 대중들이 알아야 할 것은 전달해야 한다는 기자로서의 직업의식이 투철한 사람이다. 그는 정전회담이 열리는 지역에서 적측의 기자들과 정보 교환을 하는데 이는 규정 위반이다. 결국 그는 군당국자들과의 마찰로 한국을 떠나게 된다. 한국에서는 아무도 성공을 거두지 못한다. 로간 장군은 전쟁 수행과 정치 논리에 휘말려 실패하는 일종의 비극의 주인공이다. 정부의 전쟁 정책을 수용하지 못하는 로간 장군은 결국은 해임되지만 본국으로 귀환 시 영웅적인 대접을 받는다. 맥아더의 해임을 패러디하는 로간의 행적을 통해서 작가는 민군 관계에서 문민우위를 인정해야 하는 군인들의 고뇌를 동정적으로 그리고 있다.

그는 미 국방성 복도로 걸어 들어올 때 한 민간인 부부 관광객의 대화를 우연히 엿듣는다. 그들은 국방성 건물인 펜타곤에 군인들이 많을 것으로 생각했는데 민간인들만 보인다고 말하면서 "그런데 군인들은 다 어디 있는 거야?"[63]라고 의아해한다. 여기서 '그런데'라는 말은 민군 관계와 관련해 정치에서 문민우위인 1950년대 미국의 시대 상황을 한마디로 요약하고 있다. 맥아더의 퇴장과 한국전의 종결은 문민우위의 정치 상황을 더욱 강화하는 계기가 된다. 소설의 마지막에서 종군기자 토서가 암시하듯 로간 장군은 영웅적인 환대를 받으며 본국으로 돌아오지만 그것은 상처뿐인 영광이다. 이미 소설 초에서 작가는 스콧 피츠제럴드의 "내게 영웅을 보여다오. 그러면나는 그대에게 비극을 써주리다"라는 말을 인용함으로써 장군의 비극적 결말을 예고했던 것이다.

3. 포로와 피난민

1) 포로 소설

한국전의 미군 포로들은 약 7,140명이었고 이 중 2,701명이 수용소에서 죽었고 나머지는 송환된 것으로 나와 있다. 수용소에서 이렇게 많은 인원이 죽었다는 것은 포로에 대한 관용정책을 강조한 적의 선전이 무색할 정도였는데 전쟁 중에 공산주의자들은 비록 포로로 잡았다 하더라도 자신들의 작전에 편리한 대로 처리하도록 명령받았다. 한국전은 서로의 진영에서 자신의 이념으로 포로들을 전향시키려고 했던 최초의 현대전이었는데 21명의 미군과 1명의 영국군이 세뇌되어 본국으로의 귀환을 거부했다. 그러나 1959년 미국은 75명의 미군 전쟁포로가 공산주의 첩자로 세뇌되었음을 확인했다.[64] 이는 당시 '빨갱이 공포'와 매카시 상원의원의 극렬반공운동과 결부되어 미군 포로의 세뇌 문제는 미국 사회의 하나의 커다란 사회적 이슈가 되기도 했다. 바로 이러한 분위기에서 나온 소설이 리처드 콘돈Richard Condon의《만주인 후보 The Manchurian Candidate》(1959)이다. 이 소설은 한국전에서 중국과 소련의 첩자들이 사전에 계획한 작전에 의해 북한의 접경지역에서 포로로 잡은 미군을 만주의 수용소로 끌고 가 세뇌시켜 본국으로 송환시키고 미국의 정가를 장악하려 한 음모를 그린 이야기이다. 콘돈은 한국전의 적군 포로수용소에서 행해진 세뇌교육이 어떻게 인간의 심리를 조작할 수 있는지에 초점을 맞추었다. 그러나 그는 참전용사가 아니고 전문 소설작가로서 경험에 근거하기보다는 당시의 공산주의에 대한 혐오가 지배적이었던 사회적 분위기를 형상화한 것으로 볼 수 있다.

전후 포로들에 대한 조사에서 적에 협조한 것은 '세뇌교육'의 결과이고 또한 잔혹한 고문의 결과라고 보았다. 전체 포로들을 세 부류로 분류하면 ① 협조자 ② 저항자 ③ 중간자인데 대체로 협조자가 많았다. 송환포로의 조사에서 이들이 수용소에서 보인 행동은 전쟁의 목적과도 연관되어 있었음을 알 수 있다. 즉 미군 포로들은 승리가 최종 목표가 아니었던 유엔의 '경찰행동'으로 알려진 전쟁에서 싸우고 있었기 때문에 대규모 전쟁을 치르는 병사들과 달리 한국에서 싸운 병사들은 전투 동기가 비교적 약했고 그것이 적 포로수용소에서 적에게 쉽게 협조하는 것으로 나타났다. 협조의 종류는 적의 주장에 대한 서명, 선전녹음, 군사정보 제공, 세뇌교육에 대한 관심 표명, 동료에 대한 밀고 등이었다. 이러한 협조자들에 대해서 저항자들은 극도의 증오심을 나타냈고 서로 간에 알력이 심해 심지어 의심스런 협조자들을 구타하거나 살해하는 사건들이 일어나기도 했다. 그러나 이런 행동들은 오히려 적을 더욱 만족스럽게 했는데 포로들 사이에 반목과 갈등을 조장함으로써 포로들을 갈라놓고 굴복시키기가 용이했기 때문이다. 이러한 이유 때문에 밀고 행위는 적 심문자들이 바라는 바였다. 약 10%의 포로들이 적어도 한 번은 포로 기간 동안 동료를 밀고한 것으로 조사되었다. 그러나 거의 80%의 포로들은 중립적인 자세를 유지했고 적에게 굴복하지 않고 돌아왔다고 조사되었다. 심지어 중공군의 억지 세뇌교육이 오히려 대다

수의 미군 포로들을 더욱 강력한 반공주의자로 만들었다고 조사되기도 했다.[65]

한국전 소설들은 주로 참전병사들의 이러한 포로 경험을 그린 소설들이 많다. 심지어 액셀슨은 "네 개의 한국전 소설 중 하나는 포로에 관한 것이다"[66]라고까지 다소 과장되게 말하는데 상당히 많은 소설들이 포로 문제를 다루고 있는 것은 틀림없다. 그만큼 한국전은 양쪽 다 많은 포로들이 발생했고 포로의 경험은 인간이 겪을 수 있는 극도의 한계상황의 경험이었다. 루디 토메디의 수기《나팔도 없이 북도 없이》에서 로이드 크라이더 의무병이 낙동강 전투에서 포로가 되어 서울을 지나 끌려가면서 보고 겪은 이야기는 아마도 한국전에서 미군 포로들이 경험한 가장 참혹하고도 생생한 이야기일 것이다.

옷은 전부 뺏기고 허리에 넝마만 걸친 자도 있었다. 하루에 죽 한 끼만이 공급되었다. 공산주의에 대한 세뇌교육을 받았고 장차 귀국하여 미국 사람들에게 마르크스주의를 교육하라는 것이었다. 적은 포로들의 사회적 배경을 알고 싶어 했고 모두들 아버지가 농부나 목수라고 얘기하는데 그것이 살 수 있는 방법이었기 때문이다. 만약 차가 있다고 하면 쏘아 죽이는데 포로들은 가끔 적의 총검술 연습의 대상이 되기도 했다.

이따금 포로들 중에서 선발해서 나무에 묶어놓고 다른 포로들이 보는 앞에서 대검으로 찔러 죽이기도 했다. 부상당한 포로들의 곪아터진 상처에 구더기를 넣고 구더기들이 그 상처를 긁어 먹게 하여 더욱 악화시켰다. 낙오하는 포로는 죽여버렸다. 너무나 지치고 배가 고파 차라리 죽는 것이 낫다고 생각할 때가 있었다. 평양까지 '죽음의 행진'이었다.

음식과 물을 주지 않았다. 매일 포로가 죽어갔는데 그 시신을 공동묘지에 운반하여 묻는 것은 자신들의 몫이었다. 3명 중 1명은 너무나 약하여 기동이 힘들었는데 그러면 그들은 바로 대검으로 찔러 죽였다. 유엔의 공습으로 포로들은 평양에서 기차로 이동하게 되었는데 선천의 한 터널 속에서 우리를 처리하려고 40명 1개조로 끌고 나가 총살시켰다. 난 총소리가 나자마자 쓰러졌고 나의 몸 위로 다른 병사가 넘어졌다. 사격이 끝난 후 적은 총검으로 찔러 확인한다. 그리고 적은 쫓기고 있었기 때문에 급히 떠나고 살아남은 포로들은 북진하던 미군 병사들에 의해 구조되어 결국 도쿄를 거쳐 미국으로 돌아왔다.[67]

한국전 포로 소설들은 1956년에 발표된 두안 토린의《판문점으로 가는 길》에서 시작해 1976년 잭 린의《변절자》가 나올 때까지 20년간 출판되었지만 그 후로는 포로 소설이 더는 쓰이지 않았다. 대표적인 포로 소설로는 동료를 밀고하고 귀국 후 죄책감으로 자살한다는 프랜시스 폴리니의《밤》, 공산주의자들에 협조하는 주인공의 행동을 비웃는 적 포로 심문자에 대한 이야기인 찰스 하우의《화염의 계곡》, 그리고 적에게 협조했다는 죄로 송환된 후 군사재판에 회부된다는 이야기를 다룬 프랭크 슬로터의《칼과 메스》, 윌리엄 포러스트William Forrest의 스파이 스릴러《오명 Stigma》(1957) 등이 있다. 또한 적 심문자에 의해 외부와의 연락이 단절된 채 전사한 것으로 본국에 알려진 주인공의 비극적 이야기를 그린 찰스 브레이스린 플러드의 소설《대의를 위한 삶》, 2차 대전, 한국전, 월남전에 세 번이나 참전한 한 주인공의 일대기를 그리고 있으며 특히 한국전에서는 군의관으로 참전했다가 적의 포로가 되어 아군과 적을 동시에 치료해

준다는 스티븐 베커 Stephen Becker의《인식표 Dog Tags》(1973), 가장 잔
인한 포로수용소의 행위를 보여주는 프리맨 폴라드의《혼란의 씨
앗》, 공중 폭격 중 적 후방에 추락해 포로수용소에서 온갖 고통을 받
는다는 프렛 스콤라의《죽의 장막 뒤에서》등이 대표적인 포로 소설
들이다.

포로 소설에서 한 가지 특이한 점은 소설 속에 등장하는 포로 심
문자들은 모두 영어에 능통하고 미국에서 교육받은 전문가들이라
는 것이다. 이들은 미국인들의 생활방식을 익히 알고 있고 마르크시
즘, 공산주의, 자본주의 등 경제이론에 모두 능통한 사람들로 육체
적 위해를 가하지 않는 심리적 전문가들로 묘사된다.《대의를 위한
삶》에 나오는 중공군 정치군관 정과《밤》에 나오는 칭은 모두 지적
소유자들로 인도적인 사람들이다. 이들은 해박한 지식과 설득력을
가지고 심지어 미군 포로들을 정신적으로 압도하는 사람들이다. 때
로 이들은 아주 인간적이기까지 하다. 물론 이러한 심문자들은 다분
히 적의 기만작전의 일환으로 설정된 인물들이다.

한국전 포로 소설에서 우리가 간과하는 것은 아군 포로수용소에
수용된 중공군 포로에 관한 이야기이다. 아마도 중공군 포로에 관한
한국전 소설로 중국계 미국 작가 하진의《전쟁 쓰레기》를 빼놓을 수
없다. 또한 북한 인민군 포로로 2년간 유엔군 포로수용소에 수용되
어 있다가 북송을 거부하고 제3국인 브라질로 간 반공포로 요한의
이야기인 폴 윤 Paul Yoon의《눈 사냥꾼들 Snow Hunters》(2013)도 포로
소설이지만 미국이나 한국이 아닌 브라질로 간다는 이야기로 비록
미국 작가가 쓴 소설이지만 여기서는 논의에서 제외한다. 아래에서
는 한국전 포로 소설의 대표작이라 할 수 있는 폴리니의《밤》과 그

한국전쟁 중 악명 높았던 중공군의 벽동 포로수용소(중조 국경 부근의 북한 쪽에 위치)에서 집단적으로 정치 강연을 들으며 세뇌교육을 받고 있는 미군 포로들. 복장은 모두 중공군식으로 한 것이 이채롭다. (출처: Photos from Pyoktong POW Camps: Yang Ning-ning)

리고 반대쪽 입장에서 중공군 포로 경험을 다룬 하진의《전쟁 쓰레기》를 논의해보기로 한다.

프랜시스 폴리니의《밤》[68]은 한국전쟁 중 소속 미상의 베이커 중대 미군 병사들이 중공군과의 전투에서 패해 포로가 되어 압록강 근처의 포로수용소로 끌려가게 되고 그곳에서 그들의 조직적인 세뇌교육에 직면한다는 내용이다. 이 소설은 주로 주인공 마르티 랜디 중사의 관점에서 서술되고 있으며 가끔 이탤릭으로 된 내적 독백을 삽입해서 여러 인물들의 심리상태를 의식의 흐름 기법으로 묘사하기도 한다. 중공군의 세뇌교육은 고통스런 환경에 처한 인간의 심리적·정신적 약점을 이용하는데 주로 잠을 안 재우거나 계속적으로 공포심을 자극하거나 보급을 차단하거나 이념적 문제로 상대의 신경을 마비시키는 교묘한 수법을 사용한다. 또한 개인을 완전 분리시키거나 집단적인 교육과 위협과 설득을 통해 집단적 사고에 함몰시킴으로써 굴복하게 만든다.

이 소설은 중공군에게 세뇌되어 적에게 협조하는 진보파와 그들의 회유와 설득에 굴복하지 않는 보수파로 갈라져 서로에 대해 잔혹한 위해를 가한다. 특히 진보파의 리더로 슬레이터와 적의 설득에 완강히 저항하는 보수파의 필립스가 대립하고 있다면 사실 주인공 랜디는 이념에 관계없이 그저 이 전쟁에서 살아남아 고향으로 돌아가는 것이 목표인 사람이다. 그리고 양자의 사이에서 그들의 행동을 관찰하는 사람이다. 랜디는 이탈리아 이민자의 아들로서 아버지는 광부이고 엄마는 생활고로 자살한 불우한 가정 출신이다. 이러한 미국의 사회적 약자인 랜디가 중공군 포로 심문자 칭의 주된 공략 대상이 되는 것은 당연하다.

칭은 미국의 컬럼비아대학에서 6년을 공부하고 박사학위를 가진 중공군 장교로 유창한 영어를 구사하며 다정하고 세련된 매너와 현란한 수사, 그리고 진정성을 보이는 대화로 포로들을 설득하고 세뇌시키는 사람이다. 그의 주장에 따르면 미국은 제국주의 침략자이며 월스트리트의 자본에 의해 움직이는 전쟁광이고 자본주의 돼지들이 지배하는 나라이다. 인류에 대한 그러한 범죄자들이 랜디와 같은 가난하고 무고한 자들을 정당한 명분도 없는 전쟁으로 내몰았고 순진한 조선인들을 죽이고 집을 불사르고 있다는 것이다. 그래도 랜디는 처음에 칭의 설득에 완강히 저항한다. 그렇지만 명분 없는 전쟁에 참가했기 때문에 전투 동기도 약하다는 이들의 주장을 랜디는 실제로 전투에서 목격했고 점점 더 그들의 주장에 동조하게 된다. 시간이 지남에 따라 랜디와 칭 사이의 인간적인 유대가 쌓인다. 칭은 이러한 랜디의 약점을 포착하고 자신의 목적을 위해 이용하려 한다. 소설 속에서 칭에 대해 랜디는 인간적인 호감을 가졌지만 랜디가 칭에게 굴복했다는 명확한 내용은 나타나지 않는다. 그러나 그가 포로에서 석방되어 미국에 돌아와 자살한다는 설정에서 우리는 그가 세뇌되고 결국은 조국과 동료를 배반했다는 것을 짐작하게 된다.

이 소설은 물론 마르티 랜디의 세뇌 과정을 별다른 이슈 없이 따라가고 있지만 진보파의 리더인 슬레이터와 그의 동료 6명을 살해하는 사건이 발생함으로써 소설은 극적인 긴장을 더해간다. 아주 추운 어느 날 밤 필립스와 그의 동료 몇 명이 진보파의 캠프에 몰래 잠입해 우두머리인 슬레이터와 그의 동료들을 죽이는 사건이 발생한다. 사실 슬레이터는 세뇌된 친중공파로 칭이 가장 선호하는 포로이다. 칭을 비롯한 중공군 심문자들은 범인을 색출하기 위해 노력하고 결국 필립스임을 알아낸다. 필립스는 2차 대전 참전병사로서 전쟁 후 소집 해제되었다가 다시 군에 들어온 동원예비군으로 애국심이 투철한 사람으로 세뇌된 동료들을 용서하지 못하는 사람이다. 문제는 누가 필립스를 범인으로 밀고했는지가 분명치 않지만 소설의 끝에서 자살하는 랜디를 통해 그가 밀고자였음을 짐작하게 한다. 왜냐하면 소설의 끝 무렵에 랜디는 칭으로부터 고백하면 주겠다고 약속한 음식과 따뜻한 의복을 모든 포로들이 제공 받는 것을 볼 수 있기 때문이다. 이 소설의 가장 잔혹한 장면은 진보파의 새로운 리더가 중공군 간수들의 호위를 받으며 보수파의 텐트로 가져오는 하나의 보따리에서 나타난다. 바로 그 보따리 속에 있는 것은 필립스의 머리였다. 이를 지켜보는 진보파 포로들의 웃고 비명을 지르는 모습에서 우리는 전쟁의 비참한 환경에 처한 인간, 그리고 이념에 경도된 인간이 어디까지 망가질 수 있는지를 극명하게 보게 된다. 아마도 이 소설은 한국전에서 나온 가장 비참한 소설 중 하나로 적의 포로수용소가 온갖 고문과 살인이 벌어지는 인권유린의 황무지이고 내가 살기 위해 동료를 배반해야 하는 비정한 세계라는 것을 폭로하는 강력한 반전소설이라고 본다.

대부분의 미군 포로 소설들과 달리 하진의 《전쟁 쓰레기》는 미군에 포로가 된 중공군의 이야기이다. 중공군 장교 유안을 주인공으로 그의 전쟁 경험을 일인칭 수기 형식으로 써 내려간 소설이다. 이 소설을 읽는 독자들은 내용이 너무나 생생해 마치 유안과 작가 하진이 동일인인 것으로 착각하기도 한다. 그러나 유안은 순전히 가공의 인물이다. 이 소설이 특히 흥미를 끄는 것은 중국계 미국인 하진(1989년 미국으로 이주 후 현재는 미국 시민권자가 됨)이 순전히 중국인의 관점에서 한국전 경험을 쓰고 있다는 점이다. 그렇기 때문에 당시 미국이 상대하던 적국의 군인들은 과연 한국전을 어떻게 보았고 또 어떻게 싸웠는지를 살펴볼 수 있는 좋은 자료가 된다. 작가 하진은 직접 한국전에 참전하지는 않았지만 그가 열세 살 때인 중국의 문화혁명기에 중공군에 입대해 수년간 복무한 경험이 있다. 그리고 미국으로 이주하기 전 한국전에서 싸웠던 많은 귀환 군인들과 군 장교였던 아버지에게서 한국전에 관한 이야기를 듣고 이를 바탕으로 중국인의 관점에서 소설을 썼다는 점이 특이하다.

소설의 주인공 유안은 한국전쟁에서 3년간 포로생활을 했고 전후 중국에 돌아와 중학교 영어선생으로 은퇴한 현재 73세의 노인이다. 이 소설은 그가 미국 애틀랜타에 거주하는 아들 내외를 만나기 위해 방문 중에 있으며 미국에 체류하는 기간 동안 자신이 오래전부터 계획했던 자신의 한국전 참전 경험을 일인칭 소설 형식으로 집필한 것이다. 자신이 한국전에서 포로가 되었을 때 포로 중 최고 우두머리였던 한 정치군관이 본국 송환 후 결국 당에서 버림받고 비참한 생활을 하다가 생을 마감하기 전 그를 방문한 유안에게 "우리의 이야기를 써 달라"[69]는 유언을 하게 되는데 이를 실천에 옮기는 형식으로 진행된다.

사실 유안이 살아온 과거는 정말 20세기 격동의 시기로 중국 대륙에서 벌어진 국공내전과 공산당의 승리, 한국전쟁, 문화혁명, 1980년대 중국의 개방과 1989년 천안문 사태 등의 엄청난 사건들이 일어난 시기였다. 이러한 역사적 사건과 사실들이 소설 속에 녹아 있어서 실제로 이 소설이 허구인지 역사인지의 경계가 모호할 정도이다. 작가 하진도 소설 초에서 자신의 이야기를 "역사적 정확성을 기하기 위해서 다큐멘터리 같은 방식으로 쓸 예정"[70]이라고 말했고, 소설 후기에서도 "이 소설은 허구의 작품이고 모든 주요 등장인물들은 가공의 인물들이지만 대부분의 사건들과 세세한 부분들은 사실이다"[71]라고 기술하고 있기 때문이다. 한국전 연구의 전문가인 브루스 커밍스 교수는 이 책에 대해서 "아주 세밀하게 관찰하고 깊은 사색을 거쳐 나온 소설로서 모든 페이지가 다 진실로 넘쳐난다"[72]라고 평가한다.

우선 이 소설의 제목이 "전쟁 쓰레기"라는 것은 사실 모든 전쟁문학 작품들 속에서 전쟁에 내몰린 병사들이 전장에 버려진 자신들의 처지를 비관해 일컫는 자조적인 말이다. 미국의 전쟁소설들에서 피아를 막론하고 전쟁 속에 내몰린 인간들은 더는 고귀한 위엄과 이성을 가진 존재들이 아니다. 국가 권력의 필요에 따라 소모되는 생체 품목일 뿐이다. 그저 '대포 밥', '소모품', '찌꺼기', '광고전단', '쓰레기' 등으로 취급되는 인간 이하의 존재일 뿐이다. 하진의 소설에서 '전쟁 쓰레기'는 과연 누구인가? 말할 것도 없이 유안을 비롯한 중공군 포로들이다. 역사적으로 중국 공산당 정부는 국공내전의 승리로 중공군으로 편입된 국부군들, 그리고 그들의 새로운 체제에 순응하지 못하거나 반대하는 잠재적 저항세력을 대거 한국전쟁에 '대포 밥'으로 내보냄으로써 일종의 인간 청소를 실시했다는 것이 확인되지 않은 사실이다. 그러나 실제로 이 소설에서는 많은 중공군 병사들이 시골에서 농사를 짓던 초등학교도 나오지 못한 문맹들이거나 공산화 이후 대만으로 탈출하지 못하고 본토에 남은 수많은 국부군 출신들이 중공군으로 편입되어 한국전에 참전한 것으로 나타난다.

주인공 유안 역시 공산화 이전 미육사와 비슷한 장제스 총통이 설립한 황포군관학교 생도였지만 공산화로 해체되어 중국 남서부 군사정치대학으로 바뀐 후 졸업해 중공군 장교로 임관된 사람이다. 이념적으로 국부군, 공산군 어느 쪽에도 속하지 않은 사람으로 설정된다. 그저 1951년 초 자신이 속한 사단이 한국전에 참전하게 되자 홀어머니와 약혼녀를 뒤로하고 한국에 참전하게 되었을 뿐이다. 이들은 한국전에 투입되면서 모든 신분 표시와 계급장을 떼어버리고 중국인민지원군이라는 명칭을 사용했는데 이는 정규군인 인민해방군과 차별화함으로써 정부가 공식적으로 정규군을 한국에 보내지 않왔다는 것으로 미국과의 공식적인 전면전을 피하기 위한 중국 공산당 정부의 계책이었다. 커다란 역사의 흐름 속에 한 개인의 가정사를 접목시킴으로써 다소 감상적인 소설로 만들고 있다.

기본적으로 이 소설은 전쟁이라는 비극을 통해서 이념과 인간의 본능 사이의 갈등이 초래하는 몇 가지 문제들을 예리하게 파헤치고 있다. 우선 작가 하진은 전쟁이 어떻게 인간을 참혹하게 만들며 생존을 위해서 얼마나 비열해질 수 있는지, 둘째로 한국전이 1950년대 냉전구도 속에서 전개된 동서의 이념대결이라는 점에서 이념이 어떻게 개인의 삶에 영향을 미치는지, 셋째는 개인의 욕구나 갈망이 국가권력의 횡포에 의해 무참히 짓밟히며 개인이 얼마나 나약한 존재로 전락될 수 있는지를 보여준다.

스티븐 크레인의 남북전쟁소설인 《붉은 무공훈장》이래 사실적인 전쟁 묘사가 미국 전쟁소설들의 주된 전통이 되었다. 그러나 지금까지 어떤 전쟁 묘사도 하진의 소설 속에 그려진 사실적인 묘사를 능가할 수 없을 것이다. 사실 한국전쟁의 참혹함을 그린 소설들로는 혹독한 추위와 수적으로 압도적인 적과 싸우며 장진호에서 철수하는 미 해병 1사단의 영웅적이지만 비참한 모습을 그린 소설들이 많이 있다. 그러나 사실적인 면에서 하진의 묘사에 비할 바가 아니다. 독자는 통상 아군의 상황에 대해서만 얘기를 들을 뿐 반대쪽의 얘기를 듣지 못한다. 우리는 하진의 소설을 통해서 중공군들이 어떻게 한국전을 싸웠고 어떠한 상황에 처해 있었는지를 알게 된다. 하진의 전쟁은 장진호 전투가 끝나고 중공군의 대공세가 이어지는 1951년 3월 이후의 상황을 이야기한다. 즉 중공군이 압록강을 건너 한반도로 들어올 때부터 38선을 넘었다가 다시 유엔군에 밀려 후퇴하는 과정, 그리고 포로가 되어 거제도와 제주도 포로수용소, 그리고 포로 송환 등의 일련의 과정 속에서 유안이 겪는 비극적 사건들을 아주 사실적으로 밀도 있게 묘사하고 있다.

유안의 사단은 완전 궤멸되고 흩어진 상태로 34명만 남았는데 이들은 포로가 되기 전 3개월간의 게릴라전을 전개하면서 북으로 도피를 시도하지만 미군과 굶주림이라는 두 개의 적 앞에서 속수무책이다. 머리가 부서지고 새들이 쪼아 없어진 아군들(중공군)의 시체, 미군의 사냥개에 물려 죽는 아군의 모습, 죽은 자의 냄새로 가득한 산골짜기, 한 번의 전투에서 1,000명의 전사자를 낸 다음 날 수백 마리의 까마귀들로 뒤덮인 고지, 그리고 추위에 얼어 죽은 후 내린 눈으로 눈사람이 된 400여 명의 아군의 모습 등에 대한 묘사는 정말로 비참함의 극치이다. 그래서 작가는 "이 전쟁은 병사들의 시체로 가득 찬 거대한 용광로였다"[73]라고 술회한다. 또한 먹을 것이 없어서 구더기와 파리가 들끓는 죽은 말을 먹으려고 하는가 하면 두꺼비, 개구리, 뱀 등을 잡아먹기도 한다.[74] 또 포로수용소는 생존을 위한 투견장이다. 한 그릇의 보리죽을 차지하기 위해 포로들 간에 피나는 싸움이 벌어지는가 하면 단식하는 포로들에게 고통을 주기 위해 전시해놓은 음식을 먹으려고 개떼같이 달려들어 아귀다툼하는 200여 명의 포로들의 모습, 반대 진영의 포로를 굶게 하려고 그들의 음식에 모래를 넣거나 국에다 오줌을 싸는 야만적인 행위도 묘사된다. 또한 자신들의 이념에 반대한다고 여러 사람들이 보는 앞에서 대검으로 가슴을 찌르고 오장육부를 도려내는 잔인한 행동을 자행하기도 한다.

아마도 이 소설은 미국의 다른 어떤 전쟁소설보다도 냉전시대의 이데올로기 대립의 극치를 보여주는 대표적인 소설이다. 한국전쟁은 한반도에서 미국과 소련으로 대표되는 민주주의와 공산주의의 양대 진영의 이데올로기 전쟁이다. 중공의 입장에서는 항미원조抗美援朝의 전쟁이지만 제국주의를 물리치고 국제 공산주의의 승리를 위한 위대한 성전을 수행한다는 커다란 명분을 가지고 싸운다. 비록 그들이 압록강을 넘자마자 자신들이 의용군이라는 미명하에 스탈린과 김일성의 '대포 밥'으로 보내지고 있다는 미군 항공기를 통해 뿌려지는 삐라를 만나게 되지만 크게 동요하지 않는다. 이 소설 전체에서 전제되고 있는 냉전논리와 반제국주의 논리는 사실 포로수용소의 미군들과 포로들 사이에서 부각되기는 하지만 실제로 미군과 포로들 사이의 대립은 그러한 이념의 문제라기보다는 포로들의

1953년 3월 거제도 포로수용소에서 중공군 포로들이 철조망 안에서 따뜻한 봄볕을 즐기고 있다.
(출처: ⓒNB아카이브, 사진제공 눈빛출판사)

처우에 관한 문제에 집중되어 있다. 오히려 이념 대결은 친중공파와 친자유중국파 포로들 사이에서 첨예하게 나타난다. 사실 중공군 포로들에게 한국전은 한국전이 발발하기 1년 전까지 대륙에서 싸운 국공내전의 연장전이다. 자신들 사이에서 벌어지는 상대 세력에 대한 배반과 고문과 살인은 오히려 밖의 전쟁터에서보다 더욱 치열하고 잔인하다. 휴전이 다가오고 포로 송환이 이루어질 때 많은 포로들은 본토로 갈 것인가 아니면 자유중국(대만)으로 갈 것인가를 놓고 선택의 기로에 서게 된다. 서로의 진영은 한 사람이라도 더 자신들 쪽으로 끌어오기 위해서 온갖 수단을 동원한다. 어느 쪽도 아닌 유안은 바로 이 양대 진영 사이에 끼어서 실존적인 선택의 순간을 맞이하게 된다.

홀어머니와 약혼녀를 위해 중국 본토로 갈 것인가 아니면 어릴 때 미국인 선교사에게 영어를 배워서 영어를 비교적 잘하는 유안이 미군의 신문과 잡지, 그리고 성경 및 미국소설 구독 등을 통해서 자유세계의 문화를 접하면서 알게 된 자신의 고국과는 비교도 안 되는 번영을 누리는 자유중국으로 갈 것인가의 선택의 기로에 서게 된다. 그러나 이념보다는 가족을 택하고자 하는 유안에게 친자유중국파들은 구타를 가하고 배꼽 밑에 "공산주의 엿 먹어라FUCK COMMUNISM"[75]라는 문신을 강제로 새기며 생명을 위협한다. 결국 죽음에 직면하게 된 유안은 그들의 협박을 견디지 못하고 대만으로 가겠다고 약속한다. 그러나 제3국의 길도 있다는 것을 알게 된 유안은 고민한다. 이념과 인간 본능 사이의 갈등, 대의와 인간적인 의무 사이에서 고민한다. 그러나 어느 쪽이 옳다고 누구도 단언할 수 없다. 오직 선택은 자신뿐이다.

사실 유안은 "공산주의를 믿지 않았고 자신에게만 충실해야 한다"[76]고 다짐했다. 결국 우여곡절 끝에 유안의 선택은 본토로의 송환이다. 비록 자신들을 전쟁터로 내몰고 대포 밥이 되게 한 정부를 비판하기는 하지만 홀어머니가 있는 본국을 선택한 것이다. 그러나 문제는 자신의 배꼽 밑에 새겨진 문신이었다. 만주에 설치된 귀환 포로센터에서 문신의 여러 글자를 빼고 "미국 엿 먹어라FUCK...U... S..."로 바꾼다. 물론 이것으로 위기를 모면하고 결국 중국으로 돌아가게 되었고 향후 50년간 자신을 잘 보호해주는 수단이 된다. 그러나 은퇴 후 미국으로 이주한 자식을 보기 위해 미국에 갈 때 이것이 문제가 되어 입국이 거절될까 걱정한다. 일종의 코미디 같은 이야기이지만 양극단의 이념 속에 갇힌 인간의 모습을 우화적으로 잘 보여주는 사건이며 동시에 인간의 삶에서 이념이라는 것이 얼마나 무서운 것인가를 작가는 유안의 포로 경험을 통해서 잘 보여주고 있다. 한마디로 문신 에피소드는 조셉 다아다가 적절하게 지적하듯 인간의 몸이 어떻게 '정치적인 도구'로 사용될 수 있는가를 상징적으로 보여주는 사건이다.[77] 마치 노라 옥자 켈러의《종군위안부》에서 인간의 몸이 어떻게 정치적인 도구가 되고 이념이 될 수 있는지를 극명하게 보여주고 있듯이 문신이 새겨진 몸은 바로 생체정치학 또는 생체권력의 하나의 도구가 된다.

　마지막으로 이 소설은 개인이 국가권력에 의해 어떻게 파괴될 수 있는지를 극명하게 보여주는 소설이다. "전쟁 쓰레기"라는 제목 자체가 아주 자극적이다. 하진은 이 소설을 쓰게 된 동기로 자신이 중공군에 있을 때의 경험을 알리고 싶었다고 말한다. 즉 대부분의 병사들은 "죽음보다도 포로가 되는 것"에 대한 두려움을 토로했고 특히 한국전쟁 후에 송환된 포로들이 '범죄자'로 낙인찍혀 고통받는 것을 보면서 송환된 포로가 "올바른 시민으로 남는 최선의 길은 자살하는 것"이라고 생각했다는 병사들의 심경을 밝히고 있다. "왜냐하면 포로가 되었다가 살아서 고국으로 돌아오면 그는 '사회의 찌꺼기'로 취급되었기 때문이다."[78]

이 소설은 비록 한국전에 관해 중국계 미국인이 중국 측의 관점에서 쓴 소설이지만 전통적인 전쟁소설이 보여주는 전쟁에 대한 주인공의 기대와 실제 사이의 괴리에 대한 주인공의 자각과 이에 대한 도덕적 메시지의 전달이라는 공식을 따르고 있다. 즉 주인공 유안의 전쟁 동기는 국가의 참전 목적을 철저히 믿는 데 있다. 그는 포로수용소에서 자신의 다리를 치료해주는 미군 여자 의사와의 대화에서 만약 자신들이 한국전에 참전하지 않았다면 맥아더가 만주를 점령했을 것이라는 것, 그리고 비록 자신들은 미군에 비해 장비가 턱없이 부족하지만 정의가 자신들의 편이기 때문에 자신들이 승리할 것이라고 말한다. 또한 포로들에게 인질로 잡힌 수용소장인 벨 장군과의 대화에서도 당신들은 우리의 의지를 꺾지 못할 것이며 조국을 배반하게 하지 못할 것이라고 말하며 "우리가 살아 있다면 우리는 중국인이고 죽어 있다면 중국의 혼魂이다"[79]라고 확고한 의지를 드러내는 애국심에 불타는 전형적인 순진무구한 젊은이다.

그러나 그런 고국에 대한 사랑과 충성심에도 전쟁에 내몰린 순진한 청년들의 비참한 죽음, 포로수용소에서 맹목적인 저항으로 야기된 수많은 포로들의 죽음, 상관들에게서 보이는 위선적인 행동들, 이념이라는 명분으로 무고한 사람들을 무참히 죽이는 것을 보면서 유안은 깊은 회의에 빠진다. 과연 국가란 무엇인가? 무엇이 수십만 명의 사람들을 죽음의 공포 속으로 몰아넣는가? 자신이 존경하는 중공군 포로들 중 가장 선임인 정치군관 페이의 수용소 반란도 그의 공명심에서 비롯된 것이며 북한군의 주도로 야기된 반란으로 미군 수용소장 체포라는 극적인 승리를 거두었지만 결국은 그 대가로 수많은 포로들이 목숨을 잃게 된다는 것, 인간 비료로서 자신들이 한국 땅에 보내졌다고 생각하며 분노하는 것, 조선을 돕기 위해 보낸다는 중국 정부의 전쟁 명분도 사실은 만주가 국경이 될 것을 우려한 때문이고 결국은 중국의 이익을 위한 것이라는 것, 이 모든 것들이 유안에게는 자신들이 국가권력에 이용당하고 있다는 생각을 떨칠 수가 없게 한다. 미국의 전쟁소설 속에 등장하는 반영웅의 전형적인 모습과 다르지 않다. 조선 땅을 위한 '인간 비료'로 자신들을 한국전에 보냈다는 친자유중국파 왕용의 말을 유안은 인정하지 않을 수 없다. 작가 하진은 유안의 생각을 다음과 같이 표현한다: "우리를 인간 비료로 비유한 왕용의 생각은 내가 오랫동안 생각해왔던 것과 같았다. 정말로 우리는 우리의 생명이 이곳에서 잘못 이용되고 있다고 느꼈다."[80]

유안이 정부에 대한 비판적 생각에도 궁극적으로 본국 송환을 선택한 것은 홀어머니와 약혼녀 때문이다. 그러나 만주에 설치된 귀환포로교육센터에서 유안은 현실과 부딪치지 않으면 안 된다. 정부당국은 포로들에게 포로가 된 것은 수치스러운 일로 죽기를 각오하고 싸웠어야 하는데 항복한 비겁자라는 것, 수용소에서의 저항 활동은 평가할 만하지만 그것은 오직 생존을 위한 필요성 때문으로 자신들이 저지른 범죄를 고백해야 된다는 것, 그리고 포로가 된 것은 순전히 자신의 잘못이지 어떤 외적인 이유도 있을 수 없다는 3원칙을 제시하며 거의 모든 포로들을 배신자나 범죄자로 낙인찍어 불명예 제대를 시키고 "사회의 찌꺼기"[81]로 전락시킨다. 무엇보다도 존경의 대상이었던 최고지도자 정치군관 페이도 공장 노동자로 좌천되고 40세 먹은 그의 아들도 아버지의 과거 포로 전력 때문에 수치심으로 장가도 못 가고 독신으로 살고 있으며 페이 자신도 폐암으로 비참하게 생을 마친다. 작가 하진의 논평이 의미심장하다. "사실은 그 사람 역시 우리들 누구와도 다를 바 없는 하나의 장기판의 병졸에 불과했으며 그 역시 전쟁 쓰레기였다."[82] 유안은 황포군관학교를 나왔는데도 대만으로 가지 않은 것이 참작되어 석방은 되었으나 홀어머니는 이미 세상을 떠났고 약혼녀 역시 불명예스럽게 포로가 되었던 자신과 결혼할 수 없다고 떠나가 버린다. 다행히 중학교 영어교사로 취직이 되고 동료 교사와 결혼해 아들, 딸을 낳고 중국의 문호개방으로 아들은 미국에 유학해 미국 시민권자가 된다. 국가를 위해 희생한 많은 청년들은 결국 국가권력의 필요에 따라 소모된 생체적 품목이었을 뿐이다.

중국에서는 금서禁書로 되어 있는 이 책은 미국의 참전 군인이나 기존의 작가들에 의해 쓰인 한국전쟁 소설들과 달리 반대편 사람들의 입장에서 한국전쟁을 기술한 것이기 때문에 한국전쟁에 대한 균형 있는 이해를 위해서 아주 중요한 자료가 된다. 비록 픽션으로 독자들의 흥미를 위해 가족의 문제, 귀환포로들의 최후의 모습들에 대한 기술 등 몇 가지 감상적인 구성이 설정되기도 하고 문신 에피소드나 과장된 전쟁 묘사가 있기는 하지만 포로수용소의 이념문제로 야기된 갈등과 송환 과정에서 겪는 포로들의 인간적 고뇌, 그리고 극한 상황에 내몰린 인간들 사이에서 일어날 수 있는 위선, 배신, 보복, 타락의 모습 등은 비단 전쟁이라는 한계상황의 문제일 뿐만 아니라 인간의 보편적인 문제라는 것을 깨닫게 해준다. 전쟁과 그 결과에 절망한 유안은 소설 속에서 자신이 다시 태어난다면 의사가 되겠다고 말하고 손자들도 의사를 시킬 것이라고 얘기하는 것은 의사는 인간의 삶을 황폐하게 하고 인위적인 증오를 야기하는 정치와 달리 도덕적 기준을 가지고 사랑과 동정으로 인간의 삶을 고양시키기 때문이다. 하진의 소설은 한국전쟁을 다룬 많은 다른 소설들과 달리 전쟁의 외적인 묘사보다는 그 속에 내몰린 인간들의 적나라한 모습과 내적인 심리를 아주 진솔하게 묘사하고 있다는 점에서 한국전쟁 소설 나아가서는 전쟁문학 일반의 하나의 이정표가 되는 소설이라고 볼 수 있다.

2) 피난민 소설

전쟁이 초래하는 가장 극한적 모습 중의 하나가 바로 피난민이다. 모든 전쟁은 피난민을 만들어낸다. 그들은 자신들이 살던 지역이 전쟁터가 될 때 불가피하게 고향을 버리고 가족과 함께 피난길에 나서게 된다. 그렇지 않으면 전쟁의 한가운데서 억울한 죽음을 당할 수 있기 때문이다. 특히 이념을 달리하는 동족끼리의 내전에서 피난민의 문제는 더욱 심각한 양상으로 나타난다. 한국전은 다른 어느 전쟁보다도 피난민의 문제가 큰 이슈가 되었고 피난 중에 희생된 숫자만도 엄청났다. 비공인 통계로 약 100여만 명의 민간인들이 희생되었는데 그중에 상당수가 피난민이었다. 물론 베트남전도 이념을 달리하는 두 체제 간의 내전이었지만 주로 게릴라전으로 치러진 전쟁으로 피난민이라기보다는 어떤 마을이나 도시가 작전지역이 될 때

주민들이 자신들의 지역을 떠나는 경우가 있었지만 서로의 국가로 도피하는 식의 피난민은 거의 발생하지 않았다. 즉 북위 17도선(한반도의 38도선과 같이 남북 베트남을 가르는 위도)을 경계로 양쪽의 국가로 피난하지는 않았다. 한국전에서는 얼마나 많은 피난민이 발생했는지는 기록에 나와 있지 않지만 전쟁 초기 북한 공산군이 남하할 때는 서울이나 수도권에서 많은 남한 사람들이 남쪽으로 피난했으며 북한 지역을 수복한 후 중공군의 개입으로 유엔군이 북에서 후퇴할 때는 북한에서 엄청난 피난민들이 남으로 내려왔다. 심지어 유엔군의 흥남 철수 시에는 공산 치하를 벗어나고자 했던 북한 주민들이 흥남을 통해서만 약 10만 명 이상이 남쪽으로 내려왔다.

한국전 소설들은 이들 피난민들의 참상을 놓치지 않았다. 이들이 주목하는 것은 첫째 전쟁이 초래한 가장 비극적인 양상의 하나로 피난민을 다루는 것이고, 둘째는 한국전과 같은 동족끼리의 전쟁에서 피난민과 피난민 복장을 하고 침투하는 적을 분간하기가 어려워 발생한 문제들을 다루는 것이다. 아마 군인과 피난민과 장비가 뒤섞여 빗속에서 후퇴하는 아비규환의 모습을 묘사하고 있는 헤밍웨이의 《무기여 잘 있거라》에 나오는 카포레토의 후퇴 장면은 피난민을 다룬 전쟁소설의 백미라고 말할 수 있다. 여기서 주목하는 것은 피난민 대열 속에 끼어 있는 이탈리아군 복장을 한 독일군 스파이들이고 이들을 색출하기 위해서 이탈리아군 헌병들이 무고한 이탈리아군을 무조건 잡아 즉결 처형한다는 것이 소설의 관건이 된다. 주인공이 전쟁을 피해 '단독 강화'를 이루는 것도 바로 이 때문이다. 마찬가지로 한국전에서도 피난민 속에 양민의 복장을 한 북한군 첩자들이 있었고 그래서 무고한 양민들이 많이 희생되었다. 글렌 로스의 소설《마지막 출정》에서 한 병사는 "난 일단의 피난민들이 흰옷을 입고 있었고 길에서 벗어나 골짜기로 들어가는 것을 보았는데 잠시 후에 1개 소대의 북한군이 나타나더군"이라고 말하면서 당국의 우려가 현실이 된 것을 목격했다고 말한다.[83]

그런가 하면 도널드 낙스의 책에서는 낙동강 전선에서 한 병사가 피난민을 검문하면서 북한군 첩자들이 피난민 속에 끼어 있다는 말을 듣고 있던 터라 주의하며 살피고 있었는데 한 피난민이 수류탄을 들고 있는 것을 발견하고 그를 조용히 사살하는 광경을 기록하고 있다. 그런가 하면 한 사람의 첩자를 더 발견했으나 울며 살려 달라는 애원에 그를 헌병에게 인도하고 포로수용소로 보내면서 자신이 직접 그를 죽이지 않은 것을 다행으로 생각한다. 그러나 며칠 후 그는 수색정찰 도중 26명의 미군이 손발이 뒤로 묶인 채 머리에 총상을 입고 죽어 도랑 속에 내버려져 있는 것을 발견하고는 너무나 충격을 받았고 그 후로는 적은 무조건 죽이기로 결심했다는 내용을 싣고 있다.[84] 전쟁에서 온정주의가 얼마나 위험하고 허망한 것인가를 말하는 내용이다.

그러나 피난민을 묘사하는 한국전 작가들의 관심은 그들 속에 섞여 있는 적의 첩자의 문제보다는 전쟁 속에 휩쓸린 한국인들의 참혹한 모습에 더 충격을 받고 전쟁이 인간에게 끼칠 수 있는 해악을 강조하는 데 있다. 피난민의 문제와 결부해서 한강다리, 북한의 대동강 철교, 그리고 낙동강의 소위 '피난민 다리' 등의 폭파와 이들 강을 건너는 피난민들의 모습이 글과 사진으로 남아서 한국전의 참상을 전하는 상징이 되고 있는 것을 볼 수가 있다. 소설과 수기에서 묘사되는 피난민들의 모습은 아마도 지금까지의 어떤 전쟁보다도 비참한

모습일 것이다. 《허드슨강에서 압록강까지》라는 수기에 묘사된 피
난민의 모습을 보면 당시의 한국인들의 남부여대(男負女戴)의 모습
을 잘 보여주고 있다. 필자가 전쟁 첫해 9월 부산에서 기차로 대전
으로 향할 때 밖으로 보이는 전쟁의 폐허와 피난민들의 모습이다.

> 도중에 우리는 전쟁의 잔해들을 보았다. 불탄 트럭과 탱크, 버려진
> 탄약 상자들, C-레이션 통들, 포탄 껍데기 등등. 도로 양옆으로는 남쪽
> 으로 끝없이 이어지는 가련한 피난민 대열들이 보였다. 희끄무레한 수
> 염의 한 노인이 흰옷과 갓을 쓰고 짐을 가득 실은 지게를 지고 걷고 있
> 었고 머리에 보따리를 인 여인은 아이 하나는 업고 또 다른 한 아이는
> 손을 잡고 걸어가고 있었다. 어른과 어린 소년들은 더 무거운 짐을 지
> 고 있었는데 대부분의 남자들은 지게의 무게에 눌려 몸이 앞으로 숙여
> 진 채 걷고 있었다. 가끔 혼자 뒤따라가고 있는 어린아이도 보였는데
> 아마도 부모가 죽어 고아가 된 아이임에 틀림없었다. 멀리 보니까 최근
> 전투가 있었던 곳인 듯 길 양옆 논바닥에는 기괴한 자세로 죽어 있는
> 적의 시체들이 뒹굴고 있었다.[85]

영국군 글로스터 연대의 부사관으로 참전했던 로버트 홀스의 수
기 《이제 글로스터부대 용사들이 나간다》는 1951년 1월 폐허로 변
한 서울의 모습을 묘사하고 있는데 한강에서 두 아이를 데리고 강을
건너던 한 피난민 여인이 업고 있던 갓난아기를 얼음을 깨고 그 속
에 빠뜨려버리는 비정한 모습과 많은 피난민들이 군용물자를 싣기
위해 정차해 있는 열차 지붕 위에서 추위에 떨며 30시간이나 기다
리고 있지만 결국은 터널 하나도 지나지 못해 떨어져 얼어 죽을 그

1950년 8월 낙동강 전선에서 서울을 향해 전진하는 미군 병사들과 머리와 등에 이고 지고 남쪽으로 내려가는 피난민들의 행렬이 좋은 대조를 보인다. (출처: Wikimedia Commons. Public Domain)

들을 예상하는 장면은 너무도 비참한 광경이다.[86] 그뿐만 아니라 전쟁 고아들이 배회하는 안양 거리의 모습은 비참함의 극치이다: "피난민 속에 낀 고아들, 더 이상 여성적인 모습을 발견할 수 없는 여인들, 너무나 굶어서 노인의 얼굴처럼 변해버린 아이들, 추운 겨울에도 맨발로 헛간에서 잠자는 아이들, 부대에 와서 밥을 달라는 아이들, 물건 훔치는 아이들, 쓰레기통을 뒤져 먹을 것을 찾는 아이들,

부모 없이 죽어가는 동생을 위해 먹을 것을 구하러 다니는 어린아이의 모습 등이 그가 본 한국전쟁의 모습이다."[87]

　기차의 지붕에 올라타고 피난하던 한 가족이 비참하게 죽는 광경을 그린 이창래의 《항복한 사람들》, 장진호에서 흥남을 거쳐 거제도로 피난하는 북한 지역의 피난민 이야기를 다룬 데이비드 와츠의 《희망의 흥남부두》, 전쟁 직전에 평양에서 탈출해 결국 부산까지 피난하게 되는 최숙렬의 자전적 이야기 삼부작 중의 첫 두 작품 《떠나보낼 수 없는 세월》과 《하얀 기린의 메아리》 등은 한국전의 피난민 문제를 소재로 한 가장 대표적인 소설들이다. 중국계 미국 작가 하진의 《전쟁 쓰레기》도 거제도에 온 한 피난민—그들이 북한에서 왔는지, 남한의 어느 지역에서 왔는지 분명치는 않지만—의 처참한 모습을 묘사하는데 이는 아마도 한국전 피난민의 모습을 그린 표현 중에서 가장 기억에 남는 하나의 장면일 것 같다. 소설의 주인공인 중공군 포로 유안은 눈먼 한 중년의 피난민 엄마가 어린 꼬마 소녀를 데리고 수용소 밖의 쓰레기 더미를 뒤지는 모습을 보게 된다. 그 광경을 보면서 그는 중국에서 자신이 어렵게 살던 어린 시절을 떠올린다. 눈먼 엄마는 무 껍질을 찾아다니고 아이는 메뚜기를 잡아 실에 꿰어가지고 다닌다. 이 모습을 보면서 유안은 현재 포로가 돼 있는 자신의 처지와 비교한다: "아무리 우리의 상황이 비참하다 해도 우리보다 더 나쁜 사람들은 항상 있게 마련이다. 그 눈먼 여인의 이미지가 다시 돌아오곤 하여 오랜 기간 나를 떠나지 않았다. 때로 내가 낙담할 때는 나의 마음은 무 껍질 하나를 발견하고는 흡족한 듯 기이한 미소를 띠던 전쟁으로 망가진 이 여인에게로 돌아가곤 했다. 그러면 삶에 대한 소망과 그 삶을 계속하겠다는 의지가 내 가슴속에서 다시 꿈틀거리곤 했다."[88]

아마도 순전히 피난민의 참상을 묘사한 하임 포톡의 소설《나는 진흙이오니 I am the Clay》는 전쟁이 인간에게 끼칠 수 있는 가장 극한적인 모습을 그린 대표적인 한국전 피난민 소설이다. 이 소설은 작가 자신이 1955년부터 1957년까지 한국의 최전방 미육군부대 군목 (유태교 랍비)으로 근무하면서 직접 경험한 동양의 신비주의, 서구의 기계문명과 대비되는 동양의 정신세계, 특히 전쟁에 내몰린 한국인들의 고통과 그것을 이겨내는 정신적 지주로서의 한국의 샤먼의 세계에 대한 경험을 형상화하고 있다. 그러나 이 소설은 미군 병사의 한국전 경험을 다룬 소설은 아니고 오로지 한국인 피난민만의 이야기이다. 중공군과 인민군의 공격으로 피난길에 오른 노부부가 어느 도로가 눈 속에 버려진 한 마차 위에서 포탄 파편으로 가슴에 중상을 입고 죽어가는 한 소년을 발견하고 그를 구하는 문제를 놓고 부부 사이에 갈등이 벌어지지만 결국 소년을 구하고 그의 신비로운 힘으로 그들도 살아서 무사히 고향으로 돌아온다는 다소 비현실적인 이야기로 구성되어 있다. 작가는 이야기의 중심을 이름도 알려지지 않은 세 명의 피난민들의 여정에 두면서도 특히 여인의 눈을 통해서 이름도 얼굴도 목소리도 없는 수많은 피난민들의 처참한 모습을 묘사한다. 이 소설은 미군 장교의 상상으로 그려진 한국인 피난민들의 이야기를 통해 한국의 정신세계를 탐구하는 데 중점을 둔 소설로서 현실성은 떨어지는 소설이다.

그에 반해 데이비드 와츠의《희망의 흥남부두》는 한국전쟁 중인 1950년 12월 23일 북한 쪽 흥남항에서 한 척의 민간 화물선 메러디스 빅토리호에 1만 4,000명의 피난민을 싣고 험난한 겨울 바다를 뚫고 스물다섯 시간의 항해 끝에 한반도 최남단의 거제도로 철수시킨 실화를 배경으로 아주 현실감 있게 그린 이야기이다. 아마도 한국전쟁 중 북한 지역에서의 흥남 철수는 2차 대전 초기 영국군의 던커크 철수에 버금가는 철수 작전이었지만 무엇보다도 엄청난 피난민들의 철수로 더욱 큰 울림을 준 사건이었다. 사실 1945년 해방 후부터 1951년 사이 북한을 탈출해 남쪽으로 온 피난민은 약 300만 명에 이르고 이는 심지어 1949년도 북한 인구의 대략 30%에 달하는 것으로 조사되기도 했다.[89] 실제로 장진호 전투에서 철수하는 미 해병 1사단 및 미 육군 7사단 일부, 그리고 한국군 1군단 및 미 10군단 예하의 병력을 합쳐 총 10만 5,000명의 병력과 1만 7,500여 대의 차량,

1950년 12월 24일 유엔군이 흥남철수작전을 완료한 후 적이 사용하지 못하도록 모든 장비와 부두를 폭파시키고 있다. 미 해군 베고호(APD-127)가 그 광경을 지켜보고 있다. (출처: U.S. National Navy UDT-Seal Museum)

35만 톤의 물자를 철수시켰고 동시에 적이 사용하지 못하도록 200 드럼의 유류와 수백 톤의 포탄과 장비를 폭파시켰다. 그리고 무엇보다도 흥남 철수는 10만여 명의 피난민을 철수시킨 역사상 유례없는 작전이었다.[90]

소설의 주인공은 장진호 전투에 참가한 미 해병 1사단의 잭 스타일스 일병이고 후에 그와 결혼하게 되는 당시의 피난민인 한국 여인 장태복, 그리고 피난민을 구출해내는 메러디스 빅토리호의 레오나드 라루 선장이 주된 인물이다. 작가는 꼭 그렇게 할 의무도 없는 조그마한 민간 화물선[91]이 어떻게 그 많은 피난민을 싣게 되었고 성공적인 철수라는 기적을 만들어냈는가 하는 과정에 관심을 가지고 당시 실제로 그 배를 탔던 한 생존 피난민을 찾아 그와의 인터뷰를 통해서 깊은 감동을 받고 이 소설을 집필했다고 말한다. 그래서 소설의 서두에 이 책을 "메러디스 빅토리호 선원들(47명의 승무원 전원)에게 헌정"하며 또한 인터뷰한 "생존 피난민 원동혁에게 감사"하는 글을 쓰고 있다. 소설은 주로 세 명의 인물들을 번갈아 조명하면서 잭과 태복이 만나는 과정 그리고 태복이 어떻게 라루 선장의 배를 타고 남으로 오게 되고 다시 잭과 만나게 되며 궁극적으로 미국에서 가정을 이루게 되는가를 묘사한다. 그러나 이미 역사적으로 모두가 다 아는 사실들에 맞추려다 보니까 이들의 상호관계와 연결이 너무 인위적이어서 소설적 개연성을 찾아보기가 힘들다는 단점을 지적하지 않을 수 없다.

소설의 주인공 잭은 텍사스의 미드랜드라는 시골 마을에서 농장을 경영하는 로버트 스타일스의 둘째 아들이다. 로버트는 1차 대전 참전용사로 독일군과 싸우다 부상당해 한쪽이 마비된 상이군인이다. 첫아들 리처드는 태평양전쟁에 참전했다가 이오지마 전투에서 전사한다. 한국전이 발발했을 때 잭은 스물두 살이었는데 징집을 피하기 위해 해병대에 지원했다가 결국 한국으로 오게 된다. 비록 그의 부모는 마지막 아들까지 전쟁에서 잃을까 봐 걱정은 되지만 전쟁은 싸울 가치가 있는 곳이고 "영웅이 만들어지는 곳"이라는 입장을 가지고 있다.[92] 더구나 각 세대마다 싸워야 할 전쟁이 있는데 자신이 싸웠던 유럽에서의 전쟁은 독가스가 사용된 무자비한 전쟁이었지만 한국전은 국제법이 준수되는 좀 더 문명화된 전쟁이라고 생각한다.

장진호 전투에 참가한 잭은 같이 참전한 동네 친구 에드가와 참호 속에서 한국전에 관한 이야기를 나눈다. 사물을 이분법적으로 보는 좀 더 단순한 잭은 중공군과 북한군은 "야만적인 동물들"로서 이들로부터 "문명인들을 구하는 것"이 자신들의 임무라고 본다. 그래서 이 전쟁을 꼭 남북한 사이의 구도로만 보지 않고 미국의 전쟁 목적인 공산주의의 침략으로부터 민주주의를 수호하는 것이라는 입장이다. 그렇기 때문에 그는 꼭 남한 사람들을 위해서 죽어야 한다는 논리를 인정하지 않는다. 오히려 남한 사람들을 위해서 왜 죽어야 하느냐고 반문까지 한다. 후에 한국에 대해 얼마나 알고 있느냐고 묻는 태복의 말에 자신이 한국에 대해 아는 것이라고는 아무것도 없고 "그저 그들이 나를 배에 태워 이곳으로 보냈고 내 손에 총을 쥐어주고 싸우라고 한 것"[93]이라는 대답을 할 뿐이다.

장태복은 장진호 부근의 오로리라는 마을에 사는 스물다섯 살의 미망인이다. 남편은 인민군에 징집되어 장진호 전투에서 미군과 싸우다 전사한 사람이다. 거동이 불편한 눈먼 아버지와 두 어린아이를 데리고 영하 30도의 추운 겨울을 오두막집에서 보내고 있다. 식량이 없어서 며칠씩 굶기를 밥 먹듯 한다. 그녀의 엄마와 언니는 일제시대 때 일본군에 의해 성폭행을 당하고 무자비하게 살해되었다. 그녀는 정말로 한국의 근대사가 만들어낸 상실의 아이콘이다. 부상을 당해 앰뷸런스로 철수하던 잭이 중공군의 매복으로 병사들이 모두 죽고 자기만 간신히 살아 태복에게 발견되고 그를 집으로 데려온 그녀의 극진한 간호를 받게 되면서 둘 사이의 관계가 이루어진다. 며칠을 지낸 후 기력을 회복한 잭은 태복에게 함께 흥남으로 갈 것을 권유하지만 태복은 병든 아버지를 혼자 두고 갈 수 없다며 완강히 거부한다. 그러나 작가는 소설적 장치를 통해 결국 아버지는 중공군에게 죽게 하고 태복이 떠날 수 있는 계기를 마련한다. 그러나 여전히 조상 대대로 살아온 고향땅을 버리고 떠날 수 없다는 태복의 고집에 할 수 없이 잭은 그녀에게 흥남으로 올 때 미군의 도움을 받을 수 있도록 메모를 하나 써주고 혼자 흥남으로 향한다. 그 후 태복은 결국 두 아이를 데리고 흥남으로 향하게 되는데 도중에 잭의 메모 덕분에 미군 차량의 도움을 받아 흥남에 도착하고 우여곡절 끝에 메러디스 빅토리호를 타게 된다.

라루 선장은 한국전이 발발한 지 바로 한 달 후부터 한국전에 투입되어 일본 요코하마와 인천, 부산 등지의 전쟁터를 오가며 군수물자를 수송하는 임무를 맡은 사람이다. 그는 무엇보다도 신앙심이 두터운 사람으로 항상 선실 책상에 성경이 펼쳐져 있으며 시편 23편 "내가 사망의 음침한 골짜기로 다닐지라도 해를 두려워하지 않을 것은 주께서 나와 함께하심이라"을 마음속에 새기고 다니는 사람이다. 그는 망망한 바다에서 밤하늘에 떠 있는 별들의 아름다운 광경을 경외감을 가지고 쳐다보며 창조주의 위대한 작품과 하잘것없는

1950년 12월 중공군의 공세로 유엔군의 철수가 시작되자 유엔군은 흥남에서 총 10만여 명의 피난민을 193척의 배를 이용해 남쪽으로 철수시켰다. 당시 마지막 피난민을 실은 미국의 상선 메러디스 빅토리호도 선적된 모든 무기 및 장비와 보급품을 내려놓고 14,000명의 피난민을 싣고 이틀간의 항해 끝에 25일 부산에 도착하였다. 위 사진은 흥남부두에 몰려든 피난민 및 군인들, 아래는 항해 중인 메러디스 빅토리호 선상의 피난민들의 모습. (출처: Defense Department photo. Public Domain)

인간의 모습을 대비하곤 한다. 그는 수많은 전쟁터를 오가면서 전쟁의 비참한 모습을 보아왔기 때문에 전쟁은 없어져야 한다고 생각하면서도 때로는 불가피한 전쟁도 있다는 것을 인정한다. 특히 한국전에서 공산주의와의 싸움은 필요한 정의의 전쟁이며 공산주의의 침략은 전 인류에 대한 도전이라고 본다. 그래서 한국에서 공산주의의 재앙을 막으려면 중공을 몰아내는 것이며 그러한 목적을 위해 자신들이 역할을 수행하고 있다는 것을 자랑스럽게 생각한다.

이 소설의 제목에도 언급된 '흥남'은 군인과 피난민 모두에게 '희망'의 땅이다. 장진호에서 철수하는 군인들은 물론 공산당을 증오하는 모든 북쪽의 피난민들이 죽음을 무릅쓰고 가야 하는 땅이다. 그곳은 남쪽으로 향하는 모든 배가 출항하는 자유세계로의 출구의 상징이다. 그러나 그곳에 닿기가 쉽지 않다. 중공군들은 모든 퇴로를 차단하고 끊임없이 포격을 가하며 흥남으로 다가오고 미군기들과 함선들은 계속적인 함포와 공중폭격으로 그들의 전진을 지연시킨다. 마지막 남은 해병 부대는 최후의 방어선을 구축하고 적을 가까스로 지연시킬 뿐이다. 이러한 상황 속에서 목숨을 건 피난민들의 행렬은 마지막 남은 화물선 메러디스 빅토리호로 몰려든다. 결국 선장은 배에 실려 있는 모든 화물을 하선시킨 후 최대한의 피난민을 싣기로 결심한다. 그는 배의 용량으로 도저히 상상할 수 없는 총 1만 4,000명의 피난민을 싣고 부산으로 출발한다. 도중에 5명의 신생아가 태어난다. 비록 죽음만이 있다고 생각되는 전쟁의 참화 속에서도 인간의 삶에 대한 의지는 꺾을 수 없고 새로운 생명은 계속 태어나고 있으며 이것이 인간이 끊임없이 이어지는 전쟁에서도 살아야 할 의미라는 것을 작가는 보여준다. 바로 이것이 이 소설이 주는 희망의 메시지이기도 하다.

태복은 결국 화물선을 타고 부산에 도착하지만 피난민으로 넘쳐
나는 부산에서 내리지 못하고 거제도로 향하게 되고 그곳에서 먼저
와 있던 잭과 극적인 상봉을 하게 된다. 전쟁의 참화 속에서 다른 어
떤 곳에서도 발견할 수 없는 서로에 대한 사랑으로 두 사람은 결혼
하게 되고 또한 오랜 시간이 흐른 후 모두 미국의 군인들로 장성한
자녀들이 지켜보는 가운데 치러지는 잭의 장례식으로 소설은 끝이
난다. 인위적이고 비약으로 점철된 소설이지만 한국전으로 야기된
기적적인 하나의 역사적 사건에 얽힌 수많은 이야기를 한 권의 소설
로 담아내기에는 아마도 공간이 너무 부족했을 것이다. 비록 이 소
설이 지니는 미학적 가치는 심히 부족하지만 한 미국 작가가 역사적
사실을 형상화해 모두가 잊었다고 하는 '잊혀진 전쟁'을 다시 기억
하고자 했다는 측면에서 그 의미를 두어야 할 것이다.

3) 한국판 미라이: 노근리 사건 소설

전쟁하는 국가의 국민이 치러야 하는 비극의 한 양상이 바로 무수
한 양민의 죽음이다. 이념을 달리하는 서로의 민간인들에 대한 보복
살인이 있는가 하면 군대 간의 싸움에 휘말린 가운데 억울하게 희생
되는 민간인들이 있는데 이 모두 전쟁이 가져오는 비극이다. 대표적
사건이 1968년 3월 16일 베트남의 미라이촌에서 발생한 미 23사단
20보병연대 예하의 1개 소대 병사들에 의해 자행된 양민 학살 사건
일 것이다. 게릴라전으로 전개된 베트남전에서는 실제 민간인과 전
투원을 구분하기 어려웠다. 또한 소위 베트콩들은 민간 촌락을 거점
으로 미군에게 공격을 해오고 있었기 때문에 때로는 촌락 전체가 미

군의 공격 대상이 되기도 했다. 미군에 의한 미라이촌 학살은 이러한 상황에서 발생한 사건이다. 당시 베트콩에 의해 인명 손실을 입고 있던 미군은 미라이촌을 제거하기로 결정하고 소대장 윌리엄 켈리 중위 이하 26명의 병사들을 보내서 그 마을을 평정하기로 한다. 이들은 닥치는 대로 인명을 살상했는데 약 347명에서 504명으로 추정되는 비무장 민간인들이 주로 기관총 사격에 의해 죽었고 상당수가 여성과 아동이었다.

이와 비슷한 사건이 한국전에서도 발생했다. 바로 노근리 양민 학살 사건이다. 이 사건은 한국전 초기인 1950년 7월 26일에서 29일 사이에 충북 영동군 황간면 노근리에 있는 경부선 철도의 한 쌍굴 다리에 피신한 약 400여 명의 피난민들이 미군 전투기의 폭격과 미 1기갑사단 7연대 예하 부대 병사들의 소총 및 기관총 사격으로 약 135명의 사망자와 부상자 47명 등 모두 182명의 양민들이 희생된 사건이다. 이들 피난민 속에 북한군들이 잠입했다는 잘못된 정보로 일어난 사건이었고 희생자 대부분은 부녀자들과 어린아이들이었다. 이 사건이 처음 밝혀진 것은 1960년이고 이 사건의 피해자인 정은용 씨가 미국 정부를 상대로 진상규명과 사과를 요구하는 진정서를 제출한 것이 계기가 되었는데 그는 후에 1994년 이 사건을 고발하는 《그대, 우리의 아픔을 아는가》라는 책을 출판해 대내외에 알림으로써 그 진상이 드러났다. 그 후 1998년 AP통신 기자들이 현장을 취재했고 또 가해자들과 인터뷰를 통해서 다음해 9월 미 제1기갑사단이 "미군의 방어선을 넘어서는 자들은 적이므로 사살하라. 여성과 어린이는 재량에 맡긴다"라는 지시에 의해 노근리 피난민들을 살상한 전쟁 범죄라는 것이 밝혀졌다. 그러나 사건 피해자들의 끈질긴 노력으로 한국 정부는 2004년에 사건의 희생자들의 명예를 회복하는 법안인 '노근리 사건 특별법'이 국회에서 참석의원 전원의 참석으로 통과되어 이를 공식적으로 인정했다. 당시 현장에 있던 참전 군인 조지 얼리는 "소대장은 미친놈처럼 소리를 질렀습니다. '총을 쏴라. 모두 쏴 죽여라'라고요. 저는 총이 조준하고 있는 사람들이 누구인지 알 수 없었습니다. 그런데 어린이들도 있었습니다. '목표물이 뭐든지 상관없다. 어린이든, 어른이든, 장애인이든'"이라고 증언하기도 했다.[94]

그러나 미 육군의 현지 조사에 따르면 "공식적인 살상 명령은 내려지지 않았으며 단 '민간인들을 정지시키고 작전지역을 통과하지 못하게 하라'라는 지침만 있었는데 일부 병사들이 만약 민간인들이 작전지역을 통과하려고 하면 '치명적인 힘'을 사용할 수 있다"라는 말을 들었고 이를 "사격을 해도 좋다는 뜻으로 받아들였다는 것"으로 노근리 학살이 고의적 살인은 아니었다는 것이다. 좀 더 구체적으로 2001년 1월 11일 미 육군성이 발표한 공식적인 보고서는 상당히 오랜 노력과 광범위한 조사를 통해서 다음과 같은 결론을 내린다. 즉 1950년 7월 말 미군 1기갑사단 7연대 예하 병사들이 노근리 부근에서 작전하는 과정에서 한국의 민간인들이 죽거나 부상을 당했다. 당시 도로는 피난민들로 가득 차 있었고 위장한 인민군들이 그 속에 섞여 있었는데 한국과 미군 지휘관들은 철수하는 병력을 보호하고 보급품의 원활한 수송을 위해 민간인들에게 통제를 가하고 있었다. 당시 7연대는 적의 심각한 위험에 노출되어 있었고 119명의 병사들이 실종된 상태였다. 문제는 이런 상황에서 적에 대한 사격이 민간인들에게도 향할 수 있다는 것을 고려하지 않고 적의 위협만을 인지한 채 사격을 가했다는 것이다. 비록 다수의 민간인 사상자가 발생했으나 고의로 민간인들을 살해했다는 증거는 발견할 수 없었다. 노근리 사건은 준비가 안 된 미군과 한국군에게 닥친 비극으로 전쟁에서 필연적으로 발생하는 심히 유감스러운 사건이라는 결론을 내린다.[95]

미국의 소설작가들은 이 사건을 지나치지 않았다. 현재 두 권의 소설이 쓰였는데 한국계 미국 작가 에드워드 재석 리의 소설《선한 사람》(2004)과 제인 앤 필립스Jane Anne Philips의《라크와 터마이트Lark & Termite》(2008)라는 소설이다. 전자는 노근리에서 직접 민간인들에게 조준 사격을 가했던 한 미군 병사가 자신의 사격으로 죽어간 민간인들을 목격하고 그 죄책감이 트라우마로 남아 귀국 후 고통 속에서 살아간다는 내용을 다룬 소설이다. 반대로 후자는 터널 속에서 피난민들을 보호하려다 오히려 아군의 총에 맞아 사망하는 한 미군 병사의 비극적 이야기를 다루고 있다. 한국계 작가 재석 리는 한국 측 주장을, 그리고 제인 필립스는 미국 측 조사를 반영한 것처럼 보인다.

《선한 사람》에서 에드워드 재석 리는 집필 당시 29세의 재미한국인 작가로 통상 미국으로 이주한 한국 이민자들이 새로운 문화 속에 적응하는 과정에서 겪게 되는 그들의 혼란스런 정체성의 문제를 다루는 것이 일반적인데 이 소설은 한국전쟁의 트라우마로 고통받고 있는 한 미군 병사의 비극을 다루고 있다는 점, 그리고 비극의 동반자가 일종의 전쟁신부처럼 그 병사에 의해 미국으로 오게 된 노근리의 한국인 고아 소녀라는 사실이 특이하다. 소설의 주인공은 몬태나 시골 출신의 가브리엘 거트만으로 한국전 초기 미 7기갑 연대 병사로 참전했으며 노근리에서 피난민들에 대한 작전에 참여했던 병사로서 현재는 61세 된 노인이다. 현재와 과거가 번갈아 묘사되면서 한국에서의 그의 행적이 밝혀진다. 그는 전쟁 시 자신의 총에 죽어간 철로 터널 속의 피난민들을 직접 목격했고 그러한 자신의 행동에 대한 심한 죄책감과 그에 대한 속죄의 표시로 그 현장에서 살아남은 한 소녀를 데리고 귀국한다. 그러나 귀국 후에도 여전히 그 고통은 계속되고 허드렛일로 또는 술집을 전전하며 40여 년의 세월을 방황하며 보낸다. 심지어 자살까지 결심하고 자신에게 총을 겨누는 과정에서 한쪽 눈을 실명하게 되고 부분적인 기억상실증까지 걸린다. 그런 상태로 가브리엘은 방황하다가 떠돌이 생활을 끝내고 자신이 데려와 정착시킨 그 한국 여인이 사는 고향 몬태나의 탈로 밸리 목장으로 되돌아온다. 그곳에서 가브리엘은 이미 50대 중반이 된 그 여인과 해후하게 되지만 자신의 바람과는 달리 그 여인은 목장 주인과의 사이에 양이라는 딸을 낳아 살고 있는 것을 발견한다.

그러나 가브리엘은 자신을 오랜 세월 그리워하며 기다리던 그 한국 여인을 기억하지 못한다. 한국에서의 비극적인 기억을 잊어버린 가브리엘은 오직 전쟁 전에 사랑했던 에밀리만을 기억할 뿐이다. 그저 '양이 엄마'로만 불려지는 한국 여인은 가브리엘에게 그들이 전쟁 초에 만났던 일부터 서로 사랑했으며 미국에서 마지막 헤어질 때까지의 기억을 찾아주려고 애쓴다. 그러나 가브리엘은 그들의 관계에 대한 기억을 서서히 되찾아가던 중에 불의의 화재 사고로 그 여인과 함께 불에 타 숨지는 비극을 맞이한다. 소설의 마지막은 양이가 숨진 가브리엘의 짐 꾸러미 속에서 한 통의 편지를 발견하고 거기에 적힌 집주소를 찾아가서 그의 부인을 만나 그간의 가브리엘의 행적을 알게 되는 것으로 끝난다. 다시 말하면 짐 속의 그 편지는 노근리 사건이 사회적으로 이슈화되면서 사건의 주인공인 가브리엘 자신을 추적하는 한국 기자에게 보내는 장문의 편지였는데 거기에서 그는 노근리에서 벌어진 자신의 행동과 양이 엄마를 구하게 된 동기를 자세히 설명한다.

편지에서 가브리엘은 자신이 저지른 참혹한 행동을 차마 누구에게도 말할 수 없었음을 고백한다. 즉 고향으로 돌아왔지만 전쟁 전에 약속했던 애인 에밀리와의 결혼도 이루지 못했다는 것, 그는 오랜 세월 방황하면서 노근리에서 죽인 많은 사람에 대한 기억을 떨쳐버릴 수가 없었다는 것, 그리고 오로지 자신이 고향에 데려다놓은 한국 소녀가 잘 자라고 있는지를 지켜보는 것이 유일한 희망이었다는 내용이다. 그리고 그런 변화된 자신을 돌아보면서 애인 에밀리에게 자신이 전쟁 전의 가브리엘이 아니라는 것, 그녀가 알던 가브리엘은 죽었다는 것, 그리고 다시는 옛날의 가브리엘로 돌아갈 수 없다는 것을 알게 되었고 이에 절망하며 결국 그녀를 떠날 수밖에 없었다는 것, 바로 그것이 그에게 40년의 세월을 방황하게 만든 이유라는 것이었다. 그러면서 가브리엘은 자신이 저지른 행동에 대한 속죄의 표시로 한국 여인을 데리고 왔지만 그렇다고 그것으로 자신의 죄가 가벼워지지는 않는다는 것을 깨달았다고 말하면서 편지는 끝을 맺는다.

작가는 소설에서 양이 엄마를 데려온 '선한 사람' 가브리엘의 선행을 찬양하고자 함이 아니다. 오히려 그의 행동은 자신이 죽인 피난민들, 특히 소설에서 추측이 가능한 양이의 두 자매의 죽음도 가브리엘과 관련이 있는 것으로 묘사되는데 자신의 선행은 그러한 자신의 행동에 대한 속죄에서 나온 하나의 행동이었다는 것을 숨기지 않는다. 사실 작가는 소설에서 미군 병사들의 잘못된 행동을 나열하기도 한다. 즉 미군들이 동네로 와서 여자들을 찾았고 담배를 가지고 교환하려 하자 양이 엄마와 자매들은 머리를 깎고 소년같이 보이게 했으며 어떤 여자아이들은 누더기 옷을 입고 얼굴에 흙을 발라 더럽게 했으며 일부러 나이 든 사람인 척 몸을 구부리고 다녔다. 심지어 얼굴에 인분을 발라 미군들이 역겨워하며 달려들지 못하게 했다고까지 말한다.[96] 양이 엄마도 가브리엘에게 구조되기 전에 미군 병사에게 겁탈을 당한 상태였다. 이 소설에서 주인공 가브리엘은 역설적으로 '선한 사람'으로 묘사되지만 사실 노근리에서 양민을 죽인 악한이었다.

궁극적으로 이 소설에서 작가는 세계 평화와 민주주의의 수호라는 대의를 위한 미국의 성전은 결국 한 인간과 가정을 파멸로 끝내고 마는 비극을 초래했다는 것을 말하고 있다. 구원자로 온 미군이나 구원을 받는 한국인들이나 전쟁의 참화를 비켜가지 못한다. 특히 한국전쟁은 참전 미군 병사들과 가족들에게 영원한 비극으로 남아 있다. 가브리엘 거트만은 '선한 사람'이지만 전쟁은 어떤 종류의 사람도 가리지 않는다. 양이 엄마는 가브리엘과의 만남을 '팔자(숙명)'라고 말하고 한국에서의 죽음을 피해 평화의 땅으로 왔지만 결국 그곳에서도 죽음을 피하지 못한다. 마치 헤밍웨이의《무기여 잘 있거라》에서 프레드릭 헨리가 전쟁의 죽음을 피해 캐서린을 데리고 평화스런 스위스로 도피하지만 결국 그곳에서도 죽음을 피하지 못하는 것과 같다. 이 소설의 작가 에드워드 재석 리도 마치 헤밍웨이의 결정론적 세계관을 모방이라도 하듯 한국전의 비극을 그린《선한 사람》을 통해서 인간에게는 숙명이 있다는 것을 말하고 있다.

　제인 앤 필립스는 한국전쟁 종전 1년을 앞둔 1952년에 태어나 한 국전쟁에 대해서는 전혀 알지도 못하는 작가인데 어떻게 그 전쟁에 대해 관심을 갖게 되었는가? 사실 처음부터 《라크와 터마이트》는 한국전쟁 소설로 기획된 것은 아니다. 작가가 이 소설을 집필하기 30여 년 전 웨스트버지니아주 고향 마을의 한 친구 집을 방문했을 때 창밖의 잔디밭에서 1950년대에 제작된 알루미늄 의자에 앉아 몇 시간이고 파란 드라이클리닝 백을 가지고 노는 한 소년을 보게 되는 데 그 모습이 작가의 뇌리에 깊이 박혔고 그에 대한 기억을 되살려 자신의 고향 마을과 그곳에 얽힌 삶의 비밀들을 집필하던 중 1999 년 《뉴욕타임스》에 실린 AP통신 기자의 한국전쟁 초기에 발생한 노근리 학살 사건 관련 기사를 읽고 한국전에 관심을 갖게 되었고 이 사건과 고향의 이야기를 연결시키기로 마음먹었다고 회고한다. 필립스는 신문에 실린 노근리 철로의 쌍굴 사진을 보고 이것이 바로 자신이 이미 집필하고 있었던 소설 속 웨스트버지니아 고향 마을의 철로길 위의 쌍굴과 같다는 것을 발견했다. 그 후 한국전쟁에 대해 좀 더 깊은 연구를 통해서 소설의 주인공인 로버트 리비트 부분을 집필하게 되었다고 한다.[97]

　이 소설은 1950년 7월 26일 한국전쟁 중 발생한 노근리 사건에서 시작한다. 소설의 약 3분의 1을 차지하는 한국전쟁 부분은 바로 이 소설의 핵심은 한국전쟁이고 그 전쟁은 미국의 한 가정의 비극을 초 래한 근본적인 원인이라는 것을 분명히 한다. 다른 많은 한국전쟁 소설들과 달리 이 소설은 노근리의 철도 터널 속에서 한국의 피난민 들을 소개疏開시키다 아군들에 의한 총격으로 피난민들과 함께 죽

어가는 한 미군 병사의 이야기에 국한시킨다. 따라서 작가는 한국
전에 참전한 미국의 전쟁 명분이나 전쟁 수행 과정에 대해서는 전
혀 관심이 없다. 단 한 가지 모든 병기를 버리고 달아나기에 바쁜 한
국군을 비판하는 것이 전부다. 그것도 자기들의 국민인 피난민들을
돌보지 않고 도망가는 것에 대한 비판이다. 한국전쟁이 가지는 어떤
특정한 정치적 목적이나 특징적인 양상에 대해서는 전혀 관심이 없
다. 스티븐 벨레토가 지적하듯 이 소설에서는 미국의 "한국전 참전
은 아시아에서 공산주의의 확산을 억제하고 민주주의를 수호하기
위해서라는 명분이 오히려 미군에 의해 행해진 사악한 행위로 인해
전복"되고 있다.[98] 작가가 분명하게 밝히지는 않았지만 이 사건을
통해서 한국을 방어하기 위해 참전한 미국 군인들이 자신들이 지키
려고 했던 한국 국민을 대량 학살한다는 아이러니를 말하는 것이고
이를 통해 거창한 미국의 전쟁 명분의 허구성을 은연중에 비판하는
것이라고 볼 수 있다.

이 소설은 1950년 한국의 노근리 마을의 철로와 10년 후인 1959
년 웨스트버지니아의 윈필드 마을을 번갈아 등장시키는 이원적 구
조로 전개되고 있다. 그리고 번갈아 나오는 두 장소를 배경으로 노
근리의 리비트 병사와 윈필드 마을의 라크, 터마이트, 노니가 각 장
의 일인칭으로 등장한다. 다만 터마이트는 소리에 대한 예민한 감
각능력은 가졌지만 말도 못하고 걷지도 못하는 선천적인 정신지체
아로 그의 장章은 마치 윌리엄 포크너의《소음과 분노》에 나오는
벤지 콤슨처럼 3인칭 의식의 흐름 기법으로 서술된다. 이 소설은 장
소가 대칭적이듯 인물 또한 대칭적으로 설정되어 있다. 즉 노근리
의 철로 터널 속에서 리비트가 아군의 사격에서 구하려던 어린 한

국 소녀와 그녀의 눈먼 남동생은 바로 웨스트버지니아 윈필드 마을의 자신의 딸 라크와 그녀가 돌보는 장애 남동생 터마이트이다. 다시 말하면 한국의 소녀와 소년은 미국의 라크와 터마이트의 대리인들이라 볼 수 있다. 태평양 건너 한국에서 치명상을 입고 죽어가는 리비트를 간호하는 사람은 미국의 딸 라크가 아닌 한국 소녀와 소년이기 때문이다.

이 소설은 전쟁으로 파괴된 한 가정의 비극과 그 비극 속에서 새롭게 피어나게 될 가족 간의 사랑과 희망을 주제로 한다. 로버트 리비트 상병이 1950년 7월 26일 한국의 노근리 철로에서 사망하던 날 태평양 건너 미국에서는 같은 시각에 켄터키주 루이빌의 한 병원에서 그의 아들 터마이트가 태어난다는 설정이다. 소설의 플롯이 너무 인위적이다. 그러나 인간의 생生과 사死라는 것이 세대와 세대를 이어주는 하나의 순환과정이고 그리고 한 생명의 죽음은 다른 어떤 곳에서 또 한 생명의 탄생을 의미한다면 비록 우연이라고 해도 작가가 소설적 구성을 위해 설정한 하나의 미학적 기법일 뿐 근본적으로 잘못된 설정은 아니다. 나중에 더 설명이 되겠지만 파괴된 가족의 비극 속에서도 장애자 터마이트를 평생 돌보아야 하는 누나 라크의 헌신적인 사랑이 암시되는 소설의 마지막은 바로 이 소설이 전하고자 하는 도덕적 메시지라 할 수 있다.

좀 더 두 사람을 설명하면 이 소설의 제목인 "라크와 터마이트"는 바로 리비트의 딸과 아들의 이름으로 아버지가 다른 세 살 터울의 남매간이다. 그리고 이들의 엄마는 롤라로 클럽의 가수로 일하다 리비트를 만나 결혼했지만 리비트가 한국전에 참전하자 정착하지 못하고 하나의 '유령'처럼 방황하다가 리비트가 죽은 지 1년 후 자살하고 마는 비운의 여인이다. 이 소설의 모티프는 전쟁과 죽음이다. 라크와 터마이트의 비극은 전쟁터에서 죽은 아버지 리비트와 이를 비관한 엄마 롤라의 자살에서 비롯된다. 결국 한국전쟁은 한 가정을 비극으로 몰아넣는다. 리비트가 의붓딸인 라크와 정신지체아이지만 자신들의 아들 터마이트와 꾸리려 했던 단란한 가정의 꿈은 한국전에서 전사함으로써 산산조각이 나고 만다. 리비트는 사회적으로 적응하지 못하고 방황하던 당시의 많은 미국의 젊은이들처럼 필라델피아의 가난한 식료품 가게주인의 아들이다. 아버지는 술주정뱅이였고 이를 견디지 못했던 엄마가 숨지자 방황하던 그는 군대가 의식주 해결의 장소라는 생각에 충동적으로 군대에 입대한다. 롤라역시 홀어머니가 죽자 집에 불을 지르고 도시로 나와 클럽에서 가수 생활을 하며 연명하던 여자였다. 두 사람은 결혼해 방황의 삶을 청산하고 단란한 미래를 꿈꾸었지만 결국 한국전이 그들의 모든 것을 앗아가고 만다. 롤라가 죽은 후 루이빌의 신문에는 〈군인의 미망인의 자살〉이라는 소식이 실렸고 그저 전쟁이 초래한 하나의 비극으로 미국 사회 속에 알려질 뿐이다.[99]

　그러나 이 소설이 비극적인 메시지로만 끝나는 것은 아니다. 자신들의 부모가 마련해둔 플로리다의 코랄 케이블의 집, 몇 년 전에 라크의 이름으로 등기한 집으로 내려가는 라크와 터마이트 남매, 그리고 라크와 결혼해 그녀와 동생 터마이트를 지키겠다는 라크의 친구 솔리가 있어서 이들의 삶은 희망을 갖게 된다. 한편 아마 주의 깊은 독자라면 놓치지 않을 리비트의 동료 병사 톰킨스 중사를 기억할 것이다. 그는 상이군인이 되어 한국 여인을 부인으로 삼아 귀국했는데 그 여인은 아주 어려서 마치 톰킨스의 딸로 여겨질 정도라고 작가는 말하고 있다. 이 여자가 라크와 비슷한 또래로 노근리 터널 속에서 리비트를 간호하던 바로 그 소녀였음을 짐작하게 한다. 부모가 노근리에서 죽고 눈먼 남동생과 고아가 되었던 그 소녀는 톰킨스와 결혼해 미국으로 온 일종의 전쟁신부이다. 앞에서 논한《선한 사람》의 전쟁신부 양이 엄마는 평화의 세계인 미국에서 결국 비극적인 죽음을 맞이하지만 노근리에서 톰킨스와 함께 온 전쟁신부는 행복한 삶을 영위할 것으로 보인다.

작가 제인 앤 필립스는 한국전쟁에 대해서는 전쟁소설과 냉전 및 한국전에 관해 여러 권의 책을 낸 저널리스트인 데이비드 홀버스탬의 자문을 많이 받았다고 얘기한다.[100] 비록 노근리 사건이 이슈화되자 그 사건을 중심으로 소설을 썼다고 했지만 소설 속의 비극은 특별히 한국전쟁이라는 특정한 전쟁 때문에 야기된 비극은 아니다. 어느 전쟁이든 전쟁은 인간의 삶을 황폐화시키고 죽음을 초래하는 하나의 현상인데 그러한 전쟁 속에서도 시공을 초월하는 사랑이 있다는 희망의 메시지를 작가는 소설에서 전달하고 있다고 본다.

IV.

한국계
미국인 작가의
한국전 기억

1. 포스트메모리 소설

한국전은 수많은 한국인들로 하여금 고국을 떠나 미국으로 이주하게 하는 요인이 되었는데 대부분은 그 전쟁의 비극을 직접 또는 간접으로 경험한 사람들이다. 특히 부모를 따라 미국으로 이주한 어린이나 미국에서 출생한 세대는 한국전을 알지 못하지만 그들의 부모를 통해서 간접적으로 그 전쟁을 경험한다. 수산 술레이만 교수는 홀로코스트의 생존 어린이들을 지칭하여 "1.5세대"[1]라는 용어를 만들었는데 이들 세대는 과거의 비극적 트라우마를 겪고 살아나온 자신들의 부모나 친척 등의 이야기를 통해서 그 비극이 마치 자신들의 본래의 기억인 것처럼 마음속 깊은 곳에 간직하게 된다는 것이다. 그리고 이러한 2차적 기억을 '포스트메모리'라고 정의한다. '포스트메모리'란 원래 마리안 허쉬 Marianne Hirsch 교수가 사진을 사용한 홀로코스트 연구에 필요한 이론적 근거를 위해 사용한 개념이다. 다시 말하면 포스트메모리는 문화적 또는 집단적 트라우마를 경험한 생존자들의 자녀들이 그 생존자들의 트라우마가 전달하는 이야기와 이미지가 너무나 강렬해서 마치 그것이 자기 자신들의 기억인 양 생각하게 되는 그런 기억을 말한다. 한마디로 포스트메모리는 "전해진 기억"이며 그 기억에 대한 감정이입을 통해서 이전 세대의 경험을 공유하고 공감한다는 것이다.[2] 이주 한국인들의 자녀들이 바로 이러한 포스트메모리 세대에 해당된다. 그리고 이들의 한국전 소설을 여기서는 '포스트메모리 소설'이라고 정의했다.

이창래 Chang-Rae Lee나 노라 옥자 켈러 Nora Okja Keller는 특히 1.5 세대 작가로서 어린 시절 부모나 어른들에게서 들은 한국전쟁의 참상에 대한 이야기가 자신들의 소설의 근간이 되었다고 말하고 있다. 이창래의 경우 자신의 아버지를 통해서 들은 비참한 가족사가 그의 소설《항복한 사람들 The Surrendered》(2010)의 일부가 되었다고 말한다.[3] 또한 켈러의 경우는 하와이 대학에 온 위안부 할머니의 충격적 고백에서 자신의 소설《종군위안부》(1997)가 쓰였다고 말한다. 수산 최 Susan Choi와 같이 미국에서 태어나 한국전에 관해 전혀 알지 못하는 작가들도 부모에게서 들은 전쟁이야기가 그들 소설의 기초가 되었으며 특히 그녀의 소설《외국인 학생 The Foreign Student》(1998)의 한국인 주인공 장의 인물 설정은 한국전을 직접 경험한 아버지의 기억을 통해 나온 것임을 밝히고 있다.[4] 그 외에 김하나 Chrystal Hana Kim, 폴 윤 Paul Yoon, 그리고 앞에서 논한 에드워드 재석 리 등과 같이 1980년대 전후에 미국에서 한국인 부모 사이에서 태어난 작가들도 한결같이 식민지, 분단, 전쟁 등의 한국 역사에 대한 직간접적인 체험을 바탕으로 미국에서의 이산 생활과 정체성 형성에 관한 문제를 다루고 있다. 특히 폴 윤은 한국전의 기억을 한국과 미국이 아닌 브라질이라는 제3국으로 확장시킨다. 그의 소설《눈 사냥꾼들 Snow Hunters》(2013)은 전쟁 때 피난민으로 북쪽에서 남쪽으로 내려온 자신의 할아버지를 생각하면서 쓴 소설이라고 말한 적이 있다.

반면 이민 1세대의 한국전 작가들은 그들의 언어적 장벽 때문에 영어로 된 소설을 써내지 못했다. 물론 1931년《초당 The Grass Root》을 써낸 강용홀이 있었지만 1964년 김은국 Richard Kim의《순교자 The Martyred》가 나올 때까지 한국인에 의해 쓰인 영어소설은 손으로 꼽을 정도였다. 더구나 한국전쟁을 소재로 한 소설은 없었다. 그 후 박태영 Ty Pak, 최숙렬 Sook Nyul Choi 등이 자신들의 직접적인 한국전 경험을 소설로 써냈다. 그러나 이들 1세대 작가들의 작품은 한국에서의 비극적 경험을 주로 다루었는데 새로운 환경에서 살아가는 이산인들의 정체성 형성의 문제를 다루는 2세대 작가들과는 주제와 내용에 있어서 다소 차이가 난다. 그러나 양 세대 모두 분단으로 야기된 민족의 비극이라는 인식은 그들의 소설 속에 공통적으로 투영되어 있다고 본다. 그런 면에서 미국의 참전군인 작가들의 소설과는 차별화를 이룬다. 참전군인들은 한국전쟁이 어떻게 끝나든 개의치 않는 듯하다. 또한 같은 살육의 현장을 다루더라도 미국인 참전군인들은 전쟁 그 자체의 잔학성을 표현하고자 하는 것이 관심의 초점이지만 한국계 작가들은 인간을 극한의 모습으로까지 몰아갈 수 있는 이념이란 과연 무엇이며 그리고 그 이념의 차이가 어떻게 이러한 무서운 결과를 초래할 수 있는가에 초점을 맞춘다. 미국인들에게 한국전의 특수성인 동족상잔의 비극이란 측면은 별로 강조되지 않는다. 유엔군의 일원으로 싸우는 미군에게 북한 인민군은 그저 자신들의 생명을 위협하는 적일 뿐이고 그 지옥 같은 전쟁터에서 살아나오는 것만이 유일한 관건이 된다.

그러나 한국계 작가들은 다르다. 주로 표피적인 고통을 강조하는 미군 작가들과 달리 한국계 작가들은 이념의 굴레를 씌우고 서로를 죽여야 했던 동족 간의 비극과 전쟁의 혼란 속에서 서로에 대한 배반과 복수 그리고 반인륜적인 행위와 그 고통에 대한 고백과 후회 등 인간 내면의 심층적인 문제들이 주제가 된다. 북한군 속에는 남한 사람으로 인민군에 의용군으로 징집되거나 남북한에 흩어져 살던 친척이나 친구들이 이념을 좇아 서로의 군대에 징집되거나 지원하여 전장에서 서로를 향해 총부리를 겨누어야 했던 동족 간의 비극, 분단의 아픔이라는 것이 항상 전제되어 있다. 또 그로 인해 파생된 비극적 결과에 대한 회한이 작가들의 주제가 된다. 특히 1세대 한국계 작가들인 김은국의 《순교자》, 박태영의 《죄의 대가》, 최숙렬의 3부작 (《떠나보낼 수 없는 세월》,《하얀 기린의 메아리》,《진주 모으기》)[5] 등이 여기에 속한다. 물론 이러한 주제들은 후속 세대들에게도 해당된다. 그러나 수산 최를 비롯한 후속 세대들은 보다 진보적인 사고를 보여준다. 그들은 한국전을 비극으로 보는 것은 같지만 외세의 개입으로 이루어진 내전이었다는 수정주의 역사학자들의 관점을 따른다. 즉 냉전의 양대 세력이 그들 각각의 이념의 승리를 위한 대결의 시험대로 한반도를 택하고 그들 외세가 벌인 전쟁으로 한국인들의 고통과 희생이 초래된 무익한 전쟁이었다는 관점이다. 그리고 그 전쟁으로 인한 한국인들의 이산과 새로운 세계에서의 삶을 위한 열망과 정체성 확립을 위한 처절한 노력이 이들 소설의 주된 관심사가 된다.

바로 이런 점들이 미국의 참전 젊은이들의 소설과 한국계 미국인들의 소설이 다른 점이다. 김은국, 박태영, 최숙렬의 소설은 한국전에 관한 미국인들의 경험과는 직접적으로 관계가 없지만 비극적인 전쟁에 대한 트라우마를 겪은 한국인 그리고 이산인들이 한국과 미국에서 어떻게 반응하고 그 전쟁을 어떻게 기억하며 어떻게 여과시키고 있는가 하는 것을 살펴볼 수 있는 좋은 텍스트가 되고 있다. 또한 수산 최와 이창래의 소설은 한국전으로 인한 상실과 이산 그리고 그 이산의 종착지에서 미국인들과의 관계를 통한 정체성 확립 등의 문제가 주된 이슈이다. 여기서 전자를 1세대 한국계 작가로, 후자를 2세대 한국계 작가들이라고 편의상 분류하고 1세대로는 김은국, 박태영, 최숙렬, 그리고 2세대로는 수산 최와 이창래의 소설을 살펴본다.

2. 1세대 한국계 작가들의 전쟁 기억

김은국은 한국계 미국 작가로는 1930년대 강용흘에 이은 거의 첫 세대 작가로서 한국전쟁을 실제 경험하고 미국으로 이민해 그 전쟁을 소재로 작품을 쓴 첫 번째 한국계 작가이다. 그는 1932년 북한의 함흥에서 태어나 전쟁 전에 월남해 한국에서 고등학교를 나왔고 서울대 경제과에 들어간 지 2개월 만에 한국전쟁이 발발하자 학업을 중단하고 군에 입대했다. 처음에는 해병대에서 나중에는 육군에서 근무하며 한 미군 장군의 통역관이 되었고 약 4년간 복무 후 1954년 육군 보병 중위로 제대했다. 그리고 미군 장군의 도움으로 도미해 버몬트주의 미들베리 대학을 나왔고 존스홉킨스 대학과 아이오와 대학원 창작 과정과 하버드에서 각각 석사학위를 받았다. 영어가 모국어가 아닌 외국인으로서 완벽하게 영어를 구사해 쓴 소설 《순교자》는 당시 미국에서 20주 연속 베스트셀러에 올랐으며 '전미 도서상'과 아시아계 미국인 작가의 작품으로는 최초로 노벨문학상 후보에 오르기도 했다.

이 소설은 작가 자신의 전쟁 경험을 형상화한 소설이다. 전쟁 시 자신의 군대 경험과 북한의 기독교 목사들의 수난 그리고 주인공 신 목사의 신원 등은 모두 사실에 기초한 설정이다. 우선 소설은 1950년 겨울 유엔군이 평양을 점령한 시기를 배경으로 하고 있다. 전쟁 발발 바로 직전 14명의 기독교 목사들이 공산당 비밀경찰들에게 잡혀가 12명이 살해되고 두 명만이 살아남는다는 이야기로 생존자 중 한 명은 그 사건에 대한 충격으로 정신이상이 되고 다른 한 명은 석방된 후 사건의 진실을 함구했는데 당시 평양을 점령한 한국군 정보부대가 이 사건을 파헤친다는 내용이다. 군 당국이 이 사건에 집착하는 이유는 살해된 목사들을 '순교자'로 만들어 공산주의자들의 기독교 탄압과 잔인성을 전 세계에 알리고 북한의 기독교인들에게 용기를 북돋워주기 위한 목적이었다. 그런 점에서 작가 또한 한국전을 서구의 기독교 문명과 공산주의자들과의 이념적 대결이라는 것을 분명히 한다.

소설의 관건은 살해된 12명의 목사들이 과연 순교자였는가? 그리고 생존자 중 한 명인 신 목사는 어떻게 죽음을 면하고 석방될 수 있었는가? 그는 자신의 신앙을 저버린 배교자였나? 신 목사의 침묵은 무엇을 말하는가? 죽은 순교자들이 너무도 위선적인 사람들이기 때문에 도저히 신앙인으로서의 그들의 모습을 말할 수 없었는가? 아니면 사건의 진실을 아는 신 목사 자신의 비겁을 감추기 위해 일부러 침묵으로 일관하는 것인가? 정말로 사건의 진실은 무엇인가? 이러한 의문을 풀기 위해 정보부대장 장 대령과 휘하의 참모 이 대위 그리고 박 대위(순교자의 리더라 할 수 있는 신실한 신앙심을 가진 박 목사의 아들로 월남해 국군에 입대한 자)가 사건을 추적한다. 이들은 포로로 잡힌 적 있는 비밀경찰 한 명에게서 사건의 전말을 자백 받게 된다. 즉 12명의 목사들은 심한 고문을 받고 죽기 마지막에 그들은 울며불며 살려달라고 아우성을 쳤으며 자신들의 신앙까지도 버리고 목숨을 구걸했다는 것이다. 그런데 그 엄청난 광경을 보고 한 목사는 기절해 정신이상자가 되어버리고 다른 한 목사(신 목사)만이 용감하게 자신에게 침을 뱉으며 반항했고 자신의 신앙을 굳게 지켰다는 것이다.

결국 정보부대는 이로써 그 사건의 진실을 발견할 수 있었지만 이러한 사실을 발표할 수는 없었다. 두 가지 이유가 있었다. 하나는 기독교 정의를 위해서는 북한에서 죽은 12명을 순교자로 만들어야 했고, 다른 하나는 그들이 순교자로 죽었다는 것을 의심하지 않는 교인들을 실망시키고 싶지 않아서였다. 그들은 사건의 진실을 알고 싶은 것이 아니었다. 그들은 자신들이 믿고 싶은 것만 믿으려는 사람들이었다. 그들이 원했던 것은 마치 초대교회 교인들이 사자 밥이 될 때까지 신앙을 지키려고 했던 그런 순교자들의 모습이었다. 그래서 흔히 "전쟁의 최초 희생자는 진실"이라고 하지 않았던가. 이는 진실을 밝힐 것을 끈질기게 요구하는 이 대위에게 "그들이 진실을 원치 않을지도 모른다고 생각하지는 않소?"[6]라고 대답하는 신 목사의 말을 주목할 필요가 있다. 때로 진실은 감춰져서 영원히 비밀로 남아 있는 것이 좋을 수도 있다는 논리이다.

문제는 신 목사의 고백이다. 정보당국이 침묵하는 가운데 신 목사는 교인들 앞에서 드디어 사건의 전말을 털어놓는다. 즉 12명의 목사들은 끝까지 자신들의 신앙을 지키다 죽은 순교자들이며 자신은 비겁하게도 그들의 요구에 굴복해 신앙을 저버리고 그들을 밀고한 배신자라는 것이다. 이러한 고백에 교인들은 "유다"를 외치며 신 목사를 규탄한다. 사실 신 목사의 이 같은 고백은 포로로 잡힌 비밀경찰의 자백과는 완전히 상치되는 내용이었다. 그러나 이 대위는 신 목사가 진실을 보호하기 위해서 거짓말을 하고 있다고 생각한다. 다시 말하면 교회와 교인들과 그리고 신앙을 위해서 자신을 희생하고 있다는 것이다. 장 대령은 체제 수호와 대의명분을 강조하는 전형적인 직업군인이기 때문에, 그리고 신 목사는 신앙을 지키기 위해서, 그리고 교인들은 진실을 알리려고 하지 않기 때문에 신 목사의 고백은 모두에게 최선의 해결 방안이었다. 그래서 순교자들을 추모하는 평양시의 합동추도회도 예정대로 열리고 그들을 순교자로 영원히 남기려고 한다. 그러나 이 대위는 장 대령과 달리 진실은 꼭 밝혀져야 한다는 입장이다. 아무리 전쟁의 승리와 대의를 위한다고 해도 개인의 고통과 희생이 거짓 속에 파묻혀서는 안 된다는 것이다.

전쟁은 중공군의 개입으로 유엔군이 전면 철수하는 국면으로 전개되고 신 목사는 남한으로 가자는 이 대위의 권유를 뿌리치고 피를 토하는 말기 폐결핵 환자임에도 북한에 남아서 교회를 지키기로 결심한다. 반면 이 대위는 보병부대로 전출되어 전투에 임하다가 부상을 입고 부산으로 후송되어 치료 중 북에서 밀려 내려오는 피난민들에게 신 목사의 소식을 물어본다. 북한의 전 지역에서 온 피난민들은 한결같이 자신들이 살던 곳에서 이 대위가 묘사하는 그러한 신 목사의 모습을 보았다고 증언한다. 사실 소설은 신 목사의 그 후 행적에 대해서 모호하게 남겨놓고 있지만 병으로 이미 죽었음을 암시하기 때문에 이들의 증언은 사실이 아니다. 그럼에도 각지에서 온 피난민들의 증언을 통해서 그가 살아 있다고 말하게 하는 것은 진정한 그리스도인인 신 목사의 진실한 신앙이 북한 지역에 전파되고 있음을 상징적으로 표현하는 것이라 생각된다.

한국전쟁을 경험한 세대의 1차적 기억을 통해서 김은국은 한국전쟁이 한국인의 의식 속에 각인시킨 지울 수 없는 트라우마, 특히 전쟁 속에 휘말린 인간의 고통, 진실의 의미, 인간의 양심 그리고 선과 악의 속성 등에 대한 문제들을 소설 속에서 파헤치고 있다. 그리고 전쟁이라는 극한 상황은 거짓이 진실이 되고 악이 선이 되며 목적이 수단이 되는 가치의 전도 현상이 일어나는 곳이라는 또 하나의 전쟁의 속성을 밀도 있게 그려내고 있다. 또한 위선과 고백, 순교와 배반, 이념과 종교라는 주제를 통해서 기독교 신앙에 대한 인간의 고뇌와 양심의 문제를 예리하게 파헤치고 있다.

박태영 Ty Pak의 《죄의 대가 Guilt Payment》(1983)는 열세 개의 이야기로 구성된 단편 모음집이다. 각각의 이야기는 모두 한국전의 트라우마를 안고 미국에 이주해 살고 있는 이산의 한국인들을 주인공으로 한다. 각 단편들의 주인공은 다양한 이름을 가진 1인칭 내지는 전지적 화자로 등장하지만 모두 작가 자신의 또는 전쟁을 겪은 동시대 사람들의 경험을 대변하는 사람들이다. 이들은 미국 사회 속에서 하나의 모범적인 소수민족의 일원으로 살아가고 있지만 한국에서의 기억은 하나의 트라우마로 잠재의식 속에 남아서 미국 사회의 일원으로서 정체성을 형성하는 데 영향을 미친다. 그러한 비극적 트라우마는 일상의 삶 속에서 튀어나와 과거의 아픈 기억을 상기시키며 현재의 삶을 바꾸어버리기도 한다. 특히 작가 박태영은 1961년 서울대 법대를 졸업하고 1965년에 미국으로 이민해 오하이오주의 볼링그린 대학에서 영문학 박사학위를 받고 하와이 대학에서 오랫동안 교수를 역임한 사람으로 한국전의 참상을 소년 시절에 직접 경험한 작가이다. 그의 한국전에 대한 기억은 직접적인 경험에서 이루어진 일차적인 기억이다.

소설의 주인공들은 모두 전쟁이라는 폭력 속에서 인간의 사악함을 보거나 스스로 그 사악함의 주인공이 되어야 했던 사람들이다. 그리고 그로 말미암은 상실을 경험하며 트라우마에 시달려야 했던 사람들이다. 비록 미국으로 이주해 새로운 삶을 추구하지만 자신들이 저지른 죄에 대한 후회와 죄책감은 잠재의식 속에 남아서 그들을 괴롭힌다. 이념의 굴레 속에서 은혜를 입은 친구를 배신해야 했는가 하면 자신을 살려준 자를 죽여야 했고, 주인과 하인의 신분이 바뀌며 보복과 살인의 극단적인 권력의 전복을 경험하기도 한다. 그런가 하면 죄 없는 순진한 사람을 순간적인 판단 잘못이나 불가피한 상황 때문에 죽여야 했고, 또한 병든 아내를 버리는가 하면 불필요한 전투에 강제로 내보내 무고한 생명을 잃게 해야만 했던 아픔을 겪기도 한다. 이 소설에서는 어떤 사람도 그가 남한 사람이든 북한 사람이든 전쟁의 상흔을 비켜가지 못한다. 상처받지 않은 사람은 아무도 없다. 모두 상실을 경험한 주인공들이다. 이전에 보여주었던 사람의 모습은 완전히 없어지고 모두 완전히 다른 사람으로 변모해버린다. 심지어 〈정체성 Identity〉이라는 단편에서는 전쟁에서 자신과 관련된 모든 사람이 죽고 자신임을 나타내는 호적 서류도 모두 불타버려 자기가 누구인지를 증명할 길이 없는 무명의 존재가 되는 주인공이 등장한다. 전쟁은 인간의 존재 자체를 아예 없애버리는 사건이다.

그래서 〈제2의 기회A Second Chance〉에서 작가의 페르소나라 할수 있는 주인공 황기철은 전쟁이 가져오는 변화된 인간의 모습을 이렇게 말한다: "홀로코스트 동안 그곳에 있지 않았던 사람은, 또 내가 했던 경험을 해보지 않았던 사람은, 알 수가 없다. 전쟁으로 말미암아 내가 얼마나 망가지고 변화되었는지를……."[7] 그러나 문제는 자신의 변화로만 끝나는 것이 아니라 〈향수Nostalgia〉의 주인공 현도남, 〈화재A Fire〉의 주인공 엘렌 신, 〈부활A Regeneration〉의 주인공 조오설 등과 같이 그들이 과거에 저지른 죄에 대한, 비록 그것이 불가피한 것이었다 하더라도 그 트라우마를 극복하지 못하고 자살로 생을 마친다는 사실이다. 이 소설에서 몸과 마음이 겪은 전쟁의 상처를 잊거나 극복하는 데 성공하는 사람은 하나도 없다. 그래서 이 소설의 모든 단편들은 거의 비극적인 결말로 이어진다.

소설의 제목과 같은 첫머리의 단편 〈죄의 대가〉에서 이름이 밝혀지지 않는 주인공은 다음 단편인 〈신 내림Possession Sickness〉에서 강정식으로 나오지만 전쟁 통에 아내를 버려 죽게 했고 다음 단편에선 그 죽은 아내의 체현體現으로 무당이 된 아내를 또 버리고 미국으로 이민했지만 궁극적으로는 아내를 비행기 사고로 죽게 한 죄책감에 시달리는 주인공으로 등장한다. 그는 결국 부재한 엄마를 찾는 딸을 통해 다시 과거의 기억을 되살리게 되고 결국은 미국화 된 딸을 데리고 영구 귀국한다. 한국에서의 트라우마를 잊고 미국이라는 미지의 세계에서 꿈과 희망을 찾던 주인공은 결국은 꿈을 이루지 못하고 그렇게 벗어나고자 했던 고국으로 다시 돌아오게 된다. 고국에서 그는 잠재의식 속에 자리한 결코 잊혀질 수 없는 자신이 저지른 죄의 대가를 치르기 위해서다.

이 소설은 분단국가의 내전의 비극을 적나라하게 보여준다. 북한에서 월남해 한국군에 입대하는 사람, 반대로 남한에서 의용군으로 입대해 인민군으로서 싸워야 하는 사람, 이러한 역설적인 상황으로 한국전의 비극이 더욱 극대화된다. 그 한 예가 내전에서 통상 보이는 서로에 대한 무자비한 보복의 모습이다. 〈부활〉에서 서울 수복 후 공산군이 물러간 거리의 참상을 묘사하고 있는데 한 여인이 쓰레기더미를 뒤지고 목이 없는 공산군 시체가 나뒹구는가 하면 죽은 엄마 옆에서 아기 둘이 울고 있다. 또한 팔다리가 없는 한 남자는 드러누워 있고, 다섯 살쯤 되어 보이는 소녀는 눈이 멀고 다리는 화상을 입어 걸을 때 계속 넘어진다. 청계천에는 대꼬챙이와 곤봉으로 맞아 죽은 시체가 둥둥 떠다니고 종로의 한 구덩이에는 약 1,000여 명의 민간인, 남쪽 경찰 및 정부관리, 사업가 등이 손이 뒤로 묶인 채 총살당해 방치되어 있다. 이런 현상은 내전에서나 발생할 수 있는 참극이다.

그런가 하면 비극적인 전쟁은 아이러니하게도 우리의 상상을 초월하는 인간적인 감동을 만들어내기도 한다. 〈부활〉은 흑인 병사에 의한 강간으로 원치 않는 흑인 아기를 낳아야 했던 한 여인의 남편이 미국으로 이주하고, 한 남자는 흑인 혼혈아의 계부가 되어 새로운 삶을 살아가는 이야기로 비록 죽음이 지배하는 전쟁에서도 삶은 계속된다는 평범한 진리를 터득하게 해준다. 〈제2의 기회〉에서도 성 불구가 된 황기철은 성 능력을 회복하고 그토록 자기를 원하는 여인과 결합해 미국에서 새로운 삶을 이어갈 것이라는 희망을 그린다.

이 소설의 모든 주인공들은 한국전쟁으로 초래된 이산의 고통을 안고 미국에서 살고 있는 한국계 미국인들이다. 이들은 플래시백을 통해 과거를 조명하고 과거의 기억으로 고통받는다. 그러나 현재로 돌아오면 그들은 이산인들로서 자신들의 정체성을 정립하는 데 어려움을 겪는다. 대부분의 주인공이 과거의 문제들을 해결하는 데 실패하는 것으로 나타난다. 마치 한국전에서 귀환한 미군 병사들이 생존자로서의 죄책감에 시달리듯 소설 속 한국인 주인공들은 전쟁의 비극적인 기억 속에 사로잡혀 트라우마를 극복하기 위해 처절한 노력을 전개한다. 동시에 〈감사하는 한국인 The Grateful Korean〉에서 보여주듯 미국으로의 이주는 다시 태어나는 것과 같은 것으로 "그 한국인을 받아들이기 위해 팔을 활짝 벌리는", "새로운 나라"에 대한 감사로 소설은 끝을 맺는다.[8]

최숙렬 Sook Nyul Choi의 한국전쟁 소설 3부작은 모두 1937년 평양 태생 작가 자신의 파란만장한 일생을 그린 이민 1세대의 1차적 기억에 의거한 실화소설이다. 이 소설 3부작을 한국전쟁 소설로 분류하는 것은 첫 번째가 작가 자신의 평양에서의 생활과 전쟁 전 남쪽으로 넘어온 이야기이고, 두 번째는 전쟁으로 서울에서 부산으로 피난한 것과 서울 수복 후의 이야기이며, 세 번째는 전후 1954년경 미국으로의 유학을 다루고 있기 때문이다. 작가 최숙렬은 한국전쟁으로 야기된 굴곡진 삶을 살아온 재미작가이고 역사의 질곡 속에서 무거운 삶의 무게에 굴하지 않고 오히려 그 무게를 버티며 헤쳐 나온 불굴의 여인이다. 다시 말하면 일제의 만행과 한국전쟁으로 야기된 좌절과 절망 속에서도 자유와 미래에 대한 꿈과 희망을 가지고 살아온 사람이다. 이 소설 3부작은 한반도의 근현대사를 살아온 자신의 일대기를 형상화한 작품이라고 볼 수 있다.

이 소설들에서 주인공은 박숙안이다. 《떠나보낼 수 없는 세월》에서 숙안은 아직 일본이 2차 대전의 전쟁에서 항복하기 전 평양에서 사는 열 살 정도의 소녀이다. 양말 공장을 운영하며 일제의 군인들에게 납품하는 일을 하는 집안에서 독립운동을 하던 할아버지와 엄마 그리고 막내 남동생 인춘과 살고 있다. 아버지와 위로 세 오빠는 일제의 강제노동소로 끌려가 생사를 알 수 없다. 이 소설은 일제하의 일본군들의 만행과 일본 패망 후 북한에 들어온 소련군과 북한 공산당 치하의 억압을 피해 그 사이 돌아가신 할아버지를 제외한 세 식구가 38선을 넘어 미군이 들어온 남쪽으로 도피하는 과정이 아주 속도감 있는 서술과 생생한 심리 묘사로 그려지고 있다. 소설의 상당 부분은 일제가 한국인들에 행한 만행을 기술하는 데 할애되고 있다. 무엇보다 처참한 것은 일본 순사들이 전쟁 말기 양말 공장의 열다섯 살도 안 된 여직공들을 위안부로 강제로 트럭에 태워 데려가는가 하면 공장 기계들을 모두 해체해 일본의 무기 공장으로 보내는 장면들이다. 해방이 되어 모든 사람들이 돌아오는데도 돌아오지 않는 여직공들을 생각하며 이유를 알지 못하는 어린 숙안의 그늘진 모습이 그려진다.

일본의 항복으로 북쪽에 진주한 소련군도 포악하기는 마찬가지이다. 청년들은 잡아서 시베리아로 보내는가 하면 마을에 들어와 집안을 약탈하고 부녀자들을 겁탈한다. 북한 공산당원들과 함께 매일 군중집회를 열고 공산주의를 선전하며 자본주의를 비판한다. 사실 사람들은 일본군을 물리친 미군이 들어올 줄 알았는데 뜻하지 않게 소련군이 들어온 것을 보고 경악한다. 결국 엄마와 숙안과 인춘은 자유를 찾아 안내인을 고용해 남행을 시도한다. 그러나 이중첩자인 안내인에게 속아 국경 검문소에서 엄마는 초병에게 잡혀 38선 부근의 소련군 장교 집에 고용되었다가 탈출하고 두 남매는 온갖 시련과 우여곡절 끝에 38선 철조망을 넘는 데 성공하고 남쪽의 적십자사 피난민 수용소에 수용되었다가 아버지가 오래전에 마련한 서울의 집에서 모든 식구가 합류한다. 그러나 그들의 기쁨도 잠시 1950년 6월 북한의 남침으로 전쟁이 발발하고 뒤늦게 탈출한 언니를 통해 이모와 친척들이 반역자로 총살당한 것을 알게 되면서 소설이 끝난다. 이 소설에서 열 살밖에 안 된 어린 소녀가 남동생을 데리고 38선을 넘고 강을 건너는 과정은 개연성이 의심스럽지만 하나의 극적인 효과를 위한 문학적 장치라고 보아야 할 것이다. 이 소설이 주로 일본제국주의자들의 수탈과 만행, 그리고 이어진 소련군과 북한 공산주의자들의 약탈과 억압이라는 극한 상황을 다루고 있지만 여류작가의 섬세함과 자상함으로 꿈과 희망의 메시지를 전달한다.

다음 소설《하얀 기린의 메아리》에서 꿈과 희망의 메시지는 더욱 구체화된다. 앞의 소설이 위안부 문제, 강제 징용, 재산의 수탈 등 일제의 침탈과 소련군의 만행, 분단과 이산, 이념적 대립, 그리고 자유를 찾아 남쪽으로의 도피 과정을 통해 야기되는 수많은 고통과 공포의 사건들로 점철된 이야기라면 두 번째 소설은 한국전쟁으로 야기된 숙안 가족의 비극과 그 비극 속에서 꿈과 희망을 찾는다는 이야기이다. 북한 공산군이 서울을 점령하자 숙안의 가족들은 피난길에 오르고 그 혼란의 소용돌이에서 또다시 아버지와 세 오빠들과 헤어지게 되는 아픔을 겪으며 숙안은 엄마와 막내 동생 인춘과 함께 부산으로 피난해 비탈진 산동네의 판잣집에서 사는 '피난민' 신세로 전락한다. 부산에서 허기에 지친 그들을 기다리는 것은 높은 민둥산 위에 지어진 수많은 피난민용 판잣집이다. 간신히 비를 피할 수 있는 이 집에서 열다섯 살 된 숙안은 2년 반의 비참한 피난 생활을 하게 된다.

그러나 작가는 이런 비참한 환경 속에서 숙안의 가족을 통해서 독자에게 꿈과 희망을 보여준다. 비록 가난한 피난민의 산동네이지만 저마다 조그만 구역에 꽃씨를 심어 꽃을 피우게 하고 아이들이 소리치며 활기차게 뛰노는 모습을 보며 사람들 사이에 웃음이 넘친다. 더구나 아침마다 "굿모닝, 피난민들이여!"를 외치는 한 시인이 있다. 그는 원래 강원도 출신의 유명한 시인인데 전쟁으로 가족을 모두 잃고 혼자 이곳으로 떠돌아온 사람이다. 숙안은 그를 '소리치는 시인'으로 명명하고 외로움에 지친 피난민들에게 희망을 주는 그를 몹시 좋아한다. 그러나 얼마 후 그는 폐결핵으로 세상을 떠나고 더는 그의 외침은 들리지 않는다. 숙안은 그의 이름이 백린, 즉 '하얀 기린'이라는 뜻임을 알게 되고 엄마와 함께 산꼭대기에 묻힌 그의 묘지를 찾아가 언젠가 다시 와서 아카시아나무를 심어주리라 다짐한다. 왜냐하면 그 하얀 기린이 아카시아를 먹으며 영원히 행복하게 살리라고 생각하기 때문이다.

소설은 전체적으로 긴장과 스릴은 없지만 작가의 다정다감하고도 진정성 있는 서사로 전쟁의 시련 속에서도 좌절하지 않고 꿈과 희망을 가지고 살아가는 사람들의 불굴의 의지와 인간애를 잘 묘사함으로써 독자들에게 잔잔한 감동을 전달한다. 그리고 격동의 세월 속에서 미래에 대한 비전을 가지고 마치 '하얀 기린'처럼 순수한 향기를 풍기면서 성장해가는 한 어린 소녀의 모습을 아주 생생하고도 차분하게 그려낸다.

　세 번째 소설《진주 모으기》는 주인공 숙안이 뉴욕의 핀치대학에서 공부하기 위해 1954년 9월 뉴욕 공항에 도착하는 것으로 시작해 1년간의 대학생활을 다루고 있는 3부작의 마지막 작품이다. 핀치대학은 천주교 계통의 여자대학으로 독실한 천주교도인 숙안은 꿈을 찾아 모국을 떠나 미국으로 온 이 대학의 유일한 아시아계 학생이다. 비록 미국이 다양한 국가에서 온 이민의 나라이지만 한국전쟁 직후 한국인이나 학생이 미국에 유학한 경우는 아주 드물다. 비록 당시 많은 미국인이 한국전쟁의 존재를 알았다고는 하지만 직접 한국 학생을 대학 캠퍼스에서 만난다는 것은 어려운 일이었다. 그런 의미에서 숙안의 존재는 미국 학생들에게 마치 미개한 토인국에서 온 것 같은 아주 기이한 존재이고 그래서 그녀가 전통적인 복장인 한복을 입고 나타나면 신기해할 뿐만 아니라 그를 통해서 한국이라는 나라를 알고 싶어 한다. 숙안은 여기저기서 한국에 대한 강연 초청을 받는가 하면 여러 모임에 한복을 입고 오기를 요청받기도 한다. 그러나 숙안은 자신에게 트라우마로 남아 있는 전쟁에 대해 단순히 미국인들을 흥미롭게 하기 위해 말하는 것은 원치 않는다. 그는 미국인들이 "내가 '가난한' 나라에서 온 사람이라는 것 외에는 아무것도 모르는 사람으로 생각하는 것"이 싫을 뿐이다.[9]

　그러나 소설은 동양인에 대한 미국인의 인상보다는 한국의 한 소녀가 미국이라는 서구 세계에서 느끼는 문화적 충격과 그것을 여과하는 과정에 더 중점을 두고 있다. 당시의 전통적인 한국의 관습과 가치관이 서구 세계의 그것들과 충돌하는 과정에서 숙안이 다름을 느끼고 깨달아가는 과정을 그리고 있다. 그러면서도 동시에 인간의 본성과 사는 모습은 어느 문화나 다르지 않다는 것을 느낀다. 다시 말해서 자신의 룸메이트인 엘렌은 사귀는 남자친구와 결혼까지도 생각하며 부모에게 자신의 교제를 알리지만 너무 빠르다고 남자친구와의 교제를 허락하지 않아 도망까지 생각하며 갈등하는가 하면 또 다른 친구 마르시의 경우에는 화학공장을 운영하는 아버지가 가업을 이을 후계자로 자신을 생각하고 전공까지도 통제하려는 부모와 고전문학을 공부하고 싶어 하는 자신과의 사이에서 심한 갈등을 겪는 것을 목격한다. 이는 한국의 수도원에서 수녀로 있는 언니가 자신에게 수녀의 길을 강요하는 데 따른 자신의 고민과도 흡사하다. 여기서 숙안은 어느 문화나 사람 사는 모습은 같다는 것을 느낀다. 소설의 마지막에서 숙안은 어머니의 죽음을 통해서 다시 한 번 생의 참담함을 경험하지만 자신의 의견을 아이들에게 강요하지 않고 그들이 원하는 길을 가게 했던 엄마를 생각하며 남을 이해하고 받아들이는 가치관을 견지하기로 마음먹는다.

결국 최숙렬의 3부작은 한국 문화에서 어머니의 힘이 얼마나 큰 것인가를 보여준다. 더 나아가 어머니의 힘이 곧 사랑이고 가치로서 가족의 힘의 원천이다. 최의 3부작은 꿈과 희망의 서사로서 전쟁의 참화 속에서도 가족 간의 사랑, 사람 사이의 사랑의 힘이 어떻게 작용하는가를 잘 보여주고 있다고 본다. 바로 이런 점이 미국 참전군인 작가들의 소설과 다른 점이다. 최숙렬의 3부작을 좀 더 확장 구체화한 작품이 수산 최의 《외국인 학생》이다.

3. 2세대 한국계 작가들의 전쟁 기억

수산 최의《외국인 학생》은 자신의 아버지가 겪은 한국전쟁 경험과 자신이 대학에서 수강한 한국 역사를 바탕으로 쓴 일종의 역사 소설이라고 볼 수 있다. 즉 한국전의 트라우마를 겪은 생존자의 자녀가 그 전쟁을 간접적으로 경험하고 '타자의 고통'을 기억하는 '포스트메모리'의 작품이다. 이 소설은 한국전쟁이 끝난 2년 후인 1955년 미국 테네시주의 소읍인 스와니를 배경으로 이곳의 사우스 대학에 유학 온 24세의 한국인 유학생 장안을 주인공으로 하고 있다. 교회 장학금으로 이곳에 온 장안은 한국의 미공보원에서 근무할 때 부여받은 척이라는 미국 이름으로 불리며 현지의 캐서린 몬로라는 여성과 사랑에 빠진다. 척보다 4년 연상인 캐서린은 이미 자신보다 나이가 훨씬 많은 그녀의 아버지의 친구인 찰스 애디슨이라는 이 대학 영문과 교수와 관계를 가진다. 열네 살의 어린 나이에 그와 강제적인 관계를 갖기 시작한 그녀는 성장해 그와 약혼까지 하게 되지만 소설의 마지막에서 결국 파혼하고 척과 결합한다. 그러나 이런 타인종 간의 관계로 말미암아 척은 자신을 미국으로 오도록 했던 대학 장학금을 박탈당하는 계기가 되고 학교 내의 식당에서 일하며 생활하는 신세가 된다.

전지적 화자에 의해 이야기되는 이 소설은 "최근 십수 년 동안 나온 한국전에 관한 것 가운데 가장 호평을 받은 소설"[10]이라는 평가를 받았다. 한국인 주인공 척(장의 미국 이름)과 캐서린과의 관계를 통한 인종 문제, 20세기 전반부의 국내 및 국제적 문제를 조망해볼 수 있는 하나의 커다란 역사적 사건으로서의 한국전쟁, 그리고 한국전쟁이 미국 사회와 미국인들에게 미친 영향 등을 다룬다.

우선 이 소설에서 묘사되는 한국전쟁은 미국을 비롯한 자유진영 국가들과 구소련 및 중공으로 대표되는 공산주의 국가들 간의 냉전의 산물이라는 기존의 이분법적 관점이 아니라 일본의 오랜 식민지배에서 벗어난 한 국가의 탈식민화 과정에서 발생한 내전이라는 관점으로 바뀐다. 이러한 사고는 작가 수산 최가 브루스 커밍스로 대표되는 한국전에 관한 수정주의 역사학자들의 영향을 받은 바 크다고 생각된다. 이는 특히 북한의 김일성은 1930년대 항일운동을 한 민족주의자이며 "위대한 인민이 영웅"[11]이고 남한의 이승만은 40여 년을 미국에 망명해 살다가 미국의 필요에 의해 남한에 데려다 정부를 구성케 했다고 말함으로써 은근히 한반도의 정통적인 주체가 마치 북쪽이며 한국전쟁의 정의가 북쪽에 있는 듯이 기술하고 있기 때문이다. 또한 이승만은 호전적이고 과대망상적이며 북진통일만을 주장하기 때문에 일부러 미국은 한국군을 무장시키기를 주저했다고 말하기도 한다. 특히 이승만 정부는 "억압적이고 무능하며 아주 인기 없는"[12] 정부라고 비판한다. 다시 말하면 이 소설은 한국전이 냉전시대 서방의 승리의 역사라는 기존 논리를 무너뜨린다.

또한 이 소설은 한국전쟁을 미국 역사의 일환으로 외국의 영토에서 벌어진 '미국의 전쟁'이라는 인식을 드러낸다. 여름방학 중 시카고의 한 책 제본소에서 아르바이트 일을 하게 된 장에게 미국인 매니저가 "우리가 당신들을 위해 벌인 그 전쟁을 한국인들은 좋아했습니까?"라고 묻자 척은 그저 "아주 좋아했습니다"[13]라고 간단히 대답한다. 즉 미국인에게 한국전은 미국이 벌인 자신들의 전쟁이다. 그래서 맥아더도 온 나라를 쓸어버리는 초토화 전략을 서슴없이 수행한 사람으로 치부한다. 심지어 극심한 폭격으로 "신의주가 지도에서 사라졌다"고까지 말한다. 장안이 교회 청중들에게 강연할 때도 자신이 여기에 온 것은 맥아더 장군의 인천상륙작전의 결과로서 더 넓게는 한국전에 미국의 개입이 없었다면 불가능했을 것이라고 얘기함으로써 청중의 환호를 받는다.

작가는 한국전을 수정주의자들의 견해에 의지해 기술하려고 하기 때문에 한국전을 단순히 1950년 6월 25일에 발생한 것이 아닌 훨씬 그 이전으로 돌아간다. 그것이 일제강점기와 척의 가족 내력을 기술하는 이유이다. 즉 장의 아버지는 1920년대 일본의 제국대학에서 공부한 엘리트로 일본인 은사에 의해 발탁되어 교수직에 임명된 사람이고 1945년 해방과 더불어 일본의 식민지배가 끝나자 친일파로 몰려 실제 투옥되기도 한다. 장은 노동자 계급의 학생들과 어울리고 그중 공산주의 운동에 가입한 김이라는 친구와 우정을 맺는다. 그런 가운데 장은 아버지에게서 영어를 배웠기 때문에 미 공보원에 통역으로 취직하게 된다. 장은 좌익 친구와의 우정을 유지하면서도 미국 기관을 위해 일한다는 두 개의 행보 때문에 커다란 도덕적 딜레마에 빠진다. 결국 두 친구의 사상적 결별이 이루어지는데 이는 둘로 갈라지는 나라의 운명을 상징적으로 보여주는 사건이다. 이러한 관점에서 한국전쟁은 두 개의 다른 나라가 아닌 한 국가 내의 갈등하는 두 개의 이념적 체제에 의해 벌어진 내전임을 작가는 말하고자 한다. 이러한 관점은 소위 트루먼 행정부가 한국전에 참전하면서 북한의 남침을 하나의 주권국가를 불법적으로 침공한 범죄 집단으로 비유하는 기존의 한국전의 정의를 작가가 전복시키고 있다고 본다.

또한 다니엘 김의 주장대로 한국전은 미국 사회가 역사적으로 안고 있는 인종 문제를 스스로 돌아보는 계기를 제공한 전쟁이기도 하다.[14] 사실 많은 미국의 전쟁소설들은 단순히 전쟁을 수행하는 전쟁 당사국의 승패 문제를 떠나서 오히려 전쟁을 계기로 미국이 안고 있는 사회적 병리 현상이나 문제들을 노출시키는 데 주된 관심을 보이는 경우가 많은 것을 볼 수 있다. 이 소설에서도 미국에 유학 온 극동의 한 유색 인종의 미국 생활을 통해서 미국이 안고 있는 인종 문제를 다시 한 번 돌아보고 있다. 특히 인종 문제가 첨예하게 대두된 1950년대 미국 남부에 한국인 장이 진입함으로써 한국전은 인종 간의 갈등을 상기시키는 역할을 하고 있다. 마치 많은 미국의 참전군인 작가들이 한국전에서 처음 시작된 흑백통합부대 편성에 따른 문제점을 미국 사회의 인종 문제와 결부해서 다루는 것과 유사한 맥락이다.

소설의 중심적인 또 하나의 주제는 인종이 다른 장과 캐서린 사이의 로맨스이다. 이종족 간의 결합은 남부가 가장 금기시하는 것으로 특히 백인 여성과 유색 인종 간의 결합은 미국의 남부 문학이 전통적으로 다루어온 터부의 주제이다. 소설 속에서 장은 각지의 미국 교회로 강연을 다닌다. 한번은 강연하러 가는 장을 위해 캐서린이 차를 태워주는데 중간의 한 주유소에 들렀을 때 유색 인종과 함께 있는 자신이 주시의 대상이 된 것을 깨닫고 겁을 낸다. 또한 장이 추수감사절 때 자신의 룸메이트의 애틀랜타 집에 초대되었을 때 룸메이트의 아버지(KKK 단원)에게서 동양인을 은근히 껌둥이와 비교하는 것을 들으며 미국 사회에서의 괴리감을 느낀다. 그뿐만 아니라 성탄 휴가 때 모두가 떠나고 텅 빈 학교 식당에서 흑인 일군들과 함께 식사하려고 하지만 자신이 오히려 백인으로 치부되며 불편해하는 그들을 보는 일련의 경험들을 하면서 장은 결국 자신이 어느 쪽에도 끼지 못하는 "인종의 무인지대에 표류하며 흑백 사이의 상상적인 경계를 나타내는 사람"[15]이 된다는 것을 깨닫는다.

소설은 한국전 참전 미군 병사들에 의한 한국전쟁 경험을 형상화한 것이 아니라 전쟁의 트라우마를 안고 한국을 떠나 미국에 온 한국인 유학생이 미국에서 겪고 있는 경험을 묘사한 것이기 때문에 그의 경험을 통해서 당시 미국 사회가 한국 및 한국인에 대한 태도가 어떠했는가를 엿볼 수 있는 자료가 된다.

우선 한국전쟁이 발발할 당시 한국에 대한 미국인들의 지식은 무지에 가까웠다. 이러한 미국인들의 무지를 작가는 주인공 장의 강연을 통해서 잘 드러내고 있다. 장은 미국 감독파 교회의 장학금으로 유학을 온 것이기 때문에 주변의 여러 도시의 교회를 돌며 한국에 대한 강의를 해야 하는 의무를 가지고 있다. 그래서 그는 "한국인들은 나무 위에서 사느냐"[16]라고 묻는 미국인들의 무지에 가까운 바보스런 질문에도 개의치 않는다. 그가 소개하는 한국전쟁은 우선 플로리다만 한 크기의 국가가 38도선을 경계로 둘로 나뉘어 북쪽의 공산국가가 남쪽의 민주국가를 공격한 전쟁이라는 것으로 냉전시대를 살고 있는 미국인들을 이해시키려 한다. 그들의 이해를 돕기 위해서 38도선을 메이슨-딕슨 라인에 비유한다. 사실 이 라인은 식민지시대 펜실베이니아와 메릴랜드의 경계를 나타낸 라인이었지만 미국 문화 속에서는 북부와 남부를 가르는 상징선으로 남북전쟁을 상기시키는 라인으로 이해되고 있다. 장은 이 선에 대한 언급을 통해 은근히 한국의 남과 북의 전쟁을 미국의 남북전쟁에 비유한다. 다시 말하면 테네시주는 남부로서 북부의 양키들의 침공을 받은 남군이 조지아 동쪽 끝 사바나까지 밀린 것을 마치 한국이 북한의 공격으로 반도 끝 부산까지 밀린 것과 병치시킴으로써 남부인들의 정서를 자극한다.

다니엘 김이 적절히 지적하는 바와 같이 장이 제공하는 한국에 대한 강연은 오리엔탈리즘으로 형성된 서구의 동양관, 그리고 냉전 기간 동안 형성된 동양에 대한 미국인들의 인식과 궤를 같이한다.[17] 장은 오직 동양적인 신비만이 미국인들의 관심사임을 깨닫는다. 그래서 장은 미개한 한국인의 이미지를 다음과 같이 설명하며 그들의 욕구를 충족시킨다. 즉 한국인들은 주로 농부들이고 명절에는 하얀 옷을 입으며 꽃과 어린이들을 좋아하는 사람들이고 논에 쪼그려 앉아 담배를 피우는 촌사람들, 그리고 일 년 내내 파자마와 같은 바지를 입으며 에스키모와 같은 알 수 없는 얼굴을 하고 있는 미개한 농부들이라는 것, 산악지대의 초라한 집에서 다람쥐를 잡아먹으며 발가벗고 뛰어다니며 사는 사람들, 이렇게 원시적이면서도 순박한 한국인들은 미국의 군사적 보호를 받아야 하는 사람들이고 또한 미국이 그러한 보호를 제공할 만한 강력하고도 자비로운 국가에 속한다는 것, 그리고 그들을 돕는 것이 기독교인의 임무라는 것을 느끼게 해준다. 더구나 척에 대해 좀 더 알기를 원하는 캐서린은 도서관에서 한국 관련 정보를 찾아보는데 일본 제국에 관한 한 권의 책에서 한국인을 위생관념이 형편없는 서남아프리카의 한 종족인 호텐토트족과 동일시하는 내용을 발견한다.

수산 최는 한국전쟁을 기억하는 일차적 생존자가 아니다. 생존자의 자녀로서 아버지가 실제로 겪었던 트라우마의 기억을 통해 마치 자기 자신의 기억인 것처럼 감정이입으로 트라우마를 느끼는 포스트메모리의 당사자이다. 작가 수산 최가 형상화하는 한국전쟁은 자신이 태어나기도 전에 발생했던 사건이지만 작가는 주인공 장안이라는 사람의 분신으로 마치 전쟁을 직접 경험한 사람처럼 당시의 복잡한 국제정치의 지형 속에서 한국이 처한 상황과 한국을 둘러싼 제국주의 강대국들 간의 문제, 그리고 미국으로 이주한 한국인과 미국인들과의 관계에서 야기되는 정체성의 문제 등을 복합적으로 잘 그려냈다고 본다. 그러나 문제는 작가의 아버지가 생각하는 한국전과 작가의 한국전관은 다르다. 전자는 분명 냉전논리로 본 기존의 공식적인 한국전관을 유지했겠지만 소설에서 보듯이 작가는 자신이 대학에서 수강한 한국사 강의를 통해서 획득한 지식 그리고 전후 50여 년이 흘렀지만 마치 오늘의 전쟁에서 과거를 발견하는 일종의 데자뷰, 그리고 포스트모던 시대가 던지는 수정주의 역사 인식 등에 경도되어 기존의 역사를 전복 해체시키고 있음을 알 수 있다. 즉 냉전구도 속에서 민주 진영의 승리라는 서사가 아닌 식민지배에서 벗어났지만 미국의 개입으로 악화된 또 다른 탈식민주의 내전이라는 개념으로 한국전을 본다는 것이다. 이러한 관점이 1세대 한국계 작가들의 한국전 기억과 다른 점이고 이것은 이창래의 소설에서도 반복된다.

이창래의 《항복한 사람들》은 한국전쟁 당시 북에서 남으로 피난길에 올랐던 작가 아버지의 경험을 바탕으로 쓰인 소설이다. 피난당시 열두 살이었던 아버지는 소설 속의 열두 살짜리 여자아이 준이된다. 그러나 작가 자신도 이야기했듯이 이 소설은 단순히 전쟁을 배경으로 했을 뿐 단순한 전쟁소설이라기보다는 인간의 거대한 싸움이 인간의 삶에 끼친 영향을 그린 소설이고 그러한 싸움을 경험한

1950년 12월 1일 북한의 평안북도 선천 지역에서 중공군에 밀려 후퇴하는 미군 차량 행렬 옆으로 피난민들이 걸어가고 있다. (출처: U.S. National Archives)

사람들이 전후 어떻게 그 트라우마를 견디며 살아가는가에 대한 개인적인 여정을 그린 소설이다.

소설의 주된 인물은 전쟁을 경험하고 트라우마 속에서 살아가는 열두 살짜리 피난민 소녀 준 한, 미국인 참전병사 헥터 브레난, 그리고 선교사의 부인인 실비 태너이다. 그러나 이 글에서는 준과 헥터, 두 사람의 관계에 주목하고자 한다. 비록 세 사람은 한국전쟁 후 실비 태너 부부가 운영하는 서울 근교의 고아원에서 만나게 되고 그들이 엮어내는 이야기가 소설의 줄거리를 형성하지만 어디까지나 이 소설은 미국인 참전군인과 전쟁 고아로서 후에 미국으로 이주하는 준의 이야기이다. 좀 더 구체적으로 전쟁의 트라우마를 안고 살아가는 준의 인생 여정에 초점을 맞추고 있다. "그 여정은 거의 끝나가고 있었다"[18]라고 시작하는 소설의 첫 문장에서 보듯이 이 소설은 피난 길에 오른 준이 부모와 형제를 모두 잃어버리고 혼자서 거리를 헤매다 헥터에게 발견되어 고아원에 들어가고 몇 년 후 미국으로 이주해 고난의 삶을 계속하다가 치명적인 병에 걸려 죽어가면서도 유럽으로 임종 여행을 떠난다는 이야기이다. 다시 말하면 어린 준의 이야기로 시작해 성인이 된 준의 이야기로 끝난다는 것, 그녀의 여정에 처음부터 끝까지 헥터가 함께한다는 것, 그리고 실비는 준과 헥터 두 사람이 모두 처음에는 각각 그녀의 사랑을 차지하기 위해 경쟁하는 대상이지만 그녀가 죽은 후 궁극적으로 준과 헥터가 추구하는 하나의 가치이며 상징으로 남게 될 뿐 이 소설의 두 주인공은 준과 헥터라고 말할 수 있다.

무엇보다도 이 소설의 중요한 모티프는 한국전쟁이다. 다시 말하면 한국계 미국인 2세대 작가가 미국인들의 기억 속에 남아 있는 한국전쟁을 소재로 여전히 미국과 한국의 경계지대에 살고 있는 작가 자신의 이야기를 준과 헥터를 통해서 풀어나가고 있다. 비록 전쟁이 끝난 지 오랜 세월이 흘렀지만 오늘을 살고 있는 상당수의 한국계 미국인들의 삶 속에서 어떻게 전쟁은 계속되고 있으며 동시에 그들과의 관계를 통해서 전쟁이 어떻게 미국인들의 기억 속에 남아 그들의 삶에 영향을 주고 있는지를 작가는 보여주려고 한다. 소설의 모든 작중인물들에게 전쟁은 그들의 정신과 삶을 파괴하는 원인이 된다. 그들은 전쟁이 일어나지 않았다면 살았을 삶과는 전혀 다른 삶을 살고 있는 사람들이다.

이 소설은 준의 여정을 따라가면서 20세기 중엽 냉전 이데올로기가 만들어낸 한국전쟁의 특징적인 양상을 잘 보여준다. 우선 한국전쟁은 공산주의와 민주주의라는 상반된 이념으로 건국된 두 집단 간의 동족상잔의 비극이다. 준의 가정의 해체는 바로 이러한 분단이 초래한 결과다. 이 소설에서 준의 아버지는 덕망이 높은 학교 교사였지만 전쟁 초기 공산주의자였다는 누명을 쓰고 국군에 의해 총살을 당하고 오빠는 국군에 징집되었다가 적에게 포로가 되어 인민군에 입대하게 되고 마지막에는 중공군의 일원으로 싸우게 되는데 한 고지 전투 중 헥터와 만나게 되고 포로가 되어 헥터의 동료 병사들에게 온갖 고초를 겪은 후 결국 죽음을 맞이하게 된다. 비록 작가가 소설에서 준의 오빠라는 것을 명시하지는 않지만 그가 지니고 있는 가족사진을 설명하는 과정에서 우리는 그가 준의 오빠였음을 짐작한다.

비교적 소설 초기에만 잠깐 전쟁 묘사가 나오는데 미국의 그 어느 전쟁소설보다도 참혹하게 그려지고 있다. 우선 준이 엄마와 언니 그리고 쌍둥이 동생 남매가 피난 도중에 겪게 되는 비참함은 전쟁폭력이 만들어낼 수 있는 최악의 모습이다. 추락한 미군 헬기의 잔해 속에 죽어 있는 조종사의 몸이 들짐승들에게 먹히고 난 후 뼈만 남은 모습과 그 아수라장 속에서 스팸과 통조림 등의 먹을 것을 찾아내 먹는 준의 가족들의 모습, 그리고 퇴각하는 공산군에게 언니가 끌려가 집단으로 겁탈당하고 그를 말리려 엄마가 달려가지만 때마침 날아온 미군 전투기에 의해 엄마와 언니가 흔적도 없이 순식간에 사라지는 모습, 남은 두 남매 동생과 피난열차 지붕 위에 올라탔다가 출발하는 열차의 충격으로 떨어지는 두 동생, 여동생은 죽고 그리고 다리가 잘려 피가 낭자하지만 아직 죽지 않은 남동생을 버리고 떠나야 했던 준의 모습은 정말 어떤 전쟁소설도 그려내지 못한 한국전쟁의 참혹한 모습을 그리고 있다. 결국 이러한 경험이 이후 준의 인생 여정을 계속 따라다니는 비극적 트라우마이며 그리고 죄책감으로 작용한다. 헥터와 준의 관계는 서로 생명의 은인이다. 피난길에 홀로 방황하는 준을 구해 고아원으로 데려다준 사람이 헥터인가 하면 준이 저지른 고아원 화재에서 실비 목사 부부가 불에 타 숨지는 가운데서도 그곳에서 잡역부로 일하던 헥터를 구해내는 사람이 준이다. 그래서 독자는 두 사람의 이러한 운명적인 만남이 이후 미국에서 결혼으로 이어지게 될 것이라 기대하지만 사실은 그렇지 못하다.

여기서 우리는 헥터를 통해서 미국인들의 한국전에 대한 기억을 엿볼 수 있다. 즉 헥터는 누구인가? 우선 작가는 헥터라는 이름과 그의 고향을 일리온Ilion으로 설정함으로써 어떤 의미를 부여하고 있는 듯하다. 우선 일리온은 고대 그리스 신화의 도시국가 트로이의 수도 일리움Illium을 지칭하고 헥터Hector는 트로이의 왕자로서 얼굴이 잘생기고 용맹무쌍한 전사이지만 트로이 전쟁에서 그리스 연합군의 아킬레스에게 죽임을 당하고 비참하게 최후를 마치는 비운의 주인공이다. 비록 이 소설에서 주인공 헥터가 죽지는 않지만 그가 관계하는 모든 사람이 죽음을 맞이한다는 점에서 그도 간접적인 죽음을 맞는다고 볼 수 있다. 그런 점에서 작가도 이 소설의 주인공으로 헥터를 설정한 것은 트로이의 왕자를 염두에 두고 있음이 분명해 보인다. 우선 소설 속의 헥터는 인물이 잘나서 동네에서 영화배우라는 찬사를 받는가 하면 2차 대전 시 전비 모금 포스터의 모델로 캐스팅되어 전국에 얼굴이 알려진다. 더구나 그의 고향 일리온은 트로이의 일리움처럼 상무정신이 투철한 마을로서 전국에서 가장 많은 전비가 모금되기도 했고 많은 청년들을 전쟁에 내보냈던 지역이다. 또 마을에 무기 공장이 있어서 거의 모든 마을 사람들이 무기 생산에 참여했고 1차 대전의 마아느 전투에서 태평양의 이오지마에 이르기까지 미국의 전쟁 승리에 이바지한 곳이다. 그래서 "역사는 일리온에서 만든 것으로 이루어진다"[19]라는 말이 생겨나기까지 했다.

결국 2차 대전이 끝난 후 5년이 지나 또 다른 전쟁이 한국에서 발발하자 스무 살의 헥터는 자원입대하여 맥아더군의 일원으로 한국 전선에 투입된다. 헥터는 전투에 임하여 가장 용감한 병사로 칭송을 받고 있으면서도 자신이 포로로 잡은 적을 고문하는 동료 병사들을 참지 못하는 인도적인 군인으로 묘사된다. 결국 용감한 병사였던 헥터는 전쟁에 회의를 느끼고 영현처리부대로 전출된다. 그리고 결국은 상관을 폭행한 죄로 불명예제대를 하는데 귀국하지 않고 서울 근교의 희망고아원에서 잡역부로 일한다. 또한 그는 귀국 후에도 뉴저지주 포트리에 있는 허름한 한인 소유의 빌딩 관리인으로 일한다. 여기서 주목할 것은 작가가 20세기 전쟁의 주인공을 설정하는 데 용맹한 트로이의 왕자가 아닌 반영웅으로 설정했다는 것이다.

그러한 헥터의 한국전쟁 참여 동기는 일반적인 젊은이들과 다르다. 공장 노동자인 아버지는 불구로서 부인을 사랑하지만 그녀의 외도를 의심하며 주로 술로 위안을 삼는다. 헥터는 열두 살 소년 시절에 이미 누나의 친구들이나 옆집의 전쟁 미망인과 섹스에 빠진다. 이러한 행동은 결국 술집에 혼자 남겨진 아버지를 보호하지 못하고 귀가 도중 실족사하게 하는 사건으로 이어진다. 항상 불구의 아버지를 책임지던 헥터에게 이는 씻을 수 없는 후회와 죄책감을 남긴다. 결국 이러한 죄책감이 그에게 전쟁 참여를 반대했던 아버지의 뜻을

1950년 9월 16일 미군의 인천상륙작전이 끝난 뒤 사람들이 떠난 텅 빈 거리에서 부모를 잃고 홀로 남겨진 어린아이가 하염없이 울고 있다. (출처: U.S. National Archives)

거역하고 한국전쟁에 자원하는 요인이 된다. 다시 말하면 헥터의 한국전 참전 동기는 아버지를 죽게 한 자신을 벌하기 위한 순전히 자의적 판단이다. 한국전에서 헥터는 전쟁에서 영웅이 될 것을 기대했지만 전쟁의 참혹성과 부조리만을 경험하고 불명예 전역자로 귀국하는 신세가 된다. 귀국해서는 변변한 직업도 없이 몇 번의 경범죄로 체포되어 전과자가 되는가 하면 차는 물론 운전면허증도 없고 은행계좌도 개설 못하는 신용불량자로 전락하고 만다.

이 소설의 하나의 핵심적인 줄거리는 헥터가 준과 위장 결혼해 미국에 와 바로 헤어졌고 30여 년이 흐른 후 55세(1986년)가 된 헥터가 48세의 준과 재회하며 그 둘 사이에서 태어난 아들 니콜라스를 찾아 이탈리아로 떠난다는 것이다. 헥터는 이미 치명적인 암에 걸린 준과 함께 이탈리아를 여행하며 한국에서의 비극적인 과거를 회상하고 궁극적으로 솔페리노 마을에서 생을 마감하는 준의 임종을 보게 된다. 그렇다면 준은 누구인가? 피난길의 준은 며칠을 먹지도 못하고 맨발로 길을 걷던 중 헥터에게 발견되어 고아원에 맡겨진 후 죽어가는 동생을 버리고 떠났다는 무거운 죄책감으로 괴로워하는 반항적인 아이이다. 고아원 원장 실비와 태너 부부에게 입양될 것을 기대하지만 실비의 간청에도 남편이 반대한다는 것을 알게 되자 홧김에 고아원에 불을 질렀고 그 화재로 자신이 그렇게도 좋아했고 입양되기를 원했던 가정의 실비와 그녀의 남편 태너 목사를 죽게 하는 결과를 초래하는 아이이다. 죽어가는 동생을 버린 죄책감에 이어 준은 또 하나의 치명적인 실수를 저지른 것이다. 우리는 소설의 마지막에 가서야 화재의 원인에 대한 준의 고백을 듣게 되지만 이러한 준의 행위가 어떤 결과를 가져왔는지에 대해서는 충분한 설명이 없다. 다만 미국에 도착해 헥터와 헤어진 후 데이비드 싱어라는 사람과 결혼하지만 그는 곧 심장마비로 죽게 되고 또다시 혼자가 된다. 친부의 존재를 궁금해 하는 아들에게 준은 그의 친부와는 솔페리노에서 만났다고 거짓으로 얘기하고 그 이야기를 믿었던 아들은 아버지를 찾아 솔페리노로 떠나지만 도중에 영국에서 말을 타다 낙마해 죽고 마는데 이를 믿으려 하지 않는 준은 아들을 찾아 솔페리노로 향한다.

우리는 여기서 한 가지의 의문을 갖게 된다. 왜 준은 치명적인 암으로 죽음을 눈앞에 두고도 죽었다는 아들을 찾아 헥터와 함께 유럽으로 떠나며, 특히 왜 19세기 중엽 이탈리아의 싸움터였던 솔페리노를 찾아가려고 하는 것인가? 물론 준이 아들을 찾는 것은 자기가 그동안 아들에게 너무나 무심했던 점, 그래서 아들이 자주 집을 뛰쳐나가고 도벽까지 있는 방랑자가 되게 한 점, 또한 아들이 영국에서 낙마해 다쳤다고 했을 때 바로 달려가지 못한 점을 후회하며 아들에게 용서를 구하고자 함이며 무엇보다도 아들이 자신처럼 이 세상에 혼자 남겨지는 것을 원치 않았고 그의 죽음을 믿고 싶지 않았기 때문이다. 그러나 무엇보다도 아들이 헥터와 자신 사이에서 낳은 아이라는 것을 고백하는 준은 마지막으로 아이의 친부와 함께 속죄의 상징적 여행을 떠나고 싶었기 때문이다. 동시에 실비와 준 그리고 헥터와의 사이에 얽힌 사랑과 실패와 상실 그리고 트라우마의 치유를 위한 장소를 실비가 그렇게 집착했던 솔페리노에서 찾고 싶었기 때문이다.

실비는 준에 못지않은 전쟁의 아픔을 경험하고 비극적 트라우마를 안고 사는 상실의 아이콘이다. 더구나 준이 저지른 화재로 고아들을 구하려다 비극적 삶을 마감하는 인물이다. 실비의 아버지는 목사로서 아프리카와 아시아 등에서 선교 활동을 하는 사람이다. 실비는 부모를 따라 세계 여러 곳을 돌아다녔고 열네 살이 되던 1934년에는 만주에서 선교학교를 운영하는 부모와 함께 살면서 중일전쟁의 소용돌이 속에 휘말리기도 한다. 실비는 만주에 오기 전 부모와 함께 이탈리아의 솔페리노를 방문한 적이 있다. 그녀의 부모는 적십자운동의 발단이 된 솔페리노 전투 75주년 기념식에 참석할 계획을 세웠고 만주로 부임하기 전에 그곳을 방문한다. 어린 실비는 솔페리노 전투의 참상을 들었고 그곳의 전쟁박물관과 많은 전사자들의 뼈가 보관된 교회를 방문하면서 깊은 충격을 받는다. 실비는 자신의 아버지가 준 앙리 뒤낭이 쓴《솔페리노의 기억》이라는 책을 소중히 간직하고 헥터와 준에게 읽기를 권하는데 그 책이 준을 거쳐 궁극적으로 준의 아들 니콜라스에게 전해지게 된다. 바로 이 책이 준에게 솔페리노를 찾게 하는 원인이 된다.

《항복한 사람들》에서는 한국전쟁이 발발하기 전 20세기 초 동아시아를 지배하려던 일본제국주의의 역사를 배경으로 당시 만주에 학교와 교회를 세우고 현지인들을 교육시키려던 미국을 비롯한 서양인들, 국민당과 공산당 간의 국공내전, 그 사이에서 중국인들의 저항을 분쇄하려는 일본군과의 싸움, 그런 과정에서 무고한 양민의 학살은 물론 서양 선교사들의 무고한 희생 등이 짧게나마 그려지고 있다. 일본군 장교의 죽음으로 야기된 선교원에 대한 일본군의 박해와 보복 그리고 그 장교의 죽음의 원인을 찾는 과정에서 일본군에 의해 고문과 폭력으로 처참하게 죽임을 당하는 실비의 첫사랑과 부모, 이를 면전에서 목격한 어린 실비는 하루아침에 고아가 되고 마치 후에 준이 겪은 경험처럼 이 광경은 그녀에게 씻을 수 없는 평생의 비극적 상흔으로 남게 된다. 여기에서 일본군이 보여주는 행위는 소설 초에 준의 가족들이 전쟁의 간접적인 수단으로 죽임을 당하는 참혹함보다 몇 배는 더 잔인하다. 후에 미국에 돌아와 대학을 다닐 때도 실비는 1차 대전에 참전했다가 성불구가 된 남자친구를 만나는가 하면 후에 결혼하는 태너 목사와도 임신을 하지 못하는 등 원만한 성생활을 이어가지 못한다. 그래서 태너 목사는 실비의 불임을 만주에서의 충격 때문이라고 생각한다. 사실 이 소설의 주요 인물들이 모두 참혹한 전쟁을 경험한 후 그 트라우마를 극복하지 못하고 그것에 굴복하는가 하면 그들과 관계하는 모든 사람들이 죽거나 실패한다는 점에서 사실 소설 제목이 시사하듯 모두 "항복한 사람들"이다.

여전히 우리는 아직도 준이 왜 솔페리노에 집착하는가에 대한 구체적인 해답을 제시하지 못했다. 이탈리아의 솔페리노는 적십자운동의 계기가 된 발상지로서 이 소설에서 참혹한 전쟁의 상징이고 동시에 전사자와 부상자를 보살펴야 하는 '자비'의 상징이다. 실비의 아버지가 실비에게 그 책을 줄 때 직접 서명한 글도 "강인한 딸에게, 자비의 천사가 되기를 바라며"[20]라는 말이다. 이는 실비의 좌우명이 되고 한국의 고아원에서도 이를 실천하려고 노력한다. 비록 고아원에서 헥터와 불륜을 저지르며 남편을 배신하는 실비이지만 이 같은 그녀의 행동의 원인을 지금까지 지내온 그녀의 여정에서 살펴보아야 한다. 즉 만주에서 그녀의 첫사랑이 일본군에게 참혹하게 죽임을 당했고 대학 시절 사귀었던 애인은 1차 대전에 참여했다가 부상으로 성불구자가 되어 마약을 복용하지 않으면 살 수 없는 사람이었고 목사인 지금의 남편과도 원만하지 못한 가정생활로 아기를 갖지 못하고 있다. 실비에게서도 우리는 전쟁이 인간에게 가져다준 하나의 비극적 영향을 발견하게 된다. 실비는 아버지에게서 물려받은 책 《솔페리노의 기억》을 소중히 간직하고 준이 그것을 읽기를 원한다. 실비가 화재로 죽기 전에 이미 준에게 이 책을 주었고 준은 미국에서도 그것을 보석함에 소중하게 간직하고 그녀의 아들에게 물려주며 솔페리노를 찾게 하는데 이 책은 분명 작가가 실비와 그녀의 가치, 즉 '자비'를 상징하는 소설적 장치로 솔페리노를 설정한 것임이 분명하다. 헥터와 준 모두에게 실비는 하나의 속죄해야 하고 동시에 추구해야 할 상징이다. 준에게 실비는 자신의 과실로 죽게 한 죄책감의 대상이고 헥터에게도 마찬가지로 화재가 일어난 날 방 안에서 자신을 버리고 귀국하려는 실비를 원망하며 죽게 내버려둔 회한의 대상이다.

재미 작가 이창래에게 한국전은 그 포성이 멎은 지 비록 60년이 지난 과거의 사건이지만 여전히 현재도 계속되는 진행형이다. 더구나 한국전쟁의 여파로 이민하게 된 많은 한국계 이산인들에게 한국전쟁은 여전히 직간접적으로 영향을 끼치고 있는 전쟁이다. 그런 의미에서 1986년 뉴욕에 사는 준에게 한국전은 잊혀지지 않는 악몽이다. 빗나간 아들에 대한 과도한 집착은 결국 자신이 살기 위해 버리지 않으면 안 되었던 남동생에 대한 죄책감 때문이다. 실제로 준이 암의 고통 속에서 환각 상태에 빠질 때는 동생과 아들을 착각하기도 한다. 죽었지만 살아 있다고 믿고 싶은 아들을 찾아 솔페리노로 향하는 것은 결국 기차 지붕 위에서 떨어진 자신을 구하러 올 것이라고 믿으면서 죽어갔던 동생을 찾는 행위와 다름없다. 동시에 그동안 아들을 돌보지 못했던 자신의 과거에 대해 용서를 구함이며 그녀를 짓눌러왔던 동생에 대한 죄책감을 상쇄시키려는 하나의 상징적 행동이다. 또한 자신의 고의적 실수로 생명을 잃게 된 실비에 대한 속죄의 여행이다. 그러나 과연 그 여정의 끝에서 준은 자신에 대한 용서가 이루어졌다고 생각할 것인가? 여전히 준은 그 가능성을 반신반의한다. 작가는 준의 여행을 '순례자'의 여행에 비유하지만 최종 목적지가 다가오는 것에 불안을 나타낸다. 그 이유는 자신의 순례

목적이 과연 옳은 것이었는지, 아니면 또 다른 새로운 계시를 보게 될 것인지가 두렵기 때문이다. 그래서 순례자는 종착지가 나타나지 말고 계속 멀리 물러나기를 은근히 바라기도 한다. 그래야 꺼지지 않는 열정과 헌신을 계속 유지할 수 있기 때문이다. 과연 그녀는 남동생과 아들과 실비에 대해 지은 죄를 용서받을 수 있을 것인가? 작가는 준의 끈질긴 여행의 사투를 제스처로 보여줄 뿐 그 대답은 독자의 몫으로 남겨놓는다.

그렇다면 헥터는 어떠한가? 작가는 특별히 헥터의 귀환과 그의 사회 부적응 이유를 구체적으로 설명하지는 않지만 한국에서의 전쟁 경험이 그를 사회의 낙오자로 만들었다고 본다. 앞에서도 언급했지만 2차 대전과 같은 '정당한 전쟁'도 아닌 한국전에서 여느 미국의 젊은이들과 마찬가지로 뚜렷한 참전 동기도 없이 단지 아버지의 죽음에 대한 죄책감 때문에 그리고 아버지의 충고대로 과연 전쟁은 나가서는 안 되는 사건인가를 확인하기 위해서 한국에 온 헥터였다. 그러나 전쟁은 인간을 황폐화시키는 사건임을 깨닫게 되고 결국 귀국길에 오른다. 그의 귀환은 스파르타의 영웅의 귀환이 아니라 패자의 귀환이다. 준과 마찬가지로 실비의 죽음에 자신도 일정 부분 책임이 있다는 죄책감을 안고 사회로 복귀하는 것이다. 더구나 복귀한 후 자신과 관계를 맺게 되는 모든 사람이 죽음을 맞이하게 된다. 비극적 전쟁과 전후 삶의 트라우마를 떨쳐낼 수 없는 헥터는 준과 마찬가지로 그들의 정신적 상징인 실비의 솔페리노를 찾아가는 준의 여행에 합류한다. 비록 준을 버릴 수 있는 많은 기회가 있었지만 그녀를 떠나지 않고 이미 하나의 상징과 가치가 된 실비와 그들의 아들 니콜라스가 찾고 추구했던 솔페리노를 향해 도전하는 것이다.

그런 점에서 이 소설은 준의 인생 이야기이면서 동시에 헥터의 이야기이다. 두 사람은 국적을 달리할 뿐 고통의 여정을 살아가는 것은 똑같다. 굶주림에 지친 배를 채워주기만 한다면 '항복'하겠다고 한 준이었지만 허기를 견뎌냈고, 그보다 더한 참혹한 죽음의 공포를 이겨냄으로써 결코 '항복'하지 않았던 준이 결국 암에 항복하게 된다는 것과 포화의 불길 속에서 살아남았던 헥터는 무관심한 사회의 냉대 속에서 죽은 것과 다름없는 패자의 삶을 살아가야 한다는 것은 이 소설이 지닌 크나큰 아이러니가 아닐 수 없다. 비록 정신만 차리면 아무리 육체가 병들어도 항복할 필요가 없다던 준이었지만 결국 솔페리노에서 육체적 죽음을 맞이한다. 솔페리노로의 여행이라는 소설의 주된 흐름과는 다소 동떨어진 구조적 설정을 통해서 작가는 앙리 듀낭의 '자비'를 이념으로 하는 적십자운동의 정신이 실비에게로 이어지고 그것이 또한 준과 헥터, 그리고 궁극적으로 그들의 아들에게로 전해짐으로써 전쟁과 폭력의 세계 속에서도 추구하고 도전해야 할 가치가 있다는 희망을 보여주기는 한다. 그러나 결국 두 사람 모두 이 소설 제목이 암시하는 "항복한 사람들"이고 전쟁이 어떻게 인간과 그들의 삶을 송두리째 변화시킬 수 있는지, 그리고 전쟁에서 죽음을 피한다 해도 결국 그들을 기다리는 것은 죽음이라는 비관적 결정론적 인생관을 작가 이창래는 이 소설을 통해 보여준다.

V.

한국전 :
끝나지 않은 전쟁

1. 귀환병의 사회 적응 문제

전쟁에 나간 병사들은 고향으로 돌아오는 순간 그들의 전쟁은 끝난다. 그러나 사실 그것으로 끝이 아니다. 그들에게 전쟁은 기억 속에서 계속되고 있기 때문이다. 무엇보다도 몸과 마음의 깊은 상처를 안고 돌아온 그들에게 사회 적응 문제가 남아 있다. 미국의 많은 전쟁소설들은 이를 포착하고 귀환병의 적응 문제를 다루고 있다. 헤밍웨이의 단편 〈병사의 고향〉은 주인공 해롤드 크렙스가 1차 대전에서 돌아와 가정과 사회에 적응하려고 노력하지만 아무도 자신의 이야기에 관심이 없는 것을 보면서 다시 고향을 떠난다는 이야기이다. 이러한 귀환병의 사회 적응 문제는 미국의 전쟁소설의 핵심 주제 중 하나인데 마찬가지로 한국전 소설에서도 발견된다. 앞에서 논의한 대로 이창래의 《항복한 사람들》의 주인공 헥터는 한국전에서 영웅이 되는 것은 고사하고 참혹함과 부조리를 경험하며 불명예 제대를 한다. 전쟁의 깊은 상처를 안고 돌아오지만 사회에 적응하지 못하고 전과자가 되어 운전면허는 물론 은행계좌도 개설 못하는 신용불량자가 된다. 그리고 허술한 빌딩의 관리인이 되어 술과 여자로 방황하는 삶을 살고 있다. 그런가 하면 프랜시스 폴리니의 포로소설 《밤》에서 주인공 랜디 중사는 포로수용소에서 동료를 배반한 죄책감을 안고 귀국해 사회에 적응하지 못하고 결국 자살하고 만다.

존 색의 《지상에서 심바시로》는 한국전쟁과 일본을 거친 작가 자신의 경험을 이야기하는 자전적 소설이다. 작가에 따르면 극동에서 군에 오래 있게 되면 이상한 변화가 생긴다는 것이다. 한국에 있을 때 한국 문화에 익숙해서 찻잔도 두 손으로 공손하게 들고 친구를 만날 때도 한국인처럼 허리를 숙여 인사하던 습관이 들었다. 귀국해서 친구들에게 넌 "토인이 다 되었군"이라는 소리를 듣는다. 군대가 자신들을 한국과 일본에 보낼 때는 그 나라의 풍습을 가르쳐주더니 '아이크의 섬(당시 미국은 아이크가 대통령)'으로 되돌려 보낼 때는 아무 것도 가르쳐주지 않는다고 자조 섞인 푸념을 늘어놓는다.[1] 그러나 이것은 이질적인 문화에 노출된 후 귀환하는 일상적인 사람들의 이야기로 참혹한 전쟁의 트라우마를 안고 귀환하는 병사의 적응 문제와는 다소 거리가 있는 이야기이다.

아마도 한국전에서 귀환하는 병사의 사회 적응 문제를 다루는 이야기로는 토니 모리슨Toni Morrison의 《고향Home》(2012)이 대표적일 것이다. 물론 모리슨은 기성작가로서 한국전과는 전혀 관계가 없지만 전쟁이 끝난 지 60여 년이 지난 시점에 다시 그 전쟁을 자신의 소설 주제로 삼고 있는 것이다.

모리슨의 《고향》은 한국전 참전 흑인 병사인 프랭크 머니를 주인공으로 하고 있다. 전쟁의 참상을 경험한 후 외상 후 스트레스 장애를 앓고 있는 스물네 살의 프랭크는 보훈병원에서 치료를 받다가 치명적인 병에 걸렸다는 여동생 씨이의 연락을 받고 병원을 도망쳐 나와 어린 시절 자신이 그렇게도 벗어나려고 했던 남부 조지아의 로터스 고향 마을로 돌아온다. 전쟁에서는 흑백통합부대에서 백인들과 함께 싸웠지만 전후 돌아온 곳은 전쟁 전에 경험했던 똑같이 인종차별이 극심한 남부의 시골 마을이다. 우선 주인공이 한국전쟁에 참전했던 흑인 청년이라는 점에서 우리는 한국전쟁과 인종 문제가 이 소설의 핵심 주제임을 추측하게 된다. 그렇다면 2012년에 출판된 이 소설에서 왜 토니 모리슨은 60여 년 전에 일어났던 '잊혀진 전쟁'이라는 한국전을 때늦게 소설의 배경으로 했나 하는 것이고 또한 참혹한 전쟁의 상흔을 입은 주인공이 인종차별이 심한 미국 사회로의 귀환과 적응 과정을 통해서 깨닫는 것이 무엇이며 궁극적으로 작가가 전달하려고 하는 메시지가 무엇인가를 살펴볼 필요가 있다.

모리슨은 이 소설을 발표한 후 한 언론과의 인터뷰에서 그리고 웨스트포인트의 미 육사에 초청되어 자신의 소설《고향》을 교재로 읽은 생도들에게 행한 강연에서 자신이 이 소설을 쓰게 된 동기로 미국인들의 마음속에서 잊혀진 1950년대를 기억하고 가려진 베일을 벗겨냄으로써 그 시대와 한국전쟁을 알리고 싶었다고 말한 바 있다.[2] 특히 2차 대전이 끝나고 아직 대대적인 흑인인권운동이 일어나기 전인 당시의 미국 사회는 어느 때보다도 풍요를 기약하는 시대였다. 그러나 이러한 시대에 미국인들의 관심에서 밀려난 세 가지의 사건이 있었는데 모리슨은 그것을 한국전쟁, 반공과 매카시즘 그리고 군인들과 죄수들과 사회의 하층민들에게 행해진 위험한 생체실험이라고 말한다. 한국전은 중간 중간 일인칭 서사 기법으로 주인공 프랭크가 회고하는 형식으로 기술되고 있지만 그 내용은 작가가 오직 책을 통해서만 얻은 지식으로 사실적인 내용과는 좀 거리가 있어 보인다. 더구나 한국전이라고 언급은 하지만 한국전쟁이라고 특정할 수 있는 묘사도 뚜렷하지 않다. 사실 전쟁의 소용돌이 속에 처한 사람들이 겪는 참상은 어느 곳에서나 비슷하기 때문이다.

그러나 모리슨이 이 소설을 쓴 이유로 밝혔듯이 한국전이 반공이데올로기가 미국 사회를 지배했던 1950년대 유일한 전쟁이며 냉전의 산물임을 언급할 때 당연히 미국인들의 마음속에 떠오른 전쟁은 한국전일 수밖에 없다. 한국전이 1950년대 미국의 젊은이들, 특히 흑인 젊은이들에게 어떤 의미를 가지는가? 그들은 어린 시절부터 겪었던 인종차별과 가난의 굴레에서 벗어날 수 있는 유일한 길이 군대였고 마침 멀리 극동에서 벌어진 전쟁은 그들에게 좋은 탈출구가 되었다는 점에서 미국 사회에서 젊은이들에게 한국전은 큰 의미를 가진다. 이 소설에서 조지아주 로터스의 흑인 청년들—프랭크, 마이크, 스터프—에게 군대는 정말 구세주와 같은 것이었다. 그들의 참전은 전쟁 영웅이 되는 것과는 전혀 관계가 없다. 그저 그들이 살고 있던 가난에 찌들린 열악한 고향 마을을 떠나야 했을 뿐이었다. 더구나 이들은 미국 역사상 처음으로 한국전에서 시도된 흑백통합부대에 속해 있었기 때문에 적어도 피상적으로는 사회에서 받던 차별을 군대에서는 받지 않는다. 비록 모리슨은 통합부대의 흑인들이 오히려 "배가된 고통"[3]을 경험했다고 말하지만 사실 이 소설에서는 군대 내의 흑백 차별을 크게 부각시키지는 않는다. 전공을 세운 자는 흑백에 관계없이 훈장을 받는다. 프랭크도 전투에서 훈장을 받았고 그것을 자랑스럽게 달고 다닌다. 그것은 경찰의 불심검문에서도 인정되는 확실한 신원보증서가 된다.

비록 모리슨은 한국과 한국전에 대해 잘 알지 못하지만 소설의 여실성을 위해서 자신이 직접 하나의 작중인물이 되어 마치 자신이 참전용사였던 것처럼 한국전에 대해 말한다: "한국, 그곳에 가보지 않은 사람은 그곳이 어떤 곳인지 상상하지 못할 것이다."[4] 한국전 소설의 어느 곳에서나 언급되는 한국의 추위, 적과 대치한 고지에서의 고통스런 기다림, 인해전술로 밀려오는 중공군, 굶주린 피난민들, 그리고 어린 여자아이들까지 성매매에 내몰리는 전쟁 속의 한국인 처자들의 비참한 생활, 이런 것들이 모리슨이 묘사하는 한국전의 모습들이다. 그러나 이 소설에서는 미국 전쟁소설에서 흔히 나타나는 전쟁의 명분을 내세우며 인권을 유린하는 군대에 대한 비판은 보이지 않는다. 미국의 전쟁 목적에 대한 회의와 비판도 보이지 않는다. 프랭크에게 전쟁과 군대는 오히려 자신의 정체성을 발견할 수 있는 수단이 된다. 한곳에서 그는 명령을 수행하고 전우를 도우며 심지어 적을 사살할 때 자신이 살아 있음을 느꼈다고까지 얘기한다. 그래서 전쟁은 모순이고 이율배반적인 장소이다. 한 예로 자식을 위해 죽음을 택하는 한국인 부모들의 살신성인의 모습을 부각시키는가 하면 반대로 살기 위해서 자식까지 성매매 시장으로 내모는 비정한 부모들의 비참한 모습을 대비시킴으로써 참혹한 전쟁의 모순을 작가는 묘사한다.

그러나 모리슨은 프랭크가 후에 전쟁의 트라우마에 시달리게 되는 두 가지의 사건을 상정함으로써 전쟁의 비극적인 모습을 전달하는 데 더욱 큰 비중을 두고 있다. 하나는 함께 참전한 동네 친구 마이크와 스터프가 자신의 면전에서 비참하게 죽는 것을 목격하는 사건이고, 다른 하나는 미군의 쓰레기통을 뒤지며 먹을 것을 구하면서도 몸을 팔고자 하는 어린 소녀를 총으로 쏘아 죽이는 사건이다. 이두 사건에 대한 기억은 프랭크가 귀환 후 거리를 방황하며 술에 취하지 않고는 견딜 수 없어 결국 보훈병원의 정신병동으로 들어가게 되는 원인이 된다. 물론 친구들의 죽음은 자신이 어떻게 할 수 없는 불가항력적인 것이었지만 자신의 과오로 친구들이 죽었다고 생각하며 죄책감에 시달린다. 더구나 전쟁터에서 자신이 죽인 어린 소녀는 자신이 어린 시절부터 그토록 사랑하고 보호해왔던 여동생의 모습과 겹쳐져 프랭크에게 참을 수 없는 고통을 가져다준다.

그러나 근본적으로 이 소설은 전쟁에서 돌아온 주인공 프랭크가 전쟁의 상흔을 안고 여동생이 사는 '고향'으로 돌아간다는 긴 여정을 주된 내용으로 하고 그 과정에서 겪는 인종차별의 사회적 해악이 주된 묘사의 대상이 된다. 비록 모리슨은 1950년대 한국전의 중요성을 말하고는 있지만 그것은 당시의 미국 사회를 조명하기 위한 하나의 거울에 지나지 않는다. 모리슨이 인터뷰에서 언급했듯이 1950년대 초 흑인의 이러한 긴 여행은 목숨을 걸어야 하는 위험한 여행이고 그것은 또 하나의 전쟁이었다. 우리는 여기서 프랭크의 입대 전 두 남매의 가정 사정을 알게 된다. 프랭크는 네 살 때 자신이 태어난 텍사스의 한 시골 마을에서 백인들에게 쫓겨나 조지아주 로터스라는 곳까지 먼 길을 걸어서 가는 도중 교회 지하실에서 여동생 씨이가 태어나는데 프랭크는 동생을 극진한 사랑으로 보호한다. 더구나 부모가 모두 밤늦게까지 일하고 새벽에야 돌아오는 노동자들이기 때문에 프랭크는 여동생의 보호자가 되어야 했고 이러한 관계가 남매간의 유대를 더욱 공고하게 해준다.

　남부는 흑백 간의 인종차별이 전쟁에서 보이는 피아간의 적대감보다 더 심한 곳으로 묘사된다. 퇴거를 거부하는 한 흑인 노인을 백인들이 때려죽이고 눈을 파내 생매장하는 텍사스, 두 남매는 백인에 의해 흑인 부자간의 싸움이 강요되고 아들에 의해 아버지가 충격적인 죽임을 당하고 그 아버지를 암매장하는 것을 훔쳐본 조지아주의 로터스 마을 등은 세상 어느 곳보다도 잔인한 곳이다. 전쟁터도 이렇게 잔인한 곳은 없다. 그래서 모리슨은 소설 초에서 로터스라는 곳을 "이 세상에서 가장 나쁜, 어느 전쟁터보다도 더 나쁜 곳"[5]이라고 정의를 내린다. 전쟁에서는 죽음도 있지만 무언가 노력하면 얻을 수 있고 성공할 수 있는 기회가 있다. 그러나 "로터스는 결코 그런 기회가 없는 곳이다. 미래가 없는 곳이다."[6] 흑인 청년들에게 이곳은 벗어나 다시는 돌아오고 싶지 않은 장소이지만 프랭크가 다시 이곳으로 오는 것은 바로 여동생 때문이다. 전쟁의 상흔을 안고 또 다른 전쟁터로 귀환하는 것이다.

　여동생의 존재는 프랭크가 한국전의 전쟁터에서 살아남았고 또 앞으로도 살아가야 할 이유가 된다. 그녀는 어릴 적 의붓할머니에게 심한 구박을 받았고 부모에게서 사랑도 받지 못했는데 오빠가 전쟁터로 간 사이 여동생은 로터스를 떠나 애틀랜타로 나와 여러 직장을 전전하지만 마지막 간 곳이 닥터 보라는 의사가 운영하는 병원이다. 이곳에서 간호조무사로 일하게 된 여동생은 치명적인 병을 얻었는데 사실 그 병은 여동생이 의사의 실험 대상이 되었기 때문에 생긴 병이다. 그는 의사이지만 인간을 개량하는 데 관심을 가진 우생학자로서 흑인인 여동생을 자신의 실험 대상으로 삼은 것이다. 이는 위에서도 언급했지만 1950년대에 성행하던 하층민들, 특히 흑인들에 가해진 생체실험의 대상자로 여동생을 택한 것이다. 사실 닥터 보는 나중에 여동생에게 '치명적인 실험'을 하여 죽음의 지경에까지 이르게 하고 임신도 할 수 없게 만든다.

더욱 문제가 되는 것은 그의 실험이 특허를 냈고 정부의 지원에 의해 수행된다는 점이다. 여기서 작가는 여동생이 직면하고 있는 문제는 인종 개량을 원하는 체제의 조직적인 시도라는 점을 암시함으로써 당시 미국 사회의 부도덕성을 질타하고 있다. 닥터 보는 철저한 반공주의자이고 백인 우월주의자로서 흑인은 개량되어야 할 인간 종족으로 여긴다. 아이러니한 것은 자신의 장애 딸들에게는 적용하지 않고 사회적 약자인 흑인 여자에게 자신의 실험을 하고 있다는 것이다. 다시 말하면 장애인 백인이 온전한 흑인보다 우월적 지위를 차지한다는 의미이다. 이 소설에는 순진무구한 사람들의 눈을 가리고 인종차별과 조직적인 기만을 통해서 그들을 속이고 통제하려는 사회적 조직과 지배계층의 도덕적 일탈과 그에 대한 분노가 은연중에 담겨 있다. 따라서 전쟁은 저 멀리 한국에서만 벌어지는 것이 아니라 국내에서도 흑인들에게 '실험적인 전쟁'이 전개되고 있는 것이다. 인종차별의 문제는 한국의 전쟁터로 옮겨졌다가 다시 본국으로 돌아온다.

그러나 모리슨은 작중인물들과 달리 로터스로 대표되는 미국 사회를 반드시 부정적으로 보지 않는다는 사실이다. 애틀랜타에서 로터스로 여동생을 데려온 프랭크는 동네 여인들의 극진한 보살핌으로 동생이 병에서 치유되는 것을 경험한다. 이때 프랭크는 로터스가 밝아지고 파란 하늘과 꽃들이 만개한 들판을 발견한다. 더구나 사람들은 웃고 즐기며 마치 그가 오래전에 기억하던 지옥과 같은 로터스가 아니라 천국과 같은 고향 마을을 발견한다. 비록 외적인 아름다움과 사람들의 선의가 인종차별이 만연한 미국 사회의 현실을 정확히 반영하는 것은 아니지만 그러한 시도가 흑인도 사람답게 살 수 있는 사회가 될 수 있다는 희망을 갖게 한다. 소설의 마지막에서 두 남매는 어릴 때 목격했던 흑인 남자의 매장지를 파내고 아무렇게나 흩어져 있던 유골을 정리해 여동생이 직접 짠 누비이불로 싸서 다시 아늑한 장소에 정중하게 묻어준다. 이것은 이제 더는 흑백의 차별이 없는 통합의 세상을 바라는 두 남매의 상징적 제스처라고 볼 수 있다. 과거의 방식이 아닌 새로운 방식으로 새로운 시대를 살고자 하는 상징적 제스처이다. 오랜 방황 끝에 프랭크 남매는 드디어 '고향'을 재발견한다. 악몽과 같았던 어린 시절의 기억으로 얼룩진 고향으로의 여정은 단순히 생활 여건이 나아진 지리적 장소로서의 고향이 아니라 자신들이 만들어가야 할 그런 마음의 고향이다.

그러나 모리슨 소설은 거의 모두 노예제도나 인종차별, 가정의 보호나 모성애의 부족, 전쟁 등으로 상처받은 인물들을 주인공으로 상정한다. 푸른 눈을 갖고 싶어 그녀를 경멸하는 사회로부터 또한 아버지에게 강간을 당해도 관심 없는 엄마가 있는 가정으로부터 도피하고자 하지만 결국은 마지막에 미쳐버리는《가장 푸른 눈》의 피콜라, 엄마가 비참하게 죽어가는 것을 보는《빌러비드》의 세데, 흑인 남자를 생매장하는 것을 보는《고향》의 프랭크 남매 등은 모두 폭력적인 현장에 있던 인물들이다. 개인적인 편견으로 행해진 제도적 폭력과 인종차별이 그들의 인권을 유린하는데도 그러한 사회적 관행을 내면화함으로써 자신들이 인간적으로 열등하며 무가치하다는 사고를 갖게 되는 사람들이다. 이 소설에서도 로터스의 변화는 작가의 희망일 뿐 한국전 참전용사 프랭크는 인종차별이 여전히 시행되는 '고향'에서 전쟁의 트라우마를 영원히 간직한 채 살아간다.

결론적으로 모리슨의《고향》은 1950년대 한국전쟁이라는 하나의 배경을 통해서 그녀가 평생을 천착해온 인종차별의 문제를 다시 한 번 이 시대에 들추어본 것이다. 또한 이라크와 아프가니스탄에서의 '테러와의 전쟁'을 끝내고 군인들이 돌아오고 있지만 전쟁의 트라우마를 안고 있는 그들이 과연 어떻게 사회에 적응할 것인지를 한국전 참전병사의 경험을 통해서 유추해본다. 즉 한국전 귀환병의 적응 문제는 중동에서 돌아오는 오늘의 참전병사들에게 하나의 '사용 가능한 과거'가 된다.

2. 한국전과 미국 가정의 비극

전쟁은 죽음을 전제로 하기 때문에 전쟁에 나간 젊은이의 가정은 항상 상실에 대한 비극적 고통을 감내할 준비를 해야 한다. 비록 한국전이 미국인들에게 잘 알려지지 않은 전쟁이었지만 사랑하는 가족을 그 전쟁에 내보내 희생시킨 가정은 엄청난 충격 속에 상실의 아픔을 겪어야 했다. 많은 한국전 소설들은 돌아오지 못한 미군 병사들의 이야기를 주제로 하고 있다. 제임스 미치너의《독고리의 철교》에 나오는 해군 조종사 브루베이커 대위는 적지에 추락해 아내와 어린 두 딸을 생각하며 죽어간다. 제임스 브래디의《가을의 해병》에서도 엄마가 없는 어린 딸을 두고 한국전에 나간 베리티 대위가 장진호에서 전사함으로써 혼자 인생을 살아가야 할 어린 딸만 홀로 남겨진다. 해리 매이하퍼의 미 육사 1949년 졸업생의 한국전 참전기《허드슨강에서 압록강까지》도 갓 결혼해 한국전에 참전한 신임장교들의 미망인들의 가슴 절절한 사연들을 싣고 있다. 프리맨 폴라드의《혼란의 씨앗》에서 백인 전우를 위하여 희생하는 흑인 병사 존 힐튼도 고향에는 갓 결혼한 젊은 아내가 있다. 그들이 어떠한 삶을 살게 될지 모르지만 아마도 아버지와 남편의 상실에 대한 기억은 영원한 트라우마로 남게 될 것임이 분명하다. 한국전은 살아남은 유족에게 결코 잊혀지지 않는 전쟁이다. 아마도 한국전쟁으로 가정의 해체를 다룬 노먼 블랙의《얼음과 불과 피》만큼 전쟁의 비극을 다룬 작품도 없을 것이다. 이 소설은 조지아주 농촌 출신의 맥켄지 중사의 이야기를 다루고 있다. 그의 두 형도 해병대와 육군으로 태평양전쟁에 참전한 용사들이었는데 한 사람은 전사했고 또 한 사람은 귀향 후 사회에 적응하지 못하고 자살하고 만다. 아버지는 농기구 수리공이었지만 두 아들의 죽음에 상심한 나머지 부모가 모두 세상을 떠났고 결국 마지막으로 남은 막내인 맥켄지마저 한국전에서 전사하면서 한 가정이 전쟁으로 완전히 없어지는 비극적인 이야기이다.

필립 로스Philip Roth의 소설《분노Indignation》(2008)도 한국전에서 전사한 한 청년과 그의 죽음으로 인한 가정의 비극을 다룬 소설로 주인공 청년이 치명적인 부상으로 죽어가면서 그때까지의 생을 회고하는 형식으로 쓰였다. 다시 말하면 실제적 상황을 묘사하는 마지막 몇 페이지를 제외하고는 소설 전편이 모르핀 주사를 맞고 무의식 상태에 있는 주인공 청년의 기억으로 전개된다. 그래서 소설의 목차도 '모르핀을 맞고서'로 시작하여 '모르핀에서 깨어나'로 끝난다.

마치 1차 대전 소설 달턴 트럼보Dalton Trumbo의《조니가 총을 들었다Johnny Got His Gun》(1939)에서 포탄의 파편상을 입고 팔다리는 물론 눈, 귀, 이빨, 혀 등 얼굴 전체의 기능을 상실한 주인공 병사 조 본햄이 오직 마음만이 기능하는 가운데 무의식과 의식 사이를 오가며 가족과 친구들을 기억하는 것과 유사하다.

《분노》는 거의 전편을 차지하는 앞부분이 기억의 부분이라면 아주 극소 부분을 차지하는 뒷부분이 현실이다. 이 소설은 일인칭 화자의 서술 형식으로 전개되는데 소설 초에서 이미 주인공은 자신이 죽은 사람이라는 것을 밝히고 있기 때문에 독자는 이 소설이 기억 속의 과거를 회상하는 소설임을 알 수 있다. 그러나 독자는 기억과 현실이 선형적으로 잘 연결되어서 주인공의 기억으로 소설 전체가 서술되고 있다는 것을 인지하지 못한다. 소설의 마지막에서 작가의 말대로 "기억이 끝나고"[7] 한국의 전쟁터의 한 야전병원에서 죽어가는 주인공을 보게 될 때에 비로소 독자들은 소설 전체가 플래시백의 기법으로 서술되었다는 사실을 알게 된다.

이 소설은 전쟁이 끝난 지 55년이 흐른 후에 쓰였지만 한국전쟁은 여전히 계속되고 있음을 말하고 있다. 그렇다면 전쟁이 끝난 지 오랜 세월이 흐른 이 시점에 한국전에 참전하지도 않았던 필립 로스가 왜 한국전쟁을 다시 끄집어낸 것인가? 로스 자신이 한 인터뷰에서 자신은 한국전이 발발한 1950년에 소설의 주인공처럼 대학 1학년으로 한국전에 징집될 것인가가 가장 큰 불안 요인이었다고 고백한 적이 있다.[8] 또한 이 소설을 통해서 "독자들에게 통상 '잊혀진 전쟁' 또는 '알려지지 않은 전쟁'이라 불리는 이 전쟁에 대한 역사적 기억을 다시 한 번 상기시키려고 한다"[9]라고 말한 바 있다. 20세기 중반에 벌어졌던 그 사건이 21세기에 들어와서도 여전히 미국인들의 기억 속을 차지하고 있다는 것은 그 전쟁이 여전히 한반도에서 진행 중이며 전쟁의 여파가 현재의 미국인들의 기억 속에 울림을 주고 있기 때문이다.

작가 로스는 전쟁터에서 전사한 주인공의 죽음과 그로 인한 가정의 비극에 중점을 두고 있지만 동시에 한국전과 결부해 당시의 냉전적 사고를 이 소설의 갈등 요인으로 부각시키면서 미국의 국수주의적 이념을 은연중에 비판하고 있다. 한국전이 당시 미국 사회에 어느 정도의 영향을 주었나 하는 것은 정의하기가 쉽지 않다. 그러나 한국전이 당시 전체 미국인들에게 크게 부각되지는 않았다 하더라도 전쟁터에서 싸워야 하는 징집 대상의 젊은이들에게는 불안과 공포의 요인이 되었음에 틀림없다. 이 소설에서도 대부분의 내용이 미국의 대학에서 일어나는 사건을 중심으로 전개되고 있지만 주인공 마커스 메스너의 머릿속에는 한국전이 항상 자리 잡고 있고 자신의 학교 생활의 결과를 한국전 징집과 연결시키고 있음을 볼 수 있다. 사실 당시는 징병제가 실시되던 때로서 18세 이상 26세까지의 모든 미국 청년들은 징집 대상으로 등록 의무가 있었고 국가가 전쟁에 휘말렸을 때 국가의 부름에 응해야 했다. 이 소설의 주인공 마커스가 한국전이 났을 때 19세로 징집 대상이었고 2차 대전에 참전해 전사한 두 사람의 사촌들을 생각하며 두려움에 사로잡히는 이유이다.

더구나 한국전에 징집되는 것을 두려워하는 아버지의 지나친 보호와 간섭을 피해 뉴어크의 집 가까이 있는 대학을 중퇴하고 중부 오하이오주에 있는 와인즈버그 대학으로 옮겨서도 항상 생각은 한국전에 가 있다. 유태계 정육점을 운영하며 어렵게 생계를 꾸려가는 부모님을 위해 법대를 지망해 성공하려고 하지만 일차적인 관건은 한국전 참전을 피하는 일이다. 그러나 만약 학업 성적이 일정한 수준을 유지하지 못하면 징집을 피할 수 없기 때문에 공부를 잘해야 한다. 더구나 한국전의 소식이 전해올 때마다 그는 최우등으로 졸업해 졸업식에서 학생 대표로 졸업식 식사式辭를 하는 학생이 되어 자동적으로 참전을 면하는 혜택을 받고 싶은 소망이 커진다.

한국전은 2년 차로 접어든 1951년의 상황, 중공군과 북한군의 대공세로 유엔군의 주력을 이루는 미군의 대규모 사상자 발생, 만주 폭격과 중공 해안의 봉쇄를 주장하는 맥아더를 트루먼이 해임하고 리지웨이 장군을 후임자로 교체한 후 전투와 휴전회담을 병행하고 있다는 사실 등 비교적 당시의 상황이 역사적인 사실 그대로 묘사된다. 무엇보다도 작가가 묘사하는 한국전의 전쟁 양상은 지금까지 미군이 싸워왔던 어느 전쟁보다도 참혹한 전쟁이다. "미군은 지금까지 이보다 더 참혹한 전쟁을 벌인 적이 없었다. 그들은 우리의 엄청난 화력에 아랑곳하지 않고 인해전술로 밀려왔으며 때로는 참호에서 대검과 맨손으로 싸워야 했다."[10] 그뿐이 아니다. 중공군은 주로 야밤에 떼를 지어 몰려오며 백병전을 벌이고 한국의 극심한 추위 속에서도 캄캄한 밤중에 피리를 불어대며 추위에 침낭 속에서 웅크리고 있는 미군들에게 달려드는 그들의 공격은 극도의 공포를 야기한다. 이 전쟁에서 미군의 사상자는 이미 10만 명을 넘어섰다고 기술한다.

이 소설의 주인공 마커스는 대학 2학년생으로 아주 순진한 청년이지만 현실에 적응하지 못할 뿐 아니라 전쟁을 낭만적이기보다는 가장 혐오스러운 인간의 사건으로 본다. 그래서 처음부터 어떻게 해서든지 전쟁을 피해보려고 한다. 주인공의 아버지도 말하듯이 한국 전쟁은 당시의 미국인들에게는 일상을 그르치는 정말 피하고 싶은 사건이었다. 그러나 무신론자인 마커스는 신념에 따라 혐오 수업인 채플을 대신 들어줄 사람을 돈을 주고 샀다가 발각되어 퇴학을 당하는 치명적인 실수를 범하게 되고 결국 그렇게도 피하고 싶어 했던 한국의 전쟁터로 보내져 비극적인 죽음을 맞이하게 된다. 이러한 실수는 사실 정직을 생활신조로 삼고 살아오던 마커스나 그의 아버지로서는 상상할 수 없는 일이었다. 그런데도 작가는 마커스를 대표적인 미국의 젊은이로 상정하는 것은 마커스의 생애가 바로 당시의 미국 젊은이들의 사고와 생활방식을 대변하고 있을 뿐만 아니라 그의 순수성이 당시의 사회적 현실에 부딪쳐 어떻게 실패하고 있는가를 보여주고 싶었기 때문이라고 생각된다. 마커스는 정육점을 하는 평범한 유태인 가정의 아들로서 부모님을 위해 세상에 나가 출세하고자 하는 일종의 순응주의자이면서도 개인을 집단과 집단의 이념 속으로 함몰시키려는 거대한 조직의 시도에는 반항하는 전형적인 1950년대의 젊은이이다.

마커스가 동부 뉴어크의 집을 떠나 중부의 와인즈버그 대학에 다니면서 경험하는 사건은 두 가지로 요약된다. 하나는 올리비아 허튼과의 연애 사건이고 다른 하나는 채플을 강제로 참석해야 하는 것에 대한 반발로 야기된 학교 당국과의 마찰이다. 우선 올리비아는 이혼한 의사 부부의 딸이다. 부모의 이혼이 결국 아름다운 그녀를 알코올 중독자로 만들었고 자살하기 위해 손목을 그어 자해를 하게 했으며 당시에는 생소하고 도덕적으로 금기시했던 펠라치오(구강성교)를 할 정도로 심히 타락한 여학생이다. 비록 부유한 가정의 지식인 부모 밑에서 성장한 학생으로 가난하지만 정직하고 순수한 삶을 살아온 마커스와의 교제를 통해서 적어도 삶의 의미를 발견하려는 학생이다. 그러나 그들의 관계는 어른들이 보기에 당시의 사회적 관습으로는 용납되기 어려운 관계였다. 그녀는 자신의 모습이 마커스의 가치체계 속에 받아들여질 수 없다는 것을 깨닫고 결국 죽음을 택한다.

　다른 하나는 이 대학이 강요하는 채플 시간의 문제이다. 이 대학은 동부의 아이비리그 대학을 연상시키는 아주 전통적이고 보수적인 대학이다. 기숙사에 있는 여학생들은 항상 엄격한 시간 통제 속에서 지내야 하고 모든 학생들은 자신의 의지와 종교적 신념과는 상관없이 졸업할 때까지 40시간의 채플 시간을 이수해야 한다. 이 시간의 목적은 미국의 국가적 건국이념과 가치 속에 모든 사람들을 순응시키기 위한 이념 교육의 성격이 강하지만 마커스는 이 같은 교육은 미국 이념의 다양성을 무시한 강제적이고 집단적 세뇌교육과도 같은 것이라고 비판한다. 또한 채플 강사는 자신의 초등학교 시절 애국심을 고취시키기 위해 불렀던 애국적 군가들을 생각나게 하는 중국의 국가를 부르게 한다. 일본제국주의와 싸우며 중국인들이 부르던 중국 국가 속에는 '분노'라는 말이 나오는데 그 말이 중국인들에게 일본에 대한 적개심을 일으키게 했던 것처럼 자신들에게도 그런 식으로 분노를 야기하고 상무정신을 고취시키려 한다고 비판한다. 또한 마커스 자신의 종교적 신념은 소위 이 대학이 요구하는 감리교의 교리와는 전혀 맞지 않다. 마커스가 채플을 반대하는 것은 자신이 무신론자이기 때문이다. 그는 학교 당국의 채플 강요를 이해할 수 없다.

이 소설에서 작가의 주된 관심사는 분명 마커스로 대변되는 1950년대 젊은이의 고뇌를 그리고 있지만 무엇보다도 젊은이의 생활이 냉전시대의 대표적인 사건인 한국전쟁과 어떻게 연결되는가, 그리고 미국 사회가 어떻게 그 전쟁에 반응했는가를 보여주려고 했다고 본다. 사실 마커스의 모든 생활은 한국전과 관련이 있다. 마커스가 대학 가기 석 달 전에 한국전쟁이 발발했고 아버지는 아들이 전쟁에 징집될까 봐 노심초사하고 마커스는 대학에 가서도 오직 학교 생활의 성패를 한국전 징집과 연결시킨다. 성적과 동료들과의 교우 문제, 올리비아와의 이성 교제, 학교의 채플, 학장과의 갈등 등 모든 것이 자신에게 부정적인 결과로 돌아온다면 그 결과는 자신의 한국행으로 이어질 것이라고 생각하며 걱정한다. 그뿐만이 아니다. 남학생들이 여학생 기숙사에 난입해 팬티를 탈취하는 사건이 벌어지고 총장이 전 남학생들을 모아놓고 훈계할 때 한국전 문제는 미국 사회의 큰 이슈가 되고 있음을 엿볼 수 있다. 다시 말해 총장은 지금 한국의 중부전선에서는 미군과 중공군 간의 치열한 전투가 벌어지고 있고 학생들 또래의 수많은 미국의 젊은이들이 민주주의를 수호하기 위해서 죽어가고 있는데 여학생 기숙사 습격이라는 전대미문의 바보 같은 사건이나 일으키고 있다고 그들을 신랄하게 비판한다. 총장은 18명의 남학생을 퇴학시키면서 학생들에게 어떤 희생을 치르더라도 학교와 미국의 가치를 지키기 위해 노력할 것이라는 강력한 메시지를 남학생들에게 전달한다. 여기서 한국전쟁은 냉전시대에 개인의 권리를 희생시키고서라도 체제를 수호해야 하는 명분을 제공하는 전쟁으로 이용된다.

마커스가 전사한 전투는 중부전선의 단장의 능선이다. 이 전투에

1951년 10월 5일 양구 북쪽 단장의 능선 전투에서 미 2사단 소속 병사들이 부상당한 동료들을 등에 업고 전선 후방의 구호소로 옮기는 모습. (출처: AP Photo)

서 200명의 중대원 중에서 12명만이 살아남았다. 중공군도 1,000명 중 800에서 900명이 전사한다. 마커스의 전사 소식을 접한 아버지는 아들을 잃은 충격 속에서 생에 대한 의욕을 잃고 얼마 후 폐기종으로 사망한다. 엄마는 오래 살았지만 죽을 때까지 식당 벽에 아들의 고교 졸업사진을 걸어놓고 하루도 보지 않고 지낸 적이 없으며 한때 아버지가 늦게 들어오는 아들의 버릇을 고치겠다고 잠가놓았던 방문을 활짝 열어놓고 아들을 기다렸다고 작가는 기술한다. 한국전은 미국 가정에 비극을 초래한 전쟁이다. 작가는 수많은 미국 청년들이 죽어간 한국전쟁은 미국의 비극이며 오늘도 기억해야 할 중요한 과거임을 분명히 한다. 그러면서도 한국전이라는 전쟁의 이름으로 이용되는 맹목적인 체제 수호 논리는 개인의 존엄과 권리를 파괴하는 논리라는 것을 작가는 분명히 한다. 미국의 가치를 위한다는 대학 총장의 외침이 일견 정의인 것 같지만 그것은 파시즘과 다름없다는 것이 작가가 전달하려는 메시지이다.

3. 한국전: 잊혀지지 않은 전쟁

미국인들에게 한국전쟁은 잊혀지지 않았다. 아직도 한국전에서 전사한 수천의 미군 병사들의 주검이 한반도의 산야에 묻혀 있고 일부이긴 하지만 발굴된 그들의 유해가 미국으로 송환되고 있다. 여전히 한국전은 끝나지 않고 진행 중이다. 미국은 1979년 이후 매년 9월 셋째 금요일을 '미군 포로 및 실종자 기억의 날'로 지키고 있다. 공휴일은 아니나 국기를 달고 그들을 기억한다. 공식적인 기념물들이나 기념일 행사를 통해 상시적으로 미국이 싸운 전쟁에서 희생당한 용사들을 기억한다. 그러나 무엇보다도 참전자 유족들에 의한 기억은 어떤 기관이나 제도적 기억보다 절실하다. 바로 한국전에서 돌아오지 못한 미군 병사들의 유족들은 그들의 가슴속에서 여전히 한국전을 싸우고 있다. 한국전은 미국 정부와 사회에 많은 영향을 끼쳤지만 누구보다도 유족들에게 영원히 잊을 수 없는 고통과 트라우마를 안겨주었다. '한국전 프로젝트'라는 한 미국의 웹사이트에 올라온 참전자 유족들의 편지를 보면 한국전에서 사랑하는 가족을 잃은 사람들이 어떻게 그 상실의 세월을 살아왔고 살고 있는지를 여실히 보여준다.[11] 특히 2006년 11월 11일 미국재향군인의 날을 전후하여 이 사이트의 "돌아오지 못한 사람들에게 보내는 편지"라는 코너에 올라온 250통에 달하는 유족들의 편지는 아직도 한국전은 끝나지 않았음을 분명히 말하고 있다.

편지들의 주된 내용을 몇 가지로 요약하면 우선 전사하거나 실종된 아들이나 남편을 가진 유족들의 가정이 겪어온 고통을 호소하는 내용, 전사한 아들을 기다리다 결국 세상을 뜬 부모들의 애절한 사연, 남편의 전사 소식을 들은 후 재혼한 부인이 여전히 남편을 잊지 못한다는 사연, 또한 남편을 기리며 평생을 수절하며 살고 있는 비극의 미망인, 살아 돌아온 전우가 전사한 동료를 추모하는 내용, 전사자의 자녀 또는 조카들이 아빠나 삼촌을 추모하며 결코 잊지 않을 것을 다짐하는 내용, 그리고 꽃다운 나이에 전쟁터에서 생을 마감한 전사자를 안타까워하는 내용, 자신의 아들들이 고귀한 목숨을 바쳐서 싸운 한국을 잊지 않기 위해 한국의 고아를 입양해 기르고 있다는 내용 등이다. 한 가지 공통적인 내용은 유족들이 자신들의 DNA를 정부에 보내놓고 여전히 전사, 실종자들을 기다린다는 것이고 그들이 돌아올 때까지 그들을 결코 잊지 않을 것이라고 다짐하는 편지들이다.

2006년이면 한국전이 발발한 지 56년이 지나는 해이다. 그러나 이 편지들을 보면 아직도 얼마나 많은 사람들이 여전히 자신들의 사랑하는 아들, 남편, 아빠, 애인 및 친구들을 잃은 슬픔을 토로하고 있는지, 한편으로 언젠가는 돌아올 것이라는 희망을 가지고 살아가고 있는지를 알 수 있다. 한 전사자의 여동생은 오빠의 육체적 시신은 묻었고 일상적인 생활은 계속되고 있지만 집안의 기둥을 잃어버린 충격으로 가정이 다시는 전과 같은 활력을 찾지 못했다는 얘기를 하는가 하면 다른 한 편지는 실종자를 발견할 때까지는 실종된 것이 아니며 잊지도 않을 것이라고 말하기도 한다. 심지어 96세 된 마미

듀라는 어머니는 1950년 8월 한국전에서 실종된 아들을 기다리며 그때부터 지금까지 편지를 쓰고 있는데 2만 440일째 되는 날 쓴 편지가 이 사이트에 올라와 있다. 그 어머니는 아들이 못 찾아올까 봐 이사도 하지 않고 살고 있으며 죽기 전에 단 한 번만이라도 아들의 얼굴을 보고 싶어 지금까지 모진 세월을 살아왔다면서 하루의 한순간도 아들을 잊은 적이 없으며 자신의 목숨이 다할 때까지 결코 희망을 포기하지 않으리라고 다짐한다.[12]

그런가 하면 죽은 남편을 기리며 평생을 수절하고 산 한 부인이 임종할 때에 그녀가 오랜 세월 간직했던 남편의 편지를 찾아내 읽어드린다는 딸의 이야기는 가슴을 뭉클하게 한다. 또 다른 편지는 18세의 나이로 한국전에 참전해 1950년 8월 낙동강 전투에서 전사한 오빠의 유품을 어머니가 간직하다가 돌아가신 후 자신이 넘겨받아 선반에 고이 간직하고 있다는 여동생이 쓴 글이다. 자신은 지금도 팔목에는 "그들이 집으로 돌아올 때까지"라고 쓰인 팔찌를 끼고 있으며 자동차에는 "자유는 그냥 주어지는 것이 아니다", "난 한국을 잊지 않는다", "실종자/포로"라는 세 가지의 스티커를 붙이고 다닌다고 말한다.[13]

결혼한 지 1년도 안 되어 한국전에 참전했다가 전사한 한 병사에 대한 이야기만큼 깊은 감동과 울림을 주는 편지도 없을 듯하다. 이 편지는 죽은 남편 허버트 킹 일병에게 부인 앨리 밀러 킹이 재가해 낳은 네 딸과 아들이 쓴 편지이다. 즉 그들의 엄마는 재가해서 자신들을 낳고 살았지만 전사한 전남편을 평생 잊지 않았고 그를 그리워했다는 내용이다. 엄마의 전남편을 '당신'이라고 지칭하는 성인이 된 이들의 편지는 전남편에 대한 이제 고인이 된 엄마의 사랑이 얼마나 간절했는지를 보여준다.

　당신의 시신이 안치된 관이 돌아왔지만 장례식에서 당신이 얼마나
비참하게 전사했으면 관을 절대 열어보지 못하게 했을까요. 엄마가 돌
아가시기 일 년 전 우리는 엄마의 소원대로 엄마를 모시고 워싱턴의 한
국전 참전비에 갔었지요. 엄마가 기념비에 새겨진 당신의 이름을 어루
만지고 또 사진에 혹시 당신이 있을까 찾아보는 엄마의 모습을 보며 너
무 가슴이 아팠습니다. 2004년 2월 엄마는 수술이 불가능한 뇌종양 진
단을 받았고 그해 현충일에 켄터키의 리버사이드에 있는 당신의 묘소
엘 갔는데 엄마가 "너희들은 모든 가족의 묘에 다 헌화할 필요는 없지
만 그러나 허버트의 묘에는 꼭 헌화하기를 바란다"고 말씀하셨습니다.
우리는 엄마와의 그 약속을 지킬 것입니다. 왜냐하면 그 약속은 엄마에
게 의미가 너무나 크고 또한 당신은 우리들의 삶의 특별한 부분이었으
니까요. 엄마는 살아생전에 당신에 대한 기억을 간직하고 있었고 엄마
를 통해서 우리는 당신을 알았습니다. 우리는 약속합니다. 우리가 살아
있는 동안 당신의 기억을 가슴속에 간직하겠습니다……. 만약 당신이
이 편지를 받으면 엄마를 꼭 껴안고 저희가 엄마를 그리워한다고 말씀
해주시길 바랍니다. 언젠가 저희도 합류하게 되겠지만 그때까지 우리
를 기다려주세요.[14]

　여전히 한국전은 미국의 가정에서 계속되고 있다. 사실 1990년대
이후 현재까지 나온 소설들을 보면 한국전은 아직도 끝나지 않았음
을 말하고 있다. 한국전 소설이 지금도 쓰인다는 측면에서도 그렇고
소설 속의 내용도 여전히 그 전쟁은 잊혀지지 않고 있음을 볼 수 있

다. 제이 찰스 치이크의 《조심하게 친구야》와 D. J. 미이도어의 소설 《잊지 않으리》가 대표적이다.

치이크 소설의 주인공은 존 레프터 일병으로 다섯 살 때 엄마를 여의고 외할머니 집에서 불우한 어린 시절을 보낸다. 고교 졸업 후 19세의 나이로 육군에 자원입대하여 1952년 초 서부전선 후방지역의 한 정보부대 요원으로 한국에 온다. 그는 뮤만 이등병과 친구가 되는데 그도 마찬가지로 고아로 자라 가족이 없는 병사로 12년간의 군대생활 중 네 번이나 계급이 강등된 적이 있는 자이다. 소설은 레프터와 뮤만의 우정에 초점을 맞춘다. "조심하게 친구야"를 입에 달고 살던 뮤만은 한 전투에서 레프터를 구하려다 중상을 입고 후송되지만 치료 후 구사일생으로 살아 돌아온다. 그러나 아이러니하게도 휴전이 발효된 직후 적의 저격병이 쏜 총탄을 맞고 현장에서 즉사한다. 고아로 자란 뮤만은 연고가 없으므로 레프터가 가족이 되어 부산 유엔군 묘지에 안장된다.

그러나 소설은 여기서 끝나지 않는다. 전쟁이 끝난 후 미국으로 돌아온 레프터는 전쟁의 비극적 기억을 간직한 채 회사 중역으로 40여 년의 세월을 보내지만 한국에 묻힌 뮤만을 하루도 잊지 못한다. 결국 전쟁이 끝난 지 50년이 지난 2003년 5월 19일 레프터는 한국에 묻힌 뮤만의 유해를 미국으로 옮겨와 네바다주 볼더 시티의 참전자 묘지에 안장한다. 한국전쟁은 1953년 7월 27일 휴전으로 끝난 것이 아니다. 전쟁은 참전한 미국인들의 기억 속에서 결코 사라지지 않고 계속되고 있다. 슬프고 아픈 기억이지만 그러나 처절한 기억만이 있는 것은 아니다. 아무도 관심 없었던 사회적 약자들이 싸운 전쟁이었지만 그곳엔 끈끈한 우정이 있었고 서로를 위한 참다운 믿음이 있었다. 레프터가 보기에 전우 뮤만을 죽인 한국전쟁은 "전혀 의미 없는 전쟁"[15]이었지만 어떤 이념이나 국가보다도 우선하는 전우에 대한 사랑이 있었고 전우를 위해 자신의 목숨을 버릴 수 있다는 숭고한 희생이 있었다. 전쟁이 비극적이기는 하지만 일상생활에서 느낄 수 없는 전쟁에서만 느낄 수 있는 남성들 사이의 뜨거운 우정이 있었다. 한국전이 잊혀질 수 없는 이유이다.

비록 이 소설에서 플롯이 너무 인위적이고 우연을 개입시킴으로써 개연성이 부족한 단점이 있으나 한국전 참전용사인 작가가 전후 50년이 지난, 70대 초에 쓴 작품으로 오랜 과거에 대한 기억을 되살리는 과정에서 약간의 과장이나 꾸밈이 있었을 것이다. 그러나 한국전쟁은 21세기에 들어와서도 여전히 잊혀지지 않고 기억되고 있다는 것을 작가는 이 소설을 통해서 다시 한 번 확인시켜준다.

심지어 미이도어는 그의 소설 제목을 "잊지 않으리"라고 했다. 이 소설은 한국전은 '잊혀진 전쟁'이라는 주장을 반박하는 대응 성격의 소설이라고 볼 수 있다. 소설의 주인공은 전쟁이 끝난 지 40여 년이 지난 후에 워싱턴에 세워진 '한국전 참전 기념비'의 헌정식에서 기념비 앞에 홀로 서서 공산 침략으로부터 자유세계를 수호하기 위해 함께 싸우다 돌아오지 못한 수많은 전우들을 생각하며 "결코 한국을 잊지 않을 것이며 잊어서도 안 된다"[16]는 결연한 의지를 보이는 현재 63세의 한국전 참전 노병이다. 바로 위에서 논한《조심하게 친구야》의 주인공 레프터의 행로와 비슷한 삶을 살아온 노병이 주인공이다.《잊지 않으리》는 이 주인공의 과거로 돌아가 한국전에 참전하게 된 배경과 한국에서의 경험, 그리고 귀국 후 오늘에 이르기까지의 과정을 그리고 있다. 이 소설은 입문, 경험, 귀환이라는 미국

전쟁소설의 전형적인 삼분구조의 패턴을 보여준다. 소설의 프롤로그 그는 앨라배마주의 유명 변호사이며 한국전 참전군인인 63세의 존 윈스턴이 미연방 항소심 판사로 지명되었다는 것과 한국의 1080고지에서 한 일을 기억하라는 한 여인의 괴이한 전화로 말미암아 40여 년 전의 시간으로 돌아가는 것으로 시작된다. 작가 미이도어는 실제 한국전에 법무장교로 참전했으며 소설의 주인공처럼 앨라배마 대학과 하버드 법대를 졸업했고 소설 집필 당시는 버지니아 법대 명예교수로 재직 중이었다.

우선 독자는 과연 한국전에서 주인공에게 무슨 일이 있었는가, 그리고 그것이 어떤 비밀이기에 40여 년이 지난 지금 미연방 항소심 법원 판사 지명에 문제가 된다는 것인가 하는 것에 궁금증을 갖게 된다. 독자는 이 소설을 통해서 한국전은 참전한 미국의 젊은이들에게 1953년 휴전과 함께 끝난 것이 아니고 귀국 후에도 계속적으로 그들과 그들 주위 사람들의 생활에 깊은 영향을 미치고 있음을 알수 있으며 한국전은 미국 사회에서 결코 '잊혀진 전쟁'이 아니며 여전히 계속되고 있는 전쟁임을 깨닫게 된다.

주인공 존 윈스턴은 남부 앨라배마주의 렘버튼 출신으로 3대가 전쟁에 참전해 전공을 세운 무사 가문의 일원이다. 할아버지는 남북전쟁 당시 남군으로 로버트 리 장군의 북버지니아군에 소속되어 게티스버그 전투에 참전해 소령 계급에까지 올랐고 아버지는 포병장교로 1차 대전에서 전공을 세웠으며 자신은 2차 대전 때에는 나이가 너무 어려서 참전하지 못했지만 한국전은 자신의 세대가 감당해야 할 전쟁으로 국가를 위한 자신의 몫이 있다고 생각하며 ROTC 출신 보병장교로 참전한다. 비록 한국전은 '경찰행동'이라는 트루먼 대통령의 선언에도 공산주의라는 "암흑 세력에 대항하는 성전"[17]이라는 전쟁관을 가지고 참전하며 전쟁 첫해의 반격 작전에 소대장으로 참가해 할아버지가 남북전쟁을 할 때 북쪽을 향해 진군해가던 모습을 연상하며 압록강으로 향한 북진 대열에 합류한다. 그러나 그의 낭만적인 전쟁은 한국의 독특한 냄새, 잔혹하게 살해된 미군과 한국군 그리고 민간인들의 모습, "신이 저버린 나라"라는 말을 들을 정도로 황폐해진 국토를 보면서 현실을 깨닫게 되고 중공군의 참전으로 청천강 이북의 군우리 전투에서 처참한 패배를 당하며 남쪽으로 후퇴한다.

이 소설의 중심이 되는 사건은 38선 부근의 고지에서 발생한다. 북한 쪽의 274고지와 중부전선의 969고지에서 소대장으로서 훌륭한 전공을 세운 존 윈스턴이지만 휴전회담이 진행 중인 가운데 하달된 1080고지(철의 삼각지대의 오성산을 지칭)에 대한 공격명령에 그는 거부감을 나타낸다. 육사 출신 중대장 브루스 윌러 대위에게 무익한 공격을 중단할 것을 건의하지만 상부의 명령을 수행해야 된다는 그의 말에 대대장과의 면담을 주선해줄 것을 간청한다. 대대장과의 면담에서 존은 이 전쟁의 목적은 제한전쟁이고 우리가 이기기를 원치 않는 이 전쟁에서 1개 연대로 강력하게 구축된 적의 요새 1080고지를 공격하는 것은 병사들의 무고한 희생만을 초래할 뿐이라는 논리를 제시한다. 그러나 중위의 그러한 건의가 상급부대의 명령을 수행해야 할 대대장에게 통할 리가 없다. 대대장이 말하듯 윈스턴의 논리는 워싱턴의 전쟁지휘부가 판단할 문제이지 전투 현장에서 하급 지휘관이 주장할 논리는 아니라는 것이다. 결국 대대장은 존을 명령 불복종으로 소대장직에서 해임하고 후방 군단사령부로 보내 군사재판에 회부한다.

결국 대대는 1080고지 공격에서 그 고지를 점령했으나 대대장과 중대장은 전사하며 중대도 반 이상을 잃는 참담한 결과를 초래한다. 바로 얼마 전에 벙커 속에서 딸 출산을 함께 축하하며 즐거워했던 육사 출신 중대장, 얼마 후 순환근무로 귀국하게 되는 워낙 유능한 장교로 장차 장군감이라 생각했던 윌러 중대장의 전사는 존에게 정말로 깊은 마음의 상처를 준다. 한편 군사재판에서는 작전이 시작되기도 전에 미리 명령을 거부할 것이라는 예상으로 존을 소대장직에서 해임한 것은 법적으로 근거가 없다는 재판장의 논리로 존은 무죄 방면되고 결국 귀국길에 올라 명예로운 제대를 하게 된다.

그러나 비록 법적으로는 무죄가 되었으나 존 스스로 무죄를 주장하기에는 그의 양심이 허락하지 않는다. 귀국길에 그는 지난 1년 동안의 비참한 모습들이 생생하게 생각난다. 무엇보다도 1080고지의 공격에서 자신은 소대를 버린 것, 또 결정적인 순간에 그렇게 자신이 필요하다는 중대장과 함께하지 못하고 결국 그가 죽음을 맞이하게 한 것, 그리고 무엇보다도 자신만이 왜 살아왔는가 하는 것에 대한 생각이 존에게 무거운 죄책감을 느끼게 하며 평생 간직해야 할 비밀이 된다. 더구나 미국에 도착했을 때 아무도 반겨주지 않을뿐더러 본국의 신문에 한국전에 관한 기사가 거의 실리지 않았던 것을 알고 본국의 무관심에 너무 실망한다.

문제는 이 소설은 주인공의 본국 귀환으로 끝나는 것이 아니라는 것이다. 주인공의 한국전 경험은 일 년에 불과하지만 이 소설은 그 이후 주인공의 40여 년의 세월을 추적하고 있다. 그 사이 존은 샐리라는 여자와 결혼하지만 한국전의 비밀을 안고 살아가는 존과 행복한 생활을 이루기는 힘들다. 사회적으로는 변호사로 성공하지만 한국전에서의 죄책감과 트라우마에 시달리는 주인공은 쉽사리 마음의 문을 열지 못한다. 결국 샐리는 절망감에 자살로 생을 마감한다. 그러나 주인공에게 한국전은 여기에서 끝나지 않는다. 그는 미연방 항소심 재판관으로 지명되고 청문회를 준비하는 도중 발생한 두 가지 사건 때문이다. 하나는 일찍이 자기에게 전화를 걸었던 괴이한 전화의 주인공이 그가 존경하던 중대장 브루스 윌러 대위의 미망인이었다는 것이다. 그녀는 남편이 전사 후 홀로 딸 헤니를 키우며 살았지만 그 충격으로 평생 우울증을 앓으며 고통 속에서 지내온 사람이다. 그리고 그 딸은 성장해 법대를 나와 상원 법사위에 직원으로 근무한다. 존은 딸과 함께 그 엄마를 찾아가지만 남편의 죽음이 존 때문이라는 원망으로 쉽게 마음의 문을 열지 않는다.

그뿐인가? 존은 자신의 소대원이었던 사무엘 길모오라는 사람의 권총 공격을 받고 죽을 뻔한 고비를 넘기기도 한다. 길모오는 한국의 969고지 전투에서 부상을 당했는데 당시 의무병을 찾아가는 자신을 권총으로 위협해 공격진에 강제로 가담케 했고 결국은 하반신 마비가 되는 중상을 입고 평생을 휠체어에 의지해 살아가게 된 것에 대한 원한으로 복수를 하기 위해 그동안 계속 존을 찾았다는 것이다. 사실 중대장의 미망인 가족이나 길모오 병사에게나 한국전은 그 긴 세월 동안 여전히 진행형이었다. 결국 부인은 병으로 죽고 길모오는 존을 죽이지 못하자 분을 삭이지 못해 자살하지만 그러한 사건들이 주인공 존 윈스턴에게 안도의 한숨을 쉬게 하지는 못한다. 결국 존은 자신의 연방 판사 지명을 철회해 달라는 성명과 함께 상원에서 자신의 한국전 경험과 미래 세대가 알아야 할 한국전의 의미,

그리고 한국에서 전사했거나 돌아오지 못한 수많은 젊은이들을 대신하여 그들의 희생이 지니는 중요성과 역사 속에서의 그들의 올바른 위치에 관해 일장 연설을 한다.

그 연설에서 작가는 법대 교수답게 한국전에 관한 공식적인 역사와 의미를 피력한 후 한국전을 잊지 말아야 한다고 강조한다. 만약 우리가 한국전을 기억하지 않는다면 그것은 그곳에서 싸우고 전사한 미국의 젊은이들을 욕되게 하는 것이다. 그리고 마지막으로 그는 "이 잊혀진 역사의 장章이 잊혀져서는 안 된다"[18]라고 결론을 맺는다.

작가 미이도어에게 한국전쟁은 1953년 7월 27일 한국에서 끝난 것이 아니다. 한국전은 주인공이 말하듯 계속 '이월'되고 있으며 지금도 진행형이다.[19] 한국전 참전 기념비 재단의 홈페이지에는 "한국전―더 이상 잊혀진 전쟁이 아니다"라는 타이틀이 붙어 있다. 이 소설은 너무나 감상적이고 개연성 부족으로 미학적 중요성은 떨어지지만 잊혀진 한국전과 그 전쟁에서 고귀한 목숨을 바친 수많은 미국의 젊은이들을 기억해야 된다는 작가의 외침은 미국의 역사적 사료로서 소설이 가져야 할 문학적 가치를 상쇄하고도 남음이 있다.

한국전은 포성이 멎은 지 70여 년이 지나가고 있지만 여전히 전쟁의 상흔이 남아서 치유를 위한 노력이 전개되고 있다. 그중 하나가 한국전 동안 격전지에서 수습되지 못한 전사자들이다. 수많은 전사자들이 북한 지역과 중부전선 비무장지대의 고지에 묻혀 있다. 아직도 유해를 찾지 못한 전사자는 7,699명이며 이 중 5,300명이 북한 지역에 그리고 약 1,000여 명이 비무장지대에 묻혀 있을 것으로 추정하고 있다. 미국은 결코 이들을 잊지 않고 있다. 그들이 모두 집으로 돌아올 때까지 국가는 이들을 기억하고 찾을 것을 다짐한다. 사

1950년 11월 중공군의 개입으로 38선을 다시 넘어 남쪽으로 철수하는 미군 차량들이 "귀하는 지금 38선을 넘고 있다"라는 푯말을 지나가고 있다. 이 푯말은 미 728헌병대 브라보 중대가 세운 것이라고 쓰여 있다. (출처: U.S. National Archives)

This memorial garden is dedicated to all veterans of the Korean War 1950-1953.

With this plaque and garden we salute, honor and laud, now and in years to come, the heroic men and women who served and sacrificed for our country, and for liberty and democracy, around the world.

Dedicated by the Caroline Middle School 2012-2013 History Club, as a reminder to future students to respect and remember the past.

North Korea

South Korea

나머지 세 개의 사진은 미국 버지니아주 밀포드시에 있는 캐롤라인 중학교 교정에 세워진 한국전 기념 조형물. 이 기념공원은 이 학교가 북위 38도 선상에 위치하고 있는데 착안하여 38선을 사이에 두고 싸워진 한국전쟁을 기억하기 위해 세운 것이다.

좌측 아래 그림 한국전 당시의 실제 푯말을 본 따서 학교 정문에 세운 표지판.

오른쪽 위 전체 기념공원의 모습.

아래 공원 밑바닥에 놓인 한반도 지도가 그려진 기념 표지석. 여기에는 "이 기념 정원은 1950~1953년 한국에 갔던 모든 참전용사들에게 바칩니다…. 캐롤라인 중학교 2012~2013 역사연구클럽 헌정"이라는 글이 새겨져 있다. (출처: Caroline Middle School 제공)

실 전쟁은 전쟁 기념일이나 특별한 계기에 국가가 기억하는 것 외에는 잊혀진다. 그러나 전쟁은 기억된다. 그 기억은 누가 하는가? 바로 그 전쟁을 싸운 사람들과 가족들이 한다. 그리고 그 전쟁을 계획하고 수행한 국가가 한다. 전쟁터에서 싸운 사람들과 국가에게 그 전쟁은 절대로 잊혀지지 않는다. 바로 한국전이 그런 전쟁이다.

VI.

결론

한국전이 휴전으로 중단된 지 70여 년이 지나가고 있지만 공식적으로 전쟁이 끝난 것은 아니다. 휴전은 언제라도 전쟁이 재개될 수 있다는 것을 내포하고 있다. 그러나 전쟁의 비극적 참상을 기억하는 당시의 전쟁 당사자들은 휴전을 종전으로 바꾸고 항구적인 평화의 길을 모색하고 있다. 본 연구서는 미국소설 속에 나타난 한국전에 대한 미국인들의 반응을 살펴보고 그들은 왜 그 전쟁을 싸웠으며 또 지난 긴 세월 동안 그 전쟁은 그들의 기억 속에 어떠한 모습으로 자리하고 있었는지를 알아보고자 했다. 이를 위해 본문에서는 한국전에 관해 크게 세 가지로 구분했다. 첫째는 미국의 참전과 전쟁 수행에 관련한 정부의 공식적 조치와 전쟁에 대한 미국인들의 반응을 조사해보는 것이고, 두 번째는 미국 전쟁소설의 전통 속에서 한국전 소설들이 그 전통과 어떤 유사점과 차이를 나타내고 있는지를 살펴보는 것이며, 세 번째는 한국전에 대한 소설들의 문학적 반응을 주제별로 분류하고 각각의 주제에 대한 대표적인 소설들을 선별하여 분석하는 것이었다.

첫째로 한국전에 대한 미국의 참전은 "한국이 가지는 전략적 가치 때문이 아니라" 자유와 세계 평화를 위해서라는 대전제 아래 공산주의 확산을 방지하기 위한 "한국의 상징적 중요성" 때문이었다.[1] 전쟁 발발 첫해 8월에 실시한 여론조사에서 한국전에 참전하기로 한 미 행정부의 결정에 대한 반응을 물은 결과 국민들은 찬성이 75%로 압도적이었는데 이유는 첫 번째가 소련 공산주의를 막아야 하기 때문이고, 두 번째가 미국의 국익을 위해서이며, 세 번째가 "압박받는 국민을 돕기 위해서"라는 것이었다.[2] 즉 '압박받는 국민'(남한을 지칭)을 돕기 위한 참전이라는 것은 3순위로 나와 있다. 미 행정부의 공식적인 참전 목적과 일치하는 응답 내용이었지만 약간의 뉘앙스의 차이가 있다. 다시 말하면 한국인들로서는 오직 한국을 위해서만 미군이 참전한 것이 되어야 했지만 그러한 기대는 공식적인 미국의 참전 목적이나 소설 속 병사들의 개인적인 동기와 차이가 있었다. 사실 냉엄한 국제정치의 현실 속에서 순수하게 어떤 나라를 돕기 위해서 자국의 총역량을 소비하는 국가는 없다. 분명 어떤 형태로든 자국의 이익에 도움이 되어야 하고 또 그것이 우선되는 것은 당연하다. 냉전시대에 미국의 지상명제는 공산주의의 종주국인 소련이 전 세계를 지배하는 것을 막는 것이었다. 그 첫 번째 시험대가 유럽이 아닌 한반도였을 뿐이다. 미국의 참전이 오로지 한국만을 방어하기 위함이었다는 과거의 수사는 일부분 수정되어야 할 것이다.

그럼에도 한국전은 미국이 싸웠던 과거의 전쟁의 대의명분과 달리 성전이 아닌 제한전쟁이었다. 즉 전쟁은 정치의 연장으로서 억제된 수단을 통한 전쟁의 수행이고 전쟁의 목적은 절대적 '승리'가 아닌 전쟁 이전 상태로 돌아가는 '원상회복'일 뿐이었다. 그렇기 때문에 한국전은 '작은 전쟁'이 되었고 총동원 전력이 아닌 제한된 병력으로 싸워야 했던 전쟁이었다. 더 큰 전쟁으로 확대되지 않도록 극도로 조심하며 싸운 전쟁이었다. 더구나 미 행정부는 국민들에게 2차 대전 직후 미국이 또 다른 전쟁에 휘말렸다는 인식을 주기 않기 위해 '경찰행동'이니 '분쟁'이니 하는 말로 한국전의 의미를 축소했고 대대적으로 '선전'하지도 않았다. 미군 병사들은 적어도 국가의 부름에 호응은 했지만 내키지 않는 마음으로 한국에 왔고 데이비드 와츠의 소설《희망의 흥남부두》에 나오는 병사의 말처럼 "그저 그들이 나를 배에 태워 이곳으로 보냈고 내 손에 총을 쥐어주고 싸우라고 했기 때문에 싸운다"[3]라는 수동적 태도를 취했다.

　당시 미군 병사들이 본 한국은 어떤 나라였던가? 미군 병사들은 한국에 오면서 낭만적이고도 신비스런 동양, "고요한 아침의 나라"를 막연하게나마 기대했으나 그들이 발견한 한국은 가난하고 비참하고 혼란으로 가득한 나라였을 뿐이다. 한국은 "신이 저버린 나라", "인분 냄새로 꽉 찬 나라", 마치 문명의 저편 지구 반대쪽 어느 곳에 있는 미개한 원시인들의 나라였고 식량을 구걸하는 아이들과 몸을 파는 여인들로 거리를 메우는 나라였다. 물론 그러한 한국에 대한 인식의 저변에는 아시아인에 대한 인종적 편견과 억압받는 약소국을 돕고 있다는 강대국 국민의 우월감이 작용했다고도 본다.[4] 그런데 한 가지 놀라운 것은 구원자로 온 자신들에 대한 한국인들의 반응이 비록 일부이긴 하지만 호의적이지 않았다는 것으로 미군 병사들이 받아들이고 있었다는 사실이다. 이것은 확고한 신념을 갖고 전쟁에 임하는 중공군들과 달리 오직 살아 돌아가기 위해 싸운다는 미군 병사들의 태도가 한국인에게 부정적으로 비쳐진 것으로 보인다. 그런 이유로 미군 병사들은 한국인들끼리의 전쟁에서 제3자인 자신들이 죽어야 할 이유가 무엇인가에 대한 끊임없는 불만을 제기하는 요인이 되기도 했다.

그럼에도 여기서 한 가지 간과할 수 없는 것은 소설과 수기에서 한국전이 마치 '미국의 전쟁'과 같이 기술되고 있다는 것이다. 당시 미국의 신문과 매스컴에서 한국군에 대한 보도가 거의 없었다는 사실이다. 미군이 한국전에 투입된 후 신문들은 주로 미군의 전투 상황만을 보도할 뿐 한국군의 전과나 상황에 대해서는 전혀 주목하지 않았기 때문에 본국의 미국인들에게 한국전은 마치 미국의 전쟁으로 오인될 정도였다. 사실 전쟁 초기 준비 부족으로 한국군은 패퇴를 거듭했지만 한국군은 용맹한 전사들로 미군에 비해 열악한 무기를 가지고도 자신들이 가진 모든 자원을 총동원해 정말로 훌륭하게 싸웠는데 1950년 후반 전쟁이 점점 더 유엔군에게 유리하게 전개되기 시작한 것도 한국군의 분전 때문이었다는 것이 미군들의 평가이기도 했다. 그러나 미국의 신문들은 거의 보도하지 않았는데 이 역시 구원자의 역할을 돋보이게 하려는 의도가 은연중에 작용했던 것으로 보인다.

둘째로 한국전 미국소설이 하나의 작품군으로서 미국 전쟁소설의 전통적인 패턴과 주제를 따르고 있는지, 또 다르다면 어떻게 다른지를 본문에서 살펴보았다. 미국 전쟁소설은 기본적으로 고향을 떠나 전쟁터로 가는 병사들의 이야기이기 때문에 일반적으로 탐험소설의 성격을 띤다. 이는 마치 잃어버린 성배를 찾아 떠나는 중세 기사들의 탐험과 로맨스의 패턴과 유사하다. 이와 같은 패턴은 주로 이동, 조우, 귀환의 삼분구조로 이루어진다. 그러나 전쟁소설에서는 때로는 각각의 단계가 생략되는 경우도 있고 시작과 끝이 도치되기도 한다. 즉 이동이나 조우가 생략되어 귀환 후부터 소설이 전개되기도 하고 또는 조우에서 주인공이 전사하기 때문에 귀환이 생략되기도 한다. 아니면 중간의 조우부터 시작되기도 한다.

이와 같은 삼분구조는 미국 전쟁소설의 기본으로 한국전 소설 또한 이를 벗어나지 않는다. 비록 한국전에 참전한 미군 병사들의 상당수는 2차 대전에 참전해서 이미 전쟁을 경험했던 동원예비군들이어서 전쟁을 경험하지 않았던 순진한 젊은이의 통과의례를 다루는 낭만적인 주인공들과는 달랐다. 그러나 또 많은 미국의 젊은이들은 징집되거나 자신들의 세대에 닥친 전쟁을 경험하기 위해서 자원해 한국전에 참전한 젊은이들이었다. 이들의 한국전 참전 여정은 미국의 전통적인 전쟁소설의 주인공들과 다르지 않다. 이들에게 한국은 마치 중세 문학에 나오는 기사가 미상의 괴물을 찾아 떠나는 오지와 같이 험난한 태평양을 건너 극동에 있는 미지의 나라였다. 미군의 첫 지상군으로 한국전에 투입된 스미스 기동부대원들은 자신들과는 전혀 다른 모습의 초라한 사람들이 살고 있는 지옥과 같은 전쟁터에서 심지어 적이 누구인지도 모르는 상태로 한국에 도착해 첫 전투에서 잔인한 괴물 같은 적들을 만난다. 초기의 낙동강 전선에서 싸웠던 북한군이나 장진호에서 싸웠던 중공군은 정말로 죽기를 두려워하지 않는 짐승과 같은 존재들이었다. 미군들에게 "그들은 언어도 다른, 관습도 알 길이 없는 다른 세계에서 온 괴물들"[5]이었다.

그러나 전통적인 미국 전쟁소설은 주인공 병사가 전쟁이라는 폭력적 사건의 경험을 통해서 미국 문화와 사회의 병리 현상을 발견하는 것을 주제로 하고 있는데 사실 한국전 소설은 그런 부분에서는 다소 전통과 차이가 난다. 1, 2차 대전 소설에서 보여주는 문화와 사회의 부조리에 대한 극심한 비판은 한국전 소설에서는 거의 발견되지 않는다. 물론 전쟁의 허무나 군대 조직의 부조리가 언급되기는 하지만 그것이 대다수 소설의 주된 메시지는 아니다. 오히려 한국전의 경험은 귀국 후 향수의 대상이 되기도 한다. 어떤 한국전 시인은 참혹한 전쟁을 치르고 귀국한 후 그 전쟁에 대해 "고요한 아침의 나라에서 내가 보낸 시간은 그리 나쁘지 않았다"[6]라고 회고하기도 한다. 그러나 "모든 전쟁은 예상했던 것보다 더 나쁘기 때문에 아이러니하다"[7]라는 폴 퍼슬 교수의 말대로 결코 전쟁의 실제 모습은 전쟁에 참전하기 전에 생각했던 것과는 완전히 다르다는 것을 병사들은 발견한다.

이러한 인식은 젊은이들에게 전쟁에 대한 자신들의 낭만적인 생각이 완전히 잘못된 것이라는 것을 알게 하고 인간의 본성과 전쟁에 대한 중요한 통찰력을 얻게 해준다. 이러한 깨달음이 미국의 전쟁소설을 성장소설이나 사회비평소설, 즉 친전이냐 반전이 되게 하는 요인이 된다. 이러한 점에서 한국전 소설도 미국 전쟁소설의 전통에서 크게 벗어나지 않았다. 한 가지 한국전 소설은 1, 2차 대전의 반전소설들과 달리 '빨갱이 공포'로 점철된 냉전시대에 민주주의와 공산주의라는 이념의 대결에서 서로의 이념적 우월성을 강조하기 위해 벌이는 말의 전쟁이 주제가 된다는 것이다. 특히 미군 포로에 대한 중공군의 세뇌교육에서 미국의 월스트리트로 대변되는 자본주의의 병폐를 중공군 포로 심문자의 입을 빌려 비판하지만 그것은 어디까지나 미군 포로가 견뎌낸 정신적 승리를 말하기 위한 하나의 수단으로 사용될 뿐이다. 오히려 중공군의 세뇌교육은 두안 토린의《판문점으로 가는 길》에서 보여주는 것처럼 미군들에게 역효과만을 낼 뿐이었다는 것을 강조한다.

셋째로 한국전 소설은 기본적으로 병사들의 전쟁 경험에 대한 기억의 산물이다. 그러나 기억에만 의존한다면 그것은 수기일 뿐이다. 전쟁소설은 기억과 상상의 산물이다. 그래서 전쟁소설은 꼭 전쟁에 나간 참전군인에 의해서만 쓰이는 것은 아니다. '전달된 기억'에 의한 간접적인 전쟁 경험에 작가의 상상력이 동원되기도 한다. 직접적인 기억이건 전달된 기억을 통해서건 결국 소설작가는 전쟁의 현장에 있었다. 그래서 모든 전쟁소설은 기본적으로 "내가 그곳에 갔었다"라는 일차적인 경험에 근거한 이야기가 된다. 그리고 참혹한 지옥의 현장을 살아나온 자신의 무용담이 주된 내용이다. 본문에서 논의된 한국전에 관한 소설은 대다수가 전쟁을 직접 경험한 군인 작가들에 의해 쓰인 것이지만 토니 모리슨, 필립 로스, 제인 앤 필립스, 이창래, 수산 최 등과 같이 전쟁을 전혀 경험해보지 않았거나 한국전쟁 때에는 태어나지도 않았던 기성작가들에 의해서도 훌륭한 작품들이 쓰였다. 이들 작품들은 한국전에 대한 역사학자들의 역사 인식과 궤를 같이한다. 즉 대부분의 참전 작가들은 민주주의 대 공산주의의 대결이라는 공식적인 냉전 역사의 관점에서 한국전쟁을 보고 있지만 후자의 작가들은 외세의 개입으로 생긴 분단으로 초래된 내전이라는 수정주의 역사학자들의 인식을 따른다.

한국전 소설들은 전통적인 미국 전쟁소설에서 보이는 다양한 주제들에서 벗어나지 않는다. 즉 순전히 참혹한 전투 경험, 전쟁의 무익한 희생과 허무, 폭력적인 전쟁이 가져오는 인간의 비극, 전쟁과 군대에서 보이는 사회적 병리 현상에 대한 비판, 포로 경험, 전쟁에서 귀환 후 겪는 트라우마, 이념에 의해 경도된 인간의 발가벗겨진 모습, 극한 상황에서 나타나는 인간의 감추어진 가면 등이 일반적인 주제들이다. 그런가 하면 일상생활에서 경험하지 못하는 전쟁이 가져오는 짜릿한 감동과 환희, 전쟁의 극한 상황에서 나타나는 전우애, 대의명분을 위한 희생 등 인간의 모든 문제가 노출되는 장소이면서도 동시에 인간의 긍정적인 모습을 발견하는 장소로서 전쟁이 주제가 되기도 한다. 그런 면에서 비록 한국전 소설의 단점으로 문학성 부족이 지적되긴 하지만 오히려 지금까지 본문에서 논의된 소설들이 한국전에 대한 진실에 다가가는 좀 더 균형감 있는 총체적인 전쟁의 모습을 그려냈다고 본다.

한국전 소설의 하나의 특징은 미 해병대의 전투를 그린 충정소설들이 한국전 소설군의 상당 부분을 차지한다는 사실이다. 충정작가들의 글쓰기는 참혹한 죽음의 터널을 빠져나온 해병들의 불굴의 용기를 찬양하기 위한 수단이다. 장진호에서의 미 해병대의 전설적인 전투와 철수를 다룬 충정소설들에 나오는 병사들이 아마도 모든 한국전 소설들에 나오는 미군 병사들의 생각과 태도를 대변한다고 말할 수 있다. 비록 그들이 충정병사들이기는 하나 자신들이 처한 현실에 불평하는 병사들이라는 것은 어느 전쟁소설의 병사들과 다르지 않다. 그러나 싸우는 것이 자신들의 일이고 임무이기 때문에 싸울 뿐이라는 자세는 일관되게 유지한다. 심지어 조지 시드니의 《죽음의 향연》과 같이 전쟁의 부조리를 다루는 한국전 최고의 반전소설에서도 주인공 크레인 해병은 전쟁과 군대를 비판하는 반영웅의 전형이지만 2차 대전의 반전소설들에 나오는 말만 앞세우는 자유주의 지식인 병사들과 달리 치열한 전투가 벌어졌을 때 누구보다도 열심히 싸우며 위험을 무릅쓰고 부상당한 동료를 구하는 병사이다.

한편 한국전을 제3자의 전쟁으로 생각하는 미군 병사들과 달리 전쟁의 당사자로서 분단의 고통을 직접 경험한 한국계 미국인 작가들의 작품들 또한 한국전 소설군에 포함시켜 살펴보았다. 이들은 대부분 전후 미국으로 이주한 사람들과 그들의 2세들로서 한국전에 대한 직접적인 기억과 '전해진 기억'을 통해 한국전의 기억을 형상화하고 있다. 이들 한국계 미국인 작가들의 소설들은 참전군인 작가들의 소설과는 주제가 완전히 다르다. 군인 작가들이 주로 표피적인 고통을 강조하고 그 고통을 헤쳐 나온 무용담이 주된 내용이라면 한국계 작가들은 이념과 체제의 차이에서 초래된 분단과 동족상잔의 비극에 초점을 맞추고 있다. 그리고 분단의 굴레 속에서 서로를 죽여야 했던 비극, 전쟁의 혼란 속에서 빚어지는 배반과 복수, 반인륜적인 행위, 그 행위에 대한 고백과 후회 그리고 그에 따른 트라우마 등 인간 내면의 문제들이 소설의 주된 소재가 된다. 한국계 2세대인 이창래의 소설《항복한 사람들》에 나오는 피난민 고아인 준의 경험에서 보듯 피난민들의 참혹한 모습과 후에 전쟁신부가 되어 죽음의 땅에서 희망의 미국으로 이주하지만 그곳에서 또한 죽음에 이르는 병을 얻게 되고 결국 죽음에 '항복'한다는 이야기는 참전군인 작가들의 전쟁 스릴러와는 근본적으로 다르다.

마지막으로 한국전은 미국 사회에 어떤 영향을 미쳤는가? 한국전은 전쟁 당사자 그 어느 쪽도 전쟁으로는 원래의 목표에 도달하기가 어렵다는 것을 보여준 전쟁이었다. 그러나 한국전은 공산주의의 팽창을 억제하고 냉전시대의 소련에 대항하는 군사력 강화를 골자로

하는 미 외교정책 수립에 새로운 전기를 마련하는 계기가 되었다. 또한 한국전은 미국이 군대를 세계의 여러 국가에 주둔시키면서 전 세계 보호 역할을 시작한 진정한 전환점이 된 전쟁이기도 했다. 다시 말하면 "미국이 상비군을 만들고 유럽과 아시아를 비롯한 전 세계 700곳 이상의 군사기지를 설치해 전 세계적 네트워크를 건설한 것은 한국전 때문이었다."[8] 한편 반대쪽의 관점에서 한국전은 중국에게는 미국이 무적이라는 신화가 깨진 전쟁이며 한국에서의 국가적 이익을 보호하기 위해서 중국은 군사력을 비롯한 어떤 행동이라도 배제하지 않을 것이란 결심을 보여준 전쟁이었다.[9]

그러나 무엇보다도 한국전은 미국 사회의 문제점을 노출시킨 전쟁이었다. 비록 전쟁과 군대가 미국 사회의 거울이며 사회적 병리 현상이 발견되는 장소라는 2차 대전 소설에서 제기된 강력한 비판은 없지만 한국전 소설에서도 미국 사회의 인종차별 문제라든가 그리고 주로 사회적 약자에 의해서만 치러진 전쟁이라는 일종의 계급적 불평등의 문제, 리처드 콘돈의 소설 《만주인 후보》에서 보이는 것처럼 쉽사리 적에게 세뇌당하는 나약한 미국의 젊은이들, 그리고 세뇌당한 젊은이들이 소련 공산주의자들의 꼭두각시 노릇을 하며 미국 사회에 영향을 끼칠 수 있다는 공포감, 제한전쟁으로 야기된 민군 관계의 문제, 군대 내에서 발견되는 민주 이상과 실제 사이의 괴리로 야기되는 문제들이 다루어지는 것을 발견했다.

밀턴 베이츠 교수는 《우리가 베트남에 가져간 전쟁들》이라는 책에서 미국은 1960년대 미국 사회의 극심한 갈등, 즉 계급간, 인종간, 남녀 간, 세대 간의 싸움을 베트남의 전쟁터로 가져갔다고 말한다. 다시 말하면 베트남의 전쟁터는 미국 사회의 근본적인 제반 문제점들이 노출되고 갈등을 야기하는 현장이 되었다는 것이다.[10] 반대로 캐슬린 벨렌Kathleen Belen 교수는 자신의 책《본국으로 가져온 전쟁Bring the War Home》(2018)에서 미군 병사들은 강력한 반공주의, 베트콩에 대한 증오, 살육과 죽음의 기억, 인종차별주의, 정부의 배신, 귀환병들에 대한 모욕, 군사훈련 등을 미국으로 가져왔고 그것이 오늘날 백인우월주의운동, 폭력 등 사회문제로 나타나는 단초가 되었다고 주장한다.[11] 전쟁을 치르는 나라에서는 "국내 문제들이 병사들의 배낭 속에 넣어져 해외로 나가기도 하지만" 반대로 전쟁터에서 수행되었던 많은 일들이 "아주 튼튼한 시체 운반용 가방"에 넣어져 국내로 들어오기도 한다.[12] 마찬가지로 위에서 언급한 1950년대 미국의 사회적 문제들이 미군 병사들에 의해 한국의 전쟁터로 운반되었고 그곳에서 실험을 거친 후 다시 본국으로 돌아왔는데 한마디로 한국전은 1950년대 당시의 미국 사회를 들여다보는 거울이었다.

일례로 미군 병사들은 한국의 전쟁터로 미국 사회의 흑백차별을 비롯한 인종 문제를 옮겨다놓았다. 왜냐하면 한국전은 미국 역사상 최초로 흑백통합부대가 편성되어 싸운 전쟁으로 미국 사회의 흑백차별 문제가 어떻게 시행되는지 볼 수 있는 좋은 시험대가 되었기 때문이다. 그러나 트루먼 대통령의 행정명령으로 시작된 군대 내의 흑백통합은 심한 반발을 일으켰고 실제 일선 부대에서 잘 지켜지지 않았다. 많은 흑인이 군대를 하나의 직업으로 삼고 군에 들어왔으나 사회에서와 마찬가지로 극심한 차별을 경험해야 했다. 실제로 흑백통합부대에서 백인 병사들의 반발이 만만치 않았다. 식당에서 식사할 때 흑인들이 사용하던 그릇과 스푼과 나이프를 어떻게 사용하겠는가? 사실 이런 생각은 1950년대의 미국 사회에서는 그리 우스꽝스러운 생각이 아니었다. 더구나 피부 색깔로 인간을 차별한다는 것이 얼마나 '사악한 짓'인가를 알면서도 차별하는 백인들과 또 그러한 차별을 당연한 것으로 내면화하고 있는 흑인들 사이의 간극이 너무도 크다는 것도 사실이었다. 흑백통합부대의 실험을 통해 오히려 이러한 인종간 차별이 미국 사회의 어두운 그림자라는 것을 다시 한번 일깨운 전쟁이 한국전이었다.

그러나 대부분의 작가들은 군대 내의 흑백 갈등을 부각시키려는 목적이 아니었고 오히려 군대에서의 흑백통합이 미국 사회에서의 통합으로 이어질 수 있는가라는 가능성을 제기해보기 위함이었다. 소설《대대 군의관》과《정체된 판문점》에서 보았듯이 국가를 위한 흑인 병사들의 헌신적인 희생이 있었는데도 군대 내에서 흑백통합이 얼마나 어려운 것인가, 그리고 그것이 과연 뿌리 깊은 미국 사회의 인종차별을 해결하는 하나의 단초가 될 수 있을 것인가라는 궁극적인 질문을 작가는 던지고 있다. 토니 모리슨의 소설《고향》에서 주인공 흑인 병사가 흑백이 통합된 한국전에서 심한 흑백차별을 경험한 후 트라우마를 가지고 남부 조지아 사회로 돌아오지만 군대에서보다 더한 인종차별이 자행되는 사회를 발견하며 적응의 어려움을 겪는다. 소설 속에서 흑백 문제가 병사들의 '배낭'을 통해 한국의 전쟁터와 미국 사회를 오고 가지만 그것이 해결될 가능성은 별로 없어 보인다.

결론적으로 한국전은 당시 미국 사회의 제반 문제들을 돌아보게 하는 계기가 되었다. 미이도어의 소설《잊지 않으리》에서 주인공이 "한국전은 어떻게 보면 우리에겐 행운이었어. 우리를 깨우는 경종이니까"[13]라고 말하듯 한국전은 미국의 정치, 사회, 문화, 군사, 교육 등의 제반 문제들이 노출되고 다시 정의되는 계기를 마련해준 전쟁이었다. 문단의 기성작가인 필립 로스[14]도 2008년에 한국전 소설 《분노》를 펴내면서 오랜 세월이 흐른 이 시점에 한국전 이야기를 다시 끄집어낸 이유에 대해서 자신은 이 소설을 통해서 "독자들에게 통상 '잊혀진 전쟁' 또는 '알려지지 않은 전쟁'이라 불리는 이 전쟁에 대한 역사적 기억을 다시 한 번 상기시키려고 한다"[15]라고 말한 바 있다. 20세기 중반에 벌어졌던 그 사건이 21세기에 들어와서도 여전히 미국인들의 기억 속을 차지하고 있다는 것은 그 전쟁이 한반도에서 진행 중이며 그 전쟁의 여파가 지금까지도 그들의 기억 속에 울림을 주고 있기 때문이다. 잊혀진 전쟁은 역설적으로 절대로 잊혀지지 않고 미국인들의 기억 속에 남아 있다.

주

머리말

1 원래 '병사EM: enlisted man'라는 말은 부사관NCO: non-commissioned officer 이하의 군인을 지칭하는 용어다. 따라서 '미군 병사'라고 하면 일반적으로 미국 군대의 부사관 이하의 군인을 지칭하는 말인데 이 책에서는 장교도 그 용어 속에 포함해 사용하고 있다. 장교와 부사관과 병사 모두를 통칭하는 말로는 '미국 군인American Soldier'이란 말이 더 적절한 용어겠지만 군대의 대다수를 차지하는 인원이 병사이고 또 그들의 사고와 태도가 전쟁과 군대에 대한 미국 군인 전체의 의견을 대변한다고 판단되어 '미군 병사'라는 말로 통일했다. 따라서 이 책에서 '미군 병사'라고 말할 때 그 말은 장교, 부사관, 병사 모두를 포함하는 것으로 사용되고 있음을 일러둔다.

서론

1 Philip Caputo, *A Rumor of War* (New York: Ballantine Books, 1977), p. 77.
2 Kathryn Roe Coker et al eds., *United States Army Reserve Mobilization for the*

Korean War Army Reserve, Office of Army Reserve History, US Army Reserve Command (Fort Bragg, NC, 2013), p. 11.

3 1950년 9월 27일 미 합참본부가 맥아더에게 보낸 세 개의 전문 내용을 보면, 첫 번째는 "[맥아더]의 일차적인 임무는 북한군의 전력을 궤멸시키는 것"이었고, 두 번째는 "가능하다면 이승만의 영도 하에 한국 통일을 이루는 것"이었고, 세 번째는 "소련이나 중공의 참전이 이루어질 것인지를 결정하고 그럴 위협이 있다면 즉각 보고하는 것"이었다. T. R. Fehrenbach, *This Kind of War* (A Giant Cardinal edition, 1963), p. 287.

4 David Halberstam, *The Coldest Winter: America and the Korean War* (Hachette Books, rpt, 2008), p. 5.

5 Barack Obama, "Remarks by the President at 60th Anniversary of the Korean War Armistice," July 27, 2013, Washington, D. C.

6 한국전에서 미군의 인명 피해에 대해서는 여러 곳의 통계가 다소 틀리는데 좀 더 자세한 통계 자료를 위해서는 미 국방성에서 매년 발간되는《주요 전쟁과 분쟁에서의 근무 및 사상자Service and Casualties in Major Wars and Conflicts》의 1994년 판과 한국 국방부 군사편찬연구소에서 발행한《통계로 본 6·25전쟁》(2014년 6월 30일)을 참고할 것. 상기 자료에 따르면 미군은 3만 3,652명 전사, 10만 3,284명이 부상당했고, 여전히 7,699명의 전사자 유해를 찾지 못했으며 5,300여 명이 북한의 이름 모를 산악 지역에 묻혀 있다. 그리고 8,000여 명이 행방불명되었으며 전쟁이 끝난 지 70여 년이 지난 지금도 전사자의 유해가 북한 지역에서 계속 돌아오고 있다.

7 James Hickey, Jr. *Chrysanthemum in the Snow* (New York: Crown, 1990), p. 12.

8 W. D. Ehrhart, "Soldier Poets of the Korean War," *War, Literature and the Art,* Vol. 9, No. 2 (Fall/Winter 1997), pp. 42~44.

9 W. D. Ehrhart and Philip K. Jason, eds., *Retrieving Bones: Stories and Poems of the Korean War* (Rutgers University Press, 1999), p. 41.

10 이 책에 사용된 한국전을 다룬 미국소설들은 주로 다음과 같은 자료들에서 조사된 것이다. Keith D. McFarland, *The Korean War: An Annotated Bibliography*, New York: Garland, 1986; Arne Axelsson, *Restrained Response: American Novels of the Cold War and Korea*, 1945~1962, New York: Greenwood Press, 1990; "Novels of the Korean War," compiled by Philip K. Jason, http://www.illyria.com/ Korea.html; 심경석,《관계망의 해체와 재구성》, 보고사, 2018.

11 W. D. Ehrhart, "Soldier Poets of the Korean War," p. 4.

12 Viet Thanh Nguyen, *Nothing Ever Dies: Vietnam and the Memory of War* (Cambridge: Harvard University Press, 2016), p. 4.

13 Susan Rubin Suleiman, "War Memories: On Autobiographical Reading," *New Literary History*, 24 (1993), p. 563.

14 James R. Kerin, Jr. "The Korean War and American Memory," Unpublished Diss. Univ. of Pennsylvania, 1994, p. 187.

15 Ronald Schaffer, *America in the Great War: The Rise of the War Welfare State* (Oxford University Press, 1994), p. 151.

16 Wilbert L. Walker, *Stalemate at Panmunjom* (Baltimore: Heritage Press, 1980) 대부분의 한국전 소설들의 첫머리에 쓰인 제사의 한 예다.

17 Peter S. Kindsvatter, *American Soldiers: Ground Combat in the World Wars, Korea, and Vietnam* (University Press of Kansas, 2003), p. 4.

18 Susan Rubin Suleiman, "War Memories," p. 567.

19 Philip West, "Interpreting the Korean War," *The American Historical Review* 94, No. 1 (Feb, 1989), p. 81.

I. 한국전과 미국의 기억

1 T. R. Fehrenbach, *This Kind of War*, p. 17.

2 한국전에 동원된 미군은 3년간 총 178만 9,000명이고 중공군은 135만 명 정도로 집계되었다. 참고로 한국군 총동원 병력은 109만 911명이고 북한군은 약 100만 명으로 추산. 참조: 2014년 6월 30일 국방부 군사편찬연구소에서 발행한 《통계로 본 6·25전쟁》, 중국 군사과학원에서 낸 《중국군의 한국전쟁사》(2007). 상기의 통계자료는 육군협회 소식지 《아로카AROKA》(2018. 3. 31), 9~10쪽에 실려 있음. 미군의 총인원이 많은 것은 미군은 순환근무제를 채택해 병사들이 수시로 교대되었기 때문이다. 그러나 중공군은 전쟁 기간 내내 거의 전장에 있었다.

3 Steven Casey, *Selling the Korean War, Propaganda, Politics, and Public Opinion in the United States, 1950~1953* (Oxford University Press, 2008), p. 20.

4 〈국가안전보장회의 보고서 제68호 NSC: National Security Council Report-68〉 또는 통칭 NSC-68은 미국 트루먼 정권기 중 1950년 4월 14일 미국 국가안전

보장회의가 작성한 전체 58쪽의 비밀 정책 문서이다. 이 문서는 공산 세력 확대에 대한 봉쇄에 높은 우선순위를 부여한다는 결정을 담고 있어 냉전기의 향후 20년간 미국 외교 정책 형성에 지대한 영향을 미쳤다.

5   "Text of Truman Statement," *New York Herald Tribune*, December 1, 1950.

6   Steven Casey, *Selling the Korean War*, p. 20.

7   Michael Walzer, *Just and Unjust Wars* (Harvard Univ. Press, 1977), p. 117. 이 책에서 저자는 "한국에서의 미국 전쟁은 공식적으로 '경찰행동'"이라고 했다. 많은 연구서 및 소설에서 한국전은 미국이 한국에서 벌이는 '미국 전쟁'이라는 개념으로 기술되는 것을 볼 수 있다. George Sidney, *For the Love of Dying; Susan Choi, The Foreign Student;* Bruce Cummings, *The Korean War* 참조.

8   "Remarks by Dean Acheson Before the National Press Club," *The Korean War and Its Origins Research File*. Truman Library & Museum. 사실 한국이 미국의 방어선에서 제외되었다는 것은 분명했지만 애치슨 연설을 모두 살펴보면 한국이 "공격을 받으면 1차적으로 공격받는 당사자가 막아야 하고 그다음에 국제연합의 헌장에 따라 전 문명세계가 그 국가를 방어할 의무를 가지고 있다"라고 말한다. 결과적으로는 그의 말대로 유엔군에 의해 한국전이 수행된 것이다.

9   Max Hastings, *The Korean War* (A Touchstone Book, 1986), pp. 57~58.

10 Samuel P. Huntington, *The Soldier and the State* (Cambridge: Harvard Univ. Press, 1957), p. 389.

11 Paul M. Edwards, *To Acknowledge a War: The Korean War in American Memory* (Greenwood Press, 2000), p. 5.

12 Philip West, "Interpreting the Korean War," p. 87.

13 Shu Guang Zhang, *Mao's Military Romanticism: China and the Korean War, 1950-1953* (Univ. Press of Kansas, 1995), p. 92.

14 Max Hastings, *The Korean War*, p. 206.

15 Bruce Cummings, *The Korean War: A History* (Modern Library, 2010), pp. 64~65.

16 *Time*, 10 July 1950, p. 8.

17 Steven Casey, *Selling the Korean War*, p. 41.

18 Shu Guang Zhang, *Mao's Military Romanticism*, p. 92.

19 https//en.wikipedia.org/bruce_cummings

20 Allan R. Millett, "The Korean War: A 50-year Critical Historiography," *The*

Journal of Strategic Studies, Vol. 24, No. 1 (Mar 2001), p. 190. Susan Brewer, *Why America Fights: Patrioltism and War Propaganda from the Philippines to Iraq* (Oxford University Press, 2009), p. 149.

21   Allan R. Millett, p. 193.

22   Ibid., p. 194.

23   Philip West, "Interpreting the Korean War," p. 82.

24   W. D. Ehrhart, "Soldier-Poets of the Korean War," p. 42.

25   Susan Brewer, *Why America Fights*, p. 171

26   Michael Walzer, *Just and Unjust Wars*, pp. 109~122.

27   *Time*, 10 July 1950, p. 9.

28   David Rees, *Korea: The Limited War* (New York: St. Martin's Press, 1964), p. 15.

29   *The United States and the Korean Problem: Documents 1943~1953* (Washington, D. C.: U.S. Government Printing Office, 1953), pp. 36~37.

30   *New York Times*, 2 July 1950.

31   *Newsweek*, 10 July 1950, p. 24.

32   *Newsweek*, 17 July 1950, p. 20.

33   *Time*, 10 July 1950, p. 8.

34   Ibid.

35   Robert A. Taft, "The Korean Crisis," *Vital Speeches*, 1 August 1950, p. 614.

36   *Newsweek*, 10 July 1950, p. 25. 태프트는 당시 오하이오주 공화당 상원의원.

37   William Barret, "World War III: Ideological Conflict," *Partisan Review* 18 (Sept-Oct 1950), 651.

38   William A, Scott and Stephen B. Withey, *US and UN: The Public View* (New York: Manhattan Publishing Co., 1958), p. 78.

39   John E. Mueller, *War, Presidents and Public Opinion* (New York: John Wiley & Sons, Inc., 1973), p. 48.

40   Ibid.

한국전에 대한 여론조사

1950년 8월. 당신은 남한의 국민들을 돕기 위해 미국이 군대를 보낸 트루먼의 조치를 찬성하는가 반대하는가? 이유는?

찬성 75% ㅣ 반대 19% ㅣ 의견 없음 7%

찬성 이유 53% 러시아 공산주의를 막아야 하기 때문

17% 우리 자신의 이익을 위해, 우리나라를 침범하지 못하게 하기

             위해

    10%   압박받은 국민을 돕기 위해

    7%   유엔과의 관계 때문에

반대 이유 31%   우리의 일이 아니고 그들 자신의 싸움이니까

    13%   다른 나라들도 가서 도와야 한다

    12%   우리는 준비도 안 되었고 장비도 불충분하니까

    5%   전쟁을 원치 않아서

41 *The New York Times*, 1 July 1950.

42 Mueller, p. 48.

43 *Public Opinion Quarterly* (Winter 1950-1951), p. 803.

44 Hazel Erskine, "The Polls: Is War a Mistake?" *Public Opinion Quarterly* 34 (Spring 1970), 138

45 Ibid.

46 Mueller, p. 75.

47 George Gallup, *Public Opinion News Service,* February 9, 1951, Susan Brewer, *Why America Fights,* p. 162에서 재인용

48 Ibid., pp. 103~105.

49 Carl Degler, *Affluence and Anxiety: America since 1945* (Scott Foresman & Co, 1975), p. 50.

50 Robert Kelley, *The Shaping of the American Past II* (Englewood Cliffs: Prentice Hall, Inc., 1975), p. 824.

51 T. R. Fehrenbach, *This Kind of War,* p. 398.

52 Susan Brewer, *Why America Fights,* p. 169.

53 George Belknap and Angus Campbell, "Political Party Identification and Attitudes Toward Foreign Policy," *Public Opinion Quarterly* 35 (Winter 1951~1952), p. 608.

54 David Rees, pp. 221~229.

55 Carl Degler, p. 50.

56 David Lawrence, "A Salute to Courage," *US News and World Report,* 27 April 1951, p. 76.

57 Robert Kelley, p. 824.

58 *The New York Times*, 27 July 1953, p. 4.

59 Ibid., p. 86.

60 "For the Sake of Koreans," *The New York Times* , 1 July 1950, p. 14.

61 "Korea: Final Test of the UN," *The New Republic*, 3 July 1950, p. 6.

62 "The Decision in Korea," *The New Republic*, 22 January 1951, p. 5.

63 "Why We Stay in Korea," *Department of State Bulletin*, 12 February 1951, p. 263.

64 "Death Deserves a Reason," *US News & World Report*, 1 February 1952, p. 68.

65 David Lawrence, "Why is my son in Korea?" *US News & World Report*, 16 March 1951, p. 64.

66 "Men at War," *Time Magazine*, January 1, 1951. p. 23.

67 *The New York Times*, 27 July 1953, p. 18.

68 Kathryn Roe Coker, p. 43.

69 Rolando Hinojosa, *The Useless Servants* (Houston: Arte Publico, 1993), p. 20.

70 Gene L. Coon, *Meanwhile, Back at the Front* (New York: Crown Publishers, Inc., 1961), p. 197.

71 Peter Aichinger, *The American Soldier in Fiction, 1880~1963* (Iowa State University Press, 1975), p. 67.

72 S. L. A, Marshall, *Pork Chop Hill: The American Fighting Man in Action Korea, Spring, 1953* (William Morrow and Company, 1956), p. 5.

73 Edward A. Suchmab et al., "Student Reaction to Impending Military Service," *American Sociological Review* 18:3 (June 1953), pp. 293~304; George Q. Flynn, "The Draft and College Deferments During the Korean War," Vol. 50, Issue 3, *The Historian* (May 1988), pp. 369~385.

74 Charles Bracelen Flood, *More Lives Than One* (Boston: Houghton-Mifflin, 1967), p. 72.

75 Peter S. Kindsvatter, *American Soldiers*, p. 260.

76 Norman Black, *Ice, Fire and Blood: A Story of the Korean War* (2012), p. 124.

77 한국전쟁 시 적에 포로가 된 미 육군은 총 6,656명으로 반수 이상이 포로수용소에서 사망하고 3,323명만이 송환되어 돌아왔다. 이들의 포로 기간 동안의 행적을 조사한 결과에 의하면 15%가 적의 세뇌와 협박에 굴복해 협조했고 5%가 굴복하지 않았으며 80%는 중간자로서 국가나 군에 대한 아무런 부정적인 정보를 적에게 제공하지 않은 사람들로 조사되었다. 참조: Julius Segal, "Correlates of Collaboration and Resistance Behavior Among U.S. Army POWs in Korea," *Journal of Social Issues* (Summer, 1957), pp. 31~32.

78 Duane Thorin, *A Road to Panmunjom* (Chicago: Henry Regnery Company,

1956), pp. 36~37.

79 Max Hastings, pp. 83~84.

80 Tim O'Brien, *If I Die in a Combat Zone, Box Me Up and Ship Me Home* (Delacorte Press, 1973), p. 45.

81 _____, *The Things They Carried* (New York: Broadway Books, 1990), p. 21.

82 Peter S. Kindsvatter, *American Soldiers*, p. 9. 캔사스주 포트 레븐워스는 군 교정 센터 및 감옥이 있는 곳으로 그곳에 간다는 것은 곧 영창에 간다는 것과 같은 말이다.

83 James Salter, *The Hunters* (New York: Harper, 1956), p. 9.

84 Francis Pollini, *Night* (Boston: Houghton-Mifflin, 1961), p. 276.

85 David Watts, Jr. *Hope in Hungnam* (Createspace, 2012). pp. 47~48.

86 Quentin Reynolds, *Known But to God* (The John Day Company, 1960), pp. 190~191. 빅 레드 사단 Big Red Division은 미 제1보병사단의 애칭. 캐서린 계곡 Kasserine Pass은 2차 대전 당시 북아프리카의 튀니지 중서부의 아틀라스산맥 가운데 3.2km에 달하는 협곡으로 독일의 롬멜군과 미1사단을 비롯한 영미 연합국 간에 전투가 벌어진 곳으로 연합군의 승리로 끝난 전투.

87 Harry J. Maihafer, *From the Hudson to the Yalu: West Point '49 in the Korean War* (Williams-Ford Texas A&M University Military History Series, 1993). 반면에 1950년 6월 졸업생들은 한국전이 발발하기 약 일주일 전에 졸업했는데 이들은 9월부터 바로 한국전에 투입되었다. 이들은 총 670명이 졸업했고 반수 이상이 한국전에 참전했으며 41명이 전사, 84명이 부상당하는 비운을 맞이했다. 이들 전사자 41명의 명단이 새겨진 기념비가 현재 화랑대 육군사관학교 교정에 세워져 있다.

88 Harry J. Maihafer, p. 134.

89 Wilbert L. Walker, *Stalemate at Panmunjom*, p. 134.

90 Curt Anders, *The Price of Courage* (New York: Sagamore, 1957), pp. 180~181.

91 Roger W. Little, "Buddy Relations and Combat Performance," quoted in Peter S. Kindsvatter, *American Soldiers*, p. 126.

92 William Childress, "A Poet Remembers Korea," *War, Literature & the Arts*, Vol. 9, No. 2 (Fall/Winter 1997), pp. 173~174.

93 Larry Krantz, *Divisions: A Novel of a Forgotten War* (2013) p. 132.

94 J. Charles Cheek, *Stay Safe Buddy* (Publish America, 2003), p. 276.

95 James Michenor, *The Bridges at Toko-ri* (NY: Random House, 1953), p. 36.

96 Max Hastings, p. 176.

97 James Salter, *The Hunters*, p. 75.

98 Max Hastings, p. 329.

99 한국전 당시 미군의 공중폭격에 의한 북한 지역 도시들의 피해에 대해서는 다음 책을 참조: Bruce Cummings, *The Korean War: A History* (Modern Library, 2010), pp. 149~161.

100 Harry J. Maihafer, *From the Hudson to the Yalu*, p. 5.

101 Ibid., p. 124.

102 Marguerite Higgins, "The Terrible Days in Korea," *Saturday Evening Post*, 19 August 1950, p. 26.

103 Glen Ross, *The Last Campaign* (New York: Harper, 1962), p. 423.

104 James Hickey, *Chrysanthemum in the Snow*, p. 22.

105 Harry G. Summers, "The Korean War: A Fresh Perspective," *Military Affairs* (April 1996), p. 2.

106 Richard Selzer, *Knife Song Korea* (excelsior editions, 2009), p. 5.

107 참조: Michael Hickey, *The Korean War: The West Confronts Communism* (2000), p. 1; D. J. Meador, *Unforgotten*, p. 88; Charles Bracelen Flood, *More Lives Than One*, p. 43; Glen Ross, *The Last Campaign*, p. 3.

108 Donald Knox, *The Korean War: An Oral History: Pusan to Chosin* (Harcourt, Inc., 1985), p. 5.

109 Richard Selzer, *Knife Song Korea*, p. 7.

110 D. J. Meador, *Unforgotten*, p. 89; Psalms 139:12.

111 Michael Lynch, *An American Soldier* (Boston: Little Brown, 1969), pp. 74, 76, 196.

112 Webb Beech, *Make War in Madness* (NY: Fawcett Publications, Inc., 1965), p. 35.

113 D. J. Meador, *Unforgotten*, p. 68.

114 Norman Black, *Ice, Fire and Blood*, p. 185.

115 George Sidney, *For the Love of Dying* (New York: Morrow, 1969), p. 80.

116 Charles Bracelen Flood, *More Lives Than One*, pp. 31~32.

117 Melvin Voorhees, *Show Me a Hero* (New York: Simon and Schuster, 1954), p. 224.

118 James Salter, *The Hunters*, p. 161.

119 Charles Bracelen Flood, *More Lives Than One*, p. 43.

120 Martin Russ, *The Last Parallel* (NY: Rinehart & Company, 1957), p. 292.

121 Ernest Frankel, *Band of Brothers* (NY: MacMillan, 1958), p. 45.

122 Nora Okja Keller, *Comfort Woman* (Penguin Books, 1997), p. 107.

123 James Drought, *The Secret* (Norwalk, CT: Skylight Press, 1963), p. 153.

124 Charles Howe, *Valley of Fire* (Dell Publishing Co., Inc. 1964), p. 42.

125 James Hickey, *Chrysanthemum in the Snow*, p. 177.

126 William Stueck et al., "Alliance Forged in Blood': The American Occupation of Korea, the Korean War, and the US-South Korean Alliance," *Journal of Strategic Studies*, Vol. 33, Issue 2 (2010), pp. 177~209.

127 '국(gook)'은 한국어로 한국, 미국, 중국을 지칭하는 '국'에서 유래했다고 보는 것이 타당하다. 대부분의 한국전 소설에서 미군은 중공군에게도 '국'이라는 말을 사용했는데 이는 한국인들이 자신들을 보고 '미국(mee-gook)'이라고 부르는 것을 보고 이들은 모든 외국인을 '국'이라고 지칭하는 것으로 판단하고 한국인을 부를 때 '국'이라고 부르기 시작했는데 그것이 처음에는 경멸적인 뜻으로 사용된 것은 아니었다고 본다. 사실 한국인들이 '미국'을 외친 것은 그들을 환영한다는 뜻이었다. 그러나 시간이 지남에 따라 한국인을 지칭할 때 그렇게 불렀고 후에 베트남전에서 베트남인들에게 똑같이 적용되었는데 이미 베트남에서는 그들뿐만 아니라 전 아시아인에 대한 비하의 뜻으로 사용된 것으로 보인다. 참조: Robert Jay Lifton, *Home from the War: Vietnam Veterans: Neither Victims nor Executioners* (New York: Simon and Schuster, 1973), p. 200.

128 Max Hastings, p. 82.

129 Thomas Anderson, *Your Own Beloved Sons* (New York: Random House, 1956), p. 174.

130 Ibid., p. 144.

131 '지게 부대'는 한국전 당시 군대 갈 적령기를 넘긴 한국 남성 중에서 미군의 작전지역에서 '지게(A-frame)'를 지고 탄약과 보급품을 고지 위로 운반하거나 앰뷸런스로 부상자와 전사자를 후송하며 미군의 전투를 돕던 그룹을 말한다. 참조: *Army Logistician: Professional Bulletin of the United States Army Logistics*, Vol. 31, Issue 2, (March-April, 1999), pp. 34~38.

132 U.S. Army, General Staff, *Korea Handbook*, Sept. 1950, Washington, D.C., p. 95.

133 Philip Caputo, *A Rumor of War*, p. 18.

134 T. R. Fehrenbach, *This Kind of War*, pp. 172~173.

135 Rudy Tomedi, *No Bugles No Drums: An Oral History of the Korean War* (NY: John Wiley, 1993), p. 202.

136 T. R. Fehrenbach, *This Kind of War*, pp. 203~208.

137 Dick Sayers, *No Victory No Sting* (NY: Eloquent Books, 1992), p. 43.

138 T. R, Fehrenbach, *This Kind of War*, p. 8.

139 Peter S. Kindsvatter, *American Soldiers*, p. 153.

140 Ibid.

141 James Brady, *The Marines of Autumn* (New York: St. Martin's Press, 2000), p. 187. 그러나 작가는 미 해병들도 그렇게 진정한 군인이라는 것을 주장하지는 않는다. 왜냐하면 하루는 900명의 부상병을 후송했는데 그중 700명은 진짜고 200명은 꾀병 환자였다고 쓰고 있기 때문이다.

142 Matthew Ridgway, *The Korean War* (1967 rpt. Da Capo Press, 1988), pp. 93~94.

143 Norman Black, *Ice, Fire and Blood: A Story of the Korean War* (2012), p. 89.

144 Gene L. Coon, *Meanwhile, Back at the Front*, p. 245. 그러나 작가는 이러한 한국군의 모습은 전쟁 초기에 해당되는 말이었으며 점차 한국군에 대한 지원이 늘어나며 정비가 되자 전쟁 중반부터는 강하고 신뢰할 수 있는 군대로 성장했다고 작가는 말한다.

145 Matthew B. Ridgway, *The Korean War*, p. 88.

146 Steven Casey, *Selling the Korean War*, p. 3.

147 *US News and World Report*, October 5, 1951, p. 21.

148 Bruce Cummings and Jon Halliday, *Korea: The Unknown War*, 1999.

149 David Halberstam, *The Fifties* (A Fawcett Book, 1993), p. 73.

150 David Halberstam, *The Coldest Winter*, p. 2.

151 Stanley Sandler, *The Korean War: No Victors, No Vanquished* (Univ. of Kentucky Press, 1999), p. 227.

152 W. D. Ehrhart, *The Madness of Its All: Essays on War, Literature, and American Life*, (MacFarland & Company, 2002).

153 Steven Casey, *Selling the Korean War*. pp. 19~20, 67~72.

154 Donald Knox, *The Korean War: Uncertain Victory*, p. 504.

155 Melinda L. Pash, *In the Shadow of the Greatest Generation: The Americans Who Fought the Korean War* (NYU Press, 2012), p. 125.

156 Rudy Tomedi, *No Bugles No Drums*, p. 5.

157 William Childress, "A Poet Remembers Korea," p. 185.

158 S. L. A. Marshall, *Pork Chop Hill* (1959 rpt. 2000). p. 5.

159 Peter S. Kindsvatter, *American Soldiers*, p. 154.

160 Melvin B. Voorhees, *Show Me a Hero*, p. 66.

161 D .J. Meador, *Unforgotten*, p. 133.

162 Curt Anders, *The Price of Courage*, p. 196.

163 Webb Beech, *Make War in Madness*, p. 21.

164 Michael Lynch, *An American Soldier*, p. 178.

165 James Michnor, *The Bridges at Tokori*, pp. 122~123.

166 D. J. Meador, *Unforgotten*. p. 268.

167 Ibid., p. 379.

168 Jodi Kim, *Ends of Empire: Asian American Critique and the Cold War* (Minneapolis: Univ of Minnesota Press, 2010). p. 281.

169 Donald Knox, *The Korean War: Uncertain Victory* (1991), pp. 506~507; Donald Knox, *The Korean War: Pusan to Chosin* (1985).

170 A. D. Horne, ed., *The Wounded Generation: America After Vietnam* (Englewood Cliffs: Prenticw-Hall Inc., 1981), p. 110.

171 "Authors at Google, Toni Morrison *Home* in conversation with Torrene Boone," Feb 27, 2013. Posted March 4, 2013 www. youtube,com; Morrison speaks with Jeffrey Brown (May 29, 2012 http://www.pbs.org/)

172 미 의회 제100차 공공법안 가결 결과 참조: Public Law 100-230 (1988. 1. 5)과 Public Law 100-375 (1988. 7. 26).

173 James Brady, *The Coldest War*, quoted in Peter S. Kindsvatter, *American Soldiers*, p. 121. 공군 조종사들의 경우는 다소 달랐다. 제임스 설터의 공군소설 《사냥꾼들》에서 나타난 것처럼 한국전 조종사들은 100회의 전투 출격을 하게 되면 그것이 귀국 조건이 되었다.

174 Michael Lynch, *An American Soldier*, p. 211.

175 Peter S. Kindsvatter, *American Soldiers*, p. 91.

176 S. L. A. Marshall, *Pork Chop Hill*, pp. 2, 5, 7.

177 Dick Sayers, *No Victory No Sting*, p. 4.

178 Martin Russ, *The Last Parallel*, p. 333.

179 Donald Knox, *The Korean War: Uncertain Victory*, p. 357.

1   John Dos Passos, *First Encounter* (1945), rpt. *One Man's Initiation: 1917* (Cornell University Press, 1969), p. 36.

2   James Baldwin, "As Much Time As One Can Bear," *The New York Times Book Review* (14 January 1962), pp. 1, 38.

3   Malcolm Cowley, "War Novels: After Two Wars," in *The Literary Situation* (New York: The Viking Press, 1954), p. 39.

4   James Michenor, *The Bridges at Toko-ri*, pp. 42~43.

5   Edmund L. Volpe, "James Jones–Norman Mailer," in Harry T. Moore, ed., *Contemporary American Novelists* (Carbondale: Southern Illinois University Press, 1964), p. 106.

6   Michael Lynch, *An American Soldier*, p. 88.

7   Peter Aichinger, *The American Soldier in Fiction*, p. 69.

8   Northrop Frye, *Anatomy of Criticism* (Princeton: Princeton Univ. Press, 1957), p. 187.

9   Paul Fussell, *The Great War and Modern Memory* (Oxford Univ. Press, 1975), p. 130.

10 Ibid.

11 Ibid., p. 7.

12 Tobey C. Herzog, *Vietnam War Stories: Innocence Lost* (Routledge, 1992), pp. 14~15.

13 Wallis R. Sanborn, III, *The American Novel of War* (McFarland & Company, Inc., 2012), p. 178.

14 William Childress, "A Poet Remembers Korea," *War, Literature & the Arts*, p. 183.

15 정연선, 《미국전쟁소설》 27~40쪽의 '성장소설과 사회비평소설로서의 전쟁소설' 참조.

16 James Hickey, *Chrysanthemum in the Snow*, p. 267; Donald Knox, *The Korean War: Uncertain Victory*, p. 505.

17 Ibid., p. 24.

18 Shu Guang Zhang, *Mao's Military Romanticism*, p. 192.

19 James Dawes, *The Language of War* (Cambridge: Harvard Univ. Press, 2002), p. 15.

20 Susan Brewer, *Why America Fights*, p. 4.

21 Ibid., p. 168.

22 Shu Guang Zhang, *Mao's Military Romanticism*, pp. 200~201.

23 Sam Keen, *Faces of the Enemy: Reflections of the Hostile Imagination* (San Francisco: Harper, 1986), p. 25.

24 Ernest Frankel, *Band of Brothers*, Chapter 5.

25 Robert O. Holles, *Now Through the Armourers* (London: George G. Harrap & Co. Ltd, 1952), p. 147.

26 John A, Williams, *Captain Blackman* (1972, rpt. Coffee House Press 2000), p. 306.

27 Ernest Frankel, *Band of Brothers*, p. 98.

28 Ha Jin, *War Trash*, p. 28.

29 Shu Guang Zhang, *Mao's Military Romanticism*, p. 215.

30 Jessie Pope(1870~1941)는 1차 대전 때 전쟁 참여를 독려하는 시를 써서 유명해진 영국의 여류 시인이다. 〈누가 경기에 나갈 것인가Who's for the game?〉 등 젊은이들에게 전쟁에 나갈 것을 권유하는 시를 썼는데 서부전선에서 전사한 시인 윌프레드 오웬(1893~1918)은 제시 포프의 시를 읽고 그 허황됨에 실망한 나머지 그녀의 〈Who's for the game?〉에 직접적으로 대응하는 시를 썼다. 처음에는 〈제시 포프에게To Jessie Pope〉라는 제목을 붙였다가 나중에 〈국가를 위해서 생명을 바치는 것은 아름다운 것이다Dulce et Decorum Est〉라는 제목으로 바꾸어 발표했다.

31 Ernest Hemingway, *A Farewell to Arms*, pp. 184~185.

32 Tim O'Brien, *The Things They Carried* (Broadway Books, 1990), p. 68.

33 William March, *Company K* (New York: Harrison Smith & Robert Haas, 1933), pp. 101~102.

34 Frederick Hoffman, *The Twenties* (New York: The Free Press, 1965), pp. 74~75.

35 Ernest Frankel, *Band of Brothers*, p. 247.

36 Robert Crane, *Born of Battle* (New York: Pyramid, 1962), p. 134.

37 Sam Keen, *Faces of the Enemy*, p. 26. '국gook', '딩크dink', '슬로프slope'는 모두 아시아 인종에 대한 경멸조의 말들로 특히 베트남전에서 베트남인들에게 사용되었다.

38 Ibid., p. 15.

39 Ha Jin, *War Trash*, p. 193.

40 Sam Keen, *Faces of the Enemy*, p. 26.

41 Peter S. Kindsvatter, *American Soldiers*, p. 205.

42 Gene Coon, *Meanwhile, Back at the Front*, pp. 82~83.

43 Pat Frank, *Hold Back the Night*, p. 18.

44 Haim Potok, *I am the Clay*, p. 25.

45 Francis Pollini, *Night* (1961), p. 2.

46 Philip Caputo, *A Rumor of War*, p. 309.

47 John M. Delvecchio, *The 13th Valley*, p. 571.

48 Ibid.

49 Gene Coon, *Meanwhile, Back at the Front*, p. 223.

50 Shu Guang Zhang, *Mao's Military Romanticism* 참조.

51 Tim O'Brien, *The Things They Carried*, p. 67.

52 Ibid., p. 71.

53 Walt Whitman, Specimen Day, in Louis P. Masur ed., "⋯⋯the real war will
    never get in the books": *Selections from Writers During the Civil War* (NY: Oxford
    Univ. Press, 1993), p. 181.

54 '치카모가 전투'는 1863년 9월 18일에서 20일까지 전개된 남군과 북군의
    전투로 남북전쟁 중 게티스버그 전투 다음으로 가장 많은 사상자를 낸 전투로
    기록되어 있다. 조지아주 워커 카운티의 치카모가 크리크에서 벌어진 전투로
    남군의 승리로 끝난 전투이다.

55 Ambrose Bierce, *Ambrose Bierce's Civil War* (Washington, D.C.: Regnery Gateway,
    1956), pp. 106~107.

56 Kurt Vonnegut, *Slaughterhouse-Five*, 1969.

57 James Dawes, *The Language of War*, p. 7.

58 Erich Maria Remarque, *All Quiet on the Western Front*, trans, A. W. Wheen (NY:
    Fawcett Crest, 1958), p. 173.

59 Barbara Tuchman, *Stilwell and the American Experience in China, 1911-1945*
    (New York, 1971), p. 557. Quoted in Paul Fussell, *The Great War and Modern
    Memory* (Oxford University Press, 1975), pp. 174~175.

60 상기의 기억 문제와 진정한 글쓰기의 어려움에 대한 논의는 케린의 의견을
    요약한 것. 참조: James R. Kerin, Jr., "The Korean War and American Memory,"
    pp. 165~167.

61 Martin Russ, *The Last Parallel*, p. 211.

62 Michael Lynch, *An American Soldier*, p. 310.

63 Rolando Hinojosa, *The Useless Servants*, p. 134.

64 Ibid., p. 155.

65 Michael Herr, *Dispatches* (New York: Knopf, 1977), p. 16.

66 Frank G. Slaughter, *Sword and Scalpel* (New York: Doubleday & Company, 1957), p. 151.

67 Paul Fussell, *The Great War and Modern Memory*, p. 170.

68 Tim O'Brien, *The Things They Carried*, pp. 69, 85.

69 Philip Caputo, *A Rumor of War*, p. 15.

70 James Webb, *Fields of Fire*, p. 29.

71 Donald Knox, *The Korean War: Uncertain Victory*, p. 361.

72 Tim O'Brien, *The Things They Carried*, p. 80.

73 Archibald MacLeish, "Lines for an Interment," *The New Republic*, 76 (September 20, 1933), pp. 159~160.

74 Stephen Crane, *The Red Badge of Courage* (1859, rpt, Norton, 1976), pp. 74~75.

75 William Broyles, Jr., "Why Men Love War," *Esquire*, 102 (November 1984), p. 61.

76 Peter S. Kindsvatter, *American Soldiers*, p. 179.

77 Jesse Glenn Gray, *The Warriors: Reflections on Men in Battle* (1959, rpt. 1970), p. 30, quoted in Peter S. Kindsvatter, p. 180.

78 Peter S. Kindsvatter, *American Soldiers*, p. 181.

79 James Brady, *The Coldest War: A Memoir of Korea* (Pocket Books, 1991), p. 184.

80 Curt Anders, *The Price of Courage* (1957. rpt. 1999), p. 151.

81 Glen Ross, *The Last Campaign*. p. 355.

82 Sigmund Freud, "Reflections upon War and Death," in *Character and Culture* (NY: Collier Books, 1963), p. 130.

83 Joseph Conrad, *Heart of Darkness* (NY: W.W. Norton & Company. Inc., 1963), p. 8.

84 Peter Aichinger, *American Soldier in Fiction*, p. 118.

85 Frank G. Slaughter, *Sword and Scalpel*, pp. 71, 75.

86 Curt Anders, *The Price of Courage*, pp. 126, 144~145.

87 Black Norman. *Ice, Fire and Blood*, p. 144.

88 Harry J. Maihafer, *From the Hudson to the Yalu*, p. 7.

89 Dick Sayers, *No Victory No Sting* (NY: Eloquent Books, 1992), p. 201.

90 소설 속에서 맥주통 Beer Barrel은 항모 갑판에서 함재기들의 안전한 이착륙을 유도하는 장교인데 기술이 워낙 출중해서 모든 조종사의 사랑을 받는 해군 장교이다. 사실 그는 텍사스 농촌 출신으로 군에 오기 전까지는 바다를 한 번도 본 적이 없는 사람이다. 맥주를 하도 좋아해서 규정을 어기면서까지 맥주를 몰래 들여와 마시는데 워낙 비행기 유도에 귀재라 부대 지휘관 타란트 제독도 이를 눈감아준다. 조종사들은 그를 '맥주통'이란 애칭으로 부르며 그를 아낀다.

91 James Michenor, *The Bridges at Toko-ri*, p. 36.

92 Peter S. Kindsvatter, *American Soldiers*, p. 55.

93 Ibid.

94 Tim O'Brien, *The Things They Carried*, p. 20.

95 Ibid., pp. 82~83.

96 James Michenor, *The Bridges at Toko-ri*, p. 103.

97 David Watts, Jr. *Hope in Hungnam*, p. 99.

98 Tim O'Brien, *If I Die in a Combat Zone*, p. 31.

99 Siegfried Sassoon, "Dreams," *The War Poems of Siegfried Sassoon* (Faber & Faber, 1983), p. 88.

100 Wilfred Owen, "Soldier's Dream," *The Collected Poems of Wilfred Owen* (London: Chatto & Windus, 1963), p. 84.

101 Ambrose Bierce, *Ambrose Bierce's Civil War*, pp. 133~141.

102 Peter S. Kindsvatter, *American Soldiers*, pp. 172~173.

103 Norman Black, *Ice, Fire and Blood*, p. 142.

104 James Hickey, *Chrysanthemum in the Snow*, p. 30.

105 Harry J. Maihafer, *From the Hudson to the Yalu*, p. 113.

106 Jodi Kim, *Ends of Empire: Asian American Critique and the Cold War* (Minneapolis: Univ of Minnesota Press, 2010), p. 164.

107 Thomas McCormick, *America's Half Century: United States Foreign Policy in the Cold War and After* (The John's Hopkins University Press, 1989).

108 Webb Beach, *Make War in Madness*, p. 83.

109 '판 판 소녀들'의 영문 이름이 'Pan-pan girls'라는 것은 일본의 영문자가 Japan이라는 것에서 나온 것으로 보인다.

110 Bevin Alexander, *Korea: The First War We Lost*, p. 397.

111 Ibid., p. 398.

112 James Hickey, *Chrysanthemum in the Snow*, p. 225.

113 Glen Ross, *The Last Campaign*, p. 396.

III. 한국전 소설의 특징 및 주제별 분석

1 '충정소설'이나 '휴머니즘소설'이란 말은 본 필자가 주조한 말이다. 본문에서
설명한 것처럼 주로 해병대를 다룬 소설에서 조직에 충성하고 성실하게 임무를
수행한다는 의미가 담긴 '궁호'라는 의미를 우리말로 옮기면서 적절한 단어로
'충정'을 생각했다. 또한 '휴머니즘소설'은 극심한 시련 속에서 인간 사이에
피어날 수 있는 우정과 사랑을 그린 소설이라는 의미로 사용한 용어이다.

2 James Salter, *The Hunters*, p. 200.

3 James R. Kerin, Jr. "The Korean War and American Memory," pp. 261~265.

4 Edwin Howard Simmons, *Dog Company Six* (Annapolis, MD: Naval Institute
Press, 2000), p. 265.

5 Rudy Tomedi, *No Bugles No Drums*, p. 96.

6 Donald Knox, *The Korean War: Pusan to Chosin*, pp. 494~495.

7 Max Hastings, *The Korean War*, p.164.

8 William Shakespeare, *Henry V*, Act 4 Scene 3.

9 Ernest Frankel, *Band of Brothers*, p. 176.

10 Ibid., p. 178.

11 Ibid., p. 247.

12 Ibid., p. 359.

13 William Crawford, *Give Me Tomorrow* (New York: Putnam's, 1962), p. 122.

14 E. M. Forster, *Aspects of the Novel* (Penguin Books, 1962), p. 75.

15 Michael Walzer, *Just and Unjust Wars*, p. 225.

16 Philip Caputo, *A Rumor of War*, p. 229.

17 1차 대전을 소재로 한 반전소설의 찬반에 대한 아키볼드 맥클리시와 맬컴
카울리의 논쟁은 다음 책을 참고할 것: 정연선, 《미국전쟁소설》, 서울대출판부,
2002, pp. 9~14.

18 이치토와는 발음으로 보아 일본인으로 추정되는데 중공군 포로 심문자로
설정된 것은 부자연스럽다. 물론 중공으로 귀화한 일본인으로 볼 수도 있지만

정황상 그것은 아닌데 혹시 작가가 아시아인들의 이름을 혼돈한 데서 나온 것이
아닌가 추정된다.

19 James Hickey, *Chrysanthemum in the Snow*, p. 206.

20 Ibid., p. 305.

21 Ibid., p. 183.

22 Ibid., p. 321.

23 Ibid., p. 333.

24 Malcolm Cowley, *The Literary Situation* (New York: The Viking Press, 1954), pp.
    25~26.

25 미국 전쟁소설의 특징인 사회비평소설에 대한 자세한 내용은 정연선,《미국전쟁
    소설》(서울대출판부, 2002), pp. 36~37 참조.

26 Philip Caputo, *A Rumor of War*, p. 77.

27 Milton J. Bates, *The Wars We Took to Vietnam: Cultural Conflict and Storytelling*
    (Berkeley: University of California Press. 1996).

28 Richard Selzer, *Knife Song Korea*, p. 136.

29 Arne Axelsson, *Restrained Response*, p. 97.

30 이 사건은 베트남전이 한창이던 1968년 3월 16일 미 23사단 20연대 1대대
    찰리 중대원들이 미라이 촌락에 들어가 저지른 양민 학살 사건을 연상시킨다.
    이 소설이 1969년에 출판되었는데 필자 시드니는 이 소설이 출판되기 직전
    베트남에서 1년을 보낸 경험이 있고 그러한 일련의 사건들을 직접 보고 원용했을
    것으로 보인다.

31 James Drought, *The Secret*, p. 156.

32 Edward Franklin, *It's Cold in Pongo-ni* (New York: Vanguard, 1965), p. 28.

33 Ibid., p. 72.

34 Arne Axelsson, *Restrained Response*, p. 109.

35 골드스타엄마회 American Gold Star Mothers는 미국 군대에서 현역으로 미국이 참가한
    전쟁이나 분쟁에서 목숨을 잃은 아들과 딸들의 엄마들로 구성된 비영리기구.
    1차 대전에서 자식들을 잃은 엄마들을 위해 1928년 최초로 결성되었다.

36 John A. Williams, *Captain Blackman*, p. 306

37 Rudy Tomedi, *No Bugles No Drums*, p. 107.

38 Webb Beech, *Make War in Madness*, p. 36.

39 Larry Krantz, *Divisions*, p. 41.

40 Ibid., p. 58.

41 Wilbert L. Walker, *Stalemate at Panmunjom* (Baltimore: Heritage, 1980), p. 76.

42 한국전 참전자 후손들이 고인을 기억하며 쓴 편지들 가운데 1951년 3월 6~7일 사이 양평 전투에서 수적으로 월등한 중공군과 격전을 벌이던 유태계 미국인 미쳘 리브만Mitchell Libman은 자신의 소대가 후퇴하게 되자 아군의 후퇴 시간을 벌어주기 위해 단신으로 적과 밤새도록 싸우다 전사한다. 리브만은 당시 명예훈장이 추천되었지만 유태계라는 이유로 수훈십자훈장으로 격하되었다. 그러나 전후 가족들의 노력으로 후에 다시 명예훈장을 받게 된다. "Letters to the Lost," No. 120. Korean War Project Web site

43 Van B., Philpot. Jr. *Battalion Medics: A Novel of the Korean War* (New York: Exposition, 1955), p. 70.

44 Ibid., p. 57.

45 Ibid., p. 98.

46 Larry Krantz, *Divisions*, p. 206.

47 D. J. Meador, *Unforgotten*, p. 56.

48 Edwin Howard Simmons, *Dog Company Six*, p. 95.

49 Webb Beech, *Make War in Madness*, p. 57.

50 Michael Lynch, *An American Soldier*, p. 177.

51 T. R. Fehrenbach, *This Kind of War*, p. 100.

52 Max Hastings, *The Korean War*, p. 200.

53 Susan Brewer, *Why America Fights*, p. 168.

54 Webb Beech, *Make War in Madness*, p. 21.

55 Ibid., p. 21.

56 Morris Janowitz, *The Professional Soldier* (NY: The Free Press, 1960), p. 404.

57 멜빈 보리스의 《내게 영웅을 보여다오》에 대한 내용은 이기윤 외 엮음, 《한국전쟁과 세계문학》(국학자료원, 2003)에 실린 정연선의 논문 〈중단된 성전: 한국전쟁에 대한 미국소설의 연구〉의 일부를 전재한 것이다.

58 Melvin Voorhees, *Show Me a Hero* (New York: Simon and Schuster, 1954), p. 70.

59 Ibid., p. 213.

60 Ibid., p. 85.

61 Ibid., p. 213.

62 Ibid., p. 120.

63 Ibid., p. 315.

64 Max Hastings, *The Korean War*, p. 287.

65 참조: Julius Segal, "Correlates of Collaboration and Resistance Behavior Among U.S. Army POWs in Korea," *Journal of Social Issues*, Vol. 13, Issues 3 (Summer 1957), pp. 31~40; Albert D. Biderman, *March to Calumny: The Story of American POW's in the Korean War*, New York: Macmillan, 1963.

66 Arne Axelsson, *Restrained Response*, p. 64.

67 Rudy Tomedi, *No Bugles No Drums*, Chapter 8 요약.

68 이 소설이 미국에서는 금서였다가 1961년 미국의 Houghton Mifflin에서 다시 출판되었을 때 "세뇌라고 불리는 악몽에 관한 진정한 소설"이라는 부제가 붙었다.

69 Ha Jin, *War Trash*, p. 349.

70 Ibid., p. 5.

71 Ibid., p. 351.

72 Bruce Cummings, *The Korean War*, p. 75.

73 Ha Jin, *War Trash*, p. 76.

74 중공군들이 이 같은 고통을 참았던 것은 상부의 명령에 철저히 따른 것이란 측면도 있다. 마오쩌둥은 한국전 참전 중공군 부대들에게 절대로 양민들의 곡식을 훔치지 말 것을 명령했고 만약 불가피하게 훔치게 될 경우 반드시 다음에 갚아줄 것을 약속하라고 하여 사실 한국전에서 중공군들에 의한 약탈은 극히 드물었던 것으로 나타난다. 이 소설에서도 유안은 마을 주민이 숨겨놓은 쌀을 훔쳐오면서 그 자리에 '빌려갑니다 IOU: I Owe You'라는 메모를 남긴다. 참조: Shu Guang Zhang, *Mao's Military Romanticism*, p. 35.

75 Ha Jin, *War Trash*, p. 98.

76 Ibid., p. 218.

77 Joseph Darda, "The Literary Afterlife of the Korean War," p. 89.

78 Russell Banksoct, "View from the Prison Camp," *The NYT Book Review*, Oct. 10, 2004.

79 Ha Jin, *War Trash*, p. 179.

80 Ibid., p. 302.

81 Ibid., p. 345.

82 Ibid.

83 Glen Ross, *The Last Campaign*, p. 23.

84 Donald Knox, *The Korean War: Pusan to Chosin*, p. 98.

85 Harry J. Maihafer, *From the Hudson to the Yalu*, p. 121.

86 Robert O. Holles, *Now Thrive the Armourers* (London: Geore G. Harrap & Co., 1952), pp. 59~63.

87 Ibid., pp. 107~109.

88 Ha Jin, *War Trash*, p. 159.

89 Gregory Henderson, et al., eds., *Divided Nations in a Divided World* (New York, 1974), p. 61. 많은 북한 사람들은 소련군의 점령으로 인한 공포와 당시 진행되던 북한 당국의 토지개혁 등에 대한 불만 등이 겹쳐 남쪽으로 탈출하게 된다. 비록 남쪽을 점령한 미군에 대한 오해와 이승만 정부의 권위적인 통치 등이 부정적으로 인식되긴 했지만 여전히 북쪽과 비교하여 남쪽이 훨씬 자유스런 나라로 인식되어 많은 북쪽 사람들이 남쪽으로 오게 된다.

90 Harry J. Maihafer, *From the Hudson to the Yalu*, p. 179.

91 이 소설에서 제시된 메러디스 빅토리호의 제원은 길이 455피트, 넓이 62피트, 배수량 1만 658톤으로 46명의 승무원이 운행하는 배로서 300명까지 승객을 실을 수 있다고 되어 있으며 만약 병력 수송선으로 개조해도 최대 수용인원은 1,600명밖에 되지 않았다고 한다.

92 David Watts, Jr., *Hope in Hungnam*, p. 15.

93 Ibid., p. 150.

94 https://ko.wikipedia.org/wiki/ "노근리 양민 학살 사건" 참조.

95 https://en.wikisource.org/wiki/U.S._Department_of_the_Army_No_Gun_Ri_Review

96 Edward Jae-Suk Lee, *The Good Man: A Novel* (Bridge Works, 2004), p. 226.

97 http://www.thedailybeast.com/jayne-anne-phillips-goes-to-war.

98 Steven Belleto, "The Korean War, the Cold War, and the American Novel," *American Literature*, Vol 87, No. 1, (March 2015), pp. 72~73.

99 Jane Anne Phillips, *Lark & Termite: A Novel* (Vantage Books, 2009), p. 231

100 David Halberstam, *The Coldest Winter: America and the Korean War* (2007)를 주로 참고한 것으로 나타남.

IV. 한국계 미국인 작가의 한국전 기억

1 Susan Suleiman, "The 1.5 Generation: Thinking about Child Survivors and the

Holocaust," *American Imago*, 59, 3(2002), p. 277.

2   '포스트메모리'의 개념에 대해서는 Marianne Hirsch의 다음 두 개의 논문을 참조: Marianne Hirsch, "The Generation of Postmemory," *Poetics Today*, 29:1 (1 March 2008), pp. 108~128; _____, "Connective Histories in Vulnerable Times," *PMLA*, 129~3 (2014), pp. 330~348. 이 개념을 이용해 수산 최의 《외국인 학생》을 분석한 Daniel Kim의 논문도 참조할 것: Daniel Y. Kim, "'Bled In, Letter by Letter'": Translation, Postmemory, and the Subject of Korean War: History in Susan Choi's *The Foreign Student*," *American Literary History*, Vol 21, No. 3, (Fall 2009): pp. 550~583.

3   Craig Morgan Teitcher, "War Story," *Publishers Weekly* 25 (Jan 2010), p. 88.

4   Daniel Y. Kim, "'Bled in, Letter by Letter,'" p. 572.

5   최숙렬의 첫 번째 작품은 그녀와 나이가 비슷한 일본인 여류작가 요코 가와시마 왓킨스가 쓴 《요코 이야기So Far From the Bamboo Grove》(1986)의 대응 작품으로 초중등학생 독자들을 대상으로 쓴 소설이라고 알려져 있다. 참고로 《요코 이야기》는 일본인 소녀의 눈으로 본 해방 전후의 한국 사회를 담은 책이다. 저자가 해방 후 한국 땅에서 몸소 겪었던 실화로 북한에서 한국인들에게 온갖 고통을 당하며 일본의 고향까지 죽음의 길을 헤쳐 갔던 한 소녀와 가족의 가슴 아픈 이야기이다.

6   Richard E. Kim, *The Martyred* (George Braziller, The Pocket Cardinal edition, 1965), p. 69.

7   Ty Pak, *The Guilt Payment* (Bamboo Ridge Press, 1983), p. 131.

8   Ibid., p. 187.

9   Sook Nyul Choi, *Gathering Pearls* (Houghton Mifflin Company 1994), p. 97.

10   Daniel Kim, "Bled in, Letter by Letter," p. 551.

11   Susan Choi, *The Foreign Student* (New York: Harper Flamingo, 1998), p. 51.

12   Ibid., p. 65.

13   Ibid., p. 234.

14   Daniel Kim, p. 551.

15   Ibid., p. 564.

16   Susan Choi, *The Foreign Student*, p. 39.

17   Daniel Kim, p. 556.

18   Chang-Rae Lee, *The Surrendered* (New York: Riverhead Books, 2010), p. 1.

19   Ibid., p. 99.

20 Ibid., p. 258.

V. 한국전: 끝나지 않은 전쟁

1   John Sack, *From Here to Shimbashi* (New York: Harper, 1955), p. 208.
2   "West Point welcomes Toni Morrison to Class of 2016 lecture" By Mike Strasser,
    U.S. Military Academy Public Affairs, March 29, 2013. 위의 인터뷰에서
    모리슨은 "정말로 우리는 1950년대에 무슨 일이 있어났는지를 잊고
    있었다고 생각한다." 사회자가 무엇을 잊었느냐고 묻자 그녀는 "매카시즘, 즉
    반공이데올로기가 가져온 공포와 '한국에서 경찰행동'이라 불리는 전쟁이라
    부를 수 없는 전쟁이 있었다는 것을 잊었다. 그리고 1950년대는 흑인들에게
    시련의 시대였다"라고 대답했다.
3   Toni Morrison, *Home* (New York: Knopf, 2012), p. 18.
4   Ibid., p. 93.
5   Ibid., p. 83.
6   Ibid., p. 83.
7   Philip Ross, *Indignation* (New York: Vintage International, 2008), p. 228.
8   http://www.webofstories.com/play/philiproth/63
9   Larry Schwartz, "Apocalypse Then: Philip Roth's *Indignation*," *Cultural Logic*
    (2011). p.1.
10 Philip Ross, *Indignation*, p. 31.
11 한국전쟁 프로젝트 웹사이트Korean War Project Website는 텍사스 댈러스에 소재한
    비영리 단체가 운영하는 한 참전자(2사단 23연대 병사로 참전시 단장의 능선
    전투에서 전사)의 아들인 할 바커 Hal Barker가 한국전을 기억하자는 의미로
    1995년 시작한 사이트이다. 2006년 11월 11일 재향군인의 날을 전후해
    유가족들의 편지를 업로드하고 있는데 현재 250통의 편지가 수록되어 있다.
    이 편지는 한국전 전사자 및 실종자 유가족들의 절절한 사연을 기록하고
    있으며 여전히 전사/실종자들이 돌아올 것을 기다린다는 내용이다. 유가족들의
    DNA를 채취해 해당 기관에 보내기도 한다. 참조 https://www.koreanwar.org/
12 Letter to the Lost 77, Korean War Project, https://www.koreanwar.org/
13 Letter to the Lost 80.

14   Letter to the Lost 99.

15   J. Charles Cheek, *Stay Safe Buddy*, p. 276.

16   D. J. Meader, *Unforgotten*, p. 392.

17   Ibid., p. 377.

18   Ibid., p. 379.

19   Ibid., p. 342.

VI. 결론

1   Steven Casey, *Selling the Korean War*, p. 20.

2   John E. Mueller, *War, Presidents and Public Opinion*, 1973, p. 48. 좀 더 구체적인 내용은 "I. 한국전과 미국의 기억" (주 40번)을 참조할 것.

3   David Watts, Jr., *Hope in Hungnam*, p. 150.

4   William Stueck et al., "Alliance Forged in Blood," pp. 177~209.

5   Max Hastings, *The Korean War*, p. 82.

6   William Childress, "A Poet Remembers Korea," p. 183.

7   Paul Fussell, *The Great War and Modern Memory*, p. 7.

8   Joseph Darda, pp. 81~82.

9   Andrew Scobell, "China's Strategic Lessons from the Korean War." *International Journal of Korean Studies*, Vol. 15, No. 1 (Spring 2011), p. 121.

10   Milton J. Bates, *The Wars We Took to Vietnam*, 1996.

11   Kathleen Belen, *Bring the War Home: The White Power Movement and Paramilitary America* (Harvard University Press, 2018), p. 20.

12   Bill McCloud, *What Should We Tell Our Children about Vietnam?* (Norman: Univ of Oklahoma Press, 1989), p. 29.

13   D. J. Meader, *Unforgotten*, p. 162.

14   필립 로스는 2018년 5월 22일 85세를 일기로 작고하였음.

15   Larry Schwartz, "Apocalypse Then: Philip Roth's Indignation," *Cultural Logic* (2011), p. 1.

본문에서 다루어진 한국전 소설들

Albert, Marvin H. *All the Young Men* (모든 젊은이들), 1960.

Anders, Curt. *The Price of Courage* (용기의 대가), 1957.

Anderson, Thomas. *Your Own Beloved Sons* (그대의 사랑스런 아들들), 1956.

Barbeau, Clayton. *The Ikon* (성상), 1961.

Becker, Stephen. *Dog Tags* (인식표), 1973.

Beech, Webb. *Make War in Madness* (광기의 전쟁), 1965

Black, Norman. *Ice, Fire and Blood* (얼음과 불과 피), 2012.

Brady, James. *The Marines of Autumn* (가을의 해병), 2000.

Cheek, J. Charles. *Stay Safe Buddy* (조심하게 친구야), 2003.

Choi, Sook Nyul, *Years of Impossible Goodbyes* (떠나보낼 수 없는 세월), 1991.

_____, *Echoes of the White Giraffe* (하얀 기린의 메아리), 1993.

_____, *Gathering Pearls* (진주 모으기), 1994.

Choi, Susan. *The Foreign Student* (외국인 학생), 1998.

Condon, Richard. *The Manchurian Candidate* (만주인 후보), 1959.

Coon, Gene L. *Meanwhile, Back at the Front* (한편 전선에선), 1961.

Crane, Robert. *Born of Battle* (전쟁터에서 태어나다), 1962.

Crawford, William. *Give Me Tomorrow.* (내게 내일을 주시오), 1962.

Drought, James. *The Secret* (비밀), 1963.

Flood, Charles B. *More Lives Than One* (대의를 위한 삶), 1967.

Forrest, Williams. *Stigma* (오명), 1957.

Frank, Pat. *Hold Back the Night* (밤을 사수하라), 1951.

Frankel, Ernest. *Band of Brothers* (형제들), 1958.

Franklin, Edward. *It's Cold in Pongo-ni* (봉고리의 추위), 1965.

Goldman, William. *Soldier in the Rain* (빗속의 군인), 1960.

Hickey, James. *Chrysanthemum in the Snow* (눈 속에 핀 국화), 1990.

Hinojosa, Rolando. *The Useless Servants* (무익한 종들), 1993.

Hooker, Richard. *M*A*S*H* (매쉬), 1968.

Howe, Charles. *Valley of Fire* (화염의 계곡), 1964.

Jin, Ha. *War Trash* (전쟁 쓰레기), 2004.

Kantor, MacKinlay. *Don't Touch Me* (날 건드리지 마라), 1951.

Keller, Nora Okja. *Comfort Woman* (종군위안부), 1998.

Kim, Chrystal Hana. *If you Leave Me* (그대가 나를 떠나면), 2018.

Kim, Richard E. *The Martyred* (순교자), 1964. .

Krantz, Larry. *Divisions* (사단들), 2013.

Lasly, Walter. *Turn the Tigers Loose* (호랑이를 풀어라), 1956.

Lee, Chang-rae. *The Surrendered* (항복한 사람들), 2010.

Lee, Edward Jae-Suk, *The Good Man* (선한 사람), 2004

Lynch, Michael. *An American Soldier* (한 사람의 미국 군인), 1969.

Lynn, Jack. *The Turncoat* (변절자), 1976.

Meader, Stephen. *Sabre Pilot* (세이버 조종사), 1956.

Meador, D. J. *Unforgotten* (잊지 않으리), 1999.

Michener, James. *The Bridges at Toko-Ri* (독고리의 철교), 1953.

Morrison, Toni. *Home* (고향), 2012.

Olmstead, Robert. *The Coldest Night* (가장 추운 밤), 2012.

Pak, Ty. *Guilt Payment* (죄의 대가), 1983.

Philips, Jane Anne. *Lark & Termite* (라크와 터마이트), 2008.

Philpot, Van B., Jr. *Battalion Medics* (대대 군의관), 1955.

Pollard, Freeman. *Seeds of Turmoil* (혼란의 씨앗), 1959.

Pollini, Francis. *Night* (밤), 1961.

Potok, Chaim. *I am the Clay* (나는 진흙이오니), 1992.

Reynolds, Quentin. *Known But to God* (신만이 알리라), 1960.

Ross, Glen. *The Last Campaign* (마지막 출정), 1962.

Roth, Philip. *Indignation* (분노), 2008.

Sack, John. *From Here to Shimbashi* (지상에서 심바시로), 1955.

Salter, James. *The Hunters* (사냥꾼들), 1956.

Sayers, Dick. *No Victory, No Sting* (승리도 없고 아픔도 없는), 1992.

Sellers, Con. *Brothers in Battle* (전우들), 1989.

Selzer, Richard. *Knife Song Korea* (칼의 노래 한국), 2009.

Shaara, Jeff. *The Frozen Hours* (얼어버린 시간들), 2017.

Sheldon, Walt. *Troubling of a Star* (별자리 하나의 고뇌), 1953.

Sidney, George. *For the Love of Dying* (죽음의 향연), 1969.

Simmons, Edwin Howard. *Dog Company Six* (도그 중대장), 2000.

Skomra, Fred. *Behind the Bamboo Curtain* (죽의 장막 뒤에서), 1957.

Slaughter, Frank G. *Sword and Scalpel* (칼과 메스), 1957.

Styron, William. *The Long March* (장거리 행군), 1952.

Thorin, Duane. *A Road to Panmunjom* (판문점으로 가는 길), 1956.

Voorhees, Melvin. *Show Me a Hero* (내게 영웅을 보여다오), 1954.

Walker, Wilbert L. *Stalemate at Panmunjon* (정체된 판문점), 1980.

Watts, Jr. David. *Hope in Hungnam* (희망의 흥남부두), 2012

Williams, John A. *Captain Blackman* (캡틴 블랙만), 1972.

Yoon, Paul. *Snow Hunters* (눈 사냥꾼들), 2013.

인용문헌

Aichinger, Peter. *The American Soldier in Fiction, 1880-1963.* Iowa State University Press, 1975.

Alexander, Bevin. *Korea: The First War We Lost.* NY: Hippocrene Books. Inc, 1986.

Army Logistician: Professional Bulletin of the United States Army Logistics. Vol. 31, Issue 2, (March-April, 1999).

"Authors at Google, Toni Morrison *Home* in conversation with Torrene Boone," Feb 27, 2013. Posted March 4, 2013.

Axelsson, Arne. *Restrained Response: American Novels of the Cold War and Korea, 1945-1962.* New York: Greenwood Press, 1990.

Baldwin, James. "As Much Time As One Can Bear," *The New York Times Book Review.* 14 January 1962.

Banksoct, Russell. "View from the Prison Camp," *The NYT Book Review.* Oct. 10, 2004.

Barret, William. "World War III: Ideological Conflict," *Partisan Review* 18

(Sept–Oct 1950).

Bates, Milton J. *The Wars We Took to Vietnam: Cultural Conflict and Storytelling.* Berkeley: University of California Press, 1996.

Belen, Kathleen. *Bring the War Home: The White Power Movement and Paramilitary America.* Harvard University Press, 2018.

Belknap, George and Angus Campbell, "Political Party Identification and Attitudes Toward Foreign Policy," *Public Opinion Quarterly* 35 (Winter 1951–52).

Belleto, Steven. "The Korean War, the Cold War, and the American Novel," *American Literature.* Vol 87, No. 1 (March 2015), pp. 51–77.

Biderman, Albert D. *March to Calumny: The Story of American POW's in the Korean War.* New York: Macmillan, 1963.

Bierce, Ambrose. *Ambrose Bierce's Civil War.* Washington, D. C.: Regnery Gateway, 1956.

Blair, Clay. *The Forgotten War: America in Korea, 1950–1953.* New York: Time Books, 1988.

Blomstedt, Larry. *Truman, Congress, and Korea: The Politics of America's First Undeclared War.* The University Press of Kentucky, 2015.

Boylan, Ray. *West Side Warrior: A Korean War Veteran's Memoir.* New Galaxy Publishing, 2014.

Brewer, Susan. *Why America Fights: Patriotism and War Propaganda from the Philippines to Iraq.* Oxford Univ. Press, 2009.

Broyles, Jr., William. "Why Men Love War," *Esquire.* 102 (November 1984).

Butcher, James N. *Korea: Traces of a Forgotten War.* Hellgate Press, 2013.

Caputo, Philip. *A Rumor of War.* New York: Ballantine Books, 1977.

Casey, Steven. *Selling the Korean War, Propaganda, Politics, and Public*

Opinion in the United States, 1950-1953. Oxford University Press, 2008.

Cather, Willa. *One of Ours.* Houghton Mifflin Company, 1922.

Childress, William. "A Poet Remembers Korea," *War, Literature & the Arts,* Vol. 18, No. 1-2 (2006), pp. 173-185.

Clinton, Bill. "Remarks by the President at the Dedication Ceremony for the Korean War Veterans Memorial," July 27, 1995.

Coker, Kathryn Roe et al eds. *United States Army Reserve Mobilization for the Korean War Army Reserve.* US Army Reserve Command, Fort Bragg, NC, 2013.

Conrad, Joseph. *Heart of Darkness.* NY: W.W. Norton & Company. Inc., 1963.

Cooperman, Stanley. *World War I and the American Novel.* Baltimore: The Johns Hopkins Press, 1967.

Cowley, Malcolm. "War Novels: After Two Wars," in *The Literary Situation.* New York: The Viking Press, 1954.

Crane, Stephen. *The Red Badge of Courage.* 1895.

Cummings, Bruce. *The Korean War: A History.* Modern Library, 2010.

_____ and Jon Halliday, *Korea: The Unknown War.* 1990.

Darda, Joseph. "The Literary Afterlife of the Korean War," *American Literature,* Vol. 87, No. 1(March 2015), pp. 79-105.

Dawes, James. *The Language of War.* Cambridge: Harvard Univ. Press, 2002.

Degler, Carl. *Affluence and Anxiety: America since 1945.* Scott Foresman & Co., 1975.

Delvecchio, John M. *The 13th Valley.* New York: Bantam, 1982.

Department of State Bulletin, "Why We Stay in Korea," 12 February 1951.

Dos Passos, John. *First Encounter* (1945), rpt. *One Man's Initiation: 1917.*

Cornell University Press, 1969.

_____. *Three Soldiers*. Boston: Houghton Mifflin Co., 1921.

Edwards, Paul M. *The Korean War: An Annotated Bibliography*. Westport, CT: Greenwood Press, 1998.

_____. *To Acknowledge a War: The Korean War in American Memory*. Greenwood Press, 2000.

Ehrhart, W. D. "Soldier Poets of the Korean War," *War, Literature and the Art*, Vol. 9, No. 2 (Fall/Winter 1997), pp. 1-47.

_____, *The Madness of Its All: Essays on War, Literature and American Life*. MacFarland & Company, 2002.

_____ and Philip K. Jason, eds., *Retrieving Bones: Stories and Poems of the Korean War*. Rutgers University Press, 1999.

Erskine, Hazel. "The Polls: Is War a Mistake?" *Public Opinion Quarterly*, 34 (Spring 1970).

Fehrenbach, T. R. *This Kind of War: A Study in Unpreparedness*. New York: Macmillan, 1963.

Flynn, George Q. "The Draft and College Deferments During the Korean War," Vol. 50, Issue 3, *The Historian* (May 1988). pp. 369~385

Forster, E. M. *Aspects of the Novel*. Penguin Books, 1962.

Freud, Sigmund. "Reflections upon War and Death," in *Character and Culture*. NY: Collier Books, 1963.

Frye, Northrop. *Anatomy of Criticism*. Princeton: Princeton Univ. Press, 1957.

Fussell, Paul. *The Great War and Modern Memory*. Oxford Univ. Press, 1975.

Gray, Jesse Glenn. *The Warriors: Reflections on Men in Battle*. 1959, rpt. 1970.

Halberstam, David. *The Coldest Winter*. Hachette Books, rpt, 2008.

_____, *The Fifties*. A Fawcett Book, 1993.

Hastings, Max. *The Korean War*. A Touchstone Book, 1986.

Heller, Joseph. *Catch-22*. Dell Publishing, 1961.

Hemingway, Ernest. *A Farewell to Arms*, NY: Charles Scribner's Sons, 1929.

Henderson, Gregory. et al., eds., *Divided Nations in a Divided World*. New York, 1974.

Herr, Michael. *Dispatches*. New York: Knopf, 1977.

Hersey, John. *The War Lover*. Bantam Books, 1966.

Herzog, Tobey C. *Vietnam War Stories: Innocence Lost*. Routledge, 1992.

Hickey, Michael. *The Korean War: The West Confronts Communism*. 2000.

Higgins, Marguerite. "The Terrible Day in Korea", *Saturday Evening Post*, 19 August 1950.

Hirsch, Marianne. "The Generation of Postmemory," *Poetics Today*, 29:1 (1 March 2008). pp. 108~128

_____. "Connective Histories in Vulnerable Times," *PMLA*, 129-3 (2014), pp. 330-348.

Hoffman, Frederick. *The Twenties*. New York: The Free Press, 1965.

Holles, Robert O. *Now Through the Armourers*. London: George G. Harrap & Co. Ltd, 1952.

Horne, A. D. ed., *The Wounded Generation: America After Vietnam*. Englewood Cliffs: Prenticw-Hall Inc., 1981.

Huntington, Samuel P. *The Soldier and the State*. Cambridge: Harvard Univ. Press, 1957.

Janowitz, Morris. *The Professional Soldier*. NY: Free Press, 1974.

Jason, Philip K, compiled. "Novels of the Korean War," http://www.illyria. com/Korea.html

Jason, Philip K. "Vietnam War Themes in Korean War Fiction," *South Atlantic*

Review, Vol. 61. No.1 (Winter 1996), pp. 109–121.

Jones, James. *The Thin Red Line.* NY: Charles Scribner's Sons, 1962.

Keen, Sam. *Faces of the Enemy: Reflections of the Hostile Imagination.* San Francisco: Harper, 1986.

Keller, Nora Okja. *Comfort Woman.* Penguin Books, 1997.

Kelley, Robert. *The Shaping of the American Past II.* Englewood Cliffs: Prentice Hall, Inc., 1975.

Kerin, Jr., James. "The Korean War and American Memory," Unpublished Diss. Univ. of Pennsylvania, 1994.

Killens, John O. *And Then We Heard the Thunder.* NY: A. A. Knoph, 1962.

Kim, Daniel Y. "'Bled In, Letter by Letter': Translation, Postmemory, and the Subject of Korean War: History in Susan Choi's *The Foreign Student,*" *American Literary History,* Vol 21, No. 3 (Fall 2009): pp. 550–583.

Kim, Jodi. *Ends of Empire: Asian American Critique and the Cold War.* Minneapolis: Univ of Minnesota Press, 2010.

Kindsvatter, Peter S. *American Soldiers: Ground Combat in the World Wars, Korea, and Vietnam.* University Press of Kansas, 2003.

Knox, Donald. *The Korean War: An Oral History: Pusan to Chosin.* Harcourt, Inc., 1985.

_____. *The Korean War: Uncertain Victory.* Harcourt Brace Jovanovich, 1991.

Lawrence, David. "Why is my son in Korea?, *US News and World Report,* 16 March 1951.

_____. "A Salute to Courage," *US News and World Report,* 27 April 1951.

Lifton, Robert Jay. *Home from the War: Vietnam Veterans: Neither Victims nor*

Executioners, NY: Simon Schuster, 1973.

MacLeish, Archibald. "Lines for an Interment," *The New Republic*, LXXVI (September 20, 1933).

Maihafer, Harry J. *From the Hudson to the Yalu: West Point '49 in the Korean War*, Williams-Ford Texas A&M University Military History Series, 1993.

Mailer, Norman. *The Naked and the Dead*. NY: Holt, Rinehart and Winston, 1948.

March, William. *Company K*. New York: Harrison Smith & Robert Haas, 1933.

Marshall, S. L. A. *Pork Chop Hill: The American Fighting man in Action Korea, Spring, 1953*. William Morrow and company, 1956.

Masur, Louis P. ed. *Selections from Writers During the Civil War*. NY: Oxford Univ. Press, 1993.

McCloud, Bill. *What Should We Tell Our Children about Vietnam?*. Norman: Univ of Oklahoma Press, 1989.

McCormick, Thomas. *America's Half Century: United States Foreign Policy in the Cold War and After*. The John's Hopkins University Press, 1989.

McFarland, Keith D. *The Korean War: An Annotated Bibliography*. New York: Garland, 1986.

"Men at War," *Time Magazine*, January 1, 1951.

Millett, Allan R. "The Korean War: A 50-year Critical Historiography," *The Journal of Strategic Studies*, Vol. 24, No. 1 (Mar 2001), pp. 188-224.

Moore, Harry T. ed. *Contemporary American Novelists*. Carbondale: Southern Illinois University Press, 1964.

Mueller,John E. *War, Presidents and Public Opinion*. New York: John Wiley & Sons, Inc., 1973.

Newsweek, 10 July 1950.

Newsweek, 17 July 1950.

Nguyen, Viet Thanh. *Nothing Ever Dies: Vietnam and the Memory of War.* Cambridge: Harvard University Press, 2016.

Obama, Barack. "Remarks by the President at 60th Anniversary of the Korean War Armistice," July 27, 2013, Washington, D.C.

O'Brien, Tim. *If I Die in a Combat Zone, Box Me Up and Ship Me Home.* Delacorte Press, 1973.

_____. *The Things They Carried.* New York: Broadway Books, 1990.

O'Donnell, Patrick K. *Give Me Tomorrow: The Korean War's Greatest Untold Story — The Epic Stand of the Marines of George Company.* Da Capo Press, 2010.

Owen, Wilfred. "Soldier's Dream," *The Collected Poems of Wilfred Owen.* London: Chatto & Windus, 1963.

Pash, Melinda. *In the Shadow of the Greatest Generation: The Americans Who Fought the Korean War.* NYU Press, 2012.

Public Opinion Quarterly (Winter 1950–1951).

Rees, David. *Korea: The Limited War.* New York: St. Martin's Press, 1964.

Remarque, Erich Maria, *All Quiet on the Western Front.* trans, A. W. Wheen, NY: Fawcett Crest, 1958.

Ridgway, Matthew. *The Korean War*, 1967 rpt. Da Capo Press, 1988.

Russ, Martin. *The Last Parallel: A Marine's War Journal.* NY: Rinehart & Company, Inc. 1957.

Sanborn, III, Wallis R. *The American Novel of War.* McFarland & Company, Inc., 2012.

Sandler, Stanley. *The Korean War: No Victors, No Vanquished.* Univ. of

Kentucky Press, 1999.

Sassoon, Siegfried. "Dreams," *The War Poems of Siegfried Sassoon*. Faber & Faber, 1983.

Schaffer, Ronald. *America in the Great War: The Rise of the War Welfare State*. Oxford University press, 1991.

Schwartz, Larry. "Apocalypse Then: Philip Roth's *Indignation*," *Cultural Logic*, (2011).

Scobell, Andrew. "China's Strategic Lessons from the Korean War," *International Journal of Korean Studies*, Vol. XV, No. 1 (Spring 2011).

Scott, William A. and Stephen B. Withey, *US and UN: The Public View*. New York: Manhattan Publishing Co., 1958.

Segal, Julius. "Correlates of Collaboration and Resistance Behavior Among U.S. Army POWs in Korea," *Journal of Social Issues*, Vol.13, Issues 3 (Summer 1957), pp. 31-40.

Shakespeare, William. *Henry V*, Act 4 Scene 3.

Stueck, William. *The Korean War: An International History*. Princeton University Press, 1995.

Stueck, William et al., "'Alliance Forged in Blood': The American Occupation of Korea, the Korean War, and the US-South Korean Alliance," *Journal of Strategic Studies*, Vol. 33, Issue2 (2010), pp. 177-209.

Suchmab, Edward A. et al., "Student Reaction to Impending Military Service," *American Sociological Review*, 18:3 (June 1953): pp. 293-304.

Suleiman, Susan Rubin. "War Memories: On Autobiographical Reading," *New Literary History*, 24 (1993).

_____. "The 1.5 Generation: Thinking about Child Survivors and the Holocaust," *American Imago*, 59, 3 (2002).

Summers, Harry G. "The Korean War: A Fresh Perspective," *Military Affairs*, (April 1996).

Taft, Robert A. "The Korean Crisis," *Vital Speeches*, 1 August 1950.

Tang, Amy C. *Repetition and Race: Asian American Literature after Multicultrualism*. Oxford University Press, 2016.

Teitcher, Craig Morgan. "War Story," *Publishers Weekly,* 25 (Jan 2010).

The New Republic, "Korea: Final Test of the UN," 3 July 1950.

The New Republic, "The Decision in Korea," 22 January 1951.

The New York Times, 1 July 1950.

The New York Times, 27 July 1953.

Time, 10 July 1950.

Tomedi, Rudy. *No Bugles No Drums: An Oral History of the Korean War.* NY: John Wiley, 1993.

Trumbo, Dalton. *Johnny Got His Gun.* New York: L. Stuart, 1959.

United States and the Korean Problem: Documents 1943-1953, Washington, D. C.: U.S. Government Printing Office, 1953, pp. 36-37.

"Death Deserves a Reason," *US News & World Report*, 1 February 1952.

Vonnegut, Kurt. *Slaughterhouse Five.* NY: Random House, 1969.

Walzer, Michael. *Just and Unjust Wars.* Harvard Univ. Press, 1977.

Webb, James. *Fields of Fire.* N.J.: Prentice-Hall, Inc., 1979.

West, Philip, "Interpreting the Korean War," *The American Historical Review* 94, No. 1 Feb,1989.

_____, et al. *United States and Asia at War: A Cultural Approach.* Routledge, 1998

_____ and Suh Ji-Moon, eds. *Remembering the Forgotten War: The Korean War and Literature and Art.* Routledge. 2001.

Wharton, Edith. *A Son at the Front*. NY: Charles Scribner's Sons, 1923.

Young, Charles S. *Name, Rank, and Serial Number: Exploiting Korean War POWs at Home and Abroad*. Oxford Univ. Press, 2014.

Zhang, Shu Guang. *Mao's Military Romanticism: China and the Korean War, 1950-1953*. Univ. Press of Kansas, 1995.

심경석.《관계망의 해체와 재구성》, 보고사, 2018.

정연선.《미국전쟁소설: 남북전쟁에서 월남전까지》, 서울대출판부, 2002.

https://ko.wikipedia.org/wiki/ "노근리 양민학살 사건."

https://en.wikisource.org/wiki/U.S._Department_of_the_Army_No_Gun_Ri_ Review

http://www.thedailybeast.com/jayne-anne-phillips-goes-to-war.

http://www.webofstories.com/play/philiproth/63

https://www.koreanwar.org/

http://www.staradvertiser.com/2018/08/01/breaking-news/presumed-american-remains-from-korean-war-are-en-route-to-hawaii/

찾아보기

지은이 **정연선**

강원 횡성 출신으로 춘천고를 나와 육군사관학교(26기)를 졸업했다. 2년간의 전방
부대 근무 후 육군사관학교 영어과 교수로 선발되어 서울대학교 영문과 및 동 대학
원에서 영문학 학사와 석사학위를 받았다. 그 후 미국 에모리Emory대학교 대학원에
유학하여 미국학 박사학위를 취득했다. 육군사관학교 교수로 재직하며 한국영어영
문학회 회장과 한국아메리카학회 회장을 역임하였고 한국문학번역원 비상임 이사
를 지냈다. 전공분야는 미국소설, 미국전쟁문학, 미국문화 등으로 현재 육군사관학
교 영어과 명예교수로 있다.
주요 저서로는《미국전쟁소설: 남북전쟁으로부터 월남전까지》,《영미전쟁시선》,
《한국에서의 미국학》(공저) 등이 있고《현대문학이론》(공역),《미국학의 이론과 실
제》(공역), *Beyond the Limits of Human Ability*(영역), *Stories of Leadership*(영역) 등의
역서가 있다.

잊혀진 전쟁의 기억
미국소설로 읽는 한국전쟁

1판 1쇄 발행 2019년 6월 20일
1판 2쇄 발행 2020년 3월 1일

지은이 정연선
펴낸곳 (주)문예출판사 | 펴낸이 전준배
출판등록 1966. 12. 2. 제1-134호
주소 03992 서울시 마포구 월드컵북로6길 30
전화 393-5681 | 팩스 393-5685
홈페이지 www.moonye.com | 블로그 blog.naver.com/imoonye
페이스북 www.facebook.com/moonyepublishing | 이메일 info@moonye.com

ISBN 978-89-310-1156-2 93840